KB175910

▲로지아 델 비갈로 내부 회의실에 그려진 단테 시절 피렌체 비갈로의 건물은 고아들을 돌봐주기 위해 지은 것이다. 가운데 건물은 '산 조반니 세례당'

▶단테 초상화 피렌체 리칼디 가(家) 도서관에 소장된 사본 1,040개 가운데 하나

▼문법학자 콘베네볼레 다 플라토를 그린 풍자화 14세기

CVI COELVM CECINIT MEDIVMQVE IMVMQVE TRIBVNAL · LVSTRAVITQVE ANIMO CVNCTA POETA SVO · DOCTVS ADEST DANTES SVA QVEM FLORENTIA SAEPE · SENSIT CONSILIIS AC PIETATE PATRI · NIL POTVIT TANTO MORS SAEVA NOCERE POETAE · QVEM VIVVM VIRTVS CARMEN IMAGO FACIT

▲⟨단테와 신곡⟩ 도메니코 디 미켈리노. 1465.
피렌체 산타마리아 델 피오레 대성당 벽화.
정죄계의 그림으로, 왼쪽의 산이 정죄산, 가운데
속죄의 산은 원추형이며 정상에는 지상낙원인 성
스러운 숲이 있다. 그곳 낭떠러지에는 7개의 끈에
묶인 죄인들이 속죄하여 깨끗해지고 있었다. 오
른쪽에는 파라초 베키오와 대성당이 보인다.

◀⟨성 베르나르투스 앞에서의 성모 마리아⟩ 조
토. 리누치니 예배당
⟨천당편⟩ 마지막의 제33가는 성 베르나르투스와
성모 마리아의 기원으로 시작된다. 성모 마리아
의 기도 덕분으로 단테는 신의 숭고한 모습과 그
신비를 볼 수 있었다.

▲라벤나 영주 구이도 노베로 다 포렌타에게 화가
인 친구 조토를 소개하는 단테 모키 그림.
구이도는 조토를 정중하게 맞이했다.

▶단테가 이라리오에게 〈지옥편〉을 주는 모습 베
르티니의 캠퍼스 그림.

▼라벤나의 성 프란체스코 성당 단테는 처음 여기
에 묻혔다. 뒤에 피렌체 사람들이 단테의 유골을 요
구했지만 라벤나 사람들은 계속 거절하며 오늘날까
지 소중히 모시고 있다.

▲〈단테의 죽음〉부분 안젤로 포이어바흐. 그의 많은 작품은《신곡》에서 주제를 얻어 정열적인 낭만주의 분위기로 그려졌다.

▶카젠티노의 로메나성 구이도 백작의 성. 단테는 망명 중에 이곳에서도 머물렀다.

▼피렌체 산타마리아 노벨라 성당에 그려진 나르도 디치오네의 〈축복받은 단테〉

세계문학전집007
Dante Alighieri
LA DIVINA COMMEDIA
신곡
단테/허인 옮김

동서문화사

Illustrations : Gustave Doré

신곡

차례

Inferno
지옥편

제1곡

단테는 인생의 중반기, 서른다섯 살 나던 해에 어두운 숲속을 헤매게 된다. 그는 그 숲을 빠져나와 언덕으로 올라가려고 하였으나 표범과 사자, 암이리 등에게 방해를 받아 절망하고 있을 때 베르길리우스를 만난다. 베르길리우스는 단테를 안내하여 지옥과 연옥을 보여 줄 것을 약속한다. 숲은 단테의 죄 많은 생활의 어리석음이고, 세 마리의 짐승은 그 죄를 상징한다. 이러한 내용의 제1곡은 《신곡(神曲)》 전체의 서곡이다. 이렇게 시작되는 단테의 피안 여행은 1300년 봄, 부활절인 성 금요일 저녁부터 다음 주 목요일 아침에 걸쳐서 전개된다.

인생의 중반기에
올바른 길을 벗어난 내가
눈을 떴을 때는 컴컴한 숲속이었다.
그 가혹하고도 황량한, 준엄한 숲이
어떠했는지는 입에 담는 것조차도 괴롭고
생각만 해도 몸서리쳐진다.
그 괴로움이란 진정 죽을 것만 같은 것이었다.
그러나 거기서 만난 행복을[1] 이야기하기 위해
거기서 본 두세 가지 일을 이야기할까 한다.

어떻게 해서 그곳에 발을 들여놓았는지는 쉽게 말할 수가 없다.
당시 나는 그저 쓸데없는 일에 공연히 열중되어
올바른 길을 잃어버렸던 것이다.

---

1) 베르길리우스를 만난 행복.

숲속에서 내 마음은 두려움에 떨고 있었으나
그래도 그 골짜기 끝에 이르렀을 때
나는 어느 언덕 기슭에 다다를 수 있었다.
고개 들어 바라보니 언덕의 능선이
벌써 새벽빛으로 환하게 싸여 있었다.
모든 길을 통해 사람들을 올바르게 인도하는 태양의 빛이었다.

그러자 가련한 꼴로 지낸 하룻밤 내내
내 마음 깊이 서려 있던 불안도
조금은 가라앉게 되었다.
그리하여 난파를 겨우 피해 가까스로 해변에 이른 사람이
괴로운 듯이 가쁜 숨을 몰아쉬면서
몸을 돌려 거친 바다를 바라보듯,
나의 넋은 여전히 도망치려 하면서도
뒤를 돌아 지나온 쪽을 바라보았다.
일찍이 사람이 살아서 나온 예가 없는 숲이 그곳에 있었다.
피로한 몸을 잠시 쉬고 나서
나는 인적 없는 비탈길을 걷기 시작했다.
앞으로 내딛는 발걸음이 계속 비틀거렸다.
그런데 곧 산의 오르막길에 접어들자
경쾌하고도 민첩한 표범 한 마리가 나타났다.
털가죽에 알록달록 점을 한 그것은
나와 정면으로 마주쳤으나 떠나려고도 않고
도리어 내 길을 가로막아
나는 몇 번 오던 길을 되돌아갈까 하고 뒤돌아보았다.
그때[2]는 마침 날 샐 무렵이어서
태양이 별들을 거느리고 올라왔다.

2) 때는 1300년의 부활절인 성 금요일. 1265년생인 단테는 인생의 중반기에 접어든 서른다섯 살이다.

신(神)의 사랑이 처음으로 천지의 아름다운 사물을 움직였을 때에도
태양과 더불어 있었던 그 별들이었다.
이 아침이라는 시간도 이 상쾌한 계절[3]도
털빛 선명한 표범을
무서워할 건 없다고 말하고 있는 것 같았다.
그러나 마음을 놓는 것도 잠시, 이번에는 사자 한 마리가
눈앞에 나타났다.
그것은 나를 향해 달려올 기세이다.
머리를 쳐들고 허기진 채 으르렁대니
대기마저 두려움에 떨고 있다.
잇따라 암이리까지 나타났다.[4]
전에도 수많은 사람을 절망하게 했을
피에 굶주려 말라비틀어진 저 암이리,
나는 그놈을 보았을 때 겁에 질린 나머지
얼이 빠져
언덕으로 올라갈 희망을 버렸다.
바라던 물건을 손에 넣은 자가
세월이 흘러 그 물건을 잃게 되었을 때
애석한 나머지 눈물지으며 슬퍼하듯,
그 가차 없는 짐승이 내 희망을 끊은 꼴도 그와 비슷하였다.
짐승들은 나를 향해 한 발 한 발 다가온다.
나는 태양이 침묵하는 쪽으로 서서히 물러섰다.

내가 골짜기로 도망치는 도중
눈앞에 사람이 나타났다.
오랫동안 말을 하지 않아 그런지 목이 쉬어 있었으나

---

3) 시간적 배경이 봄임을 나타낸다.
4) 엘리엇의 《단테》에는 표범, 사자, 암이리에 대해 '그러한 것의 의미를 개의할 필요는 없다고 생각한다. 처음에는 그런 것을 생각하지 않는 편이 좋다'고 쓰여 있다.

이 인기척 없는 곳에서 그를 본 나는

큰 소리로 외쳤다. "살려 주시오,

당신이 사람이건 귀신이건 간에 날 구해 주시오."

그가 대답했다. "지금은 아니지만 전에는 사람이었다.[5]

부모님은 롬바르디아 사람이었고

두 분 다 고향은 만토바였다.

태어났을 때는 율리우스 카이사르의 시대, 그것도 후기였지.

그리고 어지신 아우구스투스 황제 통치 때 로마에서 살았다.

거짓투성이 이교(異敎)의 신들이 판을 치던 시대였다.

나는 시인이었다. 그래서 트로이에서 온 앙키세스의

정의감 강한 아들 '아이네이아스'를 시로 읊었다.

자랑스러운 일리온 성이 모두 불타 버렸기 때문이다.

한데 너는 왜 이런 고뇌의 골짜기로 되돌아오는가?

어찌하여 기쁨의 산에 오르지 않는가,

모든 환희의 시초요, 근원인 저 기슭의 산에?"

"그럼 당신이 바로 그 베르길리우스,

벅찬 강물처럼 말의 원천이 되었던 분이십니까?"

나는 부끄러움에 얼굴을 붉히며 대답했다.

"오오, 시인의 명예이고 빛인 당신,

오랫동안 한결같이 깊은 애정을 기울여

당신의 시집을 읽은 나에게 동정을 베풀어 주십시오.

당신은 나의 스승이고 나의 시인입니다.

내가 자랑으로 삼는 아름다운 문체는

오직 당신에게서 배운 것입니다.

보십시오, 저 짐승을. 저놈한테 쫓겨 되돌아온 것입니다.

스승님, 여기서 나를 구해 주십시오.

저놈이 있으면 맥박도 혈관도 모두 떨림이 멎지 않습니다."

---

5) 베르길리우스는 기원전 70년부터 19년에 걸쳐서 산 고대 로마의 시인이다. 지금은 사람이 아
니고 그림자, 즉 영혼이다.

"이 황무지에서 벗어나길 원한다면

다른 길을 택해서 가는 것이 네게 좋겠구나."[6]

내 울상을 보고 스승이 대답했다.

"너를 두려움에 울부짖게 하는 저 짐승은

누구든 자기의 길을 지나가게 내버려두지 않느니라.

반드시 지독하게 학대한 끝에 잡아먹을 것이다.

천성이 흉악하고 잔인하여,

피에 굶주려 먹어도 먹어도 만족을 모르며,

먹기 전보다 먹고 난 뒤에 더욱 허기지는 놈이다.

저놈이 교미하는 짐승의 수가 많으니

장래에는 더 많이 늘어나겠지만, 결국은 사냥개[7] '펠트로'[8]가 나타나

저놈의 숨을 끊을 것이다.

대지(大地)의 산물은 먹지 않고, 돈도 받지 않으며

지혜와 사랑과 덕을 양식으로 삼는 펠트로의 고향은

펠트로와 펠트로 사이에 위치할 것이다.

그는 처녀 카밀라와 에우리알로스, 투르누스,

그리고 니소스가 상처를 입고 죽어 갔던

저 가엾은 이탈리아의 구원이 되리라.

펠트로가 저 짐승을 모든 고을에서 몰아낼 것이며

끝내는 놈을 다시 지옥으로 처넣을 것이다.

그곳의 질투가 이리를 지옥 밖으로 풀어놓았도다.

너에 대해서 여러 가지 궁리가 떠올랐다.

나를 따라오너라, 너를 안내해 주마.

여기서부터 너를 영원한 '지옥'으로 데리고 가마.

---

6) 베르길리우스가 단테에게 언덕으로 가는 것이 아니라 지옥, 연옥, 천당을 보고 나서, 즉 다른 길을 지나갈 것을 권하며 직접 안내를 맡는 대목이다.

7) '사냥개'에 대한 학설은 여러 가지이다. 교황 베네딕토 11세(재위 1303~1304), 칸그란데 델라 스칼라, 또는 룩셈부르크의 하인리히 7세를 의미하기도 한다.

8) '펠트로'에 대해서 '하늘'로 풀이했으나, 최근에는 지리적인 풀이로 베네치아 부근의 '펠트레'를 지적하기도 한다.

거기서 너는 절망의 외침을 들을 것이다.

가책으로 괴로워하는 고대 사람들의 망령을 보리라.

모두가 두 번째 죽음을 소리쳐 구하고 있는 것이다.

그리고 '연옥'의 불꽃 속에서 만족하고 있는 사람들도 보리라.

언제인가는 모르나 행복한 사람들의 무리 속에

끼게 되리라는 희망을 걸고 있는 것이다.

복된 사람이 사는 '천국'에도 오르고 싶다면

나보다도 더 훌륭한 분이 계시니

헤어지기 전에 너를 그분에게 맡기겠다.

왜냐하면 천상에 계시는 황제께서

내가 그의 율법을 거스른 전력이 있는 이상,

남이 나 같은 자의 안내로

왕국에 들어오는 것을 원하지 않기 때문이다.

황제는 모든 곳에 군림하고 통치하신다.

거기에는 황성(皇城)과 옥좌가 있다.

황제에게 뽑혀 그 나라로 가는 이는 행복하리라."

그래서 내가 말했다. "시인이여, 부탁입니다.

당신께서 생전에 모르셨던 신의 이름[9]으로

부디 이 악과 이 이상의 악을 내가 면할 수 있도록

말씀하신 곳으로 나를 인도해 주십시오.

부디 성 베드로의 문[10]과

당신이 말씀하신 비참한 자들을 보게 하여 주십시오."

그러자 그는 걷기 시작했다. 그리하여 나는 그의 뒤를 따랐다.

---

9) 그리스도를 의미한다. 베르길리우스는 기원전 사람이므로 그리스도를 알지 못했다.

10) 성 베드로의 문이란 연옥문을 가리킴.

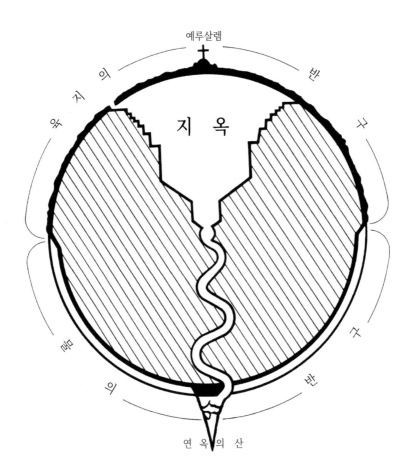

예루살렘

지 옥

연 옥 의 산

제2곡

단테는 자기에게 지옥을 돌아볼 만한 자격이 있는가에 대한 의문에 사로잡힌다. 그러자 베르길리우스가 왜 자신이 단테를 안내하러 왔는지 그 까닭을 설명한다. 천당에 있는 마리아와 베아트리체가 괴로워하는 단테를 동정하여 지옥의 림보(Limbo)에 있던 베르길리우스에게 구원하러 가 달라고 의뢰했던 것이다. 그 경위를 듣자 단테는 자신을 되찾고 당당히 스승의 뒤를 따라 준엄하고 가열한 길에 발을 들여놓는다. 숲에서 성 목요일의 밤을 새운 단테는 성 금요일 저녁나절부터 지옥 여행을 시작한다.

해는 저물고 저녁 안개가 자욱하여
지상의 사람과 동물은 노동에서 풀려나는데,
오직 나만이 홀로
나그넷길의 고달픔과 애련의 고뇌에 맞서
싸울 채비를 갖추고 있었다.
그 여행의 광경을 기억은 거짓 없이 전해 주리라.

오, 시의 여신이여, 오, 탁월한 재능이여, 지금 나를 도우소서.[1]
내가 본 것을 새겨 둔 기억이여,
너의 진가는 이제야말로 발휘되는 것이다.

내가 입을 열었다. "스승님, 스승님이 나를 인도해 주십니다만
이 험준한 길을 넘어가기에 앞서

---

[1] 시의 여신 뮤즈의 구원을 구하는 시 형식은 이미 호메로스에서도 볼 수 있다. 《신곡》 중에서도 여러 번 이런 종류의 기원이 행하여져, 일종의 기분 전환 비슷한 분위기를 만들고 있다.

내 힘이 견뎌 낼 수 있을지 시험해 주십시오.

당신 책[2]에 의하면 실비우스의 아비는

살아 있는 몸 그대로 영원의 나라[3]에 가

직접 견문을 쌓았다고 했습니다.

과연, 모든 악을 적대시하는 분이신 '하느님'께서

그에게 호의를 베푸셨다 할지라도 그가 어버이가 되어서

훌륭한 사람이 태어나고, 높은 공덕을 쌓은 것을 생각하면,

이치적으로 납득이 갑니다.

왜냐하면 그는 로마와 그 제국을 건국한 아비로서

가장 높은 천상에서 선출되었기 때문입니다.

사실을 말씀드리자면 그 도성과 나라는,

성 베드로의 뒤를 이을 교황께서 거처하실

성지로서 정해졌습니다.

그의 지옥 여행은 당신의 시로 유명해졌습니다만,

그 행차에서 그는 온갖 것을 배운 뒤 그 지식을 살려서

뒷날 스스로 승리를 거두어 교황의 의복을 입게 되었습니다.

이어서 선택된 그릇[4] 또한 그곳으로 갔습니다.

구원의 길인 근본적 신앙에 대해

거기서 위로를 받기 위해서였습니다.

그렇지만 왜 내가 거기로 가는 것입니까? 누가 허락했습니까?

나는 아이네이아스도 파올로도 아닙니다.

내게 그런 자격이 있으리라곤 아무도 생각 못 할 것입니다.

그렇다면 자진하여 길을 떠나 본들

여행은 지각없는 짓이 되고 말겠지요.

---

2) 당신의 책이란 베르길리우스의 《아이네이스》를 가리킨다. 실비우스의 아비란 그 주인공 아이
   네이아스를 말하며, 그 줄거리는 불핀치의 《그리스 로마 신화》에서도 알 수 있다. 아이네이아
   스는 트로이의 대장으로 나라가 멸망한 뒤 카르타고를 비롯하여 지중해를 방황하다가 지옥
   을 돌아 이탈리아에 당도하여 로마 건설의 시조가 되었다.
3) 영원의 나라는 지옥이다.
4) 성 바울을 지칭한다.

지혜로운 당신은 제 심정을 잘 아시리라 믿습니다."
방금 원하던 바를 그만두고
다른 생각으로 옮겨
처음의 뜻을 깨끗이 버린 그런 사람처럼
그 컴컴한 기슭에서 나는 생각을 바꾸었다.
처음에는 혹하였던 계획이었지만,
궁리하는 동안 그만둘 생각이 든 것이다.

"네 하는 말을 잘 들었다만."
대범한 시인의 그림자는 대답했다.
"네 마음은 겁에 질려 있는 것 같다.
사람이란 때때로 겁을 먹는 모양인데,
그래서 흔히들 명예로운 일도 포기하는 일이 있지만,
그것은 어둠 속에서 그림자를 보고 겁내는 짐승과 다를 바 없다.
네가 쓸데없는 걱정을 하지 않도록
왜 내가 여기 왔는지, 무슨 말을 듣고
너를 동정하게 되었는지를 이야기하마.

나는 천당도 아니고 지옥도 아닌 곳[5]에 있었는데,
고귀하고 아름다운 여인이 나를 부르기에
그 분부를 받고 나아갔다.
그분은 별보다도 밝은 두 눈과
천사 같은 목소리로
상쾌하고 여유 있게 나에게 말했다.
'오, 만토바의 친절한 분이여,
당신의 이름은 지금도 세상에 알려지고 있습니다.
이 세상이 이어지는 한 오래오래 전해지리라 믿습니다.

---

5) 그리스도의 세례를 받지 않은 자는, 설사 덕이 있는 자라도 지옥에 떨어지거나 지옥으로서는 맨 위인 림보에 머무른다. 림보가 천국도 아니고 지옥도 아닌 곳이다.

내 친구로서 운이 없는 사람이
인적이 없는 적막한 산비탈에서 길이 막혀 고생하다가
두려운 나머지 오던 길로 도로 돌아가려 하고 있습니다.
내가 천상에서 들은 바로는
이미 길을 잃고 헤매고 있는 듯하니
그를 구하러 달려온 것이 너무 늦지 않았나 염려됩니다.
자, 어서 당신의 웅변으로 설득해서
구할 수 있다면 어떻게든지 살려 주어
나를 기쁘게 해 주소서.
당신에게 심부름을 청하는 나는 베아트리체[6]입니다.
곧 돌아가야 하지만 하늘에서 내려왔습니다.
나는 사랑에 움직여 그에 의해 말하는 것입니다.
내가 주 앞에 나설 때는
당신을 특별히 칭찬해 드리리.'

이렇게 말하고 여인은 입을 다물었다. 그래서 내가 말을 이었다.
'오, 덕스러운 여인이여, 당신이 계심으로써
비로소 인간은 이 천지간의 조그만 권내에 있는
모든 것보다 우월하게 되는 것이므로
당신의 명령에 기꺼이 복종하겠습니다.
진작 명령하셨어도 복종하기에 늦을 뻔하였으니,
더 이상 뜻을 밝히지 않아도 된다오.
다만 다음의 이유만은 알려 주시고 '천국'으로 돌아가시기를.
당신이 어찌하여 간절하게 바라시는 그 광대한 곳에서[7]
이 하계의 복판까지 굳이 내려오셨습니까.'

---

6) 베아트리체(Beatrice)는 단테가 마음속으로 흠모하여, 《신생》에서도 찬양한 여인이다. 그녀는 신성을 상징하며 구원을 의미한다. 베르길리우스가 지옥과 연옥을 안내하고, 천국은 베아트리체가 안내하게 된다.
7) 광대한 곳은 천국 가운데 구중천을 가리킨다.

'그토록 바라신다면
왜 내가 두려움 없이 여기까지 왔는지
간단하게 말씀드리지요.' 여인은 대답했다.
'남에게 악을 끼칠 힘이 있는 자에 대해서는
경계를 해야만 합니다.
그 밖에는 아무것도 무서울 것이 없습니다.
나는 하느님의 은혜로 인하여
당신네의 비참에도 물들지 않고
이 영원한 불길에도 타지 않게 되었습니다.
천상의 고귀한 여인 '마리아'께서 내가 당신을
보내는 곳의 방해물에 동정하시어
천상의 엄한 노여움을 푸시고
루치아[8]를 불러 말씀하셨습니다.
'너를 믿고 따르는 자가 너의 도움을
구하고 있으니 그 사람을 부탁하노라.'
루치아는 잔혹을 미워하는 분이므로
곧 일어나 나에게로 왔습니다.
라헬[9]과 함께 앉아 있는 나에게
루치아가 말하기를 '하느님이 칭찬하시는 베아트리체,
왜 당신을 그토록 사랑하던 사람을 구하지 않나요?
당신 때문에 그는 속세를 떠난 거예요.
그의 애처로운 탄식이 당신 귀에는 들리지 않나요?
바다보다 더욱 거센 큰 강변에서
그에게 닥치는 죽음이 당신에게는 보이지 않나요?'

이 말을 듣자마자 나는 복된 자리에서 일어나

---

8) 루치아(Lucia)는 시라쿠사의 성녀로서 순교자. 여기서는 신앙에 의한 은혜의 상징으로서의 의
   미이다.
9) 라헬은 야곱의 아내. 〈창세기〉 29장 참고.

이 하계로 내려온 것입니다.

아무리 자기 행복을 얻기 위해서라도, 또 재난을 피하기 위해서라도

그렇게 재빨리 움직인 분은 세상에 없었을 거예요.

나는 당신의 고귀한 웅변을 믿습니다.

그것은 당신의 명예이기도 하고 듣는 이 모두의 명예이기도 한 거예요.

여인은 나에게 이런 사연을 말한 후

눈물에 젖은 빛나는 눈을 내리깔았고,

나는 서둘러야겠다고 생각했다.

이렇듯 그 여인의 원대로 나는 너에게 왔다.

그리고 아름다운 산으로 질러서 가려는 너를 막는

저 짐승들로부터 너를 구했다.

자 어떠냐, 왜 우물쭈물하느냐?

왜 주저하고 망설이느냐?

왜 솔직하고 과감하게 못 가느냐?

축복받은 세 여인께서

천상에서 너를 염려해 주시고

내 말도 틀림없이 너에게 행복을 약속해 주고 있는데."

밤의 냉기에 고개를 숙인 채 오므라졌던 작은 꽃[10]이

해가 돋아 오르자 반짝반짝 빛나며

모두 고개를 들고 줄기 끝에서 활짝 피듯이

나도 의기소침에서 되살아나

마음속에 힘찬 용기가 넘쳐나서

저 풀려난 사람[11]처럼 입을 열었다.

"나를 구해 주신 자비로운 여인,

그리고 그분의 참다운 말씀을

---

10) 이 꽃은 이를테면 《신곡》 가운데 자주 쓰이는 직접적인 비유의 한 예로서 시적으로도 아름
다우며, 단테의 정신 상태를 정확하게 명시한다.

11) 베르길리우스를 말한다.

재빨리 들어 주신 친절한 당신!
당신의 말을 들으니 가고 싶다는
마음이 강하게 솟구쳤습니다.
처음의 결심으로 돌아왔으니
자, 가십시다. 두 사람 다 마음은 하나인 것입니다.
당신이 길잡이, 당신이 주군, 당신이 스승입니다."[12]

내가 이렇게 말하여 그가 걷기 시작하자,
뒤따라 험준하고 가열한 길로 나도 걸음을 내디뎠다.

---

12) 베르길리우스는 어떤 일에도 동하지 않으며 때로는 단테를 격려하고 때로는 위로하며 동행
   한다. 그는 얼핏 보기에는 마음 내키는 대로 걸어가고 있는 듯하지만, 단테에게 보일 것은 보
   이며 결코 헛걸음을 하는 일이 없이 일정한 시간 내에 그를 지옥에서 연옥 꼭대기까지 인도
   해 준다. 이 베르길리우스가 있어 단테와 더불어 지옥을 여행하는 독자들도 일종의 안도감
   을 갖는 것이다. 단테와의 대화에서 나타나는 베르길리우스의 지력과 그 인정미 넘치는 태도
   는 그를 매력적이고 지도력 있는 인물로 만들고 있다.

지옥의 상층

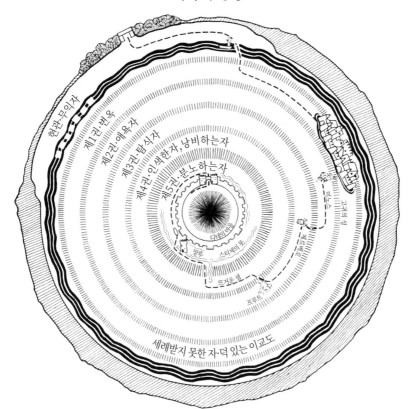

현관·무위자
제1권·변옥
제2권·애욕자
제3권·탐식자
제4권·인색한자, 낭비하는자
제5권·분노하는자
디테의 마을
림루
스티제의 옥
뜨거운 샘
프루트
세례받지 못한 자·덕 있는 이교도
미노스
개의 상
제르폴로

자제상실·표범의 죄

제3곡

베르길리우스와 단테는 지옥문에 이른다. 그 문에 일인칭, 즉 문이 말하는 형식으로 글귀가 새겨져 있다. 그 문 안에는 생전에 신의 뜻에 거역하지 않았으나 따르지도 않았던 사람들의 망령이 벌과 말파리에 쏘여 울부짖으며, 마치 회오리 바람에 말려든 모래 먼지처럼 돌아다니고 있다. 아케론강에 이르자 그곳에 지옥의 뱃사공 카론이 배를 저어 와서 단테를 꾸짖는다. 지옥에 떨어진 자들은 그 배를 타고 어두운 물결을 건너간다. 단테는 거기서 정신을 잃고 쓰러진다.

"슬픔의 나라로 가고자 하는 자 있거든 나를 거쳐 가라.
　영원의 가책을 만나고자 하는 자 나를 거쳐 가라.
　파멸의 사람들에 끼고자 하는 자 나를 거쳐 가라.
　정의는 지존하신 주를 움직여
　주의 위력, 지상의 지혜, 그리고
　사랑의 근본이 나를 만들었노라.
　내 앞에 창조된 것이 오직 영원 말고는 없나니,
　나는 영원으로 이어지는 것이니라.
　나를 거쳐 가는 자는 모든 희망을 버리라."

이러한 말이 어두운 색깔로
문[1] 위에 새겨져 있었다.
그것을 보고 나는 물었다. "스승님, 저는 이 말이 두렵습니다."

---

[1] 이탈리아의 여러 도시는 그 외곽이 성벽으로 둘러싸인 구조가 많으며, 지금도 아직 숱한 문이 남아 있다. 이 지옥의 바깥문도, 지옥의 하층계 디테의 문(〈지옥편〉 8곡 참조)도 그러한 실제에서 나온 이미지이다. 그러한 종류의 석조문에는 실제로 가끔 말이 새겨져 있다.

그러나 그는 풍부한 이해력을 가지고 나에게
"여기서는 모든 의심을 버려야 하며
두려움도 모두 없애는 것이 좋다.
우리가 온 곳에서는, 아까도 말했듯이
지성의 선을 잃은 비참한 사람들을
보게 될 것이다."
그리고 밝은 표정으로 스승은 자기 손을
내 손에다 포개었다. 그것에 위안받고
스승에게 이끌려서 나는 비밀스러운 세계로 들어갔다.

여기서는 탄식과 울음소리와 고함소리가
별도 없는 하늘에 울려 퍼지고 있어
나는 처음에 무의식중에 눈물이 글썽해졌다.
괴상한 말, 무서운 외침소리.
고뇌의 말, 노여운 목소리.
날카로운 목소리, 쉰 목소리, 그것에 뒤섞이어 손뼉 치는 소리.
그런 것이 어수선하게 뒤섞여
시간도 없는 캄캄한 대기 속을 끝없이 떠돌아다니니
마치 회오리바람에 휘말려 든 모래알과 같았다.

나는 두려움 때문에 머리가 죄어드는 듯하여
말했다. "스승님, 귀를 먹먹하게 하는 이 소음이 무엇입니까?
고뇌 속에 짓눌려 있는 저 사람들은 누구입니까?"

그가 말했다. "이 비참한 광경은
욕할 것도 없고 칭찬할 것도 없이 평생을 보낸 자들의
불쌍한 망령의 모습이다.
주께 반역하지 않았으나 충성도 하지 않고,
오직 자기들만을 위하던

사악한 천사의 무리와 저들은 섞여 있다.
하늘은 이런 자가 오면 천국이 더럽혀질까 해서 내쫓고
깊은 지옥에서도 그들을 받아 주지는 않는다.
이런 자를 들여놓으면 악당이 도리어 뽐내기 때문이다."

내가 말했다. "스승님, 저렇게까지
울부짖지 않으면 안 될 만큼 저들의 죄가 무겁습니까?"
"너에게 그걸 간단하게 설명하자면
이들에게는 죽음의 희망조차 없는 것이다.[2]
이들의 맹목적인 생활은 실로 저열하기 짝이 없어
다른 어떤 운명이라도 부럽게 보이는 것이다.
세상은 이런 자들의 이름이 전해질 것을 용납하지 않는다.
자비도 정의도 이자들은 업신여긴다.
그들에 대해서는 말하지 마라, 그저 보고만 지나가라."[3]

내가 다시 바라보니
한 폭의 기(旗)가 잠시도 멎지 않고[4]
빙글빙글 돌면서 질주했다.
그 뒤를 따라 아주 긴 망자(亡者)의 행렬이 이어졌다.
설마 이토록 많은 목숨을 죽음이 앗아갔으리라고는
나는 믿을 수 없었다.

거기에는 몇 명인가 아는 사람도 있었다.

---

2) 무 속으로 소멸하는 것이 가능하다면, 그것을 바라겠지만 그들에게는 그런 희망도 없다. 육체
   는 멸망해도 영혼은 영원한 것이라고 생각되기 때문이다.
3) 이 구절은 《신곡》에서 나와, 일반적으로 널리 쓰이고 있는 격언 구절의 하나이다.
4) 이 사람들은 생전에 기회주의자라 무관심을 가장하고 기치를 선명하게 하지 않았으므로 죽
   은 뒤 한 폭의 깃발 뒤를 쫓아다니고 있는 것이다. 지옥에서 내려지는 벌은 이와 같이 생전의
   죄에 응분한 벌이 내려지는 경우가 많다. 응보의 이치가 적용되고 있는 것이다.

겁을 먹고 큰 지위를 버린 사람[5]의
망령도 보고 곧 알아차렸다.
분명히 이거야말로
주에게도, 또 주의 적에게도 받아들여지지 못할
비열한 패거리임이 틀림없다는 것을 깨달았다.
이 참다운 인생을 살아본 적이 없는 어리석은 자들은
벌거벗은 채 근처에 있는 벌과 말파리에게
마구 쏘이고 있었다.
그 바람에 그들의 얼굴은 온통 피투성이가 되었다.
그것이 눈물과 섞여 발밑으로 흐르자
꺼림칙한 벌레들이 빨아먹고 있었다.
거기서부터 더 앞쪽을 바라보니
큰 강변에 서 있는 사람들의 모습이 보여
내가 말했다. "스승님, 가르쳐 주십시오.
저들은 누구입니까, 희미한 빛 속에서 살펴보니
모두가 곧 강을 건너갈 모양인데,
그것은 어떤 계율에 의한 것입니까?"
그가 나에게 말하기를 "그런 것은
우리가 아케론의 슬픈 강가[6]에서
발을 멈추었을 때 저절로 알게 된다."

그 말을 듣고 부끄러워 눈을 내리뜨고
내 말이 스승의 마음을 거스를까 두려워
강변에 이르기까지 입을 다물었다.

---

5) 겁을 먹고 큰 지위를 버린 자는 교황 첼레스티노 5세(재위 1294~1294)를 가리킨다고도 한다.
   그는 밤마다 교황청 창밖에서 큰 소리로 협박하는 말을 듣고, 교황 지위를 보니파시오 8세에
   게 양보했다. 단테는 보니파시오 8세를 증오했는데, 그것은 그 때문에 피렌체가 멸망했고 자
   신도 파멸했다고 여겼기 때문이다.
6) 아케론강은 슬픔과 근심과 죽음의 강이다.

그때 우리를 향해 늙어서 백발이 성성한 노인[7] 하나가,
배를 저어 다가오자마자 소리쳤다.
"너희 악당들의 망령에 재앙이 있으라!
하늘을 우러를 수 있으리라고는 꿈에도 바라지 마라.
나는 너희들을 영원한 어둠 속,
불덩이 같고 얼음덩이 같은 영원한 어둠의 강변으로
데려가기 위해 왔다.
그런데 거기 서 있는 너, 살아 있구나.
여기 있는 망자들로부터 떨어져 있거라."
그러나 내가 떠나지 않자 말했다.
"다른 길, 다른 항구를 지나
강변에 도달하거라, 여기를 지나 보낼 수는 없다.
너에게는 좀 더 가벼운 배가 어울릴 것이다."
나의 길잡이가 그를 타일렀다. "카론, 성내지 마시오.
이것은 전지전능하신
주님의 뜻이니 더 이상 묻지 마오."

진흙빛 늪의 뱃사공인 텁석부리의 볼은
그 말을 듣는 순간 무뚝뚝하게 입을 다물었으나
눈 가장자리는 불꽃이 타오르는 듯했다.
그러나 카론의 잔혹한 말을 들은
지쳐 빠진 벌거숭이 망자들은
얼굴빛을 바꾸고 이를 갈았다.
그러고는 신과 자기 선조와 인류와
자기가 태어난 곳과 때와 나아가서는
자기를 낳아 준 부모까지 입성 사납게 욕지거리를 했다.

---

7) 노인은 그리스 로마 신화에서 나오는 카론. 그는 지옥으로 가는 아케론강의 뱃사공을 맡았다.

그리고 모두가 통곡하며
저주받은 강변으로 모였다.
하느님을 두려워 않는 자들은 모두 이곳을 지나야 할 운명인 것이다.
카론은 무섭게 이글거리는 눈초리로
모두를 노려보며 배 안으로 모이게 하고
꾸물대는 자는 사정없이 노로 후려갈겼다.
마치 가을에 나뭇잎이
한 잎 또 한 잎 다 떨어져 나중에는 나뭇가지가 볼 때
제 벗은 옷이 죄다 땅 위에 떨어져 있듯,
아담의 사악한 자손들도 한 사람 또 한 사람
그 강변에서 신호에 따라
새몰이꾼에게 불린 새와 같이 뛰어내렸다.[8]

이렇게 어두운 파도 위를 그들이 떠나
저쪽 강변에 채 닿기도 전에
벌써 이쪽 강변에는 새로운 무리가 모여들었다.
"내 아들아." 친절한 스승이 말했다.
"주의 노여움을 받아 죽는 자는
모두 각지에서 이곳으로 모여든다.
그리고 부지런히 이 강을 건넌다.
주의 정의가 그들을 몰아내기 때문에
두려움이 갈망으로 바뀌는 것이다.
선량한 영혼이 예서 강을 건넌 적은 일찍이 없었다.
그러니 카론이 너를 꾸짖었다면
그것이 무엇을 뜻하는지 너는 짐작이 갈 것이다."[9]

---

8) 바티칸 시스티나 성당의 미켈란젤로가 그린 벽화에도 그 광경이 이 구절을 의식하고 그려져
있다.
9) 카론이 단테를 꾸짖은 것은, 사후 단테의 영혼이 가벼운 배로 연옥섬으로 가리라는 것을 암
시한 것이다. 그런 암시는 시인이 멋대로 꾸민 공상이라고 비난할 수도 있겠으나, 그렇게 보면

이렇게 스승이 말을 마쳤을 때 갑자기 컴컴한 들이
심하게 진동했다. 그때의 두려움은
생각만 해도 식은땀이 흐른다.
눈물 젖은 땅은 한차례의 바람을 일으키고
바람은 진홍빛 번개를 날려
그 번개가 나의 감각을 사로잡았다.
나는 잠에 빠진 사람처럼 그 자리에 쓰러지고 말았다.

《신곡》그 자체부터가 단테가 본 적도 없는 지옥, 연옥, 천국을 제멋대로 읊었다고 비난할 수도
있을 것이다. 독자는 이와 같은 허구를 상상하고 그것을 시로 읊은 사람의 창작 행위에 대한
옳고 그름의 판단을 보류하고, 일단 작품을 읽으며 재미를 느껴 보는 것도 좋을 것이다.

제4곡

정신을 되찾은 단테는 베르길리우스를 따라 분화구와도 비슷한 원(Cerchio)을 이룬 첫 번째 골짜기로 들어선다. 그곳은 림보라고 불리는데, 거기에는 선량하나 그리스도교의 세례를 받지 않은 자들의 영혼이 떨어져 있다. 그 속에는 호메로스 등 4명의 위대한 시인을 비롯한 역사상 저명한 인물들과, 아리스토텔레스 이하 일련의 철학자들이 죄의 고통을 받지 않고 빛이 비치는 고귀한 성안에 살고 있다. 단테도 잠깐 그 푸른 들판을 걸어 다닌다.

무서운 천둥이 머릿속의
깊은 잠을 깨뜨렸다. 나는 억지로
두들겨 깨워진 사람같이 벌떡 일어났다.
피로가 가신 눈을 두리번거리며
내가 있는 곳이 어딘가를 알기 위해
똑바로 서서 주의 깊게 살폈다.
내가 있는 곳은 분명
끝없는 아비규환이 모여 천둥처럼 울려 퍼지는
비통의 깊은 골짜기 끝이었다.
그 골짜기는 어둡고 깊고 안개가 짙어
아무리 골짜기 밑을 내려다봐도
아무것도 분간할 수 없었다.
"자, 이 아래편 장님의 세계로 내려가기로 하자."
파랗게 질린 시인이 입을 열었다.
"내가 앞서갈 테니 너는 따라오너라."
나는 스승의 안색을 알아차리고 말했다.

"내가 두려워할 때 언제나 격려해 주시던 당신께서
무서워하시는데 어떻게 내가 따라갈 수 있겠습니까?"

그러자 그가 나에게 말했다. "이 하계에 있는 사람들의
고민을 생각하니 내 얼굴에 연민의 정이 떠오르는 거다.
그것을 너는 공포라고 착각하고 있다.
자 가자, 길은 멀다, 서둘러야만 해."
이렇게 말하고 걸음을 내디뎌
심연으로 에워싸인 제1옥으로 나를 인도했다.
귀를 기울여 들은 바로 짐작하건대 여기서
영원의 공기를 진동시키는 것은
한숨이지 통곡이 아니었다.[1]

---

[1] 지옥의 제1옥은 '비통의 깊은 골짜기'이며, 림보라 불린다. 거기 있는 사람들은 생전에 '신앙으
로 들어가는 문'인 세례를 받지 않아서 천국에는 못 가지만, 덕이 있는 사람들이었으므로 거

이것은 어린이, 여인, 남자가 이룬
수많은 사람 집단이
신체적 고통 없는 슬픔으로 내쉬는 것이었다.
스승은 상냥하게 나에게 말했다.
"너는 이 사람들이 어떤 영혼인지 묻고 싶지 않으냐?
더 앞으로 나아가기 전에 한 가지 더 네게 가르쳐 주마.
그들은 죄를 범한 것이 아니며 덕이 있는 사람일지도 모른다.
하지만 그것으로는 부족하다. 세례를 받지 않았기 때문이다.
세례는 네가 믿고 있는 신앙으로 들어가는 문이다.
그리스도교 이전의 사람으로서
숭상해야 할 주를 숭상하지 않았던 것인데,
실은 나도 그들 중의 한 사람이다.
이러한 결점 때문에 달리 죄가 없이도
우리들은 파멸되어 이 괴로움을 겪는다.
'하늘에 오를' 가망은 없으나 그 소망만은 지니고 살고 있다."

그 말을 들었을 때 내 마음이 몹시도 아팠던 것은
굉장히 값어치 있는 사람들이 몇 명이나 이 림보 속에
붙잡혀 있음을 알았기 때문이다.
"스승님, 말씀해 주십시오, 나의 주인님, 가르쳐 주십시오."
나는 애원했다. 온갖 미망을 이겨낸다는
신앙에 대해 확신을 얻고 싶어서였다.
"그 사람 자신의 공덕이나 다른 이의 공덕으로 여기를 벗어나
축복받은 몸이 된 분은 전혀 없습니까?"

그러자 그는 내 말의 속뜻을 이해하고 대답했다.
"내가 여기 온 지 얼마 안 되었을 때

기서 형벌은 안 받고 있다. 그래서 '한숨은 쉬고 있으나 통곡은 하지 않았던' 것이다. 그리고
이 문제의 신학적 측면에 대해서도 언급이 있다.

승리의 관을 머리에 쓰고
힘 있는 분[2]이 여기를 향해 오는 것을 보았다.
그분은 첫아비 '아담'과 그 아들 아벨,
노아며 율법을 세워 주께 충성한 모세,
족장(族長)인 아브라함과 다윗 왕,
이스라엘[3]과 그 아비와 아들들,
그리고 이스라엘이 충실히 종사한 라헬
그 밖에 많은 사람의 영혼을 여기서
데려다가 축복해 주었다.
네가 알아야 할 것은, 이전에는
구원받은 인간의 영혼이 없다는 사실이다."

그가 말하는 동안에도 우리는 계속해 걸었다.
어느덧 숲속을 지나고 있었다.
숲이라고는 하나 영혼이 꽉 들어찬 숲이었다.
잠에서 깨어난 뒤 아직 그다지 멀리
길을 걸었던 것은 아니었으나, 그때
광명이[4] 암흑의 반구를 이기고 있는 것이 보였다.
아직 거기까진 약간 거리가 있었으나 그래도
그 자리를 차지하고 있는 것이 명예로운 사람들임을
알아차릴 수는 있었다.
"오! 스승님, 학예의 자랑인 스승님,
이와 같은 영광을 받으며 다른 이들과 다른 모습을 한
이들은 도대체 누구입니까?"

---

2) 예수 그리스도를 지칭한다.

3) 아브라함의 아들.

4) 이 광명은 인간 이성의 밝음을 상징한다. 단테를 안내하여 지옥, 연옥을 도는 베르길리우스도
우의적으로는 인간 이성을 상징한다고 일컬어지고 있다. 그는 (천국으로 인도하는 베아트리체
가 신학의 대변자에 불과한 데 비해) 자상한 인격과 개성을 가진 인간 존재로서 그려지고 있다.

그가 나에게 대답했다. "이 사람들의 명성은
너의 세상에서 널리 알려져 있듯 여기서도
천상의 혜택을 받고 다른 이들과 달리 특별한 지위에 올라가 있다."
이때 목소리가 들렸다.
"떠나갔던 그가 지금 돌아왔다.
위대한 시인이다, 모두 경의를 표하라."
그 목소리가 멎고 주위가 조용해졌을 때
네 명의 큰 그림자가 우리에게 다가왔는데,
그들의 표정에는 슬픈 빛도 기쁜 빛도 나타나 있지 않았다.
착한 스승이 천천히 입을 열었다.
"다른 세 사람 앞에 서서 왕자(王者)처럼
손에 칼을 들고 오는 사람을 보라.
저자가 시인의 왕 호메로스이다.
다음에 오는 것이 풍자시인 호라티우스
오비디우스가 셋째이고 맨 끝이 루카누스이다.
아까 나를 부른 '시인'이라는 한마디의 이름을
이분들은 모두 나와 같이 나누고 있다.
이들이 나에게 경의를 표한 것은 고마운 일이야."

다른 새들보다 높이 하늘을 나는 매와 같은
그 숭고한 시의 왕자가 이끄는 훌륭한 한 일파가
만나는 광경을 이렇게 하여 나는 목격하였다.

다섯 사람은 잠시 담소하더니
내 쪽을 돌아보고 손짓으로 인사를 했다.
내 스승도 빙그레 미소 지었다.
그리하여 나에게 분에 넘치는 영광을 베풀어
이 현자들의 여섯 번째 사람으로서[5]
나를 그들 모임에 초대하였다.

우리는 빛이 있는 곳으로 걸어갔다.

그 사이의 화제는, 그때엔 이야기하기에 적당했지만

지금은 말하지 않는 것이 적당하다.

우리는 어느 고귀한 성 밑에 이르렀다.

높은 성벽이 일곱 겹으로 성을 에워싸고

주위에는 아름다운 냇물이 흐르고 있었다.

우리는 그 냇물을 마치 단단한 땅이라도 딛듯이 밟고 지나갔다.

나는 현자들과 함께 일곱 문을 지나서

상쾌하고 푸른 잔디밭에 이르렀다.

거기엔 유연하고도 엄숙한 눈매의 사람들이 있었다.

그 풍채에는 위엄이 있고

말수는 적었으나, 음성은 부드러웠다.

거기서 우리는 앞이 확 트이고 볕이 잘 드는

한쪽 구석에 있는 높은 곳으로 물러갔다.

거기서는 주위를 한눈에 바라다볼 수가 있었다.

바로 맞은편 빛나는 푸른 잔디밭에

위인들이 차례차례 나타났다.

그것을 보기만 해도 나는 몸속이 뜨거워지는 것을 느꼈다.

엘렉트라[6]가 많은 수행원을 데리고 있었는데,

그중에서 헥토르와 아이네이아스[7]는 안면이 있었다.

갑옷으로 무장한 카이사르는 매 같은 눈을 하고 있었다.

카밀라와 펜테실레이야[8]도 보였고,

---

5) 이것은 단테가 서양문학사에서 호메로스, 호라티우스, 오비디우스, 루카누스, 베르길리우스 다음의 여섯 번째 시인으로서 자기 위치를 두고자 한 것이라고도 볼 수 있을 것이다.

6) 엘렉트라(Electra) : 그리스 신화에서 땅의 신 아틀라스의 딸.

7) 헥토르(Hector) : 트로이 왕 프리아모스의 아들. 트로이 전쟁에서 총대장으로, 적장 아킬레우스에 의해 비참하게 죽었다. 아이네이아스는 베르길리우스가 《아이네이스》의 주인공으로 삼았던 앙키세스의 아들이다. 그는 트로이가 함락당하자 그곳을 떠나 새로운 땅을 찾아 유람하다가 로마제국의 시조가 되었다고 한다.

다른 곳에는 라티누스 왕이 공주 라비니아[9]와

앉아 있는 것도 보였다.

타르퀴니우스를 몰아낸 브루투스[10]도

루크레티아,[11] 율리아,[12] 마르키아,[13] 코르넬리아,[14] 그리고 또한

모두에게서 떨어져 외로이 있는 살라딘[15]도 보였다.

그리고 눈을 조금 드니

철학의 족보 속에 자리를 차지하는

지혜자들의 스승 '아리스토텔레스'[16]가 보였다.

모두가 그를 주시하고, 모두가 그에게 경의를 표하고 있었다.

이어서 소크라테스와 플라톤[17]이 보였다.

두 사람은 누구보다도 그의 가까이에 서 있었다.

세계의 우연성을 풀이한 데모크리토스,[18]

디오게네스,[19] 아낙사고라스,[20] 탈레스,[21]

---

8) 카밀라는 제1곡에서 언급되었고, 펜테실레이아(Penthesilea)는 아마존의 여왕으로 아킬레우스에 의해 죽었다.

9) 라티누스(Latinus) : 라티움의 왕으로 라비니아의 아버지. 라비니아(Lavinia)는 아이네이아스의 아내.

10) 타르퀴니우스(Tarquinius) : 로마 최후의 왕으로 브루투스에 의해 추방되었다. 브루투스(Brutus)는 로마 왕 타르퀴니우스를 추방하고 공화제를 창시하였다.

11) 루크레티아(Lucretia) : 미모와 정절로 유명한 고대 로마의 전설적 여인.

12) 율리아(Julia) : 카이사르의 딸. 폼페이우스의 아내.

13) 마르키아(Marcia) : 카토의 아내.

14) 코르넬리아(Cornelia) : 스키피오의 딸.

15) 살라딘(Saladin) : 투르크 왕.

16) 아리스토텔레스(Aristoteles) : 고대 그리스의 철학자로, 현실주의 철학관의 선구자이며 플라톤의 제자. 단테가 제1의 철인으로 존경하는 인물이다.

17) 소크라테스(Socrates) : 고대 그리스의 대철학자로, 내면(영혼) 철학의 시조. 거리의 사람들과 철학적 대화를 나누는 것을 일과로 삼았다. 플라톤(Platon)은 소크라테스의 제자로, 이념적 철학의 선구자.

18) 데모크리토스(Democritos) : 고대 그리스의 자연 철학자로, 고대 원자론을 확립하였다.

19) 디오게네스(Diogenes) : 고대 그리스 철학자로, 옛 이오니아의 자연학을 계승하고, 아낙시메네스의 공기설을 부활시켰다.

20) 아낙사고라스(Anaxagoras) : 고대 그리스의 철학자로, 세계의 변화는 결합과 분리뿐이며 운동의 원인은 정신이라고 주장하였다.

엠페도클레스,[22] 헤라클레이토스,[23] 제논,[24]

그리고 '식물'의 특성을 열성껏 조사한

저 디오스코리데스,[25] 오르페우스,[26]

키케로,[27] 리노스,[28] 도학자(道學者)인 세네카,[29]

기하학자 유클리드,[30] 프톨레마이오스,[31]

히포크라테스,[32] 아비켄나,[33] 갈레노스,[34]

그리고 일대 주석서를 엮은 아베로에스.[35]

이러한 학자 모두에 대해 빠뜨리지 않고 말할 수는 없다.

시제(詩題)가 길어서 내가 쫓기고 있으므로

아무래도 사실보다 말이 모자라게 되어 버리는 것이다.

---

21) 탈레스(Tales) : 고대 그리스의 철학자로, 만물의 근원은 물이라고 주장하였다.

22) 엠페토클레스(Empedocles) : 고대 그리스의 철학자로 시칠리아 출생. 만물의 근본은 물·흙·공기·불로 구성되었다고 주장하였다.

23) 헤라클레이토스(Heracleitos) : 고대 그리스의 철학자로, 만물유전설을 주장했다.

24) 제논(Zenon) : 고대 그리스의 철학자. 전통적인 여러 철학을 종합하여 독자적으로 스토아학파를 창설.

25) 디오스코리데스(Dioscorides) : 고대 로마 제국의 그리스 출신 식물학자. 약초학의 저서를 많이 남겼다.

26) 오르페우스(Orpheus) : 그리스 신화에 나오는 시인이며 음악가.

27) 키케로(Cicero) : 고대 로마의 문인·철학자·변론가·정치가. 카이사르와 사이가 좋지 않아 정계를 떠나 문필에만 전념하였다.

28) 리노스(Linos) : 그리스 신화에 나오는 신비적인 시인이며 음악가.

29) 세네카(Seneca) : 고대 로마의 스토아 철학자이며 네로의 스승. 아버지 대 세네카(문인)와 구별하기 위해 소 세네카로 통칭한다.

30) 유클리드(Euclid) : 고대 그리스의 수학자로 '유클리드 기하학'을 집대성하였다.

31) 프톨레마이오스(Ptolemaios) : 그리스의 천문학자·지리학자. 알렉산드리아에서 천체 관측으로 대기에 의한 빛의 굴절 작용을 발견하고 달 운동이 비등속운동임을 알아냈다. 단테의 천문학 지식은 모두 그에게서 나왔다고 해도 과언이 아니다.

32) 히포크라테스(Hippocrates) : 고대 그리스의 명의. 과학적 치료 방법의 창시자.

33) 아비켄나(Avicenna) : 페르시아의 철학자·의사로서 아랍명은 이븐 시나이다. 시아파의 이맘 이스마일의 자손.

34) 갈레노스(Galenos) : 고대 로마의 의사·해부학자.

35) 아베로에스(Averoes) : 중세 이슬람 철학·의학자이며 아랍명은 이븐 루쉬드이다. 아리스토텔레스의 저서에 주석을 달았다.

여섯 사람의 동행인은 다시 본래의 두 사람으로 줄었다.
총명한 길잡이는 다른 새로운 길로 나를 인도해 간다.
정적 속에서 나가 진동하는 대기로 들어간다.
그리하여 나는 광명이 없는 곳으로 나갔다.

제5곡

제2옥에 들어서니 입구에서 죄업을 규명하는 미노스가 버티고 서서 이를 갈고 있다. 미노스는 죄상에 따라 영혼을 저마다의 골짜기로 떨어뜨린다. 제2옥의 중천에는 육욕(肉慾)의 죄를 범한 자에게 지옥의 광풍이 쉴 새 없이 휘몰아치고 있다. 또한 거기엔 세미라미스, 헬레네, 클레오파트라 등 사후에도 둘이 같이 사는 파올로와 프란체스카의 영혼이 날아와 있다. 단테의 청을 받아들인 프란체스카 여인이 그 비련의 사연을 이야기한다. 단테는 너무나 슬픈 충격을 받고 까무러친다.

이리하여 나는 제1옥으로부터
제2옥으로 내려갔다. 여기는 장소가 좁았으며,[1]
그런 만큼 고통도 심한지 괴로운 신음이 들려온다.
그곳에 미노스[2]가 버티고 서서 무서운 형상으로 이를 갈고 있다.
입구에서 미노스가 죄를 심사하고,
꼬리를 감는 수에 따라 형벌과 갈 곳을 정한다.
성질 나쁜 망자가
그 앞에 나가 모든 것을 자백할 때
죄과를 알고 있는 미노스는
그 영혼이 지옥의 어디에 떨어짐이 적당한가를 판단하고,
보내고자 하는 지옥 층수대로
제 꼬리로 몸을 감는 것이다.

---

[1] 지옥은 분화구처럼 아래로 내려갈수록 점점 좁아진다.
[2] 미노스(Minos) : 크레타의 전설적인 왕으로 유피테르(제우스)와 에우로페 사이에서 난 아들. 자비로운 하느님이 아니라 중세적 인물인 미노스에게 이 판결을 맡기고 있는 점에는 단테의 연구심이 느껴진다고 할 수 있다.

그의 앞에는 언제나 많은 무리가 있어
한 사람 한 사람 차례로 심판받아
죄를 자백하고 형을 선고받아 지옥 속으로 떨어져 간다.

"오, 너 형벌의 집을 찾아왔구나."
미노스는 나를 보자 일손을 멈추고
내게 말했다.
"어떻게 해서 들어가려느냐. 안내인은 누구냐, 주의하라.
문이 넓다 해서 착각을 하면 안 돼!"[3]
나의 길잡이가 그에게 말했다. "뭘 그렇게 소리치느냐?
이 사람이 가는 길은 주께서 정하신 바이니 방해하지 마라.

---

3) 〈마태복음〉 7장 13~14절에 "좁은 문으로 들어가라, 절망으로 인도하는 문은 크고 그 길이 넓
  어 그리로 들어가는 자가 많고, 생명으로 인도하는 문은 좁고 길이 협착하여 찾는 이가 적음
  이니라."라고 쓰여 있다.

전지전능하신 주님의 뜻이다.
더 이상 묻지 마라."

그곳을 지나니 애처로운 목소리가 내 귀에도
들려왔다. 수많은 신음이 귓전을 때리는 곳에
내가 지금 온 것이다.
여기서는 모든 빛이 입을 다물었으며,[4]
그 외침 소리만이 맞바람의 폭풍을 만나
바다가 일으키는 풍랑 소리와도 같았다.
지옥의 광풍은 쉴 새 없이
망령의 무리를 휘몰아쳐 울러대며,
맴돌고 윽박지르며 고통을 준다.
망령의 무리는 폐허 앞에 이르자
한탄 속에서 통곡하며
주의 권능을 저주한다.
이런 형벌을 당하는 것은
육욕에 져서 이성을 버리고
죄를 범한 자가 선고받은 운명임을 알 수 있었다.
추운 계절에 찌르레기들이 퍼덕이면서
하늘 가득히 떼 지어 날아가듯
흡사 그와 마찬가지로 죄 있는 영혼의 무리가
바람결에 이리저리 떠돌아다니고 있다.
휴식이 아니라 고통의 감소라도 바랄
아무런 희망도 위안도 없다.
학들이 슬픈 노래를 부르면서
하늘에 긴 줄을 짓고 날듯이

---

4) 모든 빛이 입을 다무는 곳이란, 보고 듣는 두 가지 감각을 혼합한 형용으로서, 수사법의 통용
되는 법칙에 의해서는 규정할 수 없는 것이다. 그러나 감각이 예민한 시인은 그 직접적인 깨달
음이 그 고조에 이를 때 가끔 이런 종류의 공감각적 표현을 사용하기도 한다.

광풍에 실려 온 망령들이

고뇌의 신음을 지르며 다가왔다.

내가 그걸 보고 말했다. "스승님, 검은 바람이 저토록

매질하는 저들은 누구입니까?"

"네가 그 사연을 듣고자 하는 사람 중

맨 앞을 가는 여인은," 하고 그는 나에게 말했다.

"언어를 달리하는 수많은 민족에게 군림했던 여제(女帝)[5]이다.

음탕한 생활에 탐닉했기 때문에

세상의 비난을 초래했으나 그것을 지우기 위해

법률을 정하여 엽색을 합법화했다.

그 이름은 세미라미스, 서적에 의하면

니노스의 아내로서 그 뒤를 이어

지금 술탄이 지배하는 나라를 영유했다고 한다.

그다음은 시카이오스가 죽은 후 정조를 깨뜨리고 사랑에 빠졌다가

실패하여 자살한 여인 '디도'[6]이다.

그다음이 음탕한 여인 클레오파트라.[7]

헬레네[8]도 보이지. 저 여자로 인해

재난의 시간이 오래 계속되었다. 위대한 아킬레우스[9]도 보이지.

---

5) 기원전 14~13세기의 아시리아 황녀 세미라미스로 아랍명은 삼부 라마트이다. 남편 니노스 왕이 죽자 여왕이 되어 큰 건설공사를 일으키고 해외 정복 정책을 폈다. 그녀는 단테와 같은 문학가뿐만 아니라 로시니, 비발디, 레스피기 등의 작곡가들의 작품에도 등장하고 있다.

6) 디도(Dido) : 카르타고의 여왕. 남편 시카이오스가 살해당하자 도망쳐 나와 아프리카에서 나라를 세운다. 그곳을 방문한 아이네이아스를 사랑했으나 버림을 받고 자결하였다.

7) 클레오파트라(Cleopatra) : 이집트의 여왕. 카이사르와의 사이에서 자식을 낳았고, 카이사르가 죽자 안토니우스와 살았다. 안토니우스가 악티움 해전에서 옥타비아누스에 의해 죽자 독사를 품고 자살하였다.

8) 헬레네(Helene) : 스파르타 왕녀로서 절세미인. 남편 메넬라오스가 없는 틈을 타서 트로이의 왕자 파리스가 그녀를 유혹하여 트로이로 데려갔다. 이로 인해 그녀에게 구혼했던 제후들로 이루어진 동맹국들이 트로이를 공격함으로써 트로이 전쟁이 일어난 것이다.

9) 아킬레우스(achilleus) : 호메로스의 《일리아스》의 중심인물. 트로이 전쟁에서 적장 헥토르를 죽인 용장. 그러나 그 자신도 파리스의 화살에 급소를 맞고 죽었다. 트로이 왕 프리아모스의 딸 폴릭세네를 사랑하여 그 때문에 피살당했다고도 전해진다.

그도 사랑 때문에 끝내는 사지(死地)에 이르렀다.

그리고 파리스[10]도 트리스탄[11]도……." 하며

사랑 때문에 현세에서 쫓겨난

천이 넘는 영혼들의 이름을 들며 손가락으로 가리켰다.

스승이 부르는 옛날의 숙녀와 기사들의 이름을

다 듣고 났을 때

측은한 정에 사로잡혀 나는 넋을 잃고 어리둥절했다.

내가 말했다. "스승님, 저기 나란히 가는 저 두 사람은[12]

바람을 타고 가듯 가볍게 보입니다만,

될 수 있으면 저 두 사람과 이야기를 나누고 싶습니다."

그러자 시인이 말했다. "좀 더 우리들 가까이에 왔을 때

청해 봐라. 그때 두 사람을 이끄는 사랑의 이름에 의해

부탁하는 거다. 그들은 분명히 올 것이다."

그러자 곧 바람이 불어 그들은 우리에게로 밀려왔다.

나는 소리를 질렀다. "오, 고뇌로 괴로워하는 혼들이여,

아무도 꺼리지 않거든[13] 여기 와서 이야기나 나눕시다."

비둘기가 원할 때는 날개를 움직여

넓은 하늘을 제 마음대로 가로질러서

휴식의 둥지로 돌아가듯,

내가 친절히 부르자, 그에 응하여

그 두 사람은 디도가 있는 무리를 떠나

더러운 공기를 가로질러 나에게로 왔다.

---

10) 파리스(Paris) : 헬레네를 유괴해 간 트로이의 왕자.

11) 트리스탄(Tristan) : 아르투리아인으로, 숙모를 사랑했다가 숙부(아버지의 동생) 마르크에 의해
살해당했다.

12) 둘은 프란체스카 다 리미니와 파올로 말라테스타로 형수와 시동생 사이.

13) 이것은 신을 두고 한 말이다. 단테는 지옥 속에서는 신이라는 말을 쓰지 않고 있다.

"오, 상냥하고 친절하신 분, 당신은
세상을 피로 더럽힌 우리들을 찾아서
이 어두운 대기 속으로 오셨습니다.
만약 우주의 왕이 우리의 벗이었다면
당신의 평안을 그분께 부탁이라도 드릴 수 있었을 것을,
우리의 비뚤어진 죄악을 동정해 주신 당신이니까요.
지금 막 바람이 자니 그동안에
당신이 듣고 이야기하고자 바라는 것을
당신에게 들려 드리고 또 듣기로 하겠어요.

내가 태어난 고향[14]은 포강이 지류(支流)와 함께
바다로 흘러 들어가 평화롭게 쉬는
그 해변에 있습니다.
상냥한 마음에 순식간에 타오르는 사랑이[15]
나의 아름다운 몸으로 그를 포로로 만들었습니다.
산목숨이 죽게 된 그 일이, 나는 지금도 괴롭답니다.
어떤 연인에게도 사랑할 것을 허락지 않던 사랑이
좋아서 더 이상 견딜 수 없을 만큼 나를 사로잡아
보시다시피 지금도 여전히 나를 버리지 않습니다.
사랑은 우리 두 사람을 같이 죽음으로 이끌었습니다.
우리 목숨을 뺏은 그자는 반드시 카이나[16]의 나라로 떨어질 거예요."

---

14) 이탈리아 북부 에밀리아로마냐주에 있는 라벤나시. 프란체스카는 그곳의 성주 구이도 다 폴
렌타의 딸로 1275년 무렵 리미니의 성주 조반니 말라테스타에게 출가했다. 그녀는 속아서 미
남인 동생 파올로와 선을 보았는데, 결혼 후에야 자신이 절름발이고 추남인 형 조반니와 결
혼한 것을 알게 되었다. 그녀는 결국 파올로와 서로 사랑하는 사이가 되어 그와 함께 남편에
게 살해되었다. 단테의 베아트리체에 대한 한결같은 사랑과 이 프란체스카의 이야기는 시인
의 내면에서 연결되는 점이 있었던 것 같다.
15) 사랑이 의인화되어 불리고 있다.
16) 카인의 나라. 동생 아벨을 죽인 카인에서 취한 이름이다. 육친을 살해한 자가 떨어지는 곳으
로 지옥의 맨 아래층에 있다.

이 상심의 혼이 하는 말을 들었을 때

나는 잠시 고개를 못 들었다.

그러자 시인이 나에게 물었다. "무엇을 생각하나?"

나는 대답했다. "아, 감미로운 생각, 깊은 욕망이

얼마나 컸기에 그들은

그것이 원인이 되어 이 비참한 길에 떨어지고 말았는지요!"

그리고 나는 두 사람 쪽을 돌아보고 말했다.

"프란체스카, 당신의 괴로움은

참혹하고 불쌍해서 절로 눈물이 나는군요.

그러나 들려주시오,[17] 달콤한 한숨을 쉬던 무렵에

어떻게 해서 사랑의 허락을 받고

감추어진 상대편의 애정을 알아차릴 수가 있었습니까?"

그러자 여인이 내게 말했다. "불행 속에 있으면서

행복하던 시절을 회상하는 것만큼 쓰라린 일은 없습니다.

그것은 당신 스승께서도 알고 계십니다.

그러나 우리 사랑의 시작을 당신이 그토록

알고자 하신다면

울면서 이야기하는 사람처럼 얘기해 드리겠습니다.

어느 날 우리는 심심풀이 삼아 란슬롯[18]이 어떻게 해서

사랑에 끌렸는지 그 이야기를 읽고 있었습니다.

단둘이었으나 별로 꺼림칙한 마음은 없었습니다.

그 책을 읽는 도중, 수차 우리들의 시선이 맞부딪쳐

그때마다 얼굴빛이 변했습니다만

다음 한 구절에서 우리는 지고 만 것이에요.

---

17) 상대편의 마음속을 아직 모르고 혼자 사랑을 품고 있었을 때 어떻게 해서 상대편의 상냥한 마음을 알았느냐고 묻는 것이다.

18) 란슬롯(Lancelot): 프랑스 명으로 랑슬로. 《아서 왕》에 나오는 원탁의 기사로 귀네비어 왕비를 사랑했다.

그녀의 동경하던 미소[19]에 그 멋진 연인이 입을 맞추는

구절을 읽었을 때,

나에게서 영원히 떠날 수 없는 이 사람은

떨면서 나에게 입을 맞추었습니다.

그 책을 쓴 사람은 갈레오토[20]입니다.

그날 우리는 더 읽지를 못했습니다."

한 영혼[21]이 이렇게 이야기하는 동안

다른 영혼은 하염없이 우니, 너무나 애처로워

나는 죽은 듯 넋을 잃고

죽은 몸이 넘어지듯이 쓰러졌다.

---

19) 미소 짓는 입술을 말한다.

20) 갈레오토(Galeotto) : 《아서 왕》의 이야기 속에서 란슬롯과 귀네비어 사이를 중개한 것이 갈레
오토이다. 여기서는 중매인이라는 뜻으로 사용되고 있다. 이와 같은 이야기에 대한 암시는 프
란체스카가 귀족 가문에서 성장한 여성이었다는 것을 연상하게 한다.

21) 한 영혼은 프란체스카를 뜻하고, 다른 영혼은 파올로를 뜻함.

제6곡

제2옥에서 단테는 사랑에 빠진 형수와 시동생 프란체스카와 파올로를 보고 나서 충격으로 정신을 잃었는데, 정신을 차리고 보니 제3옥에 와 있다. 거기서는 생전에 많이 먹은 자들이 차가운 비를 맞으며 벌을 받고 있다. 케르베로스라는 세 개의 머리가 달린 괴물이 그들을 물어뜯으며 짖어댄다. 그곳에 있던 무리 중 치아코라는 별명으로 불리는 자가, 피렌체의 분열상에 대한 장래를 예언한다. 베르길리우스가 단테의 질문에 대답한 뒤 두 사람은 제4옥 쪽을 향해 간다.

이 형수와 시동생의 슬픈 사연에
나는 너무나 마음이 아파
의식을 잃고 쓰러졌다. 정신을 차리고 보니
내 주위는 앞으로 가도 옆을 보아도
또 어디를 봐도 도대체 이제껏 본 적 없는 가책과
가책으로 고통받는 사람들뿐이었다.
저주받은 차갑고 무거운 영원의 비가 내리는
제3옥으로 나는 왔던 것인데,
그 비의 규칙과 성질은 바뀌는 일이 없었다.
큰 우박덩이와 더러운 물과 눈이
암흑의 대기 속으로 줄기차게 쏟아진다.
그리고 그것을 받는 대지는 썩은 냄새를 피워 올린다.

케르베로스라[1]는 사납고 기괴한 짐승이

---

1) 케르베로스는 그리스 신화에 나타나는 지옥문을 지키는 개로 머리가 세 개 달린 괴물이다. 탐식을 좋아하는 이 괴물이 현세에서 남의 재물 등을 탐한 죄를 범한 자를 마구 물어뜯어 벌하

이 구정물과 얼음에 묻힌 자들 위에서
세 개의 목구멍으로 개처럼 짖어댄다.
그 눈은 핏발이 서 뻘겋고 털은 기름져서 거무스름하다.
잔뜩 부른 배에다 칼날 같은 손톱으로는
망자들을 할퀴고 뜯어 갈기갈기 찢는다.
비를 맞고 망자들은 개처럼 짖어대며,
등을 돌려 배를 감싸고 배를 돌려 등을 감싼다.
이 비참하게 모독당한 자들은 뒹굴면서 몸부림친다.
우리를 보자 고약한 괴물 케르베로스는
세 개의 입을 벌려 엄니를 드러내고
그 사지를 온통 부르르 떨었다.
그러자 나의 길잡이는 손바닥을 펴서
손에 한 움큼 흙을 쥐고는

고 있다. 그것이 제3옥의 응보인 것이다.

게걸스러운 그 아가리 속으로 던져 주었다.

마치 먹이를 달라고 짖어대던 개가

먹이를 얻자 먹기에 정신이 빠져

얌전해지듯이, 이 악마 같은

케르베로스의 고약한 얼굴들도 갑자기 잠잠해졌다.

이제까지는 망자들이 차라리 귀머거리가 되었더라면 싶을 만큼 짖어대며 질

타하고 있었던 것이다.

억수 같은 비를 맞고 기죽어 있는 망자들 위를

우리는 건너갔다. 그 위를 디뎌도

그들의 몸이 허깨비라 아무것도 없는 것처럼 여겨졌다.

그들은 모두 땅 위에 누워 있었는데,

그중 하나가 우리가 앞을 지나는 것을 보고서는

갑자기 몸을 일으켜 앉으려고 했다.

"여보게, 자네는 이 지옥을 돌아보는 모양인데."

그는 나에게 말했다. "어떤가, 나를 본 기억이 없나.

자네는 내가 죽기 전에 태어났었어."

나는 그 망령에게 말했다. "불안과 오뇌 때문에

자네 용모가 변한 탓인지

통 내게는 기억이 없구나.

한데 자네는 누구지? 이토록 참혹한

곳에 들어와서 이런 벌을 받다니,

다른 더 혹독한 벌이 있다 할지라도 이런 고약한 변을 당하다니."

그러자 그가 나에게 말했다. "자네 고향은 지금 시기로

가득 차 터질 것같이 되었으나, 나는

아직 그곳이 깨끗했을 때 거기서 살았다.

자네들 시민은 나를 가리켜 '돼지' 치아코라고 불렀다.

많이 먹은 큰 죄 때문에

자네도 보다시피 이렇게 비에 시달리고 있다.
비참한 혼은 나뿐이 아니다.
여기 있는 자들은 모두 나와 똑같은 죄로
같은 벌을 당하고 있는 것이다." 이 말을 한 뒤 그는 입을 다물었다.

내가 그에게 대답했다. "치아코, 자네의 비참한 꼴을 보니
마음이 무거워져 눈물이 나는구나.
하나 만약 알고 있다면 가르쳐 다오,[2]
분열된 피렌체시의 사람들에게 무슨 일이 일어날 것인지,
올바른 자는 누가 있는지? 그리고 이유를 말해 다오,
왜 피렌체가 이토록 불화와 반목에 사로잡혀 있는지?"

그러자 그가 대답했다. "오랜 대립 끝에
비참한 유혈을 보게 되리라. 야인인 '백당'이
상대인 '흑당'을 마구 매도하여 내몰 것이다.
그리고 태양이 3년 도는 동안에 이 '백당'이 몰락하고
지금 수면 밑에서 잠자고 있는 인물이 득세를 한다.[3]
그는 힘으로 상대를 누르고
오랫동안 큰소리칠 것이다.
아무리 분개해 봤자 소용이 없어.
의인이 둘 있어도 시민들은 알아주지 않을 것이다.
오만·질투·탐욕,
이 세 가지가 시민들의 마음에 옮겨붙은 불꽃이니까."
여기서 한심스러워 눈물이 날 지경인 이야기를 끝마쳤다.

---

2) 지옥에 떨어진 사람은 현세의 현재에 대한 것은 모르나 미래를 예언할 능력이 주어져 있다.
이 능력을 상정했기 때문에 〈지옥편〉이 더욱 흥미로워졌다고 할 수 있을 것이다. 단테는 집필
의 시점에서는 이미 과거의 사건이 된 사실을 지옥 사람의 입을 빌려 예언으로 말하게 하였으
며, 가끔 일어나지 않은 일을 거기다 섞어서 말하게 한다. 후자는 주로 단테가 평소에 바라던
일이었지만, 사실과 바람을 섞은 수법 때문에 그 내용까지 진실처럼 느껴지는 것이다.
3) 이 인물은 교황 보니파시오 8세로, 그는 단테의 적대자로서 《신곡》을 통해 가끔 언급된다.

그래서 내가 그에게 말했다. "조금만 더 가르쳐 다오,
선물로 여길 테니 조금만 더 들려 다오.
그토록 고결했던 파리나타[4]와 테기아이오,
야코포 루스티쿠치, 아르리고와 모스카 등
좋은 정치를 하려고 있는 힘을 짜내던 사람들은
어디 있는지 내게 알려 다오.
그들을 하늘이 위로하고 있는지 지옥이 괴롭히고 있는지,
그것이 알고 싶어 가슴이 죄는 것 같구나."

그러자 그가 말했다. "그들은 더 검은 혼들 속에 있다.
가지가지 죄의 무게로 그들은 그런 밑바닥에 빠져 있다.
만약 거기까지 내려가면 자네는 그들을 만날 수 있으리라.
그러나 자네가 아름다운 세계로 돌아가거든
부탁이니 모두에게 내 말을 잘 전해 다오.
더 이상은 말도 하지 않고 대답도 하지 않겠다."

이렇게 말하고는 바로 보던 눈을 사팔뜨기처럼 하고
잠시 나를 바라보더니, 고개를 숙이고
다른 장님들[5]이 있는 곳으로 곤두박질치며 쓰러졌다.

그러자 길잡이가 나에게 말했다. "천사의 나팔 소리가
울려 퍼질 날까지 그는 못 일어날 것이다.
그때 죄의 심판자가 나타나면
혼들은 저마다의 슬픈 무덤을 다시 보고 거기서

---

4) 파리나타는 〈지옥편〉 10곡에서, 테키아이오스와 루스티쿠치는 〈지옥편〉 16곡에서 나타난다.
그러므로 여기 나타나는 이런 이름은 독자의 의식 밑에 남아 예고가 되어 주는 셈이다. 게르
만 사람인 괴테의 《파우스트》와 달리 라틴 사람인 단테의 《신곡》은 굉장히 치밀하게 구성된
예술 작품이므로 앞뒤가 서로 정교하게 맞는 경우가 많다. 그것이 이 작품을 정독하게 하는
하나의 이유이기도 하다.
5) 지옥은 빛이 없는 장님의 감옥이며, 지옥에 떨어진 사람들은 장님들이다.

육체의 모습을 되찾아
영원히 울려 퍼지는 판결을 들으리라."

이렇듯 미래에 대한 것을 조금 이야기하며
우리는 발걸음도 느릿느릿
망령과 빗물이 더럽게 뒤섞인 속을 나갔다.
그때 나는 물었다. "스승님, 이 고통은
마지막 심판의 판결이 난 뒤에 커집니까,
작아집니까, 아니면 지금과 마찬가지로 엄합니까?"
그러자 그가 대답했다. "너의 학문[6]으로 돌아가거라.
그 학문의 체계에서는, 사물은 완전하면 할수록
그만큼 기쁨도 고통도 강하게 느낀다고 되어 있다.
이런 저주받은 자들은 결코
참다운 완전에 도달하지는 못하지만,
심판을 받은 뒤에는 '육체를 회복하므로' 전보다는 완전에 가까워진다."

우리는 길을 돌아 나가는 동안
여러 가지 이야기를 나눴으나 여기선 말 않겠다.
이윽고 우리는 아래로 내려가는 어귀에 이르렀다.
거기서 큰 적 플루토[7]가 있는 것을 보았다.

---

6) 너의 학문이란, 아리스토텔레스와 토마스 아퀴나스의 학문 체계를 말한다. 단테는 아리스토텔레스의 철학을 높이 평가하고 있었는데, 아리스토텔레스는 그리스어에서 아라비아어로 번역되어 회교 문화를 거친 후 다시 라틴어로 번역되어 중세기 말 유럽에 역수입되었다. 〈지옥편〉 4곡에 아라비아 이름으로 이븐 루쉬드라 불리는 아베로에스(1126~1198) 등이 포함되어 있는 것은 그 때문이다.
7) 중세에는 플루톤(지옥 하층계의 신)과 플루토(재보의 신)가 혼동되었다고 한다. 재산에 대한 탐욕은 많은 죄과와 고통의 원인이 되므로 큰 적이라 하였다.

제7곡

베르길리우스에게 질타당하여 플루토가 쓰러지자 두 사람은 제4옥으로 내려
간다. 거기서는 인색가 무리와 낭비가 무리가 둥근 꼴로 생긴 길 위에서 무거운
짐을 굴리면서 소용돌이처럼 서로 반대 방향을 향해 달리고 있었다. 둥근 꼭대
기의 한 지점에 이르면 만나자마자 서로 욕하고 두들기고 하다가 끝내는 양쪽 다
도로 오던 길로 되돌아가는데, 다시 서로 부딪는 지점에서 또 서로에게 욕질과 주
먹질을 퍼붓는다. 베르길리우스는 표리(表裏)를 이루는 인색과 낭비 두 가지 죄를
설명하고 다시 운명이 무엇인가를 논한다. 두 사람은 스틱스 늪에 이르렀는데, 거
기서 성을 내며 날뛰는 자와 불만을 품은 자의 영혼을 본다.

"파페 사탄, 파페 사탄 알레페."[1]
하고 플루토가 쉰 목소리로 외쳐댔다.
그러자 무슨 일에나 눈치 빠른 현자가 상냥하게
나를 위로하며 말했다. "너는 무서워서
기가 질리면 안 돼. 그놈에게 어떠한 힘이 있더라도
우리가 바위를 내려가는 것을 막진 못할 것이다."
그다음 그는 플루토의 성난 얼굴을 향해 말했다.
"닥쳐라, 저주받은 이리야.
네 노여움으로 네 자신을 불태워 버려라.
우리가 어두운 골짜기로 내려가는 데는 까닭이 있다.
'대천사 미가엘'이 오만한 반역자를 퇴치한 장소인
천상의 뜻인 것이다."

---

1) 플루토가 노해서 하는 말인데, 해석은 여러 가지 설이 분분하여 명확한 뜻은 알 수 없다.

한껏 바람을 받아 부풀었던 돛이

돛대가 부러지자 축 늘어지며 떨어지는 꼴과 같이

그 무자비한 맹수도 털썩 땅에 쓰러졌다.

이렇게 우리는 제4옥으로 내려갔다.

온 누리의 죄악을 그 속에 품고 있는

음산한 벼랑을 따라 나아갔다.

아, 신의 정의여! 내가 여기서 보는

전대미문의 벌과 고통을 누가 이토록 모을 수 있었습니까?

왜 인간의 죄는 인간을 이토록 파멸시키는 것입니까?

소용돌이치는[2] 카리디 해협에서 파도는

파도와 부딪쳐 부서진다. 그 파도와도 흡사하게

---

2) 이오니아해와 티레니아해에서 몰리는 파도가 메시나 해협에서 부딪쳐 생기는 소용돌이를 일컫는다.

여기 있는 자들은 소용돌이를 치면서 춤을 추고 있다.

딴 데보다 사람도 많다.

이쪽저쪽에서

소리치면서 가슴으로 무거운 짐을 떼밀어 굴리고 있다.

그들은 맞부딪치자마자 서로 치고받고 하다가

오던 길로 그 짐을 도로 굴려 가면서

욕지거리한다. "왜 수전노 짓이냐?" "왜 헤프게 쓰느냐?"

이렇게 이리 도는 자도, 반대 방향으로 저리 도는 자도

창피스러운 욕지거리를 퍼부어 대며

암흑의 골짜기를 따라서 돈다.

그리하여 다시 그 지점에 이르면 맞부딪쳐 발길을 돌리고,

또 다음 충돌 때문에 저마다 반원을 되돌아간다.

나는 너무나 불쌍하여 가슴이 미어질 것 같았다.

"아, 스승님, 가르쳐 주십시오.

이 사람들은 누구입니까. 우리 왼편에 있는

까까머리들은 모두 성직자입니까?"

그러자 스승이 말했다. "그들은 모두

몹시 마음이 비뚤어졌기 때문에 첫 번째 삶에선

도저히 돈을 유효하게 쓸 줄 몰랐다.
죄에 따라 저자들은 옥의 두 지점에서 갈라져 있다.
그 지점에 이르렀을 때
그들이 외치는 소리로 이를 뚜렷이 알 수 있으리라.
앞쪽에 있는 자들은 본디 성직자였다. 머리에 머리카락이 없지.
생전에 교황과 추기경이었던 자도 있다.
이들은 탐욕이 그지없는 자들이다."
나는 말했다. "스승님, 이자 중
이런 악에 물든 더러운 자 몇 명쯤은 반드시
내가 아는 자일 것입니다."

그러자 스승이 말했다. "그런 건 생각해 봤자 소용이 없어.
분별없는 생활을 해서 더럽혀진 그들은
이제는 분별이 안 될 만큼 얼굴이 시꺼멓게 칠해져 있다.[3]
그들은 영원히 저 두 지점에서 부딪치는 거다.
이 '인색가'들은 무덤에서 손을 꽉 쥔 채 부활하고,
저 '낭비자' 패들은 머리털까지 잘려서[4] 부활한다.
죄악을 뿌리거나 죄악을 모으거나 했기 때문에 그들은
아름다운 나라에 들어가지 못하고 이렇게 서로 싸우는 처지가 되었다.
그것이 어떤 싸움인지 꾸밈없이 말하리라.
운명에 좌우되는 부귀를 둘러싸고 사람들은 서로 싸우는 법인데,
아들아, 지금 너는 알았으리라,
그러한 것은 결국 잠깐의 희롱이다.
지금 달빛 아래 있는 모든 황금이나 전에 있던 황금이
이 지쳐 빠진 망자 누구 한 사람도
평안하게 해줄 수 없다."

---

3) 분별없는 생활을 해서 더럽혀진 그들은 이제 알아볼 수 없을 만큼 얼굴이 새까맣게 칠해져 있다. 이것도 하나의 응보이다. 특히 검정은 서양에서도 나쁜 색깔이다.
4) 낭비하는 생활로 머리카락까지 팔아먹었음을 암시한다.

"스승님" 하고 나는 말했다. "이 기회에 가르쳐 주십시오.
스승께서 지금 말씀하신 이 운명이란, 이처럼
이 세상의 부귀를 장악하고 있는 운명이란 무엇입니까?"

그러자 스승이 말했다. "아, 미련하도다, 인간이란.
어찌 이토록 무지몽매에 사로잡혀 있을까?
너에게 내가 아는 이치를 알려 주마.
그 지혜가 모든 것을 초월하는 분께서
모든 하늘을 만드시고 그것을 지도하는 천사를 임명하셨다.
그 때문에 평등하게 빛을 나누면서
하늘은 서로 마주 빛나고 있다.
마찬가지로 세속의 영화에 대해서도
그것을 전적으로 맡아보는 '운명'이라는 여인에게 지휘를 명하여
헛된 부귀가 세월의 흐름에 따라
어떤 민족에서 다른 민족으로 어떤 혈족에서 다른 혈족으로,
사람 재주로는 따를 수 없는 곳에서 옮겨가도록 정해져 있다.
그래서 이 여인의 선고에 따라
어떤 자는 번영하고 어떤 자는 망하는 것인데,
그 선고는 풀 속의 뱀처럼 밖에서는 눈에 보이지 않는다.
인간의 지식도 운명에는 못 당한다.
운명이라는 여인은 다른 신들이 자기 영토를 다스리듯
자기 세력 범위에서는 모든 일에 대비하여 판단하고 처리한다.
운명은 쉴 새 없이 모습을 바꾸며
필연은 운명을 빨리 움직이게 한다.
그러므로 이렇게 또 저렇게 변하게 되는
이것이 운명이라는 여인이다.
그런데 운명을 찬양해 마땅할 자들도 그녀를 원망하고 있다.
엉뚱한 비난이다. 비뚤어진 말이다.
그러나 그녀는 축복받고 있으므로 그런 것에는 귀 기울이지 않는다.

시초에 만들어진 다른 자들[5]과 함께 즐거운 듯이
운명의 테를 돌리며 행복을 즐기고 있다.
자 좀 더 불쌍한 쪽으로 내려가 보자.
내가 떠날 때 돋았던 별들이 모두
벌써 지는구나, 더 이상 여기 머무를 수는 없다."
우리는 옥을 가로질러서 안쪽 벼랑에 이르렀다.
그 밑에는 못이 있었는데, 끓는 물이 넘쳐서
못에서 갈라진 도랑으로 흘러 들어가고 있었다.
물은 색이 짙다 못해 까맣게 흐려져 있다.
우리는 그 검은 흐름을 타고
인적이 없는 길을 따라 아래로 내려갔다.
검실검실하게 음울한 벼랑 아래로

---

5) 천사들을 의미한다.

이 구슬픈 강물은 흘러 떨어져서
스틱스라는 이름의 늪을 이루고 있었다.
내가 조심스레 멈추어 서서 눈여겨보자
그 늪 속에 잠긴 진흙투성이 사람들이 보였다.
모두 벌거숭이로 얼굴에는 노기를 띠고 있다.
모두 서로 손으로 때릴 뿐만 아니라
머리와 가슴으로 부딪고 발로 찬다.
이빨로 갈기갈기 상대편의 살점을 물어뜯는다.

스승이 말했다. "아들아, 잘 보아 둬라.
분노를 이겨내지 못한 자들의 혼이다.
잘 알아 두도록 해라.
이 물밑에는 한숨을 쉬고 있는 자들이 있어
수면에 거품이 이는 것이다.
어디를 보아도 보이잖느냐.
진흙에 묻힌 자들의 넋두리이다. '우리는 쓸쓸했다.
햇빛 비치는 즐겁고 아름다운 대기 속에 있어도
마음속엔 불만이 가득했다.
지금도 시커먼 수렁 속에서 우리는 우울하다.'
이런 소리를 목구멍 언저리서 중얼거리고 있는 것은
저들은 똑똑히 입으로 말할 수 없기 때문이니라."⁶⁾

---

6) 음성적 불만이 있었던 자에 대한 응보의 예. 신곡은 단테가 성서에도 있는 '되로 받은 것은
되로, 말로 받은 것은 말로 갚는다'라는 사상에 따라 신을 대신해서 심판을 내리고 있는 작품
이라고도 볼 수 있다. 그래서 동시대 사람인 치노 다 피스토이아(이탈리아 법학자·시인,
1270~1336)는 다음과 같은 비난을 하기도 했다. '이 단테의 책은 요컨대 시인의 이단적 행위이
다. 감언으로써 남들의 관심을 끌어 그들을 자기 권위 아래 놓으려 하기 때문이다.' 단테는 젊
고 기운찬 정치가였다. 그러한 그가 정변에 의해 갑작스레 추방당하게 되었다. 단테는 뛰어난
능력과 자신감, 그리고 정의감을 갖추고 있었으나, 그의 가슴속에서는 그런 만큼 더욱 공분
이 불타고 사사로운 원한이 끓어올랐겠다고 짐작된다. 그는 그 원한을 지옥편의 시로써 푼
것이다.

이렇듯 진흙을 삼키는 못 속의 사람들에게서 눈을 돌리면서
우리는 더러운 늪 가를 삥 돌아
물가에서 마른 둑에 이르는 데까지 걸어 나가
마침내 어느 탑 밑에 이르렀다.

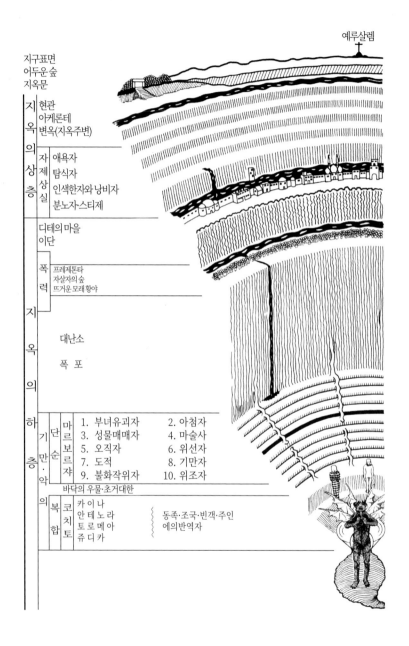

제8곡

두 시인 앞에 선 탑에 불이 켜지자마자 그것을 신호로 늪의 뱃사공 플레기아스가 배를 저어 와서, 베르길리우스와 단테를 건너편 기슭으로 데리고 간다. 그들은 늪 중간에서 울부짖는 필립포 아르젠티가 미쳐 날뛰는 꼴을 본다. 두 사람은 그로부터 지옥의 하층인 디테에 이르지만, 그곳에 있던 천여 명의 악마가 성문을 닫고 그들이 들어오는 것을 거부한다. 베르길리우스의 표정에는 근심의 빛이 짙다. 여기는 지옥의 제5옥이다.

그 뒤를 계속해서 말하리라.
높은 탑 밑에 이르기 훨씬 전부터
우리들의 눈은 탑 꼭대기에 못 박혔다.
두 개 조그만 불이 켜지는 것이 보이고
그것을 따라 다른 불 하나가
맨눈으로 알아보기 어려울 만큼 멀리서 신호하는 것이 보였던 것이다.
그래서 나는 모든 지혜의 바다인 스승에게 물었다.
"이 불은 무엇을 뜻합니까? 저쪽 불은
무엇을 답하고 있습니까? 이 불들은 누가 피웠는지요?"

그러자 스승이 말했다. "늪의 수증기가 시야를 막지 않았던들,
이 흐린 물결 위로 지금 무엇이 오고 있는지
너는 벌써 알 수 있었을 것이다."

힘껏 시위를 당겨서 쏜 화살이라도
이처럼 날쌔게 공중을 치달리지는 않았을 것이다.

순식간에 조그만 배 한 척이

물을 건너 우리들 쪽으로 다가온다.

노 젓는 사공은 한 사람이었는데, 그자가 외쳤다.

"이제 잡았다, 흉악한 망자 놈을!"

"플레기아스,[1] 플레기아스, 너 이번만은,"

나의 스승이 말했다. "큰소리쳐 봤자 소용없다.

우리가 네 신세를 지는 것은 늪을 건널 동안뿐이다."

마치 대단한 속임수를 곧이듣고

속았던 자가 뒷날까지 그걸 꽁하게 여기듯

플레기아스는 노염을 참느라 입술을 깨물었다.

길잡이는 배 안에 내려서서

나를 곁으로 인도했다.

내가 탔을 때 비로소 짐을 실은 듯 배는 기우뚱했다.[2]

스승과 내가 타자마자

고색창연한 뱃머리는 여느 때보다 깊숙이

물을 가르며 나아갔다.

우리가 죽음의 늪을 건너가는 도중,

눈앞에 진흙투성이 사나이 하나가 버티고 서서 외쳤다.

"거기 시간도 되기 전에 온 놈이 누구냐?"

내가 그에게 대답했다. "오기는 왔으나 오래 있지는 않겠다.

그렇게 흉측한 꼴을 한 너야말로 누구냐?"

그가 대답했다. "보다시피 나는 지금 울고 있는 자다."

---

1) 플레기아스는 그리스 신화 속에 등장하는 인물이다. 그는 아폴로가 자기 딸 코로니스를 능욕한 데 대한 노여움에 못 이겨 델포이의 아폴론 신전을 불태웠다. 여기서는 지옥의 스틱스강 사공으로 등장한다. 그는 단테를 지옥으로 떨어져 온 망령으로 착각한 것이다.

2) 단테에게는 육체의 무게가 있기 때문에, 영혼뿐인 베르길리우스가 탔을 때와는 달리 비로소 짐을 실은 것같이 배가 기우뚱했다는 것이다. 단테에게는 자연 과학자와 같은 정밀한 측면이 있어 이런 종류의 관찰이 종종 행해지고 있다. 그러한 세부적인 스케치가 시의 구체성을 살리고, 과학적인 발견이 갖는 시정을 아울러 전하고 있다.

그래서 내가 말했다. "울든 후회하든,
너 같은 나쁜 자는 여기 남기 마련이다.
더러워지긴 했으나 네 얼굴은 낯이 익다."
그러자 그가 뱃전으로 두 손을 내밀었는데,
스승은 재빨리 사내를 떠밀고
"다른 개들과 함께 냉큼 저리로 꺼져라!"
하며 내 목에 팔을 감고
내 볼에 입 맞추며 말했다. "악에 분노할 줄 아는 혼이여,[3]
너를 잉태했던 분께 축복 있으라!
저놈은 세상에 있을 때 거만한 사내였다.

---

3) 이러한 표현에서도 드러나듯이 《신곡》은 격렬한 노여움의 문학이라는 일면을 갖고 있다. 따라서 일부 사람들은 이 작품 속에서 보이는 사적인 제재의 요소나, 특히 여기에 표시된 단테의 가차 없는 태도를 들며, 간혹 이웃을 사랑하라는 그리스도교의 교훈에 위배된다고 평가하기도 한다.

기억에 남을 만한 선행은 아무것도 한 것이 없었지.
그래서 저놈의 혼은 여기서 저렇게 미쳐 날뛰는 게다.
지금 임금이라 칭하며 큰소리치고 있는 자 중에도
무서운 악평을 남기고 장래엔 여기서
돼지처럼 진흙투성이가 될 자들이 많을 것이다."

그래서 나는 말했다. "스승님, 이 늪에서 나가기 전에
저놈이 이 더러운 늪 속에 빠지는 꼴을
꼭 좀 봤으면 좋겠습니다."
그러자 스승이 나에게 말했다. "저쪽 언덕이 보이기 전에
너의 소망은 이루어지리라.
그런 소망이 이루어지는 건 좋은 일이다."

정말 그러고 얼마 안 되어 진흙투성이 사내들이
우르르 몰려들어 그를 갈기갈기 찢는 것이 보였는데,
거기에 대해 나는 지금도 신께 감사하고 찬미하고 있다.
모두가 외쳤다. "필립포 아르젠티!"[4]
그러자 그 미쳐 날뛰던 피렌체의 망자는
이를 갈며 제 몸을 물어뜯었다.

그래서 그 자리를 떠났으니, 그에 대한 말은 하지 않으리라.
그때 아비규환이 귓전을 때리기에
나는 눈을 크게 뜨고 앞쪽을 응시했다.
그러자 훌륭하신 스승이 가르쳐 주었다. "아들아, 드디어
'디테'[5]라는 마을 가까이 왔다.

---

4) 필립포 아르젠티(Filippo argenti) : 피렌체의 귀족 출신. 그는 단테의 정적이었던 것으로 알려져 있다.
5) 디테(Dite) : 혹은 디스(Dis)라고 하며, 지옥의 마왕 루시페르를 가리킨다. 지옥의 6옥부터 9옥을 통틀어 디테의 마을이라고 한다.

죄가 무거운 사람들, 그 큰 무리가 살고 있는 곳이다."
나는 말했다. "스승님, 벌써 둥근 지붕의 회교 사원⁶⁾이
저 골짜기 속에 또렷이 보입니다.
마치 불길 속에서 꺼낸 것처럼 새빨갛군요."
스승이 말했다. "이 지옥의 밑바닥까지, 보다시피
저 속에서 타오르고 있는 영원한 불이
사원을 빨갛게 비추고 있다."
드디어 우리는 깊은 골짜기로 들어갔다.
골짜기가 이 버림받은 마을을 둘러쌌고,
그 성벽은 쇠로 된 것 같았다.
꽤 오래 저어 나간 끝에 우리는 어느 기슭에 이르렀다.
거기서 사공이 무뚝뚝하게 소리쳤다.
"내려라, 여기가 마을 입구다."

하늘에서 쫓겨나 비처럼 떨어뜨려진 '천사'가 천여 명이나
문 위에 보였다. 그들은 저마다 화난 소리로 외쳤다.
"누구냐, 죽지도 않은 주제에
죽은 자의 왕국을 활보하는 놈이?"

그러자 총명한 스승은 눈짓하고

---

6) 단테는 기독교인으로서, 당시의 회교도 세력의 진출을 두려워했고, 이러한 감정에서 지옥의
하층계 건물을 둥근 지붕의 회교식 사원으로 설정했다. 그전에 십자군이 점령한 동방의 거점
은 13세기를 통해서 거듭 회교도의 수중으로 넘어갔으나 그리스도 교계는 내부 분열 때문에
그에 대항하지 못하고 있었고, 단테는 그러한 사태에 대해 상심하고 있었던 것이다. 칼라일은
《영웅과 영웅 숭배》에서 이 '새빨간 둥근 지붕의 사원'에 대해 언급하며 "선명하고 명료하여
한 번 보면 영원히 기억된다."고 하였다. 그는 거기에서 단테의 천재성을 인정하여, "단테에게
는 간결함과 급격한 정밀함이 있으며……본질을 찌른 한 구절을 말했나 하면 어느새 침묵이
이어져 더 이상 한마디도 말할 수가 없다. 그러나 그 침묵은 많은 말을 거듭한 이상의 웅변이
다."라고 평한 뒤, "그가 얼마나 날카롭고 선명한 솜씨로 사물의 실상을 후벼내는지 모르겠다.
그는 마치 불의 붓으로 사물의 핵심을 찌르는 것 같다."는 말로 그의 예리한 필법에 경탄하고
있다.

조용히 그들과 이야기하려고 했다.

그랬더니 악마들은 모멸의 빛을 다소 풀며 말했다.

"오겠다면 너만 오너라, 저놈은 가도록 해라.

대담한 놈, 용케도 이 나라에 들어왔군.

네가 오던 광포한 그 길을 따라 혼자 돌아가라.

갈 수 있다면 말이다. 이 컴컴한 나라로

저놈을 안내한 너는 여기 남아야 한다."

독자들이여, 생각해 보시라, 저 저주스러운 말을 듣고

내가 기운을 잃지 않았겠는가를.

나는 이제 지상으로 살아 돌아갈 희망이 없을 것만 같았다.

"오, 길잡이인 스승이시여, 스승께서는 일곱 번 넘게

나에게 안전을 보증하셨습니다. 그리고 내가

난국에 직면했을 때 나를 구해 주셨습니다.
버리지 말아 주십시오, 스승님. 나는 어떻게 해야 할지 모르겠습니다.
만약 이 이상 앞으로 갈 수가 없다면
곧 함께 오던 길로 되돌아가십시다."

그러자 거기까지 나를 인도한 스승이 말했다.
"염려 마라, 우리들의 앞길은 그분의 뜻이니
아무도 막지 못한다.
여기서 나를 기다리고 있거라. 정신이 몹시 지친 것 같은데,
희망은 반드시 있다, 기운을 내라.
나는 너를 이 하계에 버려두지는 않겠다."
그러고는 떠나갔다. 이렇게 하여 상냥한 아버지가
나를 두고 가버렸으므로 나는 의심에 사로잡혀
옳은지 그른지 마음이 어지러웠다.

스승이 그들에게 하는 말을 알아들을 수가 없었으나
스승은 거기서 그들과 길게 이야기하지는 않았다.
악마들은 서로 앞을 다투어 마을 안으로 돌아갔다.
이 적들은 스승의 눈앞에서 거칠게
성문을 닫았다. 밖에 혼자 남겨진 스승은
발걸음도 더디게 나에게 되돌아왔다.
눈을 땅에 떨어뜨리고 미간에는 활기가 없이
한숨지으며 스승은 탄식을 되풀이했다.
"내가 비탄의 마을에 들어서는 것을 허락치 않는다니!"

그리고 나에게 말했다. "너는 내가 분노하더라도
당황해서는 안 된다.
설사 저 속에서 어떤 자가 방해를 할지라도
나는 반드시 시련을 이겨내 보이겠다.

그들의 이런 불손한 행동은 결코 새삼스러운 일이 아니다.
그들은 전에도 지옥의 바깥문에서 분수에 넘치는 짓을 했다.
그러므로 바깥문[7]은 지금도 빗장이 없고 열린 채이다.
그 문에는 너도 보았겠지만 죽음의 글이 새겨져 있었다.
벌써 그 문을 지나 안내자도 없이,
옥에서 옥으로 언덕길을 지나 내려온 한 사람이 있었으니
그분의 힘으로 이 마을의 문은 열릴 것이다."

---

7) 〈지옥편〉 3곡에서 글이 새겨진 것을 봤던 문이 지옥의 바깥문이다.

제9곡

단테도 걱정이 되어 얼굴에 두려움의 빛이 나타난다. 베르길리우스가 그에게 예전에 지옥 밑바닥으로 내려갔던 체험을 이야기하는 동안, 지옥의 세 복수의 여신이 탑 위에 나타난다. 천상의 사자가 내려와 스틱스강을 건너 지옥의 안쪽 문 앞에 서서 지팡이로 쳐서 문을 연다. 사자는 악마들을 혼내 주고, 단테를 거들떠 보지도 않고 떠나간다. 그 문 안의 제6옥으로 단테가 들어가니, 여기저기에서 눈에 보이는 무덤들이 불길을 뿜고 있다. 그 속에서는 이교와 이단의 무리가 파에 따라 묻혀서 불태워지고 있다.

스승이 되돌아오는 것을 보고
두려움의 빛이 내 얼굴에 나타나자
스승은 그걸 깨닫고 곧 자기 표정을 부드럽게 하며,
경청하는 이처럼 신경을 쓰며 걸음을 멈추었다.
하늘은 어두운 데다 안개가 짙어
눈앞이 전혀 보이지 않았다.
스승은 말하셨다. "어떻게 해서든지 이 싸움에서 이겨야 한다.
그렇지 않고는…… 아니다, 그 어른의 분부다.
아, 왜 이리 늦지, 빨리 오셔야 할 텐데!"

스승이 앞에 한 말을
그것과는 뜻이 다른 다음 말로 숨기며
말꼬리를 흐려 버린 것을 나는 알 수 있었다.
그래도 여전히 스승의 말이 나에게는 무서웠다.
어쩌면 끊어진 말을

내가 내 멋대로 나쁘게 해석했는지 모르지만,

"벌로써 '승천'할 희망이 끊긴 '림보'의 세계에 있는 자로서

일찍이 이 비참한 깊은 밑바닥을 향해

내려온 자가 있습니까?"[1]

하고 내가 묻자 스승이 대답했다.

"지금 내가 가는 길을

가는 자는 좀처럼 없다.

하기는 내가 전에 한번 이 밑엘 내려갔었다.

망령을 그 육체 쪽으로 불러낸

무자비한 에리톤[2]의 마법에 걸린 것이었지.

내가 육체를 떠난 지 아직 얼마 되지 않은 무렵,

유다의 옥[3]에서 영혼 하나를 빼내기 위해

이 여인은 나를 그 성벽 속으로 데리고 갔다.

그 옥은 맨 밑에 있는 곳이라 제일 어둡고,

만물을 둘러싸는 하늘로부터도 제일 멀다.

그 길은 내가 잘 알고 있으니 마음을 놓아라.

이 고약한 냄새를 피우는 늪이

둘러싸고 있는 한탄의 마을에는

마음을 괴롭히지 않고는 들어갈 수가 없다."

스승이 그 밖에도 무슨 말을 했으나 기억에 없다.

높은 탑이 나의 눈과 마음을 몽땅 빨아들였기 때문이다.

탑 꼭대기는 빨갛게 타올랐고,

피로 물든 지옥의 세 복수의 신[4]이

재빨리 일어섰다.

---

1) 불안해진 단테는 베르길리우스가 지옥의 지리와 사정에 실제로 통하고 있는지 이 질문을 통해 간접적으로 물은 것이다.

2) 에리톤(Erithon) : 테살리아의 무녀.

3) 유다의 옥(주데카)으로, 유다 같은 배반자들이 벌 받는 곳. 〈지옥편〉 34곡을 참조.

4) 세 푸리아이(Friae)를 가리킨다. 불화와 고통의 씨를 뿌리는 자들로서, 메가이라(질투), 티시포네(복수), 알렉토(분노)이다.

그 모습과 태도는 여자다웠고,

허리에는 초록빛 바다뱀을 띠로 감았으며,

머리에는 실뱀과 뿔뱀이 돋아나

무서운 형상으로 관자놀이에 칭칭 감겨 있었다.

이들은 영원한 가책의 여왕[5]이 거느린

시녀들이었는데, 그것을 재빨리 알아차린 스승이 말했다.

"봐라, 흉악하기 이를 데 없는 에리니에스[6]들이다.

왼쪽에 있는 것이 메가이라,

오른쪽에서 울고 있는 것은 알렉토,

티시포네는 가운데 있다." 그러고는 스승은 입을 다물었다.

그녀들은 저마다 손톱으로 가슴을 쥐어뜯고,

손바닥으로 제 몸을 치며 고함을 지르므로

나는 너무나 무서워 무의식중에 시인 곁에 바싹 붙어 섰다.

"메두사,[7] 나오너라, 저놈을 돌로 만들어 주자."

여인들은 모두 아래를 들여다보며 외쳤다.

"테세우스에게 습격당했을 때 복수하지 못한 것이 잘못이로다."

"너는 뒤를 돌아 눈을 감고 얼굴을 감추어라. 알겠나!

만약 고르곤[8]을 보는 날에는

두 번 다시 지상으로는 못 돌아간다."

스승은 이렇게 말하며

내가 눈을 뜨지 못하도록 나를 뒤로 돌려 손수

자기 손으로 내 얼굴을 가렸다.

아! 당신네, 건전한 지성의 소유자들이여,

---

5) 지옥의 안주인 페르세포네를 의미한다.

6) 에리니에스 : 푸리아이의 그리스 이름.

7) 메두사(Medusa) : 머리털이 뱀인 괴물. 페르세우스에 의해 죽임을 당했다. 원래 미녀였던 그녀
   는 여신 아테나의 미움을 받아 그리되었다. 그녀의 뱀 머리를 보는 자는 즉시 돌로 변한다.

8) 고르곤(Gorgon) : 메두사의 머리.

불가사의한 시구의 너울 밑에 숨겨진
의미를 간파해 다오.

그러자 순식간에 흐린 물결 위로
무서운 소리가 세상이 깨질 듯이 울려 퍼지더니,
양쪽 기슭이 부르르 떨었다.
그것은 마치 한기와 열기가 부딪쳐 나는
격렬한 바람 소리와도 같았다.
종횡무진으로 숲을 때려눕혀
가지를 꺾고 둥치를 넘어뜨리며 잔가지를 날린다.
거침없이 나아가는 그 앞길에는 먼지가 일고,
짐승도 달아나고 목동도 달아난다.

눈에서 손을 떼고 스승이 말했다.
"자, 연기가 가장 짙은 쪽,
태고의 물거품을 찬찬히 봐라."
개구리가 적인 뱀을 만나면
정신없이 물속에 뛰어들어
등을 밑바닥에 납작하게 움츠리는 꼴과도 흡사하게
천도 넘는 광란 상태의 망자들이
이리저리 도망치는 모습을 나는 보았다. 그 뒤에서 한 사람이
발바닥도 적시지 않고 스틱스강을 건너온다.
왼손을 연신 얼굴 앞으로 쳐들어
흐린 안개를 뿌리치고 있었는데,
그것만은 귀찮고 성가신 모양이다.
이분이 하늘의 사자임을 곧 알 수 있었기 때문에
나는 스승 쪽을 돌아보았다. 스승은 나더러 입을 다물고
사자에게 인사하라고 눈짓했다.
아, 그 얼마나 분노한 모습이었는지!

문 앞에 이르자 그는 지팡이로 두들겼다.
문은 아무런 저항도 없이 순순히 열렸다.

"오, 천상에서 쫓겨난 더러운 자들아."⁹⁾
사자는 문지방 위에 서서 무섭게 입을 열었다.
"어찌하여 너희는 이토록 교만한 마음을 갖느냐?
어찌하여 그분의 뜻을 거스르느냐?
그 뜻이 성취되지 않았던 예는 일찍이 없었다.
수차 혼이 난 너희는 잘 알고 있을 것이다.
율법을 거역하여 어찌하겠다는 거냐?

---

9) 악마들은 예전에는 모두 하늘에 있던 천사들인데, 하느님을 거역했기 때문에 하늘에서 쫓겨
나 비처럼 떨어졌던 것이다.

알고 있겠지, 너희 동료인 케르베로스는
그 때문에 턱에서부터 목까지 털이 빠진 것이다."
이렇게 말하고는
마치 다른 일에 몰두하느라 정신이 팔려
눈앞의 사람에겐 아랑곳없는 것처럼
사자는 혼탁한 물길을 되돌아갔다.
이렇듯 거룩한 말에 확신을 얻어
우리는 한 발 한 발 마을로 다가가
아무런 방해도 받지 않고 그 안으로 들어갔다.
이처럼 성채에 둘러싸인 내부의 광경을
한번 보기를 전부터 원하고 있던 나는
안에 들어서자 곧 주위로 눈을 돌렸다.
오른편에도 왼편에도 고뇌와 가책으로 가득 찬
광장이 열려 있는 것이 보였다.

론강 물이 괴어서 늪을 이룬 아를[10]이며
이탈리아의 북쪽 끝을 막아 국경(國境)을 씻어주는
쿠아르나로만에 가까운 폴라 근방은
땅 위가 무덤 때문에 울퉁불퉁한데,
여기에도 도처에 울퉁불퉁한 데가 있었으며
특히 무덤의 모양은 더한층 비참하였다.[11]
무덤과 무덤 사이에서 불꽃이 내뿜어져
무덤이 깡그리 타고 있는데,
대장간에서라도 쇠를 이토록 달구지는 않으리라 싶었다.

---

10) 론강 서쪽에 위치하는 프랑스의 가장 아름다운 도시 아를에는 지금도 로마인들의 지하 무
덤이 남아 있다. 단테 시대에는, 샤를마뉴 군대가 회교도와 싸워서 많은 전사자를 냈을 때
하룻밤 사이에 신의 뜻에 의해 많은 무덤이 생겼다는 전설이 전해지고 있었다.

11) 영혼도 육체와 함께 사멸한다고 믿고 있던 에피쿠로스의 무리가, 죽은 뒤에 영혼이 되어 이
러한 무덤 속에서 불타고 있었기 때문에 특히 '더한층 비참하였다'고 말한 것이라고 해석되
고 있다. 이것은 이후 10곡에서 다시 언급된다.

무덤의 뚜껑은 모조리 쳐들리고
참으로 애처로운 한탄 소리가 새어 나온다.
무척이나 비참하게 상처받은 자들의 목소리다.
그래서 내가 말했다. "스승님, 저 무덤 속에 파묻혀서
애처롭게 한탄하는 자들은
도대체 누구입니까?"

스승이 말했다. "이단자와 그 제자들은
어느 종파에 속한 자든 간에 모두 여기에 있다.
무덤 속에 파묻힌 자의 수는 네가 상상하는 이상이다.
이들은 비슷한 자끼리 같이 묻혀 있고,
무덤은 정도의 차이는 있지만 모두 뜨겁게 타오르고 있다."

이렇게 말하고 스승이 오른편으로¹²⁾ 돌아가므로
우리는 불을 뿜는 무덤과 높다란 성벽 사이를 지나갔다.¹³⁾

---

12) 지옥으로 내려갈 때는 보통 왼편으로 돌아간다. 여기와 〈지옥편〉 17곡의 경우는 예외이다.

13) "디테성 안으로 들어갈 때의 저항과 적군이 지키는 요새에서의 담판과 같은 교섭, 입성 거절, 베르길리우스의 동요와 단테의 불안, 또한 그의 조심스러운 질문, 복수의 여신들과 고르곤의 협박, 그리고 마침내 질풍처럼 앞길을 열며 오는 신의 사자, 도망치는 망자들…… 그러한 것들은 극히 극적인 복잡한 전개로서, 아마, 아니 아마가 아니라 반드시 우의적인 뜻을 포함하고 있다고 생각되지만, 이 정경 또한 극히 효과적이고 시적인 것이다."(크로체 《단테의 시》)

제10곡

제6옥 불의 무덤 사이로 난 오솔길을 걸어 나가는 단테를 향해 한 무덤 속에서 부르는 소리가 들려온다. 파리나타 델리 우베르티가 지옥을 비웃는 듯이 가슴을 젖히고 서 있다. 단테와 파리나타가 말을 주고받자, 옆에 있던 카발칸티가 아들의 소식을 묻는다. 파리나타는 단테의 쓰라리고 고통스러운 미래를 예언하고, 아울러 지옥에 떨어진 자의 예언의 능력에 관해 설명한다.

마을의 성벽과 불을 뿜는 무덤 사이에
숨은 오솔길을 스승은 지금 나아간다.
나는 그 뒤를 따라간다.

"최고의 지력을 갖춘 스승님, 이 불경스러운 곳을 돌아
나를 안내해 주시는 스승님, 만약 괜찮으시다면
내 소망이 차게끔 이야기해 주시지 않겠습니까?
이 무덤에 누워 있는 사람들을
볼 수가 있을까요? 벌써 뚜껑은 모두
쳐들려 있고 아무도 지키는 이도 없습니다."
그러자 그가 말했다. "모두 '마지막 심판이 끝나'
지상에 남기고 온 송장과 함께
여호사밧[1]에서 돌아오면 무덤은 닫힌다.
무덤 앞쪽 구획에는
영혼이 육체와 함께 사멸한다고 풀이한

---

1) 여호사밧(Jehoshaphat): 최후의 심판이 내려지고 영혼은 다시 육신을 갖게 되는 곳의 지명으로, 4세기 이래 예루살렘 동쪽과 감람산 사이의 기드론 골짜기로 여겨지고 있다.

에피쿠로스와 그의 제자들이 묻혀 있다.

그러니까 네가 한 질문의 답은

이 안에 들어가면 곧 나올 것이며,

네가 말하지 않은 소원[2] 또한 이루어지리라."

그래서 내가 변명했다.[3] "스승님, 친절하게 인도하시는 스승님에게

내 마음을 숨기지는 않습니다. 다만 미리부터 하신 주의 때문에

말수가 지나치지 않도록 조심하고 있었을 뿐입니다."

"오, 토스카나인이여, 자네는 이 불의 마을을

산 몸인 채 아주 점잖게 말하면서 지나가는데,

괜찮다면 여기 잠깐 머물러 주지 않겠나.

자네 말씨로 미루어, 분명

자네는 저 고귀한 나라 '피렌체' 출신인 것 같은데,

아무래도 나는 생전에 그 나라에 너무 많은 폐를 끼친 것 같다."

갑자기 이런 말이 무덤 하나에서 들려왔다.

그래서 겁을 먹은 나는

길잡이 쪽으로 몸을 바싹 붙였다.

그러자 길잡이가 말했다. "저쪽을 봐라. 뭘 하고 있나.

저기 파리나타가 일어섰다.

허리 위로는 모두 보인다."

나는 고개를 돌려 그의 얼굴을 응시했다.

그는 지옥을 조롱하듯

가슴을 젖혀 얼굴을 쳐들고 서 있었다.[4]

---

2) 베르길리우스는 단테가 말하지 않았던 것(앞에서 언급이 있었던 파리나타를 만나고 싶다는 소
망)도 이미 짐작하고 대답한 것이다.

3) 단테는 제3곡에서 아케론강을 건너기 전에 베르길리우스에게 질문을 하였다가, 그것이 그의
마음을 언짢게 하였을까 후회한 일이 있다.

4) 파리나타의 몸은 반쯤 무덤 속에 감추어져 있고 단지 가슴과 얼굴만 밖으로 나와 있을 따름
이다. 그런데도 파리나타는 주위의 사물 위에 마치 탑처럼 솟아 있는 듯한 인상을 준다. 이렇

길잡이는 대담하게 재빨리 두 손으로 나를
무덤 사이에서 그의 쪽으로 떠밀며
주의를 주었다. "너는 말을 잘 선택해서 해야 해."[5]

내가 그의 무덤 앞으로 가자
그는 잠시 나를 쳐다본 다음, 마치 얕잡아보듯이
물었다. "너희 조상들은 누구냐?"
파리나타에겐 자진해서 복종하겠다고 생각하던 터라
나는 숨기지 않고 모든 것을 털어놓았다.
그러자 그는 눈썹을 약간 치켜올리며 말하였다.
"그들은 완강하게 나와 나의 일족과 당파에게
원수를 졌다. 그래서 너희 조상을
나는 두 번이나 나라 밖으로 내몰았다."
"추방되었다고는 하나 그들은 사방에서 다시 돌아왔소,
첫 번째도 그다음에도," 하고 내가 대꾸했다.
"그러나 당신의 일족들은 그 재간을 알지 못했소."

그때 열려 있던 무덤에서 다른 망령이[6]
파리나타 옆에서 턱까지만 얼굴을 드러내었다.
무릎을 꿇고 일어난 게 틀림없다.
망령은 내 주위를 휘둘러보았다.
마치 다른 누군가가 나와 함께 있지 않은지 살피는 것 같았는데,
그 기대가 완전히 어긋났음을 알자
울먹이는 소리로 말했다. "자네가 높은 재능으로 해서

듯 단테는 끌로 새기듯이 영웅상을 거칠게 새겨서 묘사하여, 독자들의 영혼 속에 그를 거의
무한에 가까운 위대한 힘의 인상으로 새겨 놓았다.
5) 파리나타(Farinata)는 야코포 델리 우베르티 가문 출신으로 피렌체의 황제당 당수였다. 베르길
리우스는 그의 생전 신분을 생각하여 단테에게 말을 가릴 것을 주의시킨 것이다.
6) 단테의 친구로 유명한 시인 구이도 카발칸티의 아버지 카발칸테 카발칸티.

이 장님의 감옥을 건널 수 있다면
내 아들은 어디 있지? 왜 자네 곁에 없나?"
내가 대답했다. "나는 내 힘으로 온 것이 아니오.
저기 계신 분이 나를 안내해 주셨소.
그러나 댁의 구이도 군은 저 스승님을 무척 경멸했소."
이 망령의 이름을 그 말이나 응보의 벌을 보고
내가 금방 알아차렸으므로
이처럼 나는 자신 있게 대답할 수가 있었던 것이다.
그러자 그는 갑자기 일어서며 외쳤다. "자네, 뭐라고 했지?
했다고? 그럼 내 아들이 죽었단 말인가?
화창한 햇빛이 이제 그의 눈을 비추지 않는단 말인가?"
내가 대답하기 전에
다소 망설이는 것을 눈치채자 그는
뒤로 자빠져 쓰러지더니 두 번 다시 밖으로 모습을 나타내지 않았다.[7]

그러나 나더러 머물도록 부탁한 먼젓번의 대담한 자는
얼굴색 하나 바꾸지 않고
머리도 까딱이지 않은 채 꼼짝도 않았다.[8]

---

7) "이 부분은 영웅적인 시정에, 말하자면 우정의 시정이 아로새겨져 있다. 이것은 여러 가지 사건과 기질이나 성격의 차이에서 갈라졌다고는 할 수는 없으나, 금이 간 우정에 대한 슬픔의 노래다. 구이도 카발칸티는 단테의 첫째가는 친구였고 또 재능으로도 그와 어깨를 나란히 할 사람으로, 괴롭지만 명예로운 이 여행길의 반려가 될 수 있는 사람이었다. 그러한 그가 어째서 이 자리에는 단테와 함께 없는가? 이 두 사람의 결부가 극히 자연스럽고, 또 그들의 이별이 참으로 뜻밖이었으므로 노 카발칸테는 단테를 보자 곧 눈으로 자기의 아들을 찾았던 것이다. 그는 아들이 없는 것을 보고 그 이유에 대한 설명의 첫 구절만 듣고서, 아들이 죽은 것으로 여기고 미처 답도 들어보지 않은 채 그만 고뇌의 바닥으로 빠져들어 갔다."(크로체 《단테의 시》)

8) 단테는 카발칸테 카발칸티와의 대조로써 파리나타의 숭고한 모습을 묘사한다. 카발칸테가 겨우 상반신을 일으키고 고개만을 무덤 위에 내미는 데 반하여, 파리나타는 기세 좋게 똑바로 서서 허리부터 상반신을 죄다 드러내고 그 가슴과 이마를 쳐들어 마치 지옥을 조롱하는 듯한 얼굴을 보인다. 그리고 노 카발칸테가 아들 구이도 카발칸티에게 흉사가 있는 줄 알고 관 속에 쓰러진 데 비해, 그는 자기 당파의 패배 소식에도 얼굴색 하나 바꾸지 않은 채 그것이

그리고 하던 말을 다시 계속하여

"만약 내 당의 인사들이 귀국할 재주를 몰랐다고 한다면
그건 나로서는 이 '지옥'의 바다보다 더한 괴로움일 것이다.
그러나 여기 '지옥'을 지배하는 여왕 '달'의 얼굴에
쉰 번 불이 켜지기 전에[9] 너도
그 재주가 얼마나 어렵고 괴로운가를 뼈저리게 알게 되리라.
아, 네가 아름다운 세계로 돌아가게 되어 있으면
나에게 가르쳐 다오, 왜 그 '피렌체' 시민들은
내 일족 친지에 대해 그토록 가혹한 법을 거듭 내놓았지?"
그래서 내가 말했다. "아르비아강을 붉게 물들인
그 학살과 폭행[10]이 원인이 되어 '피렌체 시민들'은
그와 같은 결의를 신전에서 맹세한 것이오."
한숨을 쉬고 고개를 흔들며 그가 말했다.
"관계자는 나뿐이 아니었다. 또 물론
까닭 없이 남들과 짜고서 일을 일으킨 것도 아니었다.
그러나 모두가 피렌체를 파멸시키고자 했던 자리에서[11]
정면으로 그것에 반대한 것은
나 하나뿐이었다."

"부디 언젠가는 당신의 자손들에게 영광이 있기를!"
그다음 나는 간청했다. "그러니 내 심중에 엉킨
이 수수께끼를 풀어주지 않겠소?

오히려 그 불길의 바닥보다도 자기를 괴롭힌다고 외치는 것이다. 우리는 파리나타를 묘사하는
시인 단테의 태도에, 의지의 장렬함에 대한 탄미의 가락이 있다는 것을 느끼지 않을 수 없다.
9) 50번의 만월에는 4년 2개월의 시간이 걸리므로, 파리나타가 말하는 시기는 1304년 6월경이
된다. 그 무렵 단테가 속해 있던 백당은 피렌체 탈회를 기도하나, 그 계획은 모조리 실패해 당
초의 정권 탈취와 고향 귀환의 희망마저 사라졌던 것이다.
10) 토스카나 지방에 있는 아르비아강 강가의 몬타페르티 전투에 대해 언급한 것.
11) 엠폴리에서 토스카나 황제당 집회가 있는데, 그때 오직 파리나타 한 사람만이 피렌체 파괴
에 반대했다고 한다.

내가 들은 바로는 당신네는 장래에 무슨 일이 일어날는지를
미리 알고 있다던데,
현재에 일어나는 일에 대해서는 모르는 것 같소."

"우리들은 눈이 불완전한 자와 마찬가지로
먼 곳에 있는 일들은 잘 본다.
그것도 하늘의 인도로 빛이 비치고 있을 때뿐이지만.
그 일들이 가까이 오거나 현재에 있거나 하면
우리의 지능은 쓸모가 없어진다. 그래서 다른 자들이
알려주지 않으면 인간의 일은 아무것도 모르게 된다.
그러므로 너도 알겠지만 미래로 가는 문이
닫히자마자 그 순간부터
우리의 지식은 모두 죽어버리는 거다."

그 말을 듣고 나는 양심이 찔린 사람처럼 말했다.
"그럼, 저 넘어진 자에게 전해 주시오.
그의 아들은 아직 산 사람들 속에 끼어 있다고.
아까 내가 대답이 막힌 것은
당신이 풀어 주신 이 의문을 그때 벌써
생각하고 있었기 때문이라고 알려 주시오."

그때 벌써 스승이 나를 부르고 있었으므로
나는 급히 파리나타의 영혼에게
그와 함께 있는 사람들이 누구누구냐고 물었다.
"여기에는 나와 함께 천여 명이 누워 있다.
이 중에는 페데리코 2세[12]도 있고,
추기경[13]도 있다. 다른 자들에 대해서는 말 않겠다."

---

12) 페데리고 2세 : 로마 황제. 에피쿠로스학파의 한 사람.
13) 쾌락주의자로 알려진 옥타비아누스 우발디니를 말한다.

그 말을 한 뒤 그는 사라졌다. 나는 옛 시인 쪽으로
걸음을 옮기면서 나에게 있어 불길한
파리나타의 발언에 대해 이것저것 생각해 보았다.
스승은 길을 걸어 나가면서 나에게 물었다.
"뭘 그렇게 고민을 하나?"
나는 스승에게 남김없이 털어놓았다.
"너는 너에게 불리한 예언을 들은 셈인데,
그것을 잘 기억해 둬라." 현자는 이렇게 지시하며,
"지금 이 말을 귀담아들어라." 하고 손가락을 하늘로 쳐들어 말했다.
"저분의 아름다운 눈은 모든 것을 보신다.
너는 저분의 따스한 빛 앞에 설 때
저분으로부터 네 인생길에 대한 말을 듣게 될 것이다."[14]

그리고 스승은 왼편으로 걸음을 옮겼다.
우리는 성벽에서 떨어진 오솔길을 따라 가운데로 걸어갔다.
그 오솔길은 골짜기로 통하고 있었는데,
골짜기의 퀴퀴한 냄새는 거기까지 풍기고 있었다.

---

14) 그러나 뒤에 단테는 카차구이다에게 인생의 여로에 대한 예언을 듣게 된다. 〈천국편〉 17곡
참조.

제11곡

그들은 아나스타시오의 무덤까지 가서 지옥의 악취에 익숙해지기 위해 잠시 머문다. 거기서 단테는 베르길리우스로부터 지옥의 분류와 지리에 대해, 또 디테 마을 안과 밖의 처벌 차이에 관해 설명을 듣는다. 단테가 고리대금업자가 주의 자애에 위배되는 까닭에 관해 묻자, 베르길리우스가 그 상세한 이유를 이야기한다. 거기서 그들은 제7옥으로 내려간다.

깨어진 큰 바위와 돌로 삥 둘러쳐진
높은 절벽 끝에 가니,
그 밑으로는 보기만 해도 비참한 무리가 있었다.
거기 지옥의 밑바닥에서 내뿜는
너무나도 심한 악취를 이겨내지 못하여
우리는 큰 무덤을 덮는 돌 뒤로 가서 몸을 피했다.
거기에 보니 글이 새겨져 있었다.
"포티누스에 이끌려 올바른 길에서 벗어난
교황 아나스타시오[1]를 여기에 묻는다."
"우선 이 악취에 좀 익숙해져서
거리낌 없게 될 때까지
아래로 내려가는 걸 늦추는 게 좋겠구나."
스승이 이렇게 말하여 내가 답했다. "모처럼의 시간을
헛되이 보내서는 안 되니 스승님께서 좋은 수를 생각해 주십시오."

---

[1] 교황 아나스타시오 2세(재위 496~498)는 로마 제국의 동서 분립 뒤 이데올로기 대립에 대해 언급한 사람. 포티누스는 테살로니카의 성직자였다. 단테가 교황 아나스타시오 2세와 황제 아나스타시오 1세(재위 491~518)를 혼동했다는 설도 있다.

그러자 "나도 그걸 생각하고 있었던 참이다.
아들아," 하고 스승이 말을 시작했다. "이 바위 골짜기부터는[2]
네가 이미 본 것들과 똑같은 세 개의 옥이
아래로 내려감에 따라 층층을 이루면서 좁아져 간다.
그곳들은 모두 저주받은 망자들로 가득 차 있다.
나중에 볼 때 바로 알 수 있도록, 지금
그자들이 갇히게 된 사연과 광경을 들어 두도록 해라.

하늘의 미움을 사는 모든 악의의 목적은
부정하는 데에 있으며, 그러한 목적은 모두
폭력이나 사기로써 남을 괴롭히는 것이다.
더구나 사기는 인간 고유의 악이므로
특히 주의 노여움을 산다. 그런 만큼 사람을 속인 자는
지옥 아래쪽에서 그만큼 심한 고통을 당하는 것이다.
맨 첫 번째 옥엔 폭력을 쓴 자들로 가득 차 있다.
폭력의 대상에는 삼자(三者)가 있으므로
그 옥은 세 개의 원으로 뚜렷이 구별되어 있다.
신, 자신, 타인이 그 대상이니, 사람과 그 소유물에 대해
폭력을 행사하는 수가 있는 것이다.
이는 자명한 이치이니 네게도 이해가 가리라.
폭력으로 남을 죽게 하거나
중상을 입히거나, 타인의 소유물을
불태우거나, 멸망시키거나, 횡령하거나 하는 자가 있는데,
살인자나 고의로 나쁜 짓을 한 자,
파괴나 약탈을 일삼은 자는 모두
이 제1원에서 죄에 따라 벌을 받는다.
인간은 스스로 자기 자신 또는

---

2) 여기에 지옥의 지리에 대한 설명이 있는데, 마찬가지로 〈연옥편〉 17곡에도 연옥의 지리 설명
이 있다. 단테가 빈틈없는 주의를 기울여 《신곡》을 제작한 하나의 증거이다.

자기 재산에 대해서도 폭력을 가할 수가 있다.
그 때문에 현세에서 자기 목숨을 끊은 자며,
노름방을 다니며 재산을 탕진한 자는
본래 행복해야 할 곳에서 눈물로 세월을 보내고,
결국 제2원에 와서 아무 보람도 없이 후회해야만 된다.

신에 대해 폭력을 행하는 일이 있을 수도 있다.
마음속으로 신성(神性)을 부정하고 모독하여,
자연과 신의 혜택을 경멸하는 일이 그것이다.
그러기 때문에 제일 좁은 원에서는 소돔이며,
카오르사[3]며, 마음으로 신을 멸시하고
입으로 신을 모독한 자에게 낙인을 찍는 것이다.
반드시 양심의 가책을 남기는 사기는
자기를 믿어 주는 사람에게도
자기를 믿지 않는 사람에게도 실행할 수가 있다.
이 후자는 인간 본래의 사랑 인연만을
끊을 뿐이다.
그러므로 두 번째 옥[4]에는
위선, 아부, 마법,
허위, 절도, 성직 매매를 한 자와,
뚜쟁이, 오리(汚吏) 및 이와 비슷한 추한 짓을 한 자들이 있다.
그러나 전자는 인간 본래의 사랑뿐만 아니라,
나중에 가해진 특별한 친분 있는 사랑까지도
망각해 버리는 것이다.

---

3) 소돔 : 구약의 〈창세기〉에 등장하는 도시. 현재 사해(死海) 남부 수몰지역으로 추정되고 있다.
   카오르 : 프랑스 남서부의 한 도시로서 중세 시대 상업의 중심지였다. 소돔이라는 지명으로
   남색자, 카오르로는 고리대금업자를 나타냈다.
4) 지금 있는 곳이 제6옥이므로 거기서 세어 두 번째 옥은 제8옥이 된다. 그리고 이 제8옥은 다
   시 10가지 악의 도랑으로 갈라져 있는데, 그 분류에 대해서는 18곡의 주를 참조할 것.

그래서 디테가 군림하는 우주의 자리인 가장 작은 옥5)에서,
배반자들은 모두 영원토록
가책 때문에 고통을 받고 있다."

그래서 내가 말했다. "스승님, 스승님 말씀은 조리가 있어
참으로 훌륭하게 그 깊은 구렁과
거기 사는 자들의 곡절을 잘 설명해 주셨습니다.
그러나 한 가지 가르쳐 주십시오. 저 늪에 묻혀 있던 자,
바람에 시달리며 비를 맞고 있던 자,
또 서로 만나자마자 신랄하게 욕지거리를 퍼붓던 자들도
주의 노여움을 산 자들이라면, 왜 불붙는 마을에서
처벌되지 않습니까? 또 만약 주의 노여움을
사지 않았다면, 왜 그런 변을 당하는 것입니까?"
스승이 말했다. "왜 또 어리석은 소리를 하느냐.
평소엔 네 머리가 그렇지 않은데,
무슨 다른 일이라도 생각하고 있느냐?
너는 《윤리학》6)에 있는 말을 잊었느냐?
네 책에는 하늘이 용서하지 않는 세 가지 성질에 대한
논술이 있었을 거다.
방종과 사악과 광적인 수욕(獸慾)이 바로 그것인데,
방종은 신에 대한 죄로서는 그 정도가 낮으므로
그만큼 벌도 가볍게 끝난다. 그 까닭도 책에 나와 있다.
만약 네가 그 가르침을 잘 음미하여
맨 위쪽의 마을 밖에서 벌을 받고 있었던 자들이
누구누구인가를 생각한다면,
왜 그들이 여기 있는 흉악한 망자들로부터

---

5) 가장 작은 옥은 제9옥이 된다.
6) 아리스토텔레스의 《윤리학 Ethica》 제7권에서 도덕상으로 피해야 할 세 가지로 부절제, 악덕, 수심(獸心)을 든다.

격리되어 있는지, 왜 주의 정의가

그들을 벌줄 때 덜 혹독했는가를 잘 알리라.”

“오, 태양이여, 모든 혼란이 가시고

의문이 풀리므로 나는 무척 기쁩니다.

이렇게 되고 보니 의문도 지식 못지않게 기쁜 것이군요.

다시 한번 앞으로 되돌아갑니다만,” 하고 내가 말했다.

“한 가지 의문을 더 풀어 주십시오. 아까 당신께서

고리대금업이 주님의 사랑에 위배된다고 하신 까닭이 궁금합니다.”

“철학이,” 스승이 말했다. “그걸 배우는 자에게

수차 가르치고 있듯이,

무릇 자연은 모두 신의 지혜와 그 재주에 의해

그 나아가야 할 길을 택하고 있다.

너도 《물리학》[7]을 정독하면 알게 된다.

몇 장 들추지 않아서 나와 있듯이,

인간의 재주는 대체로 가능한 한 자연법칙에 따르고 있다.

마치 제자가 스승을 따르는 것과 같이.

그러므로 인간의 재주는 주에 대해서 말하자면 손자뻘이 된다.

이 ‘자연과 재주의’ 두 가지 수단으로 인간이 생계를 세워서

자손을 번영시켜야만 한다는 것은

창세기의 첫머리[8]를 기억한다면 알리라.

그러나 ‘고리’를 탐하는 자는 딴 길을 택하여

자연 자체와 자연에 따르는 것을 멸시하고,

그것과는 다른 것에 희망을 걸고 있는 것이다.

자, 슬슬 가 보자. 나를 따라오라.

---

7) 아리스토텔레스의 《물리학 *Physica*》 제2권에는 ‘예술은 자연을 모방한다’는 말이 나온다.
8) 〈창세기〉 2장 15절, 3장 19절. 자연과 재주, 즉 자연을 본받아 그 법에 따라서 노력하고, 자연
   속에서 신의 사물을 획득해야 한다.

쌍어궁 별이 지평선에서 반짝거리고
북두칠성이 모두 북서쪽 하늘에 걸려 있구나.
자, 좀 더 저쪽 끝으로 해서 벼랑을 내려가도록 하자."

제12곡

험준한 벼랑으로 내려가는 길 어귀에 괴물인 미노타우로스(牛頭人身)가 누워 있다. 그 괴물이 분노를 못 이겨 버둥거리는 동안, 단테는 샛길로 뛰어 내려간다. 벼랑 밑에는 평야를 삥 둘러싸고 있는 폭넓은 구렁이 보인다. 켄타우로스(半人半馬) 무리가 화살을 겨누고 다가온다. 베르길리우스가 그들을 타일러서, 그중 한 마리인 네소스의 안내를 받는다. 붉은 피가 끓는 강물 속에서 폭군들이 고통받고 있다. 이 강이 제7옥에 있는 세 개의 원 중 제1원이다.

우리가 벼랑을 내려가려고 온 곳은
너무나도 험준하였다. 더구나 거기에 있는 괴물은
무의식중에 눈을 돌리게 하였다.
트렌토의 산 중턱에서 아디제강에 이르기까지
지진 때문인지 함몰 때문인지
산사태가 일어난 일이 있었다. 그때
산꼭대기에서 평야에 이르기까지 계속해서 진동이 일어
바위가 갈라지고 돌이 부스러져서
길이 위에서 아래까지 그럭저럭 통하였는데,
이 골짜기로 내려가는 길이 흡사 그것과 같았다.

그 갈라진 바위가 삐죽 나온 끝에
크레타의 이름을 더럽히는 괴물이 누워 있었다.
그것은 미노타우로스[1]이다.

---

1) 미노타우로스(Minotauros) : 그리스 신화의 우두인신(牛頭人身) 괴물. 크레타 왕국의 왕비 파시 파에가 해신이 보내 준 황소와의 사이에서 그를 낳았다고 한다.

괴물은 우리를 보자 가슴 속에 분노를 간직한 사람처럼
자기가 제 몸을 물어뜯었다.
  스승은 괴물을 향해 큰 소리로 외쳤다. "너는
현세에서 너를 죽인 아테네 공작[2]이
여기 오는 줄 알았더냐!
냉큼 물러가거라, 짐승 놈아, 이분은 네 누이한테
가르침을 받고 온 게 아니다.
너희들의 벌을 구경하러 왔을 따름이다."

고삐를 물어뜯어 풀긴 했으나
다친 황소가
걷지도 못하고 발을 이리저리 버둥거리듯
이 미노타우로스가 버둥거리는 꼴도 그것과 흡사하였다.
눈치 빠른 스승이 곧 외쳤다. "바위틈으로 뛰어가라.
저놈이 날뛰고 있는 동안에 어서 내려가거라."

이렇게 하여 우리는 무너진 바윗돌 샛길을 뛰어 내려갔는데,
그 바위는 내 발밑에서 새로운 무게[3] 때문에
이따금 무너지며 부서졌다.

생각에 잠겨서 걸어가자 스승이 말했다.
"아마 네가 생각하고 있는 것은
조금 전 내가 그 노여움을 진정시킨 짐승이
지키고 있는 이 폐허에 대한 것이겠지.
너도 알아 둬야 할 일인데
실은, 전에 한번 내가 이 아래의 지옥에 내려왔을 때는

---

2) 아테네의 영웅 테세우스를 지칭한다.
3) 지옥에 떨어진 혼에는 체중이 없지만, 육체를 가진 단테에게는 '새로운 무게'가 있으므로 바위
   가 흔들렸던 것이다.

이 바위가 이렇게까지 깨어져 있지 않았었다.
내 판단이 옳다면
제1옥으로 내려와 디스로부터
'림보'의 혼들을 빼앗은 그분⁴⁾이 오시기 직전에
이 악취 뿜는 심연은 이곳저곳에서 크게 진동하여,
나는 세상이 그 사랑을 느낀 것으로 생각했다.
일설⁵⁾에 의하면 사랑에 의해
세상은 이따금 혼돈으로 돌아간다고 하기 때문이다.
그때 여기 있는 이 오래된 바위도 부서지고,
또 다른 곳에서도 산사태가 일어난 것이다.
자, 눈여겨 골짜기를 보아라, 피의 강⁶⁾이 가까워졌다.
폭력을 써서 남을 상처 입힌 자들이
저 강 속에서 삶아지고 있다."

오, 눈먼 탐욕이여, 미친 듯한 분노여, 너희들이 짤막한
인생에서 우리를 몰아붙였던 것은 영원한 '지옥' 속으로
우리를 비참하게 빠뜨리기 위해서였단 말인가!

나는 활처럼 휜 폭넓은 구렁을 보았다.
그것은 길잡이로부터 들은 바대로
평야 전체를 에워싸고 있었다.
그리고 벼랑 밑과 이 구렁 사이를 잇달아

---

4) 그리스도가 지옥으로 내려온 적이 있다는 것도 〈지옥편〉 제4곡에서도 이미 언급된 바 있다.
   그가 지옥에 옴으로써 그곳의 바위가 깨졌다는 것은 〈마태복음〉 27장 51~52절에 "땅이 진동
   하고 바위가 터지고,"에 의거한다.
5) 엠페도클레스의 학설은 세상이 사랑을 느끼면 원소(元素)가 화합하여 혼돈으로 돌아간다고
   한다.
6) 피의 강 : 치옥의 플레제톤강. 제7옥 세 번째 구렁의 뜨거운 모래를 뚫고 절벽으로 떨어지는
   끓는 피의 강물.

켄타우로스[7] 무리가 뛰어갔다. 활을 꼬나든 차림새는

마치 지상에서 사냥할 때의 광경과도 흡사했다.

우리가 내려오는 것을 보자 모두 멈춰 섰다.

그중 셋이 먼저 활과 살을 빼 들고

무리를 떠나 이쪽으로 다가왔다.

멀리서 그중 하나가 소리 질렀다.

"너희들은 무슨 형벌을 받기 위해 벼랑을 내려오느냐?

거기서 말하라, 아니면 활을 쏘겠다."

내 스승이 말했다. "대답은

가까이 가서 직접 케이론[8]에게 하겠다.

너는 언제나 그 조급한 성미 때문에 화근을 초래했었다."

그리고 내 어깨에 손을 얹고 말했다. "저게 네소스[9]다.

미녀 데이아네이라에게 반해서 죽었는데,

바로 제 손으로 그 원수를 갚았다.

저기 제 가슴을 들여다보며 가운데 서 있는 자가

대장인 케이론, 아킬레우스를 길러낸 자이다.

또 하나가 폴로스,[10] 전에는 난폭한 자였다.

놈들은 구렁 가를 수천씩 떼 지어 뛰어간다.

망자가 피의 강물 속에서, 죄에 따라 정해진 한도 이상

몸을 일으키면 그들이 활로 쏘는 것이다."

---

7) 켄타우로스(Centauros) : 그리스 신화에 등장하는 반인반마의 괴물로서, 천성이 야만적이다.

8) 케이론(Cheiron) : 켄타우로스의 하나로, 아킬레우스와 헤라클레스 등 많은 영웅을 교육했다. 온화하고 정의로운 성품이었던 그는 제자 헤라클레스와 켄타우로스족과의 싸움 중 잘못 쏜 독화살을 맞고 죽었다.

9) 네소스(Nessos) : 켄타우로스의 하나로, 헤라클레스의 아내 데이아네이라를 유괴하려다 헤라클레스에 의해 죽었다. 그는 죽어가면서 자기 피가 묻은 옷을 그녀에게 주며, 헤라클레스가 변심하거든 그에게 입히라고 하였다. 후에 이올레와 사랑에 빠진 헤라클레스는 그 옷을 입고 비참하게 죽는다.

10) 폴로스(Pholos) : 켄타우로스의 하나로, 역시 헤라클레스와 켄타우로스족이 싸우는 도중 우연히 죽는다.

우리는 이 날쌘 짐승 무리에게 다가갔다.
케이론이 화살 하나를 빼 들고는 활고자로
수염을 턱 밑으로 젖혀 넘겼다.
수염 밑에서 그의 큰 입이 나타났을 때
케이론은 부하에게 외쳤다. "너희들 알아차렸나,
저 뒤에 오는 놈은 밟은 돌이 움직이고 있다.
죽은 자의 발 같으면 저럴 리가 없다."
그러자 내 길잡이는 인성(人性)과 마성(馬性)이 합쳐진
'케이론'의 가슴 앞으로 다가가 대답했다.
"그는 분명히 살아 있다. 이 한 사람만
어두운 골짜기를 보여 주는 게 내 임무이다.
그는 즐거움이 아닌 필요에 따라서 온 것이다.
할렐루야를 부르는 '천국'에서 내려온 분이
나에게 이 새로운 임무를 맡겼다.
그는 도둑이 아니며, 나도 도둑의 혼이 아니다.
내가 이 험한 길을 걸어갈 수 있는 것은
오로지 신덕의 가호가 있기 때문이다. 그 덕을 보고
거기 있는 너희 부하 하나를 안내시켜서
어디로 건너갈 수 있는지 그 장소를 가리켜 다오.
그리고 이 사람은 공중을 날 수 있는 혼이 아니니
등에 업고 가주기를 바란다."
케이론이 오른쪽 앞을 돌아보고
네소스에게 말했다. "방향을 바꾸고 가서 안내해 드려라.
만약 딴 놈들과 만나면 길을 비키라고 해라."

우리는 이 믿음직스러운 안내자와 함께
벌겋게 끓어오르는 강가를 따라갔다.
거기서는 펄펄 끓는 물에 삶기는 자들이 비명을 지르고 있었다.
눈썹 언저리까지 잠긴 자도 있다.

커다란 켄타우로스가 말했다. "저놈들은 제멋대로
남의 피를 흘리게 하여 재산을 약탈하던 폭군들이오.
지금 여기서 자기들의 비정한 죄악 때문에 울고들 있소.
저게 알렉산드로스 대왕이오. 오랜 세월에 걸쳐
시칠리아에 압제를 폈던 디오니시우스[11]도 있소.
저 이마에 검은 머리칼이 보이는 자는
아촐리노,[12] 또 하나 금발의 사나이는
에스테 가의 오피초[13]요. 그는
인간 세상에서 의붓아들의 손에 살해당한 자요."
그 말을 듣고 내가 시인 쪽을 돌아보니 그 시인이 말했다.
"지금은 그가 너의 첫째가는 스승이다. 나는 둘째야."[14]
조금 더 나아가자 켄타우로스는 한 무리의 사람들 위에
멈추어 섰다. 이 사람들은 펄펄 끓는 강물 속에서
목만 내놓고 있는 것 같았다.
네소스는 혼자 떨어져 있는 망자를 가리켰다.
"저자는 주의 슬하에서[15]
심장을 찔렀소. 아직도 템스강에 그 피가 흐르고 있소."

잇따라 강물 위에 머리와 가슴을 온통 드러낸
사람들이 보였다.
이자들 가운데는 아는 자가 꽤 많았다.
이렇듯 차츰 피의 강물은 얕아져서

---

11) 디오니시우스(Dionysius) : 시칠리아 시라쿠사의 왕으로 폭군.
12) 아촐리노(Azzolino) : 아촐리노 3세. 기벨린 당의 당수로 폭군.
13) 오피초(Opizzo) : 에스티 가문 출신. 페라라의 영주로서 성품이 포악했다. 단테는 여기서 그가
    의붓아들에게 죽임을 당했다고 쓰고 있지만, 사실 그는 친아들 아초에게 살해당했다.
14) 단테는 처음으로 페라라의 군주 오피초 2세가 1293년에 죽은 원인을 듣고 깜짝 놀라 베르길
    리우스를 돌아다본 것이다. 이 시구에 대해 보카치오는 "이 구절에 의해 베르길리우스는 켄
    타우로스가 하는 말을 믿어도 좋다는 것을 확인한 것이다."라고 주석을 달았다. 연대기에 의
    하면 오피초는 비정한 자식에 의해 깃털 베개로 질식당했다고 한다.
15) 사원 안에서 헨리 왕의 심장을 찌른 것을 가리킴.

이윽고 발만 잠길 정도가 되었는데
거기가 강을 건너는 가장 얕은 곳이었다.
"당신은 이쪽에서 피의 강물이
차츰 얕아지는 걸 보았지만,"
켄타우로스가 말했다. "잘 알아 두시오.
저쪽에는 밑바닥이 차츰차츰 깊어져서
마침내는 악역무도한 자들이
울지 않으면 안 될 구렁으로 되어 있소.
그 구렁에서 이 세상의 재앙이었던 아틸라[16]며
피로스,[17] 섹스투스[18]를 신의 정의가 처벌하는 것이오.
길에서 학살을 거듭하였던
리니에르 다 코르네토와 리니에르 파초[19]는
저 구렁에서 끓는 물에 삶겨
영원히 눈물을 흘려야 하는 것이오."
이렇게 말한 다음 켄타우로스는 뒤돌아보고 얕은 곳을 건너갔다.

---

16) 아틸라(Attila) : 훈족의 왕. 5세기 전반에 카스피해에서 라인강에 이르는 지역을 지배하는 대
   제국을 건설하였다. 그는 434년에 이탈리아를 공격하였다.
17) 피로스(Pyrhos) : 그리스 에피루스의 왕으로 이탈리아를 정복하려다 실패하였다.
18) 섹스투스(Sextus) : 폼페이우스의 아들로 이탈리아 해안의 해적.
19) 이 둘은 당시의 유명한 강도로, 로마로 여행 중이던 주교 일행들을 몰살한 일도 있다고 한다.

제13곡

단테는 제7옥의 제2원으로 들어간다. 그곳에는 자기 육체에 폭력을 가한 자살자와 자기 재산을 마구 탕진한 자들이 있다. 전자는 옹이투성이의 굽은 나무가 되어 있고, 후자는 검은 암캐에게 쫓기며 물어뜯기고 있다. 단테가 나뭇가지를 꺾으니 그 줄기가 피를 뿜고, 피에르 델라 비냐가 나타나 자신이 자살한 이유와 함께 자살자의 혼이 어떻게 해서 나무둥치 속에 갇히게 되는가를 설명한다. 그때 부산한 소리가 나더니 라노와 자코모가 미친 듯이 도망쳐 온다. 마지막으로 자살한 피렌체의 한 시민이 피렌체의 장래에 대해 예언한다.

네소스가 아직 강을 채 건너기도 전에
우리는 벌써 오솔길 하나 없는
숲속으로 들어섰다.
푸른 잎사귀는 없고 거무스름한 잎만 무성했고,
쭉쭉 뻗은 나뭇가지는 없고 옹이투성이로 굽어 있었으며,
열매는 없고 독을 품은 가시만 나 있었다.
맹수들은 확 트인 곳을 싫어하지만,
체치나와 코르네토 사이의 '습지'[1]에 사는 짐승들이라 할지라도
이처럼 처참한 밀림 속에 살지는 않을 것이다.
이곳에는 추악한 여인의 얼굴을 한 새들이 살고 있다.
트로이인에게 비참한 미래를 예언하여 그들을
스트로파데스섬에서 몰아낸 몰골사나운 하르프이아[2]들이다.

---

1) 이곳은 마렘마라고 하며, 리보르노시 남쪽에 펼쳐져 있는 습지대로 20세기 전반까지만 해도 말라리아 등이 많았던 고장이다.
2) 하르프이아(Harpyia) : 타우마스와 엘렉트라의 딸들로서 여인의 얼굴에 새 몸뚱이를 하고 있

날개는 폭이 넓고, 사람 머리에 사람 얼굴을 하고,
발에는 발톱이 날카롭고, 뚱뚱한 배는 깃털로 덮여 있으며
기이한 나무에 앉아 탄식한다.
스승은 나를 돌아보고 상냥하게 말했다.
"더 깊이 들어가기 전에 알아둬라.
네가 지금 있는 곳은 제2원이다.
무서운 모래밭에 이르기까지 여기를 지나가야 한다.
그러니까 똑똑히 조심해서 봐라, 내가 지금 말한 곳에서
정말이라고 믿어질 수 없는 일을 반드시 볼 것이다."
여기저기서 애처로운 탄식 소리가 들려왔으나
목소리 임자는 아무도 보이지 않았다.
나는 몹시 어리둥절해서 멈추어 섰다.
스승은 그때
그 목소리는 나뭇가지 사이에 숨은 자가
내는 것이라고 내가 생각한 줄
알았을 것이다.
스승이 나에게 말했다.
"이 나뭇가지를 아무거나 하나 꺾어 보면.
네가 하는 생각은 어느 것이나 다 사라지게 될 것이다."

그래서 나는 손을 내밀어
가시 돋친 큰 나무에서 가지 하나를 꺾었다.
그러자 그 둥치가 소리쳤다. "왜 나를 꺾느냐?"
그리하여 거무죽죽한 피투성이가 되더니
또 외쳤다. "왜 나를 찢느냐?
너에게는 한 조각 연민의 정도 없느냐?

다. 아이네이아스가 스트로파데스섬에 상륙했을 때 금기사항을 어기고 동물을 잡아먹자, 하르프이아들이 날아와 행패를 부린다. 하르프이아 중 예언자 헬레노가 나타나 "훗날 굶주려 죽으리라."라고 예언한다.

지금은 나무로 변했지만 우리도 본래는 사람이었다.

설사 우리가 뱀의 혼이었다 할지라도

네 손이 이렇게 거친 짓은 삼가야 하거늘."

푸른 생나무 토막의 한쪽 끝이 탈 때[3]

다른 한쪽 끝은 지글지글 진물을 흘리며

뜨거운 기운이 새어 나오듯 푸지직푸지직 소리를 낸다.

그것과 마찬가지로 가지 꺾인 둥치에서 말소리와 피가

함께 흘러나왔다. 나는 나뭇가지를 땅에 떨어뜨리고

겁먹은 사람처럼 멈추어 섰다.

"상처받은 혼이여," 스승이 나무를 향해 말했다.

"만약 그가 내 시가 말한 것을

처음부터 본 대로 믿었던들

그가 너에게 손을 대진 않았으리라.

그러나 너무나도 믿기 어려운 일이므로

그로 하여금 손을 대게 했다. 미안하게 되었다.

그러나 네가 생전에 누구였던가를 알려 주면,

그는 저 위로 돌아갈 몸이니 속죄하는 뜻에서라도

네 이름을 세상 사람들에게 새로이 인식시켜 주리라."

그러자 둥치가 말했다. "이야기가 길어져서

자네한테 폐를 좀 끼치겠지만, 자네가 상냥하게

말을 걸어 주니 가만있을 수도 없구나.

나는 페데리코 마음의 열쇠를 둘 다 장악하고 있던 자[4]이다.

---

3) 이 부분의 사실적이고 생생한 묘사로 이 숲의 광경을 눈앞에 선하게 떠올리게 된다. 이것은 흡사 자기 팔이라도 꺾인 것 같은 강렬한 자극을 받는 참혹한 묘사이지만, 그 이면에 단테의 날카로운 관찰력과 그것을 적절히 이용할 줄 아는 표현력이 엿보인다. 나무는 땅에 고정된 것이며, 그래서 그것은 자살자의 혼이 아무리 버둥거려도 벗어날 수 없는 고뇌를 나타내고 있다. 거무죽죽한 잎과 굽은 나뭇가지는 순직하게 자라지 못한 정신을 상징한다.

4) 황제 페데리코 2세의 신하 피에르 델라 비냐. 그는 참언하다 투옥된 후 벌겋게 단 단지를 눈에 대어 장님으로 만드는 형벌을 받았는데, 결국 1249년에 자살했다.

그 열쇠를 돌려 혹은 열고, 혹은 닫고
실로 교묘하게 조종함으로써
타인은 왕의 비밀을 일절 모르도록 만들었다.
나는 이 영광스러운 직무에 심혈을 기울이고 있었으므로
그로 인해 침식을 잊었다.
그러나 무릇 제왕의 자리에는 언제나
으레 음탕한 추파를 보내는 계집이 있어
궁정을 악으로 물들이고 세상에 죽음을 가져오는 법,
그 계집이 모두를 꼬드겨서 나를 거역하게 했다.[5]
잇따라 선동을 받은 자가 폐하를 꼬드겼다.

5) 이하. 여기서는 일종의 시의 기교로서 의식적 대비가 시도되고 있다…… 꼬드겨서 ……선동되
었다. 기쁨의 명예는……슬픔의 한탄으로, 멸시에서 벗어날 수 있으리라 생각하고……세상을
멸시한 나의 영혼은, 정의의 자신에게…… 정의가 아닌 것을 굳이 하였다 등.

그로 인해서 기쁨의 명예는 슬픔의 한탄으로 변하였다.
죽으면 이 멸시에서 벗어날 수 있으리라 생각하고
세상을 멸시한 나의 영혼은
정의로운 자신에게 정의롭지 않은 짓을 굳이 하였다.
그러나 이 나무의 오묘한 뿌리의 힘에 맹세코 말하건대,
나는 일찍이 주군에 대해 신의를 깨뜨린 적이 없었다.
폐하께선 그러한 명예에 적합한 분이셨다.
그러니 만약 자네들 중에 누구든지 세상으로 돌아간다면
질투에게 받은 타격 때문에 아직도 세상에 묻힌
나의 기억을 위로해 다오."

잠시 기다렸다가 시인이 나에게 말했다.
"그가 입을 다물었다. 시간을 낭비하지 말고
아직도 더 알고 싶은 것이 있으면 물어보아라."
그래서 내가 말했다. "스승님, 스승께서 물어봐 주십시오.
스승님은 내가 알고자 하는 것을 아실 것입니다.
나는 물을 수가 없습니다. 너무나 불쌍해서 못 견디겠습니다."

그러자 스승이 말을 이었다. "옥에 갇힌 혼이여,
그대의 소원이 뜻대로 이루어졌으면 좋겠다.
만약 괜찮다면 가르쳐 다오.
어찌하여 혼이 이런 옹이진 둥치 속에 갇히게 되었는지,
상관없다면 곡절을 이야기해 다오. 전에 한 사람이라도
그런 가지에서 벗어난 혼은 없었는가?"

그러자 둥치는 몹시 한숨을 쉬어 바람이 일으키더니
순식간에 이런 목소리로 변하였다.
"자네들한테 간단하게 대답하지.
격한 혼이 스스로 목숨을 끊어

육체에서 떠났을 때

미노스[6]는 제7옥으로 그 혼을 보낸다.

떨어질 곳은 이 숲이지만 자리는 정해져 있지 않다.

운명이 던지는 곳에 이르러

실가지의 씨앗처럼 움을 터서

새순이 돋아나고 야생의 큰 나무가 된다.

그러면 하르피아이가 그 잎사귀를 쪼아

고통을 주고, 고통에다 또 고통을 준다.

'최후의 심판 날에' 우리도 함께 시체를 찾으러 가지만

아무도 그것을 몸에 걸칠 수는 없다.

자기 스스로 버린 것을 다시 갖는 것은 옳지 않기 때문이다.

여기까지 우리는 시체를 끌고 온다.

이 비참한 숲 여기저기서 우리들의 육체는

고통받는 자기 영혼의 가시나무에 걸리게 된다."

우리는 둥치가 아직 말을 계속할 줄 알고

귀를 기울이고 있었다. 그때

부산한 소리가 우리를 놀라게 했다.

멧돼지와 그 뒤를 쫓는 사냥꾼이 이곳을 향해

달려오는 것같이

짐승의 울음소리와 나뭇가지 부러지는 소리가 들렸다.

그러자 왼편에서 두 망자[7]가 구르다시피 도망쳐 온다.

나체로, 할퀸 상처투성이가 되어 미친 듯이

숲의 잔가지란 가지를 모조리 꺾어댄다.

앞서 달려오는 자[8]가 외쳤다. "오! 오너라. 죽음아, 오너라!"

---

6) 미노스(Minos) : 유피테르와 에우로페 사이에 난 아들로 크레타의 전설적인 왕.

7) 이들은 자기 재산에 대한 폭행, 즉 노름방에 다니며 재산을 탕진한 죄인들이다. 이 이야기는 뜻은 다르나 《데카메론》의 제5일 제8화와 같은 제재에 따라 씌어져 있다.

8) 쟈코모 산토안드레아이다. 파도바의 재산가였던 그는 낭비벽이 심한 것은 물론, 불길을 보기

또 하나는 뒤떨어진 성싶었으나

그자도 외쳤다. "라노야, 네 발은

토포 전투 때는 이만큼 빠르지는 않았는데!"[9]

그리고 아마 숨이 가빴는지

사나이는 덤불과 한 덩어리가 되어 쓰러졌다.

그들 뒤에 있는 숲에서는

사슬에서 풀려난 사냥개처럼

피에 굶주린 검은 암캐가 떼 지어 달려온다.

그것들은 땅에 웅크린 사나이에게 달려들어

그 몸뚱이를 갈가리 물어뜯은 후

그 고통스러운 사지를 물고 뛰어갔다.

그러자 스승은 내 손을 잡고

그 덤불 근처로 나를 데리고 갔다.

덤불은 피투성이 상처를 보자 한탄스러운 울음소리를 냈다.[10]

"오, 산토 안드레아의 쟈코모여,

너는 나를 방패로 삼아 달아났지만 무슨 이득이 있더냐?

너의 죄 많은 인생에 내가 무슨 책임이 있단 말인고?"

그 덤불 옆에 서서 스승이 말했다.

"너는 누구냐, 여기저기 상처에서

피를 흘리면서 하는 참혹한 말은 무슨 뜻이냐?"

그러자 그가 대답했다. "가지도 잎도 다 꺾이어 떨어져

심한 꼴을 당한 나를

보러 와 준 이들이여,

이 비참한 나무 뿌리께에 있는 가시와 잎을 쓸어 모아 주시오.

위해 자기 집에 불을 지르는 등 괴상한 성격을 가지고 있었다. 그는 결국 피살되었다.

9) 시에나 사람인 라노는 1288년 토포 전투에서 아레초군에 패하여 죽었다.

10) 이 피렌체인의 이름은 시인이 관계자에게 좋지 않으리라 생각하여 숨긴 것으로 추측된다.

나는 피렌체 사람인데, 그 도시는 수호신을[11]

'마르스'로부터 세례 요한으로 바꾸었소.

그것이 화근이 되어 언제나 전쟁으로 도시가 황폐해지는 거요.

만일 아르노강 다리 위에 '마르스 상'[12]이

남아 있지 않았다면

아틸라[13]의 손에 걸려 잿더미로 돌아가 버린 그 땅에

도시를 재건해 본들

그 고생은 수포가 되게 될 것이오.

나는 내 집을 나의 교수대로 삼아 버렸소."

---

11) 그리스도교 이전의 피렌체는 그 도시의 수호신으로서 군신 마르스 상을 모셨다고 전해지고
있었다.

12) 마르스 신전이 세례 요한 성당으로 바뀌자 피렌체 사람들은 '마르스 상'을 아르노강 강가의
탑 속에 감춰두었으나, 고토의 토틸라가 쳐들어 와 이 상을 강물에 던져 버렸다. 뒤에 피렌체
가 다시 일어나고 '마르스 상'은 아르노강의 베키오 다리 위에 놓였다.

13) 이때 피렌체를 침략한 것은 토틸라이나, 단테는 아틸라라고 쓰고 있다.

제14곡

단테는 제7옥의 제2원에서 제3원으로 넘어간다. 제3원은 황량한 사막으로, 그 뜨거운 모래 위에서 신과 자연과 기법을 거역한 자가 눈 같은 불덩이를 맞으며 벌을 받고 있다. 단테는 테베에서 신을 거역한 카파네우스가 지금도 아직 신을 모독하는 말을 퍼붓고 있는 것을 듣는다. 베르길리우스는 인류의 황금시대가 펼쳐졌던 크레타섬의 이다산과 거기 서 있는 거인상(巨人像), 그리고 그 눈물에서 생겨나는 지옥의 강에 관해 이야기한다.

고향의 그리운 생각에 가슴이 미어지는 것 같아
나는 주위에 흩어진 나뭇잎을 긁어모아
이제 목이 쉬어 버린 그의 발밑에 가만히 돌려주었다.[1]

그리고 우리는 제2원과 제3원의
경계선까지 왔다. 거기에서는
신이 내리는 무서운 벌을 볼 수 있었다.
이 전대미문의 광경을 설명하면 대개 이렇다.
우리는 평지에 왔으나
그곳 땅에는 풀 한 포기 나무 한 그루도 나 있지 않다.
그 평지의 둘레를 참혹한 '자살자'의 숲이

---

1) 단테는 노래마다 끝을 교묘하게 매듭짓고, 다음 곡을 변화된 기분으로 시작하는 요령을 아는 예술가이다. 이 14곡의 처음은 13곡의 내용에 이어져 있으면서도 단테 자신의 주관적인 기분이 반영되어 상냥한 태도가 표현되고 있다. 이 첫머리의 세 줄에는 마치 한숨 돌리는 듯한 서정적인 효과가 있는데, 그런 섬세한 감각의 터치가 독자들이 《신곡》을 즐겁게 읽을 수 있도록 한다.

잎 목걸이인 양 에워싸고, 그 숲을 또 피의 강이 둘러싼다.
그 평지의 맨 끝에서 우리는 걸음을 멈추었다.
땅은 황량하고 두꺼운 모래층으로
일찍이 카톤[2]의 발이 '리비아 사막에서'
밟은 것과 조금도 다를 것이 없었다.

오, 하느님의 복수여, 무서운 복수여!
이 눈으로 내가 역력히 본 것을
무서움에 떨면서 모두 읽으시라!

나는 벌거숭이 망자들이 떼 지어 있는 것이 보았는데,

---

2) 카톤(Caton) : 기원전 47년 폼페이우스군을 이끌고 아프리카의 리비아 사막 너머까지 진군한
   장군.

모두가 몹시 섧게 통곡하고 있었다.

그들에게는 가지가지 벌칙이 부과되어 있는 모양이었다.

어떤 자는 땅 위에 반듯이 누워 있고,[3]

어떤 자는 몸을 웅크리고 있고,

어떤 자는 줄곧 서성거리고 있다.

싸다니는 자가 제일 많고

누워서 벌 받는 자는 적으나,

그래도 고통을 받을 때마다 고함을 질러댔다.

그 넓디넓은 모래밭 위에

바람 없는 날에 내리는 알프스의 눈처럼

부푼 불덩어리가 쉴 새 없이 내리퍼붓는다.

알렉산드로스 대왕[4]이 인도의 열대 지방에서

자기 군대 위에 떨어진 불덩어리가

땅에서 여전히 활활 타고 있는 것을 보고

불은 서로 합치기 전에라야 끄기 쉽다면서

부하를 시켜 땅 위를

밟고 돌아다니게 한 일이 있었는데,

흡사 그 모양과 마찬가지로, 여기 영원한 열기가 쏟아졌다.

그 때문에 모래밭은 부싯돌에서 켜지는 불처럼

불을 발하여 고통을 배가한다.

애처로운 손들은 쉴 새 없이

이쪽에서 혹은 저쪽에서

자기 몸에 떨어지는 뜨거운 불똥을 턴다.

내가 입을 열었다. "스승님, 지옥의 성 입구에서

---

3) 신을 모욕한 자들은 불비가 내리는 곳에서 하늘을 쳐다보고 있고, 고리대금업자는 현세에 있었을 때와 마찬가지로 몸을 웅크리고 있고, 호색가는 줄곧 싸다니고 있다.

4) 알렉산드로스 대왕 : 알렉산드로스가 아리스토텔레스에게 인도에서의 일에 관해 쓴 서간문에 의하면, '인도에서 눈이 엄청나게 내려 군사들로 하여금 그 눈을 밟도록 했는데, 이어서 불비가 쏟아져 내려 군사들이 불붙은 옷을 벗어 던지며 도망했다'고 했다. 이 이야기는 알베르토 마뉴의 《기상학》에 혼동되어 실렸는데, 그것을 단테가 그대로 인용하였다.

우리들을 막은 고집 센 악마들을 제외하면
스승님께서는 어디를 가나 지치실 줄을 모릅니다만,
저기서 불꽃도 아랑곳없이 누워서
불비에도 타지 않고 마치 깔보듯
상을 찌푸린 저 덩치 큰 놈은 대체 누구입니까?"

그러자 내가 스승에게 물은 말을
그자가 듣고 고함을 질렀다.
"나는 죽은 뒤라도 살았을 때와 다름이 없다.
제우스가 노하여 대장장이로부터 날카로운 번개를 받아
나를 내 생애의 마지막 날에 때려눕혔다.
제우스여, 지쳐 자빠질 때까지 대장장이를 일하게 하라.
'오, 불카누스(대장장이)야, 도와다오, 도와다오' 애원하며
몬지벨로[5]의 시꺼먼 대장간에 사는
다른 대장장이들도 차례로 부려 먹어라.
플레그라[6]에서 싸웠을 때처럼
죽을힘을 다하여 나를 향해 활을 쏘아라.
그러나 나에게 쉽사리 복수하지는 못하리라."
그러자 내 길잡이는 이제껏 들어보지 못한
격한 어조로 말했다.
"오, 카파네우스야, 네 오만함은 아직도
수그러들지 않았구나. 그러니까 너는 벌을 받는다.
네 분노의 가책에 어울리는 것은 필경
네 분노를 빼고는 달리 없으리라."

이렇게 말한 다음 스승은 음성을 부드럽게 하여 나에게 말했다.
"저자는 테베를 포위한 일곱 왕 중의 하나이다.

---

5) 몬지벨로(Mongibello) : 에트나 화산의 옛 이름.
6) 플레그라(Phlegra) : 테살리아의 골짜기. 유피테르가 군대를 이끌고 거인들을 공격한 곳.

전에도 신을 멸시했는데, 지금도 멸시하고 있다.
아무리 봐도 존경하는 티를 보이지 않는구나.
그러나 내가 그에게 말했듯이 조소만이
저놈의 가슴에 어울리는 장식이다.[7]
자, 내 뒤를 따라오너라. 앞으로도 조심해서
과열된 모래 속에 발을 디뎌서는 안 된다.
언제나 숲 쪽으로 바싹 붙어서 걸어라."

우리는 묵묵히 걸어서 냇물이 숲 밖으로
흘러 나가고 있는 곳으로 나갔는데,
지금도 나는 그 붉은 빛에 소름이 끼친다.
불리카메[8]로부터 솟아나는 '광천(鑛泉)의' 물이
온천에서 노는 계집들을 나누어 놓듯이
이 붉은 핏물은 모래밭 사이를 흘러 내려갔다.
그 바닥도, 양쪽 기슭도, 또 강변도
모두 돌로 되어 있었으므로
여기가 건널목이리라고 나도 짐작이 갔다.

"누구나 자유로이 들어올 수 있는 '지옥의'
문을 들어온 후 지금까지,
내가 너에게 보여준 모든 것 중에서
이 냇물만큼 볼 만한 것은
아직 네 눈에 띄지 않았을 것이다.
이 냇물 앞에선 불이란 불은 모두 꺼져 버린다."

---

7) 카파네우스는 테베를 포위했던 7명의 그리스 왕 중 한 사람이다. 그는 그 도시를 포위 공격하
던 중, 제우스를 욕하다 벼락을 맞아 죽었다. 여기서 신이 제우스 신을 지칭하는 것과 같이
《신곡》 중에는 가끔 그리스, 로마 신화와 그리스도교가 뒤섞이어 취급되고 있다.
8) 불리카메(Bulicame) : 로마 인근 비테르보 지방에 있는 유황 온천.

이것이 길잡이의 말이었는데,
호기심이 잔뜩 생겨난 나는
그 내용을 좀 더 자세히 설명해 달라고 청했다.

그러자 스승이 대답했다. "지중해에는
지금은 멸망하여 없어진 크레타라는 나라가 있었는데,
그곳의 왕이 지배한 세상은 깨끗했다.
거기에는 이다라 불리는
샘물이 솟아나고 초목이 우거진 낙원과도 같은 산이 있었다.
지금은 과거의 번영은 간 곳 없이 사라졌다.
레아가 자기 아이의 요람지로서 택한 곳도
그 산이었다. 그리고 어떻게 해서든지 아이를 숨기려고
아이가 울 때마다 '노예에게 일러' 고함을 지르게 했다.
그 산속에는 늙은 거인[9] 하나가 우뚝 서서
등을 다미아타[10] 쪽으로 돌리고
거울을 들여다보듯 로마를 쳐다보고 있다.
거인의 머리는 아름다운 순금으로 되어 있고,
두 팔과 가슴은 순은이며,
그리고 가랑이까지는 구리,
그 아래는 모두 쇠로 되어 있었는데,
오른발만은 구운 흙으로 되어 있었다.
중심은 오히려 이 발 쪽에 걸려 있다.
순금이 아닌 부분은 죄다
금이 가 있어 그 틈에서 눈물이 흐른다.

---

9) 이하. 이 늙은 거인의 의미에 대하여 단테 학자들의 견해는 상당히 여러 가지로 갈라져 있다.
그러나 부패하여 죄악 속에서 노화된 인류가, 겨우 황금의 머리 부분에만 태초의 착함을 지
니고 있는 것이라고 해석하는 설이 유력시된다. 인류는 태초인 황금시대로부터 금·은·동·철·
흙으로 시대가 내려감에 따라 타락했다는 것이다.
10) 다미아타(Damiata) : 이집트의 옛 도시.

그 눈물이 모여서 바위를 꿰뚫고,
흐름이 바위에서 바위를 타고 내려
이 좁은 도랑을 거쳐 아래쪽
아케론, 스틱스, 플레제톤 강이[11] 되고
더 이상 내려갈 수 없는 곳에까지 이르러.
코치토스[12]를 이룬다. 그 늪의 모습은 곧
너도 보게 될 테니까 여기서는 말 않겠다."

내가 물었다. "만약 이 냇물이
말씀대로 우리의 세계에 원천을 두고 있다면,
왜 이 벼랑 가에서야 비로소 나타나는 것입니까?"
스승이 대답했다. "알다시피 이 지옥은 둥글다.
네가 왼편으로 돌아 바닥을 향하여
상당히 내려오긴 했으나
그래도 옥의 주위를 완전히 돈 것은 아니다.
그러나 새로운 것이 나타났다 할지라도
네가 놀란 얼굴을 할 것은 없다."
내가 또 물었다. "스승님, 플레제톤과 레테는
어디 있습니까? 하나는 눈물의 비로 이루어진 내라고
말씀하셨습니다만, 또 하나는 설명하지 않으셨습니다."
"네 질문이 모두 좋구나."
스승이 대답했다. "그러나 벌겋게 끓고 있는 핏물이
네 질문의 한 가지는 풀어 주었을 것이다.
레테강은 이 구렁 밖에서 볼 기회가 있을 것이다.
죄를 뉘우쳐 죄가 지워졌을 때
혼은 그 냇물에 몸을 씻으러 가는 것이다."

---

11) 단테는 이미 지옥의 세 강을 건넜다. 아케론(〈지옥편〉 3곡), 스틱스(〈지옥편〉 7곡), 플레게톤
〈지옥편〉 10곡)의 순서이다.
12) 코치토스(Cocitos) : 지옥 맨 아래에 있는 얼어붙은 강.

스승은 다시 말을 이어 "자, 이제 이 숲을
떠나야 할 시간이다. 주의해서 내 뒤를 따라오너라.
냇가에 타지 않는 언저리가 길을 이루고 있다.
그 위에 쏟아지는 불길은 모두 금방 꺼진다."

제15곡

낸가를 따라 나아가다가 단테는 망자들의 무리를 만난다. 그들은 자연을 거스른 호색가들이다. 단테는 그중에서 그의 스승인 브루네토 라티니를 발견하고 서로 놀라며 이야기를 주고받는다. 브루네토는 단테의 장래를 예언하며 처신 방법을 훈계한다. 단테는 스승에게 은혜를 감사하며 자기의 각오를 말한다. 브루네토는 그 무리 중에서 유명한 사람 이름을 두셋 알려 주고는 급히 뛰어가 버린다.

단단한 냇가의 가장자리를 따라 우리는 나아갔다.
안개가 냇물 위에 자욱이 서려
물 위와 냇가에 불똥이 떨어지는 것을 막고 있었다.

쏟아져 흐르는 물줄기를 두려워하는 플랑드르 사람들[1]은
구이찬테에서 부르지아[2]에 이르기까지
방파제를 쌓아서 파도의 침입을 막고,
또 파도바인들은 마을과 성곽을 지키기 위해
키아렌타나[3]의 눈이 녹기 전에
브렌타강을 따라 둑을 쌓는다.[4]

---

1) 피렌체와 벨기에의 플랑드르 여러 도시와의 교역은 단테 시대부터 이미 왕성했다. 이러한 교류를 상업적인 면을 넘어서 있었기 때문에 피렌체의 우삐치 화랑에서는 1400년대에 이 고장에 온 플랑드르 화가의 작품을 많이 볼 수가 있었다.
2) 구이찬테는 항구 도시, 브루지아는 상업 도시로 이탈리아인들이 장악하고 있었다.
3) 키아렌타나(Chiarentana) : 일리아 지방에 있는 산의 이름이다. 여름이면 이 산의 눈이 녹아 브렌타강이 범람했고, 파도바 지방 사람들이 피해를 보았다.
4) 《신곡》의 세계는 피안의 세계이지만 그 묘사는 이 세상에 현존하는 자연과 물상에 따르고 있다. 플랑드르의 방파제도, 파도바에서 베네치아로 흐르는 브랜타강의 둑도 극히 구체적인 현세의 풍물이다.

그다지 높지도 넓지도 않았으나
이 둑의 구조는 그것과 흡사했다.
누군지는 모르나, 어느 스승이 그것을 쌓았도다.[5]

우리는 숲에서 이미 꽤 멀리 떨어졌다.
뒤돌아봐도
이제 숲이 어디 있는지조차도 모를 정도까지.
그때 한 무리의 망자들과 마주쳤다.
그들은 둑을 따라오고 있다. 망자 한 명 한 명이
우리를 바라본다. 마치 초승달 아래
서로 얼굴을 마주친 듯한 태도로
우리들 쪽을 눈여겨보는 모습은
늙은 재봉사가 바늘귀에 실을 꿸 때의 모습 같았다.[6]

이렇듯 이 무리는 나를 찬찬히 훑어보더니,
그중 하나가 나를 알아보았는지
내 옷자락을 잡고 외쳤다. "이것 참 놀랍구나!"
그자가 나에게 팔을 내밀었을 때
나는 불에 탄 그 얼굴을 지그시 바라보았다.
얼굴은 탔으나 자세히 보면
반드시 생각날 것 같았다.
나는 허리를 구부려 얼굴을 마주 보다가 깜짝 놀라 대답했다.
"브루네토 스승님, 여기 계셨습니까?"

---

5) 이 둑을 쌓은 자는 하느님이다.
6) '늙은 재봉사가 바늘귀에 실을 꿸 때의 모습 같았다.' 매슈 아널드(영국의 시인, 1822~1888)는
  이러한 직유의 능란함을 격찬하고 있는데, 이것이 단테의 날카로운 관찰력과 풍부한 연상을
  증명한다고 할 수 있을 것이다. 그는 매우 미술적이고 감각의 센스가 세밀한 표현을 사용하여,
  회화나 조각을 보여 주듯 정확한 인상을 독자의 머릿속에 새겨넣는 것이다.

"오, 아들아, 지장이 없다면
이 브루네토 라티니[7]가 동료들을 먼저 보내고
너와 함께 잠시라도 이 길을 되돌아갔으면 좋겠구나."
"스승님, 꼭," 하고 나는 대답했다. "꼭 그렇게 해 주십시오.
만약 스승님께서 곁에 앉으라 하신다면
나의 길잡이에게 허락받고 당신 가까이에 앉겠습니다."

"오, 아들아," 그가 말했다. "이 무리 속에서
잠시라도 걸음을 멈추는 자는 그 뒤 백 년 동안 누워서
불덩이를 맞으며 고통을 겪어야 한다.
그러니까 먼저 가거라, 내가 너를 따라가마.
그리고 나서 나는 곧 동료들에게로 돌아가겠다.
영원한 형벌에 울면서 나아가는 저들에게로."

길에서 내려가 그와 나란히 걷는다는 것은
차마 주저되었으므로 나는
경건하게 머리를 숙이고 걸었다.
그가 입을 열었다. "도대체 우연인가 천명인가, 어떻게 해서
최후의 날이 오기도 전에 너는 이 하계(下界)로 왔나?
길을 인도하는 저이는 누군가?"

내가 대답했다. "저 위의 세상에서 맑은 인생이
아직 장년에 이르기도 전에
나는 어느 골짜기에서 길을 잃었다가,

---

7) 브루네토 라티니는 단테의 스승으로, 피렌체에 있는 바르젤로의 단테의 초상 옆에 있는 것
이 그의 상이라고 한다. 그가 지옥에 떨어진 이유는 15곡에 직접 명시되어 있지 않으나, 앞에
서부터의 연관으로 우리는 그가 호색가였음을 짐작할 수 있다. 단테는 스승을 지옥에 떨어
뜨리긴 했으나 그를 대하는 말씨나 태도의 정중함을 유지하여 존경심을 보이고 있다. 1294년
에 죽었다.

어제 아침에 겨우 그곳을 등지고 왔습니다.

그곳으로 내가 다시 돌아가려고 할 때 저분이 나타나

이 길을 거쳐서 지금 나를 인도하여 주고 있습니다."

그러자 그가 말했다. "너는 네 별을 따라서 나간다면,

아름다운 삶에서 보았던 내 눈에 헛됨이 없는 한

반드시 영광스러운 항구에 닿을 수 있을 것이다.

내가 그토록 일찍 죽지 않았던들

하늘이 너에게 이렇듯 잘해 주는 것을 본 이상

반드시 네 일을 격려했을 게 틀림없다.

그러나 그 옛날 피에솔레[8] 언덕에서 내려온

저 마음 비뚤어진 배은망덕한 무리는

아직도 시골뜨기와 같은 완고한 성격이 없어지지 않아서

네가 착한 일을 하면 반드시 미워할 것이다.

그것은 떫은 마가목에서

단 무화과 열매가 맺어질 리 없는 것과 같구나.

예부터 세상에 속담도 있지만 그들은 장님이라

탐욕스럽고 질투 많고 교만하다.

그 습성에 물들지 않도록 너는 몸을 깨끗이 하도록 하라.

운명은 너에게 수많은 명예를 줄 것이나, 그만큼

백당도 흑당도 굶주린 듯이 너를 노릴 것이다.

그러니까 풀을 산양으로부터 멀리 떼어 놓아야 한다.

만약 그 더러운 땅에 그런 풀이 싹 트거든

그것에 손을 못 대게 하라, 피에솔레의 짐승들쯤이야

서로 잡아먹고 죽이든 내버려둬라.

그 땅이 사악한 죄악의 소굴로 변했을지라도

거기 남게 된 로마인들의

거룩한 씨앗은 그 식물 속에서 다시 살아날 것이다."

---

8) 피에솔레는 피렌체에서 북동 쪽으로 3마일 떨어진 언덕 위에 있는 오래된 도시로 반 로마적인 경향을 보이고 있었다. 그 혈통이 피렌체시에 내란을 가져온다는 것이다.

"내 소망이 모두 이루어졌던들,"
하고 내가 대답했다. "스승님께선 인간의 생(生)에서 아직도
쫓겨나지 않았을 것입니다.
세상에서 언제나
사람이 어떻게 해서 불후(不朽)의 명성을 얻을 수 있는지
가르쳐 주시던 인자하고 상냥하신 모습이
머릿속에 새겨져 있어 나는 지금도 감동을 금할 수가 없습니다.
내가 얼마만큼 스승님께 은혜를 느끼고 있는지를
살아 있는 한 내 말로써 널리 알릴 작정입니다.
나의 운명에 대해 스승님께서 말씀하신 것을 명심하여
다른 예언과 함께 소중히 마음에 간직해 두었다가
고귀한 분⁹⁾에게 닿게 되면 그분께 설명 듣겠습니다.
오직 스승님께서 알아주셨으면 하는 것은, 내가
양심의 가책만 없다면
어떠한 운명이라도 달게 받을 각오가 있다는 것입니다.
이러한 예언은 내 귀엔 그리 새로운 것이 아닙니다.
그러니까 운명의 여신은 운명의 바퀴를, 농부는 가래를
그들 마음대로 돌리면 되는 것입니다."
그러자 나의 스승 베르길리우스는 머리를
오른쪽으로 돌려 나를 보고 말했다.
"듣기를 좋아하는 자는 명심해서 듣는다."¹⁰⁾

그래도 나는 말을 멈추지 않고,
브루네토 스승과 나란히 걸어가며 이 무리 가운데에서
제일 유명하고 훌륭한 자가 누구냐고 물었다.
그러자 스승이 말했다. "두세 사람은 가르쳐 줘도 좋지만

---

9) 고귀한 분은 베아트리체를 가리킴.
10) 스승 베르길리우스는 이 격언 같은 말로써 단테의 결연한 태도를 칭찬한 것이다. 그는 이미
   단테에게 운명의 여신에 대해 설명한 바 있다.

나머지 사람에 대해서는 말 않는 편이 현명할 것이다.

모두 다 이야기하려면 시간이 모자랄 것 같다.

요컨대 그들은 모두 성직자나

학자, 그것도 훌륭하고 유명한 사람들이었으나

세상에서 똑같은 죄로 더럽혀진 자들이다.

프리쉬아누스[11]가 저 비참한 무리와 함께 가고

프란체스코 다 코르소[12]도 함께 간다. 만약 네가

이런 죄인들을 보고 싶어 한다면 볼 수도 있다.

저 자는 종들의 종의 손에 의하여 아르노의 기슭으로부터

바킬리오네[13] 기슭으로 떨어져

사후에 그 땅에다 뻗드러진 몸뚱이를 남긴 사나이[14]이다.

좀 더 오래 이야기하고 싶으나 이 이상 따라갈 수도

이야기할 수도 없다. 저쪽 모래밭에서

새로운 연기가 오르는구나.

나와 같이 있을 수 없는 사람들이 온다.

너에게 나의 《테소로》를[15] 권한다. 그 속에서

나는 아직 살아 있으니 그 밖에 부탁할 말은 아무것도 없다."

그다음 그는 등을 돌리고 정신없이 달려갔다.

마치 베로나의 축제 때 들판을 달리는

푸른 천을 든 선수와도 흡사했는데,[16] 그것도

---

11) 프리쉬아누스(Priscianus) : 6세기의 라틴 문법학자.

12) 프란체스코 다 코르소(Francesco d'Accorso) : 피렌체 출신의 법학자. 13세기의 인물이다.

13) 바킬리오네(Bacchiglione) : 비첸사시를 흐르는 강 이름.

14) 이 사나이는 안드레아 데 못시를 지칭한다. 그는 1286년 (아르노강을 향한) 피렌체시의 주교
   로 임명되었으나, 1295년 (바킬리오네강을 향한) 비첸사의 주교로 좌천되어 다음 해 그곳에서
   죽었다. 종이란 말은 하느님께 종사하는 인간에게 봉사하는 교황을 말하며, 여기서는 보니파
   시오 8세를 가리킨다.

15) 이 《테소로》는 브루네토 라티니가 파리 망명 중에 프랑스어로 쓴 백과사전이다.

16) 사순절 첫 일요일에 베로나에서는 시의 교외 벌판에서 경주를 벌였는데, 이긴 자는 녹색 천
   을 받고 맨 꼴찌는 수탉을 받아 획득한 물건을 드러낸 채 시중으로 돌아가야 했다. 피렌체에

이긴 쪽의 선수이지 진 쪽의 선수는 아니었다.

제16곡

제7옥이 끝나고 냇물이 폭포가 되어 제8옥으로 떨어지는 언저리에서 3명의 피렌체 망자가 단테 쪽을 향해 뛰어온다. 구이도 구에르라와 테기아이오 알도브란디, 야코포 루스티쿠치는 모두 같은 도시의 유력자였으나 호색 때문에 파멸한 것이다. 그들은 단테의 말을 듣고 피렌체의 벼락부자 풍조를 한탄한 뒤 가 버린다. 베르길리우스가 단테가 허리에 매고 있던 밧줄을 골짜기로 던지자 컴컴한 대기를 가로질러 괴물이 떠올라온다.

무리 지은 벌이 윙윙대는 것과 흡사한 소리를 내며
물이 다음 옥으로 흘러 떨어지고 있었다.
그 소리가 들리는 곳에 내가 왔을 때
세 망자가
지나가는 무리에서 처참한 형벌의 비를 맞으며 떨어져 나와
우리들 쪽으로 달려오면서 저마다 외쳤다.
"멈춰라, 멈춰라. 너는 그 옷차림에서[1] 짐작하건대
우리 배덕(背德)한 고장[2] 사람임이 틀림없다."
아, 세 사람의 몸뚱이는 말할 수 없이 상처투성이였다.
불에 갓 지져진 상처도 있었고, 오래된 상처도 있었다!
생각만 해도 여태 마음이 아프다.

그들이 소리치자 스승은 귀를 기울이더니

---

1) 당시는 도시마다 특징적인 옷차림을 많이 하고 있었다. 반세기 뒤인 보카치오 시대가 되자 외래품을 착용하는 자가 월등히 우세하게 되었다고 한다.
2) 피렌체를 일컫는다.

얼굴을 나에게로 돌려 말했다. "잠깐 기다려라.
이 사람들은 정중히 대접할 필요가 있다.
장소가 장소인지라 화살처럼 불이 쏟아지고 있는데,
만약 그렇지만 않았던들 저들이 오기 전에
급히 네가 마중을 나갔어야 옳았을 것이다."

우리가 멈추어 서자 그들은 오래된 넋두리를
또다시 되풀이하기 시작하더니, 우리에게 가까이 와서
셋이 함께 원을 지었다.
벌거벗은 몸뚱이에 기름칠한 씨름꾼이
치고받고 하기 전에
유리한 틈을 찾아 눈을 번들거리듯이
셋 다 얼굴을 내 쪽으로 돌리고
빙글빙글 돌았기 때문에
목은 목대로 다리는 다리대로 서로 따로따로 움직였다.

"이 발 디딜 곳도 없는 비참한 땅과
불에 타서 가죽이 벗겨진 몰골을 보고 우리의 소원을
우리와 마찬가지로 멸시할는지는 모르나,
우리의 이름을 들으면 그대도 마음이 움직여져
자신을 밝힐 생각이 들 것이다. 그대는 누구인가?
산 몸으로 이 지옥을 유유히 활보하고 있는 그대는?
보다시피 내가 한 발 한 발 뒤따라가는 이 사람은
벌거숭이에 살갗이 짓물러 있긴 하나
그대가 상상하는 이상으로 지체가 높은 인물이오.
선량한 구알드라다의 손자로,
이름은 구이도 구에르라[3]라 하였소. 생전에

---

3) 구알드라다는 벨린치오네 베르티의 딸로 아름답고 정숙하기로 그 이름이 높았다. 구이도 구
  에르라는 그녀의 손자로서, 도바돌라의 백작 마르코발도의 아들이었다.

슬기와 칼로써 많은 공을 세웠소.
내 뒤에서 모래를 밟고 오는 자는
테기아이오 알도브란디⁴⁾요. 그 명성은
현세에서도 자자할 것이오.
그리고 그들과 함께 형벌을 당하고 있는 나는
야코포 루스티쿠치⁵⁾요. 다른 누구보다도
악독한 마누라 때문에 나는 몸을 망쳤소."⁶⁾

불만 들이닥치지 않았던들
나도 밑에 있는 그들 속으로 몸을 던졌을 것이다.
그리고 스승도 그것을 허락해 주었을 것이 틀림없다.
하나 그렇게 하다가는 내가 타버리고 말 것 같아,
그들을 껴안고 싶은 상냥한 마음씨도
결국 공포심에는 지고 말았다.

그래서 내가 입을 열었다. "여러분의 모습을 보니,
멸시는커녕 마음속에 그 고뇌가 새겨지는 듯합니다.
그것은 좀처럼 가시기 어려울 정도입니다.
여기 계신 내 스승님께서 주의를 주셨을 때부터
여러분 같은 분들이 나타나리라는 것을
나는 미루어 짐작하고 있었습니다.
나는 여러분과 한 고향 사람입니다.
평소에 늘 여러분의 업적과 명예로운 이름을
존경하는 마음으로 이야기하고 또 들어왔습니다.
나는 쓴 쓸개를 버리고 올바른 길을 가리키는 안내자가

---

4) 테기아이오 알도브란디(Tegghiaio Adobrandi) : 피렌체의 귀족으로 무인.
5) 야코포 루스티쿠치(Iacopo Rusticucci) : 단테와 같은 시대 사람으로, 이혼 후 여성 혐오자가 되었다.
6) 악독한 아내 때문에 동성애를 하게 되었다는 것이다.

나에게 약속하신 단 열매를 구하고자 가는 것입니다.
그러려면 우선 '지옥'의 중심까지 내려가지 않으면 안 됩니다."

그러자 사나이가 그 말에 대답했다. "언제까지나
그대 영혼이 그대 육체를 인도하여
그대 이름이 후세에 빛나기를 빌겠소.
가르쳐 주오, 예의와 덕이 예전과 다름없이
우리 고향에 남아 있는지,
아니면 모두 없어지고 말았는지?
최근에 우리들 있는 데로 떨어져서 고통을 받고 있는
굴리엘모 보르시에레[7]가 지금 저 무리와 가고 있는데,
그의 말을 들어 보니 온통 속상하는 일뿐이었소."

"오, 피렌체여, 벼락부자들 때문에
네 안에 오만불손한 풍조가 생겨,
그로 인해 너는 이미 울고 이미 괴로워하였도다."
하고 나는 얼굴을 들고 외쳤다.
그러자 셋은 이것이 대답임을 깨닫고는
진실을 마주할 때처럼 서로 어두운 얼굴로 마주 쳐다보았다.

"만약 이다음에도 다른 이의 질문에
이만큼 쉽게 대답할 수가 있다면," 하고 모두가 말했다.
"그렇다면 그대는 행복하오.
그럼 부디 이 암흑계를 무사히 벗어나
아름다운 별들을 우러를 수 있는 곳으로 돌아가 주오.
그리고 '내가 '지옥'에 있을 때'라고 기꺼이 말할 기회가 있거든
그때 우리의 말도 모두에게 전해 주오."

---

7) 굴리엘모 보르시에게(Guglielmo Borsiere) : 예의 바르고 이야기를 잘하던 피렌체의 궁정 기사이
다. 《데카메론》 제1일 제8화 참조.

이렇게 말하며 원을 풀고 도망쳤는데, 그때
그들의 날쌘 모습이란 마치 날개라도 돋친 것 같았다.
"아멘."을 욀 겨를도 없이
셋은 사라지고 말았는데,
스승은 그것을 계기로 삼아서 그 자리를 떠났다.
내가 스승을 따라 조금 앞으로 나갔을 때
물소리가 갑자기 가까워지더니,
서로의 말소리가 들리지 않을 정도로 커졌다.
몬테 베소[8]로부터 동쪽을 향하여
아펜노산맥의 왼쪽 기슭에서
바로 바다로 흐르는 강이,
골짜기로 흘러내려 평야로 나가
포를리에 이르러 이름을 바꾸기까지
상류에서는 악콰퀘타[9]라 불렸는데,
천 명을 수용한다는
알프스의 성 베네딕트 수도원 위에서는
폭포가 되어 요란한 소리를 내며 떨어진다.
그와 마찬가지로 붉은 핏물이
우렁찬 소리를 내며 절벽을 흘러내려
거의 귀청이 찢어질 것만 같았다.

나는 허리에 밧줄[10]을 매고 있었는데
이것을 가지고 얼룩 표범을
잡으려고 생각한 적도 있었다.

---

8) 몬테 베소(Monte Veso) : 코티안 알프스의 산으로 포강의 발원지.

9) 악콰퀘타(Acquaqueta) : 조용히 흐르는 물이라는 뜻으로 북부 몬토네강을 말함.

10) 이 밧줄은 프란체스코회에 가입한 사람이 허리에 두르는 것이다. 이러한 구절로 인해 단테
    가 전에 그 수도사가 됨으로써 자신에게 내재한 다정다한을 억제하려 했었다는 해석도 있
    다. 여기서 표범은 방종과 무절제를 상징한다.

스승께서 명령하신 대로
나는 그 밧줄을 풀어서
다발로 뭉쳐 그에게 주었다.
그러자 스승은 몸을 오른쪽으로 돌려
낭떠러지 얼마 떨어지지 않은 곳에서
깊은 골짜기로 그걸 내던졌다.
'무슨 신기한 일이 필시 일어날 거다.'
나는 속으로 혼자 중얼거렸다. '스승께서 저렇게
눈으로 좇는 것은 드문 일이다.'

아, 겉에 나타난 행동뿐만 아니라[11]
생각 속까지 꿰뚫어 볼 수 있는 슬기로운 이 곁에서는
모든 걸 조심하는 게 좋으리라!
스승이 말했다. "내가 기다리고 있는 것, 그리고
네가 상상하고 있는 것이 곧 떠오를 것이다.
이제 곧 눈앞에 그 정체를 나타내리라."

얼핏 보기에 거짓말 같은 진실에 대해서는 언제나
되도록 입을 다물고 있는 편이 덕이다.
말을 하면 실수가 없더라도 거짓말쟁이 취급을 받기 때문이다.
그러나 이것만은 잠자코 있을 수가 없다. 그러므로
독자여, 이 희극[12]의 시구에 대고 맹세코,
—부디 이 시가 오래오래 세상에 애독되기를—
나는 보았던 것이다. 그 무겁고 답답하고 컴컴한 대기를 가로질러,

---

11) 단테가 아직 아무 말도 하지 않았으나 베르길리우스는 '네가 상상하고 있는 것이 곧 나타날 것'이라고 말한다. 이것은 그가 단테의 호기심에 가득 찬 기대의 마음을 꿰뚫어 보고 있기 때문이다.
12) 이른바 《신곡》이라는 표제는 후세 사람들이 정한 것으로, 단테 자신은 이 작품을 단순히 《희극(commedia)》이라고 불렀다.

아무리 담이 큰 사람이라도 놀랄 만한 괴이한 모양을 하고
위를 향해 헤엄치며 올라오는 그것[13]을.
그것은 마치 바다 속 암초나 그 무언가에 걸린
닻을 끌어올리기 위해 이따금
바닷속에 들어갔던 자가 솟구쳐 나오려
상체를 펴고 다리를 웅크린 듯한 모습이었다.[14]

---

13) 괴물 게리온.
14) 단테는 독자에게 다음 내용에 대한 흥미를 안겨 주며 능란하게 각 노래를 마치는 재간을 터
   득하고 있는데, 〈지옥편〉 16곡도 그것을 보여 주는 좋은 예라 할 수 있을 것이다.

지옥의 하층·Ⅱ

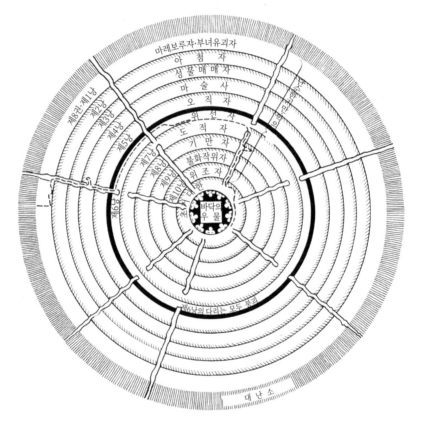

늑대의 죄

제17곡

괴물 게리온이 낭떠러지에 기댄다. 베르길리우스가 그 어깨를 빌려 골짜기로 내려가기 위해 청을 하고 있는 동안 단테는 길잡이의 허락을 얻어 율법에 배반한 자, 즉 고리대금업자 무리를 구경하고 다닌다. 그들은 모두 목에 돈주머니를 매달고 있다. 이어서 단테는 게리온의 등에 업히어 제8옥을 향해 반원을 그리며 공중을 날아서 내려간다. 밑에서부터 제8옥의 고뇌에 찬 외침이 사방에서 들려온다.

"보라, 뾰족한 꼬리가 돋친 괴상한 짐승[1]이 산을 넘어온다.
성벽과 무기를 쳐부수는 놈이다.
보라, 온 세상에 악취를 떨치는 오는 저놈을!"
길잡이는 나에게 이렇게 말하고
방금 지나온 돌길 끝 가까운
벼랑 가로 오라고 괴물에게 눈짓했다.

그러자 권모술수의 화신인 꺼림칙한 괴물이
떠오르더니 벼랑 위에 목과 가슴을 얹었으나
꼬리는 쳐들려 하지 않는다.
그 얼굴은 버젓한 사람의 얼굴이다.
얼핏 보기에 자못 순하게 보였으나
그 나머지 몸뚱이는 실로 뱀과 흡사하다.

---

[1] 그리스 신화에 등장하는 괴물로서, 권모술수의 화신으로 알려져 있다. 단테는 이것이 얼굴은 사람, 발은 사자, 몸 전체는 뱀 모양이며, 두 날개로 하늘을 날고 꼬리에는 독이 있다고 표현했다. 시인들이 이 게리온의 등을 타고 내려간 제8옥에서는, 10종류의 권모술수가들이 각각 10개의 구렁에서 벌을 받고 있다.

발톱이 돋은 두 발은 겨드랑이 밑에까지 털북숭이였으며,

그 등에도 가슴에도 양 옆구리에도

매듭과 동그라미가 그려져 있었다.

타타르인이나 터키인일지라도 이토록 화려한 직물은

짜낸 일이 없을 것이며,

아라크네[2]도 이런 무늬는 고안해 내지 못했을 것이다.

마치 쪽배가 이따금 해변에서

반을 물에 잠기고, 반은 뭍으로 올라와 있듯이,

또는 먹성 좋은 독일인들 사이에서

물개가 생선을 노리듯이,

이 고약한 괴물은

모래밭을 에워싸는 바위 끝에 기대앉아,

뾰족한 꼬리를 허공에 쳐들고는

독을 품은 전갈처럼 두 갈래로 갈라진

꼬리 끝을 휘둘렀다.

길잡이가 말했다. "자, 귀찮지만 길을 조금 돌아서

못된 짐승들이 누워 있는

저기까지 내려가기로 하자."

그래서 오른편의

벼랑을 향해 열 걸음쯤

뜨거운 모래와 불똥을 피하면서 내려갔다.

우리가 짐승 있는 곳에 다가갔을 때,

조금 더 앞쪽의 바위틈 가까운 모래 위에

사람들이 앉아 있는 것이 보였다.

스승이 말했다. "너는 이 옥에서

충분히 체험을 쌓아 둘 필요가 있으니까,

---

2) 아라크네(Arachne) : 그리스 신화 속의 인물로, 아테나 여신과 길쌈 재주를 겨루다 여신의 미움을 받아 거미가 되었다. 〈연옥편〉 10곡 참조.

저기 내려가 그들의 모습을 보고 오너라.
이야기는 간단하게 하고, 오래 있지 말아라.
네가 돌아올 때까지
저놈의 억센 어깨를 빌도록 말을 해 두겠다."

이렇게 하여 제7옥의 맨 끝을 딛고
나는 홀로 앞으로 걸어 나가
비탄에 젖어 있는 사람들에게 다가갔다.
고통은 눈에서 '눈물이 되어' 넘치고,
두 손은 쉴 새 없이 여기저기서
불똥을 털거나 타오르는 땅을 할퀴고 있었다.
마치 개가 여름에
벼룩이나 벌과 말파리에 쏘여서
코끝과 발로 몸을 긁는 꼴과도 흡사했다.
쏟아지는 고통의 불길에 덴 사람들의 얼굴을
몇 명 살펴보았으나
아무도 아는 이는 없었다. 그런데 그들은
누구나가 다 목에 돈주머니를 달고 있었다.[3]
그것에는 가지각색의 빛깔과 표지가 붙어 있었고,
모두 그 돈주머니만을 보고 있는 것 같았다.
나는 주위를 천천히 둘러보면서 그들 속으로 들어갔다.
그러자 노랑 돈주머니가 눈에 띄었다.
거기엔 하늘빛으로 사자의 얼굴 무늬가 그려져 있었다.
시선을 옮기니
또 하나 다른 피같이 붉은 바탕에
버터보다 하얀 거위를 그린 돈주머니가 보였다.

---

3) 단테는 혼자 고리대금업자들을 보러 간다. 그들은 각기 자기 집 가문이 새겨진 돈주머니를
목에 매달고 있다. 단테와 동시대의 독자는 이러한 무늬에서 인물의 정체를 알았으므로, 당시
로서는 《신곡》이 극히 저널리스틱한 의미를 내포하고 있었음을 알 수 있다.

그러자 흰 바탕에 담청색 암퇘지를 새긴
돈주머니를 쥔 자가 나에게 말했다.

"너는 이 구렁에서 무얼 하고 있나?
냉큼 물러가거라. 아직 살아 있는 듯하기에
말해 두지만, 나와 한 고향인 비탈리아노는
여기서도 나의 왼편에 앉을 것이다.[4]
이 피렌체인들 속에서 나만 파도바 사람이다.
놈들이 때때로 '기사 중의 기사여,
세 마리의 산양 표지가 붙은 돈주머니를 갖고 오시오!'
이렇게 시끄럽게 소리 지르기 때문에 나는 귀청이 찢어질 것 같다."
이렇게 말하며 입을 씰룩이고는
소가 콧구멍을 핥듯이 혀로 날름 입술을 핥았다.

이 이상 여기 있다가는
오래 있지 말라시던 스승님이 염려하실까
근심스러운 망자들의 무리를 떠나 돌아왔다.
스승은 벌써 괴물의 등에
올라타 있었다.[5] 스승이 말했다.
"지금부터 이런 절벽을 타고 내려가야 하니
마음을 단단히 먹도록 해라.
꼬리에 맞아 다치면 안 되니
앞에 타거라, 내가 그 사이에 타마."

---

4) 비탈리아노(Vitaliano)는 파도바의 부자였던 '비탈리아노 델 덴테' 또는 고리대금업자 '비탈리아 오 야코포'를 말하며, 왼쪽 자리는 더 좋지 않은 곳을 가리킨다.

5) 이하 본 곡 끝까지. 제7옥에서 제8옥으로의 이동은 괴물을 타고 비행함으로써 이루어진다. 이 부분에는 공중을 나는 느낌이 굉장히 잘 표현되어 있다. '마치 쪽배가 이따금 해변에서 반은 물에 잠기고 반은 물에 올라와 있듯이'라는 게리온의 상태에 대한 비유적 표현은 뒤에 나오는 행동 묘사 '배가 기슭에서 뒷걸음치듯'과 절묘하게 연결되어 있다.

학질 앓는 이가 오한에 사로잡히기 직전
순식간에 손톱까지 파랗게 질려
응달만 보아도 온몸이 떨리듯이
스승의 말을 듣자 나는 오싹해졌다.
그러나 수치를 아는 내 마음은 나를 채찍질했다.
어진 상전 앞에서는 종도 수치를 알고 굳세지는 법이다.

나는 괴물의 불룩 솟은 딱딱한 어깨에 올라타서
"스승님, 팔로 안아 주십시오."라고 말하려 했으나
목소리가 제대로 나오지 않았다.
그러나 어떤 경우에서도, 어떤 곤경에서도
나를 구해 주신 스승은 내가 타자마자
두 팔로 나를 꼭 껴안고
말했다. "게리온아 가자.
지금 네가 업은 신기한 짐에 조심하면서
큼직한 원을 그리며 천천히 내려가거라."
배가 강기슭에서 곧장 뒤로 뒤로
뒷걸음치듯이 괴물은 그곳을 떠났다.

그리하여 드디어 자유롭게 움직이게 되자
발로 공기를 몸쪽으로 끌어모으고
꼬리를 가슴팍 언저리로 돌려 뱀장어처럼
이것을 쭉 뻗어 흔들기 시작했다.

파에톤이 고삐를 버렸을 때도,[6]
─그 때문에 하늘은 지금 보는 바대로 불에 탄 것이다.─

---

6) 파에톤은 아폴로의 아들로, 사람들에게 아비와의 연결을 증명하기 위해서 아폴로에게 허락을 구해 태양의 이륜마차를 몰았으나, 힘이 모자라 고삐를 잘못 다루어 타버렸다.

또한 저 불쌍한 이카로스[7]가 "너는 잘못된 길로 들어섰다!"는
아비의 외침을 듣고 열 때문에 초가 녹아
날개가 그의 허리에서 떨어져 나가는 것을 느꼈을 때도,
지금 나처럼 당황하거나 무서워하지는 않았으리라.
보이는 것이라곤 오직 주위의 공기뿐,
괴물을 빼고는
눈앞의 모든 것이 사라지고 말았다.
괴물은 유유히 헤엄쳐 나아간다.
원을 그리며 내려가는 것을, 단지 아래로부터
얼굴에 와 부딪는 바람으로 느낄 뿐이다.
벌써 오른쪽 아래편에서 폭포가 내는
무서운 소리가 들렸다.
그래서 나는 목을 구부리고 아래쪽을 살펴보았다.
불이 보이고 탄식소리가 들렸다.
나는 너무나 무서워 엉덩이도 못 들고
와들와들 떨며 괴물의 등에 매달렸다.
이제까지는 몰랐으나
고뇌에 찬 외침이 사방에서 가까워지자
원을 그리며 우리가 내려온 길이 보였다.
오랫동안 하늘을 날던 매가
새 한 마리도 발견 못했을 때는
나중에 매사냥꾼이 화를 낸다. "이제 됐다, 그만 내려와."
그러면 매는 몇 번이고 원을 그리며
신나게 날아올랐던 처음 자리로 힘없이 도로 돌아와
주인에게서 멀리 떨어진 곳에 시무룩이 내려앉는다.
게리온도 그런 식으로

---

7) 이카로스(Ikaros) : 그리스 신화에 등장하는 다이달로스의 아들. 아버지가 만든 날개로 크레타
섬을 탈출하던 그는 아버지의 당부에도 불구하고 하늘 높이 날다가 태양열에 의해 날개를 붙
인 초가 녹아 그만 추락하여 바다에 빠져 죽었다.

깎아지른 골짜기의 바위 밑에 우리를 내려놓고
귀찮은 일을 끝냈다는 듯이
마치 시위를 떠난 화살처럼 하늘 저편을 향해 날아갔다.[8]

---

8) 《신곡》에는 동물의 비유가 많다(이를테면 〈지옥편〉 22곡에는 9종류의 짐승이 나온다. 23곡 주8
참조) 이 17곡만을 볼 때도, (문장의 짐승은 제외하고) 뱀, 물개, 전갈, 개 등이 나타난다. 그러나
가장 멋있는 비유는 마지막에 나오는 시무룩해하는 매의 모습에 게리온을 빗댄 부분일 것이
다. 특히 매는 개구리와 황새, 뱀과 함께 《신곡》 속에서 가장 자주 나타나는 동물로, 여러 구절
에서 능란하게 쓰이고 있다. 이것들은 모두 다 단테의 박물학자적 관찰력을 드러내 주는 요소
이다. 더구나 단테의 묘사에는 형용사의 나열이 없을 뿐 아니라, 대부분이 동사로 설명되어
있기 때문에 생생한 실감이 느껴지는 것이다.

제18곡

제8옥은 10개의 악의 구렁으로 갈라져, 거기서 10종류의 죄인이 벌을 받는다. 첫째 구렁에서는 뚜쟁이가 악마에게 매를 맞고 있다. 그중에는 안면이 있는 볼로냐인인 베네디코 카치아네미코도 있다. 반대 방향으로 가는 무리는 여자를 유혹한 자들인데, 그중에서 매를 맞으면서도 여전히 왕자(王者) 같은 풍채를 간직하고 있는 자는 황금 양털의 기사 아이손이다. 둘째 번 구렁에서는 루카의 알레시오 인테르미네이와 유녀 타이데 등 아부를 일삼던 자들이 똥물 속에 잠겨서 더러운 손톱으로 제 몸을 할퀴고 있다.

지옥 속 말레볼제[1]라 불리는 곳에는
모든 것이 무쇠빛 바위로 이루어져 있고,
그 주위를 에워싸는 벼랑도 언덕도 같은 빛이다.
이 사악한 기운을 띠는 광야 한복판에

---

[1] 말레볼제는 악의 구렁이라는 뜻이다. 지옥은 총 9옥으로 이루어져 있으며, 그중 제8옥은 다시 10개의 악의 구렁으로 갈라져 있다. 그 자세한 분류를 차례대로 표시하면 다음과 같다.

첫째 구렁, 뚜쟁이(〈지옥편〉 18곡).
둘째 구렁, 아부(〈지옥편〉 18곡).
셋째 구렁, 성직 매매(〈지옥편〉 19곡).
넷째 구렁, 마법(〈지옥편〉 20곡).
다섯째 구렁, 탐관오리(〈지옥편〉 21~22곡).
여섯째 구렁, 위선(〈지옥편〉 23곡).
일곱째 구렁, 절도(〈지옥편〉 24~25곡).
여덟째 구렁, 권모술책(〈지옥편〉 26~27곡).
아홉째 구렁, 분열 분파(〈지옥편〉 28곡).
열째 구렁, 허위 위조(〈지옥편〉 30곡).

이 제8옥은 〈지옥편〉 구절의 약 40%에 이른다. 이곳의 어느 구렁이나 다 눈앞에 보이는 것 같이 생생하게 그려진 정경이라 할 수 있을 것이다.

꽤 크고 깊은 구덩이[2]가 있는데,

그것에 대해서는 그곳에서 이야기하겠다.

그래서 높은 절벽과 구덩이 사이에

둥그렇게 땅이 펼쳐져 있는 셈인데,

그 밑바닥 부분은 10개의 구렁으로 갈라져 있다.

이 지형을 도식적으로 설명하면

마치 성벽을 지키기 위해

성을 차례차례 못들이 에워싸고 있는 듯한 모습,

바로 그것이었다.

그리고 이런 성문에는

못의 외곽 바위에 흔히 다리가 놓여 있는 법이다.

여기서도 암벽 밑에서부터 바위로 된 다리가 여럿

둑과 구렁을 넘어 구덩이까지 통했는데,

거기서 모여 구덩이 안으로 구부러져 있었다.

게리온의 등에서 우리가 내린 곳은

이러한 장소였다. 시인이

왼편으로 향하기에 나도 뒤를 따라 걷기 시작했다.

오른편에는 미증유의 비참, 미증유의 가책,

미증유의 징벌을 가하는 자와 당하는 자가 보였는데,

첫째 구렁[3]은 그들로 꽉 차 있었다.

복판에서부터 앞쪽 사람들은 우리 쪽을 향해 오고

저쪽 사람들은 우리와 같은 방향으로 재빨리 걷는다.

마치 로마인이 '1300년' 특사(特赦)의 해[4]에

---

2) 이 구덩이에 대해서는 32곡을 참조할 것.

3) 이곳은 유혹자와 뚜쟁이들이 벌 받는 구렁이다. 《신곡》의 원문에 이 구렁은 주머니나 도랑을 뜻하는 볼지아(bolgia)로 나와 있다.

4) 1300년은 특사의 해였다. 단테는 당시 로마에서, 그것을 축하하기 위해 성 베드로 사원으로 모인 대군중의 혼잡과 교통정리 광경을 보았으리라고 짐작된다. 그때 로마시는 다리 위를 통행하는 사람들이 서로 충돌하지 않게끔 양쪽으로 나누어 대면교통을 실시했다.

순례자의 무리를 맞이하여
다리를 건너게 하고,
한쪽 무리는 모두 '성 안젤로'성[5]과
성 베드로 사원[6]으로,
다른 무리는 모두 언덕을 향해 가게 한 것과 같은 식이다.

여기저기 시커먼 바위 위에서
큼직한 채찍을 든 뿔난 마귀들이 보였는데,
마귀는 죄인들을 뒤에서 사정없이 때렸다.
아, 처음 한 대에 죄인들은 얼마나 허둥지둥
뛰어갔는지! 그 이상 두 번째 세 번째
강타를 기다리는 자 하나 없었다.

앞으로 나가는 도중 내 눈은 어떤 자에게 쏠렸다.
나는 깜짝 놀라 외쳤다.
"이자는 전에 본 기억이 있는데."
그래서 나는 걸음을 멈추고 사나이를 찬찬히 바라보았다.
길잡이도 상냥하게 나와 함께 멈추어 서며
길을 조금 되돌아갈 것을 허락해 주었다.
매를 맞으며 가는 자는 얼굴을 숙였는데,
그것으로 정체를 숨길 양인 듯했다.
그러나 헛일이었다. "눈을 내리깔고 있는 자여,
네 이목구비는 내가 잘못 본 것이 아니라면
베네디코 카치아네미코[7]이다.

---

5) 성 안젤로성(城) : 하드리아노 황가의 무덤으로 지어진 곳으로 오늘날까지 남아 있다.

6) 성 베드로 성당 : 바티칸 교황청 안에 있는 성당.

7) 베네디코 카치아네미코(Benedico Caccianemico) : 볼로냐의 교황당 수령 알베르트 카치아네미코
   의 아들로, 에스테 가문의 오비초 2세를 위해 여자(그것도 친누이인 기솔라벨라)를 주선한 적
   이 있다. 잔인한 그는 숙부를 살해하였다.

한데 어째서 이런 고통을 받고 있나?"

그러자 사나이가 대답했다. "말하고 싶지 않지만,
네가 손바닥을 들여다보듯 말하니
옛 세상의 일이 생각나는구나.
파렴치한 이야기로 들릴지 모르지만,
후작의 뜻에 따르기 위해
내가 기솔라벨라[8]를 꾀었던 것이다.
여기서 울고 있는 볼로냐인은 나뿐이 아니다.
나뿐이기는커녕 볼로냐인으로 꽉 차 있다.
사베나강과 레노강 사이에도 '시파'[9]를

---

8) 기솔라벨라(Ghisolabella) : 베네디코의 누이.
9) 사베나와 레노는 각각 볼로냐에서 서쪽 2마일과 동쪽 2마일 지점을 흐르고 있는 강이다. 이것

입에 담는 자가 여기만큼은 없을 것이다.
만일 거기에 대해 확증을 얻고 싶다면
우리의 탐욕스러운 마음을 머릿속에 새겨 두면 된다."
이렇게 지껄이고 있는 그를 마귀가 말채찍으로
후려치며 소리 질렀다. "이 뚜쟁이 놈아.
어서 걸어라, 여기에 팔 계집은 없다."

나는 길잡이에게로 되돌아왔다.
거기서부터 함께 한참 걸어 나가니
벼랑이 바위산으로부터 쑥 나와 있었다.
우리는 거기를 아주 쉽게 올라가
영원의 옥을 떠나
오른편에 험하게 우뚝 솟아 있는 바위로 향했다.
밑이 뚫린 곳에는 매 맞은 자들이
지나가도록 다리가 있었는데, 거기에 접어들자
길잡이가 말했다. "걸음을 멈추고
저 태생이 좋지 못한 놈들의 눈초리를 자세히 봐 둬라.
저놈들은 우리와 함께 같은 방향으로 걷고 있었기 때문에
그 얼굴을 너는 아직 보지 못했다."

낡은 다리에서 건너다보니 한 떼의 사람들이
반대편에서 줄을 짓고
역시 매질에 쫓기어 이쪽으로 도망쳐 온다.
스승은 내가 묻기도 전에 먼저 상냥하게 가르쳐 주었다.
"보아라, 거물이 온다.
고통을 이겨내며 눈물 한 방울 흘리지 않는

은 현세의 볼로냐보다도 이 제8지옥의 첫째 구렁에 더 많은 볼로냐인이 있다는 뜻이다. 시파
(Sipa)는 '네'를 뜻하는 시(Si)의 볼로냐 방언인데, 여기에서는 볼로냐어 전체를 나타낸다. 단테
는 《속어론》의 저자로서 언어 문제에 민감했었다.

굉장한 자이다. 왕자 같은 풍채를 지금도 지니고 있구나.

저자가 이아손이다. 용기와 지혜로

코르키스 사람들로부터 황금 양모를 뺏은 자이다.

그는 렘노스섬으로 건너갔다.

그때는 섬의 여자들이 사정없이 누구 할 것 없이

남자들을 몰살시킨 뒤였다.

그는 거기서 요리조리 수단을 쓰고 교묘한 말로써

다른 여자들을 모두 속인 적이 있는 교활한 여자,

힙시필레[10]를 꾀었다.

그리고 그녀를 잉태케 해 놓고 혼자 섬에 버려두고 떠났다.

그런 죄 때문에 이 고통을 받고 있는 것이고,

이로써 저 메디아[11]도 지금 원한을 풀고 있는 셈이다.

지금 그와 함께 도망치고 있는 자는 이렇듯 여자를 속인 자들이다.

첫째 구렁과 거기서 벌 받고 있는 자에 대해서는

이쯤 알면 충분하겠지."[12]

그때 우리가 도착한 곳은 좁다란 길이

둘째 번 둑과 교차하는 언저리로,

그곳을 기둥으로 삼고 다리가 놓여 있었다.

그곳에서는 다음 구렁에서 신음하는 자들의 목소리가 들렸다.

---

10) 힙시필레(Hypsipyle) : 렘노스의 왕녀로, 그 섬의 여자들이 남자를 몰살시켰을 때 여자들을 속여 아버지를 구했다. 코르키스섬으로 황금 양털을 약탈하러 가던 이아손에게 유혹당하였으나 버림받았다.

11) 메디아(Medea) : 메데이아라고도 하며 코르키스의 왕 아이에테스의 딸. 마술을 하는 그녀는 이아손을 도와 황금 양털 구하도록 해 주었으나 버림받는다.

12) 이아손으로 대표되는 난봉꾼은 세사에 수도 없이 흔하다. 그래서 "이쯤 알면 이제 충분하겠지." 하고 베르길리우스가 간단하게 끝낸 것이다. 이아손은 〈지옥편〉 10곡의 파리나타 우베르티, 〈지옥편〉 14곡의 카파네우스, 그리고 〈지옥편〉 26곡의 오디세우스만큼 인격이 부각되어 있지는 않다. 그래도 아르고 원정대의 지휘관인 이 황금 양털의 기사는 지옥에서도 여전히 왕자의 풍모를 지니고 있는 사람으로 그려지고 있다. 그런 의미에서 다른 세 사람과 마찬가지로 《신곡》의 논리적 일관성을 깨뜨리고 있는 인물이라 할 수 있다. 그런 종류의 파격이 내용에 다채로운 색채를 곁들여 시적 흥미를 돋우고 있는 것이다.

숨결도 거칠었고,

제 몸을 제 손으로 치고 있었다.

암벽에는 아래서부터 올라오는 한숨 때문에

곰팡이가 더덕더덕 눌어붙어

악취가 눈과 코를 찔렀다.

밑바닥이 깊어서 돌다리가 솟아있는 맨 위에 오르지 않고는

그 밑바닥을 들여다볼 수가 없었다.

그래서 거기로 올라가 구렁 밑을 들여다보니,

인간의 뒷간에서 흘러나온 듯한

똥물 속에 잠긴 자들이 보였다.

그 밑을 자세히 살펴보니

머리에 똥을 덮어쓴 자가 보였는데, 어찌나 더러운지

속인인지 성직자인지 분간할 수가 없었다.

그자가 나를 보고 소리쳤다. "왜 너는 나만

그렇게 찬찬히 보나? 나 말고도 더러운 놈은 얼마든지 있는데."

내가 대답했다. "내 기억이 틀림없다면

네 머리털이 아직 말라 있었을 무렵에 본 기억이 있다.

너는 루카의 알레시오 인테르미네이[13]가 아니냐,

그래서 특별히 다른 누구보다도 더 자세히 보는 것이다."

그러자 그는 못생긴 머리통을 치면서

"내가 이런 맨 밑 구렁에 빠진 것은, 줄곧

싫증도 내지 않고 아첨했기 때문이다."

그리고 나자 길잡이가 말했다. "네 눈을

좀 더 앞쪽으로 향해 봐라.

그러면 머리를 풀어 헤친 저 더러운 화냥년의 얼굴을

두 눈으로 똑똑히 볼 수가 있을 것이다.

저 여자는 저쪽에서 섰다 웅크렸다 하면서

---

13) 알레시오 인테르미네이 : 이탈리아 루카의 귀족.

똥 묻은 손톱으로 제 몸을 긁고 있다.
저것이 창녀 타이데[14]이다. 단골손님이
'내가 정말 네 마음에 들었나?'
물었을 때, '네, 들고말고요' 하고 대답한 창녀이다.
자, 이만하면 눈요기는 충분히 되었겠지."

---

14) 타이데(Taide) : 테렌티우스의 《환관》에 나오는 타이스라는 인물. 이야기 전개는 키케로의 《우
    정론》에서 인용했다.

제19곡

제8옥의 셋째 구렁에서는 성직을 사고팔던 무리가 벌을 받고 있다. 머리를 구멍 속에 처박고 불타는 두 다리를 버둥거리며 울고 있는 망자는 본래 교황이었던 니콜라오 3세이다. 그는 생전에 성직자로서 주머니에 돈을 모은 죄로 주머니 모양의 구멍 속에 거꾸로 박힌 채, 울음 섞인 소리로 역대 교황의 무법을 들려준다. 단테는 격정에 사로잡혀 성직 매매의 폐단을 힐난한다. 그 비난을 듣고 만족스러워한 베르길리우스는 단테를 이끌어 다음 둑으로 데리고 간다.

오, 마술사 시몬[1]이여, 오, 불쌍한 그의 졸개들이여!
본래는 미덕과 맺어져 그 신부가 되어야 할
성물(聖物)과 성직을 너희들 도둑은
황금이나 은과 맞바꾸어 팔아먹었다.
너희가 셋째 구렁에 있는
이제야말로 판결의 나팔 소리 울려 퍼져 마땅하다.

우리는 벌써 다음 구렁 위에 접어들었다.
돌다리가 마침 그 언저리에서
구렁의 한복판에 우뚝 걸쳐져 있었다.

오, 최상의 지혜여, 어쩌면 이다지도 희한한 솜씨가

---

1) 시몬은 사마리아의 마술사로, 사도들(베드로와 요한)의 안수로 성신이 내리심을 보고는 그들에게 돈을 주며 어떻게 해서든지 그 능력을 사려고 하였다(《사도행전》 8장 19~24절). 이로부터 성직이나 성물을 매매하는 죄를 '시모니아(Simonia)'라 부르게 되었다.

천상과 지상에, 또 악의 세상[2]에까지 나타나고 있으며,
그리고 어쩌면 이다지도 공평한 응보가 행해지고 있는 것일까!
양쪽 경사도 그 밑바닥도
여기저기에 똑같은 둥근 구멍이 수없이 패어져 있는
모두 납빛인 돌로 가득했다.
나의 아름다운 성 요한 성당[3]의
세례용으로 만들어진 것과
큰 차이가 없다.
그 세례용 대야 하나를 몇 해 전에
내가 망가뜨렸다. 그 속에 빠진 아이를 구하려 했던 것이니까,
이 말을 증거 삼아 모두 오해를 풀어 주기 바란다.[4]

그 구멍마다 거꾸로 박힌 죄인들의
발과 정강이와 넓적다리가
삐져나와 있었다. 나머지는 구멍 속에 묻힌 채이다.
그들의 발바닥에는 양쪽 다 불이 붙어 있었다.
다리를 몹시도 퍼덕거려서
끈이고 밧줄이고 끊어 낼 듯한 기세를 보였다.
기름 묻은 물건에 불이 붙으면
불꽃은 반드시 겉껍데기만을 태우는 법인데,
뒤꿈치에서 발끝으로 불이 번지는 꼴이 그와 흡사했다.

"스승님, 저건 누굽니까?" 내가 물었다.
"다른 죄인보다 더 날뛰며 몸부림치고 있는 저자는

---

2) 지옥을 말한다.
3) 성 요한 성당은 피렌체시에 있는 이름난 세례소이다. 그곳은 예전에 피렌체시의 중심에 있던 건물이었고, 오늘날에도 시내에 사는 사람들은 아이가 태어나면 이 성당에서 세례를 받게 하고 있다. 당시 세례식 때에는 어린아이의 전신을 물에 담갔다고 한다.
4) 자신이 어린이를 구하기 위해 한 행위를 신에 대한 불경의 파괴 행위라고 비난하는 자들에게 단테가 해명한 것이다.

유독 시뻘건 불꽃이 타고 있습니다."
그러자 스승이 나에게 말했다. "만일 네가 원한다면
더 낮게 자리한 언덕을 지나서 저 밑으로 데려가 주마.
저자로부터 직접 신세 이야기와 과실을 들어 보아라."

"뭐든 기꺼이 스승님의 뜻대로 하겠습니다.
스승님은 나의 주인입니다. 제가 말하지 않은 것도 알고 계시는
스승님의 뜻에 어긋난 일은 하지 않겠습니다."
이리하여 넷째 둑 위로 와서,
거기서 왼편으로 구부러진 언덕을 내려와
구멍이 뻐끔뻐끔 뚫린 좁은 골짜기 밑으로 갔다.
스승은 정답게 나를 내내 업고서
정강이를 떨며 울고 있는 자[5]의 구멍 가까이
나를 데리고 갔다.

"아, 누군지는 모르나 마치 말뚝처럼
거꾸로 박힌 불쌍한 혼이여."
내가 말을 걸었다. "말을 할 수 있거든 말을 해 봐라."

간사한 꾀에 능한 살인자는 붙잡혀 거꾸로 묻히고서도
여전히 죽음을 늦추고자 신부를 부르는데,
나는 그 참회를 듣는 신부와 같이 서 있었다.

그러자 사나이가 소리쳤다. "벌써 여기에 왔느냐?
너 벌써 여기에 왔느냐, 보니파시오?
'예언'의 책에 적힌 때와 몇 해나 틀리잖나.[6]

---

5) 교황 니콜라오 3세. 곰을 문장으로 사용하던 오르시니 가문 출신으로 1277~1280년에 재위
했다.
6) 니콜라오 3세는 보니파시오 8세가 1303년 10월 11일에 자신이 있는 구렁으로 떨어져 내려오기

너는 벌써 그 재물에 싫증이 났나?
그걸 위해 예쁜 여자[7]를
속여서 그녀를 손에 넣고, 그다음엔 엉망으로 만들었지?"

대답을 듣기는 했으나 도무지 뜻을 이해하지 못하여
마치 멸시받고 나서도 대꾸도 못 하는 사람인 듯
나는 거기 우뚝 서 있었다.
그러자 베르길리우스가 말했다. "어서 대답해라.
'아니다, 나는 네가 생각하고 있는 사람이 아니다'라고."
그래서 나는 스승께서 시키는 대로 대답했다.

그러자 망자는 두 다리를 비틀어 몸부림치며
한숨을 쉬고는 울면서 말했다.
"그럼 나한테 무엇을 알아내겠다는 거냐?
내가 누군지 그것이 알고 싶어
일부러 둑을 넘어왔다면
가르쳐 주마. 나는 생전에 커다란 법의를 입고 있었다.
사실 나는 곰의 아들인데,
새끼 곰들을 출세시키겠다는 욕심에 사로잡혀
현세에서는 돈을, 여기서는 내 몸뚱이를 구멍에 틀어박았다.[8]
여기 내 머리 밑에는 나보다 먼저 성직 매매를 한
다른 교황들이 끌려들어 와
바위틈에 끼여 웅크리고 있다.

로 예정되어 있음을 알고 있었기 때문에 이런 말을 하였다. 망령이 미래를 읽는 힘이 있다는
것은 이미 앞에서 설명했다. 니콜라오는 단테를 보니파시오인 줄로 착각하고 소리친 것이다.
7) '예쁜 여자를 속이고'는 전임자인 교황 성 첼레스티노 5세를 협박하여 교황 자리를 1294년 물
러나게 한 것을 가리킨다. 앞서 단테는 '겁을 먹고 큰 지위를 버린 자'라는 표현으로 첼레스티
노 5세를 언급한 바 있다.
8) 현세에서 돈을 주머니 속에 가득히 채운 응보로서 주머니 꼴의 구멍에 박히게 되었다는 것
이다.

내가 아까 성급한 질문을 했을 때는

너를 딴 놈과 착각했던 것인데, 그놈이 오면

그때 나도 또 저 밑으로 떨어진다.

그러나 내가 이렇게 거꾸로 박혀

두 발을 태우게 된 지 벌써 오랜 세월이 흘러서[9]

그놈이 불타는 발을 쳐들고 박힐 시간은 나보다 짧을 것이다.

그건 그놈의 뒤를 따라 서쪽으로부터 무법한 교황이[10] 오기 때문이다.

모든 행위가 우리보다 한술 더 떠서 사악하기 때문에

이것에는 그놈이나 나나 따를 수가 없다.

마카베오에 나오는 제2의 야손[11]이라고나 할까.

야손에 대해 '시리아'의 왕이 약했듯이,

프랑스 왕도 그놈에 대해서는 약할 것이 틀림없다."

무의식중에 격정에 사로잡혀 말이 지나쳤는지는 모르나

나는 이런 투로 그에게 응수했다.

"어디 말해 다오.

'천당'의 열쇠를 성 베드로에게 맡기기 전에

우리 주께서 돈을 얼마나 요구하셨나?

요구하신 것은 '나를 따르라'[12] 뿐이었다.

배반자 '유다'가 그 자리를 상실한 뒤

대신 그 '회계' 자리에 뽑힌 맛디아에게

---

9) 자신은 1280년 5월부터 20년 가까이 그곳에 있었으나, 보니파시오 8세는 1303년부터 글레멘스 5세가 올 때까지 약 10년만 있으면 될 거라는 얘기이다. 글레멘스 5세가 서쪽에서 온다고 한 것은 그가 프랑스 보르도의 대주교 출신이기 때문이다. 그는 1314년에 죽었다.

10) 보니파시오 8세가 죽은 뒤에 베네데토 11세가 9일 동안 재위했는데, 단테는 그것을 계산에 넣고 있지 않으므로 '무법한 교황'은 글레멘스 5세이다. 무법한 행위 가운데는 금전적인 일 외에 교황청의 아비뇽 천도를 들 수가 있다. 그것은 당시의 프랑스 왕 필리프 4세(재위 1285~1314)의 뜻에 따른 것이라고 한다.

11) 야손(Jason) : 유대 대제사장 오니아스의 아우. 그는 시리아 왕 안티오코스에게 제사장직을 돈으로 샀다. 〈마카오베오 하〉 4장 참고.

12) 〈마태복음〉 4장 19절.

베드로도 그 누구도 금과 은을 받은 예가 없다.

너는 여기 남아 있어 마땅하다. 벌을 받은 것이다.

못된 짓을 해서 손에 넣은 돈이니 감시나 잘해라.

그 돈 때문에 너는 카를로 왕[13]에게 잘도 대항하였지.

즐거운 삶에서 네가 지키고 있던

거룩한 열쇠를 존경하기 때문에

그나마 말을 삼가고 있는 거다. 그렇지 않다면

더욱 심한 언사를 썼을 게다.

아무튼 너희들의 탐욕 때문에

선인이 짓밟히고 악인이 우쭐대는 슬픈 세상이 되었다.

모든 물 위에 군림하는 여인 '로마'가

여러 왕과 음란한 행위를 하는 것을 보았을 때,

요한은 너희들 같은 교황이 나타날 것을 미리 알았다.

그 남편 '교황'이 미덕을 따르고 있을 때는

일곱 개의 머리를 갖고 세상에 태어난 여인 '로마 교회'가

열 개의 뿔 '십계'를 증거 삼아 번영할 수가 있었다.

너희들은 멋대로 금과 은의 신들을 만들어 냈는데,

너희들과 우상 숭배 무리와 다를 것이 무엇이란 말이냐?

우상을 하나 섬기느냐, 백을 섬기느냐의 차이뿐 아니냐?

아, 콘스탄티누스여, 너의 개종(改宗)[14]을 나쁘다고는 않는다.

그러나 벼락부자 교황을 세상에 내놓은

네 증여는 어찌 나쁘다 하지 않으리!"

---

13) 나폴리와 시칠리아의 왕 카를로 2세.

14) 로마 황제 콘스탄티누스(274~337)는 그리스도교로 개종하여 수도를 콘스탄티노플로 옮긴 사람인데, 중세에는 그때 그가 서로마 제국의 지상권을 교황에게 증여했다는 전설이 널리 전해지고 있었다. 단테는 교황이 이 증여를 받지 말았어야 했다고 비난하고 있다(〈연옥편〉 32, 33곡). 콘스탄티누스 황제에 대해서는 〈지옥편〉 27곡, 〈천국편〉 20곡 참조. 단테는 처음에 교황 니콜라오 3세라는 인물을 너(tu)라 칭하며 비난하고, 이어 교황 모두에게 너희들(voi)이라는 호칭을 사용했는데, 마지막에 노여움이 점차 사라지고 그것이 일종의 한탄스러운 슬픔으로 변하자 과거의 황제 콘스탄티누스를 원망하고 있는 것이다.

내가 이런 투로 비난을 늘어놓자
분노 때문인지 양심의 가책 때문인지
그는 두 다리를 심하게 떨었다.
스승은 기쁜 모양이었다.
핵심을 찌른 한마디 한마디에 가만히
귀를 기울이며 만족스러운 표정이었다.
스승은 두 팔로 나를 끌어당겨
가슴 위로 안아 올려
내려왔던 길을 되돌아 올라갔다.
나를 안고도 피로한 기색 없이
넷째 둑에서 다섯째 둑으로 통하는
다리 위까지 나를 데리고 갔다.
여기서 스승은 짐을 가만히 내려놓았다.
가만히 내려놓은 것은 깎아지른 바위 때문이었다.
그곳은 염소라도 지나가기 힘들 것 같았다.
거기서부터 골짜기가 눈앞에 활짝 트여 보였다.

제20곡

제8옥의 넷째 구렁에서는 불손하게도 생전에 미래를 점친 자가 몸통 위에 머리를 뒤로 얹고 뒷걸음질 치며 걷는 벌을 받고 있다. 베르길리우스는 단테에게 그중 암피아라오스, 테이레시아스, 아론타, 만토 등의 마법사들을 보여 준다. 만토의 이름이 나온 김에 베르길리우스는 자기 고향인 만토바의 유래에 대해 자세히 이야기한다. 시간은 지옥 여행을 시작한 지 12시간이 지난 토요일 오전 6시이다.

전대미문의 형벌을 시로 읊어 그것을
지옥에 빠진 자들을 다루는 제1편의
20번째 곡을 위한 소재로 삼으려 한다.
나는 이미 마음 준비가 단단히 되어 있었으므로
환히 보이는 골짜기 밑을 바라보았다.
거기에는 불안, 오뇌의 한탄이 넘치고 있었다.
둥근 골짜기를 묵묵히 눈물지으면서
걸어오는 무리가 보인다. 그 걷는 꼴은
이 세상에서 기도의 행렬이 나아가는 것과 비슷하다.[1]

내가 시선을 떨어뜨려 그들의 얼굴로부터 아래를 보니,
놀랍게도 누구라 할 것 없이 모두 목과 턱이
몸통 위에 반대로 달려 있다.
얼굴은 엉덩이 쪽을 보고 있어

---

[1] 지금도 가톨릭 여러 나라에서는 부활제 같은 축일에 군중들이 행렬을 이루어 시내를 걷는데, 이때에는 보통 많은 수의 사람이 십자가를 진 예수상이나 그밖의 성물의 뒤를 따라 천천히 걷게 된다.

앞을 볼 수가 없으므로
뒷걸음쳐서 나아가지 않을 수가 없는 모양이다.
중풍마비 때문에 혹 이렇게
완전히 몸이 뒤틀린 자도 있을는지 모르나
나는 이런 것을 본 적이 없다. 있다고 생각되지도 않는다.

독자여, 만약 신께서 허락하시어 이 독서에서 교훈을 얻는다면,
여기서 그대 자신을 생각해 주기 바란다.
내가 어떻게 눈물 흘리지 않을 수가 있었겠는가.
우리 인간들과 비슷한 이 모습을 가까이서 보니,
목이 뒤틀려 있으므로 눈에서 넘치는 눈물이
줄지어 흘러 그 엉덩이를 적시고 있었다.[2]
거친 암벽 한 모서리에 기대서서
나는 그것을 보고 울었다. 그러자 스승이 말했다.
"너까지 그런 어리석은 짓을 하느냐?
여기서는 정을 죽이는 것이 정을 살리는 게 된다.
주님의 심판에 대한 연민의 정을 품는 자는
가장 발칙한 놈이다.
머리를 들라, 머리를 들고 똑똑히 보아라, 그놈이다.
테베인들 눈앞에서 갈라진 땅에 삼켜진 놈이다.
그때 모두가 저마다 외쳤다. '어디로 떨어지나,
암피아라오스야, 어째서 너는 싸움터를 버리느냐?'
그는 밑으로 굴러떨어졌는데, 미노스에게 붙잡히고 말았다.
미노스는 죄인은 누구든지 놓치지 않기 때문이다.
보라, 그는 등을 가슴으로 바꾸고 있다.
너무 앞서 앞일을 알려 했기 때문에

---

2) 얼굴이 목에서부터 뒤틀리어 뒤를 향하고 있기 때문에 뒷걸음질 쳐 나가고 있다. 그래서 눈에서 흐르는 눈물이 줄을 지어 엉덩이를 적시고 있다는 것이다. 그것이 무슨 응보인지는 베르길리우스의 말로 설명된다.

뒤를 보며 뒷걸음치며 가는 것이다.

보라, 테이레시아스를,[3] 그는 사내에서 계집이 되었는데,

그때 용모가 변하여

몸매도 완전히 달라지고 말았다.

그 후 다시 사내 몸으로 돌아가려 했을 때도

먼저 엉겨 붙은 두 마리의 뱀을

채찍으로 때려야만 했었다.

저자가 아론타이다. 등을 테이레시아스의 배에 붙이고 간다.

루니의 두메에서는, 그 산기슭에 사는

카르라레 사람들이 돌을 깎아내고 경작하고 있었다.

아론타는 그곳의 흰 대리석의 굴을

거처로 삼고, 거기서 마음 내키는 대로

별과 바다를 보고 '점'을 쳤던 것이다.

너에게는 안 보이지만

저 산발한 머리로 유방을 감추고 있는 여자,[4]

털이 난 살갗은 모두 저쪽을 보고 있는

저것이 만토이다. 저 여자가 여러 나라를 떠돈 끝에

겨우 정착한 곳이 실은 내가 난 고향이다.[5]

그러니 나를 좀 기쁘게 해 주는 셈 치고 이야기나 들어다오.

저 여자의 아비가 이 세상을 떠나고

바쿠스의 마을[6]이 노예의 처지로 떨어지게 되자,

저 여자는 오랜 세계 편력의 길을 떠났다.

---

3) 테이레시아스는 점쟁이로 테베 전투 때 그리스군에 있었다. 뒤에 나오는 만토의 아비이다.

4) 목이 뒤로 붙어 있기 때문에 산발한 머리가 등이 아니라 유방 위에 드리워져 있다.

5) 앞에서 언급되었듯이 베르길리우스는 만토바 출신이다. 그래서 자기 출생지의 유래를 설명하는 것이다.

6) 테베를 지칭한다.

아름다운 이탈리아의 북쪽 알프스산맥 밑에
베나코[7]라는 이름의 호수가 있다.
티랄리 북부로 독일과 인접한 곳이다.
가르다 호수와 카모니카 계곡과 아펜니노 사이의 땅은
1천도 넘는 샘물이 물을 대고 있는데,
그 물이 흘러서 그 호수로 들어가는 것이다.
호수 한복판에 섬이 있는데, 트렌토의 사제나
브레시아 또는 베로나의 사제들이
그곳으로 갈 때는 축복을 하곤 하였다.
호반에서 가장 낮은 기슭에
브레시아나 베르가모의 군세에 대비한
아름답고 견고한 요새 페스키에라[8]가 우뚝 솟아 있다.
베나코의 품속에 못다 들어가는 물줄기는
거기서 전부 넘쳐 나와
푸른 들에 한 줄기 강이 되어 흘러내린다.
물이 일단 흘러나오면
이제 베나코가 아니다. 그것은 고베르노에 이르기까지
멘치오라 불리며 거기서 포강으로 합쳐지는 것이다.
호수에서 벗어나 멀지 않은 곳에 저지대가 있어
그곳에 물이 넘쳐 늪을 이루고 있기 때문에
여름이면 흔히 황폐한 땅이 되었다.
거친 여자 '만토'는 그곳을 지나다가
경작되지 않고 사람 하나 살지 않는 땅을
늪 가운데서 발견하자,
그곳에 자기 종들을 데리고 머물렀다.
사람들과의 교제를 피하고 요술을 행하기 위해
거기서 평생을 보내고 혼 빠진 시체를 남겼다.

---

7) 베나코호는 지금의 가르다 호수이다.
8) 페스키에라(Peschiera): 가르다호 서남단에 있는 베로나의 요새.

주변에 흩어져 살던 사람들이 뒷날
그 섬에 모였다. 그곳은
주위가 늪으로 에워싸여 수비가 든든했던 것이다.

그 여자의 해골 위에 마을을 세우고
처음에 그곳을 선택한 여자의 이름을 따 그들은 그곳을
만토바라고 이름 붙였다. 달리 생각이 나지 않았기 때문이다.
카살로디[9]의 가문이 어리석게도
피나몬테에게 속아 넘어가기 전까지는
마을 인구가 꽤 많았다.
그런데 충고해 두지만, 내 고향에 대해
이것과 다른 내력을 듣더라도
그런 종류의 거짓말에 미혹되어서는 안 된다."

내가 말했다. "스승님, 스승님의 말씀은
지당한 말씀이라 쉬 납득이 갑니다.
다른 설은 나에겐 그저 꺼져 버린 숯에 불과합니다.
그러나 가르쳐 주십시오. 지금 앞을 지나가는 무리 중에
누구 주목할 만한 자가 있습니까?
나는 그쪽에만 마음이 쏠려 있습니다."

그러자 스승이 말했다. "양 볼에서부터
수염을 고동색 두 어깨에 드리우고 있는 자는
그리스에 남자가 귀해져서, 남자라곤
요람 속에서조차 전혀 볼 수가 없게 되었을 때
점쟁이였던 자이다. 그는 칼카스와 더불어 아울리스[10]에서

---

9) 카살로디(Casalodi) : 만토바의 영주. 피아몬테의 계략에 걸려들어 희생자가 되었다.
10) 칼카스는 그리스군의 점쟁이이고, 아울리스는 아가멤논이 그리스군을 소집하여 출발한 항
   구의 이름이다.

닻을 올릴 때를 알렸던 자로,

이름은 에우리필로스라 한다. 나의 숭고한 극시(劇詩)에도

어딘가에 등장하고 있다.

전 작품에 대해 환한 너인지라 잘 알고 있으리라.

저 양 옆구리가 몹시 마른 자는

미켈레 스코토이다. 그는 참으로

요술과 마법을 부리는 재주가 능란했다.[11]

보라, 구이도 보나티[12]를, 또 아스덴테[13]를.

그들은 가죽과 끈만 주무르고 있었더라면 좋았을 걸 하고

이제야 뉘우치고 있지만 이미 늦었다.

그리고 보라, 바늘과 베틀과 물레를 버리고

점쟁이가 된 비참한 저 계집들은

풀잎과 꼭두각시로 마법을 부렸던 것이다.

인제 그만 가자. 카인과 그 가시[14]가,

양 반구의 경계 '지평선'에 위치하여

세빌리아의 저편 물결에 닿고 있구나.

그리고 간밤에는 만월[15]이었다.

깊은 숲속에서 너는 여러 번

그 혜택을 받았기 때문에 잘 알고 있을 게다."

이렇게 스승이 말하고 있는 동안에도 우리는 계속 걸었다.

---

11) 스코틀랜드 출신의 철학자·천문학자·점성술사로, 황제 페데리코 2세 때 궁정에서 일했다. 아리스토텔레스에 대한 주석을 썼으며, 또 그의 책을 아라비아어에서 라틴어로 번역했다.

12) 구이도 보나티(Guido Bonatti) : 포를리의 점성술사.

13) 아스덴테(Asdente) : 13세기 파르마의 가죽 장인 출신으로 점성술과 마법에 관여하여, 당시 정치가와 종교인들을 꾀었다.

14) 한국인이 달의 반점에서 계수나무를 보듯이, 중세 이탈리아의 민중은 거기에서 가시를 짊어지고 있는 카인의 모습을 본 것이다.

15) 단테는 부활제인 성 목요일 밤에 숲속에서 길을 잃었고(〈지옥편〉 1곡), 그다음 날 저녁부터 지옥의 제1옥에서 제8옥의 넷째 구렁까지 보았다. 지금은 달이 서쪽 수평선에 지고 해가 동쪽에서 돋으려 하는 성 토요일 아침이다. 단테의 지리적 세계상에 대해서는 〈연옥편〉 2곡과 그 주를 참조할 것.

제21곡

제8옥의 다섯째 구렁에서는 탐관오리의 무리가 부글부글 끓는 역청 속에 잠기어 있다. 악마가 뛰어와 벼랑 위에서 루카의 한 장로를 역청 속에 내던진다. 장로가 위로 떠오르면 마귀들이 갈고리를 가지고 못살게 굴며 조롱한다. 마귀 대장 말라코다와 이야기가 되어, 베르길리우스와 단테는 마귀 한 무리의 안내로 앞으로 나가게 된다. 단테는 공포에 떨면서 따라간다.

이리하여 이 희극에서 한 번 더 읊고 싶지 않은
이야기를 나누면서 다리에서 다리를 건너,[1]
우리는 다음 다리의 높은 복판에 이르렀다. 거기서
말레볼제의 갈라진 틈바구니를 보고 우리는
걸음을 멈추었다. 틈에서 허무한 신음이 새어 나온다.
그 골짜기는 이상하게도 어두웠다.
베네치아의 조선소[2]에서는
낡은 배의 상처를 때우기 위해
겨울이면 부글부글 역청을 끓인다.

---

1) 이와 유사한 구절은 〈지옥편〉 4곡, 6곡 등에서도 찾아볼 수 있다. 이것은 이 여행에서는 《신곡》 100곡 안에 읊어진 것보다 더 많은 일이 있었다는 시인의 암시이며, 동시에 쓸데없이 지루한 부분은 삭제한다는 예술가 의식의 표명이기도 할 것이다.

2) 베네치아의 조선소는 십자군이 동쪽으로 이동할 때 유력한 역할을 하였기 때문에 그 중요성이 급격하게 증가하였다. 그곳은 1303년 무렵에도 대확장을 이루어 유럽에서 큰 조선소 중의 하나가 되었다. 단테는 만년에 라벤나의 대사로서 베네치아에 간 일이 있으므로 이하 8행의 묘사는 아마 그때 일의 인상일 것으로 생각된다. 독일의 대문호 괴테도 베네치아 조선소의 견문기를 쓴 적이 있는데《이탈리아 기행》, 이러한 세밀한 과학적인 관찰안이 두 시인을 가깝게 하고 있다.

항해는 못 하나 그 대신
어떤 자는 배를 만들고, 어떤 자는
오랜 항해 끝에 상처 난 뱃전의 구멍을 때운다.
뱃머리를 수리하고 꽁지부리를 수리한다.
노를 만드는 자, 닻줄을 꼬는 자가 있고
크고 작은 돛을 수선하는 자도 있다.

그와 마찬가지로, 불은 없으나 주님의 재주로
아래쪽에 짙은 역청이 부글부글 끓어
암벽 양편에 달라붙어 있었다.
나는 그것을 보았으나 그 속에서 보이는 것은
들끓어서 생기는 거품과
부풀었다가 다시 사그라지는 전체의 움직임뿐이었다.

내가 아래를 자세히 보고 있노라니,
길잡이가 '조심해라, 위험하다!' 하며
나를 자기 쪽으로 끌어당겼다.
그래서 나는 뒤돌아보았다. 달아나려고 하다가
호기심 때문에 보기는 보았으나
너무 무서운 나머지 별안간 기가 꺾인 사람처럼
나는 정신없이 달음질쳤다.
우리들 바로 뒤에서 마귀가 순식간에
돌다리 위를 치달려 다가온 것이다.
아, 어쩌면 그렇게도 사나운 몰골일까!
어쩌면 그다지도 처참한 모습일까!
날개를 펴고, 발걸음도 가벼이 다가온다!
그것은 불룩 솟은 어깨 위에
죄인을 하나 목말 태워
그 발목을 움켜잡고,

우리가 선 다리에서 큰 소리로 외쳤다. "자, 말레부란케[3]들아,

이놈은 '루카'의 성 치타 장로 중 하나이다.[4]

알겠나, 밑에다 빠뜨려라. 나는 다시 돌아가겠다.

그 마을에는 잡을 것이 수두룩하다.

본투로[5]는 고사하고라도 모두가 다 탐관오리들이다.

'안 돼' 할 것도 돈에 따라 '된다'라고 한다."

하더니 사나이를 아래로 내던지고는 벼랑을 되돌아갔다.

줄에서 풀려나 도둑을 쫓는 개도

이토록 빠르지는 못하리라 싶었다.

---

3) 말레부란케는 악의 발톱이라는 뜻으로, 이 다섯 번째 구렁의 마귀를 지칭한다.

4) 성녀 치타(1218~1272)는 루카에서 태어나 그곳에서 죽었다. 장로 중 한 사람이란 1300년에 죽은 마르티노 보타이오일 것으로 추정된다.

5) 본투로(Bonturo Dati) : 루카의 상업인이자 정치인. 당시 루카시의 정치적 부패를 조장했다.

죄인은 역청 속에 잠겼으나 이내 머리부터 떠올랐다.

그러자 다리 밑에 있던 마귀들이 외쳤다.

"여기서는 성스러운 얼굴도[6] 소용이 없다.

세르키오강[7]에서 멱 감는 것과는 다르단 말이다!

알겠나, 우리들 갈퀴에 찍히는 게 싫거든

역청 위에 상통을 내밀지 마라."

그러면서 백 개도 넘는 갈퀴로 사나이의 머리를 찍으며 소리쳤다.

"넌 이 속에서 춤이나 춰라,

할 수 있거든 몰래 숨어 도둑질해 봐."

요리사는 고기가 뜨지 않도록 그것을 제 조수를 시켜

포크로 눌러 큰 냄비 속에 잠기게 하는데,

이 모양도 꼭 그와 같았다.

스승이 친절하게 주의를 주었다. "네가 여기 있는 것을

모르게끔 바위를 칸막이 삼아

그 뒤에 몸을 웅크려라.

내게 어떤 위험이 닥쳐와도

걱정할 건 없다. 난 짐작이 간다.

전에도 이런 소동이 있었던 적이 있으니."

하며 다리를 건너

여섯째 둑에 이르렀는데,

스승은 거기서 점차 태연한 표정을 지었다.

거지가 장소도 가리지 않고 제멋대로 머물면서

구걸하면 그를 향해

개들이 기운차게 달려들듯이,

---

6) '성스러운 얼굴'이라 함은 죄인에 대한 야유인 동시에, 루카시에서 숭앙의 대상이 되어 있는 비
  잔틴의 낡은 십자가상을 염두에 두고 신의 신성함을 모독한 말이기도 하다. 그리스도를 그린
  이 '성스러운 얼굴'은 지금도 루카시의 돔 안에 있다.

7) 세르키오강은 루카시 근방을 흐르고 있으며, 여름마다 시민들은 거기서 멱을 감았다.

미쳐 날뛰는 악마들이 다리 밑에서 뛰쳐나와
스승을 향해 일제히 갈퀴의 날을 들었다.
그때 스승이 소리쳤다. "아무도 행패 부리지 말라.
너희들 갈퀴로 나를 찍기 전에
할 말이 있으니 누구 하나 이리 나오너라.
그런 후에 나를 찍을 것인지 아닌지를 의논해라."

그들이 외쳤다. "말라코다,[8) 나가거라!"
그러자 그들 가운데 하나가
"말을 해 본들 무슨 소용이 있나." 하며 앞으로 나왔다.
스승이 말했다. "말라코다, 너는 내가
주님의 뜻과 행운의 도움 없이
너희들이 줄기차게 방해하는
여기까지 무사히 올 수 있었다고 생각하나?
하늘의 뜻에 따라 저자를 안내하여
이 험한 길을 가는 것이니 보내 다오."

그러자 말라코다의 교만은 대번에 꺾여 버려
갈퀴를 발밑에 내던지고 딴 놈들을 보며 말했다.
"이놈은 쳐서는 안 되겠는걸."

그러자 길잡이가 나를 돌아보고 말했다. "이것 봐라.
다리의 바위 뒤에 숨은 아들아,
이젠 염려 없다. 내 곁으로 나오너라."
그래서 내가 벌떡 일어나 재빨리 스승 곁으로 뛰어가니,
마귀들이 일제히 앞으로 뛰어나왔다.

---

8) 말라코다는 '악의 꼬리'라는 뜻이다. 이자는 말레부란케들의 우두머리인 것으로 보인다. 이곳의 다른 마귀들에게도 각각 비슷한 종류의 이름이 붙여져 있다.

전에 카프로나[9]에서 협정한 다음 철수한 보병이

수많은 적병에게 포위되어

떨고 있는 것을 본 것이 생각나

나는 그만 기가 질렸다.[10] 마귀가 약속을 어길 셈인가 두려웠다.

나는 온몸을 길잡이에게 바싹대고

험상궂은 마귀들로부터

눈을 떼지 않고 있었다.

마귀들은 갈퀴를 내리긴 했으나 서로 말하기를

"내가 저놈의 엉덩이를 건드려 볼 참인데 괜찮겠지?"

어떤 놈이 대답했다. "아무렴 좋고말고. 한번 놀려 줘라!"

그러나 내 길잡이와 약속한

아까 그 마귀가 급히 돌아보고

"그만둬, 스카르미리오네!"

그리고 우리를 보고 말하기를 "여기서부터 이 앞에 있는

돌다리는 건널 수 없다. 여섯 번째 다리는 죄다 허물어져서

골짜기 밑으로 떨어져 있다.

그래도 굳이 앞으로 더 가고 싶거든

이쪽 벼랑을 타고 가거라.

조금 가면 바위 하나가 튀어나와 있는데, 거기가 길로 되어 있다.

이 길이 무너진 지

어제, 이맘때부터 다섯 시간이 지났을 때가

꼭 1천 2백 66년째였다.[11]

---

9) 카프로나(Caprona) : 피사인들이 지키고 있던 성인데, 1289년 8월에 피렌체와 루카 군이 점거했
   다. 그 공격을 지휘한 사람이 〈지옥편〉 27곡의 주인공 구이도 다 몬타펠트로이다.

10) 시구로 짐작건대, 단테가 그 공격군 4백의 기병, 2천의 보병 중 그 어느 일원이었다고 생각된다.

11) 그리스도는 34세 되던 해 금요일 정오에 죽었는데, 그 직후에 지진이 일어나 '이곳의 길이 무
    너진 것'이다. 그로부터 계산하면 단테의 여행이 서력 1300년의 성 금요일 밤부터 시작된 것
    을 알 수 있으므로, 지금은 성 토요일 오전 7시경인 셈이다. 이러한 숫자의 사용은 시적 효과

내 부하를 몇 놈 저리로 보내어
누가 몸을 밖으로 내놓고 한숨 돌리고 있는지 살피고자 하니,
같이 가거라, 해치지는 않을 것이다."
하면서 그는 "앞으로 나오너라, 알리키노, 칼카브리나."
하고 부르기 시작했다. "그리고 너 카냐초,
바르바리치아, 너는 이 열 놈을 지휘해라.
리비콕코도 가거라. 그리고 드라기냐초,
엄니를 드러낸 치리아토, 그라피아카네,
파르파렐로, 그리고 미치광이 루비칸테,
끈적끈적하게 끓어오른 언저리를 잘 순시해라. 이 앞으로 가면
굴 위에 바위 하나가 다리가 되어 놓여 있다.
거기까지 이분들을 잘 바래다 드려라."

"아, 스승님, 여기 보이는 이 광경은 무엇입니까?"
내가 물었다. "스승님이 길을 아시면
우리 둘이 가십시다. 이런 놈들은 싫습니다.
언제나 예리하신 스승님이 왜 모르십니까?
저것 보십시오, 놈들은 이를 갈며
험악한 눈썹으로 우리를 위협하고 있습니다."
그러자 스승이 나에게 말했다. "당황할 것 없다.
놈들 멋대로 이를 갈게 하려무나,
놈들 상대는 저 속에서 고통받고 있는 자들이다."

마귀들은 왼쪽 둑으로 향했는데,
떠나기 전에 모두 자기네 대장을 향해
눈꺼풀을 까뒤집어 신호를 보냈다.

를 그 구체성에 의해 북돋우고 있는데, 이런 구절에서 과학자로서 단테의 일면이 엿보이기도
하다.

그러자 대장은 궁둥이로 나팔을 불었다.[12]

---

12) 이 마지막 부분은 효과적인 표현으로, 단테가 유머를 아는 자유자재한 중세인이었음을 보여
   주고 있다.

제22곡

단테는 다섯째 구렁을 따라 10마리의 마귀와 함께 나아간다. 역청 속에 미처 몸을 감추지 못한 자, 치암폴로가 마귀에게 붙잡혀서 곤욕을 당한다. 그러나 말재간이 좋은 그는 자기가 한 나쁜 짓과 남들이 뇌물을 받은 이야기를 해서 마귀들을 방심케 만든다. 그러고는 그 틈을 타 도망을 쳐 순식간에 역청으로 들어간다. 그의 도망에 대한 책임을 둘러싸고 마귀들끼리 옥신각신하다가 알리키노와 칼카브리나가 맞붙은 채 역청 속에 떨어져 속까지 타 버린다. 베르길리우스와 단테는 어쩔 줄 몰라 하는 마귀들을 뒤에 남겨두고 떠나간다.

나는 기병들이 들판을 행군하여
열병식을 행하고, 돌격을 벌였다가
때로는 퇴각하는 것을 본 일이 있다.
그리고 아레초 사람들이여, 당신들의 나라에서
깃발과 기치를 쳐드는 것도, 빼앗는 것도,
또 말을 탄 병사들이 서로 창을 겨누어 달리는 것도 본 적이 있다.[1]
그들은 나팔로, 혹은 종으로,
또 때로는 북과 성의 연기로 신호했다.
그 방법은 갖가지가 있었지만
이렇게 기묘한 나팔의 지시로 나가는
기병도, 보병도 일찍이 본 적이 없다.
육지나 별에서 신호를 받는 배도 마찬가지이다.

---

[1] 이 내용은 〈연옥편〉 5곡에서 상세히 읊어진다. 이것은 단테가 1289년의 캄팔디노 전투 당시 보았던 광경일 것이다.

우리는 열 놈의 마귀와 함께 나아갔다.
아, 무서운 동반자이다. 하나 속담에도
'성당에서는 성인과, 술집에서는 술꾼과 함께하라' 하지 않던가.[2]
나는 한결같이 역청 쪽으로 마음이 기울었다.
구렁 속의 모습과
거기서 타고 있는 자들을 보고 싶어서였다.
돌고래가 둥그런 등으로
뱃사람에게 신호하여
폭풍으로부터 배를 대피시키듯,
괴로움을 덜려고
잠시 등을 퍼뜩 보이고는
또 순식간에 감추는 죄인도 있었다.

웅덩이 가에서
개구리가 다리와 몸뚱이를 감추고
코끝만을 수면에 내놓듯이,
여기저기서 죄인들이 코끝만을 밖에 내놓고 있었다.
그러나 바르바리치아가 가까이 가자
일제히 펄펄 끓는 역청 속으로 몸을 숨겼다.
생각만 해도 소름 끼치지만
다른 개구리들이 뛰어든 뒤 외톨이로 남은 개구리처럼
죄인 하나가 어물거리고 있었다.
그 곁에 있던 그라피아카네가
역청에 범벅이 된 그의 머리칼에다 갈퀴를 찍어 눌러
그 죄인을 위로 들어 올리니, 그는 마치 수달과 흡사했다.
마귀들이 뽑힐 때 주의해 들었고,
또 그들이 서로 이름을 부를 때도 귀담아들었기 때문에

---

2) 지옥의 동반자로는 마귀만큼 어울리는 것이 없다는 뜻이다.

나는 마귀들 이름을 모두 외고 있었다.

"이봐, 루비칸테." 하고 저주받은 마귀들이 다 같이 불렀다.

"저놈 등을 손톱으로 할퀴어서

가죽을 벗겨 버려라!"

그래서 내가 말했다. "스승님, 가능하다면 물어봐 주십시오.

저 원수의 손에 잡힌

불쌍한 자가 누구입니까?"

길잡이가 그자 곁으로 다가가

어디서 왔느냐고 물었다. 사나이가 대답했다.

"나는 나바라 왕국 태생[3]인데,

어머니와 어느 난봉꾼 사이에서 태어난 자식이다.

그자는 난봉 끝에 결국 재산을 탕진하고 자살해 버렸다.

그래서 어머니는 날 어느 귀족 댁에 일꾼으로 들여보냈다.

그 후 나는 착한 테오발도 왕[4]의 신하가 되었는데,

거기서 사기를 쳤다.

지금 그 죗값으로 뜨거운 변을 당하고 있다."

그러자 멧돼지처럼 입에서

어금니 두 대가 쑥 삐져나온 치리아토가

그 이빨의 따끔한 맛을 그의 등에다 보여 주었다.

마치 쥐를 잡은 심술궂은 고양이 같았다.

발바리치아는 그를 껴안고 말했다.

"내가 이놈을 붙잡고 있을 테니, 모두 저리 비켜라."

그리고 내 스승에게 얼굴을 돌리고 말했다.

"이놈에게 더 묻고 싶은 것이 있거든

---

3) 이 나바라 사람의 이름은 치암폴로라고 알려져 있는데, 그 정확한 신원은 미상이다.
4) 테오발도 2세를 가리킨다. 테오발도 왕은 프랑스의 샹파뉴 백작인데, 1253년에 나바라의 왕위를 계승했다. 프랑스의 루이 9세가 이끈 십자군 원정에 함께 참여했다가 1270년에 돌아오는 길에 시칠리아에서 사망했다.

우리가 해치기 전에 물어보아라."

그러자 스승이 말했다. "그럼 묻겠는데, 저 역청 속 악당 중에
아는 이탈리아인이 있는가?"
그러자 그가 대답했다. "나와 이제 막 헤어진 자가
그 근처[5] 출신이다.
그놈처럼 숨어 있었던들
갈퀴도 발톱도 무섭지 않았을 것을!"
그러자 리비콕코가 "이젠 더 참을 수 없다."
하며 갈퀴로 그자의 팔을 찍으니,
살점이 한 조각 떨어졌다.
드라기냐초도 그자의 정강이를
손톱으로 할퀴려 했다. 그들의 대장은
무서운 얼굴을 하고 휘휘 주위를 둘러보았다.
마귀들의 노여움이 다소 가라앉았을 때,
길잡이는 자기 상처를 바라보고 있는 자에게
재빨리 물었다.
"네가 이 언덕에 오기 전에
막 헤어졌다는 그자는 누군가?"
그러자 그가 대답했다. "그는 수도사인 코미타이다.
갈루라 사람으로 사기나 횡령이라면 뭐든지 잘하지.
제 수중에 떨어진 주군의 적을
몹시 우대했기 때문에 그들이 모두 감사했을 정도이다.
그 자신도 뻔뻔스럽게 말했지만, 돈을 받고
모두 석방해 주었다. 다른 직책에 있을 때도
결코 송사리 탐관오리는 아니었다. 정말 굉장했었다.
그의 동료 중에는 로고도로의 대장인 미켈 찬케[6]도 있다.

---

5) 사르데냐섬을 말한다.
6) 미켈 찬케에 대해서는 〈지옥편〉 33곡과 주를 참조.

둘 다 1년 내내 사르데냐 이야기를 하느라
혀가 지치는 줄도 몰랐지.
저것 보아라, 마귀 한 놈이 이빨을 드러내고 웃고 있다.
더 말하고 싶지만, 저놈이 나를
할퀴려는 태세이니 무서워 못 견디겠다."

그러자 마귀 대장이, 한 대 치려고
눈을 부릅뜬 파르파렐로를 보고 말했다.
"못된 날짐승[7]아, 저리 비켜라."

당황했던 자가 침착성을 되찾고 다시 말을 계속했다.
"만약 토스카나인이나 롬바르디아인을
만나 말을 들어보고 싶다면 이리 불러오겠는데,
그러려면 마귀들이 좀 물러가 있어 주어야 한다.
복수당할 우려만 없다면 저자들도 얼굴을 내밀 것이다.
그래도 좋다면 이 자리에 앉은 채
나 혼자서 일곱 명을 불러내 보이겠다.
우리들 습관으론 휘파람을 불면
누군가가 얼굴을 밖으로 내민다."
이 말을 듣자 카냐초가 코끝을 쳐들고
머리를 내저으며 말했다. "들었나, 이건
이놈이 밑으로 뛰어들기 위해 꾸민 구실이다!"

그러자 온갖 술수로 사람을 속일 줄 아는 그자가
대꾸했다. "사실 내가 너무 나쁜 놈이지.
내 친구를 봉변당하게 하려는 것이니까."
알리키노가 참다못해서 다른 마귀들과는 반대로

---

7) 마귀들에게는 날개가 달려 있기 때문에 못된 날짐승이라 한 것이다.

사나이를 향해 응수했다. "네가 뛰어들면
내가 네 뒤를 발로 쫓아갈 성싶으냐.
날개로 역청 위까지 날아가겠다.
이 둑에서 물러나 바위 뒤에 숨는다고
너 혼자 우리 모두를 이겨낼 수 있을지 어디 솜씨나 보기로 하자."

아, 독자여 들어 보라. 전무후무한 승부가 벌어진 것이다.
이 제안에 전혀 마음 내켜하지 않던 마귀를 비롯하여
모든 마귀는 뒤로 눈을 돌렸다.
나바라의 사나이는 그 틈을 교묘하게 노렸다가
땅에 단단히 두 발을 디뎠다 싶었는데
몸을 날려, 대장의 팔을 뿌리치고 도망쳤다.
모두 아뿔싸 했으나
그중에서도 자기 탓이라고 생각한 마귀는 허둥지둥
뛰어가며 "잡았다!" 하고 소리쳐 봤지만
결국은 헛일이었다. 필사적인 상대에겐
날개도 따라가지 못했다. 사나이가 역청으로 들어가 버리자
날아온 마귀는 거기서 가슴을 젖혔다.
마치 매가 오리를 습격했으나
오리가 물속으로 숨어버린 듯한 꼴이라
상대는 헛일에 화를 내고 되돌아갔다.

속아서 화가 치민 칼카브리나는
그놈이 도망을 치면
알키리노와 싸울 생각으로 바짝 쫓다가
탐관오리의 모습이 사라지자
제 동료 쪽으로 대번에 발톱을 돌려
두 놈은 구렁 위에서 격투를 벌이게 되었다.
알리키노도 야생의 매처럼

날카로운 발톱으로 칼카브리나에게 덤벼들었으므로
두 놈 다 펄펄 끓는 역청 속으로 뚝 떨어졌다.
뜨거워서, 곧 서로 발톱은 놓았으나
날개에 역청이 끈적끈적 달라붙어
이제 일어날 수도 없다.
바르바리치아는 부하 마귀들과 함께 상심하며
그중 네 놈에게 갈퀴를 주고
건너편 둑으로 모두를 날려 보내자, 모두 재빨리
이쪽저쪽 기슭으로 뛰어 내려가
역청 속에 빠진 마귀들에게 갈퀴를 내밀었지만
두 놈 다 이미 가죽뿐 아니라 속까지 죄 타 버린 뒤였다.

우리는 어찌할 바를 몰라 하는 마귀들을 뒤에 두고 떠났다.[8]

---

8) 〈지옥편〉 22곡은 전곡이 극적인 광경으로 전개되는데, 동물의 비유가 참으로 많다. 인물의 동
작이나 태도를 돌고래, 개구리, 수달, 멧돼지, 심술궂은 고양이, 쥐, 매, 오리, 야생 매 등에 빗
댄 직유가 매우 효과적으로 사용되고 있다.

제23곡

성이 나 미친 듯한 마귀들이 뒤쫓아 왔으나 베르길리우스가 단테를 안고 달려서 그들은 무사히 제8옥의 여섯째 구렁으로 피한다. 거기서는 위선자들이 그들에게 내려진 벌을 받고 있다. 그들은, 겉은 금으로 도금했으나 안은 납으로 된 무거운 외투를 입고 어정어정 걷고 있는 것이다. 볼로냐의 '명랑한 수도사'인 카탈라노와 로데링고가 말을 건다. 그때 땅바닥 위에 못 박힌 남자가 보인다. 그는 그리스도를 십자가에 못 박을 것을 권고한 유대의 대제사장 가야파이다.

단둘이서 말도 없고 동행도 없이,[1]
프란체스코회의 수도사가 길을 갈 때처럼[2]
우리는 앞서고 뒤서서 걸었다.

이제 나는 그 싸움을 보고
이솝 우화에 나오는 개구리와 생쥐 이야기[3]를
생각하지 않을 수 없었다.

---

1) 앞의 마귀들 행렬과는 정반대로 단테와 베르길리우스 두 사람은 묵묵히 걸어간다. 이런 광경의 전이는 드라마의 무대 변화를 연상케 한다.
2) 프란체스코회의 수사들은 길을 걸을 때 윗사람의 뒤를 따른다. 이러한 내용은 《성 프란체스코의 작은 꽃》에도 나와 있다. 이것은 질서에 맞춰 조용하게 걸으면서 명상과 기도를 하라는 의미이다.
3) 일설에는 이 우화의 작자가 이솝이 아니라고 하는데, 이야기의 줄거리는 다음과 같다. 내를 건너려는 쥐가 물을 겁내는 것을 보고, 물에 빠뜨리려는 속셈으로 개구리가 말했다. "내게 발을 묶어 두면 물에 안 빠진다." 개구리는 자기 발에 생쥐의 발을 묶게 하여 헤엄쳐 나가다가 내복판쯤에서 갑자기 물속으로 들어가려 한다. 당황한 쥐가 허우적거리는 참에 솔개가 날아와 쥐를 채어간다. 그러자 함께 묶여 있던 개구리도 같이 끌려 올라가 결국 두 마리 다 솔개의 밥이 되고 만다.

주의 깊게 두 가지 사건의 전말을
비교해 보니,
'그렇다'와 '그러하다' 만큼의 차이도 없다.
차례차례 연상이 떠오르듯,
이 일을 생각하니 다음 일이 생각되어
점점 공포심이 생겼다.
나는 이렇게 생각했다. '마귀들은 우리 때문에
멸시받고 혼이 나고 조롱당했으니,
틀림없이 몹시 화를 낼 것이다.
만약 그들의 악독함에 분노가 곁들여진다면,
토끼를 물어뜯는 개보다 더
광포해져서 뒤쫓아올지 모른다.'
이렇게 생각하니 몸서리쳐져 온몸에 소름이 끼쳤다.
그래서 연신 뒤돌아보면서 말했다.
"스승님, 우리가 얼른 숨지 않으면
무서운 마귀가 쫓아올 겁니다.
바로 뒤쫓아 오는 듯한
발소리가 아까부터 들리는 듯합니다."

스승이 대답했다. "네 마음속을 훤히 알고 있다.
설사 내가 거울이라 할지라도 이렇게 재빨리
네 겉모습을 비추진 못하리라.
지금 네 생각은 그 모습과 표정 그대로
고스란히 내 생각 속에 들어왔다.
그러므로 두 사람의 생각에서 나온 결론은 하나이다.
만약 오른편의 언덕이 가파르지 않아
우리가 그 길로 해서 다음 골짜기로 내려갈 수가 있다면,
상상대로 추격자들이 온다고 할지라도 벗어날 수 있을 것이다."

그러나 스승이 자기 생각을 미처 다 말하기도 전에
마귀들이 날개를 펴고 그리 멀지 않은 곳에서
우리를 잡으러 날아오는 것이 보였다.
스승은 나를 덥석 안아 올렸다.
그건 마치 소란에 놀라 잠이 깬 어머니가
이웃에 불이 난 것을 알고
자기보다도 아이가 걱정되어
속옷도 몸에 걸치는 둥 마는 둥[4]
아이만 안고 정신없이 달아나는 것과 같았다.
딱딱한 벼랑 꼭대기에서 아래를 향해
다음 골짜기의 한 모서리를 이루고 있는
바위의 급한 경사를 스승은 반듯이 누운 채 미끄러져 내려갔다.
물레방아를 돌리기 위해 끌어온 물이
바퀴 가까이 갔을 때도
이처럼 기세 좋게 달리지는 않으리라 싶을 만큼 빠른 속도로
스승은 나를 나그넷길의 동반자라기보다도
자식같이 가슴에 끌어안고
그 벼랑을 달려 내려갔다.
스승의 발이 그 골짜기 밑의 돌을 밟았을 때
마귀들이 마침 꼭대기의 벼랑 가에 이르렀으나,
이제는 두려워할 것이 없었다.
하늘의 뜻에 따라 마귀들은
다섯째 구렁에서는 파수병처럼 행동할 수 있으나
거기서 빠져나올 능력은 모두 박탈되기 때문이다.

그 골짜기 밑에는 화려한 색깔로 채색된 무리가 있었다.
천천히 무거운 발걸음으로 길을 돌아가고 있었는데,

---

4) 당시는 잠자리에 들 때 남자나 여자나 아무것도 걸치지 않았다.

눈물을 흘리는 얼굴에는 패배와 피로의 빛이 역력했다.

그들은 소매 없는 외투를 입고 차양이 깊숙이 드리워진

모자를 쓰고 있다. 클루뉘이에서 수도사들을 위해

지은 것과 똑같은 옷이었다.[5]

겉은 눈이 부실 정도로 현란하게 금칠을 하였는데,[6]

안은 모두 납으로 된 것이었다. 매우 무거워서

이에 비하면 페데리코의 옷[7] 같은 것은 짚이나 다름없었다.

아, 영원히 무겁고 괴로운 망토여!

우리는 이번에도 또 왼편을 향하여 그들과 함께

길을 돌아서 그 슬픔과 한탄을 들으려고 했으나,

그 무리는 외투 무게에 지쳐

걸음이 하도 늦어 우리는 허리를 움직일 때마다

곧 다른 사람과 동행이 되고 말았다.

그래서 나는 길잡이에게 말했다. "스승님, 제발 누구든지

이름과 업적이 세상에 알려진 사람을 찾아 주십시오.

이렇게 걸어 나가면서 사방을 두루 눈여겨 보아주십시오."

그러자 토스카나 말투를 알아듣고 어떤 자가

우리 등 뒤에서 소리쳤다. "발을 멈춰라,

너희들은 이 어두운 공기 속을 뛰어가고 있구나.[8]

네가 알고 싶은 것쯤은 나한테 물어도 좋다!"

그래서 길잡이가 뒤돌아보고 말했다. "기다려라,

그리고 저자와 발을 맞춰 걸어가 주도록 해라."

---

5) 클루뉘이(Clugni) : 콜로냐. 독일의 쾰른. 어느 수도원에서 수도사들이 자기들도 추기경이 입는 붉은색 법의를 입기로 결의하고 교황에게 품신했는데, 이에 화가 난 교황이 그들에게 거친 옷과 커다란 모자를 쓰도록 했다고 한다.

6) 위선은 겉만 마치 금처럼 아름답기 때문이다. 단테는 이 위선자에 대한 응보 또한 절묘하게 설정한 것이다.

7) 황제 페데리코 2세는 불경죄의 범인을 처벌할 때 납으로 된 옷을 입힌 후, 그를 가마솥에서 삶아 납과 함께 녹여 죽였다고 전해진다.

8) 단테는 걸어가고 있으나, 망토를 입어 발걸음이 느린 그들에게는 그가 뛰어가는 것처럼 느껴진 것이다.

발을 멈추고 돌아보니, 두 사나이가 나 있는 곳까지
급히 오고 싶은 심정을 얼굴에 나타냈으나,
짐이 무거운 데다 길이 혼잡하여 그 걸음은 더뎠다.
우리 가까이에 이르자 말도 하지 않고
곁눈질로 잠시 나를 찬찬히 바라보더니,
곧 서로 얼굴을 마주 보고 이야기했다.
"이놈이 목을 움직이는 걸 보니 살아 있는 듯한데,
만약 죽은 놈이라면 무슨 특권으로
무거운 외투도 안 입고 여기를 지나갈까?"
그러고는 나를 보고 말했다. "오, 토스카나 친구여,
너는 불쌍한 위선자의 무리 속에 끼어 있는데,
상관없다면 누군지 이름을 말해 다오."
그래서 나는 둘에게 대답했다. "내가 태어나 자란 고향은
아름다운 아르노강 강변에 있는 큰 도시[9]이다.
이 몸은 그때나 다름없이 살아 있는 몸이다.
그런데 너희들은 누구냐? 보아하니
고뇌가 저절로 '눈물이 되어' 볼을 타고 흐르는 것 같은데,
겉보기에 찬란한 너희들의 벌은 무엇이냐?"

그러자 그 하나가 대꾸했다. "우리들의 오렌지빛 망토는
납이라 아주 무겁다. 그렇지,
저울에다 달면 바늘이 튀어나올 것이다.
우리는 볼로냐의 '명랑한 수도사'[10]였다.
나는 카탈라노[11] 이자는 로데링[12]이라 한다.

---

9) 아르노강 강변에 있는 큰 도시는 피렌체이다.
10) 볼로냐에서 1261년 창설된 수도사회로서, 원래 이름은 '동정녀 마리아 기사단'이었다. 이 기사
   단은 볼로냐의 각 당파·가문 간의 갈등 조정과 약자 보호의 목적으로 창설되었지만, 후에 기
   강이 해이해져 타락하였다고 한다.
11) 카탈라노(Catalano) : '동정녀 마리아 기사단' 창설 회원으로, 볼로냐 말라볼티 가문 출신의 정
   치가이다.

네 고향의 평화를 유지하기 위해

으레 하나밖에 두지 않는 시장에

둘 다 뽑혔다. 둘 다 부지런히 일했기 때문에

가르딩고 부근은 오늘날 보는 바와 같은 형편이다."¹³⁾

"오, 수도사들아. 너희들의 나쁜 소행으로……."

내가 이렇게 말하려는데, 땅바닥에 세 개의 말뚝으로

못 박힌 자가 눈에 띄었다.

그자는 나를 보자, 수염 안에서 한숨을 쉬며

몸을 이리저리 버둥거렸다.

그러자 그것을 본 수도사 카탈라노가 나에게

가르쳐 주었다. "네가 보고 있는 못 박힌 사나이는

백성을 위해 그리스도 하나쯤은 죽이는 것이

마땅하다고 바리새인에게 권고한 사나이¹⁴⁾다.

보다시피 길 한가운데 알몸으로 비스듬히

'모든 이의 발길에 차이게끔' 놓여 있다. 사람이 지나갈 때마다

그 하나하나의 무게가 죄다 몸에 느껴지도록 해 놓았다.

이자의 장인도 마찬가지로 이 구렁 안에서

벌을 받고 있고, 그 밖의 패들도 마찬가지이다.

그 회의는 유대인들에게 화근의 씨를 뿌렸다."

베르길리우스를 보니 스승은 놀란 표정으로¹⁵⁾

---

12) 로데링고(Loderingo) : 볼로냐 출신의 '동정녀 마리아 기사단' 회원. 피렌체는 교황파와 황제파
   의 당파 싸움을 줄이기 위해 그와 카탈라노를 장관으로 임명했으나, 이들은 교황 클레멘스
   4세의 편을 들어 교황당에 유리한 일만 했다.

13) 그다음 단테가 분개하는 구절에서도 짐작이 되지만, 이 두 사람은 장관이었던 동안 시를 위
   하는 척하면서 뒤로는 파괴를 자행했던 것이다. 도시국가 시대의 이탈리아에서는 시의 내부
   당파 간의 알력을 막기 위해, 외부에서 유능한 사람을 기한을 정해 장관이나 군사령관으로
   초빙하는 것이 관습이었다.

14) 이 자는 그리스도의 사형을 판결한 사두가이 교도회의 사회자, 유대의 대제사장 가야파이
   다. '유대인들에게 화근의 씨를 뿌렸다'는 구절은 제2차 대전 후의 오늘날에 와서 돌이켜볼
   때도 사뭇 예언적인 여운을 울린다. 그의 장인은 안나스이다.(〈요한복음〉 18장 13절 참조).

15) 베르길리우스의 첫 번째 지옥 방문은 예수의 등장 이전에 이루어진 것이었으므로, 그때에는
   가야파가 없었다. 이런 종류의 형벌은 전에 없던 것이기 때문에 놀란 것이다.

무척이나 비참하게 못 박혀
영원의 땅에 누워 있는 그자를 내려다보고 있었다.[16]
스승은 수도사에게 말을 걸었다.
"만약 괜찮다면 한 가지 가르쳐 다오.
우리 두 사람이 밖으로 나갈 수 있는 출구가
오른편에는 없을까,
만약 있다면 이 밑에서 나가는 데 구태여
검은 천사들을 괴롭히지 않아도 되겠는데."

그러자 수도사가 대답했다. "당신이 생각하는 것보다
훨씬 앞에 돌다리가 있소. 그것은 바깥 둘레의 옥에서
삐져나와 이 비참한 모든 구렁 위에 걸려 있소.
여기만이 무너져 다리형태가 아니지만
무너진 바윗돌이 골짜기서부터 경사진 곳에 수북이 쌓여 있기 때문에
그 위로 올라갈 수가 있소."
길잡이는 잠시 머리를 갸우뚱하며 서 있더니,
이윽고 "저쪽에 죄인을 갈퀴로 찍던 놈이
거짓말을 했구나."[17] 하고 말했다.
그러자 수도사가 놀렸다. "나는 전에 볼로냐에서
악마가 저지른 나쁜 짓을 여러 가지 들었는데, 그중에
자주 나오는 말은 악마는 거짓말쟁이이자 거짓말의 아비라는 것이었소."

그러자 길잡이는 다소 노기를 띤 표정으로
큰 걸음으로 그 자리를 떠나갔다.
그래서 나도 무거운 짐 진 자들 곁을 떠나
공손하게 스승의 발자취를 따랐다.

---

16) 지옥에 떨어진 자는 영원히 구원되지 않으며, 또 가야파의 형벌이 영원하다는 것을 말한 것이다.
17) 말라코다가 실은 거짓으로 길을 가르쳐 주었던 것이다.

제24곡

악마에게 속아 길을 잘못 든 베르길리우스가 한순간 노했으나 곧 다시 마음을 풀고, 단테를 이끌고 격려하면서 이리저리 바위 모서리를 타고 벼랑을 올라간다. 일곱째 구렁 밑에서는 도둑들이 독사에게 물려 고통을 당하고 있다. 피스토이아 성당의 성물을 훔쳐낸 반니 푸치가 벌컥 성을 내며, 피스토이아와 피렌체에 엄습할 재난을 단테에게 예언한다.

새해의 계절
태양이 물병자리 밑에 위치하여 햇살도 따뜻해지고
밤의 길이도 차츰 낮의 길이에 다가갈 무렵,
서리가 땅 위에다
그 하얀 누이의 '눈(雪)' 화장을 흉내 내 보지만
그 붓질은 오래 계속되지 않는다.
마른풀이 바닥나 난처해진 농부는
아침에 일어나 들판이 온통
새하얘진 것을 보고 이거 야단났다 하고 허리를 툭툭 치며,
집으로 되돌아와 투덜거리며 집 안을 이리저리 돌아다닌다.
농부는 어찌해야 좋을지 몰라 난처해진 모양으로 있다가
다시 문득 밖에 나가 순식간에
모두 바뀐 경치를 보면 희망에 차
작대기를 꺼내 들고
새끼양들을 몰아 풀을 먹이러 나간다.[1]

---

[1] 단테 심경의 비유이다. 그 첫머리에 겨울철 설명이 있는 이 첫 행 전체는 그 자체가 독립된 시로서의 재미를 갖추고 있다. 이 행은 특히 앞뒤의 흉악한 지옥 광경 사이에서 이례적으로 마

마치 그와 마찬가지로 스승의 얼굴이 흐렸을 때는
나도 무척 당황했으나,
또 이와 마찬가지로 근심도 곧 가시었다.
우리가 무너진 다리목에 왔을 때
스승은 부드러운 표정을 지으며 나를 뒤돌아보았다.
처음에 산기슭에서 만났던 때와 같은 모습이었다.[2]

스승은 먼저 폐허를 자세히 둘러보고 꼼꼼히 길을 검토하더니,
팔을 벌려
뒤에서 나를 밀어 올려 주었다.
행동하며 생각하고
그러면서도 항상 장래를 알고 있는 이처럼,
나를 삐죽이 내민 바위 꼭대기로 밀어 올리면서도
벌써 다른 바위를 재빨리 발견하고 뒤에서 주의를 주었다.
"저 위로 기어 올라가거라.
그 전에, 올라가도 무너지지 않겠는지 확인을 해 봐라."
아무리 봐도 그런 외투 입은 자들이 가는 길은 아니었다.[3]
아무튼 몸이 가벼운 스승도, 밀려져서 올라가는 나도
가까스로 바위에서 바위로 기어오른 것이다.
만약 이쪽 벼랑이 저쪽 벼랑보다
짧지 않았던들 스승은 몰라도
나는 아마 올라가지 못했을 것이다.
그러나 말레볼제는 전체가
'복판의' 깊은 구멍인 아가리를 향해 경사를 이루고 있으므로

음이 포근해지는 목가적인 느낌을 전해 주는 부분이라고 할 수 있을 것이다. 해가 물병자리에 있을 때는 1월 20일쯤부터 2월 20일쯤까지이다.
2) 1곡에 있는 얘기로, 단테가 처음으로 스승인 베르길리우스를 만났을 때의 온화한 모습을 말한다.
3) 앞의 노래에 나온, 무거운 납 외투를 입은 자들에 대한 야유이다.

구렁 하나하나가 지형적으로 볼 때
바깥둘레의 벼랑이 높고, 안둘레는 낮게 되어 있었다.
가까스로 마지막 바위가 삐져나와 있는
꼭대기에 이르렀다.
그 위에 닿았을 때는 이미 폐에서 숨결이 완전히
끊어져 더 이상 앞으로 나가지 못하고
그냥 그 자리에 풀썩 주저앉았다.
"자, 지금은 나태를 버려야 한다."
하고 스승이 말했다. "깃털 방석을 깔고 앉거나
비단 이부자리를 덮고 자면서 명성을 얻은 예는 없다.
이름도 내지 못하고 평생을 마친 자가
지상에 남기는 유물은
말하자면 공중의 연기, 물 위의 거품이다.
자, 일어서라, 만약 네 혼이 육체의 무게를 이겨 낼 수 있다면
모든 전투에서 이겨 낼 수 있으리라.
그 영혼의 힘으로 호흡을 이겨 내거라.
악마에게서 벗어난다는 것만으로 일이 끝난 것이 아니다.
더 긴 연옥의 언덕을 올라가야만 한다.
내 말을 알아들었거든, 너를 위한 일이니 기운을 내라."[4]

나는 당장 일어나, 실은 숨이 가빴지만
기운찬 얼굴을 하고 말했다.

---

4) 중세 철학의 권위자인 에티엔느 질송은 '돌로 이룩된 성당은 프랑스의 것이고, 사상으로 이룩
된 성당은 이탈리아의 것이다'라고 하며 《신학대전》의 토마스 아퀴나스와 《신곡》의 단테를 찬
양했다. 고딕으로 된 사원에나 비유할 만한 《신곡》 100곡의 시적 구축을 위해서 단테는 아마
노력에 노력을 거듭했을 것이다. 그 단테 자신이 베르길리우스의 입을 빌어 자기를 스스로 격
려한 말이다.
　문화사가인 부르크하르트도 '《신곡》의 그 요동 없이 균형 잡힌 문장의 완성에는 과연 얼마만
한 표현력이 필요했을까. 단테의 모든 저작 속에는 팽배한 인격의 힘이 넘쳐, 독자는 주제가 지
닌 흥미를 도외시하더라도 여전히 압도적인 감명을 받는 것이다(《이탈리아의 르네상스 문화》)'
라고 말하고 있다.

"스승님, 가십시다. 단단히 기운을 차리도록 하겠습니다."

우리는 다시 바위 위를 걸어갔다.
그 길은 딱딱하고 좁아서 걷기가 힘들었으며
이제까지 오던 길보다 훨씬 험했다.
약한 자로 보이고 싶지 않아 얘기하면서 걷는데,
그때 다음 구렁에서 누군가의 목소리가 들렸다.
말이라 할 수 없는 소리였다.
뭐라고 말했는지는 모르나
아마도 사나이는 뛰어가면서 이야기하는 듯했다.
나는 곧 그 구렁에 걸쳐진 돌다리 한가운데 이르렀다.
아래를 살펴보았으나 내 살아 있는 눈으로는
암흑에 에워싸인 골짜기 밑바닥을 볼 수 없었다.
그래서 내가 말했다. "스승님, 빨리
저쪽 둑으로 건너가 절벽을 내려가십시다.
여기서는 목소리는 들려도 뜻을 알 수가 없고,
보이긴 해도 모습을 분간할 수가 없습니다."
"그렇게 하는 수밖에 달리 대답할 말이 없구나."
하고 스승이 말했다. "지당한 소원은 즉석에서
말없이 실행으로 옮겨야 한다."[5]

우리는 여덟째 둑에 걸려 있는
다리 밑으로 내려갔다.
그러자 구렁의 광경이 뚜렷해졌다.
그 속에는
지금도 생각만 해도 피가 얼어 버릴 듯한

---

5) 불언실행(不言實行)과는 뉘앙스가 약간 다르나, 지위나 권력이 있는 자, 관료 기구에 속한 자 등이 특히 새겨둘 만한 교훈일 것이다.

갖가지 무서운 뱀의 무리[6]가 보였다.

리비아의 사막이여, 거기에 켈리드리, 이아클리,

파레, 챈클리, 안피스베나가

있다 할진대 그것을 자랑 마라.

이토록 많은 독사(毒蛇)와 악사(惡蛇)는 이디오피아 전체와

홍해에 연한 다른 여러 나라를 모두 합친 곳에서도

일찍이 볼 수가 없었던 것이다.

이 흉악하고 처참한 뱀 떼거리[7] 속에서

'몸을 숨길' 구멍도 혈보석(血寶石)[8]을 찾아낼 가망도 없이

당황한 무리가 벌거벗은 채 도망 다니고 있다.

두 손은 등 뒤에서 뱀으로 묶였는데,

그 뱀이 사타구니 사이로 꼬리와 대가리를 쳐들고

허리를 감아 배 앞에 서리고 있다.

그때, 오! 보라, 우리가 있는 둑 바로 앞에서

뱀 한 마리가 뛰어올라

거기 있던 자의 목덜미를 물어뜯었다.

O자도 I자도 쓸 겨를 없이[9]

사나이는 불이 붙더니 순식간에 타올라

온몸이 모조리 재가 되어 쓰러졌다.

이렇게 일단은 땅에 부서져 넘어졌으나

재는 저절로 뭉치더니

순식간에 또 본디 모습으로 되돌아갔다.

학자나 시인들이 말하기를

---

6) 도적들을 비유.

7) 역시 도적을 상징한다.

8) 혈보석은 그것을 가진 자의 모습이 남의 눈에 보이지 않도록 하는 힘이 있다고 믿어졌다. 《데카메론》 제8일 제3화 참조.

9) O, I는 가장 간단하게 단번에 쓸 수 있는 알파벳이다. 그러므로 이것은 아주 짧은 시간을 의미한다.

불사조는 500년이 되면
죽었다가 다시 살아난다고 하는데, 그 모양과도 흡사하였다.
그것은 풀도 보리도 먹지 않고
향기로운 이슬이나 아모모[10] 방울만으로 연명하다가
마지막에는 몰약(沒藥)과 감근(甘根)에 싸여 죽는다고 한다.
악마의 힘으로 바닥에 넘어졌는지
뇌전증 발작으로 마비가 되었는지,
영문도 모르고 쓰러진 자가
다시 일어나 몹시 혼났다 하며
망연자실한 꼴로 주위를 둘러보고,
그러고는 탄식하듯이,
바로 그처럼 그 죄인도 일어나 넋을 잃었다.
아, 주의 위력은 얼마나 엄격한 것인가,
이처럼 강한 타격을 복수로 내리시다니!

길잡이가 사나이에게 누군가 하고 묻자
그 사나이가 대답했다. "나는 며칠 전에 토스카나에서
이 무서운 구렁 속에 비처럼 떨어졌다.
짐승 같은 생활이 성미에 맞았다. 인간적인 것은 싫었다.
나는 태생이 노새이다. 짐승 같은 나의 이름은 반니 푸치,[11]
피스토이아가 내게 맞는 잠자리였다."
그래서 내가 길잡이에게 부탁했다. "도망가지 말라고 하십시오.
무슨 죄로 여기 떨어졌는지 물어봐 주십시오.
이놈은 안면이 있습니다. 이성을 잃고 성을 잘 내는 놈이었지요."

---

10) 아모모(amoma) : 향료로 쓰는 열매가 달리는 나무

11) 노새는 말과 나귀 사이에 태어나는 교잡종이다. 이것은 반니 푸치(Vanni Fucci)가 피스토이아
   의 귀족 라차리 가문 출신이었으나 사생아였음을 암시한다. 그는 자신의 일당과 성당에서 보
   석, 성모상 등을 훔쳤는데, 다른 사람이 누명을 쓰고 처형된 것을 알고는 자수했다.

그러자 죄인은 이 말을 듣고 선선히

얼굴과 마음을 내 쪽으로 돌렸으나,

거기에는 분한 듯한 굴욕의 빛이 떠올랐다.

그리고 그는 말했다. "이승에서 목숨을 빼앗겼을 때보다도

지금 이 비참한 나의 모습을

너에게 보이는 것이 더 분하구나.

너의 물음을 묵살할 수도 없다.

이런 깊은 곳에 빠지게 된 이유는 내가

성당에서 아름다운 제구(祭具)를 훔치고

그 죄를 뻔뻔스럽게 다른 이에게 덮어씌웠기 때문이다.

그러나 이 어둠의 영역 밖으로 나가면

내 이런 꼴을 기뻐만 하지 말고

내가 하는 예언도 귀담아 잘 들어 둬라.

피스토이아에선 먼저 흑당이 망한다.

따라서 피렌체에서는 사람도 법칙도 모두 바뀐다.

싸움의 신이 발 디 마그라에서 수증기¹²⁾를 끌어와

그것이 흩어진 구름에 휩싸이면,

사나운 폭풍으로 화하여

피체노¹³⁾ 벌판에서 결전이 벌어진다.

그러면 불꽃은 갑자기 안개와 구름을 걷어 버릴 것이니,

그로 인해 백당들은 반드시 모두 상처를 입을 것이다.

내가 이 말을 하는 까닭은,

네가 그 일로 고민을 하게 될 것이기 때문이다."

---

12) 이 수증기란 모로엘로 말라스피나를 두고 하는 말이다. 사나운 폭풍 같은 전투는 피스토이아 포위와 점령을 둘러싸고 1305년과 1306년에 벌어졌다.

13) 피체노(Piceno) : 지명이 불확실하여 어디인지 정확히 알 수 없다.

제25곡

더러운 욕설로 신을 모독한 반니 푸치는 뱀에게 칭칭 감겨 말도 못 하게 되어 도 망친다. 켄타우로스의 모습을 한 카쿠스가 그의 뒤를 좇는다. 그 허리에는 무수한 뱀이 똬리를 틀고 그 등에는 화룡(火龍)이 타고 앉아 불길을 뿜고 있다. 이어서 단 테는 3명의 피렌체 망자를 만나는데, 뱀이 그중 하나에게 달려들어 양자가 합쳐지 자 기이한 모습이 된다. 또 다른 뱀이 다른 자의 배꼽을 물어뜯자 순식간에 단테의 눈앞에서 놀라운 변신을 하여 뱀은 사람으로 사람은 뱀으로 변해 버린다.

이렇게 말을 마치자 도둑은
두 주먹을 이상한 모양으로 부르쥐고[1] 높이 쳐들며 외쳤다.
"이 손을 봐라, 신이여, 너에게 주는 것이다!"

아, 그때부터 뱀이 나의 벗이 되었다.
한 마리가 마치 "더 이상 말을 못 하게 해야지."
하는 식으로 그자의 목을 칭칭 감았다.
이어서 또 한 마리가 그자의 팔을 칭칭 감고
앞으로 돌아가 그 대가리와 꼬리로 꽁꽁 죄어댔다.
이렇게 되니까 그는 이제 꼼짝달싹할 수가 없었다.

아, 피스토이아, 피스토이아여, 어이해 너는 스스로 재로
변해 버리지 않느냐? 살아서 뭘 하느냐?[2]

---

1) 주먹을 쥐고 엄지손가락을 검지와 장지 사이에 내민 것. 이것은 성행위를 묘사한 못된 욕으로 서 모멸의 뜻을 나타낸다.
2) 중세에는 피스토이아가 로마 시대의 오합지졸에 의해 이룩된 도시라는 전설이 오랫동안 떠돌

네 악행은 조상의 악행보다 한술 더 뜬다!
지옥의 모든 암흑의 옥을 통해서
테베의 성벽에서 떨어진 망자[3] 중에도
이토록 오만하게 신께 대항한 자는 없었다.
사나이는 말도 못 하고 도망쳤다.
그러자 격노한 켄타우로스 한 놈이 고함을 지르면서
달려왔다. "어디냐, 그 고약한 놈은 어디 있느냐."
윗몸은 우리 인간의 모습과 같았으나 켄타우로스의 허리에는
마렘마의 늪에도 저만큼은 없으리라 싶을 만큼
많은 뱀이 달라붙어 있었다.
목덜미 뒤 어깨 위에는
날개를 벌린 화룡이 타고 앉아
만나는 자마다 닥치는 대로 불을 뿜었다.
스승이 말했다. "저것이 카쿠스다.
저놈 때문에 아벤티노 산기슭이
가끔 피의 호수로 변했다.
그가 제 형제들과 같은 길을 가지 않은 이유는
자기 근처에 있던 많은 가축 떼를
교활하게 훔쳤기 때문이다.
헤라클레스가 몽둥이질해서 그놈의 못된 짓은 멎었다.
아마 백 대쯤 때릴 태세였을 텐데,
저놈은 열 대쯤 느끼고는 말았다."[4]

스승이 이렇게 말하고 있는 동안 켄타우로스는 가 버렸다.
망자 셋이 우리 가까이에 와 있었지만
"너희들은 누구냐."고 그들이 소리치기까지

_____

았다.
3) 카파네우스를 가리킨다.
4) 열 대쯤 맞고 죽어 버렸다는 뜻으로 생각된다.

나도 스승도 모르고 있었다.
그래서 우리는 이야기를 그치고
그들 쪽으로 주의를 기울였다.
당시는 그들을 본 기억이 없었다.
때로 우연히 일어나는 일이지만
하나가 다른 하나의 이름을 불렀다.
"치안파[5]는 어디서 어정거리고 있지?"
그 이름을 들은 나는 길잡이의 주의를 끌기 위해
턱에서부터 코에다 집게손가락을 갖다 댔다.

아, 독자여, 설사 그대가 지금부터 내가 하는 말을
쉽사리 못 믿어도 이상할 게 없으리라.
목격한 나조차도 반신반의한 것이다.
내가 눈을 들고 찬찬히 그들을 주시하고 있노라니,
갑자기 가랑이가 여섯이나 되는 큰 구렁이 한 마리가
그중 한 놈에게 달려들어 온몸을 칭칭 감았다.
가운데 발로 배를 죄어 대고
앞발로는 그의 팔을 움키더니
서서히 양 볼을 물어뜯었다.
뒷발은 사나이의 넓적다리에 붙이고
꼬리를 사타구니 사이로 집어넣어
궁둥이로 해서 등으로 올려 뻗쳤다.
이 무서운 짐승이 그 몸뚱이를
지금 그자의 몸에 칭칭 감아 붙인 것만큼
담쟁이가 나무에 얽힌 예도 일찍이 없었다.
그들은 마치 뜨거워져
착 달라붙은 초처럼 빛깔마저 뒤엉겨

---

5) 치안파(Cianfa) : 피렌체의 귀족 도나티 가문 출신의 대도로, 교황당의 일원이었다.

무엇이 어느 놈인지 정체도 알 수가 없다.
마치 불이 붙으면
종이가 차츰 고동색으로 타서
아주 까맣지는 않으나 하얀색은 죽어버리는 그런 꼴 같았다.
나머지 두 놈은 그걸 바라보며 저마다 외쳤다.
"아, 비참하다. 아뇰로⁶⁾야, 어떻게 이리 변하는가!
보라, 너는 이제 둘도 아니고 하나도 아니구나."

순식간에 둘의 머리가 하나로 되고,
둘의 모습이 뒤섞이어
한 얼굴로 변하더니 각자의 모습은 없어졌다.
사지로부터 두 팔이 이루어지고
다리, 허리, 배, 가슴이
일찍이 보지 못한 몸뚱이로 변했다.
본디 모습이 모두 없어진
그 괴상한 모습은 사람도 뱀도 아닌 꼴로
발걸음도 무겁게 가 버렸다.

찌는 듯한 삼복더위에 도마뱀이
이 울타리에서 저 울타리로
길을 싹 가로지르는 모습이 마치 번개처럼 보이듯이,
번쩍하자마자 다른 두 놈의 배를 향해
실뱀 한 마리가 달려들었다.
후추알처럼 검푸른 뱀이었다.
그중 한 놈이, 사람이 태어나기 전까지 양분을 취하는
'배꼽' 언저리를 깨물더니
그놈 앞에 몸을 뻗고 푹 쓰러졌다.

---

6) 아뇰로(Agnolo) : 피렌체 명문가 출신으로 권력을 앞세워 공금을 유용했다. 그는 용의 두 앞발
과 사람의 양팔이 합쳐진 모습으로 변한다.

물린 놈은 그것을 보았으나 아무 말도 하지 않고
그 자리에 버티고 서서 하품을 했다.
마치 열병이나 졸음에 시달리는 것 같다.
그놈은 뱀을, 뱀은 그놈을 물끄러미 바라보았다.
그놈은 상처로부터, 뱀은 아가리로부터
연기를 몹시 내뿜으니 그 연기와 연기가 서로 뒤섞였다.
아, 루카누스[7]여, 입을 다물어라. 불쌍한 사벨로[8]나 나시디오[9]에게
일어난 '변형'에 대해 이야기하지 마라.
지금부터 여기서 일어나는 걸 주의하여 들어라.
오비디우스여, 입 다물어라.
카드모스[10]와 아레투사[11]에 대해 말하지 마라.
그가 시 속에서 사내를 뱀으로, 계집을 뱀으로
변하게 한 것쯤으로는 시샘을 느끼지 않는다.
두 개의 육체가 바뀐 적은 있어도
이제 막 형태를 바꾸려는 이 둘과 같은
자연물의 대결과 변용은 유례가 없었기 때문이다.

둘은 이렇게 서로 응했다.
뱀이 꼬리를 갈라 가랑이를 만들자
다친 자는 두 다리를 하나로 합쳤다.
두 다리와 넓적다리를 찰싹 붙이니

---

7) 루카누스(Lucanus) : 네로 황제와 친분이 있었으나, 후에 그에 의해 죽음을 맞았다. 서사시 《파르살리아》의 저자이다. 이하, 단테는 루카누스나 오비디우스에서 볼 수 있는 변형에 저항 의식을 갖고 이 뱀과 사람의 합체를 읊었던 것이다.
8) 사벨로(Sabello) : 루카누스의 《파르살리아》에 등장하는 인물. 카토군으로 리비아 주둔지에서 뱀에게 물려 죽은 로마 군인.
9) 나시디오(Nassidio) : 역시 《파르살리아》의 등장인물이다. 그 또한 카토군의 일원으로 뱀에게 물려 죽었다.
10) 카드모스(Kadmos) : 테베의 왕자. 아레스의 저주로 뱀으로 변신.
11) 아레투사(Arethusa) : 달의 여신 아르테미스를 섬기던 시녀로서, 강의 신 알페이오스의 사랑을 피하고자 아르테미스에게 간청하여 샘이 되었다.

순식간에 다리를 붙인 자국이
보이지 않게 되었다.
두 갈래로 갈라진 꼬리는 지금 없어져 가고 있는
다리 모양을 나타내기 시작하더니
꼬리 껍질은 부드러워지고 반대로 다리 껍질은 딱딱해졌다.
팔이 겨드랑이 밑으로 들어가고
뱀의 짧아진 두 앞발이
팔이 오므라짐에 따라 길게 뻗었다.
잇따라 뱀의 뒷발은 서로 뒤틀리어
사람이 감추는 국부의 모양이 되고
비참한 사나이의 그것은 쪼개져 두 개의 다리로 뻗기 시작했다.
연기가 서로 상대를 가리나 싶었는데 살 빛깔이 변하더니,
가죽 일부에서는 털이 나고
반대로 살갗 일부에는 머리칼과 털이 빠졌다.
하나는 일어서고 하나는 땅에 엎드려
그 모습은 바뀌었으나,
오직 무례하고 믿지 못하는 눈초리만은 여전히 그대로였다.
일어선 자가 코끝을 양 겨드랑이에 갖다 대니,
관자놀이 언저리에서 살점이 밀려
귀가 생기고 움푹하던 볼을 메웠다.
뒤로 밀리지 않고 그대로 남은 코끝의 살로
얼굴에다 코를 만들고,
사람답게 입술을 두껍게 했다.
땅에 엎드린 놈은 앞으로 뱀 얼굴을
내밀고 달팽이가 뿔을 오므리듯이
두 귀를 머릿속에 집어넣었다.
말 잘하던 혓바닥이 둘로 쪼개진 한편,
다른 놈의 두 쪽 난 혀는 하나로 합쳐졌다.
그때 연기가 뚝 끊어졌다.

짐승으로 변한 망자는

씩씩거리며 골짜기로 도망쳤다.

그 뒤를 다른 사나이가 침을 튀기며 소리치고 뛰어간다.

곧이어 그는 새로 생긴 어깨를 뒤로 돌려

다른 한 놈에게 외쳤다. "부오소[12]에게도

내가 기었듯이 이 길을 기어가게 만들어야지."

이렇게 하여 제7 선창[13]의 선객들이 변신하는 꼴을

나는 보았다. 나의 글이 다소 어렵다고 하더라도

사태의 괴이함에 비추어 용서해 주기 바란다.

내 눈은 흐릿해지고 정신 또한 몽롱해졌으나,

그래도 나는

몰래 도망치려는 세 놈 중에 있는

푸치오 쉬안카도[14]를 놓치지 않았다.

처음에 다가왔던 세 놈 중에서

오직 하나 모습을 바꾸지 않았던 자가 그놈이다.

또 한 놈은, 가빌레[15]여, 네가 우는 이유가 된 자이다.

---

12) 부오소(Buoso) : 단테 연구가 바르비에 의하면, 대단한 도둑이었다고 한다.

13) 제7옥의 악의 구렁을 가리킨다. 천한 자가 벌 받는 곳이기 때문에 짐을 싣는 배 밑 선창을 연상하게 된 것이리라.

14) 푸치오 쉬안카도(Puccio sciancoto) : 피렌체 출신의 도둑.

15) 가빌레는 아르노 골짜기에 있는 성(城) 이름으로, 그 고장 사람들은 프란체스코 데 카발칸티를 죽였다. 그래서 그 뒤 많은 가빌레 주민이 카발칸티 일족에게 복수를 당했다고 한다.

제26곡

지옥의 이 구렁 속에서 고향 사람을 다섯 명이나 만난 단테는 얼굴을 붉힌다. 이어서 제8옥의 여덟째 구렁이 내려다보이는 언저리에 오자, 골짜기에 불이 드문드문 보인다. 권모술수를 일삼았던 망자들이 하나씩 그 불길에 휩싸여 타고 있다. 그중에 하나의 불꽃 끝이 둘로 갈라져 있는 것은 오디세우스와 디오메데스 두 사람이 그 속에 함께 타고 있기 때문이다. 오디세우스는 대서양을 남하한 그의 마지막 항해를 마치 한 편의 극 중 시처럼 이야기한다.

기뻐하라 피렌체여,[1] 너의 날개는 바다와 육지를 뒤덮으며
위용을 자랑하고 있다. 그리고
네 이름은 지옥에도 널리 알려져 있다!
도둑들 가운데 너의 시민을
다섯 명이나[2] 보고 나는 얼굴을 붉혔다만,
너의 영예가 설마 이것으로 높아졌다 할 수는 없으리라.

그러나 새벽꿈이 참다운 꿈이라면,
너는 가까운 장래에 다름 아닌
프라토[3]의 야심을 뼈저리게 느낄 것이다.
이미 일이 일어났다 할지라도 빠르지 않다.
일어나야 할 바엔 빨리 일어나는 게 좋다.

---

1) 당시의 피렌체시는 바다와 육지로 활발하게 진출하고 있어 시민들은 그것을 자랑으로 삼고 있었다. 피렌체의 오명이 마침내 지옥에까지 미쳤음을 비웃는 반어법적 표현이다.
2) 그들은 아뇰로, 푸치오, 부오소, 치안파, 카발칸티이다.
3) 프라토는 피스토이아와 피렌체 사이에 있는 작은 도시로, 피렌체의 지배를 받았다.

늙을수록 내겐 더욱 괴로울 테니까.
우리는 거기를 떠났는데,
앞서 내려왔던 벼랑을
길잡이가 먼저 올라가 나를 끌어당겨 주었다.
암벽의 바위 사이로
쓸쓸한 길을 걸어갔는데,
손을 쓰지 않고서는 도저히 나갈 수가 없었다.
그곳의 광경에 내 마음은 아팠으나
지금 돌이켜 생각해도 여전히 슬프도다.
이제 덕의 가르침에 어긋나는 재주를 부리지 않도록
전보다 더 재치를 삼갈까 한다.[4]
행운의 별 아래 태어났고, 거기다 또 고맙게도 천주의 재주를
부여받은 몸이다. 설마하니 그걸 후회의 씨로 삼지는 않으리라.

낮이 길어져서
해 지는 시간이 차츰 늦어지는 계절
해 질 녘에 파리 대신 모기가 나올 무렵,
농부가 고개 위에 올라가 한숨을 돌리면
골짜기 아래 많은 반딧불이가
낮에 포도를 따고 밭갈이하던 언저리를 비춰 주듯이,
여덟째 구렁엔, 그 바닥이 보이는 근처까지 와 보니
골짜기 밑 곳곳을 작은 불들이
점점이 반짝이며 비춰 주었다.[5]

---

4) 스스로 훈계하는 이 구절은 〈지옥편〉 26곡의 주인공 오디세우스에 대한 단테의 강한 공감을 나타내고 있다.
5) 이탈리아나 프랑스 등 지중해에 면한 남유럽 국가에는, 사라센인 해적의 습격에 대한 경계와 말라리아 예방 때문에 흔히 산이나 고갯마루에 마을을 건설했다. 이 부분은 여덟째 구렁의 비유인데, 그 자체가 한 편의 목가가 되어 있다.

곰이 복수해 주던 엘리사[6]는
엘리야의 불수레가 떠나는 것을 보았으나,
그때 말이 하늘을 향해 치달려
그가 눈으로 좇을 수 있었던 것은
겨우 불꽃이 마치
한 가닥 연기처럼 하늘로 올라가는 모습뿐이었다.
골짜기에서 움직이는 불꽃 하나하나도 그것과 마찬가지였다.
불꽃은 속에 감춘 것을 밖에 내보이지는 않았으나
그 안에는 죄인이 한 명씩 싸여 있었다.
나는 다리 위에서 발돋움하고서 그것들을 응시했다.
바위 모서리를 붙잡고 있지 않았던들
아래로 거꾸로 떨어졌을는지도 모른다.
내가 정신없이 보고 있는 것을 안 길잡이가 말했다.
"저 불 속에는 망자들이
모두 자기를 태우는 불 속에 싸여 있다."

"스승님," 내가 대답했다. "그 말씀을 듣고
확신을 굳혔습니다. 다분히 그러리라 싶어
물어 볼까 하던 참입니다.
저 속에는 누가 있습니까? 불꽃 끝이 둘로 갈라져
마치 에테오클레스가 아우와 함께 불태워진
그 장작에서 오르던 불꽃 같은데요."[7]

---

6) "엘리사가 거기서 벧엘로 올라가더니 길에서 행할 때 젊은 아이들이 성에서 나와 저를 조롱하여 가로되 '대머리여 올라가라, 대머리여 올라가라' 하는지라 엘리사가 돌이켜 저희를 보고 여호와의 이름으로 저주함에 곧 수풀에서 암콤 둘이 나와서 아이 중 42명을 찢었더라." 〈열왕기하〉 23~24절 참조. '엘리아의 불수레'에 대해서는 〈열왕기하〉 2장 11절 참고.
7) 에테오클레스와 그 동생 폴리네이케스는 1년 간격으로 번갈아 테베를 다스릴 약속을 했으나, 시간이 지나도 동생은 형에게서 왕국 통치권을 넘겨받지 못했다. 그래서 폴리네이케스가 아르고스 왕에게 가 그 딸을 아내로 맞아 군사를 이끌고 테베를 포위한다. 결국 이들 형제는 다 같이 전사를 하여 장작 위에서 함께 불태워졌는데, 그때 불꽃 끝도 둘로 갈라졌다고 한다.

스승이 대답했다. "저 속에서 벌을 받는 자는
오디세우스와 디오메데스이다. 둘은 같이 짜고
신의 노여움을 샀고, 신이 내리는 벌까지도 같이 받고 있다.[8]
불꽃 속에서 '트로이 목마'의 계략을 한탄하며 울고 있다.
그로 인해 문이 열리고 거기에서
로마의 고귀한 혈통이[9] 나왔다.
또한 사후에도 여전히 데이다메이아가[10] 아킬레우스를 생각하며
상심하고 있는데, 그 술책도 불 속에서 후회와 눈물의 씨가 되었다.
게다가 팔라디온 상[11] 때문에도 벌을 받고 있다."
"만약 그들이 저 불 속에서도 말할 수 있다면."
하고 내가 말했다. "스승님 꼭 부탁합니다.
이 부탁은 천 번에 한 번의 부탁이니
저 끝의 뾰족한 불꽃이 여기 올 때까지
내가 기다리는 것을 막지 말아 주십시오.
'이야기 듣기가' 간절하여 나도 모르게 불 쪽으로 몸이 기우뚱해집니다."

그러자 스승이 말했다. "아주 기특한
부탁이구나. 그래, 들어줄 테니
너는 다만 말을 삼가도록 해라.
내가 대신 이야기하마. 네가 듣고 싶은 것은
내가 다 알고 있다. 저들은 그리스인이니
네 말은 고작해야 멸시나 당할 뿐일 게다."[12]

---

8) 오디세우스와 디오메데스의 혼이 붉은 혓바닥 모양의 불꽃에 싸여 있는 것은, 생전에 제멋대로의 언사로 남을 부추기고 그 말재주로 나쁜 짓을 선동한 데에 대한 벌인 것이다.

9) 트로이 함락 때 아이네이아스가 그곳에서 탈출하여 로마 건국의 시초가 되었다.

10) 스키로스의 공주 데이다메이아는 아킬레우스의 연인으로 그와 함께 지내고 있었으나, 그를 트로이 전쟁에 끌어들이려는 오디세우스가 술책을 부려 그와 헤어지게 되었다. 그러자 아킬레우스와의 사이에선 아이까지 낳았던 데이다메이아는 이별의 슬픔을 못 이겨 자결한다.

11) 트로이가 팔라디온(아테나) 상을 가지고 있는 한 멸망하지 않는다는 전설이 있었으므로, 오디세우스와 디오메데스가 권모술수를 부려 그것을 훔쳐냈다.

12) 단테는 그리스어를 할 줄 몰랐기 때문에, 베르길리우스가 그를 대신하여 그리스의 영웅에게

불꽃이 다가와
시간과 거리가 적당하다고 느꼈을 때
스승이 다음과 같이 말하는 것을 나는 들었다.
"오, 너희들, 둘이 같은 불 속에 있는 자들이여,
만약 내 생전 너희들에게 도움이 되었다면,
만약 내가 지상에서 드높은[13] 시를 썼을 때
다소나마 너희들에게 도움이 되었다면,
누구든지 한 사람 움직임을 멈추고 가르쳐 다오.
정처 없이 어디를 헤매다가 죽었느냐."

옛 불꽃인 큰 쪽의 불꽃[14]이
신음하며 몸을 흔들기 시작했다.
마치 바람에 나부끼는 불꽃 같았다.
그리하여 불꽃 끝을 이리저리 내두르며,
마치 무엇인가를 말하는 혀처럼
밖으로 소리를 내어 말했다.
"아직 아이네이아스가 가에타[15]의 이름을 짓기 전에
그곳에 나를 1년 이상이나 붙잡아 두던
키르케[16]의 곁을 내가 떠났을 때,
자식에 대한 마음도, 늙은 어버이에 대한 생각도,
아내 페넬로페를 행복하게 해 줘야 하는
남편의 임무와 사랑도,
이 내 속에 있는 세상을 알고

그리스어로 물어보겠다는 것이다.
13) 베르길리우스는 그들을 《아이네이스》에서 드높게 읊고 있다.
14) 큰 불꽃 쪽은 오디세우스이다.
15) 가에타라는 지명은 아이네이아스가 그의 유모인 가에타의 이름을 따서 붙인 것이다. 로마와 나폴리 사이에 있다.
16) 키르케(Circe)는 마법사의 딸로서, 오디세우스 일행을 돼지로 변신시켰다. 오디세우스는 그녀 곁에 오랫동안 머물렀다.

인간의 악과 인간의 가치를 알고자 하는

격정에는 이길 수가 없었다.

그래서 나는 대양을 향해 나섰다.[17]

조그만 배 한 척과 언제나 나를 따르는

마음 통하는 친구들을 데리고.

지중해의 북안도 남안도 보았다.

에스파냐도 모로코도 사르데냐섬도,

그 밖에 바다에 잠긴 수많은 주위의 섬들도.

나와 동료가 늙어서 뱃길은 더디었지만

좁은 '지브롤터' 어귀에 당도할 수 있었다.

여기에 헤라클레스가 말뚝 두 개를 박은 것은[18]

사람이 더 이상 가서는 안 된다는 표지[19]라 한다.

오른쪽으로는 세빌리야가 멀어지고,

왼쪽으로는 벌써 세타[20]가 보이지 않게 되었다.

'제군', 나는 말했다. '수많은 위험을 무릅쓰고

제군은 세계의 서쪽 끝에 왔다.

이미 여생이 얼마 남지 않은 그대들이

그 짧은 저녁나절의 한때를 아끼는 나머지

햇빛이 비치지 않고 사람도 없는 세상을 탐색하려는

---

17) 오디세우스는 그리스 서사시에 묘사된 운명적인 영웅이라기보다, 오히려 초기 르네상스의 발
생지인 피렌체시에 태어난 파우스트적인 심정의 소유자라 할 수 있을 것이다. 특히 이 단테
의 시구에서 볼 수 있는, 저 미지의 세계로 출항해 가는 자의 격렬한 탐구심은 인간의 자기
형성이라는 형이상학적인 의미에서 후세 사람들의 흥분과 정열을 불러일으켰다. 빅토리아
시대의 시인 테니슨도 "이 혼은 지는 별처럼 인간 사상의 극한 저편으로 지식을 구하여 바라
며 동경한다."고 그의 《율리시스》에 쓰고 있다.

18) 지브롤터 해협의 양쪽 기슭에 있는 높은 바위산을 가리킨다.

19) 콜럼버스의 항해 이전 지브롤터 해협 바위산에는 'NON PLUS ULTRA(더 이상 나아가지 말지
어다)'라고 씌어져 있었으나, 그의 아메리카 대륙발견 이래 그 NON이 지워지고 'PLUS
ULTRA(더 앞으로 나아가라)'로 바뀌었다고 한다. 《신곡》은 희망의 항로가 개척되기 200년 전
에 쓰인 시로, 단테의 시구에는 대항해 시대를 예언하는 울림이 담겨 있다고 할 수 있다.

20) 세타(Setta)는 '체우타'라고도 하며, 지브롤터 해협의 모로코에 있는 에스파냐 영토.

이 체험에 참여하지 않으리라고는 생각지 않는다.

제군은 제군의 생을 생각하라.

제군은 짐승 같은 생을 보내기 위하여 태어난 게 아니다.

제군은 지식을 구하고 덕에 따르기 위해 태어난 것이다.'

나의 동료들을 이 짧은 연설로

격려하고 난 후엔 앞을 다투어 서두르는 그들을

진정시키느라 도리어 시간이 걸렸다.

그리하여 뱃머리를 동쪽으로 돌리고[21]

노를 날개 삼아 미친 듯이 질주해

계속 왼편으로, 왼편으로 남하했다.

밤이 되면 벌써 남반구의 별들이 차례차례 보이기 시작했다.

이윽고 북극성은 낮아져

바다 위에 돋지 않게 되었다.

우리가 대양에 나선 이래

달이 다섯 번 차고,

또 다섯 번 기울었다.[22]

그때 아득한 저편에 갈색 산[23] 하나가

나타났다. 일찍이 본 일이 없을 만큼

그 산은 높았다.

우리는 기뻤으나 기쁨은 곧 탄식으로 변했다.

이 미지의 땅에서 회오리바람이 일어나

뱃머리 한 모서리에 부딪혀

세 번이나 물벼락 속에 배를 돌리더니,

네 번째에 이르러 고물이 쳐들리며

신의 뜻에 따라 물속으로 배가 가라앉았다.

---

21) 동쪽에 있는 지브롤터 해협을 나와 뱃머리를 서쪽으로 돌려 이어서 아프리카 연안을 따라 왼편으로, 즉 남으로 남으로 내려가 이윽고 적도를 넘었다.

22) 항해가 다섯 달이나 계속된 셈이다.

23) 정죄산, 즉 연옥산일 것이다.

그다음 우리들 위에선 바다가 본래대로 해면을 닫았다."[24]

---

24) 단테는 오디세우스의 최후 모습을 이같이 묘사했다. '동료를 격려하는 오디세우스는 단테 자
신의 일면이다. 단테에 의한 이 오디세우스의 상은 죄 많은 모습일지 모르나, 그것은 숭고한
죄이다. 아마도 그리스의 서사시나 그리스의 비극 속의 오디세우스보다도 위대한 모습이라
할 수 있을 것이다.'(크로체 《단테의 시》).

제27곡

그 불꽃이 잠잠해지자 그 뒤를 따르던 불꽃이 소리를 낸다. 구이도 다 몬테펠트로가 단테에게 로마냐의 정세를 묻는다. 대답을 들은 뒤 그는 단테의 물음에 대한 답으로 자기 신세와 죄악에 빠진 경과를 이야기한다. 그는 권모술수를 써서 교황 보니파시오 8세에게 조언을 했기 때문에, 죽은 뒤 성 프란체스코가 마중을 와 주었는데도 결국은 검은 천사에게 끌려 지옥으로 와 제8옥에 떨어진 것이었다.

불꽃은 잠잠해지더니 곧게 조용히 탔다.
그리고 상냥한 시인의 승낙을 얻어
우리들 곁을 떠났다.
그때 그 뒤를 따라온 불꽃이
그 속에서 분명치 않은 소리를 냈다.
우리는 눈을 그 불꽃 쪽으로 돌렸다.

시칠리아에는 고문용 소[1]가 있었는데,
줄로 갈아 그것을 만든 자가
당연히도 먼저 그 속에서 들어가
비명을 지르며 신음했다.
구리로 된 그 소의 울음은
고문을 당하는 자가 소리칠 때마다

---

1) 아테네 사람인 페릴루스가 시칠리아 왕 팔라리데를 위해 만든 구리로 된 고문용 암소이다. 그 속에 죄인을 넣고 달구면 죄인의 외침이 마치 암소의 울음소리처럼 들렸다고 한다. 왕은 제일 먼저 페릴루스를 희생자로 삼아 이 고문기구를 시험해 보았다.

고통 때문에 몸이 에는 듯이 들렸다 한다.

그와 마찬가지로

불속에서 나올 길도 입구도 없는

한 많은 갖가지 말은 불타는 소리로 변하고 있었다.

불꽃 끝에 숨결이 통하자마자

그것은 혀끝 같은 떨림을 띠고

분명히 "오, 여보게," 하며 말했다.

"나는 자네를 부르고 있네.

자네는 방금 롬바르디아 말[2]로

'이젠 가거라, 더 이상 묻진 않겠다'라고 말했다.

내가 여기 온 것이 어쩌면 너무 늦었는지는 모르나

상관없다면 걸음을 멈추고 나와 이야기하고 가 다오.

나[3]는 상관없네. 불길에 타고 있기는 하나

만약 자네가, 내가 온갖 죄를 범하던

저 아름다운 라틴 땅[4]에서

지금 이 어두운 세계로 떨어져 왔거든

나에게 말해 다오. 로마냐는 평화로운지 싸우고 있는지.

나는 그 나라 사람이다. 우르비노와

테베레강이 원천을 이루는 산으로 둘러싸인 곳에서 살았다."

나는 아래쪽으로 몸을 구부린 채 귀를 기울이고 있었는데,

그때 길잡이가 내 옆구리를 팔꿈치로 찌르며 말했다.

"네가 말해 봐라, 이자는 라틴 사람이다."

---

2) 베르길리우스는 롬바르디아의 만토바 사람으로, 원문에는 그 지방 사투리가 그대로 쓰였다.

3) 구이도 다 몬테펠트로이다. 그의 아들 부콘테 다 몬테펙트로는 〈연옥편〉 5곡의 주인공으로
  나온다. 그의 자손이 15세기 당시의 르네상스 이탈리아에서 최대의 명장 명군으로서 알려진
  우르비노의 페데리고 다 몬테펙트로이다.

4) 이탈리아를 일컫는다.

그래서 나는 대답은 이미 생각하고 있었으므로
서슴지 않고 말했다.
"오, '불꽃'에 싸인 혼이여,
자네의 조국 로마냐를 지난번 내가 떠났을 때
그곳에 공공연한 싸움은 없었다. 하지만 예나 지금이나
폭군들의 가슴속에는 싸움이 없었던 예가 없다.
라벤나[5]의 모습은 몇 년 전과 다름이 없다.
폴렌타의 독수리[6]가 그를 풀어 주고,
또 체르비아[7]도 그를 그 날개로 감싸주고 있다.
전에 오랜 저항을 거듭하여 프랑스군을 학살하고
피투성이 무덤을 쌓은 도시는
지금 또다시 푸른 발톱[8] 아래 놓여 있다.
몬타냐를 사악하게 다스린
베루키오의 맹견 부자[9]가 함께
아직 그곳에서 이빨을 갈고 있다.
라모네와 산테르노의 도시들[10]
여름부터 겨울에 걸쳐 몸을 뒤치는
하얀 집의 새끼 사자[11]가 다스리고 있다.

---

5) 라벤나(Ravenna) : 단테의 무덤이 있는 곳이며, 그가 유랑 생활 끝에 마지막 생을 보낸 곳이다. 당시 라벤나의 영주는 폴렌타였으며, 단테를 보호해 주었다.
6) 폴렌타 가(家)는 문장으로 독수리를 사용했다.
7) 체르비아(Cervia) : 당시 라벤나에 속하며 폴렌타가 지배하고 있었다.
8) 피투성이 무덤을 쌓은 도시는 포를리이며, 이곳은 당파 갈등으로 인해 1282년 마르티루스 4세의 군대와 전쟁을 치렀다. 당시 구이도 다 몬데펠트로는 포를리를 승리로 이끌었다. 푸른 발톱이란 14~15세기 포를리와 그 주변 지역 도시를 통치하던 귀족 오르델라피 가문의 문장이다.
9) 베루키오의 맹견 부자는 13~16세기에 리미니 지방을 다스렸던 말라테스타 가문의 말라테스타 다 베루키오와 그의 아들 말라테스티노를 지칭한다. 말라테스타 다 베루키오는 〈지옥편〉 5곡에 등장하는 프란체스카의 시아버지이다.
10) 라모네 강줄기에 있는 파엔차, 산테르노호가 있는 이몰라를 가리킨다.
11) 하얀 집의 새끼 사자에 대해서는 〈연옥편〉 14곡 참조.

그리고 사비오강이 그 변두리를 흐르는 도시는,[12]
평야와 산악 사이에 자리 잡고 있는 것처럼
폭정과 자유의 나라 사이에 살고 있다.
그런데 자네는 누군가. 부탁이니 말해 다오.
다른 이들보다 더 고집 피우지 말라,
자네 이름이 이승에서 오래 빛나기를 빈다."
그러자 불꽃은 잠시 그 버릇대로 신음하며
혀끝을 이리저리 흔들고 나서
서서히 다음과 같이 한숨지으며 말했다.

"만약 내 대답이 이승으로 돌아가는 자의 귀에
조금이라도 들어간다면,
이 불꽃은 당장 흔들림을 멈출 것이다.
그러나 이 바닥에서는 일찍이 누구 하나
살아서 돌아간 자는 없다고 한다.[13] 그것이 사실이라면
오명을 남길 염려도 없으니 자네의 질문에 대답하겠다.
나는 군인이었고, 그다음엔 프란체스코회의 수도사였다.
이렇듯 허리띠를 매어 두면[14] 속죄가 될 줄 알았고,
사실 나의 믿음은 죄다 이루어졌을는지도 모른다.
그 저주받을 대성직자[15]가
나를 또 본래의 죄악으로 끌어들이지 않았던들 말이다.
왜냐, 어째서냐, 내 말을 들어 주기 바란다.
어머니로부터 받은 뼈와 살로 존재하는 동안,
내가 행한 일들은 모두
사자가 아닌 여우의 행동이었다.

---

12) 체세나를 가리킨다.
13) 불꽃 속의 구이도는 단테가 살아 있는 사람임을 모르지만, 다소 예감은 하고 있었던 것 같다.
14) 성 프란체스코파의 수도사들은 허리에 새끼줄을 두르고 다녔다.
15) 교황 보나파시오 8세를 가리킨다.

돌아가는 길도 질러가는 길도 환히 알고 있었고,

권모술수에 그토록 능한 나였기 때문에

그 이름은 방방곡곡에까지 퍼졌다.

그러나 나도 나이가 들어

인생의 돛을 내리고

닻줄을 끌어올릴 시기가 되니,

전에는 재미있어하던 일이 그때는 무거운 짐이 되었다.

그래서 나는 뉘우치고 참회를 하여 머리를 깎았다.

아, 슬프도다. 구원될 희망이 있었건만!

새로운 바리새인 두목[16]은

라테라노 가까이에서 싸우고 있었는데,[17]

상대는 사라센인도 아니고, 유대인도 아니었으니.

그의 적은 모두 그리스도교였던 것이다.

아크리[18]를 탈취한 회교도도

회교도에게 무기를 판 상인도 아니면서

그는 자기 지위의 존엄성도 성직자라는 신분도,

또한 내 '수도사의 허리띠'마저도 돌아보지 않았다.

이 허리띠는 본래 난행고행을 쌓기 위해 매었던 것이건만,

콘스탄티누스가 시라티에 있던

교황 실베스테르에게 문둥병을 고쳐 달라고 청하듯이,[19]

그는 나를 스승이라 의지하고

---

16) 역시 교황 보니파시오 8세를 일컫는다.

17) 콜론나 가문 사람들과 라테라노(당시 교황이 기거하던 궁전으로 지금은 로마 시내)에서 싸웠던 것이다.

18) 아크리(Acri)는 십자군이 점거한 시리아의 도시로 1291년 회교도가 탈취했다. 이 전투를 마지막으로 그리스도교 세력은 더 이상 십자군 전쟁을 일으키지 않았다. 단테는 그리스도교로서 이에 위기의식을 품지만, 교황 보니파시오 8세는 자기의 세력 확장에만 마음을 쏟았다. 단테는 그것을 통분하는 것이다.

19) 이교도였던 황제 콘스탄티누스가 나병 때문에 고통을 겪다가 시라티의 산중 동굴 속에 있던 실베스테르로부터 세례를 받고 병이 나았다. 이에 보답하고자 대제는 그리스도교를 인정한다. 〈지옥편〉 19곡 참조.

그 교만의 열병을 고치고자 하였다.

그는 나에게 조언을 구했으나 나는 입을 다물었는데,

그것은 그의 말이 주정뱅이 소리로 여겨졌기 때문이다.

그러자 그가 다시 되풀이했다. '염려할 것 없다.

미리 자네 죄를 용서해 줄 테니 가르쳐 다오,

어떤 방법으로 페네스트리노[20]를 함락시켜야 하는가를.

자네도 알다시피 나는 천국의 문을

열 수도 있고, 닫을 수도 있다. 그래서 열쇠가 둘 있는 것이다.[21]

내 선임자는[22] 그 열쇠를 소중히 하지 않았다만.'

그러자 이 중대한 발언에 기가 눌려

나는 침묵을 지키는 게 오히려 나쁘리라 싶어 이렇게 말했다.

'교황님, 내가 지금 떨어져야 할 죄악에서

당신이 나를 씻어 주시니 '말씀드리지요'.

약속은 길게 해놓고 이행은 짧게 하시면,

당신은 교황의 자리에서 큰 성과를 거두실 것입니다.'

내가 죽었을 때 프란체스코가

마중을 왔다. 그러나 검은 천사[23] 하나가 그에게 말했다.

'데려가지 마라. 내 권리를 침범하지 마라.

이놈이 속임수를 조언한 이상,

하계에 있는 내 노예들 가운데 떨어지는 게 마땅하다.

그 이래 쭉 뒤따라 감시를 해 왔다.

뉘우치지 않는 놈은 용서받지 못하고,

뉘우침과 악의는 누가 보더라도 모순이니.'

---

20) 로마의 교외인 페네스트리노에 콜론나 가문의 집이 있었다.

21) 두 개의 열쇠에 대해서는 〈연옥편〉 제9곡 참조.

22) 교황의 지위를 버린 선임자 첼레스티노 5세에 대해서는 〈지옥편〉 3곡, 19곡 참조. 보니파시오 8세에 대해서는 〈지옥편〉 19곡 참조.

23) 악마 대왕에게 종사하는 것이 검은 천사이다.

양쪽이 함께할 수는 없다.'

아, 이 무슨 불행일까! 벌벌 떠는 나를 잡고
악의 천사는 '아마 너는
내가 이런 논리가인 줄은 몰랐겠지!'[24]
하더니 미노스에게로 끌고 갔다.
미노스는 여덟 번 그 딱딱한 등에 꼬리를 칭칭 감더니,[25]
분노한 나머지 그것을 물어뜯으며 말했다.
'이놈은 불꽃에 싸여 마땅한 죄인이다.'
그리하여 보다시피 나는 파멸하였고,
이렇듯 불옷을 입고 탄식하며 가는 것이다."

말을 마치자
불꽃은 고뇌 때문에 몸을 비틀며
뾰족한 끝을 나부끼며 떠나갔다.

나와 길잡이는 또다시 걸어서
바위를 따라 다음 다리 위에까지 왔다.
그 다리 밑은 이간질하여 벌 받은 자들이
그 속에서 죄 닦음을 하는 구렁이었다.

---

24) 원문의 ch'io loico fossi라고 하는 O, I의 발음은 빈정거리는 울림이 난다.
25) 미노스의 판결에 대해서는 〈지옥편〉 5곡의 첫머리를 참조.

제28곡

단테는 제8옥의 아홉 번째 구렁에 이른다. 거기서는 생전에 중상과 분열을 일삼은 자들이 응보의 형에 의해 몸이 두 동강 난 참담한 광경을 드러내고 있다. 그중에는 마호메트, 알리, 돌친 수사, 피에르 다 메디치나, 쿠리오 등이 있다. 죽지에서 두 팔이 떨어져 있는 것은 피렌체인 모스카이다. 영국 왕 부자를 서로 반목케 한 벨트란 드 보른은 목 없는 몸뚱으로, 베어진 자기 목을 마치 등불처럼 손에 들고 걸어간다.

제아무리 말 잘하는 이라 할지라도
내가 지금 목격한 피투성이 상처의 광경을
마음껏 표현할 수 있는 이 그 누구겠는가!
이만한 것을 파악하려면
사람의 말이나 두뇌로는 가능하지 않다.
그래서 아무래도 표현이 불충분해지고 마는 것이다.

숙명의 땅 풀리아[1]에서는 예로부터
피를 흘리고 괴로워하다 죽는 이가 많았다.
그곳에는 트로이인들[2]의 손에 죽거나,
정확한 리비우스의 역사서[3]에 씌어 있듯이

---

1) 풀리아(Puglia) : 이탈리아반도의 남부. 풍요한 땅이라 서로 차지하려는 싸움이 잦았던 곳이다. 단테는 〈연옥편〉 제7곡에서 풀리아를 나폴리 왕국으로 표현했다.
2) 아이네이아스를 따라온 트로이인.
3) 리비우스(Livius Titus) : 로마의 역사가(BC 59~AD 17). 그의 역사서에는 그릇됨이 없다고 단테 시대에는 믿고 있었다.

전리품 가락지가 산더미처럼 쌓인 오랜 싸움[4] 때문에 쓰러지고,

혹은 로베르토 구이스카르도[5]에 대항하다가

죽음의 고통을 맛본 사람들과,

또 풀리아인들이 모두 배반을 하여

늙은 아라르도[6]가 싸우지 않고 이긴 그곳

체페란과 탈리아코초[7] 부근에서 아직도

그 뼈를 드러낸 자들이 있다.

그러나 그런 전사자들이 모두 모여서

어떤 자는 꿰뚫린 몸통을

어떤 자는 끊어진 사지를 드러내 보였다고 할지라도

아홉째 구렁의 참상에는 미치지 못하리라.

테가 끊어진 술통이라 할지라도

내가 본 자만큼 두 동강 나 있지는 않았다.

그는 턱에서부터 방귀 뀌는 곳까지 찢겨 있었던 것이다.

다리 사이로 큰창자가 늘어지고,

삼킨 음식을 똥으로 만드는

더러운 주머니며 창자도 보였다.

내가 정신없이 그를 쳐다보고 있으려니

그도 나를 보며 두 손으로 가슴의 상처를 벌리고 외쳤다.

"자, 내가 내 몸을 어떻게 찢는가 봐라!

마호메트가 어떤 꼴인지를 봐라!

---

4) 한니발이 이끄는 카르타고군이 로마군을 무찌른 후, 전사한 로마군의 가락지를 모았더니 헤아릴 수 없이 많았다고 한다.

5) 노르망디의 용장이다. 11세기에 노르망디인은 시칠리아와 이탈리아 남부를 점거했다.

6) 샤를 앙주는 1266~1268년에 걸쳐 나폴리 왕국을 공격했다. 나폴리군은 그때 풀리아인들의 배신으로 베네벤토에서 패했으며, 왕 만프레디는 전사했다. 아라르도는 샤를 앙주의 참모.

7) 체페란(Ceperan) : 리라 부근의 지방으로 군사 전략상의 요지. 탈리아코초(Tagliacozzo)는 아브르조 지방의 도시. 1268년에서는 샤를 앙주와 신성로마제국의 코라디노 간의 전투가 있었다.

내 앞을 울며 가는 것이 알리[8]이다.
턱에서 이마의 머리털 난 데까지 얼굴이 두 쪽으로 갈라져 있다.
네가 여기서 보는 놈들은 모두 생전에
이간질을 일삼고 분열과 화근의 씨를 뿌린 자이다.
그래서 이렇게 쪼개져 있다.
악마 한 놈이 바로 뒤에 있는데, 그놈이
우리가 이 고통의 길을 한 바퀴씩 돌 때마다
이 무리 하나하나에
다시 칼날을 대고 잔혹 무참한 난도질 한다.
한 번 돌고 악마 앞에 이르기까지
상처가 모두 아물어 버리기 때문이다.
그런데 그 바위 위에서 코끝을 내밀고 있는 너는 누구냐?
고백하고 판결을 받았으나
그 형벌이 받기 싫어 망설이고 있구나."

"이 사람은 아직 죽지 않았다. 또 죄 때문에
벌을 받으러 온 것도 아니다." 하고 스승이 대꾸했다.
"다만 이자에게 충분한 견문을 쌓게 해 주기 위해
지옥의 여러 골짜기를 돌아서 이 아래까지
안내하는 것이 사자인 나의 임무이다.
이건 지금 내가 네게 말하고 있음과 같은 사실이다."

스승의 말을 듣자 백여 명의 망자가
구렁 속에서 모두 걸음을 멈추고
놀란 나머지 고통도 잊고 나를 바라보았다.

"그럼 너는 곧 태양을 볼 수 있겠구나.

---

8) 마호메트(Mahomet)는 이슬람교 창시자. 알리(Ali)는 마호메트의 사촌이자 사위로서 회교도 종
　파가 갈리는 원인이 되었다.

가서 돌친 수사⁹⁾에게 전해 다오. 곧 이리로
나를 쫓아올 생각이 없다면 군비를 갖추라고.
식량도 필요하다. 그렇지 않고는 눈에 둘러싸여
본래는 난공불락이던 성이
쉽사리 노바라의 군사에게 빼앗기고 만다."
걸어가려고 한쪽 발을 들고서
마호메트는 이렇게 나에게 말하곤
그 발을 땅에 내리 딛으며 떠나갔다.

---

9) 돌친(Dolcino) : 소유물과 나아가서는 여성의 공유까지 주장한 이단자. 그는 마르게리타라는 트
   렌토의 미모의 처녀를 '그리스도의 누이동생'이라 이름짓고, 1305년 무렵 5천여 명의 신도들
   과 함께 제벨로산 속에 웅거했다. 교황 글레멘스 5세가 보낸 십자군에 군사적으로는 패하지
   않았으나, 굶주림 때문에 1307년 3월 26일 항복했다. 돌친과 마르게리타 등은 같은 해 6월 2일
   화형에 처해졌다.

또 하나 목구멍이 뚫린 데다
코가 눈썹 밑까지 도려지고
귀가 한쪽밖에 없는 자가
딴 놈들과 함께 깜짝 놀라 이쪽을 보고 멈춰 섰다.
그리고 딴 놈들보다 먼저 목구멍을 열고 말했는데,
상처 주위는 온통 벌겋게 되어 있었다.

"오, 여보게, 죗값을 치르러 온 것이 아닌 자여,
나는 생전에 자네를 라틴(이탈리아) 땅에서 본 기억이 있다.
아니면 하도 닮아서 내가 잘못 본 것일까.

기억해 주게, 피에르 다 메디치나[10]를,
만약 자네가 언젠가 베르첼리[11]에서 마르카보[12]에 이르는
아름다운 평야를 다시 볼 기회가 있거들랑.
그리고 파노[13]의 착한 두 신사,
구이도와 안지올렐로[14]에게 전해 주게.
이곳 '지옥'에서의 예견이 틀림없다면,
그 두 분은 불성실한 폭군에게 배반당하고
배 밖으로 내던져져 카톨리카[15] 가까이서
추와 함께 바다에 잠기게 될 것이라고.
키프러스섬과 마요르카섬[16] 사이 '지중해'에서
해적이든 그리스 사람이든 이런 큰 죄를

---

10) 피에르 다 메디치나(Pier da Medicina) : 정확한 신원은 알려지지 않은 인물. 그는 로마냐의 각
    지방의 영주들 사이에 반목과 불화를 조장한 것으로 여겨진다.
11) 베르첼리(Vercelli) : 이탈리아 북부 피에몬테 지방의 도시.
12) 마르카보(Marcabo) : 포강 강가의 요새.
13) 파노(Fano) : 페사로와 우르비노의 리미니 인근의 작은 도시.
14) 구이도(Guido)와 안지올렐로(Angiollo) : 파노 지방의 귀족.
15) 카톨리카(Cattolica) : 아드리아해 연안에 있는 도시.
16) 키프러스(Kypros)섬은 지중해 동쪽 끝에 있고, 마요르카(Mallorca)섬은 지중해 서쪽 끝에 있는
    에스파냐령이다.

저지를 예는 바다의 신도 본 적도 없다.
그 애꾸눈의 배신자는[17] '리미니'의 땅을 차지하고 있다.
—그런 땅을 보지 말았더라면 좋았을 걸 하는 자가
또 하나 여기 내 곁에 있다.
그 배신자는 교섭한답시고 두 분을 불러들이겠지만
포카라[18]산을 보고 뱃길이 무사하기를 빌기 전에
두 분 다 그의 손에 죽고 말 것이다."

그래서 내가 말했다. "여보게, 만약 자네 소식을
지상에 전해 주기 바란다면 가르쳐 주게,
그 땅을 본 걸 괴롭게 뉘우치고 있는 자가 누군가?"

그러자 그는 동료 하나의 턱에 손을 대고
그 입을 벌리고 소리쳤다.
"이놈이 바로 그놈인데 말을 못 한다.
'로마에서' 추방됐던 이자는, 주저하고 망설이는 카이사르를 선동했다.[19]
준비된 이상에는 기다리면 기다리는 만큼
반드시 손해를 본다고 했지."

아, 이 무슨 가엾은 꼴일까!
일찍이 대담한 말투를 쓰던 쿠리오는
혀가 목구멍에서부터 뽑혀 있었다.

---

17) 애꾸눈의 배신자는 '베루키오의 맹견 부자' 중 아들인 말라테스티노이다. 그는 구이도와 안지올렐로 두 사람을 리미니로 초대하고, 그들이 오는 도중에 수부들에게 명하여 카톨리카 바다에 빠뜨려 죽였다.

18) 포카라(Focara) : 파노와 카톨리카 사이에 위치한다. 항해가 어려운 곳으로, 구이도 일행이 이곳을 통과하기 전에 살해당했다.

19) 쿠리오는 폼페이우스, 키케로, 안토니우스의 친구였으며, 역시 친분이 있던 카이사르의 측근이었다. 그는 루비콘강을 건너기 전 망설이는 카이사르에게 도하하라고 설득했다. 루비콘강은 라벤나 근처에 있는 작은 강이다.

이어서 오른손도 왼손도 잘린 자가

그 잘린 곳을 암흑의 대기 속에 쳐드니,

거기서 피가 뚝뚝 떨어져 그자의 얼굴을 더럽혔다.

그자가 외쳤다. "모스카[20]도 기억해 둬라.

그는 경박하게도 '일이 성사되면 그것으로 끝난다'고 했었지.

그것이 그만 토스카나 사람들에게 화근의 씨를 뿌렸다."

내가 덧붙였다. "그리고 자네 가문 멸망의 씨도."

이 말을 듣자 사나이는 미친 듯이 괴로워하며

아픈 마음에 고통을 더하여 떠나갔다.

그러나 나는 멈추어 서서 계속 그 무리를 바라보았다.

이 눈으로 똑똑히 본 것이 아니라면 말하기조차 꺼려지는

무서운 광경이었다.

오직 양심만이 나의 지주이다.

양심이라는 것은 사람의 좋은 반려로서

자신의 결백한 자각이 자기를 스스로 든든하게 한다.

분명히 이 눈으로 보았고, 또 지금도 눈앞에 떠오른다.

목 없는 자 하나가

불쌍한 일행에 끼어서 걸어오는 모습이.

그 몸통이 잘려진 제 목의 머리털을 움켜잡고

마치 등불처럼 들고 간다.

그 목이 우리를 보고 "아아." 하고 탄식했다.

자기가 자기를, 자신을 위한 등불로 삼고 있다.

둘이 하나이고, 하나가 둘인 것이다.

---

20) 모스카(Mosca deo Lamberti) : 단테가 만나고자 원했던 모스카가 자기 쪽에서 이름을 대고 나
선 것이다. 그는 아미테이 가문의 사람을 부추겨서 아미테이 가문의 처녀와 약혼을 어긴 부
온델몬테를 죽이게 했다. 이로써 복수는 꼬리를 물고 일어나 전 도시가 황제당과 교황당으
로 나뉘어 분쟁이 가열되었다.

그것이 어떻게 가능한 것인지는 그리 명한 분만이 아신다.
그는 바로 다리 밑에 접어들었을 때
우리들 귀에 목소리가 잘 들리게끔
팔을 목과 함께 높직이 쳐들었다.

"자, 보아라, 이 신랄한 형벌을.
너는 숨을 쉬면서 죽은 자들을 보고 돌아다니는데,
이보다 더 끔찍한 벌이 달리 있겠는가 잘 보아 둬라.
내 소식을 네 세상에 전해 줄 걸 바라고 말한다.
나는 젊은 국왕에게 사악한 암시를 준
보르니오의 베르트람²¹⁾이다.
나는 아비와 그 아들을 등지게 하였다.
능란하게 나쁜 짓을 선동한 아히도벨²²⁾도
다윗과 압살롬의 사이를 이렇게까지 갈라놓지는 못했다.
맺어진 사람들을 이렇게 둘로 갈랐기 때문에,
나는 내 골통을, 몸통 안의 그 시작으로부터 갈라
이렇듯 손에 들고 다닌다.
이것이 나에게 적용된 응보의 이치이다."

<hr />

21) 보르니오의 베르트람(Bertram de Bornio) : 프랑스의 페리고르 귀족 출신. 그는 영국 왕 헨리 2
  세(1133~89)의 왕자에게 부왕에 대한 반역을 권유했다.
22) 아히도벨은 다윗 왕의 의관(醫官)으로, 압살롬을 꼬드겨 부왕인 다윗을 암살케 하려 했다.

제29곡

단테는 베르길리우스로부터 숙부인 제리 델 벨로에 대한 이야기를 듣는다. 길잡이에게 재촉을 받고 그는 돌다리를 지나 제8옥의 열 번째 구렁을 본다. 이 마지막 구렁에서는 온갖 병으로 고통을 당하는 사람들이 몸부림을 치고 있는데, 그중 옴이 옮아 몸부림치는 연금술사 그리폴리노가 신세타령을 한다. 또 가짜 돈을 만든 카포키오는 시에나인의 허영심을 비꼰다.

많은 무리와 또 전대미문의 상처를 봄으로
눈앞이 몽롱해져
그 자리에 서서 울고만 싶은 심정에 사로잡혔다.
그러자 베르길리우스가 말했다. "무얼 보고 있나?
왜 너는 비참하게 몸뚱이가 잘린
골짜기의 망자들만 보고 있는 것이냐?
다른 곳에선 그리하지 않았다.
망자의 수를 세어 볼 셈이라면
골짜기의 둘레가 22마일이나 되는 걸 생각하거라.
달은 이미 우리 발밑에 있고
우리에게 허락된 시간은 이제 얼마 남지 않았는데,[1]
네가 꼭 보아야 할 게 아직도 남아 있으니."
그래서 내가 대답했다. "내가 왜 넋을 잃고 보고 있는지

---

[1] 이 지옥 여행은 성 금요일 해 질 녘부터 성 토요일 해 질 녘까지 24시간에 걸쳐 행하여진다. 〈지옥편〉 제20곡 주 15에서 보았듯이 지금은 만월의 다음 날이다. 만월의 한밤중에 달은 하늘 꼭대기에 있고, 그다음 날 정오에는 하늘 밑, 즉 발밑에 있다. 그러므로 현재의 시간은 성 토요일 정오에 가까우며, 앞으로 남은 시간은 6시간이다.

그 까닭을 생각해 주셨다면, 아마
내가 좀 더 머무르도록 허락해 주셨을 겁니다."
스승은 벌써 떠나기 시작했다. 나는 스승의 뒤를 따라가면서
그렇게 대답하고 다시 덧붙였다.
"이제까지 내가 주시하고 있던
저 골짜기 속에서 내 친척 하나가
무서운 보상을 치러야 할 죄 때문에
울고 있을 게 틀림없습니다."

그러자 스승이 대답했다. "이제부터는
그를 걱정해서 마음 상하지 않도록 해라.
다른 일을 생각하고 그는 잊어버려라.
아까 내가 다리목에서 보았더니
그놈은 너를 손가락질하며 위협하고 있었다.
모두 그를 제리 델 벨로[2]라고 부르는 걸 들었다.
그러나 그때 너는 알타포르테의 옛 영주[3]에게
완전히 정신이 쏠려
그쪽을 돌아보지 않았다. 그래서 그는 가 버렸다."

"아, 스승님, 그의 저 처참한 죽음은," 내가 말했다.
"집안 친척들의 치욕임에도,
그 누구도 보복하지 않았습니다.
아마 그래서 나를 보고 성을 내며
말도 하지 않고 가 버렸을 겁니다.
그러니까 더욱 불쌍한 생각이 드는군요."

---

2) 제리 델 벨로는 단테의 할아버지인 벨린치오네의 아우 벨로의 아들로, 단테의 숙부이다. 그는
   피렌체 집안에 의해 살해되었는데, 그의 조카들이 30년 뒤에 복수를 함으로써 양 가문이 복
   수의 꼬리를 무는 원한 관계가 되었다.
3) 단테가 정신을 팔고 있던 알타포르테의 옛 영주는 보르니오의 베르트람이다.

이렇게 이야기하면서 돌다리를 지나
다음 골짜기가 보이는 곳까지 왔다.
거기서는 빛만 있으면 골짜기 밑이 환히 보였을 것이다.
우리가 말레볼제의 마지막 굴 위에 와서
거기 갇힌 자들이
우리 눈앞에 나타났을 때,
괴상한 비명이 나를 향해 화살처럼 날아왔다.
그것은 쇠 대신 가련함으로 만들어진 화살이었기에
나는 무의식중에 두 손으로 귀를 막았다.

7월에서 9월에 걸쳐 발디키아나와
마렘마, 사르데냐에서 생기는
온갖 질병을 모두 합쳐 한 골짜기에 채운다면,[4]
고통이 이쯤 될 것 같았다.
썩은 시체에서 고약한 냄새가 올라오니
참상이란 실로 바로 이것이었다.

우리는 긴 돌다리의 마지막 벼랑을
언제나처럼 왼쪽으로 내려갔다.
그러자 시야가 한층 더 또렷해졌다.
그 골짜기 밑에서 높으신 주께 종사하는
정의의 여신이 이승에서 죄의 장부에 적어 두었던
위조자들[5]에게 벌을 주고 있었다.

아이기나섬[6]에서 사람들이 모두 병으로 누웠을 때

---

4) 세 곳 모두 여름에 하천이 넘쳐 늪지로 변하는 곳이기 때문에 전염병이 잘 발생하는 곳이다.
5) 문서나 화폐 위조, 또는 연금술을 행한 자들을 말한다.
6) 아이기나(Aigina)섬 : 그리스 신화의 여신 아이기나의 이름을 딴 그리스의 한 섬. 남편 유피테르가 아이기나와 놀아나는 것에 분노한 여신 유노가 섬에 전염병을 퍼뜨려, 아이기나와 그녀

독기가 공중에 가득 차
짐승은 물론이요, 작은 벌레에 이르기까지
모두 픽픽 쓰러졌다.
시인들 말에 의하면 먼저 살았던 백성들은 그 후
개미알에서 소생했다고 한다.
그러나 그때의 비참했던 광경도 이 어두운 골짜기에서
다 죽어 가는 망자들이 겹겹으로 포개진 채 쓰러져 있는 광경에는
도저히 못 따를 것이다.
어떤 자는 엎드리고, 어떤 자는 반듯이 눕고,
어떤 자는 남의 위에 모로 눕고, 어떤 자는
비참한 길을 네 발로 엉금엉금 기어서 간다.
우리는 일어나지도 못하는 병자들을
바라보며 그 신음을 들으면서
한 발 한 발 말없이 걸었다.
머리끝에서 발끝까지 얼룩덜룩 부스럼투성이인 두 사내가
'까맣게 탄' 밑바닥과 밑바닥을 맞대고 끓는 두 개의 냄비처럼
서로 등을 기대고 앉아 있는 것이 보였다.
주인이 기다리고 있으므로 '급히'
말에 빗질하는 마부도,
밤샘은 질색인 듯 '조급히' 구는 사내도,
이 두 사람이 못 견디게 가려운 나머지
미친 듯이 화난 것처럼
손톱으로 온몸을 긁어 대는 모양에는 따라갈 수가 없으리라.
손톱으로 옴딱지를 긁는 꼴은
잉어 같은 물고기의 큼직한 비늘을
식칼로 긁어내는 것과 같았다.

가 남편과의 사이에서 낳은 아들 아이아코스만 남겨놓고 사람과 가축 모두를 죽게 했다. 그러
던 어느 날 나무 위로 기어오르는 개미 떼를 본 아이아코스가 아버지에게 백성들을 보내달라
고 기도를 했고, 곧 나무를 기어오르던 개미들이 사람으로 변신하여 섬을 가득 메웠다.

"오!" 하고 길잡이가 그 하나를 보고 말했다.
"손가락으로 부스럼딱지 홑옷을 벗기며
때로는 손가락을 집게 삼는 자여,
이 구렁에 이탈리아인이 누구 없는지
가르쳐 다오. 네 손톱이 언제까지나 길어서
네게 도움이 되도록 빌 테니까."
"보시다시피 여기서 이렇듯 얼굴 꼴은 변했지만 우리는
둘 다 이탈리아인이오." 하나가 울면서 대답했다.
"우리의 신분을 묻는 당신은 누구요?"

길잡이가 말했다. "나는 여기 아직 살아 있는 이자에게
지옥을 보여 줄 생각으로 함께
옥에서 옥으로 내려온 자이다."

그러자 서로 기대고 있던 자들이 떨어지더니,
길잡이의 말을 우연히 들은 자들과 함께
모두 내 쪽을 돌아보았다.
스승은 상냥하게 나에게로 몸을 돌리고 말했다.
"더 묻고 싶은 게 있거든 저들에게 물어봐라."
그래서 나는 스승이 시키는 대로 입을 열었다.
"자네들의 추억이 이승 사람들의 머릿속에서
사라지는 일 없이
긴 세월에 걸쳐 전해지기를 바라니,
자네들이 누구이며, 어디 사람인지를 말해 다오.
자네들이 추하고 괴로운 형벌을 받고 있다는 이유로
통성명하는 것을 꺼리거나 하지는 말아 다오."

"나는 아레초 출신이다." 하나가 대답했다.[7]
"시에나의 알베로[8]가 나를 불 속에 처넣었다.

그러나 그 이유로 여기 떨어진 것은 아니다.
내가 농담으로 '하늘을 나는 재주를 부릴 수 있습니다'
라고 한 것은 사실이다.
그랬더니 호기심은 많으나 상식이 부족한 그놈이
그 재주를 보여 달라고 나에게 강요했다.
내가 그놈을 다이달로스[9]처럼 날게 하지 못한 까닭에
그놈은 저를 자식처럼 여기는 자[10]를 시켜 나를 불태워 죽였다.
그러나 열 개 중 맨 마지막 구렁에는

---

7) 아레초 출신의 연금술사 그리폴리노(Griffolino)를 말한다.
8) 시에나(Siena)의 귀족 알베로(Albero)가 그리폴리노를 화형시킨 것이다.
9) 다이달로스는 크레타의 장인(匠人)이자 이카로스의 아버지이다. 밀랍으로 날개를 만들어, 그
   것을 자신과 아들의 어깨에 붙이고 날아올라 크레타 왕궁의 미궁에서 탈출한다. 그는 살아서
   시칠리아로 가나, 이카로스는 너무 높이 날아올라서 밀랍이 녹아떨어져 죽는다.
10) 시에나의 주교를 일컫는다.

이승에서 연금술을 부렸기 때문에
틀림없는 미노스의 판결로 오게 되었다."

그래서 내가 시인에게 말했다. "도대체 시에나인들처럼
허영심 많은 사람들이 또 있었을까요?
프랑스인도 거기에는 도저히 못 따라갈 것입니다."

그러자 내 말을 듣고 있던 또 하나의 문둥이[11]가
나를 보고 대꾸했다. "스트리카[12]는 예외일 것이다.
그놈은 알뜰하게 돈을 아낄 줄 알았어.
니콜로도 달라, 정향나무의 씨가 뿌리내린 '시에나'의 동산에
그 사치스러운 효능을 최초로 발견한 자이다.[13]
그리고 예의 그 무리[14]도 다르다.
카치아 다쉬안은 삼림과 포도원을 팔아먹고
압발리야토는 그의 재주를 과시했다.
그러나 이렇게 시에나인의 욕을 하여
너를 선동하는 놈이 누구인지 눈을 번뜩여
내 얼굴을 똑바로 찬찬히 봐 둬라.
알고 있겠지, 내가 바로 연금술로 가짜 돈을 만든
카포키오의 망령이다.
내가 잘못 본 것이 아니라면 너는 기억하고 있을 것이다.[15]
내가 얼마나 자연의 모방에 능한 원숭이였던가를."

---

11) 이하. '카포키오'는 시에나인의 허영심을 비꼬아 "그놈은 예외일 것이다." 하면서 차례차례 12
   명의 이름을 댄다.
12) 스트리카(Stricca) : 청빈했던 톨로메이의 인물이라는 설과 후에 등장하는 니콜로 살림베니의
   형제라는 설이 있다. 이하의 열거가 반어적인 표현으로 보아, 후자로 보인다.
13) 요리에 정향을 쓰기 시작한 사람이 니콜로이다.
14) 스펜데레치아의 떼거리. 낮잠으로 소일하며 사치를 일삼던 무리로, 부호의 아들 12명이 이에
   속했다. 카치아 다쉬안과 압바릴야토도 이 무리의 일원이었다.
15) 카포키오는 단테와 자연철학을 함께 공부한 것으로 알려져 있다.

제30곡

같은 골짜기의 같은 구렁에서도 딴 종류의 사기꾼이 미친 듯이 설치고 있다. 카포키오의 목덜미를 물고 끌고 간 것은 남의 유언장을 위조한 쟌니 스키키이다. 불륜의 사랑에 빠져 딴 사람처럼 가장하고 아비에게 접근했던 미라는 미친 듯이 뛰어다니고 있다. 브레이샤의 화폐 위조자인 마에스트로 아다모와 트로이에서 거짓 변명을 한 그리스인 시논이 서로 욕지거리하며 치고받고 있다. 그 싸움을 정신없이 보고 있는 단테를 베르길리우스가 꾸짖는다.

세멜레의 사건[1] 때문에 테베 사람들에 대해
유노가 분노하고, 그 노여움을
그들에게 풀고 있을 무렵이었다.
아타모스는 완전히 미쳐 버려
양손에 두 아들을 안고 가는
아내를 보고 외쳤다.
그물을 쳐라. 저기 저 길에서
암사자 한 마리와 새끼사자 두 마리[2]를 잡을 테다.
그러더니 가차 없이 손톱을 뻗어
레아르코스를 움켜잡고
휘둘러서 바위에다 메쳤다.

---

1) 이 사건은 그리스 신화에 근거를 둔 것이다. 유노는 자기 남편 유피테르(제우스)가 테베 왕 카드모스의 딸 세멜레와 놀아나는 것을 알고 테베인에게 복수하였다. 세멜레의 자매인 '이노'의 남편 아타모스가 뒤에 테베 왕이 되었고 아들 둘을 두었다. 그런데 이노가 세멜레의 아들 바쿠스를 함께 양육하자, '유노'의 분노를 사게 되어 두 사람 모두 미쳐버린다.
2) 암사자는 이노, 새끼사자들은 이노의 아들 레아르코스와 멜리케르테스.

그의 아내는 다른 한 아이와 '몸을 던져' 물속에 빠져 죽었다.
또 운명의 여신이, 두려움을 모르는
트로이인의 교만을 단번에 땅에 떨어뜨려
그 왕 '프리아모스'[3]도 패하고 그 나라도 패했을 때,
'왕비' 헤카베[4]는 비참하게도 사로잡힌 몸이 되어
'딸' 폴릭세네의 죽음을 보고
'아들' 폴리도로스[5]의 애처롭게 변한 모습도
바닷가에서 보게 되자
고통스러운 나머지 미쳐 버려
개처럼 울부짖었다.

테베의 미친 여자나 트로이의 미친 여자도
역시 잔혹해서
짐승과 사람의 몸뚱이에 상처를 입히기도 했다. 그러나
내가 본 창백한 두 나체의 망자만은 못했다.
그들은 물어뜯으면서 치달렸는데, 마치
굶주린 돼지가 우리에서 뛰쳐나온 것과 같았다.
그 하나가 카포키오에게 달려들어
목덜미를 물어 쓰러뜨리더니,
돌투성이 골짜기에 엎어뜨린 채 끌고 갔다.
남아 있던 아레초 놈이 벌벌 떨며
나에게 말했다. "저 미친놈이 쟌니 스키키[6]이다.

---

3) 프리아모스 : 파리스의 아버지. 트로이 전쟁 당시에 트로이 왕이었는데 전쟁에 패하고 살해되었다.
4) 헤카베(Hekabe) : 프리아모스의 아내. 전쟁에 지자 딸 폴릭세네와 함께 노예가 된다. 폴릭세네는 아킬레우스의 영전에 바쳐진다.
5) 폴리도로스(Polydoros) : 프리아모스와 헤카베의 아들. 전쟁에 패하자 그의 아버지 프리아모스는 그를 살리기 위한 방편으로 보물과 함께 트라키아를 보냈으나, 그 왕은 그를 죽이고 보물을 압수했다.
6) 쟌니 스키키는 피렌체의 카발칸티 가문의 한 사람이다. 시모네 도나티의 부탁을 받고서, 빈사 상태에 있는 부오소 도나티가 죽었을 때 그 시체를 숨기고 그의 자리에 드러누워, 부오소인

미쳐 날뛰며 저렇게 사람을 물어뜯고 있다."

"오!" 내가 말했다. "또 하나는 누구냐?
자네 등을 물어뜯지 말아야 할 텐데!
귀찮지 않거든 저놈이 멀리 가기 전에 이름을 가르쳐 다오."

그러자 사나이가 대답하기를 "저것은 발칙한
고대 키프로스의 왕녀 미라[7]의 망령이다.
아비에게 불륜의 사랑을 품어
아비와 죄를 저지르기 위해

―――――――――

체 공증인에게 시모네에 유리한 유언을 하였다. 특히 부오소 소유의 유명한 아름다운 암말이
시모네의 손에 들어가게끔 했다.
7) 미라(Myrrha) : 그녀는 욕정에 사로잡혀 몰래 아버지와 동침했다. 이를 안 왕이 죽이려 하자 달
아나다 '미르' 즉 몰약나무가 되었다. 오비디우스의 《변신 이야기》 10권 참고.

딴 사람으로 가장하여 찾아갔다.

마치 저기 달려가는 놈이

한 무리의 선두를 가는 여왕 '말'을 차지하기 위해

대담하게도 부오소 도나티인 양 유언을 하여

합법적으로 유언장을 만든 것과 똑같은 죄이다."

내가 물끄러미 눈으로 좇고 있던

미친 두 놈도 가 버렸기 때문에

나는 다시 시선을 혈통이 나쁜 다른 놈들에게로 돌렸다.

하나는, 만약 가랑이께에서

넓적다리가 잘려져 있었으면

비파 같은 모양이라고나 할 만한 사내였다.

심한 수종병에 걸려서 체액이 흡수되지 않아

사지가 부었다 빠졌다 해서

'말라빠진' 얼굴과 불룩한 배가 균형이 잡히지 않았다.

목이 타기 때문에 입을 벌리고

폐병쟁이처럼

윗입술은 위로 아랫입술은 턱 쪽으로 감아 붙이고 있다.

"오, 이유는 모르겠지만,

너희들은 벌도 받지 않고 이 지옥으로 온 것 같은데."

하고 그가 우리에게 말했다. "걸음을 멈추고 보아라,

마에스트로 아다모[8]의 이 비참한 모습을.

나는 생전에 필요한 건 뭐든지 가졌다.

그러나 아, 지금은 한 방울의 물조차 갈구해도 먹지 못한다.

카센티노[9]의 푸른 언덕에서

---

8) 마에스트로 아다모 : 로메나의 구이도 백작의 명으로 피렌체의 금화를 주조할 때, 금을 적게
  넣는 편법을 써 막대한 양의 금을 챙겼다가 발각되어 화형당했다.
9) 카센티노는 토스카나 동쪽에 있는 아름다운 지방으로, 폽피성이라든가 고메나성의 단테탑 등
  여러 유서 깊은 곳이 지금도 시인의 모습을 남기고 있다. 아르노강은 그곳에 원천을 두고 있다.

흘러내려 아르노로 들어가는 시냇물은
혹은 차가운 샘물이 되고, 혹은 늘 짙푸른 목장이 되어
늘 내 눈에 어른거린다. 거기에는 곡절이 있다.
병에 걸려 얼굴은 야위어 빠진 나이지만,
시냇물의 광경을 생각하노라면 병 이상으로 목이 탄다.
나를 처벌하기에 가차 없는 '주의' 정의는
내가 죄를 범한 장소를 이용하여
나에게 그만큼 더 한숨을 짓게 만드는 거다.
거기는 로메나이다. 그 땅에서 나는
세례 요한의 상이 새겨진 가짜 돈을 만들었다.
그 때문에 나는 지상에서 화형당했다.
그러나 나를 꼬드긴 구이도나 알렉산드로[10] 또는
그 형제들의 얄미운 망령을 만약 여기서 만날 수만 있다면,
브란다 샘물[11]을 못 먹는 한이 있더라도 난 상관없다.
여기를 돌아다니는 성난 망자들이 한 말이
사실이라면, 하나는 이미 여기 와 있다는 것이다.
그러나 수족이 말을 안 듣는 나에게 그 말이 무슨 소용 있겠는가?
내 몸이 조금만 더 자유로워
백 년에 한 치라도 앞으로 나갈 수만 있다면,
이 구렁의 둘레가 11마일,
넓이가 적어도 반 마일은 된다고 하지만
나는 길 위에까지 나서서
이 병신들 무리 속에서 기어이 그놈을 찾아내 보이겠다.
내가 이런 무리 속에 있는 것도 그놈들 때문이다.
놈들이 나를 꼬드겨 비금속이 3캐럿이나 섞인

---

10) 로메나의 백작 구이도 1세의 아들 구이도 2세와 그 아우 알렉산드로, 알렉산드로의 아내 카
  테리나 디 판토리니는 1316년에도 아직 살아 있었다. 구이도와 알렉산드르 형제는 아다모를
  꾀어 함량 미달의 금화를 주조하게 했다.
11) 카센티노 지방의 로메나 부근에 있는 샘.

피오리노 금화[12]를 만들게 한 것이다."

그래서 내가 그에게 물었다. "저기 저 고약한 두 사람은 누구인가,
자네 바로 오른편에 둘이 바싹 달라붙어 누워서 마치
겨울철 더운물에 담근 손처럼 김이 무럭무럭 나고 있는데?"

"내가 이 구렁에 떨어졌을 때," 하고 그가 대답했다.
"그때 벌써 여기 있었다, 움직인 예가 없다.
앞으로도 영원히 움직이지 못할 것이다.
하나는 요셉을 중상한 거짓말쟁이 계집이고,[13]
또 하나는 거짓말쟁이인 트로이의 그리스인 시논이다.[14]
몸속에서 열이 끓기 때문에 저렇게 악취를 풍기는 거다."

그러자 그중 하나가 이렇듯 나쁜 말을 듣고
아마 원통하게 여겼던지
다짜고짜 주먹으로 아다모의 딱딱하게 부른 배를 때렸다.
배가 퉁 하며 북 같은 소리를 냈다.
마에스트로 아다모도 지지 않고, 팔로
상대의 얼굴을 호되게 쳤다.

"내 몸이 무거워서
움직이지 못할망정
아직 이쯤은 칠 수 있다."
그러자 상대가 대꾸했다. "불로 들어갈 적에는

---

12) 피오리노 금화 : 피렌체의 금화.
13) 〈창세기〉 39장 6~23절에 있다. 계집은 보디발의 아내로, 요셉의 옷을 잡고 유혹했다. 요셉이
    옷을 벗어 버리고 밖으로 달아나자 큰 소리로 "나를 희롱하다가 달아났다."고 뭇사람들에게
    거짓 호소했다.
14) 시논(Sinon) : 그리스인으로, 트로이에 남아서 거짓말로 트로이인을 설득하여 목마를 성안에
    들여놓게 한 인물이다.

손이 굼뜨던 놈이
가짜 돈을 만들 때는 정말이지 그보다 훨씬 빨랐었다."[15)
수종병 걸린 자가 대꾸했다.
"이렇게 옳은 말을 하는 놈이
트로이에서 질문받았을 때는 왜 거짓을 고했느냐?
"나는 거짓말을 했으나 너는 가짜 돈을 만들었다.
나는 한 가지 죄 때문에 여기 떨어졌다. 하지만
너의 죄는 그 어떤 망자보다도 가지 수가 많다!"
"맹세를 저버린 놈이여, 목마의 사건을 회상하고,"
배가 퉁퉁 부은 자가 대꾸했다.
"고통을 받거라. 온 세상이 그것을 알고 있다!"
"갈증 때문에 마냥 고통을 받거라. 혓바닥이 갈라졌구나!"
하고 그리스인이 말했다. "썩은 물로써 실컷 고통받아라.
부른 배때기 때문에 바로 앞도 못 보는구나!"
그러자 가짜 돈 만든 자가 지지 않고 대꾸했다.
"네 놈의 아가리도 영원히 오한으로 갈라지거라.
하긴 내가 목이 타고 수종으로 몸이 부어 있긴 하지만,
네놈도 몸이 타고 대갈통이 아프니
너 역시 권유를 받으면 부지런히
나르키소스의 거울[16)]을 핥을 것이다."

정신없이 나는 두 놈이 싸우는 소리를 듣고 있었다.
그러자 스승이 말했다. "보고 싶거든 실컷 봐라.
그러나 그것도 적당히 해야지, 난 더 참을 수가 없다."
스승이 노기를 띠고 꾸짖는 소리를 듣고
부끄러워진 나는 스승 쪽으로 돌아섰다.
지금 생각해도 못 견디게 부끄럽다.

---

15) 가짜 금화를 많이 만들었다는 것을 가리킨다.
16) 나르키소스의 거울은 물 중에서도 맑은 물을 뜻한다.

저를 괴롭히는 꿈을 꾸면서
꿈속에서 그것이 꿈이길 바라는 것처럼,
있는 일을 전혀 없는 일이 되길 바라는
사람처럼 나는 되었다.
사과하려고 생각하면서도 말을 못 하고
실은 사과를 하고 있는데도 사과하지 않는 것 같았다.

"이보다 더 큰 실수를 저질렀다 할지라도,"
스승이 말했다. "너처럼 뉘우치지 않아도 된다.
그러니 쓸데없는 걱정은 하지 않아도 된다.
그러나 만약 또 싸움하는 자들에게로
우연히 간다면, 잘 기억해 둬라.
나는 언제든지 네 곁에 있다.
그런 걸 귀담아듣는 것은 마음씨가 천하기 때문이다."

제31곡

시인들은 뿔피리 소리에 인도되어 제9옥으로 향한다. 밤보다는 밝고, 낮보다는 어두운 시야 속에 탑 같은 것이 솟아 있는 게 보인다. 사실 그것은 제9옥 속에서 상반신을 드러내고 있는 거인들이다. 니므롯과 에피알테스가 미친 듯이 날뛰고 있다. 베르길리우스는 안타이오스의 자존심에 호소하여, 이 날뛰고 있는 거인의 손을 빌려 골짜기 밑으로 내려간다.

찌르는 듯 날카로운 말 때문에
나의 두 볼은 화끈거렸으나,
스승이 이번에는 위로의 말을 건네 주었다.
아킬레우스와 그 아비의 창[1]은
한 대 쳐서 사람을 상처 입히고 두 대 쳐 상처를 고친다더니,
마치 그러한 느낌이었다.

우리는 등을 처참한 골짜기 쪽으로 돌리고
한마디 말도 없이
골짜기 안쪽 벽을 에워싼 둑을 가로질러 갔다.
주위는 밤보다는 밝고 낮보다는 어두워
멀리까지는 보이지 않았다.
그러나 천둥소리도 못 따라갈 만한
뿔피리 소리가 울려 퍼졌다.
내 눈은 알지 못하는 사이에 소리 나는 쪽으로 달려,

---

1) 아킬레우스는 그의 아버지로부터 마력의 창을 물려받았다. 그 창에 찔린 상처는 다시 그 창에 찔려야 낫는다고 전한다. 오비디우스의 《변신 이야기》 제3권 참고.

양쪽 시선이 한군데로 쏠렸다.

샤를마뉴[2]가 싸움에 패하여

비통하게 패주한 뒤에도

오를란도의 뿔피리가 이처럼 무섭게는 울리지 않았다.[3]

그쪽으로 고개를 돌려 보니,

높은 탑 같은 것이 여러 개 우뚝 솟아 있었다.

내가 물었다. "스승님, 저 마을에 솟아 있는 것이 무엇입니까?"

그러자 스승이 말했다. "너는 어둠 속을

너무 멀리까지 보려 하므로

착각한다.

저기 가 보면 알게 되겠지.

아무튼 멀리서는 오관의 판단을 믿지 못한다.

그러니 좀 걸음을 서두르도록 해라."

그리고 다정히 내 손을 잡고 말했다.

"더 이상 앞으로 나가기 전에

네가 실물을 보고 기겁하지 않도록 미리

말해 두마. 저건 탑이 아니고 거인들이다.

어느 놈이고 모두 배꼽 아래쪽은 구멍 속에 틀어박혀

벼랑 안쪽 둘레를 삥 둘러싸고 있다."

안개가 걷히자

공중에 서린 수증기 속에 가려져 있던 것이

서서히 모습을 나타냈다.

---

2) 샤를마뉴(Charlemagne) : 카를로 마뇨라고도 한다. 프랑스의 무훈 서사시 《롤랑의 노래》에 의
  하면, 샤를마뉴의 형 샤를만노가 사라센을 공략할 때 적군의 기습을 받아 곤경에 빠진 일이
  있었는데, 이때 먼 곳에 있는 샤를마뉴에게 뿔나팔을 불어 구원을 요청했다고 한다.
3) 778년에 에스파냐에서 철수한 샤를마뉴군의 후군은 오를란도가 지휘하고 있었는데, 결국은
  피레네산맥 속에 있는 로스보 고개에서 패했다.

짙은 어둠 속의 대기를 살피며

구멍 가로 다가갈수록

어지러움은 사라지고 와락 공포심이 생겼다.

마치 몬테레지온⁴⁾이

둥근 성벽 위에 많은 탑을 거느리고 솟아 있듯이,

구멍을 둘러싼 언덕 위에

무서운 거인들이 상반신을 드러내고

탑처럼 우뚝 서 있었다. 하늘에서 유피테르(제우스)가 거인들을

지금도 위협하기 때문에 천둥이 친다는 것이다.

그중 한 놈의 얼굴과 어깨, 가슴, 배의 부분이

벌써 뚜렷이 보이기 시작했다.

양 겨드랑이에 두 개의 팔이 늘어져 있다.

이런 생물을 더 이상 만들지 않는 것은

마르스로부터 이런 부하를 빼앗았기 때문이니,

자연으로서는 과연 잘한 일이다.

코끼리나 고래 같은 것은 그대로 버려둬도

자연에는 하등 고통스러운 것이 없다. 그것을 보더라도

자연의 옳음과 슬기로움을, 안목이 뛰어난 자는 잘 알리라.

아무튼 악의와 폭력에

두뇌 작용이 합쳐지는 날에는

사람의 힘으로는 도저히 막아낼 길이 없기 때문이다.

거인의 머리는 길고 커서

마치 로마의 성 베드로 사원의 솔방울⁵⁾ 같았으며,

---

4) 몬테레지온(Montereggion) : 예루사강 골짜기에 있는 시에나 근교의 성. 1213년에 구축되었는데, 고립된 언덕 위에 14개의 높은 탑을 가진, 길이가 0.5km나 되는 성벽으로 둘러싸여 있다.

5) 이 성 베드로의 솔방울은 단테 이전의 옛날에는 샘의 일부를 이루어서 그 끝에서 물을 뿜고 있었다. 단테 시대에는 성 베드로 사원의 입구 부근에 놓여 있었다고 한다. 오늘날에는 안뜰에 있는 브라만테가 만든 큰 벽감(壁龕, 성체를 모셔두는 벽장) 속에 들어 있는데, 그 안뜰은 그래서 '솔방울 안뜰'이라고 불린다. 높이 4m인데, 위쪽 끝이 떨어지기 전에는 그보다 더 큰 것

다른 골격도 모두 이와 같은 비율로 되어 있었다.

그래서 벼랑이 거인의 하반신을 가리는 앞치마 꼴이 되어

그것의 꼭 절반인 상반신을 드러내고 있다.

그 머리털에 손이 닿으려면 프리지아의 거인[6]이

세 놈이나 목말을 타도 못 닿을 것이니, 자랑 못 할 일이다.

내 짐작으로는 배꼽에서 망토를 걸치는 곳(어깨)까지

넉넉히 서른 뼘은 될 것 같았다.

"라휄 마이 아메크 자비 알미."[7]

하고 괴물의 입이 외치기 시작했다.

이보다 성스러운 성가는 그의 입에 맞지 않을 것이다.

그러자 내 길잡이가 괴물을 보고 말했다. "어리석은 혼아,

머리가 돌아 미쳐 날뛰려거든

뿔피리나 불어서 한을 풀어라.

목을 더듬어 봐라, 뿔피리를 묶은

가죽끈이 있을 게다. 오, 미친 혼아,

커다란 가슴에 뿔피리가 대롱처럼 달려 있구나."

그리고 나에게 말했다.

"이놈이 니므롯[8]이다. 이놈의 심술 때문에

세상의 언어가 하나가 아니게 되었다.[9]

내버려둬라, 이놈과 이야기해 봤자 헛일이다.

이놈의 말을 아무도 못 알아듣듯이

이었다. 지금은 바티칸 궁전 안뜰에 있다.

6) 북부 폴란드에는 거인이 많다고 알려져 있었다.

7) 아무런 뜻이 없는 말이다. 이에 대해서는 의견이 분분하나, 사페뇨는 단테 연구가 바르비의 주를 인용해 다음과 같이 설명한다. "성서적 의미가 있다. 바벨탑을 건축한 결과 인류의 언어가 혼란스러워진 것을 단테가 상기시키고자 한 것이다."

8) 니므롯은 바벨탑의 건설을 제안한 바벨 왕이다. 〈창세기〉 10장 8~10, 11장 1~9절 참조.

9) 세계의 언어는 처음에는 단 하나뿐이었는데, 당시 사람들이 바벨에 하늘까지 닿는 높은 탑을 세우려 하는 바람에 하느님의 노여움을 사서 언어가 분열되었다고 한다.

이놈에겐 어떤 말도 통하지 않는다."
우리는 왼편을 향해 다시 길을 걸었다.
곧 화살이 닿을 만한 거리[10]를 두고
아까보다 더 사납고 큰 거인을 만났다.
그를 누르고 포박한 자가 누구인지
모르나, 그는 왼팔은 앞으로
오른팔은 뒤로 쇠사슬에 묶였고
그 사슬이 목에서 아래까지 몸을 칭칭 감고 있었다.
보이는 상체의 부분만도
다섯 겹은 감겨 있었다.
"이 교만한 놈은 가장 높으신 제우스를 두고

---

10) 거리를 나타내는 이런 종류의 구식 표현은 〈연옥편〉 3곡에도 있다.

자기 힘을 시험해 보려고 했다."
길잡이가 말했다. "그래서 이런 보복을 받고 있다."
"에피알테스[11]라고 하는 놈이다. 거인들이 신들에게
위협했을 때, 이놈은 크게 위세를 떨쳤다.
지난날 휘둘렀던 두 팔을 이젠 두 번 다시 휘두르지 못한다."

내가 길잡이에게 말했다. "만약 가능하다면,
저 어처구니없이 큰 브리아레오스를
이 눈으로 똑똑히 보고 싶습니다만."
길잡이가 대답했다. "너는 이 근처에서
안타이오스를 보게 될 것이다. 말도 할 줄 알고 몸도 자유롭다.
그놈이 모든 악의 원천인 골짜기로 우리를 보내 줄 게다.
네가 보고 싶어 하는 거인은 훨씬 더 저쪽에 있다.
역시 묶여 있어 꼴은 이놈과 비슷하지만
상판이 좀 더 흉악하다."

에피알테스가 별안간 '성이 나' 몸을 뒤흔들었는데,
제아무리 심한 지진이 일어나도
탑과 망루가 이처럼 진동하지는 않으리라 싶었다.
전에 없이 죽음의 공포가 와락 닥쳤다.
거인의 두 손이 묶여 있는 것만 보이지 않았어도
두려운 나머지 나는 죽어 버렸을 것이 틀림없다.
그로부터 우리는 또 앞으로 나가
안타이오스 있는 데로 갔다. 머리를 빼고도
구멍에서 넉넉히 다섯 길은 밖으로 드러내고 있었다.
"오, 너는
하니발이 그 부하와 더불어 등을 돌리고 '패주했을 때'

---

11) 이하 에피알테스, 브리아레오스, 안타이오스, 티티오스, 티폰 등은 모두 그리스 신화에 나오
는 거인들이다.

스키피오가 승리의 여신 총아가 된 운명의 골짜기에서
천 마리가 넘는 사자를 잡아 먹이로 삼았다.
네가 네 형제들의 싸움에 가담했던들
대지의 아들 '거인'들이
필경 승리를 거두었으리라고 말하는 자들이 아직 많다.[12]
추위 때문에 코치토스의 물이 얼어붙은 땅 밑으로
귀찮아하지 말고 우리를 내려보내다오.
티티오스와 티폰이 있는 데까지 우리를 걷지 않도록 해 다오.
이 사람에겐 여기서 너희가 바라는 명성을 줄 힘이 있다.
그러니 상을 찡그리지 말고 허리를 숙여 다오.
이 사람에겐 아직 긴 인생이 있다.[13] 살아 있는 한은
너를 이승에서 아직은 유명하게 만들 수가 있다.
천명보다 앞서 신의 부르심을 받게 된다면 별문제지만."

스승이 이렇게 말하자, 거인은 부리나케
두 손을 내밀고 스승을 붙잡았다.
그 옛날 헤라클레스를 꽉 잡았던 손이다.
베르길리우스는 잡혔다는 것을 느끼자
나에게 말했다. "이리 오너라, 내가 너를 안으마."
그리하여 스승과 나는 한 덩어리가 되었다.

가리센다 탑[14]은 기울어진 쪽에서 쳐다보면
구름이 그 위를 지나갈 때마다

---

12) 거인의 허영심에 대고 호소한 것이다.
13) 〈지옥편〉 1곡의 첫머리에 씌어 있었듯이 이 사람(단테)은 인생의 중반기인 35세이다. 그는
   1321년 56세에 죽었다.
14) 볼로냐의 유명한 쌍둥이 탑. 1210년에 가리센다(Garisenda) 가문 사람이 세웠다. 오늘날 그 높
   이는 47m 51㎝로, 1355년에 윗부분이 잘렸기 때문이다. 동쪽으로 향해 2m 37㎝ 기울어져 있
   다. 밝은 여름날 구름이 빛날 때 그 탑을 밑에서 쳐다보면 단테가 받은 인상을 오늘날도 그대
   로 느낄 수 있다.

앞으로 넘어지는 듯한 느낌을 주는데,
안타이오스가 허리를 굽혔을 때 나는
그와 똑같은 기분이 들었다. 한순간 너무나 무서워서
다른 길로 갔으면 싶었을 정도였다.
그러나 쉽게 안타이오스는 우리를 골짜기 밑에 내려주었다.
그곳은 루시페르와 대왕과 유다를 삼켜 버린 곳이다.
거인은 허리를 구부린 채 꾸물거리지 않고,
곧 배의 돛대처럼 일어섰다.

제32곡

　제9옥은 코치토스라 불리는 얼음 덮인 땅이다. 중심을 같이 한 네 원으로 갈라져 네 종류로 나누어진 배반자들이 그 속에서 벌을 받고 있다. 첫째 원은 카인의 나라 카이나로 육친을 배반한 자가 떨어지는 곳이다. 그 무리 중 한 명인 까미치온이 근방에 얼어붙어 있는 자들의 이름을 댄다. 이어서 둘째 원인 안테노라에 들어갔을 때 단테는 얼어붙은 머리에 발을 차인다. 단테는 그놈의 머리털을 움켜잡고 위협을 하는 동안, 그놈이 몬타페르티 전투에서 피렌체 군을 배반한 보카임을 알게 된다. 저쪽 편의 또 한 구멍에는 두 사람이 함께 얼어붙어 있는데, 위에 있는 놈이 밑에 있는 놈을 물어뜯으며 미워하고 있다. 우골리노 백작과 루지에리 대사제이다.

　　만약 내가 메마르고 거친 시를 읊을 수 있다면,
　　모든 바위 또는 바위가 내리누르는
　　이 음산한 구렁 밑이 적당할 것이다.
　　그러면 내 사상의 정수를 한껏
　　짜내어 보였을 것이다. 하지만 시구를 갖지 못한 이상
　　주저하고 두려워하며 말해야 한다.
　　전 우주의 땅 밑을 서술한다는 것은
　　손쉽게 할 수 있는 일이 아니다.
　　엄마, 아빠 부르는 말 따위로는 안 된다.

　　암피온[1]을 도와 테베에 성벽을 쌓은

---

1) 암피온(Amphion) : 테베 왕. 음악에 조예가 깊었다.

시의 여신들[2]이여, 나의 시구를 도와 다오.
묘사와 사실 사이에 거리가 없도록 해 다오.
아, 모든 것에 뒤떨어지는 악으로 태어난 천한 백성들아,
너희들의 거처를 말하기가 지극히 어렵구나.
너희들은 지상에서 양이나 염소였더라면 한결 나았을 것이다![3]

우리는 컴컴한 구멍 밑
거인의 발밑에 내려서서 더 밑으로 내려갔다.
나는 아직도 높은 벽 쪽을 쳐다보고 있었는데,
그때 목소리가 들렸다. "어디로 가든지 조심해 걸어라.
네 발바닥이 비참하고 고달픈 동포의 머리를
밟지 않도록 조심해라."

그래서 뒤돌아보았다가 다시 앞을 바라보니,
발밑에 호수가 펼쳐져 있었다. 꽁꽁 얼어붙어
마치 표면이 물이 아니라 유리처럼 보였다.
겨울날 오스트리아의 다뉴브강도
더 멀리 추운 하늘 밑의 돈강도,
수면에 이처럼 두껍게 얼음이 얼어붙은 적은 없었다.
설사 탐베르니키산이나
피에트라피나산[4]이 그곳에 무너졌다 할지라도
그 가장에서 '찍' 하는 소리조차 나지 않았으리라.

농부 아낙이 이삭 줍는 꿈을 가끔 꾸는 철에

---

2) 시신 뮤즈를 일컫는다. 암피온이 테베의 성벽을 쌓으려고 뮤즈로부터 받은 리라를 켜자, 소리
의 마력으로 키타이론산이 움직여 성벽이 되었다. 〈지옥편〉 2곡 참고.
3) 〈마태복음〉 26장 24절에 "그 사람은 차라리 나지 아니하였다면 제게 좋을 뻔하였느니라."라는
말이 있다.
4) 탐베르니키(Tambernicchi)산은 소재를 알 수가 없다. 피에트라피아나(Pietrapiana)산은 토스카나
에 있다.

물속에서 얼굴만 내놓고
개골개골 우는 개구리처럼[5]
고통에 괴로워하는 망자들이 얼음 속에 얼어붙어 있었다
평소에 수줍음의 빛을 띠던 볼까지 납빛이 되어
황새처럼 이빨을 딱딱 울렸다.
누구나 다 얼굴을 숙이고,
입은 추위를
눈은 애달픈 마음을 나타내고 있었다.
잠시 주위를 둘러보고 나서
발밑으로 시선을 돌리니, 거기 서로 달라붙어
머리털까지 한데 엉긴 두 사람[6]이 보였다.
"너희들은 가슴을 서로 맞대고 있는데,
도대체 누구냐?" 그러자 그들은 목을 쳐들고
내 쪽으로 얼굴을 돌렸다.
그때까지 두 눈에 괴어 있던 눈물이
넘쳐 입술 위로 흘렀다. 그러자 순식간에
눈물이 얼어붙어 두 눈까지 꼿꼿하게 되었다.[7]
나무와 나무를 꺾쇠로 죄더라도 이처럼 세게 죈 적은
일찍이 없었다. 그들은 두 마리의 숫염소처럼
미친 듯이 서로 떠받았다.
그때 추위 때문에 귀를 두 쪽 다
잃은 다른 한 사나이가[8] 얼굴을 숙인 채 말했다.
"넌 뭣 때문에 이렇게 찬찬히 우리를 쳐다보나?
그들이 누군지 알고 싶다면 '가르쳐 주마.'

---

5) 개구리는 《신곡》 속에 자주 나타나는 비유로 〈지옥편〉 22곡에도 아주 능란하게 쓰였다.
6) 이 둘은 알베르토의 아들이며 망고네의 후작으로, 뒤에 나와 있듯이 형제간인데, 형 알렉산드로도 동생 나폴레오네도 성격이 엉큼하여 볼로냐와 피렌체 산속의 비센치오강 유역에 있는 성을 서로 차지하려다가 쌍방이 다 죽었다.
7) 추위 때문에 눈물이 얼어붙은 것이다.
8) 다른 한 사나이는 카미치온 데 파치, 동족인 우벨티노 데 파치를 배반하여 죽었다.

비센치오강이 원천을 이루는 골짜기가
그들과 그들의 아비 알베르토의 영지이다.[9]
그들은 한 몸에서 태어났다. 이 카이나[10]를
모두 찾아봐라. 얼음 속에 파묻히기에
이처럼 적당한 놈들은 달리 없을 것이다.
아서 왕에게 한 대를 맞고 가슴이 쪼개져
가슴과 함께 그림자마저 쪼개진 놈도[11]
포카치아[12]도, 또 이놈, 내가 앞을 내다볼 수 없도록
가리고 있는 이 대가리
이 사솔 마스케로니[13]란 놈도 그들만은 못하다.
토스카나 출신이라면 너도 이놈들을 잘 알겠지만,
네가 이것저것 묻기 전에 말해 두마.
나는 카미치온 데 파치[14]이다.
카를린[15]이 와서 내 죄가 덜어지기를 기다리고 있다."

그리고 나는 추위 때문에 개처럼 된

9) 알베르토(Alberto)는 비센치오와 시에베에 수많은 성을 가진 영주로, 알렉산드로와 나폴레오
네 형제의 아버지이다.
10) 카이나(Caina) : 성서에 의하면 인류 최초의 살인자는 카인이다. 그를 상징하는 뜻으로 제9옥
의 첫째 원을 '카이나'로 붙였다.
11) 아서 왕을 배반하여 그 왕위를 뺏으려고 했던 왕의 아들(또는 조카)인 모우드리드. 그러나 왕
은 미리 알고 그를 창으로 찔러 죽였다. 그런데 창맞은 시신의 그림자까지 찢어진 모습이었다
고 한다.
12) 포카치아(Focaccia) : 포카치아의 '치아'라는 축소 어미는 이탈리아어로 악을 가리킨다. '불을
지르는 녀석' 같은 식의 이름이다. 맹랑하고 뻔뻔스러워서 집안 간에 불화를 야기시키거나 살
상 등 가지가지의 사건을 불러일으켰으며, 아버지(또는 큰아버지)를 살해했다.
13) 사솔 마스케로니는 피렌체의 토스키 가문 사람으로 조카의 후견인이었는데, 그의 재산을 노
리고 조카를 죽였다가 체포되어 단두대의 이슬로 사라졌다.
14) 카미치온 데 파치 : 친척인 우베르티노를 죽였다.
15) 카를린 : 아르노 골짜기의 피안트라비네에 있는 성을 가진 백당의 한 사람이다. 피렌체와 루
카의 흑당에 대항하고 있었는데, 매수당하여 1302년에 항복하고 성을 내주었기 때문에 백당
의 많은 인사가 살해되었다. 이 정치적인 배반자는 땅 밑에 더 가까운 안테노라에서 벌을 받
게 되는데, 그 죄에 비하면 카미치온 데 파치는 자기 죄가 가볍게 보일 것이라고 한 것이다.

수천의 얼굴을 보았다. 그래서 지금도 얼어붙은 여울을 보면
소름이 끼친다. 앞으로도 소름이 끼칠 것이다.
그 사이에도 우리는
모든 중력이 집중되는 중심점[16]을 향해 나아갔다.
그것이 의지인지, 천명인지,
운명인지는 모르나,
나는 머리와 머리 사이를 지나다가
어떤 자의 얼굴에 호되게 발이 부딪혔다.
그놈은 울부짖었다. "왜 나를 차나?
만약 몬타페르티의 복수[17]를 더하려고
온 것이 아니라면, 왜 나를 괴롭히나?"
내가 말했다. "스승님, 여기서 잠깐만 기다려 주십시오.
이놈에 대하여 한 가지 궁금한 것이 있습니다.
그것만 끝나면 얼마든지 재촉하십시오."

스승이 멈추어 섰다.
여전히 거만하게 대드는 그놈을 향하여 나는 말했다.
"너는 함부로 남의 욕을 하는데, 도대체 누구냐?"
"너야말로 누구냐, 지옥의 제9옥 둘째 원[18]으로
가면서." 그가 응수했다. "무턱대고 남의 따귀를 치느냐?
아무리 산 놈이라 할지라도 때리는 게 너무 심하지 않나?"
"나는 산 사람이다. 그러니 네가 명성을 바란다면,
네 이름을 내 기록 속에 적어 두마."

---

16) 이것은 지구의 중심을 물리학적인 면으로 바꾸어 말한 것인데, 그런 중심점을 상정함으로써
〈지옥편〉 34곡의 현상이 나타나는 것이다.
17) 몬타페르티 전투에서 피렌체의 교황당은 패했는데, 그것은 황제당원이면서 교황당 측에 붙
어 싸우고 있던 보카 데리 아비티가 전투가 한창 벌어졌을 때 피렌체군 기수의 팔을 잘랐기
때문이라고 한다.
18) 중세의 전통에 의하면 트로이의 패배는 트로이인 안테노르가 배신했기 때문이라고 한다. 그
래서 지옥의 제9옥 둘째 원은 안테노라라고 이름지어졌다.

그러자 그가 나에게 말했다. "그와 반대를 부탁하겠다.
여기를 떠나 이 이상 나를 괴롭히지 말아 다오.
이 골짜기에서는 섣불리 아첨해 봤자 결국 소용없는 노릇이다!"
그래서 나는 그놈의 목덜미를 움켜잡고 말했다.
"어쨌든 이름을 대라.
그렇지 않으면 머리털 하나 안 남기겠다."
그러자 그가 대답했다. "설사 네가 머리털을 쥐어 뽑든,
혹은 내 머리를 천 번 쥐어박든
내가 누구인지 말하지 않겠다, 정체를 밝히지 않겠다."
나는 이미 머리채를 휘어잡고
한 끄덩이 한 끄덩이 다발로 뽑아냈다.
사나이는 고함을 질렀으나 눈은 내리뜬 채였다.

그때 가까이 있던 놈이 외쳤다. "왜 그러나, 보카?[19]
너는 턱만 떨고 있으면 될 텐데,
소리는 왜 지르나? 어느 마귀가 못살게 구나?"
"이제," 내가 말했다. "네가 말 안 해도 좋다.
극악무도한 배반자 놈아, 너의 창피를 퍼뜨리기 위해
네 진상을 세상에다 전해 주겠다."
"하고 싶은 대로 실컷 지껄여 대라."
하고 그가 대꾸했다. "그러나[20] 너 여기서 빠져나가거든
이 입 싼 놈의 일도 잊어선 안 된다.
이놈은 프랑스인의 돈 때문에 여기서 울고 있다.
'두에라 출신 그놈을 보았다'고 가서 말해라.
'그놈은 죄수들이 시원한 바람을 쐬는 곳에 있더라'고.
'그 밖에 누가 있더냐?'고 묻거든 '말해라'.
네 옆에 있는 놈이 바로 그 베케리아[21]이다.
그놈의 목을 피렌체가 잘랐다.
쟌니 데이 솔다니에르[22]은 좀 더 저쪽에
가네로네와 테발델로[23]와 같이 있을 거다. 그놈은
모두가 잠들었을 때 파엔차의 성문을 열었다."

---

19) 여기서 화제가 되고 있는 보카는 분연히 단테에게 저항하며 끝까지 버틸 것 같았으나, 딴 놈이 이름을 부르자 그만 기가 꺾이고 만다. 그러나 이 보카의 저항에서는 한 조각 여전한 자존심이 느껴지는데, 그 점이 다른 악인들과는 다른 인상적인 면이다.

20) 샤를 앙주는 1266년 파르마에 무저항으로 입성했는데, 이것은 만프레디의 전투 명령에도 불구하고 크레모나군의 사령관 부오소가 프랑스군에 매수되어 전투하지 않았기 때문이라고 한다.

21) 베케리아(Becceria) : 발롬브로사 수도원장이었고, 교황 알렉산드로 사절로 활동했다.

22) 쟌니 데이 솔다니에르 : 본래 황제당이었으나, 1265년 만프레디가 베네벤토에서 패배한 뒤 피렌체 교황당 하층 백성의 수령이 되어, 황제당의 귀족과 '명랑한 수도사'의 정부에 대해 반란을 일으켰다.

23) 가네로네는 오를란도의 뿔피리 소리가 들렸을 때 샤를마뉴가 그것을 들었는데도 고의로 그릇된 의견을 말해 은연중에 황제의 주의를 딴 데로 돌리게 한 배신자이다. 테발델로는 볼로냐의 황제당(기벨린) 출신이 피렌체로 망명해 오자, 교황당(구엘프)이 그들을 괴롭히게 하였다.

우리는 그를 떠나 더 앞으로 나갔다.

그때 한 구멍에 두 놈이 얼어붙은 것이 보였다.

한 놈의 머리가 다른 한 놈의 머리에 모자처럼 얹혀 있다.

그리고 굶주린 놈이 허겁지겁 빵을 먹듯이

위에 있는 놈이 밑에 있는 놈의

머리와 목 사이를 물어뜯고 있다.

이놈이 골통과 그 근처를 물어뜯고 있는 광경은

티데우스[24]가 노여움에 미쳐

멜라니포스의 관자놀이를 물어뜯던 것과 다름없었다.

---

24) 티데우스(Tydeus) : 테베를 공격한 일곱 왕의 한 사람으로 테베 측의 멜라니포스로부터 치명
상을 입었으나 그래도 멜라니포스를 죽였다. 그는 카파네우스에게 멜라니포스의 목을 가져
오게 하여, 죽어 가면서도 분연히 그 목을 물어뜯었다고 한다.

"오, 넌 이렇게 짐승 같은 태도로
증오에 불타 상대를 물어뜯고 있는데,
그 사연을 말해 다오." 하고 내가 말했다. "만약 너에게
정당한 이유가 있어 상대를 힐난한다면,
너희들이 누구이며 그의 죄가 무엇인지를 알면
지금 말하고 있는 이 혀뿌리가 마르지 않는 한
약속하겠다. 이승에서 너를 변명해 주마."

제33곡

우골리노 백작이 피사의 대주교에 의해 네 명의 아들과 손자들과 함께 탑 속에 갇혀 굶어 죽은 광경을 울면서 이야기해 준다. 단테도 노여움에 불타 피사 시에 대해 저주의 말을 퍼붓는다. 시인들은 다시 앞으로 나아가 제9의 셋째 원인 톨로메아에 이른다. 거기서는 손님을 배신하여 죽인 알베리고와 브란카 도리아 등이 눈물도 눈알도 얼어붙어 고통을 받고 있다. 그들의 육체는 아직 지상에서 먹고 마시고 있으나 혼만이 먼저 이곳으로 떨어졌다 한다.

그 죄인은 무시무시한[1] 먹이에서 입을 떼자

---

[1] 우골리노와 루지에리에 관한 이야기는 32곡에서 시작되고 있다. 여기서 부분과 전체에 대한 일반론을 펴면 《신곡》은 고딕으로 된 대사원에 비할 만한 건축물이라 해도 어울릴 구조로 된 작품이다. 마치 돌로 된 성당이, 그 전체를 멀리서 봐도 훌륭하고, 또 세부적인 공작을 가까이서 자세히 봐도 아름답듯이, 전체의 골격과의 관계를 고려하지 않고도 그 한 부분 한 부분을 따로 떼어 읽을 수 있는 시가 수없이 새겨져 있다. 〈지옥편〉 5곡의 '바울과 프란체스카', 〈지옥편〉 26곡의 '오디세우스', 〈지옥편〉 33곡의 '우골리노 백작'의 삽화 등이 유명한 것은 그러한 특정 부분이 각각 독립된 가치를 지니고 있기 때문이다. 대사원의 문 옆에 늘어서 있는 조각을 전체와의 연관을 제쳐 놓고 독립적으로 하나하나 감상하는 것 같이, 그 개개의 시에 대해 느끼는 마음이 없다면 철학의 체계도 종교의 교리도 《신곡》의 설명에는 아무런 소용이 없다. 그러나 그와 동시에 세부에 사로잡혀 전체를 보려 하지 않는 태도에 대해서도 비판할 여지가 있으므로 J.A. 시몬드는 《단테 연구》에서 다음과 같이 말하고 있다. "단테가 건축한 대사원은 언뜻 보아 전모를 포착하기엔 너무나 거대하다. 그것은 마치 고딕 건축물을 대했을 때, 소홀한 사람이 그 표면의 꽃무늬와 장식에 넋이 빠져 자칫 그것이 주요한 고안인 줄 착각하는 것과 마찬가지이다. 소홀한 사람은 그 전체 밑에 일관되는 견고한 구조의 골격에 대해서는 미처 그 존재를 깨닫지 못한다. 보카치오는 아직 돌 공사가 갓 되었을 뿐, 벽화의 색깔도 채 마르기 전에 이 굳건한 돌의 대 건축을 바라보고는, 단테는 오로지 그의 정치적 적을 근사한 교수형에 처하기 위해 이를 쌓은 것이라고 발언했는데, 후세 사람들은 이 보카치오의 발언에 찬성하지 못하고 있다. 우리는 대사원의 복도나 벽에서 멀리 떨어진 곳에 서 있는 것이다. 우리들의 눈에는 보카치오가 깨닫지 못한 것도 보인다. 단테의 손에 희생당한 자들의, 이빨을 드러낸 잘린 목과 소름 끼치는 목 없는 시체는 실은 대사원 수구(水口)의 무서운 꼴을 한 문인 것이

뒤통수부터 뜯어먹던 머리의

머리카락으로 입을 닦고

천천히 말했다.[2] "벌써 생각만 해도

말도 하기 전부터 마음이 아파져 오는 이 절망적 고뇌를

너는 나더러 또 새롭게 느끼란 말인가.

그러나 내 말이 씨가 되어

내가 물어뜯고 있는 배신자의 오명이 세상에 전해진다면,

눈물 흘리며 너에게 이야기해 주리라.

네가 누군지, 어떻게 해서 이 하계로 왔는지

나는 모른다. 그러나 네 말씨를 들으니

아무래도 피렌체 사람 같구나.

네가 알아주길 바라는데, 나는 본래 우골리노 백작이다.

이놈은 대주교인 루지에리이다.

왜 내가 이놈에게 몸을 가까이하고 있는지 그 까닭을 말하마.

이놈의 악한 마음 때문에

놈을 믿고 있던 내가 붙잡혀

곧 살해됐다는 건 새삼스레 말할 필요가 없겠지.

그러나 네가 듣지 못했던

내 죽음의 무참한 광경을 들으면

다. 그러나 우리는 이 건축물이 이러한 세부적인 것보다는 보다 보편적인 계획에 따라 만들어
진 것임을 안다." 다른 표현을 쓰면 《신곡》은 그저 단순히 아름답기만 한 작품이 아니라 아울
러 그 층의 깊이를 느끼게 하는 심오한 작품이라 할 수 있을 것이다.^각주끝^

2) 1288년, 피사에서는 교황당이 승리하고 있었다. 그런데 교황당은 마렘마에 많은 땅을 갖고 있
는 우골리노 델라 게라르데스카가 이끄는 일파와 그 손자 니노 비스콘티 일파로 갈라져 있었
다. 당시 황제당의 수령은 피사의 대주교로 있던 루지에리 델리 우발다니였다. 피사의 패권을
잡기 위해 우골리노는 루지에리와 짜고 니노를 추방했던 것인데(6월 30일), 교황당의 세력이
약화한 것을 눈치챈 루지에리가 이번에는 우골리노와 그의 아들과 손자, 모두 다섯 명을 옥에
가둬 버린다(같은 해 7월). 다음 해 1289년 3월에 구이도 다 몬테펠트로(《지옥편》27곡)가 피사
의 군대를 장악하나, 탑의 열쇠는 아르노강에 던져져 우골리노들은 굶어 죽는다. 《단테 연구》
에서 시몬드는 우골리노가 루지에리의 머리카락으로 자기 입을 닦았다는 이 한 줄에 우골리
노의 소름 끼칠 만큼 무서운 비극이 표시되어 있다고 풀이한다. 이는 실로 짐승 같은 느낌을
주는 잔혹한 행위이다.

너도 이놈의 학대가 어느 정도였던가를 알 수 있으리라.

새가 둥지를 치고 있는 탑의 좁은 창문 틈새로
―그 탑[3]은 나로 인하여 '아귀의 탑'이라 불렸고,
앞으로도 또 사람을 가둘 것이지만―
벌써 여러 번 보름달과 초승달이
보였고, 그 무렵에 나는 불길한 꿈을 꾸었다.
꿈이 휘장을 찢고 나에게 미래를 가르쳐 주었다.
대장같이 보이는 이놈이,
산에서 늑대와 그 새끼들을[4] 사냥하고 있었다.
시야를 가로질러 루카를 피사인으로부터 숨기고 있는 그 산에서.[5]
이놈은 민첩하고 빈틈없는 야윈 암캐[6]를 데리고 와
자기 앞에 구알란디,[7]
시스몬디, 란프란키 등을 배치했다.
한참 동안 쫓고 쫓기고 한 끝에 아비도 자식도 모두 지쳐
옆구리를 개의 날카로운 이빨에
물어뜯기는 것을 본 것 같았다.

새벽녘에 눈을 뜨니, 나와 같이 있던 자식들[8]이
꿈속에서 빵을 달라고
울면서 조르고 있다.
그때의 내 마음을 한번 생각해 봐라.

---

3) 구알란디, 시스몬디, 란프란키의 탑. 1318년이 되어서야 감옥으로 사용되는 것이 중지되었는데, 그 이유는 감옥 구조가 죄수의 죽음을 촉진하는 데에 부적당하기 때문이라고 한다.
4) 이놈은 루지에리를, 늑대와 그 새끼는 우골리노와 그의 아들과 손자를 가리킴.
5) 피사와 루카 사이에 있는 줄리아노산.
6) 야윈 암캐는 피사의 천민들일 것이다.
7) 구알란디, 시스몬디, 란프란키는 피사의 세 명문으로 대주교 루지에리의 친척이다.
8) 갓도와 우구치오네 형제는 우골리노의 손자이고, 브리가타와 알세무초는 우골리노의 아들이다.

그래도 마음이 안 아프다면 넌 매정한 사나이이다.
이것에 눈물을 안 흘린다면 무엇에 운단 말인가?

모두 일어났다. 이윽고 언제나 식사가 날려져 오는
시간이 다가왔다.
모두가 꿈꾼 것을 걱정하고 있었다.
그때 무서운 탑 아래서 문을
못질하는 소리가 들렸다. 나는 말없이
자식들의 얼굴을 바라보았다.
나는 울지 않았다. 몸은 돌처럼 굳어졌다.
자식들은 울었다. 그리고 알세무치오가 말했다.
'할아버지, 왜 그런 얼굴을 하시지요?'
그러나 나는 울지 않았다. 나는 대답하지 않았다.

그날 온종일과 그날 밤도.
그렇게 이튿날 밤이 새었다.

이 애달픈 옥 속에도
희미한 빛이 새어들어 네 명의 아이들 얼굴에서도
나와 같은 표정이 보였다.
나는 비관에 못 이겨 내 팔을 깨물었다.
그러자 아이들은 내가 배고픈 나머지
그렇게 한 줄로 알고 곧 일어서서 말했다.
'아버님, 아버님이 저희를 잡수신다면
그만큼 저희의 고통도 덜어지니까 아버님이 입혀주신
이 비참한 살을 차라리 아버님이 벗겨 주세요.'
자식들을 슬프게 하지 않으려고 나는 진정했다.

그날도 그다음 날도 한마디 말없이 있었다.

아아, 냉혹한 대지여, 왜 너는 입을 열지 않았느냐?

나흘째에 접어들자

갓도가 내 발밑에 몸을 내던지고

'아버님, 왜 나를 안 도와주세요?'

하고 죽었다. 그리고 너도 알다시피

닷새 엿새 사이에 다른 세 아이도 하나하나

내 눈앞에서 죽어 갔다. 그 뒤 나는

아주 눈이 멀어 버려 하나하나 손으로 더듬었다.

아이들이 죽고 나서 이틀 동안은 연신 그들 이름을 불렀다.

그로부터 고뇌에는 지지 않았던 나도 배고픔에는 지고 말았다."

그는 이렇게 이야기하고 나서 증오에 이지러진 눈초리로

비참한 두개골을 또다시 물어뜯었다.

그 이는 개 이빨처럼 날카롭게 뼈를 갉았다.
아, 피사, 아름다운 나라 '이탈리아'의 수치여,
시(Si)[9]라는 언어(이탈리아어)를 쓰는 국민의 치욕이여,
네 이웃 사람들이 어물거리며 정벌을 가하지 않는다면,
카프라이아섬이여, 움직여라. 고르고나섬이여, 움직여라.[10]
그리고 아르노강 어귀를 닫아라.
피사의 시민은 모두 빠져 죽어라!
우골리노 백작이 너 '피사'를 배반하여
성을 적에게 넘겼다는 소문[11]이 있다고 할지라도
너는 자식들을 그렇게 처형해서는 안 되는 것이다.
아, 제2의 테베여,[12] 우구치오네와 브리가타
그리고 앞의 시에서 읊은 나머지 두 아이는
나이도 어리고 순진하였다.

우리는 다시 앞으로 나갔다. 거기서는
얼굴을 숙이지 않고 발딱 뒤로 젖힌 다른 한 무리가
꽁꽁 얼어 얼음으로 죄이고 있었다.
거기서는 눈물조차 흘리지를 못한다.
고뇌의 눈물은 눈시울에 나타났다가
눈 속으로 도로 돌아가 고통을 더했다.
먼저 흘린 눈물은 얼어서 덩어리져
수정으로 된 눈까풀처럼

---

9) Si는 이탈리아어의 '네'이다.
10) 이 두 개의 작은 섬은 피사령으로서 아르노강 남서쪽에 있다. 이 섬들이 무너져 강물을 막으면 피사도, 시민들도 물에 잠길 것이다. 우골리노가 피사를 저주하는 데에 단테도 그들을 측은히 여기고 있다.
11) 피사는 1284년 제노바에 패한다. 제노바가 피사의 오래된 적인 루카와 동맹을 맺었기 때문에 우골리노는 그 동맹을 깨뜨리기 위해 이 두 도시에 피사의 몇 개의 성을 양도한다. 그것을 이적 행위로 간주한 것이다.
12) 테베의 잔혹함에 대해서는 제30곡 참조.

눈썹 아래 오목한 데를 채웠다.

내 얼굴의 감각은 추위 때문에

마치 못 박힌 것처럼

둔해졌으나,

그래도 어디선가 살랑살랑 바람이 불어오는 것을 느꼈다.

"스승님, 어떻게 해서 바람이 일까요?

이 하계에선 기류가 모두 사라졌을 텐데요?"

스승이 대답했다. "얼마 안 있으면 너는

이 바람을 일으키는 원인을 눈으로 보고

그로 인해 납득이 갈 것이다."[13]

그러자 땅에 얼어붙은 놈 중 하나가

우리를 향해 외쳤다. "아, 너희들

지옥의 최하등석을 할당받은 흉악한 망자들아,[14]

이 내 얼굴에서 딱딱한 '얼음 막'을 벗겨 다오.

내 심중에 사무치는 울분을, 눈물이 다시 얼어붙기 전에

조금이라도 좋으니 내뿜고 싶다."

그래서 내가 말했다. "나의 도움이 필요하다면

네가 누구인지 이름을 대라. 만일 너를 도와주지 않는다면

그것은 내가 얼음판 밑까지 내려가야만 하기 때문이다."[15]

---

13) 제34곡에서 밝혀진다. 마왕 루시페르가 날개짓을 하기 때문이다.

14) 단테를 지옥의 맨 밑으로 떨어져 온 사람으로 착각했기 때문이다. 눈이 보이지 않는 이유가 다음 줄에 나타나 있다. 여기는 지옥의 제9옥 코치토스의 제3원 톨로메아로 손님을 배반한 자들이 떨어지는 곳이다. 〈마카베오 전서〉 16장 11~17절(가톨릭 성서)에 나오는 인물에서 유래되었다고도 한다.

15) 단테는 "도와주지 않는다면 그것은 내가 얼음판 밑까지 내려가야만 하기 때문이다."라고 한다. 그러나 그것을 알베리고는 "만약 도와주지 않다가는 더욱 얼음 밑으로 떨어져 버린다. 그러니까 너를 도와준다."는 맹세의 말로 착각한다.

그러자 사나이가 대답했다. "나는 수도사 알베리고,[16]

악의 동산의 과일 때문에 온 자이다.

여기서 무화과 대신 대추의 보복을 받고 있다."

"오," 내가 말했다. "너는 벌써 죽은 몸인가?"

그러자 그가 말했다. "도대체 무슨 이유로 내 육체가 아직도

이승에 머물러 있는지 나는 무식해서 모르겠다.

프톨로메오[17]는 이런 특권을 갖고 있다.

'수명이 다 되어' 미처 아트로포스[18]가 혼을 날리기도 전에

이 나라에는 이따금 혼이 떨어져 온다.

이 얼굴에 유리처럼 달라붙은 눈물을

꼭 네가 떼어 주길 바라므로 가르쳐 주는데,

내가 했듯이 배신을 저지르면

육체는 곧 악마의 손에 빼앗기고 만다.

그 뒤부터는 수명이 다 될 때까지

악마가 육체를 지배한다.

혼은 곧장 이 구렁으로 떨어져 온다.

그러므로 내 뒤에서 얼고 있는 망령의

육체는 아마 아직도 이승에서 볼 수 있을 것이다.

지금 곧 이리 내려오면 너도 알아보겠지만,

저것이 브란카 도리아[19] 님이다. 이렇게

얼어붙은 지 벌써 몇 년이나 지났다."

"너는," 내가 말했다. "나에게 거짓말을 하고 있구나.

---

16) 알베리고는 로마냐 지방인 파엔차의 교황당 수령의 한 사람이다. 형인 만프레디와 그의 아들 알베게토를 연회에 초대하여 식사가 끝나자 "과일을 가져오너라." 하는 신호에 의해 두 사람을 죽였다. 무화과, 대추는 그것에 대한 암시이리라.

17) 프톨로메오 : 유대 예리고 수장. 그는 사제장 시몬 마카베오와 그의 두 아들을 초대해 술을 먹인 후 살해했다. 제9옥의 셋째 원 톨로메아는 그의 이름에서 유래한다. 이곳은 손님의 신의를 배반한 자들이 떨어지는 곳이다. 〈마카베오 상〉 16장 11~16절(가톨릭 성서) 참고.

18) 아트로포스는 사람 생명의 실을 끊어 육체에서 혼이 나가게 하는 운명의 여신.

19) 브란카 도리아는 제노바 황제당 명문의 한 사람인데, 조카와 짜고 사르데냐섬 로고도로의 영주인 자신의 장인 미켈 찬케를 자기 성에 초대하여 죽였다. 이 사건은 1275년에 일어났다.

브란카 도리아는 아직 죽지 않았다.
먹고 마시고 잠도 자고 옷도 입고 있다."

"역청이 끈끈하게 끓는 위쪽
말레브란케의 구렁[20] 속에" 그가 말했다.
"아직 미켈 찬케가 도착하기 전의 일이다.
저놈은 그때 자기 대신 악마를
자기 육체와 다른 놈의 육체 속에다 두고 왔다.
다른 놈은 친척의 아들인데, 같이 짜고 배반을 일삼았다.
하나 그건 그렇고, 이제 슬슬 이쪽으로 손을 뻗어
내 눈을 열어 다오." 나는 그 눈을 열어 주지 않았다.
그놈에 대해서는 약속을 어기는 것이 예의이기 때문이다.[21]

아, 제노바의 시민들아, 미풍양속을 저버리고
부패 타락으로 가득 찬 백성들아,
왜 너희들은 이 세상에서 사라지지 않느냐?
로마냐의 극악무도한 망령들 곁에
너희들 중 하나가 있더라. 악역무도한
그 혼은 벌써 코치토스에서 얼어붙었고
그 육체는 아직도 이승에서 살아 돌아다니고 있다.

---

20) 말레브란케의 구렁 : 제8옥 다섯째 구렁으로 탐관오리의 골짜기
21) 시몬드는 단테가 알베리고에게 한 약속을 이행하지 않은 배신행위를 변명하여 《단테 연구》
   에서 다음과 같이 말하고 있다. "이 무서운 곳에서는 눈물뿐만 아니라 자비나 동정, 그리고
   인간적인 공감의 정까지도 고드름이나 얼음 기둥처럼 얼어붙어 사람에게 상처를 입히고 사
   람을 찌른다. 인간의 인간에 대한 동포애의 뒷받침이 되는 믿음의 정마저도 여기서는 죽어
   버렸다. 그리고 만약 단테가 거기서 상대를 조금이라도 용서했더라면, 지옥의 문은 신의 사
   상과 더불어 신의 정의가 기본이 되어 세워졌다는 당시의 신학 사상이나 시대 관념에 따라,
   틀림없이 단테는 신에 대해 불경을 저지른 것이 되어 버렸을 것이다."

제34곡

제9옥의 넷째 원은 지옥의 맨 밑바닥이다. 유다의 나라 주데카라 불리며 은인을 배반한 자가 온몸이 얼어붙어 있다. 그 한복판에는 세 개의 얼굴을 가진 악마 대왕 루시페르가 버티고 서서 여섯 날개로 바람을 일으키며 입에는 죄인 하나씩을 깨물고 있다. 그리스도를 배반한 유다와 카이사르를 죽인 브루투스와 카시우스이다. 단테는 베르길리우스의 목에 매달려 악마 대왕의 옆구리 털을 타고 아래로 내려간다. 지구의 중심에서 머리와 다리의 위치를 거꾸로 바꾸고, 남반구에 숨어 있는 구멍을 기어오른다. 밖으로 나오니 다시 하늘에는 별이 반짝인다.

"지옥 제왕의 깃발이 우리 앞에 나타났다.[1]
이리로 오는구나, 앞을 똑똑히 봐라."
하고 스승이 말했다. "아마 그놈의 모습이 보일 것이다."

안개가 자욱이 끼고 북반구에 밤의 어둠이 다가올 무렵,
멀리서 바람결에 돌아가고 있는 풍차가 희미하게 보이듯,
마치 그런 기계가 내 앞에 나타나는 듯했다.
나는 바람을 피하고자 길잡이의 등 뒤에
몸을 숨겼다. 그 밖에 몸을 숨길 곳이 없었던 것이다.
지금 시로 읊는 것조차 무섭지만 드디어 나는 온 것이다.
여기서는 망령들이 모두 꽁꽁 얼어붙어
유리 밑에 있는 짚처럼 투명하게 보인다.
어떤 자는 누워 있고,

---

[1] 이 첫째 줄의 구절은 6세기의 파티에의 주교 포르투나토가 라틴어로 작시한 것을 변화시켜 인용한 것으로, 여기서 그 깃발이란 악마 대왕의 여섯 날개를 두고 한 말이다.

어떤 자는 머리로, 어떤 자는 발끝으로 서 있다.
그리고 어떤 자는 몸이 활처럼 휘어 얼굴과 발이 마주 닿아 있다.
우리는 다시 한참 앞으로 나아갔다.
적당한 때를 보아 스승은 나에게
일찍이 아름다운 모습을 지녔던 자[2]를 가르쳐 주고자
내 앞을 비키며 나를 멈추게 하고
"봐라."라고 했다. "저것이 악마 대왕이다. 알겠느냐,
여기서는 마음을 굳게 먹어야 한다."

나는 그때 몸과 마음이 얼어붙어 목소리마저 쉬어 버렸는데,
독자여, 거기에 대해서는 묻지 마시라. 아무리 쓰려고 해도
필설로는 다할 수가 없다.
나는 죽지는 않았다. 그러나 살아 있는 것 같지도 않았다.
독자여, 조금이라도 분별이 있으면 한번 생각해 보라.
죽지도 않고 살지도 않고 내가 어떻게 느꼈겠는가를.
이 비참한 왕국의 제왕은
가슴의 절반 위를 얼음 밖으로 내놓고 있었다.
그 팔 길이가 거인의 키를 훨씬 능가하기 때문에
차라리 내 키가 거인에 가깝다고 할 수 있을 정도이다.
여기에 적합할 만한 온몸은
얼마나 클 것인지 생각해 보라.
그는 지금 추한 몰골이나 예전엔 아름다웠다.
그것이 우쭐해서 조물주에게 반역한 것이다.
모든 재난이 그에게서 원천을 이루는 것도 당연한 이치이다.
오, 보니 머리에 얼굴이 셋[3]이나 있다.
얼마나 무서웠겠는가,

---

2) 악마 대왕이 반역하여 처벌되기 전에는 천사 중에서 가장 아름다웠다.
3) 루시페르(지옥)의 삼위일체는 무력·무지·증오이다.

하나는 앞을 보고 있는데, 붉은 물감을 쏟은 듯이 새빨갛다.[4]
그리고 이 얼굴에 이어져 다시 두 개의 얼굴이
각각 양쪽 어깨 복판에 자리 잡아
뒤는 볏 있는 데서 합쳐져 있다.
오른쪽 얼굴빛은 흰색과 누런색의 중간,
왼쪽 얼굴빛은 나일강 상류의 골짜기에서 나온
사람들[5]과 똑같은 색깔이다.
그 얼굴 밑에는 각각 두 개씩 큼직한 날개가 돋아 있다.
과연 새에 어울리는 날개로
배의 돛도 이처럼 큰 것은 본 적이 없다.
깃털은 나 있지 않고 박쥐와 똑같은
모양과 생김새로 이것을 퍼덕이니,
순식간에 세 가닥의 바람이 일어
코치토스가 모두 얼어붙는 것이다.
여섯 개의 눈에서 눈물지으니 세 개의 턱에서
피 섞인 침과 눈물이 흘러 떨어졌다.
입마다 죄인 하나씩을 물고
이빨로 마치 삼 찢는 기계처럼 죄인을 찢고 있다.
세 놈이 모두 이런 식으로 혼이 나고 있는 것이다.
정면의 사내는 더욱 무참하게 발톱으로 찢기고 있었다.
껍질이 벗겨져 등뼈가 훤히 드러난다.
이쯤 되면 입으로 물리는 것은 문제도 아니다.

"저 높은 데서 가장 무거운 형벌을 받고 있는 것이."
스승이 말했다. "가리옷 사람 유다[6]이다.

---

4) 노란색은 무력, 검은색은 무지, 빨간색은 증오이다.
5) 이디오피아의 흑인, 즉 검은색.
6) 유다는 예수의 열두 제자 가운데 한 명으로, 은전 30냥을 받고 스승을 팔아먹었다. 나중에 후
   회하고 목매 자살한다. 〈마태복음〉 26~27장 참고.

머리는 악마 대왕의 입 속에 있고 발만 내놓고 있다.

다른 두 놈은 머리를 밖에 내놓고 있는데,

시커먼 얼굴에 매달려 있는 것이 브루투스[7]이다.

보라, 온몸으로 몸부림치고 있으나 소리 하나 지르지 못한다.

또 한 놈은 카시우스[8]이다. 근골이 늠름하구나.

하나 벌써 또 밤이 돌아왔다.[9] 드디어

떠나야 할까 보다. 우리는 이제 볼 것은 모두 보았다."

시키는 대로 나는 스승의 목에 매달렸다.

스승은 때와 자리를 살피다가

악마가 날개를 완전히 펼쳤을 때

그 털북숭이 옆구리에 매달렸다.

그리하여 털에서 털을 타고 아래로 내려가[10]

털북숭이 옆구리와 얼어붙은 땅 사이로 들어갔다.

허리둘레가 굵어진 악마의 허리뼈 관절께에

우리가 닿았을 때,

길잡이는 괴로운 듯이 가까스로

머리를 다리의 위치로 거꾸로 바꾸었다.[11]

---

7) 브루투스(Brutus) : 카이사르를 암살했다.

8) 카시우스(Cassius) : 로마 제국의 창립자 카이사르를 배반한 것이 브루투스와 카시우스이다. 로
   마 교회와 로마 제국은 지상에 있는 종교와 세속의 최고 권위이므로 그것을 배반한 유다, 브
   루투스, 카시우스는 지옥의 최고 권위인 악마 대왕에 의해 처벌되는 것이다. 그리고 브루투스
   와 카시우스는 파리나타나 카파네우스와 마찬가지로 지옥에 떨어져도 여전히 늠름한 기색을
   보인다.

9) 지금은 대략 성 토요일의 오후 6시쯤이다.

10) 특히 시몬드는 이 묘사를 평하여 보이지 않는 것, 존재하지 않는 것을 현실의 실상으로 만들
    려는 단테의 결심이 잘 나타나는 일례라고 말하고 있다. 이는 사소한 것을 정확하게 기술함
    으로써 선명한 광경을 독자에게 드러내 보이는데, 이 점을 바로 시적 효과를 수반하는 리얼
    리즘이라 할 수 있을 것이다. 단테는 공상력을 작용시켜서 묘사하고 있지만 《신곡》 속의 이미
    지는 구상적이지 결코 몽환적이지 않을 것이다. 시몬드의 이 해설은 마코레의 해설을 답습한
    것이라고 간주한다.

11) 중력이 모이는 지구의 중심점에서 180도 위치를 움직였으므로. 이런 종류의 물리학적 상상
    이 지옥 밑에서 시로 읊어지는 것이 재미있다. 피렌체가 뒷날 르네상스 시기에 자연과학 발흥

그리고 털에 매달려 올라가기 때문에 위로 올라가는 것 같아
나는 또다시 지옥으로 되돌아가는 줄 알았다.

"꼭 매달려라, 이런 악으로부터는,"
스승이 피로에 지친 사람처럼 숨차하며 말했다.
"이와 같은 사닥다리를 거쳐서 나가는 것이 순서이다."

그러고는 바위 구멍을 빠져서 밖으로 나오자
스승은 나를 그 구멍 가장자리에 먼저 내려앉히고는
자기도 내 곁에 털썩 앉았다.
나는 눈을 들었다. 위쪽에 악마 대왕이
이전에 마지막으로 본 모습 그대로 보일 줄만 알았는데,
그 큰 두 다리가 위를 보고 뻗어 있었다.
내가 얼마나 당황했겠는지
판단해 주기 바란다. 머리 나쁜 사람은
내가 어디를 어떻게 지나왔는지 분간이 안 될 것이다.

"자, 일어나거라." 하고 스승이 말했다.
"갈 길은 멀고도 험한데,
벌써 해가 돋은 지 한 시간 반이 지났구나."[12]
우리가 있던 곳은 궁전의 큰 방이 아니었다.
그것은 자연의 조그만 동굴로서
바닥은 울퉁불퉁하고 빛도 전혀 비쳐 들지 않았다.
"스승님, 내가 심연을 떠나기 전에,"
하고 내가 일어서서 말했다.
"나의 오해를 풀기 위해 조금 가르쳐 주십시오.
얼음은 어디에 있습니까? 저놈은 왜

___

의 첨단을 걸었으며, 갈릴레오 갈릴레이를 낳은 도시라는 것이 연상된다.
12) 남반구의 오전 7시 반이다.

저렇게 거꾸로 서 있습니까? 이렇게 짧은 시간 동안에
어떻게 해가 저녁에서 아침으로 옮겨졌습니까?"

그러자 스승이 말했다. "너는 아직도 복판에서부터 저쪽,
내가 사악한 벌레 '악마 대왕'에게 매달렸던 곳에 있는 줄
착각하고 있는데, 그놈은 세상에다 구멍을 뚫어 놓았다.
네가 내려오고 있는 동안에 너는 저쪽에 있었던 것이다.
내가 거꾸로 돌아섰을 때 중력이 모든 방향으로부터
모이는 지점을 통과했다.
저쪽 하늘 밑에는 메마른 땅이 펼쳐져 있으며,
그 하늘 정점의 바로 밑 '예루살렘'에서
원죄 없이 나고 사신 분 '그리스도'가 살해되었는데,
지금 너는 그것과 마주 보는 천구 밑에 와 있다.
지금 네가 서 있는 주변은
'유다의 나라'인 주데카[13]의 바로 뒷면을 이루고 있다.
거기가 저녁이면 여기는 아침이 된다.
그리고 저놈의 털이 사닥다리의 역할을 했는데,
여전히 틀어박힌 채 전과 같은 자세를 하고 있다.
이쪽까지 하늘에서 떨어져 온 것이다.
본래 여기 있던 땅은
그놈을 두려워하여 바닷속으로 파고들어가
북반구로 달아났다. 아마
이쪽 남반구의 표면에 나타난 땅도
그놈을 피하여 여기다 공간을 남겼을 것이다."[14]
'악마 대왕' 바알세불[15]에서

---

13) 주데카(Judecca) : 지옥에서 가장 깊은 곳. 유다 이름 유다스 아스카이오테스에서 유래했다.
14) 그것이 연옥의 섬이 되어 예루살렘의 정반대에서 솟아오른 것이다. 당시에는 북반구는 육지
　　로 뒤덮이고, 남반구는 물로 덮여 있다고 생각했다.
15) 바알세불은 신약성서에 나오는 마귀 왕 루시페르의 이름. 〈마태복음〉 12장 24~25절 참고.

바로 그 무덤 길이쯤 떨어진 곳에
눈으로는 똑똑히 보이지 않으나
바위틈으로 흘러내리는 시냇물 소리로
개울임을 알 수 있는 곳이 있다. 시냇물이 느릿한 경사에서
굽이쳐 흘러내려 바위를 침식하고 있다.
길잡이와 나는 밝은 세상으로 돌아가기 위해
숨어 있는 이 어두운 길로 들어갔다.
그리고 쉰다는 것은 염두에도 두지 않고,
스승을 앞세우고 나는 뒤따라 위로 올라갔다.
동그란 구멍으로 천상에 있는
아름다운 것이 벌써 보였다.
그곳을 지나 우리는 밖으로 나가 다시 하늘의 별[16]을 우러렀다.

---

16)《신곡》은 각 편 모두 '별'로 끝맺음한다. 별은 나그넷길 인생 종국의 목적지인 것이다.

Purgatorio

연옥편

제1곡

지옥에서 연옥섬의 맑은 대기 속으로 나온 단테는 그 환희를 노래한다. 연옥의 문지기 카토가 위엄 있는 태도로 그들의 신상을 따져 묻는다. 베르길리우스가 지옥을 돌아온 사연을 설명하고, 림보에서 지금도 카토를 사랑하고 있는 마르치아 이야기를 한다. 카토는 설명을 듣자 이해를 하고는 단테에게 골풀로 허리를 동여매고 연옥산을 올라가라고 권한다. 시인들은 인적이 없는 벌판을 지나 해변으로 나가 거기서 그 풀을 푼다. 골풀은 겸양의 상징인 것이다. 부활절인 일요일 밤이 새어간다.

> 더욱 나은 바다로 달려가기 위해[1]
> 내 재주의 쪽배는 지금 돛을 달고
> 그 잔혹한 바다를[2] 뒤로하며 나아간다.
> 나는 읊으리라, 인간의 혼이 맑아져
> 하늘로 오를 수 있게 되는
> 이 제2의 세계를.[3]
> 시여, 죽음의 세계에서 지금 이리로 되살아나라.
> 오, 내가 섬기는 성스러운 시의 여신들이여,

---

1) "산과 바다와 대기는 건전한 깨끗함의 요소이다. 의식적이었든 무의식적이었든 간에 단테는 이런 곳을 죄를 씻어 혼을 깨끗이 하는 장소의 상징으로 삼았던 것이다." 시몬드는 그의 《단테 연구》에서 이렇게 말하고 있다. 여태까지의 어두운 지옥에서 벗어나 연옥의 해맑은 대기 속으로 나온 단테의 기쁨이 이 첫머리의 서정시적 표현에 아주 잘 나타나 있다. 용어를 보더라도 지옥에서는 거의 나오지 않았던 '별'과 '빛' 등이 아주 넓은 곳에 나온 감각을 주어 독자들에게도 무의식중에 한숨을 돌리게 하는 것이다.
2) 잔혹한 바다는 지옥을 가리킨다. 죽음의 공기도 마찬가지이다.
3) 제2의 세계는 연옥이다.

칼리오페[4]도 일어서서 잠깐
나의 노래에 가락을 맞추어 다오.
무참하게도 너에게 도전한 처녀들의
구원의 희망을 끊고 그 몸을 까치로 바꾸어 놓은 그 목소리로.[5]

동방의 벽옥 같은 아름다운 빛이
아득한 수평선에 이르기까지 해맑고
상쾌한 대기 속에 모여서
내 눈을 다시금 기쁘게 해 주었다.
눈을 아프게 하고 가슴을 아프게 하던
죽음의 공기 밖으로 마침내 나온 것이다.[6]
사랑을 인도하는 아름다운 샛별이
동녘 하늘에서 반짝반짝 만면에 웃음을 띠며,
뒤따르는 쌍어궁의 별빛을 죄다 가리고 있었다.
나는 시선을 옮겨 오른편
남극 하늘에 있는 네 개의 별[7]을 쳐다보았다.
인류의 조상 외엔 그 누구도 본 적이 없는 별이었다.
하늘은 별의 반짝임을 기뻐하는 것 같았다.
아, 그것을 볼 기회를 빼앗긴
북반구여, 너는 홀아비가 된 쓸쓸한 땅이다!
나는 거기에서 눈을 돌리고
몸을 약간 젖혀 북극 하늘을 쳐다보았다.
북두칠성은 이미 거기서 사라지고 없었다.

---

4) 칼리오페는 서사시를 관장하는 뮤즈.
5) 테살리아 왕의 아홉 딸은 노래 싸움에 도전했다가 칼리오페에게 패하여 까치로 모습이 바뀌
    고 말았다.
6) 지옥은 예루살렘의 바로 밑에 있으며, 연옥의 산은 남반구의 정반대 편에 솟아 있다.
7) 그 네 개의 별은 우의적으로는 네 가지의 기본 도덕(정의, 힘, 사려, 절제)을 말하고 있다고 한
    다. 북반구에서는 그것을 볼 수가 없으므로 그곳은 '홀아비의 땅'인 것이다.

내 가까이에 한 노인[8]이 보였다.

자못 위엄 있는 모습이라

자식이 어버이를 대하는 듯한 경의를 나타내지 않을 수 없었다.

긴 수염엔 희끗희끗한 백발이 섞여 있고

마찬가지로 반백인 머리털은

두 가닥으로 갈라져 가슴께에 드리워져 있었다.

거룩한 네 개의 별빛이

노인의 얼굴을 환히 비추었으므로,

노인을 우러르니 태양이 눈앞에 있는 것 같았다.

"너희들은 누구냐, 눈먼 물결을[9] 거슬러

영원한 옥에서 도망쳐 온 것 같은데?"

하고 노인은 수염을 위엄 있게 쓸며 물었다.

"누가 너희들을 인도했느냐?

지옥 골짜기의 영원한 밤에서

너희들을 밖으로 끌어낸 빛이 무엇이냐?

이 나락의 규율이 무너졌느냐?

아니면 천상에서 법칙이 바뀌어

지옥에 떨어진 너희들도 내 바위산까지 올 수 있게 되었느냐?"

그러자 길잡이는 나에게

공손하게 눈을 내리뜨고 허리를 굽히도록

손짓하고, 또 입으로도 일러 준 다음

노인에게 대답했다. "스스로 온 것이 아닙니다.

천상에서 내려온 어떤 부인의[10] 청으로

---

8) 연옥의 문지기는 카토이다. 그는 기원전 95년에 태어나, 로마 공화 정부의 자유를 지키기 위해 싸웠으며, 기원전 46년에 자살했다. 단테는 그를 윤리적인 면에서 이상적인 인물로서 존경하고 있었으므로, 이 이교도를 지옥의 자살자들 속(제7옥의 둘째 원)에 끼우지 않고 이곳의 문지기로 삼았던 것이리라. 단, 연옥에 온 다른 사람들과 달리 그는 연옥의 산에 올라갈 수가 없다.

9) 아마 레테강일 것이다.

10) 베아트리체이다.

내가 이 사람을 도와주려고 안내하고 있는 것입니다.
우리들의 신분에 대해
만약 세밀히 설명하라 하신다면,
나로서도 그걸 거절할 수는 없습니다.
이 사람은 아직 마지막 저녁을 보지 않았습니다만,
어리석은 탓으로 죽을 고비를 헤맸습니다.
하마터면 죽을 뻔하였습니다.
지금 말씀드린 대로 나는 이 사람을 구원하기 위해
보내진 자입니다. 그리고 내가 택한 길 말고는
그에게 달리 길이 없습니다.
죄 많은 사람들을 모두 그에게 보여 주었습니다.
이번에는 당신의 감시 밑에서 죄를 씻는 자들을
보여 줄까 합니다.
어떻게 해서 데려왔는지 이야기하려면 길어지겠지요.
하늘에서 덕이 내려와 그 도움으로
그를 데리고 당신을 만나 이야기를 들으러 온 것입니다.
부디 반가이 맞아 주십시오.
그는 자유를 찾아가고 있습니다.[11] 그것은 목숨을
아끼지 않는 자만이 알 수 있는 귀중한 자유입니다.
당신은 그것을 아실 것입니다. 자유 때문에
죽음도 괴로워하지 않았던 당신은 위대한 날에
빛날 '육체의 옷'을 우디카에서 버렸습니다.
우리도 영원한 법을 어기지는 않았습니다.
이 사람은 살아 있고, 나 또한 미노스[12]에게 묶여 있지 않은 몸으로

---

11) 그는 자유를 찾아간다. 목숨을 아끼지 않는 자만이 알 수 있는 귀중한 자유를. 이 구절도 격
  언이 되고 좌우명이 되어 널리 알려진 것 중 하나이다.
12) 미노스의 힘이 미치는 범위는 다음 지옥의 제2에서부터 시작되고 있으므로 제1옥에 있는 베
  르길리우스에게는 미치지 못한다.

당신의 정숙한 마르치아[13]가 있는 옥에 살고 있습니다.
마르치아는 당신이 그녀를 아내로 생각해 주기를,
오, 거룩한 가슴이여, 남의 눈도 꺼리지 않고 지금도 빌고 있습니다.
그녀의 사랑을 보아서라도 부디 마음을 너그러이 하시어
당신의 일곱 나라를[14] 돌아보도록 허락해 주십시오.
만약 하계에서 말해도 상관없다면,
당신에 대해서 그녀에게 잘 전해 드리겠습니다."

"내가 이승에 있을 때는," 하고 노인이 말을 꺼냈다.
"하기는 마르치아가 내 마음에 들었기 때문에
뭐든지 소원을 들어주었다.
하나 지금 그녀가 악의 강[15] 저편에 살고 있는 이상,
이제 내 마음을 움직일 수는 없다. 그것은
내가 그곳에서 나왔을 때 정해진 규칙이다.
그러나 네 말대로 천상의 고귀한 여인이 너를 시켜
그를 인도하는 것이라면 아첨할 필요는 없다.
그분의 이름을 대고 내게 부탁만 하면 된다.
자, 가거라, 부드러운 골풀[16] 줄기로
이 사람의 허리를 동여매고, 세수를 시켜
모든 더러움을 씻어 줘라.[17]
나쁜 안개로 흐려진 눈으로는
천국의 사자 중에서 첫째가는 분 앞에

---

13) 마르치아의 이름은 지옥 제1원 림보에 나와 있다. 그녀는 생전에 카토와 결혼하여 아이까지 낳았는데, 그를 떠나 호르텐시우스와 재혼했다. 그와의 사이에도 아이가 있었는데, 호르텐시우스가 죽자 카토에게 되돌아와 카토의 아내로서 죽고 싶다, 카토의 사랑을 받았다고 후세에 전해지고 싶다고 애원했으나 결국 받아들여지지 않았다.
14) 카토의 감시하에 있는 것은 연옥산의 일곱 옥이다. 그것보다 더 위에 지상 낙원이 있다.
15) 아케론이다.
16) 부드러운 골풀은 겸양을 나타낸다. 시적으로 성공한 우의라 할 수 있을 것이다.
17) 지옥의 더러운 공기에 더럽혀진 것이다.

나갈 수 없을 테니까.
이 작은 섬의 주위 아주 얕은 곳,
물가의 부드러운 진흙 속에
골풀이 많이 나 있다.
그 밖의 초목은 잎이 무성하거나
딱딱해지기 때문에 오래 살지 못한다.
골풀을 매거들랑 여기 다시 돌아올 필요는 없다.
벌써 해가 떴다.
산으로 오르는 가장 편한 고갯길을 비춰 주리라."

이렇게 말하고 그는 사라졌다. 나는 말없이
일어나 길잡이에게 바싹 몸을 대고
눈을 들었다.
스승이 말했다. "내 뒤를 한발 한발 따라오너라.
이 벌판은 해변까지 경사를 이루고 있으니까
뒤로 돌아가도록 하자."

새벽은 아침빛에 쫓겨
달아났다. 아득히
바다의 물결이 보였다.
우리는 인적이 없는 벌판을 걸어갔다.
마치 길을 잃고 되돌아오는 이처럼
그 길을 다시 찾기까지는 앞길을 전혀 알 수 없었다.
밤이슬이 햇빛과 싸우고 있는 언저리에 이르렀는데,
바람이 싸늘하게 불고 있는 곳에서는
이슬이 마르는 것도 더뎠다.
스승이 두 손을 펴서
풀 위에 조용히 놓았다.
나는 스승의 뜻을 알아차리고

눈물에 젖은 두 볼을 스승에게로 내밀었다.
여기서 지옥의 때를 스승이 모조리 씻어 버리자
파리했던 볼에 붉은 기가 되살아났다.

이어서 우리는 인적이 없는 해변에 이르렀다.
그 부근의 바다를 항해한 자 중[18]
살아서 돌아간 예가 없다는 바다였다.
거기서 스승은 노인이 시켰던 대로 내 허리를 골풀로 맸다.
아, 이 얼마나 이상한 일인가, 스승이 그 풀을 골라서 뽑자
뽑은 자리에서 순식간에
부드러운 풀이 다시 돋아났다.

---

18) 〈지옥편〉 26곡 후반의 오디세우스에 대한 시를 참조.

연옥산의 지도

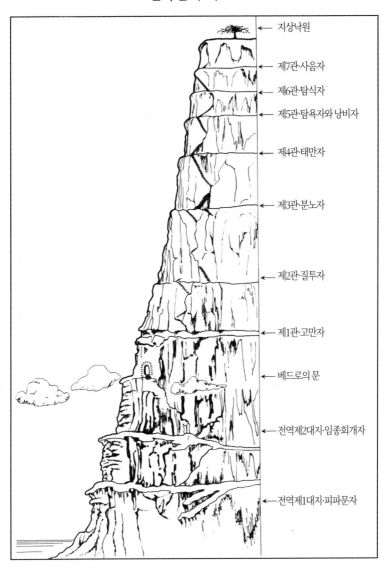

- ← 지상낙원
- ← 제7관·사음자
- ← 제6관·탐식자
- ← 제5관·탐욕자와 낭비자
- ← 제4관·태만자
- ← 제3관·분노자
- ← 제2관·질투자
- ← 제1관·고만자
- ← 베드로의 문
- ← 전역제2대지·임종회개자
- ← 전역제1대지·피파문자

제2곡

바다 멀리서 혼들을 실은 배가 순식간에 해변으로 다가온다. 하얗게 빛나는 사공은 천사이다. 성가를 부르고 나서 상륙한 백여 명의 혼 중에서 카셀라가 앞으로 나와 친구인 단테와 서로 얼싸안으려 한다. 죽은 뒤에 혼들이 테베레강 어귀에 모인 후 바다를 건너 연옥섬으로 실려 온 경위를 카셀라가 이야기한다. 단테의 청을 받아들여 그가 노래를 부른다. 모두가 멈추어 서서 카셀라의 아름다운 목소리에 귀를 기울이고 있으니 카토가 책한다. 혼들은 산산이 흩어져 산의 경사를 향해 달려간다.

해는 벌써 수평선[1] 위에 모습을 보였다.
그 자오선의 정점은
예루살렘 위를 지나고,
밤은 그와 반대의 하늘을 돌아
천칭궁의 별을 거느리고 갠지스강 밖으로 떠나갔다.
(이 별은 낮보다 밤이 길 동안은 밤을 떠난다)
이렇듯 내가 있던 연옥섬에서는
아름다운 새벽의 희고 붉은 뺨이
시간과 더불어 불타는 듯한 금빛으로 변해 갔다.

앞으로 갈 길을

---

1) 단테의 지리적 세계상에 따르면 지옥 골짜기 바로 위에 예루살렘이 위치하고, 그 동쪽 90도에 갠지스강이, 그 서쪽 90도에 지브롤터가 위치한다. 연옥의 산은 예루살렘에서 마주 바라다 보이는 곳에 있으므로, 거기서 해돋이가 보인다는 것은 지브롤터를 지나는 자오선 위에선 정오, 예루살렘에선 일몰, 갠지스강 어귀에선 한밤중이라는 것이 된다.

마음만이 서두를 뿐 몸은 조금도 움직이지 않는 나그네처럼,
우리는 아직도 해변에 서 있었다.
그러자, 아침이 가까워질 때
자욱한 안개를 뚫고 화성이 붉게 타오르듯이,
한 줄기 빛이 서쪽 바다 위를
하늘을 나는 새보다도 빠른 속도로
재빨리 물결을 건너 다가왔다.
아, 다시 한번 이 빛을 볼 수 있으면 좋으련만![2]
스승에게 물어보고자
눈을 잠시 돌리는 사이에도
빛은 점점 더 반짝거렸다.

---

2) 연옥으로 가는 이 천사의 배를 보고, 단테가 죽었을 때 그걸 탈 수 있었으면 하는 소망이다.

그 양쪽에는 뭐라고 형언할 수 없는
흰 반점이 나타났고, 밑에서도
무엇인지 흰 것이 차츰 그 모습을 나타내기 시작했다.
스승이 여전히 아무 말이 없는 사이,
양쪽의 흰 점은 날개 모양이 되더니
뱃사공의 모습이 또렷이 보이기 시작했다.
그러자 스승이 외쳤다. "자, 무릎을 꿇어라,
주의 천사가 왔다. 합장해라,
이제부터는 이런 분들을 만나게 된다.
보라, 사람의 도구 따위 거들떠보지도 않고,
돛도 노도 일절 쓰지 않고,
날개만으로 그 먼 거리를 오가고 있다.
보라, 날개를 하늘로 내밀고
영원한 깃털로 대기를 움직이고 있다.
짐승과는 달라 털갈이하지 않는 천사의 날개이다."

우리들 쪽으로 가까워질수록
천사의 모습은 더욱 밝아져서
이제 가까이서는 눈을 뜨고 있을 수가 없어
나는 눈을 내리깔았다. 그러자 조금도 물에 잠기지 않고
재빨리 달리는 가벼운 배를 타고
천사가 해변을 향해 다가왔다.
천사는 뱃머리에 서 있었는데,
문자 그대로 행복한 모습이었다.
백이 넘는 혼들이 그 속에 앉아
'이스라엘이 애굽에서 나오며'[3]

---

3) 〈시편〉 서두의 구절이다. 단테는 《향연》 속에서 이 구절에 '죄악 속에서 혼이 나가서 깨끗하고 자유로이 되는 것'이라는 뜻을 부여했다. 연옥의 옥마다 이런 종류의(주로 라틴어) 구절이 나타난다. 그것이 각 옥의 의미를 통합하고 있는 것이다.

연옥편 제2곡 325

를 모두 같이 노래하고 있었다.
그 성가에 적힌 가사를 다 부르고 나자
천사는 그들을 위해 성호를 그었다.
그러자 그들은 잇따라 해변에 내렸고
천사는 오던 때와 같이 떠나갔다.

거기 남겨진 무리는 그곳이 생소한지
새로운 것을 시험해 보는 이들처럼
주위를 두리번거리고 있었다.
대낮의 햇볕이 쨍쨍 내리쬐어
그 빛의 화살은 하늘 한가운데서
마갈궁의 별들을 내몰고 있었다.
새로 온 자들은 우리들 쪽으로 얼굴을 돌리고
말했다. "당신들, 알고 있거든
산으로 가는 길을 가르쳐 주오."

베르길리우스가 대답했다. "아마 당신들은
우리가 이곳을 잘 알고 있는 줄 아는 모양인데,
우리도 당신들과 마찬가지로 딴 데서 왔소.
당신들보다 조금 전에 왔을 뿐이오.
딴 길을 지나왔는데, 준엄하고 가열한[4] 길이었소.
그래서 지금부터 오를 길이 마치 장난 같아 보이는구려."

내가 숨 쉬는 것을 보고, 내가 아직도 살아 있다는 것을
눈치챈 혼들이

---

4) 준엄하고 가열하다는 형용사는 어두운 숲속을 형용할 때 이미 쓰였다. 작자는 베르길리우스
가 카토와 새로 온 혼들에게 설명한다는 형식으로, 독자에게도 단테의 저세상 여행의 동기며
경과를 지금 새로이 설명하고 있으므로, 여기에 사용된 asprae forte라는 형용사의 이 되풀이는
의식적인 기교라 생각해도 좋을 것이다.

놀라서 새파랗게 질렸다.

올리브[5] 가지를 가진 사자(使者) 주위에는

새 소식을 듣고자 사람들이 밀어닥쳐

예사로 서로가 떠밀어 대는 법인데,

이처럼 거기 있는 행복한 영혼은 모두

자기 몸을 씻으러 가는 것도 잊어버린 듯이

찬찬히 내 얼굴을 바라보았다.

그중 하나가 앞으로 나와

다정히 나를 포옹하려 했다.

나도 덩달아 그를 껴안으려 했다.

아, 허무한 그림자여, 모습은 보이는데 실체가 없는 것이다!

나는 세 번이나 팔을 그의 등으로 돌렸으나,

세 번 다 팔은 내 가슴으로 되돌아왔다.

의아한 빛이 내 얼굴에 떠올랐기 때문이리라.

그 그림자는 미소 지으며 뒤로 물러섰다.

그를 쫓아 내가 앞으로 나가자

그가 상쾌한 목소리로 나를 말렸는데,

그 목소리로 그가 누구인가를 알았다.[6] 나는 그 그림자를 향하여

잠시 멈추어 서서 이야기하자고 청했다.

그러자 그가 대답했다. "나는 생전에도 자네를 사랑했지만

'육체'의 고삐가 풀린 지금도 자네를 사랑하고 있네.

나는 멈추어 서리라. 그런데 자네는 무슨 일로 여기엘 왔는가?"

"카셀라," 내가 말했다. "지금 있는 곳으로 언젠가

다시 돌아올 수 있도록 나는 이 여행을 하고 있어.[7]

5) 올리브는 평화의 상징이다.

6) 가수 카셀라는 목소리가 상쾌했다.

7) 뒤에 단테가 죽었을 때, 지옥이 아니고 연옥을 거쳐 천국으로 갈 수 있도록 하려는 배려에서
   이다. 여기서 한마디 덧붙이면, 성당에 새겨진 천국·지옥의 조각과, 그리고 그 내부에 그려진

그러나 자네는 왜 이다지도 시간이 걸렸지?"

그가 말했다. "연옥으로 보낼 사람을 뽑고,
그 시기를 마음대로 정하는 분이[8]
나의 출항을 좀처럼 허락해 주시지 않았어.
그러나 어쨌든 그분의 뜻은 옳은 것일세. 그래서
별로 심한 변을 당하지는 않았네.
하기는 요즘 석 달 동안은 여기 오고자 하는 자가 모두
즉석에서 허락되어 그분의 배를 타고 있네.[9]
나는 테베레[10]강 물이 바닷물과 합처지는 곳에서
바다를 보고 기다리고 있었더니
다행히도 배를 태워 줬는데,
그분은 바로 아까도 그 강어귀를 향해 날개를 돌렸네.
아케론강에 빠지지 않는 이는[11]
언제나 그곳에 모이기 때문일세."
내가 말했다. "언제나 나의 열렬한 생각을 가라앉혀 주던 사랑의 노래를
새로운 법이 금지했다든가
자네가 잊어버린 것이 아니라면,
부디 조금이라도 좋으니까 내 영혼을 그 노래로
달래어 주게. 내 혼은 육체와 함께
이리로 왔네. 그래서 더욱 고달프다네."

"마음속에서 나에게 속삭이는 사랑의 신은,"[12]

벽화 등의 창작 심리와 시인의 《신곡》 창작의 심리 사이에는 공통으로 교화 요소가 짙다고 할
수 있다.
8) 먼젓번 배의 뱃사공 노릇을 하는 천사를 가리킨다.
9) 1299년 그리스도의 성탄절부터 1300년의 대사(大赦)가 시작되었다.
10) 로마시를 흘러 오스티아에서 바다로 흘러 들어가는 강이 테베레이다.
11) 사람은 죽으면 아케론 기슭에 빠지든가(지옥행), 아니면 테베레 하구에 빠진다(연옥행).
12) 이 시는 단테 자신의 작품으로 《향연》에 나온다. 카셀라가 작곡했다고 전해지고 있다.

그는 그때 노래 부르기 시작했다. 부드러움이 지금까지
몸속으로 스미는 듯한 참으로 부드러운 목소리였다.
스승도 나도 카셀라의 일행도
모두 황홀하게 도취하여
다른 일은 모두 잊어버린 것 같았다.
우리는 모두 그의 목소리에 귀를 기울이고
정신없이 들었다. 그러자 엄격한 노인이
소리쳤다. "도대체 이게 무슨 짓인가, 뭘 이리 꾸물대고 있느냐?
이 무슨 게으른 노릇이며, 지체란 말이냐?
어서 산으로 뛰어올라가 더러움을 씻도록 하라.
그렇지 않으면 하느님은 뵙지 못할 것이다."

먹이를 보고 모여든 비둘기는
평소와는 달리 으스대지도 않고
조용히 보리나 피를 쪼아 먹다가
일단 무서운 것이 나타나면
먹이를 버리고 정신없이 도망쳐 버린다.
먹이보다 더 마음에 걸리는 게 있기 때문이다.
그와 마찬가지로 새로 온 무리는
노래를 버리고 산으로 뛰어올라갔다.
정처도 없으면서 무조건 가는 것이었다.
우리도 그들에게 뒤지지 않게 떠났다.

제3곡

단테는 자기 앞에만 그림자가 있는 것을 보고 베르길리우스에게 버림을 받았는가 하고 당황한다. 길잡이는 혼은 그림자가 없다고 일러주고 단테 옆에 나란히 걷는다. 연옥 앞에 가파른 고갯길을 올라가는 동안 저편에서 사람들이 양 떼처럼 온순하게 접근해 온다. 금발의 고귀한 풍채의 사나이가 단테를 부른다. 베네벤토의 전투에서 패한 나폴리 왕 만프레디가 상처를 가리키면서 자신의 마지막 광경을 이야기하고, 현세로 돌아갈 단테에게 딸 코스탄차에게 보내는 전언을 부탁한다.

모두가 일제히 뛰어나가
연옥산을 향해
들판 사방으로 흩어졌으나,
나는 의지하는 길잡이에게로 바싹 다가붙었다.
길잡이 없이 어떻게 내가 갈 수 있겠는가?
누가 나를 산 위로 끌어올려 주겠는가?
스승은 양심에 거리낌을 느낀 것 같았다.
아, 거룩하고 깨끗한 양심,
그것은 사소한 허물에도 쓰라린 아픔을 느끼는 것이다!

조급히 걸으면 위엄을 잃는 법,
스승의 발걸음이 본래대로 침착해졌을 때
내 기분도 침착하게 풀어져
기다렸다는 듯이 눈을 크게 확 뜨고
언덕 쪽을 보았다.
언덕은 수면에서 하늘 높이 솟아 있었다.

태양은 내 등 뒤에서 붉게 타고 있었는데,

내 모습에 가려져

내 앞에 그림자를 떨구고 있었다.

땅은 내 앞에서밖에 그늘을 짓지 않았으므로

스승에게 버림을 받았나 하고 깜짝 놀라

옆을 돌아보았다.

그러자 스승은 위로하는 얼굴로 나를 보고 말했다.

"왜 또 걱정을 하나?

네 곁에서 내가 안내하고 있는 걸 모르겠나?

현세에서 내가 속에 깃들어 그림자를 떨어뜨렸던 육체는[1]

브린디시로부터 옮겨져 나폴리에 묻혀 있다.

벌써 그곳에는 땅거미가 지기 시작할 무렵이다.[2]

지금 내 앞에는 그림자가 하나도 없는데,

그것은 잇따라 하늘을 지나가는 빛이 도중에서 가로막히지 않는 것과

같은 이치니 놀랄 건 없다.

나 같은 몸은 더위나 추위나 고통을 느끼게끔

하느님의 뜻으로 만들어졌는데,

그 까닭은 우리에게 밝혀지지 않았다.

삼위일체의 신이 장악하는 무한한 길을

인간의 이성으로 따라갈 수 있다고

기대한다는 것은 미친 노릇이다.

사람에게는 한도가 있다. '무엇인가' 하는 이상을 묻지 마라.

만약 너희들이 모든 것을 안다면,

마리아가 '그리스도'를 낳을 필요도 없었다.

이미 보지 않나, 그런 헛된 소망을 품고

그것이 채워지지 않은 채

---

1) 베르길리우스는 브린디시에서 기원전 19년에 사망했는데, 아우구스투스 황제의 명령으로 유체가 나폴리로 운반되었다. 그 무덤은 포추올리로 가는 길옆에 있다.
2) 남반구인 연옥에서 날이 새면, 나폴리 부근에는 땅거미가 지게 된다.

영원한 고통을 당하고 있는 사람들,
이름을 들면 아리스토텔레스나 플라톤,
그 밖에 많은 사람들이 바로 그렇다." 스승은 여기서 고개를 숙이고
난처한 듯이 입을 다물었다.[3]

우리는 그사이 산 밑에 다다랐다.
바위가 깎아지른 듯이 서 있어
날랜 다리라도 오르기 힘들 것 같았다.
레리치와 투르비아 사이의[4]
사람 왕래가 없는 험한 산길도 여기에 비하면
확 트인, 오르기에 수월한 산길로 생각되었다.
"어느 쪽 경사가 덜한지 누가 짐작할 수 있을까?"
스승은 걸음을 멈추고 말했다.
"아무튼 날개도 없이 올라가야 하는 것이니."

스승이 얼굴을 숙이고
머릿속으로 방법을 생각하고 있는 동안
나는 위쪽의 바위산을 보고 있었다.
그때 왼편에서 한 무리의 혼이 나타나
우리들 쪽을 향해 발을 움직여 왔다.
온다고도 여겨지지 않을 만큼 느릿느릿 다가왔다.

"스승님," 내가 말했다. "눈을 들어 저쪽을 보십시오.
설사 스승님께 좋은 지혜가 없으시더라도
저기 오는 저 사람들이 지혜를 가르쳐 줄는지도 모르겠습니다."
그러자 스승은 눈을 들고 이제 한시름 놓았다는 듯이 대답했다.
"저리로 가자, 저쪽은 경사가 덜하다.

---

3) 베르길리우스 자신도 그 밖의 많은 사람 중의 한 사람이기 때문이다.
4) 레리치와 투르비아는 리구리아 지방의 높고 험한 산이다.

아들아, 소망은 반드시 이루어질 게다."

우리는 천 걸음 이상이나 나아갔으나,

그래도 그들하고는 거기가 멀어

힘껏 팔매질해야 가까스로 돌이 닿을 정도였다.[5]

그들은 모두 모여 절벽의 험한 바위 모서리를

붙잡고,

이상한 것을 본 듯이 조용히 있었다.

"오, 복된 가운데 생을 마친 이들이여, 이미 선택된 혼들이여."[6]

베르길리우스가 입을 열었다. "보아하니

후세의 평안을 바라는 것 같은데, 그 평안을 두고 비나니

가르쳐 다오, 산은 어느 쪽이 경사가 덜하고

어느 쪽으로 가면 오를 수가 있는지.

시간이 흘러가는 것이 그 값어치를 알면 알수록 괴롭다."[7]

양은 우리에게 한 마리, 두 마리, 세 마리, 이렇게 나온다.

그리고 뒤에 남은 양은

눈과 코끝을 숙이고 있다. 얼떨떨한 것이다.

그리하여 앞장선 양이 하는 대로 다른 양은 따라 한다.

앞장선 놈이 멈추면 그 등에 기댄다.

단순하고 순해서 이유를 알려고도 않는다.[8]

그와 마찬가지로 그 복된 무리의 앞장선 자가

수줍음을 머금은 표정과 위엄 있는 걸음걸이로

이쪽으로 오고 있었다.

---

5) 이런 구식 거리 측정법도 있다.

6) 연옥에 도착한 사람은 복된 가운데 생을 마친 사람, 즉 신의 은총 속에 죽은 사람이므로 벌써 영원히 구원되게끔 선택된 혼인 것이다.

7) 단테는 《향연》 속에서도 "우리들의 모든 분쟁은 그 시초를 잘 살펴보면 거의 모두가 시간을 쓸 줄 모르는 데에서 유래되고 있다."고 말하고 있다.

8) 단테의 비유는 자연의 관찰에 기본을 두고 있어 진실미가 시의 맛이 되고 있다.

내 오른쪽 땅에는 빛이 끊어지고
그림자가 내 몸에서 바위께까지 뻗쳐 있었는데,
앞장선 자들은 그것을 보더니
주춤해서 뒤로 한 걸음 물러섰다.
그러자 뒤따라오던 자들도 모두
이유도 모르고 물러섰다.

"자네들이 묻기 전에 내가 먼저 밝히겠는데,
보다시피 여기 이 사람은 산 사람이다.
그래서 햇빛이 땅에서 갈라지는 것이다.
놀라지 마라. 하늘의 도움 없이
이 바위 벼랑을
기어오르려는 것은 아니다."

스승이 이렇게 말하자 저쪽의 위엄 있는 자들이
손등으로 신호하며 말했다.
"뒤로 돌아 앞으로 가거라."

그러자 그중 하나가 말했다. "네가 누군지는
모르나, 이쪽으로 얼굴을 돌리고
현세에서 나를 본 적이 있는지 없는지를 생각해 봐라."
나는 그를 찬찬히 바라보았다.
금발에 아름답고 고귀한 풍채였으나
한쪽 눈썹이 상처로 인해 갈라져 있었다.
내가 본 적이 없다고
겸손하게 대답하자, 그는 "그러면 봐라."
하며 가슴의 상처를 내보였다.
그리고 미소 지으며 말했다. "나는

만프레디[9]로 황후 코스탄차[10]의 손자이다.

한 가지 부탁이 있다. 자네가 현세로 돌아가거든

시칠리아와 아라곤의 자랑스러운 어머니가 된

내 아름다운 딸을[11] 찾아가

세상의 소문이 그릇되어 있거든 진상을 전하여 다오.

치명적인 상처를 두 군데 입고 이 몸이 쓰러졌을 때

나는 눈물 흘리며

자진해서 용서해 주시는 분에게로[12] 나아갔다.

내 갖가지의 죄악은 끔찍한 것이었다.

그러나 무한한 은혜는 커다랗게 두 팔을 벌리고

그를 향하는 자는 모두 포옹해 주신다.

당시 교황 글레멘스에게 명령을 받고

나를 쫓아낸 코센차의 주교가

신의 뜻 속에 이러한 면도 있다는 것을 알아차렸던들

내 해골은 지금도

베네벤토의 다릿목에서

---

9) 만프레디는 슈바벤 출신인 황제 페데리코 2세의 서자로서 1250년 황제가 사망한 후, 그 뒤를 이어 이탈리아와 시칠리아를 통치했다. 1252년 독일에서 형뻘인 선왕의 적자 콜라드 4세가 와서 지배했으나, 그가 1254년에 죽자 콜라드의 아들 콜라디노로부터 권력을 빼앗아 그가 죽었다는 거짓 소문을 내고, 이어 1258년 팔레르모에서 황제의 관을 썼다. 교회에서는 그를 파문하였다. 교황 글레멘스 4세는 프랑스의 앙주로부터 샤를 1세를 불러다가 양자가 협력하여 1266년 2월 5일 만프레디군을 베네벤토 전투에서 무찔렀다. 그때 만프레디는 전사했다. 빌라니의 《연대기》에는 "만프레디 왕은 미남이며, 아비보다 더한 방탕아로 아주 호방한 기질을 갖고 있었으며, 악기의 연주는 물론 노래에도 능란했다. 가까이에 신하와 첩들을 즐겨 모아놓고, 항상 푸른 옷을 입고 기분 좋게 인심을 썼으므로 모든 사람에게 사랑을 받았으며, 성품 또한 다정하고 우아했다. 그러나 하느님과 성인에 대한 것을 마음에 두지 않아 결국 교회의 적으로……." 라고 씌어 있다.

10) 코스탄차는 시칠리아의 노르만 왕가 출신으로 황제 알리고 6세의 비이며, 페데리코 2세의 어머니이다.

11) 딸도 코스탄차라 하며, 시칠리아와 아라곤 왕 페드로 3세의 비가 되었다. 그의 두 아들이 각기 시칠리아 왕(페데리코)과 아라곤 왕(야코모)이 된 것이다.

12) 자진해서 용서하는 분은 주(主)이다.

육중한 돌무덤 밑을 지키고 있을 것이다.

그러나 내 백골은 지금 왕국 밖, 베르데강 강변에서

비바람에 바래고 있다.

주교가 횃불을 끄게 하고, 그리로 유골을 옮긴 것이다.[13]

희망이 조금이라도 푸르름을[14] 지니고 있는 한

교회에서 파문당할지라도, 사람이 파멸되어

영원한 사랑이 미치지 않는 곳에 있게 되는 일은 없다.

그러나 성스러운 교회로부터 파문되어 죽은 사람은

비록 마지막에 잘못을 뉘우쳤다 할지라도

불손하게 지낸 시간의 30배를, 산 밖의 이 골짜기에서

지내야만 한다.

선량한 이들의 기도로[15]

이 법칙의 시간이 단축된다면 또 모르지만.

자, 만약 나를 기쁘게 해 줄 생각이 있다면

내 딸 코스탄차를 만나 전해다오,

자네가 본 내 처지와 이 금제(禁制)를.

여기서는 현세 사람들의 기도로 걸음이 한결 빨라지는 것이다."

---

13) 파문당한 만프레디의 유체는 묘지에 매장될 수가 없었다. 그래서 베네벤토의 칼로레강 다리 밑에 묻혔다. 그 위에 병사들이 돌을 던져 무덤을 쌓았으나 만프레디를 탄핵하는 교황의 앞잡이가 된 코센차의 주교 파르톨로메오 피냐텔 리가 그 시체를 파내어 왕국 밖으로 운반해—그 무렵, 파문자의 유체에 대해서는 언제나 그렇게 하는 것이지만, 횃불을 끄고 행진하여—베르데강 강가에 묻지도 않고 비바람을 맞도록 내버렸다. 베르데강은 나폴리 왕국과 바티칸 왕국 사이의 강으로, 오늘날 가릴리아노라 불린다.

14) 희망이 완전히 없어지지 않은 것을 희망이 푸르다고 한 것이다.

15) 연옥에 있는 사람들은 현세의 선량한 사람들의 기도로써 빨리 위로 올라갈 수가 있다. 그래서 혼들은 살아서 현세로 돌아가는 단테에게 전언을 부탁해서 친척들이 그를 위해 기도해주기를 바라는 것이다. 이 때문에 연옥의 사자들은 자진해서 단테에게 신상 이야기를 하는 것인데, 그것이 〈연옥편〉의 이야기를 진행하는 교묘한 계기가 되고 있다.

제4곡

두 사람은 좁고 가파른 언덕길을 네 발로 엉금엉금 기어 올라가 첫째 대지에 이르러서 잠시 쉰다. 거기서 베르길리우스가 단테에게 왜 태양의 위치가 북반구와 남반구에서 바뀌었는가를 설명한다. 그때 부르는 자가 있었으므로 그 바위 밑으로 가 보니, 아주 타락한 꼴로 피렌체의 악기 제조자인 벨락콰가 웅크리고 있다. 그는 죽기 직전에야 겨우 잘못을 뉘우쳤으므로, 현세에서 있었던 만큼의 시간을 연옥문 밖에서 기다리고 있다는 것이다.

기쁠 때나 슬플 때나
한 감각이 그것을 느끼면,
혼은 그쪽으로 쏠려
벌써 다른 능력에는 아랑곳없게 된다.
이것은 사람에겐 혼 위에 또 하나의 혼이 있어[1]
거기에 불이 붙는다는 생각을 부정하게 한다.
그러므로 혼이 강력하게 끌리는 사물을
보거나 듣거나 할 때는
시간이 흐르든 말든 깨닫지 못한다.
시간을 재는 능력은
혼에서부터 분리되어 있으나, 다른 한쪽은 혼과 맺어진
혼 전부를 그곳으로 집중시키기 때문이다.

거기 대해서 실제로 체험이 있다.

---

[1] 사람에게 여러 개의 혼이 있다는 것은 플라톤의 학설이다.

만프레디가 이야기하는 것을 듣고 놀라고 있는 동안
태양은 넉넉히 50도는 떠오르고 있었는데,[2]
나는 그것을 깨닫지 못했다. 그때 모두가 일제히
"여기가 너희들이 찾는 곳이다." 하고 외쳤다.
벌써 거기까지 와 있었던 것이다.

포도가 갈색으로 무르익을 때, 마을 사람들은
가시덩굴을 끌어모아[3]
포도밭 입구를 이따금 막는다.
혼의 무리가 우리를 떠난 후
길잡이를 앞세우고 내가 뒤따르며 단둘이
올라간 길은 그 입구의 폭보다도 좁았다.
산 레오로 가건 놀리[4]로 내려가건
비스만토바의 꼭대기에 오르건,
거기는 발로 갈 수 있으나 여기선 날아야만 했다.
그러나 여기에서는 큰 희망이 날쌘 깃과 날개가 되었다.
그래서 나는 길잡이의 뒤를 따라 날아갔다.
길잡이가 희망을 주고 빛이 되어 준 것이다.

우리는 갈라진 바위틈을 기어올랐다.
양편에서 암벽이 좁아져
발디딜 곳을 찾아 두 손과 두 발을 헤매어야 했다.
높은 벼랑 위 삐죽이 나온 곳에 이르렀을 때
산의 경사가 다시 확 트여 보였다.
"스승님," 내가 말했다. "어느 길로 갈까요?"

---

2) 오전 9시 20분이 지났다는 계산이 된다.
3) 포도 도둑을 경계하는 것인데, 연옥 입구가 폭이 좁은 것을 그것에다 비유한 것이다.
4) 산 레오는 산 마리 근처에 있는 험준한 산이다. 놀리는 리구리아 해안에 있는 작은 도시, 비스
   만토바는 레조넬 에밀리아의 남쪽에 있는 도시이다.

스승이 대답했다. "한 발도 물러서면 안 된다.
누구든지 길을 잘 아는 이들이 나타날 때까지
계속 산 정상을 향해서 내 뒤를 따라오너라."
산꼭대기는 높아서 보이지도 않고,
경사도 몹시 가팔라
45도 이상은 되어 보였다.
나는 지쳐서 말했다.
"오! 상냥하신 아버님, 돌아봐 주십시오,
멈춰 주시지 않으면 저 혼자 남게 됩니다."
"아들아, 저기까지만 기운을 내어라."
하면서 스승은 조금 위에 있는 대지를 가리켰다.
그 대지는 이쪽 산허리 전체를 에워싸고 있었다.
스승의 말이 격려되어
나는 열심히 엉금엉금 기어서 뒤따라갔다.
마침내 그 높은 지대에 발을 디뎠다.

거기서 우리는 막 올라온 동쪽을 바라보며
허리를 폈다.
사람이란 지나온 길을 뒤돌아보면 기운이 나는 법이다.
처음에는 눈 아래의 물가를 바라보고
이어서 눈을 들고 태양을 우러르니,
놀랍게도 광선이 왼편에서 비치고 있었다.
스승은 내가 해의 움직임 때문에 놀란 것을
재빨리 알아차렸다.
태양은 우리와 북극 사이에 들어와 있었다.
그러자 스승이 말했다. "만약 쌍어궁 별이
북쪽이나 남쪽을 비추는 저 거울(태양)과
같은 곳에 있다고 치면,
불그스레한 황도대는

종래의 궤도를 벗어나 있지 않은 한
큰곰자리가 작은곰자리 바로 가까이에 보일 것이다.
왜 그렇게 되는지 만약 생각할 수가 있다면,
차분히 생각해 보도록 해라.
시온의 산과 이 연옥의 산은, 지구상에서 각기
다른 반구에 속하고 있으나 똑같은 시야를 갖고 있다.
그러니까—파에톤은[5] 그 궤도를
어떻게 달려야 할지 몰라 혼이 났지만—
너는 알겠지, 이쪽 산에서는 왼편을
저쪽 산에서는 오른편을 지나가지 않으면 안 되는 것이다.
네가 현명하다면 분명히 알았을 것이다.”
“네, 분명히,” 내가 말했다. “스승님, 이처럼
분명한 적은 이제까지 없었습니다.
이제까지는 그 점이 분명치가 않았었습니다.
학술상으로 적도라고 불리고,
항상 여름과 겨울 사이에 위치하는[6]
천체 운행의 중앙 둘레가
스승님께서 말씀하신 논리대로 여기서부터는 북쪽으로
떨어져 있어
꼭 헤브라이인에겐 열대 쪽으로 뻗어나간 듯 보입니다.
그러나 가르쳐 주십시오.
아직 길은 얼마나 남았습니까? 경사는
눈에 보이는 것보다도 훨씬 위까지 뻗어 있습니까?”
그러자 스승이 말했다. “이 산의 모양은
산 아래쪽일수록 오르기가 힘들고,
오르면 오를수록 고통이 덜어진다.

---

5) 파에톤에 대해서는 147쪽과 주 참조.
6) 북반구가 여름이고 남반구가 겨울이라도, 또 그 반대라도 적도는 항상 겨울과 여름 사이에 위
   치하는 것이다.

그래서 나중에는 쾌적하여
오르기가 무척 수월해져,
말하자면 배를 타고 강을 내려가는 것처럼 된다.
그렇게 되면 이 길의 종점에 도착한 것이다.
거기서 피로를 풀도록 하라.
내가 지금 말한 건 사실이다. 이 이상은 이제 대답하지 않겠다."

스승이 그렇게 말을 끝냈을 때
가까이에서 목소리가 들렸다. "아마 그 전에
주저앉고 싶어질 겁니다."
그 목소리에 우리는 뒤돌아보았다.
왼편에, 스승도 나도 그때까지 보지 못했던
큰 바위가 보였다.
그곳에 이르니 바위 뒤 응달에
사람 몇이 앉아 있었는데,
그 모습이 아주 단정치가 못했다.
그중 하나는 귀찮은 듯이
무릎을 끌어안고 앉아
두 무릎 사이에 머리를 틀어박고 있었다.

"아, 스승님," 내가 말했다. "보십시오.
마치 태만과 남매 간이라[7] 할 수 있을 만큼
게으른 꼴을 하고 있습니다."
그러자 사나이는 고개만 무릎 위에서 움직여
우리들 쪽을 잠시 돌아보더니
말했다. "기운 좋은 분들은 어서 올라가시오!"
그 말을 듣고 그가 누군지 나는 알았다.

---

7) 태만(pigrizia)은 여성 명사이다. 그것을 의인화하기 때문에 이런 종류의 표현이 이탈리아어로
가능하게 된다.

아직도 숨이 가빠 헐떡거리고 있었으나,
그래도 그자에게로 다가갔다.
내가 가까이 이르자 그는 약간 고개를 쳐들고 말했다.
"너는 태양이 어떻게
왼편으로 도는지 정말로 알았나?"

그 행동거지와 불쑥 하는 말을 들었을 때
나는 무의식중에 미소 지으며 말했다.
"벨락콰야,[8] 이제 너에 대해
난 걱정 않겠다.[9] 그런데 왜 여기
앉아 있나? 동행을 기다리고 있나?
아니면 또 그 게으른 버릇이 나왔단 말인가?"

그러자 그가 말했다. "위에 간들 무엇 하나?
문 위에는 하느님의 사자가[10] 앉아 있어,
나를 보내 줄 성싶으냐. 속죄는 아직도 멀었어.
들어가기 전에 내가 현세에 있었던 것만큼
세월이 흐르기를 문밖에서 기다리고 있는 거다.
내가 느림보라 마지막에 가서야 겨우 뉘우쳤기 때문이지.
은총 속에 사는 마음씨 착한 이가 기도를 해 줘서
나를 도와준다면 또 몰라도
그 외에는 천상에서 들어주지 않기 때문에 소용이 없어."

---

8) 벨락콰는 피렌체의 악기 제조자로서 굉장한 게으름뱅이였다. 피렌체의 소시민으로 유머러스
한 데가 없지도 않아, 〈지옥편〉 6곡의 치아코와 비슷한 조연적인 존재로 설정되었다고 할 수
있을 것이다. 14세기 당시의 일상생활에 가까운 풍속 묘사가 연옥 속에 그려지고 있는 것이다.
9) 지옥으로 가는 것이 아님을 알았기 때문에 "이제 너에 대해 걱정 않겠다."고 단테가 말한 것
이다.
10) 〈연옥편〉 4곡의 지리는 연옥문 밖의 제1옥으로, 연옥문 밖이 끝나면〈연옥편〉 9곡) 연옥문이
있고, 거기에 감시하는 천사가 있다.

벌써 산으로 오르고 있던 시인이 말했다.

"자, 가자, 봐라, 태양은

자오선에 접어들고,[11] 밤은 그 길로

해안을 따라 모로코를 덮고 있다."

---

11) 시간은 낮 12시로, 모로코는 지금 오후 6시라 해가 지려 하고 있다.

제5곡

산 중턱을 가로질러 다른 일행이 '미제레'를 노래하며 접근해 왔는데, 거기서
두 사자(使者)가 뛰어온다. 그들은 모두 비참한 죽임을 당한 자들이지만 임종 직
전에 잘못을 뉘우쳤으므로 지옥으로 떨어지는 것만은 면한 것이다. 야코보가 에
스테 가문의 사람에게 살해된 광경을, 또 본콘테가 캄팔디노 전투 때 목이 찔려
죽었는데 그 몸뚱이가 아르노강에 떠내려간 광경을 이야기한다. 마지막으로 시에
나에서 나고 마렘마에서 죽은 피아가 한마디 덧붙인다.

내가 그 혼들의 무리를 떠나
스승의 뒤를 따라 한창 걸어가고 있을 때
뒤에서 한 사람이 나를 가리키며 외쳤다.
"보라, 밑에 있는 자의 왼편에는
햇빛이 비치지 않는 것 같다. 마치
산 사람의 걸음걸이와 똑같지 않은가!"
소리가 난 쪽을 돌아보니
사람들이 놀라서 나를, 나만을!
그리고 내가 땅에 떨어뜨린 그림자를 쳐다보고 있었다.

"왜 너는 그렇게 안절부절못하나?"
스승이 말했다. "걸음이 느려졌구나,
그들이 수군대는 것이 마음에 걸리나?
나를 따라오너라, 마음대로 지껄이게 내버려두고
바람이 불든 말든 꿈쩍도 하지 않는 탑처럼
듬직하게 있어라.

여러 생각이 연방 솟아나는 자는
자칫 목표를 잃기 쉽다.
솟아나는 힘이 서로 힘을 꺾어 버리기 때문이다."[1]

"따라가겠습니다." 하는 수밖에 달리 할 말이 있겠는가?
그렇게 말하니 나도 모르게 얼굴이 달아올라 화끈거렸으나,
때로는 얼굴 붉히는 것으로 용서될 때도 있다.

그 무렵 우리보다 조금 위쪽 산 중턱을
가로질러 사람들이 한 구절 한 구절
'미제레'[2]를 노래하며 다가왔다.
내 몸에 햇빛이 통하지 않는 것을
알았을 때 그들의 노래는
"오오."라는 긴 목쉰 소리로 변했다.
그중 둘이 심부름꾼인 듯
우리들 쪽으로 뛰어와서 물었다.
"당신들의 신분을 우리에게 알려 주오."
스승이 말했다. "돌아가 너희들을 보낸 자들에게
전해 다오.
이 사람의 몸은 진짜 살로 되어 있다.
아마도 너희들은 그림자를 보고 걸음을 멈춘 것 같은데,
그렇다면 이 대답으로 이해가 갈 것이다.
공덕이 될지도 모르니 그에게 경의를 표하도록 하라."[3]

---

1) 모럴리스트로서 단테의 측면은 30쪽 격언에도 새겨져 있었지만, 이 '바람이 불든 말든 꿈쩍도 하지 않는 탑'의 비유도 시적인 측면에서 매우 아름다운 인간성 관찰의 발언이라 할 수 있을 것이다.
2) 〈시편〉 51편의 '통회성시(Misre)'로 '자비를 베푸소서'로 시작되는데, 그 성서의 첫머리 구절이 라틴어 '미제레'이다.
3) 단테가 현세로 돌아가 저승의 소식을 자신을 아는 이들에게 전하면, 그들의 기도로 빨리 위쪽으로 올라가게 될지도 모르기 때문이다.

황혼 녘에 하늘을 나는 유성도
해 질 녘에 8월의 구름을 찢는 번개도
위쪽으로 뛰어올라간 두 사람만큼
빠르지는 않았다.
그리고 돌아가자마자 다른 동료들과 무리 지어
이쪽을 향해 한결같이 뛰어 내려왔다.

"이리로 몰려오는 자들이 많구나,
너에게 진정하러 오는 거다." 하고 시인이 내게 말했다.
"그러나 걸음은 멈추지 말고, 걸으면서 들어주어라."
"오, 태어났을 때의 몸 그대로 지니고
복 받으러 가는 혼이여."
하고 외치면서 뛰어왔다. "걸음을 잠시 멈추고
우리 중 누군가 본 기억이 있는지 없는지 보아 다오.
본 기억이 있거든 저세상에 소식을 전해 다오.
아, 왜 가나? 아, 왜 멈추어 주지 않나?
우리는 모두 비참한 죽음을 당했다.
죽기 직전까지 죄인이었다.
그러나 그때 하늘의 빛에 눈이 번쩍 뜨여
죄를 뉘우치고 원수를 용서하면서
하느님과 화해하고 인생을 떠났다.
하느님은 하느님을 보고자 하는 소망을 일깨워 주신 거다."

내가 말했다. "너희들 얼굴을 찬찬히 보았으나
아무도 본 기억이 없다. 그러나 바란다면
마음씨 착한 너희들이니, 내가 할 수 있는 일이라면
말해 다오. 이 길잡이의 뒤를 따라
이 세상에서 저세상을 돌아 평안을 찾아가는 나이니,
그 평안을 두고 맹세컨대 될 수 있는 한 해 보겠다."

그러자 하나가 입을 열었다. "네가 맹세하지 않더라도
모두 네 도움을 믿고 있다.
안 될 일을 부탁한다면 또 모르지만.
그래서 다른 이보다 먼저 내가 말하겠는데,
부탁이란 다름이 아니다. 만약 기회가 있어
로마냐와 카를로 사이에 있는 나라로[4] 가거든
부디 파노시에서 여럿에게 정중히 부탁하여
내가 이 무거운 죄를 씻을 수 있도록
나를 위해서 기도를 드려 주도록 주선해 주지 않겠나?
나는[5] 그곳 출신이다.
그러나 가장 안전한 땅이라고 믿고 있었던
안테노라[6] 가문의 영토 내에서 깊은 상처를 입어
생명의 피가 그 상처로부터 흘러나왔다.
도리에 벗어난 원한을 나에게 품고 있던
에스테 가문 사람이 조종한 것이다.
오리아고에서 쫓겼을 때
만일 미라 쪽으로 도망하였던들
나는 아직 현세의 공기를 들이마시고 있었을는지 모른다.
그러나 나는 늪 쪽으로 달아나 거기서 억새에 걸리고
진흙에 두 발이 빠져 쓰러졌다. 그곳에서 내 몸속
피가 흘러나와 땅바닥에 피의 호수가 생기는 것을 보았다."

---

4) 앙코나를 중심으로 하는 마르케 지방이 로마냐와 카를로의 사이에 있다.
5) 야코포 델 카세로는 마첼리타의 시장 아들로 1268년에 태어났다. 1296~1297년에 그는 볼로냐
  의 시장이 되었는데, 페라라 후작 아초 8세와 사이가 나빠졌다. 파노로 돌아가 1298년 밀라노
  의 시장으로 초빙을 받게 되어, 에스테 가문의 영지를 밟지 않으려고 길을 우회하여 배로 베
  네치아로 건너가 파도바 영토를 거쳐 밀라노로 갔으나, 부렌타 운하에 연해 있는 오리아고에
  서 아초 8세가 보낸 자객의 손에 피살되었다.
6) 전설에 따르면 파도바는 트로이의 배신자 안테노라가 창설한 도시라고 한다. 지옥 맨 밑바닥
  에 있는 꼬치토의 둘째 원이 안테노라라 불리고 있는 것은 〈지옥편〉에서 이미 보았다.(274쪽
  과 주 참조)

다음에 다른 하나가 말했다. "아, 저 산꼭대기까지
자네의 희망대로 잘 올라갈 수만 있다면 좋으련만.
자네의 상냥한 동정심으로 내 소원을 도와다오.
나는 몬테펠트로 출신으로 이름은 본콘테이다.[7]
지오반나[8]도 아무도 나를 도와주지 않기 때문에
이 사람들 틈에 끼어서 나는 얼굴을 숙이고 간다."

내가 말했다. "당신이 캄팔디노 밖으로 운반된 것이
우연인가요, 아니면 완력인가요?
끝내 당신의 무덤조차 모르게 되고 말았는데요?"
"오오" 그가 대답했다. "이름이[9] 아르키아노라 하는 강이
수도원 위쪽의 아펜니노산맥에서 일어나
카센티노산 밑을 가로질러 흐르고 있소.
목을 찔린 나는 걸어서 달아나
들을 피로 물들이며,
그 강이 더 이상 강이라 불리지 않는 곳에 이르렀소.
거기서 눈도 보이지 않고 말도 못 하게 되어
마리아의 이름을 부르며 죽었소. 나는 그 자리에 쓰러졌는데,
육체만이 남았소.
진실을 말할 테니 그대가 저세상 사람들에게 다시 전해 주오.

하느님의 천사가 나를 잡자, 지옥의 천사가 소리를 질렀소.[10]

---

7) 본콘테 다 몬테펠트로는 구이도 다 몬테펠트로(《지옥편》 27곡 참조)의 아들. 1287년 본콘테는
아레초로부터 교황당을 추방하는 일에 관계하게 되었는데, 그 때문에 피렌체와 아레초 사이
에 싸움이 벌어지게 되었다. 1288년에는 토보 전투에서 시에나군을 무찌르고, 이어서 1289년
에는 아레초의 황제당 총지휘관이 되었는데, 같은 해 6월 11일 카센티노의 캄팔디노 전투에
서 전사했다. 이 싸움에 단테는 피렌체군의 일원으로서 참가했다고 한다.
8) 지오반나는 본콘테의 아내인데, 아내도 친척들도 무정하여 그의 명복을 빌어주지 않는다는
것이다.
9) 카센티노의 풍경 묘사이다.
10) 지옥의 사자가 성을 내고 하느님의 사자를 향해 소리치고 있는 점은, 그의 아버지 구이도의

'여보시오, 하늘에서 온 양반, 왜 나에게서 가로채려는 거요?'
눈물을 조금 흘렸다 해서
이놈의 영원한 것을[11] 나에게서 뺏어 갈 모양인데,
그렇다면 나머지는 내가 마음대로 처분하겠소.

알다시피 수증기는
상승하여 차가운 공기에 닿으면
응고되었다가 다시 물이 되오.[12]
악마는 오로지 악을 바라는 악의 때문에
지혜를 짜서 바람과 구름을 불러일으켰소.
그쯤은 그놈으로선 식은 죽 먹기요.
이렇게 하여 해가 지자 프라토마뇨부터
웅장한 연봉에 이르기까지 골짜기를
안개로 싸고 그 상공까지 흐리게 하였소.
그 때문에 습기를 머금은 대기는 물로 변하여
비가 내렸는데, 땅에 흡수되지 않은 물은
모조리 개울로 흘러 들어갔소.
그것이 급류로 모여들어
다시 큰 강을 향해 쏟아지기 시작하니, 이제 무엇도
그 물줄기를 막을 수가 없었소.
나의 싸늘한 몸뚱이를 계곡 어귀에서 발견하고
미쳐 날뛴 아르키아노는 몸뚱이를
아르노강으로 떠내려 보내, 죽음이 임박하였을 때
내가 가슴 위에 십자로 포갠 팔을 풀어 버렸소.
강물은 나를 기슭으로 끌고 갔다 물속에 잠기게 했다 하며
마침내는 그 먹이(인 모래)로 나를 덮고 말았소.”

사후와 흡사하다. 시인의 의식적인 기교이다.
11) 영원한 것이란 혼을 가리키며, 나머지 것이란 육체를 가리킨다.
12) 이하, 기상학적인 지식이 훌륭하게 시로 살려진 한 구절이라 할 수 있을 것이다.

"아, 당신이 현세로 돌아가시어
이 긴 여행의 피로를 풀게 되시거든,"
하고 셋째 번 혼이 둘째 사람에 이어 말했다.
"기억해 주세요, 피아예요.[13]
시에나에서 태어난 저는 마렘마에서 죽었습니다.
그 까닭은 구슬 반지를 보내어
저를 아내로 맞은 이가 알고 있습니다."

---

13) 피아 데 톨로메이는 마렘마 지방의 라 피에트라 성주의 아들인 넬로에게 출가했다. 남편은
1277년에 보르텔라의 시장을, 그리고 1313년에는 루카의 시장을 지냈었다. 넬로가 미인인 마
르게리타 데 콘티 아르도프란데스키와 결혼하기 위해 피에트라성 안에서 은밀히 피아를 죽
였다는 설과, 그녀가 마렘마 골짜기에 면한 창가에 기대어 서 있을 때 한 병사를 시켜 깊은
골짜기로 내던졌다는 설의 두 가지가 있다. 예전에 성이 있던 자리의 일부는 오늘날에도 '백
작 부인이 투신한 곳'이라 불리고 있다.

제6곡

현세 사람의 기도로써 연옥산을 빨리 올라가기 위해, 비참한 죽임을 당한 자들의 혼이 잇따라 모여들어 단테에게 전언을 부탁한다. 단테는 기도로 인해 하늘의 법이 굽혀진다는 점에 의문을 품는데, 베르길리우스는 그 설명을 연옥산 위에서 베아트리체가 해 줄 것이라고 한다. 그녀의 이름을 듣고 단테는 기운을 내어 서둘러 간다. 그들은 소르델로를 만난다. 이 음유시인이 한 고향 사람인 베르길리우스에게 나타내는 애정이 동기가 되어 단테는 서로 반목하는 이탈리아의 어지러운 상태를 한탄하고 교황의 불법과 황제의 무위를 비난하며, 피렌체의 풍속과 정치에 대해 맹렬히 욕을 퍼붓는다.

'차라'라는 노름이 끝났을 때
잃은 자는 맥없이 그 자리에 주저앉아
주사위를 다시 던져 요령을 배우지만, 이미 때는 늦어
딴 자를 따라 모두 떠나간다.
어떤 자는 앞에서, 어떤 자는 뒤에서 매달리고
어떤 자는 옆에서 아첨하는데,
딴 자는 걸음도 멈추지 않고 이 사람 저 사람의 청을 들어
잔돈푼을 쥐어 주면 그제야 아무도 조르지 않게 되므로
겨우 소란에서 풀려난다.
그와 마찬가지로 나도 그 밀려드는 무리 속에서
이리저리 모두에게 얼굴을 돌려
약속을 해 주고서야 풀려났다.

그 무리 속에는 기노 디 타코의 음흉한 손에 걸려

죽은 아레초 사람도,[1]

쫓고 쫓기고 하다가 물에 빠져 죽은 자도 있었다.

거기에는 또 손을 앞으로 내밀고 기도하는

페데리코 노벨로도, 선량한 마르추코에게

강한 태도를 보이게 한 피사인도 있었다.[2]

오르소[3] 백작도, 또 본인의 말마따나

죄를 지었기 때문이 아니라, 시기와 증오 때문에

육체로부터 단절된

피에르 드 라 브로스[4]의 혼도 보았다.

브라반테의 여인들은 현세에 있는 동안 허물을 뉘우치고

몹쓸 무리 속에 끼어들지 않도록 조심하는 게 좋으리라.

이들 혼은 누구나가

구원의 때가 빨리 오게끔

사람들이 기도해 주기를 오직 바라고 있었는데,

그 무리에서 떠났을 때 내가 말했다. "아마 스승님께서는,

스승님의 책 어딘가에서 분명히

기도로 하늘의 법이 굽혀지지 않는다고 하셨습니다만.

그런데 이 무리는 오로지 그것만을 바라고 있습니다.

---

1) 아레초의 판사 베닌카사 다 라테리나. 그는 유명한 도둑 기노 디 타코의 근친에게 사형을 선고하는 바람에 후에 로마로 부임하는 도중 기노 디 타코에게 살해되었다. 《데카메론》 10일 제2화 참조.

2) 단테가 언급하고 있는 것은 코르누지아니 가문의 아들 가노를 두고 하는 말로, 가노는 1287년 12월 피사에서 우골리노 백작에게 살해되었는데, 그 아비인 '선량한 마르추코'가 성직에 귀의한 몸으로서 동족들에게 복수하는 것을 만류한 것을 가리킨다.

3) 오르소 백작은 알베르티 가문 출신으로 나폴레오네 백작의 아들이다.

4) 피에르 드 라 브로스는 루이 11세와 필리프 3세에게 총애를 받은 외과의로서, 3 시종장이 되었다. 1276년, 필리프 3세의 장남 루이가 급사했을 때 그는 필리프의 제2왕비로 브라반테 앙리 6세의 딸인 마리아가 자기 아들에게 왕위를 계승시키기 위해 독살한 것이라고 비난했다. 그 때문에 왕후파가 모함하여 총애를 잃고 교수형에 처했다. 단테는 그를 무죄라고 믿고 있는 것이다.

그렇다면 그들의 희망은 헛된 것입니까?
아니면 스승님 말씀을 제가 잘못 알고 있는 것입니까?"

스승이 대답했다. "내가 쓴 것은 명백한 이치이다.
이 사람들의 희망은, 건전한 머리로 잘 생각해 보면
헛된 소망이 아니라는 걸 알 수 있을 게다.
여기 있는 자들이 이루어야 할 일을
사랑의 불이 한순간 이루어 준다고 할지라도
높이 솟아 있는 심판의 권위는 꼼짝도 하지 않는다.
그리고 내가 그 점을 논술했을 때는
기도해 본들 허물이 보상되지도 않았었다.
'이교도'의 기도를 하느님이 들어주실 리가 없었던 것이다.
그러나 이런 어려운 의문에 대해서는
진리와 지성 사이의 빛인 분께서
너에게 뭐라고 말씀하시기 전에는 결론을 안 내리는 게 좋다.
알아들었나, 내 말을? 베아트리체를 두고 하는 말이다.
너는 위쪽, 이 산꼭대기에서
행복하게 미소 짓는 그녀를 곧 만나게 되리라."

내가 말했다. "스승님, 좀 더 빨리 가십시다.
이젠 전같이 피로하지 않습니다.[5]
그리고 보십시오, 벌써 언덕이 그림자를 던지고 있습니다."
"해가 있는 동안," 스승이 대답했다.
"가는 데까지 가자꾸나.
그러나 사실은 네 생각과는 다르다.
지금 네가 광선을 막지 않고 있는 것은
해가 비탈에 가려져 있기 때문인데,

---

5) 단테는 베아트리체의 이름을 듣고 다시 용기가 솟는 것을 느꼈을 것이다.

저 위에 도착하기 전에 해가 되돌아오는 것이 보일 게다.

하여간 저기를 보라,[6] 한 영혼이 있다. 혼자 외로이

우리들 쪽을 물끄러미 보고 있다.

저자가 우리에게 지름길을 가르쳐 줄 것이다."

우리는 그리로 갔다. 오, 롬바르디아인이여,[7]

자네는 망연히 다른 곳을 내려다보며

엄숙하고 태연하게 눈을 움직이고 있었다.

묵묵히 말도 하지 않고

우리를 지나쳐 보냈다. 오직 물끄러미 바라만 보는 것이

땅에 앉아 있는 사자의 눈과 같았다.

그러나 베르길리우스는 가까이 가서

어느 길이 가장 오르기 쉬운가를 물었다.

그는 그 물음에는 대답 하지 않고

우리의 국적과 신상을 물었다.

스승이 대답했다. "만토바……"

그러자 마음속에 생각을 감추고 있던 망자는

천천히 스승 쪽으로 몸을 일으키더니,

"오, 자네가 만토바 사람인가, 나는 소르델로,

자네와 한 고향이다!" 하며 서로 얼싸안았다.[8]

---

6) 소르델로의 혼이다. 이 음유시인은 만토바의 가난한 귀족 집에서 태어났다. 시적 재능이 뛰어
   난 아름다운 용모의 기사로 그는 베로나의 영주 리카르도 디 산 보니파키우스 백작에게 종사
   하며, 그의 부인 구니차 다 로마노의 아름다움을 노래했다. 결국 두 사람 사이에 사랑이 싹터
   부인은 소르델로의 인도로 남편 집을 빠져나갔다. 시인은 그 후 북이탈리아를 전전하다가 샤
   를 앙주의 가신으로서 만프레디군과 싸운 일도 있다. 포로가 되어 노바라 감옥에서 고생하다
   가(1269년) 뒤에 아부루치에 땅과 성을 얻어 거기서 지냈다. 현실 정치를 주제로 한 정치사에
   과감히 소신을 폈던 점이 단테의 마음에 들었던 것인데, 단테는 여기서 그를, 말하자면 조국
   애의 상징으로서 다루고 있는 것이다.

7) 이때는 아직 소르델로라는 것을 몰랐고 롬바르디아 지방의 만토바 사람이라는 것도 몰랐다.
   단테는 과거를 추상하는 형태로 이 글을 쓰고 있는 것이다.

8) 한 고향이라는 말만 듣고도 소르델로와 베르길리우스는 서로 얼싸안았던 것인데, 바로 그 행

아, 노예의 나라 이탈리아, 고뇌의 집이여,
폭풍 속에 사공도 없이[9] 떠도는 배여,
여러 나라의 여왕 자리에서 매음굴로 타락한 나라여!
고귀한 혼은 조국의 아름다운 이름만
들어도 고향 사람을 이리도
반가이 맞아주지 않는가.
그러나 지금 너의 나라 살아 있는 사람들 사이에선
싸움이 끊긴 적이 없다. 같은 성벽, 같은 장벽으로
둘러싸인 시민들조차 서로 물고 뜯고 있는 것이다.
비참한 이탈리아여, 너의 남북 해변을 더듬어 보고
다시 내륙으로 눈길을 옮겨 보아도
평화를 누리는 고장이란 어디에도 없다.
네 안장이 비어 있는 한 유스티니아누스가
너의 고삐를 고쳐 본들 무슨 소용이 있겠나![10]
고삐가 없었던들 차라리 망신이나 덜했을 것을!
아, 하느님을 섬겨야 할 '교회' 사람들이여,
하느님의 가르침을 잘 이해했다면
자네들은 황제를 안장에 앉혀야만 했으리라.
자네들이 고삐를 손에 쥔 다음부터,
보라, 이 말은 사나워져서 말을 듣지 않는구나.
박차를 걸어 부릴 사람이 없기 때문이다.

아, 독일인 알베르트여,[11] 네가
버렸기 때문에 이탈리아는 미쳐 날뛰게 되어 억제할 수가 없다.

위가 다 같은 나라이면서 내부에서 서로 반목을 거듭하고 있는 이탈리아에 대한 분노를 터뜨리는 동기를 단테에게 제공한 것이다.
9) 사공도 없이란, 이탈리아에 황제가 없는 것을 가리킨다.
10) 유스티니아누스 황제가 법전을 편찬한 것을 가리킨다.
11) 알베르트는 합스부르크 가문 루돌프의 아들로 1248년에 태어나 1298년에 황제로 선출되었다. 그러나 1307년 그의 아들 루돌프가 병사하고 나자 1308년 5월 1일 배신당하여 살해되었다.

너는 안장에 버티고 앉았어야 할 사람이다.

정의의 심판이여, 별로부터 네 혈족 위에 내리거라.

너의 후계자가 두려워 삼가도록

신기하고 명백한 심판을 내려라.

너도, 네 어버이도 욕심에 눈이 멀어

알프스 이북에 정신을 빼앗긴 채

제국의 뜰이[12] 황폐해지는 대로 내버려두었다.

분별없는 자여, 와서 몬테키와 캅펠레티[13]

그리고 모날디, 필립페스키의 가문들을 보라.

전자는 비운에 울고 있고, 후자는 의심 때문에 떨고 있다!

잔혹한 자여, 와서 네 가신의 가렴주구(苛斂誅求)를 보고

그 포학을 보상하라.

그리고 산타피오르[14]의 암담한 광경을 보라!

눈을 들어 외로이 버림받아

'황제여, 왜 내 곁에 있어 주지 않습니까?'[15]

하고 밤마다 우는 과부 모습의 로마를 보라!

아, 정말 사이가 너무 좋구나!

우리가 이렇게 동정하는 데도 마음이 동하지 않는다면,

와서 너의 나쁜 평판이나 부끄러워하거라!

오, 우리를 위해 지상에서 십자가에 못 박힌

지존하신 주여,[16] 말하기도 송구스럽지만

---

12) 제국의 뜰은 이탈리아이다.

13) 몬테키와 캅펠레티는 셰익스피어 《로미오와 줄리엣》에 Montagues Capulets의 이름으로 등장하는, 베로나에서 서로 반목하는 두 가문 사람이고, 모날디와 필리페스키는 오르비에토에서 서로 반목하는 두 가문 사람이라고 한다. 이에 대해서는 이설도 있다.

14) 산타피오르는 마렘마 백작 알도브란데스코 가문의 영토로, 시에나시와 교황이 1300년 무렵에 압박을 가하고 있었다.

15) 단테는 신성 로마 황제는 로마에 있어야 한다고 생각하는 것이다.

16) 이 대목의 이탈리아어로는 '주'가 '제우스'라고 씌어 있는데, 그러한 혼동에 대해서는 〈지옥편〉 14곡 주3 참조.

주의 정의의 눈은 다른 곳을 향하고 있습니까?
아니면 주의 깊은 뜻은
우리의 이해가 미치지 않는 곳에서
이런 화를 복으로 바꾸실 준비를 갖추고 계십니까?
이탈리아의 도시는 어디라 할 것 없이 폭군으로 가득 차 있고,
야인들은 모두 파벌을 짓고서
제2의 마르켈루스[17]로 변하고 있습니다.

오, 나의 피렌체여, 기뻐하라,[18] 너에겐
이 본길을 떠난 이야기는 관계가 없다.
너희 시민들이 부지런히 일해 주는 덕분이다.
대개 정의를 마음속에 간직하고 있는 자는 많으나 활을 쏘는 것은 더디다.
논의를 거치지 않고는 활을 잡을 수가 없기 때문이다.
그러나 네 백성은 곧 정의를 입에 담는다.
대개 공공의 직무를 거절하는 이가 많다.
그러나 너희 시민은 부름을 받지 않더라도 열심히
응하여 "내가 그 임무를 맡겠노라." 외친다.

어쨌든 기뻐하라, 기뻐할 이유는 얼마든지 있다.
너는 부유하고 평화로우며 슬기롭다.
내가 하는 말이 진실인지 아닌지, 사실이 증명하고 있다.
아테네나 스파르타는 고대에 법을 정하여
문명개화된 나라였지만,
너에 비한다면 나라를 다스리는 일에서 대단한 모범을 보이지 않았다.
아무튼 너의 율법은 주책없으므로
10월에 짠 옷감이

---

17) 제국에의 반항자이며, 카이사르에게 심하게 대적했던 마르쿠스 클라우디우스 마르켈루스. 그가 카이사르에 대적했던 것처럼 군주들도 정쟁으로 로마제국을 망쳤다는 것.
18) '기뻐하라'란, 읽어 나가면 알 수 있듯이 비꼰 것이다.

11월 중순께는 벌써 떨어진다.[19]
지금 기억나는 것만 해도 너는 몇 번이나
법률, 화폐, 공직, 풍속을 뜯어고쳤는가?
몇 번이나 시민을 '내쫓고 도로 부르고' 바꾸었는가?
네가 병든 여자같이
깃이불 위에서도 편히 쉴 수가 없어
뒤척거리며 고통을 덜려 한다는 것은
너에게 반성과 밝은 지혜가 있다면 알 것이다.

---

19) 피렌체시의 법령이 항상 잘 변하는 것을 가리킨다.

제7곡

베르길리우스가 소르델로에게 자기소개를 한다. 부활절인 일요일 해 질 녘이 되자 소르델로는 밤에 연옥산을 오르지 못하는 이유를 설명하고, 그들을 아름 다운 골짜기로 데리고 간다. 거기에는 황제, 국왕 등의 혼들이 '거룩하신 성모여' 를 노래 부르고 있다. 그중에는 합스부르크의 황제 루돌프, 보헤미아 왕 오토카 르, 프랑스 왕 필리프, 아라곤 왕 피에트로 3세, 몬페라토의 굴리엘모 후작 등이 있다.

정중하고 반가운 인사를
세 번 네 번 서로 연거푸 주고받은 뒤 한 발 물러선
소르델로가 말했다. "당신은 누굽니까?"

그러자 길잡이가 이렇게 대답했다.
"하느님께로 올라갈 사람들이
이 산으로 돌아오기 전에
내 뼈는 옥타비아누스의 손에 의해 묻혔다.[1]
나는 베르길리우스이다. 신앙이 없었기 때문에
달리 죄는 없었지만 천국을 잃었다."

별안간 눈앞에 뜻밖의 것을 보고
놀란 사람이 반신반의로
"사실일까, 아닐까." 하고 자문자답하듯이

---

[1] 그리스도 수난 이전. 베르길리우스는 기원전 19년에 죽었으며, 당시 옥타비아누스(황제 아우 구스투스)의 명령으로 매장되었다.

그도 놀란 것 같았으나, 눈을 내리뜨더니
공손하게 베르길리우스에게로 돌아와
아랫사람이 안은 곳을 껴안고 말했다.[2]

"오, 라틴인의 영광이여, 당신을 통해서
우리들의 언어는 그 전폭적인 역량을 나타냈습니다.
오, 당신은 내가 태어난 고향의 영원한 영예,
당신을 만나다니 이 무슨 은총이요, 공덕입니까?
당신의 말씀을 들을 자격이 나에게 있다면
지옥의 어느 옥에서 오셨는지 가르쳐 주십시오."

"슬픈 나라의 모든 옥을 넘어서,"
스승이 대답했다. "나는 여기에 왔다.
하늘의 힘이 나를 움직여 그 덕분에 가고 있다.
무엇인가를 행했기 때문이 아니라 아무것도 행하지 않았기 때문에
자네가 고대하는 높은 태양을 볼 기회를 나는 잃었다.
내가 이것을 알았을 땐 이미 늦었었다.
내가 사는 곳은 하계[3]지만, 가책과 고민의 비참은 없다.
오직 어둠에 싸인 곳이다. 거기서는
한탄도 통곡이 되지 않고, 오직 한숨이 된다.
거기서 나는 인간의 죄악에서 벗어나는 '세례' 전에
죽음의 이빨에 물려 버린
철없는 어린아이들과 같이 있다.
세 가지 거룩한 덕[4]을 입지 못한 자들과
나는 같이 있다. 악덕은 없으며,

---

2) 가슴을 안았을 것이라고 주석자는 말하고 있다. 단, 보티첼리의 데생에 그려진 것을 보면 허리
   께를 안고 있다.
3) 림보. 〈지옥편〉 제4곡 참조.
4) 믿음, 소망, 사랑의 세 가지 성덕.

다른 모든 덕을 알고 지켜온 자들이다.
그러나 만약 자네가 알고 있고 가르쳐 줘도 상관없다면,
연옥 입구로 가는 지름길을
우리에게 가르쳐 다오."

그가 대답했다. "우리에게 정해진 길은 없습니다.
위로 오르고 둘레를 도는 데는 어디든 상관없습니다.
갈 수 있는 곳까지 안내자로서 모시겠습니다.
그러나 보십시오, 벌써 해가 저물고 있습니다.
밤에는 올라갈 수 없으니,
어디 좋은 휴식처를 마련하는 게 좋겠습니다.
저 너머 오른편에 한 무리의 혼이 있으니,
괜찮으시다면 그리로 안내해 드리지요.
그들도 당신과 사귀게 되는 걸 기뻐할 것입니다."

"그건 왜 그런가?"
스승이 물었다. "밤에 올라가는 자는, 남들에게 방해받나?
아니면 올라가려 해도 올라갈 수가 없는가?"
그러자 소르델로가 웃으면서 땅에 손가락으로 금을 긋고
말했다. "아시겠습니까, 이 선조차도
해진 뒤에는 넘을 수가 없습니다.[5]
위로 가는 것을 방해하는 것은 밤의 어둠 외에
아무것도 없으며,
어둠이 능력을 뺏고 기력을 잃게 하는 것입니다.
수평선 아래 해가 갇히어 있을 때는
밤의 어둠과 함께 아래로 내려와
산 밑을 헤매는 것밖에 못 합니다."

---

5) 이하, 태양이 여기서는 신의 은총을 나타낸다. 그러므로 해가 진 뒤에는 연옥산 위에 올라갈
수 없다.

그러자 내 스승은 놀란 듯이 말했다.
"그럼 자네가 말한 대로
즐겁게 쉴 수 있는 곳으로 우리를 안내해 다오."

거기서 우리가 조금 걸어갔을 때였다.
현세에서도 계곡이 산을 움푹 파고 있듯이
산이 움푹 파인 곳을 발견했다.
"저기로," 그 그림자가 말했다. "가십시다.
산비탈이 자연의 품을 이루고 있습니다.
저기서 날이 새기를 기다리기로 하십시다."

꼬불꼬불한 오솔길은 때로는 가파르고, 때로는 평평하게
움푹 파인 곳까지 이어져 있었다.
그곳 가장자리는 절반 이상 무너져 있었다.
이 골짜기의 품 안에 있는 화초에는
황금도, 순은도, 주홍도, 백연(白鉛)도,
인디고(청람색 물감)도, 윤나는 나무도,
또 갓 부스러진 선명한 벽옥도
그 어느 것도 빛깔로는 이길 것 같지 않으니
대저 약한 것이 진한 것에 지는 것이 사물의 이치이다.
여기서 자연은 색깔만을 칠한 것이 아니었다.
수천 가지 향기로운 냄새가
말할 수 없는 오묘한 향기를 자아내고 있었다.
풀 위에 앉고 꽃 위에 앉아
'거룩하신 성모여'[6]를 부르고 있는 한 무리의 혼이 보였다.
계곡 때문에 밖에서는 보이지 않던 자들이었다.

---

6) 밤 기도 뒤에 부르는 응답 노래. 기도로써 마리아에게 보호를 구하는 구절로 시작된다.

"이 해가 완전히 저물기 전에는."

우리를 안내하던 만토바인이 말했다.

"저들 속으로 모시고 갈 수가 없습니다.

이 언덕에서 보는 편이 저 아래서 저들과

섞여 있는 것보다 저들의

동작과 표정을 더 잘 관찰할 수 있을 것입니다.

맨 윗자리에 앉아

해야 할 일을 게을리한 것 같은 태도로

남들이 하는 노래에 맞추어 입을 놀리지도 않는 자는

지난날의 황제 루돌프,[7] 이탈리아의

생명을 뺏은 상처를 능히 고칠 수 있는 사람이었습니다.

나중에 딴 사람이 구하러 왔을 때는 이미 늦었던 것입니다.[8]

루돌프에게 위로하는 듯한 표정을 짓고 있는 자는

몰다우강 물이 원천을 이루는 곳을 다스린 사람입니다.[9]

그 물을 물데는 엘베로, 엘베는 바다로 흘려보냅니다.

그의 이름은 오토카르였습니다. 강보에 싸여 있을 때도

수염 난 아들 벤체슬라우스[10]보다도 훨씬 더 선량했습니다.

아들은 지금 안일과 나태 때문에 몸을 망치고 있습니다.

그리고 저 납작코의 사나이는[11] 상냥해 보이는 자와

은근한 이야기를 하고 있는 것 같은데,

도망가다가 죽어 백합꽃을 더럽혔습니다.[12]

보십시오, 가슴을 치고 '통곡하고' 있습니다.

---

7) 루돌프는 1218년에 태어나 1273년에 황제로 즉위했고, 1291년에 사망했다.

8) 이탈리아에 평화와 정의를 확립시키려고 한 황제 알리고 7세의 실패에 대해 언급한 것.

9) 보헤미아 왕 오토카르 2세.

10) 벤체슬라우스에 대해서는 〈천국편〉 19곡 참조.

11) 납작코 사나이는 프랑스 왕 필리프 3세이다. 상냥해 보이는 자는 엔리코이다.

12) 필리프 3세는 카타로냐 지방을 정복했으나 프랑스 해군이 아라곤 해군에게 패했기 때문에 페르피냥에서 전사했다. 백합꽃은 프랑스 왕가의 가문(家紋)이다.

다른 하나를 보십시오, 턱을 괴고
한숨을 쉬고 있습니다.
저들은 프랑스 불행의[13] 아비와 장인뻘 되는 자들로,
자식의 무궤도하고 저열한 생활을 알고 있기에
그 때문에 마음이 상해서 괴로워하고 있는 것입니다.
남자답게 콧날이 우뚝한 자와[14]
같이 노래를 부르는 몸이 다부진 자는
모든 덕을 몸에 갖춘 자였습니다.[15]
만약 그의 뒤에 앉아 있는 젊은이가
그가 죽은 뒤 왕위를 이었던들
덕은 아버지로부터 아들에게로 전해졌겠으나,
다른 후계자들에 대해서는 그렇게 말할 수가 없습니다.
쟈코모와 페데리코[16]가 왕국을 차지하고 있으나
둘 다 아비를 능가할 만한 재주는 이어받지 못했습니다.
약간의 기량은 좀처럼 다음 가지로[17] 전해지지 않는데,
이것은 덕을 주는 분이,[18]
자기만을 생각해 주기를 바라기 때문이겠지요.
그 점은 콧날이 우뚝한 자에 대해서도
그와 함께 노래하는 피에트로에 대해서도 마찬가지라 할 수 있으므로[19]
플리아와 프로엔차가 울고 있는 것은 그 때문입니다.

---

13) 필리프 3세의 아들인 '프랑스의 불행' 필리프 4세에 대해 단테는 〈천국편〉 19곡에서도 맹렬히 욕을 하고 있다.
14) 남자답게 콧날이 우뚝한 자는 샤를 앙주로, 1220년 태어나 1285년에 사망했다. 나폴리와 시칠리아 왕국을 정복하고 콜라디노를 죽였다.
15) 모든 덕을 몸에 갖춘 아라곤의 피에트로 3세는 만프레디의 딸 코스탄차를 비로 맞았다. 젊은이는 그들 사이에 난 맏아들을 가리킨다는 설과 이를 부정하는 설이 있다.
16) 쟈코모 2세는 1286년 시칠리아의 왕이 되고, 페데리코 2세는 1296년 시칠리아 왕이 되었다 (황제 페데리코 2세와는 다른 인물이다). 그들은 모두 피에트로의 유업을 이어받지 못했다.
17) 가계를 나무로 볼 수 있듯이, 다음 가지란 다음 세대를 가리킨다.
18) 덕을 주는 분은 하느님이다.
19) 샤를 1세의 치세에 비해 아들인 샤를 2세의 치세가 떨어짐을 말한다.

종자에 비해 돋아난 나무는 아주 떨어지는 것 같이,[20]
코스탄차가 남편을 자랑하며
베아트리체나 마르게리타를 깔보는 것입니다.
저기 혼자 앉아 있는, 검소한 생활을 한 왕을
보십시오. 영국의 헨리 3세입니다.[21]
이 왕은 자기 가지에서 더욱 나은 싹을 트게 하였습니다.
저 밑에 있는 무리에 섞여 땅에 앉아서
위를 쳐다보고 있는 자는 굴리엘모 후작입니다.[22]
그가 원인이 되어 알렉산드리아가 싸움을 일으켜
몬페르라토와 카나베세를 울리고 있습니다."

---

20) 코스탄차의 남편은 주15에 나왔던 피에트로 3세이고, 베아트리체(프로방스의 라몬드 백작의 딸)와 마르게리타(부르고뉴 공의 딸)의 남편은 샤를 1세이다. 그러니까 바꾸어 말하자면 샤를 2세가 샤를 1세보다 떨어지는 것은 샤를 1세가 피에트로 3세보다 떨어지는 것과 같다는 것이다.

21) 헨리 3세는 1206년에 태어나 1272년에 사망했다. 더욱 나은 싹은 아들인 에드워드 1세(1240년)를 가리킨다.

22) 몬페르라토의 굴리엘모 7세. 후작은 왕보다 지위가 낮기 때문에 아래쪽 무리 속에 있다. 1290년, 아스티 공화국이 그에게서 알렉산드리아시를 빼앗으려고 그곳 시민들을 선동해 반란을 일으키게 했다. 굴리엘모는 이곳에 달려가 탄압을 가했으나 민중의 봉기를 만나 오히려 체포되어 쇠조롱 속에 갇혀 죽었다(1292년). 그 후 그의 아들 지오반니 1세가 알렉산드리아시에 보복 공격을 가했으나, 반대로 알렉산드리아 시민들이 몬페르라토 영지로 침입했다. 카나베세는 포강 왼쪽 기슭에 있는 지방 이름이다.

제8곡

혼들이 '빛이 다하기 전에'를 합창하자 하늘에서 끝 부러진 칼을 든 천사 둘이 내려와 골짜기를 감시한다. 단테는 전에 알던 니노 판사의 혼과 인사를 나누고, 그가 딸 지오반나와 그 어머니에 대해 이야기하는 것을 듣는다. 남반구 하늘을 쳐다보고 있노라니 뱀이 나타났다가 순식간에 천사들에게 격퇴당한다. 이어서 말라스피나가 이름을 대며 나선다. 단테가 그의 일족을 칭찬하자 말라스피나는 단테가 7년 후에 그 집에서 따뜻한 신세를 지게 되리라는 것을 예언한다.

다정한 벗과 이별을 고하는 날, 벌써 석양 무렵이 되면
뱃길을 떠나야 할 이는 가슴이 설레고
마음은 구슬픈 정으로 착잡해진다.
멀리서 저물어 가는 해를 애석해하는 종소리 들려오면
타향에 온 나그네
애석한 정에 가슴이 아프듯이,[1]
그때 내 귀에는 아무 소리도 들리지 않게 되었다.
그때 혼 하나가 일어서서
모두에게 잘 들으라고 손짓했다.
그리고 합창한 손을 쳐들고는
눈길을 동방으로[2] 보냈다. 마치
"다른 일은 생각지 않습니다."고 하느님께 말하는 것 같았다.

---

1) 해 질 녘 풍경과 그때의 우수 어린 심정을 전하는 이 여섯 줄을 시몬드는 '단테는 이러한 저녁 나절의 장면을(《연옥편》첫머리의) 새벽 장면과 같이 단순히 그 풍경뿐만 아니라, 그때의 감정까지도 그리고 있다'라고 평하고 있다.
2) 동방은 예루살렘 방향.

"빛이 다하기 전에."[3] 하고 은은하고 경건한 목소리가
그 입에서 흘러나왔는데, 아주 부드러운 곡조라
듣고 있는 동안 나는 넋을 잃었다.
그러자 다른 혼들도 부드럽고 경건하게
모두 눈을 하늘로 향하고,
그 소리에 맞추어 찬송가를 끝까지 노래했다.

독자여, 여기서 눈을 날카롭게 빛내고 진리를 똑똑히 보라.[4]
지금 베일이 아주 얇아져서
그 속을 비춰 보기가 쉬우리라.

그 고귀한 혼의 무리가
묵묵히 하늘을 우러르는 것을 보았다.
파랗게 질린 채 겸손하게 무엇인가를 기다리는 것 같았다.
그러자 천상에서 하계를 향해 두 천사가
손에 불붙은 칼을 들고 내려왔다.
이가 빠지고 끝이 부러진 칼이었다.[5]
천사는 갓 돋은 풀잎 모양 연둣빛 옷을
꼬리처럼 끌며 휠휠
푸른 날개로 퍼덕거리고 있었다.
천사 하나는 우리 위쪽에 와서 머물고,
다른 하나는 맞은쪽 언덕 가에 내려서
혼들 무리를 그들 사이에 있게 했다.
두 사람의 금발머리는 또렷이 보였으나,
그 얼굴을 보니 눈이 아찔했다.
도가 지나친 것을 보면 기능이 마비되어 버리는 것이다.

---

3) '빛이 다하기 전에' 교회에서 하루의 마지막 근행인 밤 기도 때 부르는 기도 구절.
4) 시구의 배후에 있는 숨은 뜻을 짐작해 달라는 것이다.
5) 천사는 방어하기 위해서이지 공격을 위해서가 아니므로 칼끝이 부러져 있다.

"저들은 마리아의 슬하에서 왔습니다."[6]
소르델로가 말했다. "곧 뱀이 나오기 때문에
이 골짜기를 지키려고 온 것이지요."
그 말을 들으니 뱀이 나오는 길을 모르느니만큼
나는 몸과 마음이 얼어붙는 것 같아 사방을 두리번거리며
스승의 두 어깨에 달라붙었다.

소르델로가 말을 이었다. "이제 골짜기의
왕후들 혼 속으로 내려가 이야기해 보십시다.
그들도 당신들을 만나면 반드시 반가워할 것입니다."

겨우 두세 걸음 내려갔는데, 벌써 밑에 닿았다.
누구 하나가 나를 찬찬히 바라보고 있었다.
내가 누구인가를 생각해 내려 하는 태도이다.
그때 주위는 벌써 어두워져 가고 있었는데,
그래도 쳐다보고 있는 동안 처음에는 그의 눈에도
나의 눈에도 보이지 않았던 것이 또렷이 보이기 시작했다.
그는 나에게 다가섰다. 나도 그에게 다가섰다.
반가웠다. 니노 판사여,[7] 상냥한 자네가
지옥에 떨어지지 않았음을 알아보았을 때는!

우리는 서로 다정하게 인사를 나누었다.
그리고 그가 물었다. "먼바다를 건너
이 산 밑에 온 지 자네는 얼마나 되는가?"

---

6) 천국의 지고천(至高天)에서 내려왔다.
7) 니노 비스꼰티는 지오반니 비스꼰티와 우골리노 백작의 딸 사이에서 태어났다. 그는 본래 사르데냐섬 갈루라의 판사였는데, 조부인 우골리노 백작과 피사에서 세력 다툼을 했다. 사르데냐에서 코미타를 처벌하고, 1296년에 죽었다.

"오오," 내가 말했다. "슬픈 고장을[8] 거쳐
오늘 아침에[9] 여기 왔네. 나는 제1의 삶 속에 있다가
제2의 삶을 얻으려 이렇듯 여행하는 걸세."

내 대답을 듣자 곧,
소르델로도 니노도
별안간 어리둥절한 사람처럼 뒤로 물러섰다.
소르델로는 베르길리우스를 보고, 니노는 거기
앉아 있던 자에게 외쳤다. "일어나라, 쿠르라도!
주의 사랑으로 이루어진 것을 보러 오라!"

그렇게 외치고 니노는 나를 보고 말했다. "태초의 동기를
숨겨 그곳으로 건너갈 길을 알려 주시지 않는 분에게[10]
자네가 입고 있는 이 각별한 은혜에 의해 '자네에게 부탁한다.'
저 대해 저편으로[11] 돌아가거든
딸 지오반나에게[12] 나를 위해 기도하라고 전해 주게.
하늘은 죄 없는 사람들의 소원을 들어줄 것이다.
그녀의 어미는[13] 상복의 흰 너울을 벗어 버렸으니,
이제 나를 사랑하고 있진 않을 것이다.

---

8) 슬픈 고장은 지옥이다.
9) 부활절인 일요일 아침. 그러니까 연옥섬의 산을 오르기 시작한 지 벌써 12시간 가까이 지난
   것이다.
10) 하느님이다.
11) 대해 저편은 현세이다.
12) 지오반나는 니노의 외딸로, 1300년에는 9살가량 되었다.
13) 아내라 하지 않고 그녀의 어머니라 한 것은, 아내였던 에스테의 오비초 2세의 딸 베아트리
   체가 1300년 6월에 밀라노의 갈레아초 비스꼰티와 재혼했기 때문이다. 1302년에 갈레아초
   는 밀라노에서 추방되어 빈궁 속에서 비참하게 죽는다. 1308년 피렌체시는 니노가 그 시에
   이바지한 공적을 생각해 베아트리체와 조반나를 피렌체시에 맞아들인다. 그 후 갈레아초와
   베아트리체 사이에 난 아들 아초가 밀라노시의 권력을 다시 장악했으므로 베아트리체는 늘
   그막을 행복하게 지낼 수 있었는데, 그것은 1328년 이후의 일로서 단테는 생전에 그걸 알지
   못했다.

그러나 가엾게도 또 상복을 입게 될 것이 틀림없다.
눈으로 보고 피부에 닿아 종종 불이 붙지 않는 한,
계집에게 사랑의 불은 몸속에서 오래 타지 않는 법이다.
과연 그녀를 보면 수긍이 잘 가리라.
밀라노의 기사가 쳐드는 기치인 독사는
갈루라의 수탉이 해 주었던 만큼
훌륭한 무덤을 만들어 주지는 못하리라."
니노는 그렇게 말했다. 그 표정에는
정의감이 새겨져 있었으나,
감정이 심중에서 도를 지나쳐 불타지는 않았다.

나는 미지의 것을 찾아 눈을 하늘로 향하여
느릿느릿한 별들이 반짝이는 쪽을 보았다.
굴대 가까이서 돌기 때문에 느린 것이다.
길잡이가 물었다. "아들아, 무엇을 그리 보고 있느냐?"
나는 대답했다. "이쪽 남극 하늘을
온통 불태우고 있는 저 세 개의 빛을[14] 봅니다."
그러자 스승이 말했다. "네가 오늘 아침에 본
네 개의 밝은 별은[15] 수평선 저편으로 졌다.
그리고 그 대신 이 별들이 돋은 것이다."

말하고 있는 스승을 소르델로가 자기 쪽으로 끌어당기며,
"보십시오, 저기 우리의 원수가"
하며 저쪽을 보라고 손가락을 들었다.
이 조그만 골짜기의 울타리 없는 곳에
뱀 한 마리가 있었다.
아마도 이브에게 금단의 과실을 준 뱀이리라.

---

14) 믿음, 소망, 사랑, 세 개의 빛이다.
15) 네 개의 밝은 별에 대해서는 〈연옥편〉 제1곡의 주7 참조.

그 악한 뱀이 풀과 꽃 사이를 미끄러지듯 다가왔다.
이따금 머리를 쳐들고 등을 핥았는데,
마치 털을 핥는 짐승과도 흡사했다.
하늘을 나는 매들의 움직임을 보지 않은 이상
뭐라고 표현할 수는 없으나,
어쨌든 그놈은 날아왔다.
하늘을 찢는 푸른 날갯소리를 듣고
뱀은 달아났다. 그러자 천사는 다시
자기들의 정해진 곳으로 날아돌아갔다.

이름이 불리어 판사 가까이
온 그림자는,[16] 천사가 뱀을 쫓고 있는 동안에도
잠시도 나에게서 눈을 떼지 않았다.
"자네를 인도하는 광명이,
저 푸르른 꼭대기에 이르는 데 필요한 만큼의 밀초를[17]
자네의 자유 의지 속에서 발견할 수 있으면 좋으련만."
하고 그림자가 말했다. "발 디 마그라[18]나
그 근처의 확실한 소식을 만약 알고 있거든
가르쳐 다오. 나는 본래 그곳 영주이다.
쿠르라도 말라스피나라 불리었다.
선대가 아니고 뒤를 이은 자다.
일족에게 기울인 '치우친' 사랑을 지금 여기서 씻고 있다."

"오오," 내가 말했다. "그대 나라에 나는 아직

---

16) 그림자는 쿠르라도 말라스피나로, 후작 페데리코 1세의 아들이다. 1294년쯤에 사망했다. 단
   테는 1306년쯤 루니지아나에 머물렀는데, 말라스피나 가문의 손님으로 지냈고, 또 그 외교관
   으로서 일했다.
17) 신의 은총의 불을 끊임없이 태우기 위해서는 각자의 자유 의지 속에 거기 필요한 만큼의 밀
   초가 있어야만 한다. 저 푸르른 꼭대기는 연옥산의 꼭대기인 것이다.
18) 발–디 마그라(Val di Margra)는 루니지아나와 그 이웃 지방의 계곡.

가본 일이 없다. 그러나

유럽이 넓다 하지만 그 나라 이름은 널리 알려져 있다.

그대 가문의 자랑이 될 만한 평판이 나돌아

모두 이구동성으로 주군을 찬양하고, 그 나라를 찬미하고 있다.

그래서 가보지 않은 자라도 소문으로 들어 알고 있는 것이다.

'연옥' 위로 가고자 원하는 내가 맹세코 말하지만,

칼의 공훈이건 또는 '손님을 접대하는' 재물의 공훈이건

명예로운 그대 가문의 사람들은 가문을 더럽히지 않았다.

죄 많은 수도[19]가 세상을 일그러뜨리고 있지만,

다행히도 그대 일족은 습성과 됨됨이가 남달랐으므로

오직 사악한 길을 배척하고 바른길을 걷고 있다."

그러자 그가 말했다. "그러면 가거라, 백양궁이

네 발로 버티고 걸터앉은 자리에

태양이 일곱 번 눕기 전에[20]

만약 심판의 흐름이[21] 멎지 않는다면,

타인의 소문보다도 더 굵은 못으로

그런 고마운 평판이

자네 머릿속에 깊이 박힐 것이다."

---

19) 죄 많은 수도는 로마이다.

20) 7년이 지나기 전에, 즉 1307년 이전을 가리킨다.

21) 심판의 흐름은 때의 움직임을 말한다.

제9곡

잠이 든 단테가 꿈을 꾸고 있는 사이 루치아가 그를 연옥문 앞까지 날라다 준다. 눈을 뜨니 벌써 부활절인 월요일 오전 8시를 지나고 있다. 베르길리우스가 자초지종을 설명해 주었으므로 불안이 가시게 되어 단테는 걷기 시작한다. 그러자 연옥의 입구가 보이기 시작한다. 3층으로 된 돌층계 맨 위에 천사가 앉아 있다. 단테가 무릎을 꿇고 공손하게 문을 열어 달라고 하자, 천사는 칼끝으로 일곱 가지 큰 죄를 뜻하는 일곱 개의 P자를 단테의 이마에 새긴다. 천사가 금과 은으로 된 두 개의 열쇠를 돌리니, 문은 즐거운 소리를 내며 열린다.

늙은 티토노스의 계집 '아우로라(새벽)'는
상냥한 사내의 팔을 떠나
벌써 동녘의 높은 언덕 위로 올라오고 있었다.
그녀의 이마에는 보석이,[1]
꼬리를 퉁겨 사람을 치는
차가운 생물[2] 모습으로 빛나고 있었다.
그리고 우리가 있던 남반구에서는
밤이 벌써 두어 걸음 올라가
이미 세 걸음째 접어들어 날개를 아래로 향하고 있었다.[3]

그때 아담으로부터 물려받은 몸이
잠에 못 이긴 나는

---

1) 새벽(아우로라, 에오스)의 이마에서 빛나는 보석이란 별이다.
2) 차가운 생물은 물고기인데, 여기서는 쌍어궁을 가리킨다.
3) 이탈리아에서는 새벽이고, 연옥산에서는 오후 9시에 가깝다는 것이리라.

우리 다섯이⁴⁾ 앉아 있던 풀 위에 드러누웠다.
아침녘이 가까워지면 제비는⁵⁾
예전에 받은 상처를 떠올리기 때문인지
구슬픈 노래를 부르기 시작한다.
그럴 때 우리들의 정신은 육체를 떠나 멀리
방황하며 생각에 잠기는 일이 적어지므로
그 환상은 예언적인 성격을 띠게 된다.
그때 내 꿈속에 황금빛 날개를 가진 독수리가
중천에 나타나 날개를 펴고
당장에라도 밑으로 내려오려고 도사리고 있는 것이 보였다.
마치 나는 가니메데스가 신들의 모임 때문에
친구들을 남겨 놓고 천상으로 납치되어 간
그 산 위에라도 있는 듯한 기분이었다.⁶⁾
나는 속으로 생각했다. '아마 이 독수리가 여기를 습격하는 건,
그것이 습관이기 때문이리라. 필경 딴 데서는 먹이를
차고 하늘 높이 올라가지 않을 것이다.'
그러나 잠시 독수리는 하늘을 빙빙 도는 것 같더니만,
별안간 벼락같은 무서운 기세로 내려와
나를 움켜잡더니 화천(火天) 가까이 날아올랐다.
독수리도 나도 거기서 타버리는 줄만 알았다.
꿈속에서 본 불길이 어찌나 세차던지
나는 저절로 잠에서 깼다.
아킬레우스의 어머니는 잠자고 있던 아들을 케이론에게서

---

4) 니노, 쿠르라도, 베르길리우스, 소르델로, 단테 다섯 사람이다.
5) 그리스 신화로, 필로멜라가 언니 푸로크네의 남편에게 능욕당했기 때문에, 자매끼리 남편의 자식을 죽여서 구운 후 남편(테레우스)에게 먹여 그 복수를 했다. 제우스는 필로멜라는 제비가 되게 하고 푸로크네는 나이팅게일로, 남편은 후투티로 변신시켰다.
6) 미소년인 가니메데스가 이다 산꼭대기에서 사냥하고 있었을 때, 주신 제우스가 독수리를 시켜 그를 채어오게 해 천상의 신들에게 술을 따르게 했다.

빼앗아 안고 스키로스섬으로 날아갔다.[7]

(결국 거기서 그리스군에게 쫓겨났지만.)

그때 제정신으로 돌아온 아킬레우스는 깜짝 놀라

잠에 취한 눈으로 사방을 두리번거렸으나,

자기가 어디 있는지 짐작조차 할 수 없었다.

나도 잠이 달아나자 어리둥절해서

무서움에 간이 서늘해진 사람처럼

새파랗게 질려 버렸다.

내 곁에는 위로하는 듯한 얼굴의 스승이 혼자 있을 뿐이며,

해가 돋은 지 벌써 두 시간 이상이나 지나고 있었다.[8]

그리고 내 얼굴은 바다 쪽을 향하고 있었다.

"걱정하지 마라." 하고 스승이 말했다.

"좋은 곳에 있으니까 긴장 풀고

마음을 놓아 한껏 기운을 내라.

이제 드디어 연옥에 왔다.

저기 주위를 둘러싸는 높은 곳이 보이잖나,

저기 벌어진 곳, 저것이 입구이다.

조금 전에, 아직 해가 돋기 전 새벽에

저 아래 골짜기를 꾸미는 꽃 위에서

너의 혼은 '육체' 속에서 잠이 들었는데,

그때 한 여성이 나타나서 말했다. '나는 루치아입니다.[9]

이분의 갈 길을 수월하게 해드리려는 것이니까

잠들어 있는 이분을 데려가더라도 말리지 말아 주세요.'

소르델로와 다른 고귀한 사람들을 남겨두고,

---

7) 아킬레우스는 켄타우로스인 케이론의 손에 자랐는데, 어머니인 테티스는 그가 싸움터로 나가는 걸 꺼려 스키로스섬에 숨겼다. 그러나 오디세우스의 꾀에 넘어가 싸움터로 나가게 되었다.

8) 때는 1300년의 부활절인 월요일 오전 8시이다.

9) 루치아에 대해서는 〈지옥편〉 제2곡 참조할 것.

이미 날이 밝았기 때문에 그녀는 너를 안고
위로 갔다. 나는 그 뒤를 따랐다.
여기다 너를 내려놓고, 아름다운 눈으로
저 열려 있는 문을 가르쳐 주었다.
그리하여 그녀가 떠나자 잠도 함께 사라진 것이다."

진실이 보이기 시작하면
의문이 풀리고 확신이 생겨
공포를 위안으로 바꾸는 사람같이,
나는 변했다. 나의 불안이 가시는 것을 보자
길잡이는 높은 언덕을 향해 오르기 시작했다.
나도 그 뒤를 따라 위로 걸었다.

독자여, 내가 시의 재료를 얼마나 높이 쳐들었는지
그대는 알았을 것이다. 그러니 다시금 솜씨를 부려서
내가 이것을 더 높이 쳐들어도 놀라지 말아 다오.

우리는 다가갔다. 처음엔
성벽을 가르는 바위틈같이
허물어져 보이는 곳으로 갔다.
문 하나가 보였다. 그 밑에는 그곳으로 통하는
색이 다른 세 층계의 돌계단이 있었다.
문지기가 있었지만 아직 아무 말도 하지 않는다.
나는 눈을 조금씩 크게 뜨고 주의를 했다.
맨 위 칸에 문지기가 앉아 있었으나,
그 얼굴을 똑바로 볼 수가 없다.
나는 여러 번 얼굴을 들었으나
손에 뽑아 든 칼날이 빛을 반사했기 때문에 눈이 부셔서 앞이 아찔했다.
"너희들의 소원이 무엇이냐, 그 자리에서 말해라."

문지기가 입을 열었다. "안내자는 어디 있나?
함부로 올라갔다 혼나지 않도록 조심해라."

"천상의 여인으로 이런 일을 잘 아시는 분이,"
스승이 대답했다. "방금 우리에게
'문이 있으니 저리로 가라'고 하셨습니다."
"그렇다면 이 돌층계까지 가까이 오너라."
하고 문지기는 점잖게 말을 이었다.
"그분께서 너희들을 복된 곳으로 인도해 주시기를 빈다."

우리는 그곳으로 갔다. 첫째 층계는
반들반들하게 닦아 놓은 듯 매끄러운 흰 대리석으로,
내 모습이 거기 그대로 비쳤다.
둘째 층계는 검은 자색보다 더 짙은 색깔의
거칠게 구워진 돌인데,
가로세로 금이 가 있었다.
맨 위층의 셋째 층계는, 묵직한 얼룩 바위로
현관에서 쏟아져 나오는 피처럼
불타는 듯한 색깔을 하고 있었다.
이 맨 위층에 천사는 두 발을 딛고
금강석으로 돼 있는 듯한
문지방에 앉아 있었다.
길잡이에게 이끌려 나는 부지런히 그 셋째 층으로 올라갔다.
길잡이가 나에게 말했다. "빗장을 따 달라고
겸손하게 청하여라."

나는 공손하게 천사의 발밑에 꿇어 엎드려
나를 위해 자비로써 문을 열어 주기를 청하며,
먼저 세 번 내 가슴을 쳤다.

천사는 내 이마에다 칼끝으로 일곱 개나 되는 P자를[10] 새겼다.
그리고 말했다. "안에 들어가거든
명심하여 이 상처를 씻도록 해라."

타다 남은 재라고나 할까, 파헤쳐진 메마른 흙이라고나 할까
천사는 그런 빛깔의
그 옷 밑에서 열쇠 두 개를[11] 꺼냈다.
하나는 금이고 하나는 은인데,
먼저 흰 것을 쓰고 그다음 노란 것을 써서
내가 기뻐하도록 문을 열어 주었다.
"이 열쇠 중 어느 하나라도 맞지 않아
자물쇠 속에서 잘 안 돌아가면,"
천사가 말했다. "이 길은 열리지 않는다.
금열쇠가 중하기는 하나, 또 하나 은으로 된 것은
매듭을 푸는 열쇠이므로
열 때는 비상한 솜씨와 재주가 필요하다.
이 열쇠를 나는 베드로한테서 받았다. 그는 만약 사람들이
내 발밑에 꿇어 엎드린다면 설사 잘못 열망정
잠가 두진 말라고 명령했다."
하며 거룩한 문짝을 밀어서 열었다.
"들어가라, 먼저 너희들에게 충고해 두겠는데,
누구든 뒤를 돌아보면 다시 밖으로 되돌아오게 될 것이다."

그 성스러운 문의
튼튼한 금속으로 된 굴대가 소리를 내며
돌쩌귀 속에서 돌았다.

---

10) 일곱 가지 큰 죄악이다. 죄는 이탈리아어로 Pecato, 즉 P로 시작된다.
11) 〈마태복음〉 16장 19절에 금열쇠는 성직자의 권위를, 은열쇠는 학문과 지성을 나타낸다.

그때의 소리는 선량한 메텔로스를 빼앗기고[12]
외로이 가난하게 남겨진 타르페아(의 문)의
미칠 듯한 울림소리보다 덜하지 않았을 것이다.
그 소리 나는 쪽으로 내가 몸을 돌려 귀 기울이니,
"주여, 당신을 찬미하나이다."[13]라는 노랫소리가
고운 소리에 섞여 들려오는 것 같았다.
그걸 들은 나는
오르간에 맞춰 부르는 합창 때마다 받는 것과
똑같은 인상을 받았다.
어떤 때는 가사가 들리고, 어떤 때는 안 들리는 것이다.

---

12) 로마의 호민관인 메텔로스는 카이사르가 로마의 사투르누스 신전이 있는 타르페아라는 바위 언덕으로부터 보물을 탈취하려는 것을 막으려 했으나 끝내는 막지 못했다. 그는 의무를 성실히 수행하려고 최선을 다했으므로 '선량하다'고 표현되었다.
13) 아침 기도, 그 밖에 장엄한 예식에 부르는 찬송가.

제10곡

    연옥 안으로 들어간 시인들은 바위 사이를 기어오른다. 오전 9시가 지나서 첫째 두렁길에 도달한다. 두렁길이란 연옥산을 에워싸고 있는 폭이 사람의 키 세 곱쯤 되는 길이다. 그 길에 면한 산 중턱에 겸양의 모범을 나타내는 조각이 흰 대리석에 새겨져 있다. 바로 '수태고지'다. 다윗 왕과 황제 트라야누스의 이야기 등도 그림 두루마리처럼 이어져 있다. 단테가 정신없이 그 조각을 보고 있는 사이 교만의 죄를 보상하기 위해 바위를 짊어진 자들이 허리를 구부리고 울상을 지으며 저편에서 다가온다.

    구부러진 길을 곧게 보이게 하려는
    비뚤어진 사랑이[1] 마음속에 있는 한 열리지 않는 문,
    그 문턱을 넘어 우리는 안으로 들어갔다. 그러자
    요란하게 문이 다시 닫히는 소리가 났다.
    만약 그때 내가 뒤를 돌아보았더라면[2]
    그 실수를 보상할 만한 변명이 있었을까!

    우리는 갈라진 바위 사이로 걸어갔다.
    그 바위는 오른편도 왼편도 심하게 울퉁불퉁해서
    마치 밀치락달치락하는 파도 같았다.
    "여기서는 다소 기술이 필요하다."라고 길잡이가 말했다.
    "어떤 때는 이리로, 어떤 때는 저리로
    바위가 우묵한 쪽으로 몸을 붙이도록 해라."

---

1) 사랑의 종류에 대해서는 〈연옥편〉 17곡 참조.
2) 뒤돌아보면 밖으로 되돌아가게 되기 때문이다.

우리들의 걸음은 이렇듯 더디게 되어

조각달은

벌써 수평선 넘어 자리에 다시 누웠는데도[3]

우리는 아직도 이 바늘구멍에서[4] 빠져나갈 수가 없었다.

겨우 산이 뒤로 물러선

확 트인 곳에 이르러 한시름 놓았을 때

나는 지칠 대로 지쳐 있었다. 둘 다 갈 길에

자신이 없었으므로 사막 속의 길보다도

더욱 고독한 이 평평한 길에서 우뚝 걸음을 멈추었다.

하늘에 닿는 그 끝에서부터

위를 향해 깎아지른 듯 솟은 절벽 아래까지,

그 폭이 아마 사람의 키 세 곱은 넉넉히 되리라.

그리고 눈길이 닿는 데까지

이리 보아도 저리 보아도

이 두렁길은[5] 어디까지나 똑같이 이어져 있었다.

우리가 거기서 아직 움직이지 않고 있을 때

올라갈 길이 없는

이 둘레를 에워싸는 절벽 언저리에

하얀 대리석으로 조각이 꾸며진 것이 눈에 띄었다.

'그리스의 대조각가' 폴리클레이토스는 물론이요,

자연조차도 무색할 만큼 훌륭한 조각이었다.

오랜 세월 사람들이 눈물로써 구해 온 평화,

지나간 금단을 풀고 천국의 문을 연 평화,

---

3) 대개 오전 11시쯤이다.

4) 좁은 공간을 바늘구멍이라 한 것이다.

5) 연옥산에는 문에서부터 지상 낙원의 사이에 이처럼 띠처럼 생긴 길이 일곱이나 있는데, 그 두렁길과 두렁길을 가파른 언덕과 돌층계가 연결하고 있다. 연옥에 있는 사람들은 그 두렁길을 돌면서 각각의 두렁길에서 각자 합당한 죄를 씻는 것이다.

그 평화를 지상에 알리러 온 천사가
우리들의 눈앞에 살아 있는 것처럼
새겨져 있었다. 그것은 몹시 상쾌한 모습이라
말 없는 석상같이 여겨지지 않고
천사가 마치 "아베,"[6] 하며 소리내어 말하고 있는 것 같았다.
거기에는 크나큰 사랑을 열기 위해 열쇠를 돌린
저 '마리아' 상도 새겨져 있었다.
그 거동에서는 "이 몸은 주의 종이오니."[7]
라는 말이 밀랍에 새겨진 모습과도 같이
생생하게 엿보였다.

"그렇게 한 군데만 보는 것은 좋지 않다."
하고 스승이 부드럽게 주의를 주었다. 내가 서 있던 곳은
스승의 심장이 있는 쪽이었다.[8]
그래서 나는 시선을 옮겨
마리아의 뒤쪽을 보았는데, 그곳은 나더러 얼굴을 움직이라고 한
스승이 있는 쪽이었다.
또 한 가지 다른 사연이 바위에 새겨져 있었으므로
나는 이 눈으로 똑똑히 보려고
스승 앞을 가로질러 그 곁에 다가갔다.
그곳 대리석에는
각자 자기 직무의 분수를 알라는 교훈으로써
성스러운 궤짝을 끌고 가는 수레와 소가 새겨져 있었다.
그 앞에는 모두 일곱 성가대로 나누어진 사람들이 보였다.

---

6) '아베(Ave)'는 천사 가브리엘이 마리아에게 수태를 알리는 말이다. 〈누가복음〉 1장 28절 참고.
   '수태고지'는 단테와 같은 시대의 화가들이 즐겨 그린 주제이다. 이를테면 단테보다 19세 손아
   래인 시모네 마르티니가, 이를 주제로 그린 그림은 피렌체의 우피치 화랑에 있다. 〈연옥편〉 10
   곡, 11곡은 단테의 조형 미술에 대한 강한 관심을 나타내고 있다.
7) 〈누가복음〉 1장 38절의 일부이다. 이 말은 마리아의 겸손을 의미한다.
8) 심장이 있는 쪽은 왼쪽이다.

나의 오관 중의 청각은 "노래하지 않는다."고 말했으나
시각은 "아니다, 노래하고 있다."고 주장했다.
마찬가지로 거기 그려진 분향 연기에 대해서도
눈과 코는
"연기다, 연기 아니다." 하고 의견을 달리했다.
겸손한 시편의 작자가 축복받은 궤찍 앞으로 옷자락을 걷어붙이고
춤을 추며 나아갔는데,[9]
그의 모습은 왕보다 낮게도 보이고 못하게도 보였다.
맞은편의 큰 집 창가에는
서러운 듯한 여인 미갈이 모멸의 빛을 띠고
물끄러미 바라보고 있는 모습이 새겨져 있었다.

나는 그 자리에서 발을 옮겨
미갈 뒤에 하얗게 빛나는
또 다른 장면을 가까이서 보려고 다가갔다.
거기에는 로마 군주의 영광스러운 업적이
한편의 그림 두루마리가 되어 있었다. 그의 덕에 움직여서
그레고리우스가 위대한 승리를 거두었는데,
그분은 다름 아닌 황제 트라야누스였다.
그의 곁에 고삐에 매달린 불쌍한 과부가
고뇌와 눈물에 젖은 모습으로 그려져 있었다.
황제의 주위에는 기사들이 당당한 대오를 짜고
행진했고, 황제의 머리 위에는 금빛 독수리가
바람결에 찬연히 날고 있었다.

이러한 사람들 속에서 불쌍한 여인이 애원하고 있었다.
"폐하, 죽은 자식의 원수를 갚아 주소서.

---

9) 시편의 작자 다윗에 대한 이 이야기는 〈사무엘 후서〉 6장에 있다.

몸도 마음도 갈가리 찢기는 것 같사옵니다."

황제가 대답했다. "내가 돌아오기까지 기다려라."

"하오나 폐하," 하고 노파는 고뇌로 인하여 애타는 사람처럼 말했다.

"만약 폐하께서 못 돌아오신다면?"

"나의 대리자가 해 주리라."

그러자 노파가 말했다. "폐하께서 선의 베푸심을 잊으신다면,

다른 이의 선행이 폐하께 무슨 공덕이 되겠나이까?"

그러자 황제가 대답했다. "그래, 그렇다면 안심하거라.

지금 떠나기 전에 나의 의무를 완수하도록 하마.

정의가 원하는 바이고, 자비의 정이 나를 붙드는구나."[10]

그의 눈에는 새로운 것이 없는 분이[11]

이렇듯 눈에 보이는 대화를 만든 것인데, 우리가

현세에서 본 적 없는 새로운 것이었다.

이토록 깊은 겸양을 나타낸 상을

만든 이를 생각하며

고맙고 기쁜 심정으로 내가 바라보고 있으니,

시인이 중얼거렸다. "보라, 이쪽에서

많은 사람이 천천히 걸어오고 있다.

그들이 우리를 돌계단으로 안내해 줄 것이다."

대저 눈이란 신기한 것을 좇는 것이 습성이므로

내 눈은 열심히 '조각'을 보고 있다가

곧 스승 쪽으로 뒤돌아보았다.

독자여, 부탁이다. 부채는 갚아야 한다는

---

10) 이야기한다는 취미는 회화의 세트 장치, 그림이나 조각의 부조 등, 로마네스크 미술의 발달
과 더불어 현저하게 볼 수 있었으며, 문학에 있어서는 반세기 후에 《데카메론》이라는 걸작을
낳게 한 것이다.
11) 하느님은 시간을 초월하므로 새로운 것이 없다.

하느님의 뜻이 어떤 것인가를 들어보고
부디 그대의 훌륭한 결의를 뒤집지 말아다오.
가책의 엄격함에 마음을 뺏기지 말고,
그 뒤에 이어질 일을 생각해 달라. 제아무리 악할지라도
가책은 최후의 심판까지는 지속되지 못할 것이다.

내가 말했다. "스승님, 우리 쪽으로 움직여 오는 것을
보고 있습니다만 아무래도 사람 같지 않습니다.
보아도 무엇인지 분간할 수가 없어 정체를 모르겠습니다."
스승이 대답했다. "무거운 형벌 때문에
저들은 땅바닥까지 허리를 굽히고 있다.
나도 처음에는 내 눈을 의심했다.
그러나 저기를 자세히 보고 저 바위를 지고
다가오는 자를 잘 분간해 봐라.
'뉘우치고' 가슴을 치는 꼴이 이젠 보일 것이다."

오, 비참하게도 지쳐 빠진 거만한 그리스도 신자들이여,
너희들은 마음의 눈이 병들었기 때문에
뒤로 향해 걷는 길을 옳은 길이라 믿는 것이다.
너희들은 모르느냐, 우리는 수호자도 없이
심판을 향해 나는 천사 같은 나비가 되기 위해
태어난 벌레라는 것을?
어찌하여 네 자존심은 그리 높이 날아오르느냐?
너는 이를테면 병신벌레, 그것도
채 자라지 못한 번데기 같은 것이 아닌가?

천장이나 지붕을 받치는 기둥 대신
무릎을 가슴에 대고 쭈그리고 있는 조각상을
가끔가다 본 적이 있다.

그런 조각상은 아니지만 보고 있노라니
정말 기분이 나빠진다. 내가 본 사람들은
자세히 보니 정녕 그런 꼴을 하고 있었다.
등에 진 짐의 적고 많음에 따라
구부러진 등의 모습에 다소의 차이는 있었으나
그중에서도 아주 괴로운 듯한 자세의 남자가 울상이 되어
말하고 있는 것 같았다. "이제 더는 못 참겠다."

제11곡

교만의 죄를 씻으면서 첫째 두렁길을 걸어 나가는 자들이 '주기도문'을 왼다. 베르길리우스가 길을 물으니 굴리엘모의 아들 옴베르토 알도브란데스코가 신세 타령을 한다. 굽비오의 정밀화의 명인 오데리시가 겸허하게 세상 명성의 변천에 대해서 말하며 치마부에와 지오토 같은 화가, 구이도 귀니첼리와 구이도 카발칸티 같은 시인, 그리고 프로벤찬 살바니와 같은 정치가를 덧없는 세상사의 예로써 든다.

"제한도[1] 없이[2]
위로부터 처음 내신 것들에게보다도 더한 사랑을 베푸시기 위해
하늘에 계신 우리 아버지시여,
바라옵건대 모든 창조물은 당신의 아름다운 입김을
감사함이 지당하오니,
당신의 이름과 권능을 찬송하옵도록
당신 나라의 평화를 우리에게 오게 하소서.
평화가 오지 않는 한 우리들이 모든 재주를 다 바쳐도
우리 스스로는 그러한 능력이 없나이다.
당신의 천사들이 '호산나'[3]를 부르며
그 뜻을 당신께 제사 지냄같이,

---

1) 제11곡 첫 부분 참조. 〈마태복음〉 제6장 9~13절에 있는 '주기도문'에 단테가 부연하여 덧붙인 것.
2) 하느님은 모든 것을 포용하기 때문에 공간적으로 제한이 없다. '제한도 없이 위로부터 처음 내신 것들……' 같은 학문의 혼입이 이 '주기도문'을 불필요하게 이해하기 어려운 것으로 만들고 있다.
3) '호산나'는 하느님을 찬양한다는 뜻으로 헤브라이 말이다.

인간들도 제 마음을 그리할지어다.
오늘도 우리에게 나날의 만나를 주소서.
이것 없이는 이 광야를 헤치고 나아가고자
더욱 애쓰는 자도 뒷걸음만 칠 것이오이다.
우리에게 죄지은 자를 우리가 사하여 주듯,
당신도 우리의 공덕을 보지 마시고
거룩한 은총으로 사하여 주소서.
하잘것없이 약한 우리의 힘을
묵은 원수와 더불어 겨루게 하지 마시고,
바라옵건대 이를 돋우는 자로부터 건져 주소서.
이 마지막 기도는, 사랑하옵는 주여,
우리가 기도드릴 것까진 없을 진대, 이렇듯 기도드림은
우리를 위함이 아니옵고 우리들 뒤에 남을 자를 위함이로소이다.”

이렇듯 혼들의 무리는 자기들과 우리를 위해
기도문을 외면서 무거운 짐을 지고 걸어가고 있었다.
그 무거운 짐은 이따금 꿈속에서 가위눌리는 그런 무게와도 흡사했다.
그들은 이처럼 각기 다른 불안에 시달리며,
첫째 두렁길을 따라 위를 향해 귀찮은 듯이 걸으며
현세에서 쏘인 독기를 씻고 있었다.
만약 연옥의 사람이 우리를 위해 기도해 준다면,
현세에서 착한 마음 지닌 자[4]들은 연옥의 혼들을 위해
무엇을 외고 무엇을 해야 할 것인가?
이 땅에서 묻혀 간 때를 씻어 내려
혼이 깨끗해지고 몸은 가벼워져 별들이 빛나는 하늘로
날아갈 수 있도록 도와주어야 하지 않을까?

---

4) 현세에서 착한 마음을 지닌 자들이란 하느님의 은총을 받는 이들을 가리킴.

"아, 정의와 자비로 너희들의 짐이 어서 가벼워져
너희들이 마음대로 날개를 놀려
소원대로 '천국'에 날아갈 수 있으면 좋으련만.
가르쳐 다오, 어느 쪽으로 가면 빨리
층계로 갈 수 있는지, 또는 길이 여럿 있다면
그중에서 제일 가파르지 않은 길을 가르쳐 다오.
나와 함께 온 이 사람은 아담의 살을
입고 있으므로 그 육체의 무게 때문에
본의 아니게 올라가는 걸음이 둔해지는 거다."

나의 길잡이가 한 이 말에 대한
그들의 대답은,
누가 말했는지는 분명치 않으나
이러했다. "벼랑을 따라 오른편으로
우리와 함께 가자, 그러면 산 사람일지라도
오를 수 있는 길이 나올 것이다.
나는 나의 교만을 다스리는 이 바위 때문에
얼굴을 숙이고 있어야만 하는데,
만약 이런 방해물만 없다면
그 살아 있는, 아직 이름을 대지 않은 이를
꼭 한번 보고 싶구나. 얼굴을 보면 혹시 아는 자일지도 모르며,
그자도 이 무거운 짐을 보고 불쌍히 여겨 주리라.
나는 이탈리아 사람으로 토스카나 거물의 아들이다.
굴리엘모 알도브란데스코⁵⁾가 내 아버지이다.
그 이름을 네가 들은 적이 있는지 없는지 모르겠다만,

---

5) 굴리엘모 알도브란데스코는 산타피오르의 영주. 그는 황제 당원으로 마렘마 지방의 유력자였
   으며, 시에나와 전투를 벌이고 있었다. 그의 아들은 옴베르토라고 하였는데, 1259년에 시에나
   의 자객에 의해 살해되었다는 설과 캄파냐티고 전투에서 분투하다가 죽었다는 설 두 가지가
   있다. 이 시에서 단테는 후자를 택했다.

내 선조의 유서 깊은 혈통과

선조들의 훌륭한 업적이 나를 교만하게 만들었다. 그래서

인간은 다 같은 어머니에게서[6] 나왔다는 것을 모르고,

세상 사람들을 몹시 경멸했기 때문에 그로 인해

죽었다. 그 죽을 때의 모양은 시에나 인들이 알고 있다.

캄파냐티코에서는 어린이들까지 모두 알고 있다.

나는 옴베르토이다. 교만 때문에 재난을 입은 것은 나뿐이 아니다.

나의 일족은 모두

그 때문에 불행을 겪고 있다.

그래서 나는 그 보상을 하기 위해 여기 죽은 자들 사이에서

주께서 만족하실 때까지 이 무거운 짐을

져야만 한다. 내 생전에 아무것도 하지 않았던 벌이다."

그의 이야기에 귀를 기울이면서 나는 얼굴을 아래로 향했다.

그러자 말하고 있던 자와는 다른 사나이가

꼼짝도 못 할 무거운 짐 밑에서 몸을 뒤틀더니,

그들에 맞추어 허리를 굽혀 건너가고 있던 나를

간신히 두 눈으로 보고

내가 누군지를 알고는 이름을 불렀다.

"오오." 내가 말했다. "자네는 굽비오의 영광,

파리에서는 '채색화'라 불리는 정밀화의 명인

오데리시[7]가 아닌가?"

"여보게," 하고 그가 말했다. "볼로냐의 프랑코[8]가

붓으로 그린 그림이 더 훌륭하다.

---

6) 다 같은 어머니는 땅이다.

7) 오데리시는 치마부에파에 속하는 굽비오의 색채화가. 볼로냐와 로마에서 많이 활동하였고,
   화가 지오토와 단테와도 사귀었다(1299년 로마에서 죽음).

8) 프랑코는 볼로냐의 색채 화가로 오데리시의 제자 또는 후배, 13세기 말부터 세상에 알려졌다.

지금의 영광은 모두 그의 것이다. 나는 이제 이류이다.

생전에는 제1위를 노리는 야심과

욕망에 불타고 있었기 때문에

이런 공손한 말을 해 본 적이 없었다.

그러한 교만의 보상을 지금 여기서 치르고 있다.

그래도 죄를 범할 수 있는 동안에 주에게로 돌아갔기 때문에 살았다.

그렇지 않았던들 여기마저 못 왔을 것이다.

아아, 인간의 힘인 영광은 허무한 것이다!

다음에 쇠퇴한 세상이 이어진다면 또 몰라도 그렇지 않다면

나뭇가지가 푸르른 시절은 잠깐뿐이다!

치마부에가⁹⁾ 회화계에서 왕좌를 차지했나 했더니

이제는 지오토¹⁰⁾가 명성을 얻었다.

그 때문에 전자의 그림자는 흐려져 버렸다.

마찬가지로 구이도가 다른 구이도로부터

시가(詩歌)의 영광을 빼앗았는데¹¹⁾ 아마도 그 두 사람을

둥지에서 내몰아 떨어뜨릴 자가¹²⁾ 벌써 태어난 것 같다.

뜬세상의 명성이란 한 가닥의 바람 같아,

어느 때는 이리로 어느 때는 저리로 분다.

바람이 바뀌면 이름도 바뀐다.

자네가 늙어서 육체를 버리든,

'파포'니 '딘디'니 하다가¹³⁾

어려서 죽든, 천 년 뒤 자네의 명성에

---

9) 지오반니 치마부에는 유명한 피렌체의 화가이며, 지오토의 스승. 이탈리아 미술계의 부흥자, 1240년 무렵에 태어나 1302년에 죽었다.

10) 지오토 디 본도네는 피렌체 부근의 작은 촌에서 1266년경에 태어나 1337년에 죽었다. 단테의 친구이며, 교황 베네딕토 11세 등의 후원을 받았음.

11) 구이도 카발칸티(그의 아버지 카발칸테)가 구이도 귀니첼리에게서 시가의 명성을 빼앗았다. 전자는 단테의 친구이고, 후자는 단테 등 청신세파의 시조라고도 할 수 있는 사람이다.

12) 그 두 사람을 둥지에서 내몰아 떨어뜨릴 사람이란 단테 자신일 거라는 설이 많다.

13) '파포(밥)'니 '딘디(돈)'니 하는 말은 어린이들의 말이다.

변함이 있을 줄 아나? 그 천 년이란 세월도
영원에 비하면 짧은 것이다. 하늘을 여유 있게 도는
궤도에 비하면 고작 눈 한 번 깜박일 동안이다.
내 앞을 아주 느릿느릿 걸어가는 자의[14] 이름은
예전에 토스카나 천지에 울렸던 이름이다.
그러나 이제는 시에나에서조차도 그 이름을 들을 수가 없다.
그가 시에나의 수령이었을 때, 미쳐 날뛰던
피렌체가 패한 것이다. 당시의 피렌체는
아주 대단했었다. 이제는 아주 음탕한 도시지만.
자네들의 명성은 풀이나 나뭇잎처럼 밖으로 나왔다 싶으면
곧 또 사라진다. 잎이 땅에서 자라는 것은
태양 덕택이지만, 그 태양을 쬐기 때문에 또 빛깔이 바래기도 한다."[15]

그래서 내가 말했다. "자네가 참된 말을 하므로
내 마음에 겸손함이 솟아나 우쭐함이 사라졌다.
그런데 지금 자네가 말한 것은 누구를 두고 한 말인가?"

"그는 프로벤찬 살바니인데,
시에나 전부를 자기 손아귀에 넣으려고
주제넘은 짓을 했기 때문에 여기에 있다.
죽은 후로 여태까지 쉴 새도 없이
이렇게 걸어 다니고 있다. 현세에서 그 도를 넘친 자는
'하느님의' 이해를 얻을 때까지 보상을 치러야만 한다."

---

14) 프로벤찬 살바니는 1260년 몬타페르티 전투에서 승리를 거둔 이래 시에나의 유력자가 되어 토스카나 황제당의 수령으로 추대되었다. 그러나 1269년에 콜레에서 시에나군이 피렌체군에게 격파되면서 그는 포로가 되어 목이 베였다.

15) 명성의 변천에 대한 모럴리스트적 고찰이 자연 관찰의 심오한 원리와 잘 결부된 3행이다. 태양이라는 커다란 존재와 풀잎이라는 조그만 존재의 대비가 인간의 작음을 부각한다.

그래서 내가 물었다. "죽을 때까지
과거의 잘못을 뉘우치지 않은 혼은
착한 이들이 기도를 해서 도와주지 않는 한
현세에서 살았던 세월과 똑같은 세월이 흐르기 전엔
저 아래 남아서 이 위로 올라오지 못했을 텐데,
대관절 그는 어떻게 이리로 쉽게 들어올 수가 있었는가?"

그가 대답했다. "영예와 영화가 다하고 있을 무렵,
그는 수치도 체면도 다 내던지고
스스로 자진하여 시에나의 캄포 광장에 나섰다.
샤를의 옥중에서 고생하는 친구를[16]
구해 내기 위해 '그는 시민들에게 성금을 청하였는데',
끝내는 온몸의 혈관이 '수치로 인해' 떨렸다.
이 이상 더는 말 않겠다. 하긴 내 말이 분명친 못하다.
그러나 머잖은 장래에 자네도 자네 이웃들의[17] 소행을 보고
이 말뜻을 뼈저리게 깨달으리라.
그런 행위가 있었기 때문에 그는 경계선을 무사히 넘을 수가 있었다."[18]

---

16) 샤를 앙쥬의 감옥에서 고생하던 친구란 탈리아코초 전투 때 콜라디노 측에서 싸운 미노 디
   미니일 거라고 한다. 샤를이 몸값을 한 달 안에 치르라고 청구했으므로 프로벤찬은 시에나
   의 캄포 광장에서 시민들에게 겸손하게 성금을 청했다고 전해지고 있다.
17) 자네의 이웃은 피렌체이다.
18) 이 노래에 있는 옴베르토 알도브란데스코, 오데리시, 치마부에, 구이도 귀니첼리와 구이도
   카발칸티, 프로벤찬 살바니의 삽화는 마치 《신곡》이라는 그림 두루마리 속에 새겨진 보석처
   럼 하나하나가 개성적인 빛을 발산하고 있다. "《신곡》 전체가 이러한 삽화 덕분에 활기를 띠
   고 있을 뿐만 아니라, 《신곡》은 그 생명력 자체를 이런 종류의 에피소드에 힘입고 있다."고 시
   몬드는 《단테 연구》에서 주장하고 있다.

제12곡

첫째 두렁길을 걸어가면서 아래를 보니 돌바닥 위에 조각이 새겨져 있다. 교만을 벌주는 열세 가지 예를 성서와 그리스 신화 가운데서 각각 취한 것이다. 단테가 정신없이 바라보고 있는 동안 시간은 부활절의 월요일 정오를 지난다. 천사가 저편에서 나타나 팔을 벌려 날개를 펴고 단테를 손짓해 부른다. 시인들은 왼쪽으로 돌아 언덕길로 접어든다. 전보다 몸이 홀가분해진 것을 이상하게 느낀 단테가 베르길리우스에게 까닭을 묻자, 천사가 죄악의 P자 하나를 이마에서 지워 주었기 때문이라고 한다.

스승이 상냥하게 허락해 준 동안
멍에에 매인 두 마리의 소처럼 나는
그 무거운 짐을 진 혼과[1] 나란히 걸어갔는데, 이윽고
스승이 말했다. "이제 그쯤하고 앞서 걸어라.
여기서는 모두 돛을 달고 노를 써서
전력을 다하여 자기 배를 몰아야 한다."

나는 선뜻 몸을 일으켜 걸어갔으나
내 자존심은 가라앉았고
마음은 허리를 굽힌 채였다.
나는 스승의 발자국을
부지런히 따라갔는데, 둘은
이제 보기만 해도 발걸음이 가벼웠다.

---

1) 오데리시의 혼.

스승이 말했다. "눈을 아래로 돌려
네가 딛는 땅을 봐라.
발걸음이 한결 수월해질 게다."

고인의 추억이 후세에 전해지게끔
땅에 묻힌 무덤의 뚜껑에는
묻힌 이의 옛날 모습이 새겨져 있다.
그것을 보면 추억으로 마음이 아파
때로는 눈에 눈물도 어린다.
인정 많은 사람만이 느끼는 가슴 아픔이다.
그 묘석처럼 산에서 삐죽이 나온 길 위에는
만든 이의 솜씨가 뛰어난 탓이겠지만
각별히 잘 된 조각이[2] 있었다.

나는 보았다. 길 한편에는 다른 자들보다 월등히
고귀하게 만들어진 자[3]가 번개처럼
하늘에서 거꾸로 떨어지는 그림이 새겨져 있었다.
보니, 또 한쪽에는 브리아레오스[4]가
신의 화살을 맞고 죽음의 한기에 떨며
무거운 몸뚱이를 땅 위에 뉘고 있었다.
보니, 아폴로와 미네르바와 마르스가
무장한 채 아비를[5] 둘러싸고
산산조각이 난 거인들의 사지를 보고 있었다.

---

2) 이 조각을 만든 이는 하느님이다.
3) 다른 자보다 월등히 고귀하게 만들어진 자. 단테는 오만의 첫 번째 예로 지옥의 악마왕 루시
   페르를 든다.
4) 브리아레오스, 오만의 두 번째 예. 거인들이 신들에게 거역하여 브레그라이에서 싸웠을 때 그
   는 제우스(로마 신화, 유피테르)의 화살에 맞아 죽었다.
5) 아비는 제우스이다.

보니, 니므롯[6]이 '바벨탑' 밑에서

어리둥절해하며 시날 땅에 모인

자기 못지않게 심성이 교만한 자들을 바라보고 있었다.

오, 니오베[7]여, 살해된 일곱 아들과 딸들 사이에서

보기에도 애처로운 모습으로

너는 길 위의 석상으로 변해 있구나.

오, 사울[8]이여, 너는 너의 칼 위에 몸을 던져

길보아에서 죽은 그때 그대로의 모습으로 그려져 있구나.

그 땅에는 그 뒤로 비도 이슬도 내리지 않는다고 한다.

오, 미친 여인 아라크네[9]여, 너를 보니,

재난의 원인이 된 네가 짠 헝겊 위에서

가엾게도 벌써 반이나 거미로 변했구나.

오, 르호보암[10]이여, 이제 네 모습은

사람을 겁주기는커녕, 쫓기지도 않는데

어리둥절 당황하여 마차를 타고 달아나고 있구나.

단단한 돌길에는 알크마이온이 어미에게[11]

---

6) 니므롯, 《창세기》 10장 참고. 바벨탑을 하늘까지 쌓으려다 신의 노여움을 샀다. 그래서 얼빠진 듯 보인 것.

7) 니오베는 탄탈로스의 딸로 테베 왕 암피온의 비이다. 자기의 일곱 아들과 일곱 딸을 자랑으로 삼아 자식이 둘밖에 없는 레토를 멸시했다. 그 때문에 레토의 아들 아폴로와 딸 아르테미스에게 자식이 몰살당했다. 그러자 그녀는 석상으로 변하고 암피온은 자살하였다. 오비디우스의 《변신 이야기》 6권 참조.

8) 《사무엘 상》 31장 1절 이하. 교만한 이스라엘의 초대 왕 사울. 블레셋인과 싸워 패하고 팔레스티나의 길보아 산 위에서 자결함. 다윗은 그의 죽음을 애도하며 길보아 산을 저주했다. 《사무엘 하》 1장 21절.

9) 아라크네는 리디아의 베 짜는 여인인데, 교만하게도 그 기술을 가지고 미네르바(그리스 신화, 아테나)에게 도전하였다. 이에 노한 미네르바가 그녀의 작품을 찢어 버리고 거미로 변신시켰다.

10) 구약성서 《열왕기 상》 12장 1~18절에 나오는 르호보암. 이스라엘 왕 솔로몬의 아들. 부왕이 죽은 뒤 백성들이 감세를 호소하였으나 르호보암이 이를 거절했다. 그러자 백성들이 돌을 던져 왕의 세리인 아도니람을 죽였다. 르호보암은 급히 수레를 타고 예루살렘으로 도망갔다고 한다.

11) 암피아라오스는 예언자로서 자기가 테베 싸움에서 죽는다는 사실을 알고, 아내에게만 거처

불길한 목걸이의 값진 보상을
알려 주는 모양이 새겨져 있었다.
또 신전 안에서 자식들이
센나케리브[12]에게 달려들어 넘어뜨리고
시체를 버리고 간 모양도 새겨져 있었다.
또 토미리스가 키로스에게
"피에 굶주린 네놈이니 이제 피로써 채워 주마."[13]
하고 외쳤을 때의 잔혹한 살육과 파괴의 광경도 새겨져 있었다.
또 홀로페르네스가 살해된 뒤
아시리아군이 패주한 광경도,[14]
목 없는 유해도 새겨져 있었다.
보니, 트로이가 잿더미로 화해 텅 빈 폐허로 변해 있었다.
오, 트로이여, 천하게 변한
네 모습이 거기 역력히 새겨져 있구나.

예민한 감수성의 소유자라면 보지 않을 수가 없는
이러한 선과 이러한 그림자를 그린
붓과 끌의 명장은 도대체 누구란 말인가?
죽은 자는 죽은 자같이, 산 자는 산 자같이 보였다.

　　를 알리고 몸을 숨겼다. 그러나 아내 에리필레가 폴리네이케스에게 목걸이를 받고 그 거처를
　　알려 주고 말았다. 암피아라오스는 전쟁에 나가 죽지만, 아들 알크마이온이 어머니를 죽여
　　아버지의 원수를 갚았다.
12) 센나케리브(산헤립)는 아시리아 왕으로, 매우 오만하여 유다와 예루살렘을 위협하면서 참
　　된 신을 업신여겼다. 그러나 주의 천사가 그의 군대를 부르고 그를 니느웨로 돌아가게 했다.
　　그 뒤 센나케리브(산헤립)가 자기의 신 니스록의 신전에서 예배할 때, 그의 두 아들 아드람
　　멜렉과 사레셀이 아비를 죽이고 아라앗으로 도망갔다. 〈열왕기 하〉 19장 36~37절 참고.
13) 스키타이족의 여왕 토미리스가 자기 아들을 죽인 페르시아 왕 키로스의 목을 쳐서 사람의
　　피로 가득 찬 가죽주머니 속에 넣을 때 한 말.
14) 과부 유딧이 자기 고을을 지키기 위해 아시리아 왕 홀로페르네스를 죽였기 때문에 아시리아
　　군이 패주한 것이다. 그것을 주제로 하여 완성된 도나텔로의 조각이 피렌체 정청 앞 광장에
　　있다.

고개를 숙이고 이런 광경을 밟으면서 걸어가니,

그 사실을 눈앞에 보는 것보다 더욱 실감이 났다.

아, 자만심을 가지려면 가져라, 이브의 자식들이여,[15]

거만한 얼굴로 활보하고 머리를 숙이지 마라.

만약 머리를 숙이면 너희들의 극악무도함이 눈에 보이게 된다!

해는 생각했던 것보다 훨씬 길어,

내가 정신없이 열중하고 있는 동안

우리는 벌써 산 중턱을 꽤 돌고 있었다.

그때 줄곧 앞을 살피며 가던 스승이

입을 열었다. "머리를 들어라,

이제 그렇게 생각에 잠겨 걸을 때가 아니다.

보라, 저기 천사 하나가 우리들 쪽으로

오려 한다. 보라, 벌써 하루의 일을 마치고

여섯 번째 처녀가 돌아간다.[16]

천사가 기꺼이 우리를 위로 데려다주게끔

얼굴에도 태도에도 깍듯이 경의를 나타내도록 하라.

알겠느냐, 오늘이라는 날은 두 번 다시 없는 것이다!"[17]

시간을 아끼라는 스승의 훈계는

전부터 수차 들었기 때문에,

이 말은 내 귀에 또렷하게 들려왔다.

하얀 옷을 입은 아리따운 이가 우리를 향해

다가왔다. 그 표정은

마치 샛별같이 반짝였다.

---

15) 이브의 자식이란 사람을 가리킨다. 이브가 인류 최초의 교만한 여인이었기 때문에 단테는 사람들의 주의를 불러일으키는 뜻에서 이렇게 부른 것이다.

16) 시간이 처녀로 의인화되었다. 새벽(오전 6시)부터 세어서 여섯 번째 처녀가 하루의 일을 마치고 돌아간다고 말한 것이다. 본편에는 이런 표현이 여러 번 나온다.

17) 〈연옥편〉 제3곡 주 7번 주 참고.

팔을 벌리고 이어 날개를 펴며 그이가
말했다. "이리로 오라, 층계는 이 근처에 있다.
이제부터는 몸도 가볍게 올라갈 수가 있다.
이렇게 초대되는 자는 좀처럼 없다.
오, 인간이여, 위로 날아오르기 위하여 태어났으면서
왜 이리 약한 바람에도 떨어져 버리느냐?"
그이는 우리를 바위가 파인 곳으로 데려가
거기서 날개로 내 이마를 털어[18]
앞길의 안전을 보증해 주었다.
루바콘테 다리[19]를 건너 왼편 산에 올라가면
저 훌륭하게 다스려진[20] 도시가
한눈에 굽어 보이는 성당이 있다.[21]
그 언덕길은 가파른 비탈을 개척하여
돌층계를 만들어 놓았다.
기록도 저울눈도 정확했을 무렵에 만들어진 돌층계였다.[22]
여기서도 마찬가지로 다음 옥까지 급경사로 치솟은 벼랑에
언덕길이 만들어져 있었는데,
양편으로 바위가 몸에 스칠 정도였다.

우리가 몸을 구부려 거기에 들어섰을 때
"마음이 가난한 자 복 있는 자로다."
라고 말할 수 없이 고운 목소리로 노래하는 것이 들렸다.

---

18) 죄악의 P자 하나를 날개로 털어서 지워 준 것이다.
19) 피렌체의 폰트베키오 다리로부터 상류 쪽에 있었던 다리로서 지금은 '폰테 알레 그라치에'라
한다.
20) 훌륭하게 다스려졌다는 것은 빈정거림이다.
21) 로마네스크의 성당으로서 유명한 산 미니아토 성당을 가리킴. 오늘날도 이 성당 앞에서는 피
렌체를 한눈에 바라볼 수가 있다.
22) 요즘은 기록도 저울눈도 속이는 것이 유행이라는 것을 은연중에 풍기고 있다. 당시 피렌체에
2대 사기 사건이 있었는데, 하나는 부정을 은폐하려고 시의 공증기록을 변조한 사건이고, 다
른 하나는 소금을 받을 때와 팔 때 다른 저울을 사용함으로써 막대한 이익을 챙긴 사건이다.

아, 지옥 입구와 이 연옥 입구는 얼마나
다른가! 지옥에는 무서운 외침 소리와 함께 들어갔는데,[23]
여기서는 노랫소리와 함께 들어가는구나.
이내 우리는 거룩한 돌층계를 올라갔는데,
전에 평지를 걸었을 때보다
몸이 너무나 가볍게 느껴져
내가 물었다. "스승님, 걸어도
도무지 피로를 느끼지 않는데, 도대체
어떤 무거운 짐이 나에게서 거두어졌습니까?"

스승이 대답했다. "상당히 희미해졌지만 그래도
네 이마에는 아직 P자가 남아 있다.
하나는 이제 지워졌는데 나머지 글자도 마찬가지로 지워지면,
착한 뜻이 네 발을 이겨
발은 피로를 전혀 느끼지 않게 되어
앞으로 나아가는 것이 즐거워지리라."

머리에 무엇을 붙인 사람이 자기는 그걸 모르고
예사로 밖을 나돌아 다닌다.
남이 알려 줘서 언뜻 알아차리면,
손으로 그걸 확인하려고
더듬더듬거리며 찾아낸다. 눈이 못하는 것을
손이 대신해 준다.
그와 마찬가지로 나는 오른손을 펴서 더듬더듬 만져보았다.
그랬더니 내 관자놀이 위에 열쇠를 가진 천사가 새긴
일곱 글자 중, 손가락에 만져진 것은 여섯 글자뿐이었다.
그러한 내 모양을 보고 길잡이는 싱긋 미소 지었다.

---

23) 〈지옥편〉 제3곡 참조.

제13곡

　둘째 두렁길로 올라가 오른편을 향해 걸어가니, 눈에 보이지 않는 영혼의 무리
가 세 가지 자애의 예를 소리 높이 외며 공중을 날아간다. 이윽고 앞쪽에 허름한
옷을 입은 사람들이 보인다. 다가가 보니 사람들의 눈까풀은 철사로 꿰매져 있다.
그들은 그 눈까풀 사이로 눈물을 흘리며 질투, 시기의 죄를 씻고 있다. 그 중의
한 사람인 사피아가 지난날 질투에 미친 나머지 자기 고향인 시에나 군대의 패배
를 기뻐했던 이야기를 한다. 사피아는 끝으로 시에나 시민들이 기획하는 탈라모
네 항구 구축이 실패할 것이라 예언한다.

　우리는 돌층계 위로 올라갔다.
　올라가기만 하면 죄가 씻겨 몸이 깨끗해지는 산 또한
　산 중턱이 패여 있었다.
　여기서도 제1옥과 마찬가지로
　두렁길이 산 중턱을 둘러싸고 있었는데,
　먼저보다도 더 가파른 호를 그리고 있었다.[1]
　여기에는 그림자도 형태도 없고
　오직 보이는 것은 벼랑뿐,
　납빛 돌로 된 평탄한 길이 열려 있었다.

“여기서 길을 묻기 위해 누구를 기다리다가는,”[2]
　스승이 생각에 잠겨 중얼거렸다. “길을 선택하는 데
　너무 시간이 걸리지 않을까 걱정스럽다.”

---

1) 옥의 원둘레가 위로 올라갈수록 작아지기 때문에 호도 당연히 그에 따라 가팔라진다.
2) 이리 갈까 저리 갈까 망설이며 생각한 것이다.

그러고는 물끄러미 태양을 바라보며
몸의 오른쪽을 중심으로 삼고
왼쪽 반신을 앞으로 돌렸다.

"오, 아름다운 빛이여, 당신을 믿고 나는
이 새로운 길로 들어갑니다. 인도하소서,
인도해 주지 않으시면 안으로 들어갈 수가 없습니다.
당신은 세상을 따뜻하게 하시고 그 위에 빛나고 계십니다.
무슨 사연이 있어 쫓기는 몸이 아닌 이상,
당신의 빛은 언제까지나 길잡이의 빛이옵니다."

지상이라면 1마일쯤 되는 거리를
연옥에서는 순식간에 걸어서 지나갔다.
적극적으로 걸어가겠다는 마음 때문이다.
그러자 모습은 안 보였으나 영혼의 무리가
사랑의 식탁 앞으로 모두를 공손하게 초대하기 위해[3]
날갯소리를 내며 우리들 쪽으로 날아왔다.
첫째 목소리가 높다랗게 "그들에게 포도주가 없도다."[4]
하며 날아가 버리자,
다시 우리 뒤에서도 그 소리를 되풀이하여 외쳤다.
그리고 그 소리가 채 사라지기도 전에
또 하나의 목소리가 "내가 오레스테스이다."[5] 외치며
역시 저편으로 날아갔다.

---

3) 사랑의 식탁에 초대한다고 함은 사랑의 실례를 들어 정죄자의 마음에 사랑을 기를 것을 구한
   다는 뜻. 사랑은 질투의 반대이기 때문이다.
4) 〈요한복음〉 2장 1~3절. 갈릴리 가나촌에서 베풀어진 혼인 잔치에서 포도주가 떨어지매, 예
   수의 어머니 마리아가 그리스도에게 "포도주가 없다." 하니 그리스도가 물을 포도주가 되게
   하였다.
5) 아가멤논의 아들 오레스테스와 필라데스의 우정은 다정하기로 이름이 났다. 오레스테스가 사
   형을 선고받자 필라데스가 "내가 오레스테스이다." 하고 대신 죽으려 했다.

"오오," 내가 말했다. "아버님, 이게 무슨 소리입니까?"
그렇게 물었을 때 세 번째 목소리가 외쳤다.
"너희를 학대하는 자를 사랑하라."[6]

그러자 스승이 부드럽게 가르쳐 주었다. "이 옥에서는
질투의 죄가 매맞고 있는 것이다.
그 채찍의 밧줄은 자애로 엮어져 있다.
그러나 재갈은 그 반대 소리를 내야만 한다.
너는 용서의 길목에 이르기 전에
반드시 그 소리를 들을 것이다.
자, 눈을 들어 하늘을 찬찬히 보라.
우리 앞에 앉아 있는 사람들이 보일 것이다.
모두 바위 곁에 나란히 앉아 있다."

그래서 나는 눈을 크게 뜨고
앞을 바라보았다. 바위의 빛깔과 다름없는
외투를 입은 망자가 여럿 보였다.
우리가 몇 걸음 앞으로 나아갔을 때 외침 소리가 들렸다.
"마리아여, 우리를 위해 기도하소서." 그러고는 또 외쳤다.
"미가엘이여, 베드로여, 모든 성직자여."

제아무리 완고한 사람이라도 인간인 이상,
이 광경을 봤다면
틀림없이 연민의 정을 느꼈을 것이다.
그들 곁으로 다가가
그들의 생김새를 똑똑히 보았을 때
그 고뇌의 광경에 나도 모르게 눈물이 글썽해졌다.

---

6) 〈마태복음〉 5장 44절. '나는 너희에게 이르노니, 너희 원수를 사랑하며 너희를 핍박하는 자들
을 위하여 기도하라'

모두 허름한 옷을 입고
서로가 서로의 어깨에 기댄 채
벼랑을 의지하고 있었다.
마치 끼니 떨어진 장님들이
축제 때 구걸하러 모여들어
하나가 다른 하나 위에 머리를 숙여
남의 동정을 재빨리 얻으려고
소리내어 애걸할 뿐 아니라,
청승맞은 꼴로 호소하는 모습과 똑같았다.

햇빛이 장님에겐 소용이 없지만
지금 내가 말하는 곳에 있는 망자들에게는
하늘의 빛도 풍부히 내리비치려고 하지 않았던 것 같다.
그들의 눈까풀은 구멍이 뚫려 철사로 꿰매져 있다.
마치 야생의 매를 길들이기 위해
그 눈을 꿰매 버린 것과도 흡사했다.[7]

상대가 못 보는데,
나만 보며 걸어가면 안 되겠다는 생각이 들었다.
그래서 나는 스승 쪽을 돌아보았다.
총명한 스승은 내가 채 입도 떼기 전에 심중을 알아차리고
내 물음을 기다리지 않고 말했다.
"물어봐라, 그러나 요령 있게 간단히 끝내라."

가장자리에 난간이 없었기 때문에
떨어질 염려가 있는 두렁길에서
스승이 내 바깥쪽으로 걸어가 주었다.

---

7) 매를 길들일 때는 눈을 꿰맸다. 단테의 비유는 동물학자다운 날카로운 관찰력으로 돋보인다.
〈지옥편〉 제17곡 참고.

그 반대편에는 믿음이 두터운 망자들이
눈까풀의 꿰맨 무서운 자국 사이로
눈물을 쏟으며 두 볼을 적시고 있었다.
"오오," 내가 그들 쪽을 돌아보고 말했다. "너희들은
반드시 신의 빛을 우러를 수 있는 몸이다.
너희들은 오로지 그것만을 바라고 마음에 두고 있는 것 같으니,
부디 신의 은총으로 너희들 양심의 더러움이 빨리 씻겨
마음의 흐름이 맑고 깨끗하게
여기를 흘러 내려가도록 빈다.
한 가지 부탁이 있다. 제발 나에게 알려 다오.
여기 너희들 중에 누구 이탈리아 사람은 없느냐?
있다면, 아마 그에게도 유익할 것이다."

"오오, 형제여, 여기 있는 자들은 참다운 도시의[8]
시민입니다. 단지 당신께서 말씀하신 것은
이탈리아를 현세 나그넷길의 임시 거처로 삼았다는 뜻이겠지요."
그 대답 소리가 들린 곳은 내가 있던 곳보다
상당히 앞쪽인 것 같아
나는 가까이 가서 말하려고 다가갔다.
그중에 나를 무척 기다리고 있는 듯한
한 망자가 보였다. 어떤 자세였냐 하면
장님들이 흔히 그렇듯이 머리를 위로 쳐들고 있었다.
"'하늘에' 오르기 위해 자신을 다스리고 있는 영혼이여."
내가 말했다. "만약 네가 나에게 대답한 자라면
네가 누군지, 출신지나 이름만 나에게 가르쳐 다오."
"나는 시에나 출신입니다. 여기서 다른 여러분들과 함께
우리를 구원해 주시는 분에게 눈물로써 빌며

---

8) 참다운 도시란 하느님의 도시인 지고천(至高天)을 가리킴. 연옥에 있는 자들은 모두 그곳의 똑같은 주민이 되는 것이다. 사람들 사이에선 차별이 없지만, 현세를 여행했을 때는 차이가 있었다.

현세의 죄를 씻고 있습니다.

이름은 사피아(지혜)라고[9] 하나, 지혜가 부족한 여자였습니다.

남이 잘못되면 내가 잘된

이상으로 기뻐했답니다.

거짓말이 아닙니다.

분별이 있을 나이면서도 내가 얼마나

질투 많은 여자였던지 들어 보세요.

내 고향 사람이 콜레 부근에서

적군과[10] 싸웠을 때, 나는 하느님께

하느님이 바라시던 것과 같은 결과가[11] 되기를 빌었습니다.

시에나군이 거기서 패하여 비참하게 도망치며

추격당하는 꼴을 보게 되었을 때

너무나 기뻐 어쩔 줄 몰라, 나중에는

뻔뻔스럽게도 얼굴을 하늘로 쳐들고 하느님께 외쳤습니다.

'이쯤 되면 이제 너 따위는 두렵지 않다!'[12]

개똥지빠귀가 날씨가 조금만 풀려도 떠드는 것과 같았습니다.[13]

죽음이 임박했을 때 하느님과 화해했습니다만,

그래도 나의 죄는 뉘우침만으로는 아직 다

지워지지 않았을 것입니다.

다만 고맙게도 빗장수 피에르 페티나이오[14]가

---

9) 사피아(Sapia)는 프로벤찬 살바니의 고모로서 몬테렛지오네 부근의 카스틸랴온첼로의 영주 기
  니발도 디 사라치노의 아내였다. 사피아는 Savia와 같은 뜻으로 '지혜자'를 뜻한다.

10) 적군은 피렌체군이다.

11) 하느님이 바라시던 결과란 곧 시에나 측의 패배이다.

12) 자신의 소망이 이루어졌기 때문에 이제 하느님의 노여움도 두렵지 않다고 한 것이다.

13) 개똥지빠귀는 추운 날씨를 굉장히 두려워하면서도 겨울 동안 조금이라도 날씨가 풀리면 밖
  에 나가 사람을 깔보는 듯한 얼굴로 "이제 겨울도 지나갔으니, 주여 당신도 무섭지 않습니다."
  라고 노래했다 한다.

14) 페에르 페티나이오는 청렴·정직·선행으로 좋은 일을 많이 하였다. 1289년 시에나에서 죽었
  는데, 성자 예우를 받고 시의 비용으로 거시적인 장례를 지냈으며, 1년에 한 번 그를 위한 제
  삿날이 마련되었다.

한결같은 자비로 나를 생각하여
내 이름을 거룩한 기도 속에 끼워 주었습니다.
그런데 지나가며 우리들의 신상을
물으시는 당신께서는 아마 눈을 뜨고
숨을 쉬며 이야기하시는 듯한데 뉘신지요?"

"내 눈도 이윽고 여기서 꿰매져 버리겠지."
하고 내가 말했다. "그러나 질투의 눈으로 남을 보는 죄는
그다지 범하지 않았으니, 형은 짧게 끝나겠지.[15]
훨씬 더 무서운 것은 저 아래의 형벌이다.
저걸 생각하니, 나 혼자 기겁하여 저 아래의 무거운 짐이
벌써 짓눌러 오는 것만 같구나."
그러자 여인이 말했다. "또 아래로 내려가실 생각이라면
어느 분의 안내로 이처럼 위에까지 오셨습니까?"
"내 곁에 말없이 계시는 분께서 안내하셨다.
나는 살아 있다. 그러니 만약 현세에서 너를 위해
이 산 몸의 발로 되돌아가서 무엇인가 해 주기를 원한다면,
너는 선택된 혼이니 무엇이든 청해 다오."

"오, 이건 처음 듣는 소리군요." 여인이 대답했다.
"이거야말로 하느님이 당신을 사랑하시는 커다란 증거,
부디 나를 위해 이따금 기도로써 도와주세요.
당신의 첫째 소망에 걸고 부탁이 있습니다.
만약 토스카나에 가시게 되거든
나의 명예를 구원하도록 내 가족에게 주선해 주세요.
내 가족들은 허황된 소망을 탈라모네에다 거는 자들 사이에[16]

---

15) 교만의 죄인데, 단테도 그것을 자각하고 있다. 빌라니의 《연대기》에는 '단테는 학문에 뛰어났
기 때문에 다소 역겹거나 기분 나쁜 사람은 업신여기는 버릇이 있었다'고 씌어 있다.
16) 토스카나에는 지중해에 면한 좋은 항구가 없었다. 그래서 피사 등에게 대항하기 위해 해안의

끼어 있습니다만, 그건 디아나[17]를 발견해 내는 것보다도
더 헛된 소망일 것입니다. 거기서는
그야말로 수많은 제독들이 죽임을 당할 것입니다."

　탈라모네에 항구를 만들 계획을 세우고 1302년에 그곳을 사들였으나 재정만 축냈다고 한다.
17) 디아나는 시에나의 지하를 흐르는 수맥이라 일컬어진다. 물이 귀해 고생하는 시에나 사람들
　은 이것을 발굴하려고 애를 썼으나 끝내 성공하지 못했다. 그곳이 전염병 지구라 제독들이
　많이 죽을 것이라는 뜻으로 여겨진다.

제14곡

이 둘째 두렁길에서는 구이도 델 두카며 리니에리도 죄를 씻고 있다. 구이도가 묻는 바람에 단테가 아르노강 강변 출신임이 알려지자, 그는 아르노강과 그 근처 여러 도시의 악덕을 힐난하고 그 비참한 광경을 이야기한다. 그는 이어서 리니에리의 고향인 로마냐 지방의 퇴폐 타락도 마찬가지로 맹비난한다. 시인들이 떠나가려 하자 훈계를 주기 위해 하늘에서 소리가 나더니 질투와 시기가 처벌된 예가 차례차례 들려온다.

"도대체 누구일까, 이자는 죽어서 혼이 나가기도 전에
　이 산을 두루 돌아다니고, 더구나 눈을
　제멋대로 떴다 감았다 하는 것 같은데?"
"누군지는 모르나 혼자는 아닌 것 같다.
　네가 그와 가까이 있으니 물어봐 다오.
　공손히 인사를 해서 대답을 들어보도록 하자."[1]

이렇듯 두 혼이 길 오른쪽에서 서로 기대서서
　나에 대해 말하고 있었다.
　그중 하나가 얼굴을 들고
내게 말을 걸었다. "오오, 여보게, 그대는 아직 혼이
　육체 속에 있는데도 하늘을 향해서 걸어가는 듯한데,
　제발 부탁이니 우리를 위로해 다오. 그리고 가르쳐 다오.
　그대는 누구이며 어디 사람인가, 그대에게 주어진 하느님의 은총에

---

[1] 먼저 말한 사람이 구이도이고, 또 한 사람은 리니에리이다.

우리는 무척 놀라고 있다.

전에 없던 일이므로 놀라는 것도 당연하겠지만."

그래서 내가 대답했다. "팔테로나²⁾로부터 발원하여

토스카나 중부에 퍼지는 강이 있다.

백 마일을 흘러도 지칠 줄을 모른다.³⁾

그 강변에서 나는 이 몸을 운반해 왔다.

내 이름은 아직 유명하지 않으니,

누군지 이름을 대봤자 소용없을 것이다."

"그대가 말을 돌려서 얘기한 강은

내 해석이 옳다면" 처음에 말한 자가

대답했다. "그건 아르노강일 것이다."

그러자 다른 하나가 그를 보고 말했다. "왜 이 사람은

그 강 이름을 숨겼을까,

마치 무서운 이름이라도 입에 담는 사람같이?"

그러자 그 물음을 받은 자가

즉시 이렇게 대꾸했다. "잘 모르지만 틀림없이

그런 계곡 이름은 없어져 버리는 게 좋을 거야.

그 강의 수원지 근처는 단절이 되어, 시칠리아에 이르는

'아펜니노산맥'의 배가 몹시 튀어나와 있으므로

그 표고를 능가할 만한 지점은 달리 몇 군데밖에 없을 정도이다.⁴⁾

그 수원지 언저리에서 하늘이 바다로부터 빨아올려

강이 그 흐름과 함께 나르는 것을

다시 본디 자리로 돌려보내는 곳에⁵⁾ 이르기까지,

---

2) 팔테로나는 피렌체의 북동쪽에 있는 아펜니노산이다. 높이 1654미터.

3) 실제 강 길이는 150마일. 이탈리아에서는 이 밖에 룸바르디아를 흐르는 포강과 로마를 흐르는 테베레강이 길다.

4) 아펜니노산맥은 일단 끊어졌다가 다시 시칠리아로 뻗어 있다.

5) 하늘이 바다로부터 빨아올려 강이 그 흐름과 함께 나르는 것은 물이고, 원래 자리로 돌려보내는 곳은 하구이다.

모든 사람에게 덕은 쫓겨나

말하자면 뱀이나 전갈처럼 취급되고 있다.

그 고장의 숙명인지도 모르고,

나쁜 습관 때문인지도 모른다.

그래서 이 비참한 계곡의 주민들은

마치 키르케[6]가 마술을 건 것처럼

죄다 성질이 변해 버린 것이다.

사람의 음식보다도 차라리 도토리나 먹고 있는 편이 제격인

야비한[7] 돼지들 틈바구니를

가느다란 냇물이 흘러간다.

흘러가다가 힘도 없는 주제에 큰 소리로 짖어대는

천한 개들을 만나면

놈들을 코끝으로 다루며 몸을 틀어 흘러 내려간다.

하류로 내려가 강폭이 넓어짐에 따라

이 저주받은 숙명의 강바닥은 거듭

이리로 변한 개들을 만난다.

그리고 다시 컴컴한 계곡을[8] 빠져나가면

암이리를 만나게 되는데, 꾀에 능한 놈들이다.

덫을 걸어 놓아도 태연히 버티고 있다.

그렇지, 잊지 말고 이걸 자네 귀에도 넣어 두기로 하자.

그리고 나에게 미리 알려진 진상을

언젠가 이이가 생각해 낸다면 그에게는 유익할 것이다.

내가 본 바로는 네 손자가[9] 이 무참한 강변에서

---

6) 키르케 호메로스의 《오디세이아》에 나오는 마녀로서 사람을 짐승으로 변신시킬 수 있다. 〈지옥편〉 제26곡 참고.

7) 카센티노에게 가짜 돈을 만들게 한 돼지 같은 백작이 사는 로메나. 여기서는 상류에서 하류에 걸쳐 돼지(카센티노인), 개(아레초인), 이리(피렌체인), 암이리(피사인) 등이 흐름을 따라 차례차례 나온다.

8) 피에트라 고르호르나의 계곡.

9) 리니에리 칼볼의 손자는 폴체리 다 칼볼리이다. 그는 밀라노, 파르마, 모데나 등지의 시장을 역

그 이리를 쫓는 자가 된다.
이리는 공포에 떨고 있다.
그는 먼저 산 놈의 고기를 팔고 나서
그놈을 죽인다. 노련한 짐승이 하는 수법이다. 그리하여
많은 자들은 목숨을, 그 자신은 명예를 잃어버리게 된다.
피투성이가 되어 비참한 숲을[10] 떠나는데,
그가 떠나 버린 뒤 숲은 앞으로 천 년 동안
푸르름이 본디대로 우거지지 않는 참상을 겪을 것이다."

재난이 어느 쪽에서 가해지든 간에
비참한 피해의 소식을 들으면
듣는 이의 얼굴이 흐려진다.
그와 마찬가지로 그쪽을 보고 말을 듣던
또 하나의 혼은 그 말을 다 듣고 나더니
순식간에 안색이 흐려지며 슬픈 표정을 띠었다.
하나의 말과 다른 하나의 표정이
나에게 두 사람의 이름을 알고 싶게 만들었다.[11]
그래서 빌다시피 해서 이름을 물어보았다.

그러자 처음에 나에게 말한 자가 또 입을 열었다.
"자네는 자네가 해주지 않은 일을
나더러는 해달라고 하는구나.
그러나 주의 은총을 받고 있는 자네인지라
매정하게 거절할 수가 없으니
말하마, 나는 구이도 델 두카이다.[12]

임했고, 1302년에는 피렌체의 시장이 되어 불명예스러운 수단으로 백당과 황제당을 사정없이
탄압했다.
10) 비참한 숲은 피렌체이다.
11) 단테는 "내 이름은 아직 유명치 않으므로," 하고 이름 대기를 거절했었다.

나의 피는 질투로 들끓고 있었기 때문에

남의 행복한 모습을 보기만 하면,

온 얼굴이 자네 눈에도 보일 만큼 창백해졌었다.

씨를 뿌렸기 때문에 이런 검불을 거두고 있는[13] 것이다.

아아, 인간들이여, 왜 동료를 배척하는 일에만

마음을 쏟는가?

이자는 리니에리이다. 캄볼레 가문의

영광이고 자랑이었다. 그러나 그 뒤엔 누구 하나

이자의 기량을 이을 만한 인물이 나오지 못했다.

포강과 산맥과 바다와 레노강으로 둘러싸인 지역에서

진실과 기쁨에 필요한 미덕이

없어져 버린 것은 이자의 혈통만이 아니다.

아무튼 이 국경 속에는 독을 머금은 싹이

가득하다. 이제부터 그걸 '뽑아'

밭갈이한다 해도 이미 늦었을 것이다.

선량한[14] 리치오는 어디에 있나? 아르리고 마나르디,

피에르 트라베사로, 구이도 디 카르피냐는?

---

12) 구이도 델 두카는 로마냐의 포를리 가까이 있는 브레티노로의 귀족 출신. 13세기 사람으로 흑당에 속하나 이름만이 전해진다.

13) 나쁜 씨를 뿌렸기 때문에 지금 벌을 추수하고 있다는 뜻이다.

14) 이하. 여기 기록된 인물은 모두 '포강과 산맥과 바다와 레노강으로 에워싸인 지역', 즉 로마냐 사람이다. 리치오는 브레티노로 교황당의 귀족으로 리니에리 다 칼볼리의 가신이다. 아르리고 마나르디는 브레티노로의 황제당원으로, 트라 베르사라의 가신이었다. 이 두 사람 다 1170년에 피렌체에서 체포된 적이 있다. 트라 베르사라(대략 1145~1225)는 황제당의 유력자로 로마냐의 정치적 지도자. 구이도 디 칼피냐는 몬테펠트로의 오래된 명문의 하나로서 인심이 좋기로 유명했다. 파브로는 볼로냐의 황제당인 데람베로타치오 가문의 한 사람으로 덕망 있고 고귀한 사람이었는데, 1259년에 죽었다. 베르나르딘 디 포스코 역시 파엔차의 유력인으로 파엔차 전투(1240년)에서 황제 페데리코 2세에 대한 공적이 있었다. 구이도 다 프라타는 라벤나 출신으로 그 일대에 많은 땅을 소유하고 있었다. 우골린 다초는 파엔차의 유복한 시민으로 우발디니 가문의 한 사람이며, 프로벤찬 살바니의 딸 베아트리체와 결혼하여 1293년 고령으로 죽었다. 페데리코 티뇨소는 13세기 전반 동안 리미니 시에 살았던 시민. 트라베르사라와 아나스타지는 라벤나의 황제당원으로 《데카메론》 제5일 제8화에도 그 이름이 나온다.

아아, 짐승이 되어 버린 로마냐의 백성들아!

볼로냐에서는 파브로 같은 이가 언제 다시 난단 말이냐!

파엔차에서는 천한 종자로부터 고귀한 싹을 틔운

베르나르딘 디 포스코 같은 이가 언제 다시 난단 말인가!

내가 울더라도 토스카나 사람이여, 자네는 놀라지 말게.

회상하는 거다. 나와 같은 시대에 살던

구이도 다 프라타며 우골린 다초,

페데리코 티뇨소와 그 동료들,

트라베르사라 집안과 아나스타지 집안,

'이 양가는 다 같이 후손이 끊어지고 말았다.'

귀부인과 기사들, 괴로울 때나 기쁠 때나

우리는 사랑과 기사도로 격려를 받았던 것인데,

이제는 그 땅의 인심이 험악해지고 말았다.

오, 브레티노로여,[15] 너는 어찌하여 도망치지 않느냐?

너의 '주군'은 집을 떠나갔고,

주민의 대부분도 사악을 피하여 떠나갔다.

잘된[16] 것은 바냐카발, 자식을 낳지 않았다.

나쁜 것은 카스트로카로, 더 나쁜 것은 코니오이다.

성가시게도 '타락한' 백작들을 연달아 낳았으니.

파가니 가문도 악당들이 세상에서 떠나간 뒤에는 보기 좋게

가계가 끊어지리라. 하나 그렇다고 해서

---

15) 브레티노로는 지금 베르티노르라고도 불리는데, 포를리와 체세나 사이에 있는 작은 도시이다. 황제당이 추방되었을 때, 대도시가 깡그리 도망치지 않았느냐고 단테는 말하고 있는 것이다.

16) 이하. 바냐카발은 이몰라와 라벤나의 중간에 위치하는 지방으로, 그곳 백작 가문을 말비치니라고 했다. 1300년에 이 말비치니 가문에는 여자밖에 남지 않았는데, 그중 하나인 카체리나는 구이도 다 폴렌타의 아내로서, 뒤에 이곳을 방문한 단테를 라벤나에서 영접하게 된다. 가스트로카로와 코니오라는 지방도 둘 다 포를리 근처에 있다. 파가니 가문은 파엔차의 황제당으로, 여기의 악당이란 마귀나르도 파가니 다 스시나나를 가리키며, 〈지옥편〉 27곡에 나오는 '하얀 집의 새끼사자'에 해당되는 우골린 데 판톨린은 1278년 무렵에 죽었다. 그의 아들도 일찍 죽어 1286년에는 딸밖에 남지 않았다.

티 없는 평판이 세상에 전해지진 않을 것이다.
오, 우골린 데 판톨린아, 너의 이름은
이제 편안하다. 올바른 길을 벗어나
네 이름을 더럽히려 해도 이젠 자식이 태어나지 않기 때문이다.
자, 토스카나 사람들아, 이제 가거라. 내 지금의 심정은
이야기하기보다도 울고 싶어 못 견딜 지경이다.
이렇게 이야기하는 동안 마음이 우울해지고 말았다."

우리가 떠나가는 발소리를 혼들은 그리운 듯이
듣고 있었던 모양이다.[17] 그러므로 그들의 침묵은
우리가 올바른 길을 가고 있다는 증거였다.
우리 단둘이 부지런히 걸어가고 있을 때
하늘을 찢는 벼락같은 소리가
맞은편에서 들려왔다.
"무릇 나를 만나는 자가 나를 죽이겠나이다."[18]
이렇게 말했나 싶자 돌연 구름이 갈라지더니
흩어져 울려 퍼지는 천둥처럼 달아났다.
귀청을 찢는 목소리가 겨우 가라앉자
또다시 다음 소리가 무섭게 들려왔다.
마치 거푸 천둥이 울리는 것만 같았다.
"나는 돌로 변한 아글라우로스이다."[19]
그 말을 듣자 나는 스승에게 기대서려고
앞으로 가지 않고 바른쪽으로 다가섰다.
이윽고 사방의 공기가 잠잠해졌을 때

---

17) 연옥에 있는 혼은 친절하기 때문에 만약 단테가 길을 잘못 들면 주의를 주려고 한 것이다.
18) 〈창세기〉 4장 14절에 있는 카인의 말. 질투 시기의 첫째 예로서 동생 아벨을 죽인 카인의 목
   소리가 공중에 울려 퍼진 것이다.
19) 아글라우로스는 아테네 왕 케크롭스의 딸로, 언니 헤르세와 메르크리우스의 사랑을 질투하
   다 산이 벌을 내려 돌로 변했다.

스승이 말했다. "이것은 인간들을
그 한도 안에 붙들어 놓기 위한 억센 재갈이다.
그러나 너희는 냉큼 먹이에 달려들어
옛 원수의 낚시에 걸려 버린다.
그러기에 '선악의 예의' 외침도 재갈도 도무지 소용이 없다.
하늘은 너희들을 부르고 너희 주위를 돌며
그 영원한 가지가지의 아름다움을 보여 주건만,
너희 눈은 한결같이 지상에 쏠려 있다.
그러므로 모든 것을 아시는 분이 너희를 벌주시는 거다."[20]

---

20) 모든 것을 아는 분은 하느님이다.

제15곡

빛나는 천사가 시인들을 손짓해 부르고 그 관문을 지날 때 P자를 또 한 자 지워 준다. 언덕을 올라가는 도중 단테는 질투와 사랑에 대한 설명을 베르길리우스에게 듣는다. 셋째 두렁길에 이르자 단테는 일종의 환상에 사로잡혀 마리아며 스테파노 등이 인내하는 모습을 꿈꾼다. 그것은 노여움의 불을 끄는 평화의 물인 것이다. 걸어 나가는 동안 시인들은 밤처럼 캄캄한 연기 속에 휩싸인다.

언제나[1] 어린아이처럼 장난치며 도는 천체
새벽과 셋째 시간의 끝, 사이에서
보이는 위치 근처에,
저녁을 향해 치닫는 태양의
궤도가 아직도 남아 있는 것이 보였다.
연옥에선 저녁나절이 이탈리아에선 한밤중이다.

해는 정면에서 우리의 얼굴을 비추고 있었다.
산을 삥 돌아왔기 때문에 우리는
이제 곧장 서쪽을 향해 걸어가고 있는 것이다.
나는 너무 눈이 부신 나머지,
먼저보다도 한결 이마가 무겁게 숙어지는 것을 느꼈다.
그 까닭을 알 수 없이, 나로서는 오직 놀라운 일이었으므로
나는[2] 손을 눈 위에 얹어
그늘을 만들어

---

1) 이 설명은 연옥의 시간을 알리기 위한 것인데, 무엇을 가리키는 것인지는 분명치 않다.
2) 이 물리학에 의한 비유는 〈천국편〉 1곡에도 나온다.

빛의 직사를 막았다.
광선이 물이나 거울에서
반대쪽으로 반사될 때
투사한 각도와 같은 각도로 튕겨서
수직선에 대해
같은 거리만큼 멀어져 간다는 것은
실험이나 학술이 나타내고 있는바,
그와 마찬가지로 나는 내 정면에서
반사되어 온 빛에 얻어맞은 듯한 느낌을 받고
얼른 눈을 옆으로 돌렸다.
"스승님, 이게 무엇일까요? 이것에 대해서는
눈을 교묘하게 가릴 수가 없군요." 하고 내가 말했다.
"더구나 우리들 쪽을 향해 오는 것 같습니다."

"하늘의 가족들이 너를 현혹하는 일이 있더라도
놀라지 마라." 하고 스승이 대답했다.
"천사가 우리를 위로 데리고 올라가려고 온 것이다.
곧 이런 걸 보는 것이 고통스럽지 않게 되고
타고난 감각으로 느낄 수 있는 한
기쁨이 될 것이다."

우리가 축복받은 천사 앞에 이르렀을 때
천사는 반가운 목소리로 말했다. "이곳으로 들어오라.
이제까지 온 돌층계만큼 가파르지는 않다."
우리는 곧 그리로 올라가기 시작했다.
그러자 그 뒤에서 "자비로운 자 복되도다."
그리고 또 "기뻐하라, 너 이겼도다."[3] 하고 노래하는 소리가 들렸다.

---

3) 〈마태복음〉 5장 7절. "기뻐하라, 너 이겼도다."라는 15장 12절의 변형이다.

스승과 나는 단둘이서
위를 향해 걸었다. 나는 걸으면서
유익한 말을 들어야겠다 싶어
스승을 보고 이렇게 물었다.
"로마냐[4] 사람이 말한
'동료'의 '배척'이란 무슨 뜻입니까?"
스승이 대답했다. "그는 자기 최대의 결점[5]에 대한 벌을
뼈저리게 받고 있으므로, 남이 그런 죄로 울지 않도록
설교하고 있는 것이다. 그러니 놀랄 것은 없다.
동료가 있으면 몫이 줄어든다는 것에
너희들 인간의 욕심이 신경을 곤두세우게 되면
질투가 풀무질하므로 한숨이 새어 나온다.
그러나 만약 지고천을 사모하는 마음이 너희들의 소망을
위로 향하게 해 준다면,
동료를 두려워하는 심정은 마음속에서 사라질 것이다.
하늘에서는 '우리 것'이라고 말하는 자가 많을수록
각자의 몫도 많아지고, 또 그만큼
왕성하게 사랑의 불이 그 수도원에서 타오르는 것이다."

"더욱더 의문스럽습니다." 내가 말했다.
"물어보지 말았더라면 할 만큼
회의가 머릿속에 더 쌓일 따름입니다.
어째서 한 물건이 더 적은 사람이 아니라
더 많은 사람에게 나누어질 때
저마다 더 풍부하게 돌아간다는 것입니까?"

그러자 스승이 말했다. "너는 한결같이

---

4) 이하 2행, 〈연옥편〉 14곡 참조.
5) 최대의 결점은 질투이다.

지상의 일만 생각하기 때문에
진실한 광명에서 암흑을 끌어내 버린다.
천상에 있는 저 말로 다할 수 없이 한량없는 복은
마치 광선이 빛을 받아 반짝이는 물체로 향하듯이
하느님을 사랑하는 혼을 향해 달린다.
사랑이 있으면 있는 만큼 복은 스스로를 나누어 주는 것이다.
그러므로 하느님을 향한 사랑이 있는 곳에서는 곳곳에서
그 위에 영원한 덕이 늘어간다.
그리고 '하느님'을 사랑하는 자의 수가 많으면 많을수록
보다 사랑해야 할 것도 늘어나고 사랑도 깊어져,
거울처럼 '사랑과 하느님'은 서로를 비춘다.
만약 내 말이 납득되지 않는다면
베아트리체를 만나 봐라. 납득이 가도록
너의 이런저런 의문을 풀어 주리라.
자, 이제 두 개의 상처는 지워졌으니
나머지 다섯 상처도 어서 지워지도록 힘써라.
고통을 겪고야 비로소 스러지는 상처이다."

"스승님, 알았습니다." 하고 말하려다가
보니, 나는 다음 옥 위에 와 있었다.
그곳 경치에 홀려 나는 그만 입을 다물어 버렸다.
거기서 나는 마치 황홀한 환상에
갑자기 사로잡힌 듯했던 것이다.
수도원 안에는 많은 사람들이 보였다.
그때 그 안으로 들어가던 여인이
상냥한 어머니 같은 태도로 "아들아,
왜 너는 우리들한테 그런 짓을 하였느냐?
네 아버지와 나는 이렇게 걱정하며

너를 찾았단다"[6] 하고는 입을 다물었다.

그러자 처음에 눈에 보였던 모습은 이미 사라져 버렸다.

그리고 또 다른 여인이 나타나더니

심한 노여움 때문에

고뇌로 흘리는 물로[7] 뺨을 적시며 외쳤다.

"만약 당신이 모든 학문의 발상지이자

그 이름을 둘러싸고 신들 사이에서 그토록 심한

싸움이 있었던 고을의 주군이라면,

아아, 페이시스트라토스여,[8] 제발 잘라 주세요,

우리 딸을 무엄하게도 껴안았던 그 두 팔을."

그러자 주군이 침착한 표정으로 부인에게

부드럽고도 온화하게 대답하는 것 같았다.

"만약 우리를 사랑하는 자를 벌준다면

우리를 해치는 자는 어떻게 처치해야 좋은가?"

이어서[9] 열화같이 격분한 사람들이

돌로 젊은이를 쳐 죽이는 광경이 보였다.

모두 저마다 큰 소리로 외쳤다. "죽여라, 죽여!"

순식간에 짓누르는

죽음의 무게 때문에 그는 땅에 넘어졌으나

---

6) 마리아가 아들 그리스도에게 한 말이다. 예수가 열두 살 때 부모를 따라 예루살렘에 올라가 침례를 마치고 돌아오는 도중, 그가 동행 중에 없음을 보고 어머니 마리아와 아버지 요셉은 그를 찾아 예루살렘으로 다시 돌아갔다. 3일 만에야 겨우 성전에서 학자들과 교리를 논하고 있는 아들 예수를 찾아내는데, 그때 마리아가 그같이 말했다. 〈누가복음〉 2장 43~59절 참조.

7) 고뇌로 흘리는 물은 눈물이다.

8) 페이시스트라토스는 아테네의 전제 군주(기원전 6세기)이다. 그의 딸을 연모하던 젊은이가 뭇사람들 앞에서 딸에게 입을 맞추었기 때문에 아내가 노하여 복수를 청했다. 그러나 그는 반대로 아내를 부드럽게 훈계한 것이다. 이것은 부드럽고 온화한 둘째 예이다. 《신곡》 속에서는 성경과 그리스와 로마의 고전에서 끌어낸 예가 대개 번갈아 가며 나온다. 단테가 행한 의식적인 배열이라고 생각된다.

9) 스테파노(스데반)의 순교. 〈사도행전〉 7장 54~60절에 자기를 돌로 쳐 죽이려는 무리를 위하여 그는 "주여, 이 죄를 저들에게 돌리지 마옵소서." 하고 하느님께 그들의 용서를 빈다.

얼굴은 여전히 하늘로 돌린 채 천상에의 문으로 눈을 쳐들고
이런 싸움판 속에서도 높으신 주님께
자기의 박해자를 용서하시라고 빌었다.
그야말로 감동 없이는 결코 볼 수 없는 모습이었다.
내 영혼이 '몽상에서 깨어나'
영혼 밖에 있는 실제의 물건으로 향했을 때
나는 나의 거짓 아닌 그릇됨을 알았다.[10]
잠에서 갓 깨어난 듯한 나를 보고
길잡이가 말했다.
"왜 그러느냐, 네 몸을 가누지 못하겠느냐?
마치 술에 취했거나 졸음에 겨운 사람처럼
벌써 5리 이상이나 너는
눈을 감은 채 비틀거리며 걸어오는구나?"

"오! 상냥하신 스승님, 만약 들어 주신다면,"
내가 말했다. "내 다리가 비틀거렸을 때
이 눈에 보였던 것을 말씀드리지요."
그러자[11] 스승이 대답했다. "설사 네가 백 가지 탈을
쓴들, 네 생각이
내 눈에는 모두 보인다.
네가 본 환영은, 영원한 샘에서[12] 흘러나오는
'노염의 불을 끄는' 평화의 물에 대해서는
반드시 마음을 열라는 훈계인 것이다.
'왜 그러느냐'고 내가 너에게 물은 것은
혼이 육체에서 떠나면 보이지 않게 되는 그런 눈으로

---

10) 몽상에서 깨어났을 때에야 이제까지 본 것이 현실이 아님을 알았다. 그러나 그 몽상은 과거에 현실에서 일어났던 일이므로 '거짓이 아닌' 것이다.
11) 〈지옥편〉 제23곡 참조.
12) 영원한 샘은 하느님이다.

사물을 보는 자들과 같은 동기에서 물은 것이 아니다.
네 다리에 힘을 주고자 말했을 따름이다.
눈을 떠도 좀처럼 움직이려 하지 않는
게으름뱅이는 그렇게 격려하는 것이 좋다."

눈길이 닿는 곳까지 주의를 기울이면서
우리는 석양 무렵의 길을 걸었다.
정면에는 기울어져 가는 태양이 환하게 빛나고 있었다.
이윽고 밤처럼 어두운 연기가 차츰차츰
우리 쪽을 향해 자욱이 서려 왔는데,
거기서부터 몸을 피하려 해도 피할 곳이 없어
시야도 깨끗한 공기도 빼앗기고 말았다.

제16곡

　괴롭고 탁한 공기 속을 장님이 목 잡히어 걸어가듯이 단테는 베르길리우스에게 이끌리어 걸어간다. 셋째 두렁길에서는 사람들이 신에게 기도하며 노여움의 죄를 씻고 있다. 그중 한 사람인 마르코가 단테의 질문에 답하여 인간의 모든 행위가 필연성의 결과로 돌아간다는 설의 오류를 지적하고, 인간의 자유 의지에 관해 설명한다. 마르코는 또 세속 권력과 종교 권력의 분립을 주장하고, 이의 혼동에서 생긴 폐해에 대해서 논한다.

　지옥의 어둠도, 그리고 구름으로 뒤덮여
　별 하나 보이지 않는
　가련한 하늘, 캄캄한 밤의 어둠도
　여기서 우리를 에워싼 연기만큼
　두꺼운 막으로 내 눈을 가린 적은 없었다.
　또 이처럼 거친 보풀로 눈을 비빈 적도 없었다.
　나는 눈을 뜨고 있을 수가 없어
　슬기로운 스승이 안내하는 대로 몸을 맡겼다. 스승은,
　내 곁에 다가와 어깨를 붙들라고 말했다.

　장님은 길을 잃지 않도록, 또는 무엇에 부딪혀
　다치거나 죽지 않도록
　길잡이 뒤를 따라간다. 그와 마찬가지로
　나도 "알겠느냐, 내게서 떨어지면 안 된다."
　하고 거듭 주의를 주는 스승의 말에 조심하면서,
　괴롭고 탁한 공기 속에서 앞으로 걸어갔다.

많은 사람의 목소리가 들렸는데, 어느 목소리나 모두
평안과 자비를 원하며
죄를 씻어 주는 주의 어린 양에게 기도하고 있었다.
기도는 되풀이해 '아뉴스 데이'[1]에서 시작되고
또 모두 같은 가락으로 노래하고 있었으므로
참으로 잘 조화되고 있는 것 같았다.
"스승님, 지금 들려오는 건 혼들의 노래일까요?"
내가 물었다. 그러자 스승이 대답했다. "그렇단다.
모두가 지금 분노의 매듭을 풀고 있는 중이다."

"너는 누구냐. 우리의 연기를 헤치고 가며
우리들 이야기를 하는데, 마치 지금도 시간을
달력에 따라 구분하고 있는 듯한 말투구나?"[2]
이렇게 한 목소리가 말하는 것이 들렸다.
그러자 스승이 말했다. "네가 대답해라,
그리고 여기서부터 위로 갈 수 있는지 어떤지를 물어봐라."

그래서 내가 입을 열었다. "오, 너는 조물주에게
아름다운 모습으로 돌아가고자 몸을 씻고 있는 것 같은데,
나를 따라오면 놀라운 이야기를 들려 주마."
"허락된 범위 안이라면 너를 따라가겠다."
그가 대답했다. "연기 때문에 모습은 안 보이나,
그 대신 말소리가 들리니 같이 갈 수 있겠지."

그래서 내가 말하기 시작했다. "죽으면 풀어지는 '육체의' 보자기를

---

1) "아뉴스 데이(Agnus Dei)"는 '천주의 어린 양'이라는 뜻. 가톨릭 미사성제 때 외거나 노래하는
   전례적 기도문으로 인류의 죄악 때문에 희생된 죄 없는 양 그리스도를 상징함.
2) 시간을 현세의 달력에 따라 구분하는 사람은 현세 사람이다. 연옥에는 현세의 달력이 적용되
   지 않는다.

걸친 채 나는 위를 향해 걸어가고 있다.

고뇌의 지옥을 거쳐 이리로 왔다.

주의 은총을 입고

그분의 뜻에 따라 나는 근래에 예가 없는 수단으로

주의 궁정을 보게 되었다.[3]

그러니 네가 생전에 누구였던가를 숨기지 말고 말해 다오.

또 내가 이대로 돌층계로 갈 수 있는가를 알려 다오.

네 말이 우리의 길잡이가 되는 것이다."

"당시 롬바르디아 사람으로 이름은 마르코[4]라 했다.

세상일을 잘 알았고, 또 덕을 사랑했었다.

그런 건 이제 아무것도 마음에 두지 않게 되었지만.

너는 위를 향해 똑바로 가고 있다."

그러고는 이렇게 덧붙였다. "부탁하니

위에 올라가거든 나를 위해 기도해 다오."

그래서 내가 말했다. "네가 부탁한 것은

약속하니 반드시 들어 주마. 그러나 한 가지 못 푼 게 있어,

이 몸은 그 의혹 때문에 머리가 터질 것 같다.

처음에는 단순한 궁금증이었으나,[5] 네 말을 듣는 동안

의혹이 짙어졌다. 지금 들은 바는 전에 들었던 것과[6] 부합되며

그것과 내 의혹이 연결되는구나.

네 말대로 세상엔

덕이 일제히 종적을 감추고

악의가 그 속에서 살며 판을 치고 있다.

부탁이니 그 원인을 가르쳐 다오.

---

3) 성 바울 이래 사람이 지옥으로 내려간 예가 없다.
4) 마르코(Marco)는 13세기에 롬바르디아의 궁정인으로, 단테보다 한 세대 앞서 살았다. 그는 학식이 풍부하고 아부를 잘했다고 한다.
5) 처음에는 구이도 델 두카의 말을 듣고 단순한 의혹을 느꼈다.
6) 전에 제14곡 구이도 델 두카에게 들은 바 있는, 토스카나로부터 덕이 쫓겨난 것을 가리킴.

누구는 원인을 하늘에 두고, 누구는 사람에 두는데
원인을 알게 되면 그들에게 알려 줄 작정이다."

깊은 한숨이 먼저 마르코의 입에서 새어 나오더니 그것이
"으음,"이라는 슬픈 신음으로 바뀌었다.
"여보게, 세상은 장님이다. 하긴 너도 그 세상 사람이다.
너희들 살아 있는 자들은 걸핏하면 그 원인을
하늘의 탓으로 돌린다. 마치 하늘이 모든 일을
필연성에 의해 움직이고 있거나 한 것 같은 말투구나.
가령 그렇다면 너희 인간들 속엔
자유 의지가 없어진 셈이 되어 선행이 복을 받고,
악행이 벌을 받는 것은 정의에 위배되는 일이 된다.
하늘은 너희들의 행위에 자극을 주지만
모든 일이 그것으로 움직이는 것은 아니다. 가령 그렇다 할지라도
너희들에게는 선악을 아는 빛이나 자유 의지가 주어져 있다.
그리고 이 의지는 첫 싸움에서는
하늘의 영향을 받아 혹독하게 시련을 겪지만, 만약 의지의 힘이
충분히 양성된다면 모든 것을 이길 수 있을 것이다.
너희들은 자발적으로 더욱더 큰 힘, 보다 좋은 성질에
자유로이 복종할 수가 있다. 그 성질이 너희들 속에
이제는 하늘도 좌우할 수 없는 지혜의 힘을 만들어 낸다.
그러므로 현재의 세상이 옳은 길에서 벗어나 있다면,
원인은 너희들 속에 있다. 너희들 속에서 찾아야 할 것이다.
지금 거기 대해 내가 본 진상을 전해 주마.

하느님은 영혼이 태어나기 전부터 그것을 사랑하셨다.
영혼은 그분의 곁을 떠나자 계집아이처럼
울고 웃고 하며 재롱을 부린다.
순진해서 세상을 모르지만,

과연 유쾌한 조물주의 손에서 태어난 만큼

즐거운 것에는 자진해 간다.

현세의 조그마한 기쁨을 일단 맛보고 나면

그것에 현혹되어 좋아 견딜 수 없어져,

훈계하여 이끄는 자가 없으면 그것을 좇게 된다.

그래서 억압하기 위한 법률이며,

진실한 도시의 '정의'의 탑을

분별하는 제왕이[7] 필요하게 되었던 거다.

그러나 그 법이[8] 있기는 있으되, 그것을 시행하는 자는

아무도 없다. 앞장서 가는 교황은

되새김질은 할 줄 아나 갈라진 발굽은[9] 못 가졌다.

교황이 탐욕스레 지상의 재물을 허겁지겁 먹고 있기 때문에

보고 있는 백성들도

그걸 먹느라 여념이 없어 그 이상은 원하지도 않는다.

어떤가, 잘 알겠는가? 본보기가 되어야 할 자의 나쁜 행위가

세상이 음험하고 사악해진 원인이다.

너희들의 성질이 부패 타락하였기 때문이 아니다.

로마가 세상을 훌륭히 다스리고 있을 때는

언제나 두 개의 태양이 빛나고 있었다. '황제와 교황'은

각기 현세의 길과 신의 길을 비추고 있었다.

그러나 하나의 빛이 다른 빛을 지우고 칼과 목장이

하나로 합쳐져 버렸다. 이 양자가 연결되면

아무래도 잘될 수가 없다.

합쳐지면 서로가 무서운 것이 없어지기 때문이다.

내 말을 못 믿겠거든 이삭을 보아라,

---

7) 황제이다.

8) 유스티니아누스 법전

9) 갈라진 발굽은 영적인 것과 세속적인 것을 구별하는 힘을 가리킨다. 《신곡》은 19세기의 이탈리아 통일 때에도 교황청의 현세적 세력의 지배를 몰아낼 목적으로 자주 인용되었다.

식물의 좋고 나쁨은 열매를 보면 알 수 있는 것과 같다.
아디제와 포가 흐르는 지방에서는
페데리코가 적을 만나기 전까지는
예절도 발랐고, 세상에 덕도 있었다.
그러나 이제는, 예전 같으면 착한 이들 앞에 부끄러워서
얼굴도 못 들고 말도 못 했을 자들이
태연히 거리를 활보하고 있다.
구식 예법을 지키며 지금 세상을 한사코
힐난하고 있는 노인이 아직 세 사람쯤 있기는 하나,
신의 부르심을 받고 보다 좋은 세상으로 갈 날을 고대하고 있다.
그들은 쿠르라도 다 팔라초,[10] 착한 게라르도,
그리고 프랑스어로 소박하다고 불리는
롬바르도 구이도 다 카스텔이다.[11]
알겠나, 앞으로는 명심해 다오. 로마 교회는
'세속과 종교' 두 권력을 손아귀에 넣으려 했기 때문에
진구렁에 빠져 제 몸도 그 집도 더럽히고 만 것이다."
"오오, 마르코여," 하고 내가 말했다. "너의 이야기는 지당하다.
왜 레위 가문의 자손들이 유산을 이어받지 않았는지[12]
그 까닭을 이제야 분명히 알았다.
그러나 네가 말한 세대의 유물로서 살아남아
현세의 야만을 힐난하는
그 게라르도[13]란 누구를 말함인가?"

---

10) 쿠르라도 다 팔라초는 브레시아의 교황당 당원이었는데, 샤를 앙주의 대관으로서 피렌체에
   왔다가(1276) 뒤에 시에나와 피아첸차의 시장을 지냈다.
11) 구이도 다 카스텔 롬바르디아의 로베르티 가문 출신으로 단테 생존 시 사람이다. 그는 인
   품이 고귀하여 프랑스인들조차 그를 소박한 롬바르도인이라고 불렀다는 것이다.
12) 모세 율법에 레위의 자손만은 선대로부터 이어온 사업에서 제외되었음. 〈민수기〉 18장 20절
   이하 참조.
13) 게라르도는 카미노 사람으로, 트레비소의 용병 대장을 1283년에서 1306년 죽을 때까지 지냈
   다. 사후에는 아들이 그 직책을 이어받았다.

"오오, 너는 그런 말로 나를 속여 떠볼 작정인가?"

그가 대답했다. "너는 토스카나 말을 하면서도

저 어진 게라르도의 이름을 못 들었단 말인가?

다른 호칭은 전혀 모른다.

굳이 안다면 그의 딸 가이아[14]의 이름이나 알 수 있을까.

이제 헤어져야겠다, 난 이 이상 너희들을 따라갈 수가 없다.

보라, 벌써 연기를 통하여 빛이

하얗게 반짝이고 있다, 천사가 오신 거다.

내 모습이 눈에 띄기 전에 나는 떠나야 한다."

그는 이렇게 말하고 등을 돌리더니 내 말은 듣지도 않고 가 버렸다.

---

14) 가이아는 게라르도와 그의 후처 키아라 델라톨레와의 사이에서 태어난 딸인데, 르베르토 다 카미노에게 출가하여 1311년에 죽었다. 미인이었으나 행실이 나빴다고 전해진다. 단테는 여기에서 인자한 아버지와 나쁜 자식을 대비시키고 있다.

제17곡

    시인은 짙은 안개 밖으로 나간다. 단테의 환상 속에 '노여움의 죄'의 예가 떠오른다. 그러나 광명의 천사가 나타나 환상은 사라지고 단테는 셋째 두렁길을 향해 돌층계를 올라간다. 위로 올라갔을 땐 월요일의 해가 저물어 앞으로 못 나가게 된다. 그 쉬는 시간을 이용해서 단테는 베르길리우스한테서 설명을 듣는다. 이 두렁길에서 씻어지는 죄는 태만이다. 그것은 사랑의 임무를 게을리했기 때문에 생긴다. 잘못을 저지르는 일이 없는 자연적인 사랑과 잘못을 저지를 가능성이 있는 의식적 사랑에 대한 자세한 설명이 나온다.

    독자여, 만약 그대가 높은 산에서 안개에 싸여 그 때문에
    눈이 밖으로 가려진 두더지처럼 앞이 보이지 않았던
    적이 있다면, 그 광경을 회상해 보라.
    습기 찬 짙은 안개가 가시기 시작해도
    태양 광선은 그 속에는 아주 희미하게밖에 비치지 않는 법이다.
    그렇다면 그대도 상상을 일깨우면 쉽사리
    짐작이 갈 것이다. 내가 본
    이미 기울기 시작한 태양이 어떤 광경이었겠는가를.
    그 빛을 향해 나는 스승을 의지 삼고 스승의 걸음에
    보조를 맞추어 안개 밖으로 나왔다.
    빛은 '산꼭대기만을 비추고' 아래 물가에서는 죽어 있었다.

    아아, 공상의 힘이여,[1] 네가 이따금 우리가 밖으로 돌리는 주의력을

---

1) 상상력, 환상이다.

깡그리 뺏기 때문에 수천의 나팔이 울려 퍼지는데도
우리는 그걸 모를 때가 흔하다.
오관의 작용이 아니라면 무엇이 너를 움직이는가.
그것은 빛이 천상에서 형태를 갖추고 너를 움직이기 때문이다.
빛은 스스로 움직일 때도 있고 신의 뜻에 따라 내리는 때도 있다.

노래를 즐기는 꾀꼬리로 변한 여인의[2]
잔인한 소행의 흔적이
내 환상 속에 나타났다.
그때 나의 정신은 모조리 그쪽으로
집중되어 외부에서 온 것은,
평소 같으면 들어올 수 있는 것도 받아들여지지 않았다.
이어서[3] 깊은 환상 속에는 십자가에 못 박혀
분노하여 사람들을 멸시한 자가 떨어져 왔는데,
죽음을 맞고도 그 태도엔 변함이 없었다.
그의 주위에는 아하수에로,
왕비 에스더, 그리고 언행이 다 같이 곧은
의인 모르드개가 있었다.
이들은 물속에 생긴 거품이
물 위에 떠오른 순간 꺼져 버리듯
그 모습이 훌쩍 사라졌다.
그러자 이번에는 서럽게 통곡하는 처녀가 내 환상 속에
나타나더니 외쳤다. "아아, 어머니
왜 노여움에 못 이겨 죽어 버렸습니까?

---

2) 프로크네, 그녀와 그 변신에 대해서는 〈연옥편〉 제9곡 참조. 노여움이 벌 받는 예이다.
3) 이하. 분노하여 사람들을 멸시한 자란 하만을 가리킨다. 페르시아 왕 아하수에로는 하만을 높
　은 자리에 앉혔다. 하만은 온 백성이 자신에게 절하는 가운데 모르드개만이 허리를 세우고
　있자 그를 죽이기로 했다. 그러나 왕비 에스더가 이 사실을 알고 계책을 세워 오히려 그를 나
　무에 매달려 죽게 했다. 〈에스더〉 1장 참조.

라비니아를 잃지 않으려고 스스로 목숨을 끊으신 어머니는[4]
이제 나를 잃으셨어요. 어머니, 그러나 나는
그의[5] 죽음보다도 당신의 죽음에 우는 여인이랍니다."

감고 있던 눈에 별안간 새로운 빛이 비치면
잠이 깨어 버리는데, 잠이
완전히 깨기 전에는 빛이 아물거린다.
그와 마찬가지로, 우리에게 익숙하지 않은
강한 빛이 얼굴을 쳤을 때
나의 환상도 아물거리며 아래로 떨어졌다.
내가 어디 있는지 알려고
뒤를 돌아보았을 때, "여기서부터 올라간다."는 소리가 들렸다.
그러자 다른 생각이 나에게서 사라지고
그 목소리의 임자가 누구인지 알고 싶은 생각만이
강하게 솟아났다. 그 얼굴을 보지 않고는
배길 수 없는 그런 심정이었다.
그러나 태양을 우러르면 빛이 넘쳐 그 모습은 보이지 않고
눈을 내리깔지 않을 수 없듯이,
여기서도 내 힘으로는 볼 수가 없었다.

"이는 하늘의 영이다. 우리가 청하지 않더라도
위로 가는 길을 우리에게 인도해 주신다.
모습을 자신의 빛으로 숨기고 계신다.
스스로를 사랑하듯이 우리를 사랑하신다.
난처해진 자가 도움을 청할 때까지 가만히 보고만 있는 자는

---

4) 라티누스와 아마타의 딸 라비니아는 처음에 투르누스와 약혼했다가 다시 아이네이아스와 약혼했다. 그래서 이 두 영웅이 라비니아를 두고 사이가 나빠진다. 〈지옥편〉 제4곡 참조. 아마타는 딸이 아이네이아스와 결혼하는 것을 반대하고 있다가, 투르누스(실제는 아직 죽지 않았다)가 죽은 줄만 알고 절망한 나머지 목매달아 죽는다.
5) 그는 투르누스를 가리킨다.

실은 원래 도와 줄 마음이 전혀 없는 심술궂은 자들이다.
자, 이렇게 하여 초대를 받았으니 어서 걸어서
어둡기 전에 될 수 있는 대로 올라가도록 하자.
해가 지면 날이 샐 때까진 못 올라간다."[6]

이렇게 길잡이가 말하여 나는
걸음을 옮겨 돌층계 쪽으로 향했다.
첫 층계를 디뎠을 때 바로 옆에서 새의 퍼덕임 같은 바람이
얼굴로 끼쳐왔다. "복된 자로다,[7]
악한 분노 없이 화평을 구하는 자여."

벌써 마지막 광선도 우리들 머리 위 높이
멀어져 가고 있었다.[8] 곧 밤이 계속되어
하늘 여기저기 별이 빛나기 시작했다.
"오오, 나의 힘이여, 왜 너는 떠나가 버리느냐?"
두 다리에서 힘이 빠져나가는 것이 느껴져 나는 마음속으로 외쳤다.
우리가 서 있던 곳은 더 이상 돌층계로 오를 수가
없는 지점이었다.[9] 강변에 닿은 배처럼
우리는 우두커니 서 있었다.
이 새로운 옥에서 무슨 소리가 들리지 않을까 잠시 귀를 기울였다.
그러다가 스승을 돌아보고 물었다.
"상냥하신 아버님, 우리가 있는 이 옥에서
어떤 죄가 씻기고 있는지 가르쳐 주십시오.
발은 멈추었더라도 말을 멈추진 말아 주십시오."

---

6) 355쪽에 밤에는 연옥산에 못 올라가는 이유가 나와 있다.
7) 〈마태복음〉 5장 9절에는 "화평케 하는 자는 복이 있나니, 저희가 하느님의 아들이라 일컬음
을 받을 것이오."라고 씌어 있다.
8) 부활절인 월요일의 해가 진 것이다.
9) 돌층계의 맨 위 칸, 즉 넷째 두렁길에 다다른 것이다.

그러자 스승이 대답했다. "여기서는 선을 사랑할 때
마땅히 품어야 할 열의를 잃은 마음이 보충되고 있다.
게을러서 뒤처진 사공이 다시 노를 젓고 있는 셈이다.
더 분명히 알고 싶거든
머리를 내 쪽으로 돌려라. 이 쉬는 동안을 이용해서
무슨 좋은 성과를 내도록 하자."

"조물주나 피조물에는," 스승이 설명하기 시작했다.
"자연적[10] 사랑이나 의식적 사랑에 부족한 점이 일찍이
없었다. 그것은 아들아, 너도 잘 알 것이다.
자연적인 사랑은 목적이 그릇된 일이 없다.
그러나 의식적인 사랑은 목적이 불순하다든가
힘이 넘치거나 모자라거나 해서 그릇되는 일이 있다.
그 사랑이 최초의 선(하느님)으로 향한다든가
둘째의 선(물질) 속에서 자기 분수를 가리고 움직이는 한에는
성스러운 기쁨의 원인이 된다.
하지만 그것이 길을 벗어나 악으로 향한다든가
본래 임무의 도를 넘거나 모자라거나 하면, 그건
피조물이 조물주의 뜻을 거슬러 행동한 것이 되리라.
사랑이 너희 인간들 모든 덕의 씨앗이며,
또 벌 받게 할 모든 행위의 씨라는 것을
이제 너는 알았을 것이다.
그리고 사랑은 자기를 낳은 주체인 행복에서
눈을 돌릴 수가 없으므로
사물이 자기혐오에 빠지는 일이란 대체로 있을 수 없는 것이다.
또한 모든 존재가 태초의 존재인 '하느님'에게서 떠나
자기 자신만으로 존재한다고 생각하지 않는 이상에는

---

10) 자연적인 사랑과 의식적인 사랑에 대해서는 〈천국편〉 제1곡에도 베아트리체의 설명이 있다.

대체로 피조물은 신을 미워할 수가 없는 것이다.
이렇게 따지는 것이 옳다면 뒤에 남은 사랑은
이웃의 불행에 대한 사랑만이 된다. 이 사랑은
너희 인간들의 진흙구렁 속에서는 세 가지로 생겨난다.
세상에는 자기 이웃을 발판으로 삼아
우월을 노리는 자가 있다. 그리하여 오직 그 때문에
상대가 훌륭한 지위에서 떨어지기를 한결같이 원하고 있다.
또 남이 출세를 하면 자기가 권력이나 총애나 영예나 명성을
잃지나 않을까 하고 우려하는 자가 있다.
그것이 걱정스러워 남의 불행을 사랑하게 된다.
또 누명을 쓰고 화가 나 미쳐 날뛰며
복수의 피에 굶주린 자가 있다.
이런 자는 남의 불행을 보지 않고는 직성이 풀리지 않는다.
이 세 가지 '무도한' 사랑으로 인해 아래에서 과거의 잘못을 뉘우치며
울고 있다. 다음으로 그것과는 다른
도를 넘어서 선을 쫓아 버리는 사랑에 관해 설명하겠다.
사람은 누구나 정신을 가라앉혀 주는 선의 존재를
막연하게 알게 되면 그것을 구하고
그것에 이르려고 갈망하지만,
그것을 보고자, 그것을 얻고자 하는
너희들의 사랑이 태만하면 이 두렁길에서
마땅히 잘못을 뉘우친 다음에 벌을 받게 된다.
그 밖의 '물질적' 선도 있으나 그건 사람을 행복하게 해 주지 않는다.
그것은 복도 아니고 좋은 본질(하느님)도 아니며,
모든 선의 뿌리도 아니고 열매도 아니다.
이 '물질적' 선을 너무 사랑한 자는
우리 위에 있는 세 옥 속에서 울고 있다.
다만, 어째서 셋으로 갈라졌는지 그 이유에 대해서는
난 말 않겠다. 네가 스스로 이유를 찾아내도록 해라."

제18곡

베르길리우스는 사랑의 성질에 대해 다시 논의를 계속해 나간다. 시간은 월요
일 밤이다. 의혹의 짐을 벗은 단테가 멍청하게 있노라니, 한 무리의 사람들이 달
려와 자애의 예를 외고 간다. 베로나의 산 제노 수도원장이 베르길리우스의 질문
에 신분을 밝히고 뛰어가 버린다. 마지막 사람들이 태만이 벌 받는 예를 외치고
간다. 단테는 또다시 몽상에 사로잡힌다.

이렇게 말을 마친 박식한 스승은 내 얼굴을 바라다보며,
내가 이해했는지 어떤지를
주의 깊게 살폈다.
새로운 갈증이 다시 솟는 것을 느꼈으나
나는 말을 하지 않고 속으로 중얼거렸다. '너무 따지면
틀림없이 스승께서 귀찮아하시리라.'
그러나 참된 아버지인 스승은 내가 조심조심
입을 열지 못하고 있는 것을 보자,
나에게 말을 걸어 말할 기운을 돋우어 주었다.
그래서 내가 말했다. "스승님, 스승님의 빛으로
모든 것이 명백히 보였습니다. 스승님이 하신
말씀의 내용도 설명도 똑똑히 알았습니다.
단지 아버님, 묻고 싶은 점은
모든 선행도 그 반대의 행위도 모두 그 근본을 따지면
사랑으로 돌아가는 듯한데, 그렇다면 사랑이란 무엇입니까."

"날카로운 지성의 눈을 나에게로 돌려라."

하고 스승이 말했다. "그러면 자기 자신을
지도자라고 생각하는 장님들의 그릇됨을 똑똑히 알게 되리라.
혼은 사랑을 느끼기 쉽게 만들어져 있으므로
즐거움에 눈을 뜨고 행위로 옮아가면, 곧
자기가 좋아하는 것을 향해 움직여 간다.
너희들의 인식력은 실물에서
인상을 끌어내 너희들 속에서 그것을 표시하여
영혼의 주의력을 그 인상 쪽으로 쏠리게 한다.
만약 영혼이 그쪽을 향하여 기울어진다면,
그 기울어짐이 사랑이다. 그것이 즐거움에 따라
너희들 속에 새로이 맺어진 자연인 것이다.
게다가 불이 제 질료가 가장 오래 보존되는 곳인
위쪽으로 움직이듯이
'사랑에' 사로잡힌 영혼은 정신적 활동을 일으켜
사랑의 대상을 바라게 되어, 그것이
기쁨을 줄 때까지는 쉬려 하지 않는다.
자, 이만하면 알았겠지. 대체로 사랑이라 불리는 것이라면
그것 자체가 모두 칭찬에 해당한다고 주장하는 이들 눈에는
진리가 숨어 버려 진상이 보이지 않는 것이다.
하기야 사랑의 질료는 항상 좋은 것으로 보이겠지.
그러나 설사 밀랍이 좋다 할지라도
거기 새겨진 표지가 다 좋다고는 할 수가 없다."

"스승님 말씀 잘 들었습니다."[1]
내가 대답했다. "그래서 사랑이 무엇인지는 알았습니다만,
다시 또 다른 큰 의문이 생겼습니다.
만약 사랑이 우리들의 외부에서 오는 것이지

---

1) 사랑과 자유 의지의 관계를 논하고 있다.

영혼이 다른 발로는 가지 않는 것이라면,
바로 가건 비뚤게 가건 영혼에게 책임은 없는 것이겠군요."

그러자 스승이 말했다. "이성의 범위 내에서 알 수
있는 일은 나도 설명할 수가 있다. 하나 그 너머는
신앙에 관한 일이므로 베아트리체를 기다리도록 해라.
대저 영체 형상은 모두 물질과는 갈라져 있으며,
동시에 물질과 결합하여
특수한 힘을 그 속에 간직하고 있다.
그 힘이 처음으로 느껴지는 것은 작용하고 나서의 일이므로,
마치 식물의 생명을 푸른 잎에 의해 알게 되듯이
그 힘은 효과에 의해 나타난다.
그렇기 때문에 최초 인식의 이해나
최초 욕망의 경향이 어디서 생기는 것인지
사람들은 모른다.
그런 것이 사람 속에 있는 것은 벌에게 꿀 치는
본능이 있는 것과 마찬가지이다. 이러한 초기의 의욕은
칭찬에도 비난에도 해당하지 않는다.
그런데 이 의욕에 다른 모든 의욕을 조화시키는
타고난 사고 능력이 사람에게는 있어
그것이 허락의 문지방을 감시하게 하는 것이다.
이것이 원리다, 이 원리에서 너희 인간들의 값어치를
결정하는 까닭이 생긴다. 사람은 선과 악을 사랑하며,
그 사랑을 모아서 골라낼 줄 알기 때문이다.
이치를 따져 근본까지 캐고 들어간 이는
이 타고난 자유를 인정했기 때문에
후세에 도덕학을 남긴 것이다.[2]

---

2) 모든 것이 필연성으로 결정된다면 자유가 없으며, 자유가 없으면 도덕적 판단을 내릴 여지가
없기 때문에 도덕학 역시 성립될 수 없다. 인간의 자유 의지에 대해서는 〈연옥편〉 제16곡 참조.

그러므로 너희들 속에서 타오르는 사랑은 모두
필연적으로 발생하였다고 하더라도
그것을 억제할 힘은 너희들 속에 있다.
베아트리체가 귀중한 힘이라 한 것은
이 자유 의지를 가리킨다. 그러니 그녀가 너에게
그 이야기를 할 때는 그 점에 유의하여 듣도록 해라."[3]

활활 핀 화로[4] 같은 달이
밤늦게 나타났으므로
별 그림자는 희미하게 드물어졌다.
달은 하늘을 거슬러, 로마에서 볼 때 태양이
사르데냐와 코르시카 사이에서 질 무렵에
빨갛게 비추는 길을 지났다.
그리고 페에톨라 마을 이름을 만토바시보다도
높인 상냥한 혼은[5]
내가 진 '질문'의 무거운 짐을 풀어놓게 했다.
나도 질문에 대해
명확하고 알기 쉬운 해답을 얻었으므로
이제는 잠든 사람처럼 멍해 있었다.

그러나 우리 뒤에까지
벌써 '산'을 돌아온 사람들이 다가왔으므로
내 졸음은 순식간에 달아나 버렸다.
예전에 테베인들이 바쿠스의 도움을 청하던 날 밤,
이스메누스와 아소푸스의 강가에는

---

3) 〈천국편〉 제5곡에서 베아트리체가 자세히 설명한다.
4) 구리로 된 화로일 것이다.
5) 피에톨라는 만토바 가까이 흐르는 민치오강에 면한 마을로서 베르길리우스는 거기서 태어
　났다.

광란과 혼잡이 보였는데, 그때처럼
이 두렁길을 따라 지금 군중들이 뛰어온 것이다.
내가 본 바로는 착한 소망과 올바른 사랑에 채찍질 받고
뛰어오는 듯했다.
한 덩어리가 되어 뛰어왔기 때문에
순식간에 우리들 곁에 이르렀다.
그리고 앞장선 두 사람이 울면서 외쳤다.
"마리아가 서둘러 산으로 가셨다.[6]
카이사르가 일레르다를 제어하기 위해
마르세유를 꿰뚫고 에스파냐로 달려갔다."[7]
"어서 가자, 어서. 사랑이 모자라면
때를 놓친다" 하고 뒤따르는 자들이 외쳤다.
"정신 차려라, 선행을 하면 은총이 새로 되살아날 것이다."

"오오, 너희들, 너희들은 선을 행하는 마음가짐이 미지근하여
게으른 점과 둔한 점이 있었기 때문에 아마도 지금
별안간 기를 쓰며 그 보상을 하고 있는 모양이로구나.
이 사람은 '거짓말을 하는 게 아니다' 살아 있다.
다시 해가 뜨기만 하면 위로 올라갈 작정이다.
그러니 돌층계는 어디로 가야 가까운지 가르쳐 다오."

이것이 길잡이의 말이었다.
그러자 그 망자 중 하나가 말했다. "우리를
따라오면 돌층계 있는 데로 나갈 것이다.

---

6) '수태고지'가 있은 뒤. "이때 마리아가 일어나 빨리 산중에 가서 유대의 한 동네에 이르러 사가
랴의 집에 들어가 엘리사벳에게 문안하니." 〈누가복음〉 1장 40절.
7) 카이사르는 시간을 절약하기 위해 포위 중이었던 마르세유의 공격을 브루투스에게 맡기고,
자기는 카탈로냐의 일레르다(지금의 레지다)로 급히 달려가 거기서 완강한 폼페이우스군을 무
찔렀다(기원전 49년).

우리는 앞으로 가고 싶은 생각이 가득하므로
여기서 지체할 수가 없다. 이러한 속죄 방법이
너에게는 무례하게 보이겠지만, 사정이 사정이니 용서해 다오.
나는 베로나의 산 제노 수도원장[8]을 지냈다.
밀라노[9]가 이제껏 한스럽게 말하는
황제 바르바로사가 아직 선정을 베풀던 시대 이야기이다.
그 무덤구덩이에 이미 한쪽 발을 들여놓은 자는[10]
그 수도원 때문에 결국 후회를 하고
거기서 실권을 잡았던 것을 슬퍼하게 되리라.
그자는 수도원장 자리에다 어엿한 성직자 대신,
태생이 나쁘고 육신도 성치 못한 데다 더욱이 머리마저 나쁜
자기 자식을 앉힌 것이다."

순식간에 멀리 가 버렸기 때문에
그가 더 무어라 했는지, 입을 다물었는지 끝내 알지 못했지만,
어쨌든 거기까진 들렸으므로 기꺼이 마음에 간직하였다.
그러자 언제나 나를 도와주는 스승이 말했다.
"이쪽을 보아라, 태만을 물어뜯으며[11]
다가오는 두 혼이 보이는구나."

일행의 제일 뒤에서 그들이 이렇게 외쳤다. "길 트인 바다를

---

8) 황제 페데리코 바르바로사 시대(1152~1190)에 베로나의 산제노 사원 부속 수도원장으로 게라르도 2세라고 한다. 1187년에 죽었다.
9) 밀라노는 1162년 바르바로사에 의해 파괴되었다.
10) 베로나의 영주 알베르토 델라 스칼라는 1301년 9월 10일에 죽었다. 그래서 1300년에는 '무덤구덩이에 이미 한쪽 발을 들여놓은 자'가 되는 셈이다. 그에게는 3명의 정실 자식이 있어, 그들이 차례대로 영주가 되었다. 바르트롬메오는 1302년에 죽고 알포이노는 1311년에 죽었다. 셋째가 단테를 환영해 준 칸 그란데이다. 그 밖에 서자 주세페가 있었는데, 그가 산 제노의 수도원장을 1292년부터 1313년까지 지냈다.
11) 태만을 물어뜯는다고 함은 태만을 훈계하고 질책한다는 뜻이다.

건너간 백성들은[12] 요단강이 그 자손들을 보기도 전에
죽어 버렸다.
앙키세스의 자식과 함께
끝까지 고생을 견디지 않았던 백성들은[13]
명예롭지 못한 삶을 살았다."

이 망자들이 우리에게서 멀리 떠나가
이윽고 뒷모습이 보이지 않게 되었을 때
내 머리에는 새로운 온갖 상념이
차례차례 상념이 생겨났다.
이것저것 생각하는 동안
갈피를 못 잡고 나는 눈을 감았다.
그러자 생각은 어느덧 꿈으로 변했다.

---

12) 이스라엘 백성을 말함. 그들은 홍해를 건넘으로써 바로에게서 해방되었으나, 모세를 따르기를 거절했으므로 약속의 땅(요르단, 즉 팔레스티나)에 이르기 전에 광야에서 죽었다. 〈출애굽기〉 14장 참조.
13) 아이네이아스의 군졸들. 트로이를 도망쳐 온 그들은 앙키세스의 아들 아이네이아스와 끝까지 고생을 함께 하지 못하고 시칠리아에 남았다. 《아이네이스》 제5권 700행 이하 참고.

제19곡

단테의 꿈속에 세이렌 나타난다. 그녀는 탐욕, 대식, 호색이라는 감각적 쾌락의 화신이다. 꿈속에 베르길리우스가 이 마녀의 옷을 찢자 고약한 냄새가 나고, 그 때문에 단테는 눈을 뜬다. 천사의 초대를 받아 시인들은 다섯째 두렁길로 향한다. 거기서는 탐욕의 죄를 씻기 위해 사람들이 땅바닥에 엎드려 있다. 교황 하드리아노 5세가, 탐욕 때문에 하늘을 우러르지 않고 땅바닥의 것에 눈이 쏠렸던 생전의 자기 이야기를 한다.

> 한낮의 더위가 지구 또는 토성 때문에 지워져서
> 이젠 달의 차가움을 풀지도 못하는
> 새벽 전의 시간에
> 점쟁이들은 이윽고 어둠이 물러갈
> 동녘 하늘에 상서로운 별들이 오르는 것을
> 물끄러미 보고 있다.
> 그때쯤 내 꿈속에서 여인이[1] 모습을 나타냈다.
> 말더듬이에다 사팔뜨기이고, 다리는 굽었으며
> 두 손은 잘려져 없고, 안색은 창백하였다.
> 내가 그녀를 바라보고 있노라니, 마치 해가 돋아
> 밤에 무겁게 얼었던 몸을 녹여 주듯이
> 내 시선이 여인의 혀를 풀리게 했다.
> 순식간에 여인은 선뜻
> 일어섰다. 그리고 창백하던 얼굴은

---

1) 세이렌, 그녀는 감각적 쾌락의 화신이며, 아직 씻어지지 않고 남아 있는 세 가지 큰 죄인 탐욕, 대식, 호색과 관계되어 있다. 이것은 예고적인 상징적 꿈이라 할 수 있다.

사랑을 하는 여인처럼 발그레해졌다.
이렇게 하여 혀가 가벼워졌을 때
여인은 노래를 부르기 시작하였는데, 그 소리에
온통 마음이 사로잡혀 그곳을 떠날 수가 없을 것 같았다.
"나는," 하면서 여인이 노래했다. "노래 부르는 여인 세이렌,
바다 복판에서 뱃사람들을 유혹하여 길을 잃게 할 만큼
아름다운 목소리를 타고났습니다.
이 목소리로 오디세우스를 올바른 길에서
꾀어냈던 거예요. 내 곁에 있는 이는 모두
황홀해서 좀처럼 떠날 줄을 몰랐습니다."

그녀가 아직 입을 다물기 전에
거룩한 여인이 내 곁에 어느새 나타나더니,[2]
당황하는 세이렌을 내려다보고 앙연히 소리쳤다.
"오, 베르길리우스. 오, 베르길리우스.
이 여인은 대체 누구입니까?" 그러자 스승이
이 깨끗한 여인을 주시하며 다가갔다.
그러고는 세이렌을 붙잡아 그 옷을 찢더니
앞자락을 헤쳐서 나에게 여인의 배를 가리켜 보였다.
그 배에서 풍기는 악취 때문에 나는 정신이 번쩍 들어 눈을 떴다.

내가 눈을 뜨자 베르길리우스 스승이 말했다.
"벌써 네 이름을 세 번이나 불렀다. 자, 일어나거라.
네가 들어갈 수 있는 문을 찾아가자."

내가 일어나니 성스러운 산의 모든 옥에
벌써 하늘 높이 돋은 해가 환히 비치고 있었다.

---

2) 베아트리체일 것이라고 해석되는데, 이름은 나오지 않는다.

그리하여 새로운 태양을 등지고 우리는 걷기 시작했다.[3]

스승의 뒤를 따르면서 나는 깊은 생각에 잠겨

무지개다리처럼, 허리 굽은 사람처럼,

이마를 푹 숙이고 걸었다.

그때 "여기 길이 있다, 이리 오너라."

하는 상쾌하고 부드러운,

인간 세상에서는 들어볼 수 없는 그런 목소리가 들려왔다.

단단한 바위벽 사이로 올라가라고

백조 같은 날개를 펴고

'천사'가 우리에게 말했다.

그러고는 날개를 움직여 우리에게 부채질하면서

"애통해하는 자는 복이 있나니."[4] 하고 외쳤다.

"저희가 위로를 받을 것이오."

"너는 왜 땅만 보고 있느냐?"

우리 둘이 천사 곁을 떠나 약간 위로 올라갔을 때

스승이 나를 보고 이렇게 말했다.

그래서 내가 대답했다. "괴상한 환영이 머릿속에 달라붙어,

그게 마음이 걸려서

걸어가기는 해도 못 견디게 무시무시합니다."

스승이 말했다. "너는 고대의 마녀를 본 것이다.

그 여자는 이 위에서 울고 있다.[5]

사람이 어떻게 해서 그 여자에게서 벗어나는가를 너는 본 거다.

그만하면 이제 충분하다. 자, 뒤꿈치로 땅을 차라,

---

3) 서쪽으로 걸어간 것이다.

4) 〈마태복음〉 5장 4절. 원문에서는 일부는 라틴어를 인용하고 일부는 지방어로 되어 있으나, 이 역문에서는 두 경우에 다 같이 인용 형식을 취했다.

5) 탐욕, 대식, 호색의 죄가 각각 〈연옥편〉 19·20(탐욕), 22·23·24(탐식), 25·26·27(호색)의 각 곡(연옥산의 분류에 따르면 제5원, 제6원, 제7원의 각 두렁길)에서 처벌되고 있다. 그것을 "그녀는 위에서 울고 있다."고 말한 것이지 세이렌 자신이 다시 나타나는 것은 아니다.

영원한 왕이 거대한 바퀴를[6]
돌리고 있는 하늘의 부르심에 눈을 돌려라."

처음에는 자기 발밑을 보고 이어서
부르는 쪽으로 몸을 돌렸다가, 자기를 끌어들이는
먹이에 정신이 쏠려 날개를 펼치는 매처럼[7]
나는 움직이기 시작했다. 그리하여 갈라진 바위틈을 지나
사람이 위로 올라갈 수 있는 데까지 위로 올라가
다음 옥에 이르렀다.
앞을 바라볼 수 있는 다섯째 언덕 위로 나아갔을 때
그곳 길가의 땅에 엎드려
울고 있는 자들이 보였다.

"내 영혼 땅에 떨어졌도다."[8]
그 사람들이 들릴락 말락 한 소리로
깊은 한숨을 쉬며, 중얼거리는 소리가 들렸다.
"오오, 주께 선택된 너희들, 정의의 가책을 받고 있는
너희들에겐 희망이 있다. 그러니 고통도 덜어지리라.
다음 돌층계로 우리를 인도해 주지 않겠는가."

"만약 너희들이 기지 않고 갈 수 있는 몸이라면
가르쳐 주마. 제일 가까운 길은 언제나
너희 오른쪽에 있다."[9]

---

6) 거대한 바퀴는 하늘(천구)을 가리킨다. 미켈노리의 그림 배경에 월천, 수성천, 금성천, 태양천
   등이 바퀴처럼 그려져 있는 것이 보인다.
7) 《신곡》에 자주 나오는 매.
8) 〈시편〉 119편 25절. 제5원에서 인색한 자와 낭비한 자들이 죄를 씻는다. 지옥의 죄인들은 천
   국에 오를 수 없지만, 연옥의 죄인들은 일단 회개하고 용서받은 바 있어 정죄하여 천국에 오
   를 수 있다.
9) 교황 하드리아노 5세가 말하고 있다. 그는 제노바의 피에스키 가문 출신으로 교황 인노첸시오

시인의[10] 물음에 대해

바로 앞에서 이런 대답이 들렸다. 그래서 나는

모습은 가려서 보이지 않으나 말소리가 들리는 쪽으로 눈을 돌렸다가

다시 되돌아보았는데, 그때 스승과 눈이 마주쳤다.

그러자 스승은 눈에 떠오른 소망을 알아차리고

빙그레 웃으며 나에게 허락해 주었다.

이렇게 해서 나는 마음대로 행동할 수 있게 되자

방금 내 마음을 끄는 말을 한 자에게

몸을 구부려 이렇게 물었다.

"주께 돌아가기 위해 반드시 맺어야 하는 것을

눈물지으며 무르익게 하는 그대여,[11]

'소원'이니 잠시 이쪽으로 마음을 써 다오.

그대는 본디 누구였나? 그리고 왜 그대들은 등을 위로 돌리고 있나?

가르쳐 다오, 현세에서 나는 산 몸 그대로의 모습으로 왔다.

만약 현세에 전할 무슨 말이라도 있거든 내게 말해 다오."

그러자 그가 말했다. "하늘이 우리를 기도록 한 이유는

나중에 이야기하마. 그러나 먼저 알아주어야 할 것은

내가 베드로의 후계자[12]였다는 점이다.

시에스트리와 키아베리 사이에 아름다운 강이

흐르고 있는데, 이 이름이야말로

내 일족의 자랑스러운 이름이다.[13]

흙칠을 않으려고 조심하는 자에겐, '교황의 법의'가 얼마나

4세의 조카뻘이다. 1264년 교황 글레멘스 4세의 사신으로 영국으로 건너갔다. 1276년 7월 11일
에 교황으로 선출되었으나, 그해 8월 18일에 비테르보에서 죽었다.

10) 시인은 베르길리우스이다.

11) 단테가 질문한 '무르익게 하는 것'이란 정죄의 열매이다.

12) 베드로의 후계자는 교황이다. 〈지옥편〉 제2곡에서도 언급되었다. 그는 하드리아누스 5세로
제노바 출신이며, 속명은 오토부오노 데 피에스키이다.

13) 강 이름은 라바냐이고, 그 일족은 강 이름을 따서 콘티 디 라바냐 백작가라 불렸다.

무거운 것인지를 나는 한 달 남짓 동안 뼈저리게 느꼈다.[14]
거기 비하면 다른 직책은 모두 깃털같이 가볍다.
나의 회개는 슬프게도 때가 늦었었다.
하나 그래도 로마 교황으로 뽑혔을 때
나는 거짓 인생의 정체를 간파했다.
일단 그 지위에 오르니 마음이 편치 않고
현세에서는 이 이상 위로 갈 수 없다는 것을 깨달았다.
그러자 내 마음속에 영생에의 사랑이 불타올랐다.
그때까지의 나는 하느님과 인연이 없는, 비참한
탐욕 덩어리 같은 혼이었다.
그래서 지금 여기서 그대도 보다시피 징벌을 받고 있다.
탐욕스러운 소행이 어떠한 것인지는, 회개한 자들이
여기서 죄를 씻고 있는 광경을 보면 잘 알겠지만,
이처럼 고되고 괴로운 벌은 이 산에서는 달리 없으리라.
우리들의 눈은 생전에 지상의 것에 쏠려
하늘을 우러르려 하지 않았다. 그래서
'하느님'의 정의가 여기서 우리들의 눈을 땅바닥으로 눌러댄다.
선에 대한 모든 사랑을 탐욕이 지워 버려
그 때문에 우리들의 행위는 무로 돌아갔는데, 그 때문에
'하느님'의 정의가 여기서 우리들의 손발을 묶어
단단히 눌러대고 있다.
그리하여 정의의 주께서 뜻하시는 바대로
우리는 꼼짝 하지 않고 땅에 납작 엎드려 있다."

나는 무릎을 꿇고 말하려 했다.
그러나 내가 말하기 시작했을 때, 그는 내 목소리를 듣기만 하고도
내가 경의를 표하여 무릎 꿇은 것을 알고 말했다.

14) 교황 하드리아노 5세는 재위 38일 만에 죽었다.

"대관절 그대는 왜 그렇게 허리를 굽히는 건가?"

내가 대답했다. "당신의 지존한 지위를 생각하니

서 있었던 것이 양심에 찔립니다."

"형제여, 다리를 펴라. 일어나거라!" 하고 그가 외쳤다.

"행여 달리 생각 말아라. 나나 그대나 다른 이들과 마찬가지로

한 권위[15] 밑에 종사하는 종이다.

그대가 '사람은 결혼하지 않는다'[16]는

거룩한 복음 구절을 들은 바 있다면,

내 이 말뜻을 잘 알 것이다.

자, 이제 가거라. 더 이상 붙들지 않겠다.

그대가 있으면 내 한껏 울 수가 없구나.

눈물은 나를 위해 그대가 말한 바를 무르익게 해 준다.

나에게는 현세에 알라지아[17]란 이름의 조카딸이 하나 있는데,

우리 집안의 나쁜 습성에 젖어

나쁘게 되어 버렸다면 할 수 없지만 본시는 착한 아이다.

현세에 내게 남겨진 것은 이 조카딸뿐이다."

---

15) 한 권위란 하느님이다.

16) 〈마태복음〉 22장 30절에 "부활 때에는 장가도 아니 가고 시집도 아니 가고 하늘에 있는 천사
들과 같으니라."라고 씌어 있다. 교황도 죽어 버리면 '교회라는 신부의 신랑'뻘 되는 지위도 특
권도 없다는 뜻이리라.

17) 알라지아는 피에스키 가문에서 모로엘로 말라스피나에게 출가했다. 말라스피나는 단테의
친구로, 단테가 루니지아나에 머물렀을 때 그의 아내 알라지아의 갖가지 선행을 보았을 것으
로 추측된다.

제20곡

다섯째 두렁길에서도 엎드린 사람들이 눈물을 흘리며 죄를 뉘우치고 있다. 재물보다 청빈을 사랑한 마리아, 파브리키우스, 성 니콜라우스의 예를 울면서 이야기한 자는 프랑스 왕가의 시조 위그 카페이다. 그는 자기와 자기의 자손인 프랑스 국왕에 대해 말하면서, 특히 최근 그들의 난행을 비난한다. 위그 카페는 이어서 처벌받는 탐욕의 예를 차례차례 든다. 이야기가 끝났을 때 땅이 진동하더니 "지극히 높은 곳에서는 주께 영광이오."라는 찬송 소리가 사방팔방에서 들려온다.

더욱 나은 의지에 대해선 보통 의지로는 못 당하는 법이다.
더 캐묻고 싶었으나 그의 심정을 생각해서
나는 아직 흡족하지 못한 해면을[1] 물속에서 꺼냈다.
나는 걸음을 옮겼다. 길잡이도 바위를 따라
마치 낮은 담이 있는 성벽을 따라가듯이
망자들이 없는 곳을 골라서 걸어갔다.
온 누리에 판을 치는 악을[2]
한 방울, 또 한 방울 눈에서 흘리고 있는 자들이
저쪽 길 가장자리까지 가득히 누워 있었던 것이다.

저주받을지어다, 늙은 암이리여.[3]
너는 한량없이 욕심이 많아
그 어느 짐승보다 더 많은 먹이를 먹고 있다!

---

1) 해면은 호기심을 가리킨다.
2) 탐욕이라는 죄악이다.
3) 〈지옥편〉 제1곡 참조.

아아, 하늘이여, 현세의 모양은 하늘의 운행에 따라 변화된다고
세상은 믿는 듯한데,
대관절 언제 이 암이리를[4] 지옥으로 떨어뜨릴 자가 나타날 것인가?
우리는 조용히 천천히 걸었다.

망령들에게 마음을 쓰며 걷노라니,
눈물지으며 애달프게 탄식하는 소리가 들렸다.
그리고 갑자기 "자비로우신 마리아[5]여!" 하고
진통에 신음하는 여인처럼
울부짖는 소리가 우리들 앞쪽에서 들려왔다.
그 목소리가 연거푸 외쳤다. "당신의 가난함은
당신이 그 거룩한 짐을 내려놓으신
마구간의 모양만 봐도 아나이다."[6]
그리고 또 계속했다. "오오, 착한 파브리키우스,[7]
당신은 악덕과 부귀를 함께 갖느니보다
미덕과 청빈을 함께 갖기를 즐겨 하셨도다."

나는 그 말을 기쁘게 느꼈으므로
더 자세히 알고 싶어
그 말을 한 혼에게로 다가갔다.
그러자 그 혼은 다시 니콜라우스[8]가 처녀들에게
청춘의 나날을 정결하게 지내라고

---

4) 〈지옥편〉 제1곡 참조.
5) 청빈과 자애의 상징.
6) 〈누가복음〉 2장 7절 "맏아들을 낳아 강보로 싸서 구유에 뉘었으니, 이는 사관에 있을 곳이 없음이니라."
7) 가이우스 파브리키우스는 로마의 집정관으로 성품이 청렴결백하여 뇌물을 거절하고, 곤궁 속에서 죽었다.
8) 니콜라우스는 파리의 수호성인이다. 3, 4세기 무렵의 사람으로, 지참금이 없어 딸 셋을 출가시키지 못해 딸들에게 몸을 팔게 하려던 한 시민의 집 창 너머로 돈을 던져 그 딸들을 구했다고 전해진다. 그 전설은 르네상스 회화의 주제로도 쓰였다.

아낌없이 베푼 선물에 대해서도 죄다 이야기해 주었다.
"아아, 그대는 참으로 좋은 이야기를 들려주었는데." 내가 말했다.
"그대 생전의 이름을 말해 다오. 왜 그대 혼자만이
이런 선행의 갖가지를 새삼스럽게 말하는가?
종착을 향해 날아가는, 인생이란 짧은 길을 마치기 위해
나는 현세로 돌아가는데, 그때 '그대를 위해 기도하여'
그대의 말에 반드시 보답하도록 하리라."

그러자 그 혼이 말했다.[9] "나는 현세의 위로자를 별로
기대하지는 않는다. 그러나 네 속에는 네가 죽기 전부터
참으로 훌륭하게 은총이 빛나고 있다. 그러므로 네게 이야기하마.
나는 온 크리스천 땅에 어두운 그늘을 떨어뜨리고 있는
악한 나무의 뿌리이다.
이 나무에는 좋은 열매가 열리는 일이 없어져 버렸다.
두에이, 릴, 겐트, 브뤼지[10]가
만약 힘만 있으면 곧 복수할 수 있을 것이다.
그렇게 되기를 나는 모든 것을 심판하시는 분에게 빌고 있다.[11]
나는 현세에선 위그 카페라 불리었다.
필리프 왕과 루이 왕이 내 자손에서 여럿 나왔고,[12]

---

9) 화자는 프랑스 왕 위그 카페(재위 987~966)이다. 그러나 단테는 그의 아비 위그 공(파리 백작, 956년 사망)과 혼동하고 있다. 카롤링거 왕조의 혈통이 끊어졌을 때 왕위를 계승한 것은 위그 카페이지 그의 아버지가 아니다.
10) 필리프 르 벨과 그 아우 샤를 드 발라는 1299년에 피안드리아를 배신하고 나가나, 3년 후에 프랑스 군은 플랑드르 군에게 패한다. 두에이, 릴, 겐트, 브뤼지는 플랑드르의 도시 이름이다.
11) 모든 것을 심판하시는 분은 하느님이다.
12) 1060년부터 1300년에 걸쳐 프랑스의 왕위를 차지한 자 중에 필리프와 루이는 네 명씩뿐이다. 그 이름과 사망 연대를 들면 아래와 같다.
　　대 위그 956
　　위그 치아페타(카페) 왕으로 선출 987, 996
　　로르 1세 1031
　　앙리 1세 1060
　　필리프 1세 1108

그들에 의해 프랑스는 오늘날까지 다스려져 왔다.
나는 파리의 백정 아들이었는데,
그 무렵 회색 옷 걸친 수도자 하나만을 남기고
구왕조의 혈통은 모조리 죽어 버렸다.
그래서 내가 왕국 통치의 고삐를 손아귀에 단단히
쥘 수가 있었다. 새로이 손에 넣은
많은 권력과 수많은 친구 덕분에
임자 없는 왕관을 내 아들 머리에
씌울 수가 있었다. 거기서부터
대대로 축복받은 뼈가 나온 것이다.
프로방스의 '백작령'이라는 크나큰 지참금에[13)]
눈이 멀어 수치심을 잃기 전까지
내 일족은 힘은 없었을망정 나쁜 짓은 하지 않았다.
하나 그때부터 폭력과 거짓에 의한 약탈이 시작되었다.
그리하여 그 보상으로 푸아티에, 노르망디,
가스코뉴를 또 빼앗았다.[14)]
샤를 또한 이탈리아로 남하하여
쿠르라디노를 희생시켰다.[15)] 그리고 그 보상으로
토마스를 하늘로 돌려보냈다.[16)]

    루이 6세 1137
    루이 7세 1180
    필리프 2세 1223
    루이 8세 1226
    루이 9세(성 루이) 1270
    필리프 3세(르 하르디) 1285
    필리프 4세(르 벨) 1314

13) 프로방스의 백작 라몬드 베링기에리가 죽은 뒤 샤를 앙주는 라몬드의 딸 베아트리체와 결혼
    하여 그 영지를 지배하에 두었다.
14) "보상으로……빼앗았다."는 빈정거림이다.
15) 샤를 앙주는 나폴리 왕국을 탈취하기 위해 1265년 이탈리아로 남하하여, 1266년에는 만프레
    디를 무찔렀다. 쿠르라디노는 마지막 왕으로, 탈랴콧조 전투에서 패하여 적에게 잡혀 1268년
    10월, 17살에 목을 베였다.

내가 짐작하는 바로는 앞으로 머잖은 장래에

또 다른 샤를이 프랑스로부터 밖으로 나가

저와 제 부하의 정체를 한껏 드러내리라.[17]

그는 군사도 거느리지 않고 유다가 겨룸질한 창[18] 한 자루를 들고

나타날 것인데, 그 창으로 찌르면

피렌체의 배는 찢어져 버리리라.[19]

그는 땅은 얻지 못하나 죄악과 수치는 많이 얻으리라.

그리고 이런 나쁜 짓을 아무렇지도 않게 생각하므로

그런 만큼 '내세에서' 무겁고 쓰라린 벌을 받으리라.

또 포로가 되었다가 배에서 내린 또 하나의 샤를은[20]

해적이 남의 노예 계집을 팔듯,

자기 딸을 경매에 부치고 있다. 이게 무슨 꼴인가!

아아, 탐욕이여, 내 가족은 너에게 열중되어

끝내는 가족도 친척도 돌아보지 않게 되어 버렸는데,

대체 이보다 더한 나쁜 짓을 할 수가 있는 것일까?

보니, 백합꽃이 알나냐[21]에 난입하여

그리스도의 대리자[22]를 사로잡았다. 이것에는

---

16) 토마스 아퀴나스는 1274년 나폴리에서 리용 공의회에 참석하기 위해 가다가 죽었다. 당시 이 죽음에 대해 샤를 앙주가 독살했다는 소문이 퍼졌다.

17) 필리프 르 벨의 아우 샤를 드 발라는 1301년 11월 1일 5백여 기병을 이끌고 피렌체로 들어갔다가 다음 해 4월 4일에 그곳을 떠난다.

18) 유다가 겨룸질한 창이란 배신의 술수이다.

19) 흑당이 백당을 누른다.

20) 풀리아의 왕 샤를 2세는 1243년에 태어나 1309년에 죽었다. 1284년 나폴리에서 아라곤 왕 페드로의 해군에게 패하여 4년 동안 시칠리아에서 포로 생활을 했다. 그는 1305년에 나이 어린 딸 베아트리체를 에스테 후작 아초 8세에게 출가시켜 그 교환 조건으로 많은 선물을 받았다.

21) 아나니라고도 하는 알라냐는 교황 보니파시오 8세의 출신지로서 로마의 동남쪽에 있다. 교황은 그곳에 즐겨 머물렀는데, 프랑스 왕 필리프 르 벨(제2의 빌라도)의 부하들(도둑들)이 거기서 교황을 난폭하게 다루었기 때문에 보니파시오는 며칠 후인 1303년 3월 11일에 사망했다. 백합꽃은 프랑스 왕가의 가문(家紋)이다.

22) 그리스도의 대리자는 보니파시오 8세이다.

과거와 미래의 갖가지 죄악도 무색하리라.

보니, 그리스도가 또다시 조롱받고

다시 초와 쓸개를 맛보며 결국에 가서는

뻔뻔스레 살아 있는 도둑들 사이에서 살해되어 간다.

보니, 제2의 잔인무도한 빌라도가

이 정도의 일로는 흡족하지 못하여 법령을 무시하고

탐욕의 돛을 달고 성전 안에까지 들어간다.[23]

아아, 주여, 대체 내 언제 복수를 보는 기쁨을

만날 수 있는가? 복수가 숨겨져 있기 때문에

주의 분노가 풀어져 감추어져 있는 것이 아닐까?

성신의 오직 하나뿐인 신부에[24] 대해 내가 말했을 때

그걸 듣고 너는 내 쪽을 돌아보고

설명을 구했는데, 그 말은

낮에 우리들이 외는 기도에 대한

응답의 구절이다. 그러나 해가 지면

그 구절 대신 반대의 구절을[25] 왼다.

그때 우리는 피그말리온[26]에 대해 거듭 말했다.

피그말리온은 황금에 눈이 어두워진 나머지

배반자가 되고 도둑이 되어 친족을 죽이게까지 되었다.

또 욕심 많은 미다스 왕의 비참한 꼴도 되뇐다.

왕은 탐욕스러운 소원이[27] 지나쳤기 때문에 비참한 변을 당했는데,

그것은 오래오래 세상의 웃음거리가 되리라.

그리고 우리는 모두 미친 아간을 생각하고

---

23) 1307년, 1312년 필리프 르 벨이 자행한 성당 기사단 탄압을 가리킨다.

24) 위그 카페는 마리아의 예를 346쪽에서 말했다.

25) 반대인 탐욕의 예의 구절을 왼다.

26) 피그말리온은 디도의 오빠인데, 디도의 남편인 시카이오스의 재산을 탐내어 이를 탈취하려
   고 그를 죽였다.

27) 미다스 왕은 손으로 만지는 것은 모조리 황금으로 변화시키는 것이 소원이었다. 그러나 결국
   그 때문에 먹으려는 음식도 황금으로 변하여 식사조차 할 수가 없었다.

그가 보물을 훔친 꼴이며, 여기서도 여전히 그를

물어뜯을 듯이 성이 나 날뛰고 있는 여호수아 등에 관해 이야기한다.[28]

그리고 삽피라와 그 남편을[29] 비난하고

헬리오도로스에게 가해진 발길질을 찬양한다.[30]

폴리도로스[31]를 죽인 폴리메스토르의 오명은

연옥 산에 널리 퍼져 있다.

그리고 마지막으로 우리가 여기서 외친다. '크라수스[32]야,

돈맛이 어떤지 잘 아는 너니 가르쳐 다오.'

어떤 때는 크게 말하는 자도 있고, 목소리를 낮추는 자도 있다.

그것은 말하고자 하는 의욕이

때로는 강하게 되고, 때로는 약하게 변하기 때문이다.

그래서 낮에 우리는 선행의 예를 외는 것인데,

아까도 나 혼자만이 외고 있었던 것은 아니다. 단지

이 근처에서 목청을 돋운 자가 한 사람도 없었을 뿐이다."

우리는 벌써 그를 떠나와 있었다.

그리고 힘이 있는 한 되도록 빨리

길을 가려고 애썼다.

그때, 마치 무너질 듯이

산이 흔들리는 것이 느껴졌다. 나는 소름이 오싹 끼쳤다.

사지로 가는 이가 느끼는 그런 오한이 등골을 스쳤다.

---

28) 여호수아가 아골의 고을을 점령했을 때 보물을 제멋대로 훔친 인간은 '돌로 쳐' 죽이게 했다. 〈여호수아〉 7장 25절.

29) 삽피라와 그의 남편 아나니아는 땅을 팔고 난 후 그 값의 일부를 감추어 신에게 거짓말을 했기 때문에 둘 다 죽었다. 〈사도행전〉 5장 1~11절 참조.

30) 헬리오도로스가 예루살렘의 성당의 재보를 약탈하려 할 때, 말 탄 사람이 갑자기 나타나 그를 발길로 찼다. 〈마카베오 후서〉 3장 25절.

31) 폴리도로스는 프리아모가 트라키아 왕 폴리메스토르에게 양육을 부탁한 아들이다. 폴리메스토르는 트로이가 졌다는 것을 알자, 폴리도로스를 죽여 그가 가진 재산을 빼앗았다.

32) 마르쿠스 루치니우스 크라수스(기원전 114~53)는 시저, 폼페이우스와 더불어 세 집정관의 한 사람이었다. 돈을 너무 좋아했기 때문에, 급기야 그를 죽인 파르티아의 왕이 녹인 황금을 그의 목구멍에다 부었다.

레토가 델로스섬[33]에 가서 잠자리를 만들어
하늘의 두 눈을 낳기 이전에도 그 섬이
이토록 진동한 적은 없었으리라 싶었다.
잇따라 사방팔방에서 요란한 외침 소리가 일어났다.
스승이 나를 돌아보고 말했다.
"내가 너를 인도하는 이상, 걱정할 것은 없다."

모두가 저마다 외친 것 같았는데, 가까이서
들어 이해한 바로는 "지극히 높은 곳에서는
주께 영광이오."[34] 하고 노래하는 것 같았다.
노랫소리를 처음 들은 저 목동들같이[35]
우리 마음은 의혹에 잠겨 걸음을 멈추고
우두커니 선 채 지진이 멎고 노랫소리가 끝나기를 기다렸다.
그러고 나서 다시 우리는 이 성스러운 길을 걷기 시작하여
땅에 엎드려 있는 망자들을 바라보았다.
그들은 본래의 모습으로 돌아가 눈물을 흘리고 있었다.
어떠한 무지도 이처럼 미칠 듯이
알고자 하는 욕망을 갖게 한 적은,
만약 내 기억이 그릇되지 않았다면
그때까지 한 번도 없었다.
갈 길이 바빠 이유를 물을 수도 없었는데,
그렇다고 내 힘으로는 짐작할 수도 없었다.
나는 생각다 못해 조심조심 앞으로 걸어갔다.

---

33) 유노는 제우스의 사랑을 받은 레토를 질투하여 그녀를 도처에서 들볶아 댔다. 델로스는 그
때까지 표류하는 섬이었는데, 그녀를 받아들이게끔 제우스가 그 섬을 고정했다. 그녀는 그
섬에서 해의 신 아폴로와 달의 여신 디아나를 낳았다.
34) 〈누가복음〉 2장 14절 "높은 곳에서는 주께 영광이오."
35) 그리스도의 탄생을 처음으로 들은 목동들. 〈누가복음〉 2장 9절 참조.

제21곡

단테는 지진과 노랫소리에 관해 설명을 듣고 싶은 목마름을 느낀다. 그때 뒤쫓아 온 망자가 베르길리우스의 질문에 대답해 준다. 연옥에서는 누군가가 자기 영혼의 정화를 자각할 때 지진이 일어난다고 한다. 망자는 이어서 자신이 라틴 시인 스타티우스임을 대고, 앞에 있는 이가 베르길리우스인 줄도 모른 채 베르길리우스를 향한 열렬한 존경과 숭배의 정을 피력한다. 그 말을 듣고 단테는 저도 모르게 미소 짓는다.

사마리아의 가엾은 여인이[1] 거기서 구했던
신의 은총의 물을 마시지 않고는
가실 수 없는 그런 자연의 목마름 때문에[2]
나는 괴로움을 당했다. 나는 길잡이의 뒤를 따라
복잡한 길을 종종걸음으로 걸었다. 그리고
하늘의 정의라고는 하나 응보에 우는 망자들에게 동정을 느꼈다.
그러자 거기, 무덤구덩이에서 일어나
길 가던 두 사람 앞에 나타난
〈누가복음〉[3]에 쓰인 그리스도처럼

---

1) 사마리아의 여인에 대해서는 〈요한복음〉 4장 7~15절 참조. 예수가 우물가에 앉아 있을 때 사마리아 여인이 물을 길으러 왔다. 그가 "내게 마실 물을 달라." 하였으나, 사마리아 여인은 그가 유대인인 것을 보고 거절한다. 이때 예수가 "이 물을 먹는 자마다 영원히 목마르고 내가 주는 물을 먹는 자는 영영 목마르지 아니하리니, 내가 주는 물은 그 속에서 영생하도록 솟아나는 샘물이 되리라."고 한다. 이에 여인은 "주여, 이런 물을 내게 주사 목마르지도 아니하고, 또 여기 물 길으러 오지도 않게 하옵소서."라고 한다. 여기서 갈구하는 물은 진리를 뜻한다.
2) 아리스토텔레스 《형이상학》의 처음에 '사람은 모두 자연히 지식을 구한다.'라고 씌어 있다.
3) 〈누가복음〉 24장 13~15절 참조.

망자 하나가 뒤에서 나타나 다가왔다.

우리는 발밑의 망자들 무리에 정신이 팔려

그자가 나타난 걸 모르고 있었는데, 그가 먼저

말을 걸었다. "내 형제여, 너희에게 평안이 있을지어다."[4]

우리는 얼른 돌아보았다. 베르길리우스가

그 자리에 어울리는 인사를 하고 이렇게 말했다.

"바라건대 주의 법정이 영을 내리시어 네가 평화로이

축복받은 무리 속에 끼게 되기를 빈다.

나는 그 법정에 의해 영겁의 형벌을 받은 자이다."

"뭐라고!" 하고 그가 외치는 동안에도 우리는 여전히 길을 서둘렀다.

"만약 너희들이 하늘에 계신 주께서 허락지 않으신 망자라면

도대체 누가 여기 주의 층계까지 안내했는가?"

그러자 스승이 대답했다. "이 사람의 이마 위에 있는 표지는

천사가 그렸다. 이걸 보면 알 수 있으리라.

이 사람은 복된 자들과 더불어 구원될 몸이다.

클로토[5]가 작가에게 맡긴 한 타래의 실을

이 사람의 몫만은

밤낮으로 물레질하는 여신도 아직 다 잣지 못했다.

그래서 이 사람의 혼은 너나 나의 혼과 똑같지만

우리와 같이 보지 못하므로

혼자서는 위로 올라올 수가 없었던 것이다.[6]

그래서 내가 지옥의 넓은 입구에서[7] 불려 나와

---

4) '너희에게 평안이 있을지어다'라는 말은 〈누가복음〉 24장 36절에 있는 부활한 그리스도의 인사말이다.

5) 클로토가 사람 생명의 실을 물레에다 할당한다. 주야로 물레질하는 여신은 라케시스이고, 그 실을 끊는 것은 아트로포스이다.

6) 그 이유는, 아직도 육체를 벗어나지 못했기 때문이다.

7) 지옥의 넓은 문은 림보이다.

내 학문으로 가능한 범위까지 이 사람을 안내해 왔다.
앞으로도 길을 안내할 작정이다.
그런데 왜 아까 그렇게 산이 흔들렸는지,
또 왜 해변에 이르기까지 모두가 목청을 합하여
외쳤는지 알고 있다면 까닭을 가르쳐 다오."
스승이 이렇게 물었을 때 내 소망의 바늘귀에
실이 꿰어졌다. 그리고 해답의 희망이 비치기만 했는데도
벌써 내 목마름이 가시는 것을 느꼈다.
망자가 대답했다. "관습에 위배되는 일이라든가
이 산의 규정에 따르지 않는
그런 제멋대로의 일 같은 것은 여기선 일체 일어날 수가 없다.
여기서는 '현세에서 일어나는 그런' 변화란 절대 없다.
하늘 스스로가 자기 속으로 받아들이는 것 외엔
변화의 원인이 될 수가 없는 것이다.
비도 눈도 우박도 내리지 않고,
이슬도 내리지 않는다. 서리가 내리는 것도
짤막한 세 층계의[8] 돌 위로만 한정되어 있다.
짙은 구름도 엷은 구름도 피어나지 않고,
번갯불도 번쩍이지 않는다. 또 현세에서 자주
자리를 바꾸는 타우마스의 딸(무지개)도 볼 수가 없다.
메마른 공기도 아까 화제에 오른
저 베드로의 대리자가 발 디디고 있는 세 층계의
맨 위층계에는 올라가지 않는다.
그보다 아래쪽에서는 아마 크고 작은 지진이 일어나는 듯하다.
땅속에 숨어 있는 바람 때문이겠지. 그러나
이 위에서는 까닭은 모르겠으나 지진으로 흔들린 적이 없다.
여기서 진동이 일어날 때는 누군가가 영혼의 정화를

---

8) 연옥 문전의 세 층계의 돌.

자각했을 때이다. 그때 혼이 일어나 하늘을 향해
움직이기 시작한다. 그러면 그에 따라 아까 그 합창 소리가 계속된다.
죄가 씻어진 증거는 오로지 의지를 통해서만 표시된다.
이 자유로운 의지가 갑자기 혼에 작용하면
혼은 반가이 뜻을 받아들여 일어나 움직이기 시작한다.
전부터 혼은 그걸 원하고 있었지만 정이 허락질 않았다.
정은 신의 정의에 복종하고 자기의 뜻에 거역하여
일찍이 죄악을 추구했듯이, 이제는 벌을 구하기 때문이다.
나는 여기 이 옥에서 징벌당하며 500년을
누워서 지냈다. 바로 얼마 전에
보다 더 나은 곳으로 향하는 자유로운 의지를 느꼈다.
그래서 너는 지진을 느끼고, 산 중턱 일대의 경건한 혼의 무리가
주를 찬양하는 소리를 들은 것이다.
아아, 주여! 모든 자들을 어서 하늘로 보내 주소서.”

이렇게 우리에게 말했다. 그 설명이 얼마나 고마웠던지
이루 다 말을 할 수가 없었다. 목마름이 심했던 만큼이나
들이켰을 때의 기쁨도 컸다.
그러자 총명한 스승이 말했다. “이제야 너희들을
사로잡는 그물의 정체며, 너희들이 빠져나가는 광경이며,
지진과 너희가 환호하는 까닭을 똑똑히 알았다.
그런데 상관없다면 가르쳐 다오. 너는 누구인가,
왜 이토록 오랫동안 여기 누워 있었는지,
네 입으로 나에게 들려다오.”
“지존하신 제왕의 도움으로 용장 티투스는
유다의 손에 팔린 ‘그리스도’가 흘린 피
그 상처의 원수를 갚았다. 그 무렵
현세에 있던 나는 아직 신앙은 없었으나
이름은 상당히 알려져 있었다.” 하고 그 망자가 대답했다.

"그 이름은 장래에도 전해져 나의 명예가 될 것이다.
나는 이탈리아에 있었는데,
시풍은 수려하고 감미로워 로마로 불려 나가
거기서 이마에 미르토의 관을 썼다.
지금도 현세에서 나는 스타티우스[9]라 불린다.
테베며 또 아킬레우스의 공적을 시로 읊었는데,
그 제2작의 중도에서 '병'으로 쓰러졌다.
수천의 사람들이 열렬한 시정에 감동되어 영감이 솟아남을 느꼈던
세찬 불꽃에 나 역시 몸속이 화끈 달아오름을 느꼈다.
그 불이야말로 나의 '시적' 정열의 불씨였던 것이다
《아이네이스》가 그 불길이다. 그것이 나에게는
내 시작을 낳은 어머니요, 기른 어머니였다. 그것이
없었던들 나는 한푼의 값어치도 없었을 것이다.
현세에서 만약 베르길리우스와 같은 시대에
살 수가 있었다면, 이 연옥에서 벗어나기를
일 년쯤 연기해도 무방하다고까지 생각했을 정도이다."

이 말을 듣자 베르길리우스는 나를 보고
말없이 눈으로 "가만있거라." 하고 말했다.
그러나 의지의 힘은 완전하지가 않다. 게다가
웃음이나 눈물은 각각 정념에서 유래되어
정념과 밀접하게 맺어지고 있으므로
성실하면 할수록 의지를 따르지 않게 된다.
그래서 나는 눈짓하는 사람처럼 순간 나도 모르게 미소 지었다.
그러자 스타티우스는 입을 다물고

---

9) 시인 스타티우스는 나폴리에서 서기 50년쯤 태어나 96년쯤에 죽었다. 툴루즈에서 태어난 것
은 같은 시대 사람인 루치오 스타티우스로 이 두 사람은 중세에서 종종 혼동되었다. 스타티우
스는 주로 로마에서 지냈는데, 그것은 베스파시아누스 황제의 시대였으며, 그 무렵(서기 70년)
에 황제의 아들 티투스가 예루살렘을 점령했다.

내 눈을 가만히 바라보았다. 눈에는 마음이 비치기 때문이다.
"너의 많은 노고가 최후에는 행복 속에서 끝나기를 빈다."
그는 우선 그렇게 말하고 나서 물었다. "왜 너는
얼굴에 미소를 띠었나?"

여기서 나는 이러지도 저러지도 못 하게 되었다.
하나는 말하지 말라고 하고, 하나는 말하라고 한다.
무의식중에 나는 그만 한숨을 내쉬었다. 그러자 스승이
눈치를 채고 "염려 말라."고 했다.
"말해라, 저렇게 알고 싶어하니 설명해 줘라."

그래서 내가 말했다. "고대의 혼이여,
아마 너는 내가 웃는 것을 보고 무척 놀란 모양인데,
이제 더 놀라게 될 것이다.
내 눈을 천상으로 이끄는 이분이야말로
영웅을 노래하고 신들을 찬양하는 힘을 주었다고 네가 말한
베르길리우스, 바로 그분이다.
내가 무슨 다른 이유로 웃었다고 생각한다면
그건 오해다, 그렇게는 생각지 말아다오.
이분에 대한 네 말이 나를 미소 짓게 한 것이다."

그러자 스타티우스는 허리를 굽혀 정중히 인사하고 스승의 두 다리를
안으려 했다. 그러자 스승이 말했다.
"그러지 마라. 너는 그림자다, 네 앞에 있는 나도 그림자이다."[10]

그러자 그는 몸을 일으키면서 말했다. "이것으로 나의
당신에 대한 깊은 경애의 정을 알 수 있을 것이오.

10) 이 말은 단테와 카셀라의 포옹을 연상케 한다.

그림자뿐인 우리들의 몸도 잊고 나는
그림자를 실지의 몸인 줄로 잘못 알고 행동해 버렸구려."

제22곡

여섯째 두렁길로 오르는 돌층계 도중에서 베르길리우스는 스타티우스에게 그가 죄를 저지른 이유를 묻는다. 스타티우스는 다섯째 두렁길에서, 탐욕의 죄가 아니라 그것과 안팎을 이루는 낭비의 죄를 씻고 있었다고 한다. 스타티우스는 이어서 그가 그리스도교를 믿게 된 경위를 말하고 나서 림보에 있는 라틴 시인들의 소식을 베르길리우스에게 묻는다. 과일이 주렁주렁 달린 나무가 여섯째 두렁길에 우거져 있는데, 그 나무 밑에서 많이 먹는 것을 훈계하는 소리가 들려온다.

내 이마에서 죄악의 글자를 한 자 지워서
우리를 제6옥으로 보내준 천사는
벌써 우리들 뒤 멀리 떨어졌다.
그 천사는 우리에게 "복되도다,
의를 구하여 목말라하는 자는" 했는데, 그 말은
"목말라하는 자는,"에서 그치고 그다음은 더 말하지 않았다.[1]

이제까지의 어느 관문보다 한결 수월하게
피로도 전혀 느끼지 않고
나는 재빠른 두 사람을 따라 걸었다.
그때 베르길리우스가 입을 열었다. "사랑이
덕으로 불을 일으키면, 그 불길이 밖으로 나가
항상 다른 사랑에도 불을 붙인다.

---

1) 〈마태복음〉 5장 6절에는 '의에 주리고 목마른 자는 복이 있나니'로 되어 있는데, 이 성경 구절 중에서 '주린다'는 말은 하지 않았다는 것이다.

그러므로 유베날리스[2]가 지옥 림보에 있는

우리에게 내려와

자네의 나에 대한 경애의 정을 전해 주었을 때부터

나는 생면부지 자네에 대해

강한 호의를 가졌다. 그래서

지금 이 돌층계가 나에게는 너무 짧은 것같이 여겨지기조차 한다.

어디 알려 주지 않겠는가, 내 물음이 무례해서

예의에 벗어나는 점이 있더라도 친구로서 용서해 다오.

그리고 자네도 이제부터 나에게 친구처럼 대해 다오.

대체 어떻게 해서 자네의 마음속에 탐욕이 들어갈 여지가

있었단 말인가. 자네는 열심히 학문에 매진하여

예지가 아주 풍부한 사람이었다고 생각되는데?"

이 말을 듣자 스타티우스는 우선

천천히 미소 지었다. 그리고 대답했다.

"당신의 정다운 말 한마디 한마디가 고맙게 몸에 스미는구려.

사실 흔히 있는 일이지만,

진실한 이유가 숨겨져 있으므로

잘못되어 의혹의 씨가 생기는 일이 있소.

당신의 물음을 들으니 아마 내가 저 옥에 있었기 때문에

내가 현세에서 욕심쟁이였다고

생각하는 모양인데,

사실 나는 너무 욕심이 없었던 거요.

그것도 도가 지나쳐 '낭비벽'이 되었기 때문에

수천 달 동안이나 벌을 받는 것이오.

당신이 인간의 본성에 대해 이처럼 분노를 발하듯이

'오오, 황금을 구하는 거룩한 배고픔이여, 왜 너는

---

2) 유베날리스는 라틴의 풍자시인(47~130년 무렵)으로 시 속에서 스타티우스를 칭찬한 일이 있다.

인간의 욕망을 올바르게 이끌려 하지 않느냐?'[3]
하고 외친 그 시구를 읽고 홀연히 터득하여
내가 혼란을 벗어날 수 없었던들 지금쯤은
'지옥에서' 짐 덩어리를 굴리며 비참한 승부를 겨루고 있을 것이오.
그때 나는 손이 커서 낭비하는 적도 있다는
것을 알고 다른 죄와 마찬가지로
이 죄를 저지른 잘못을 뉘우쳤소.
그러나 무지로 인해 살아 있는 동안에도,
아니 죽음을 맞고도 뉘우치질 않아 그로 해서
머리를 깎인 채 다시 태어나는 자가 또 얼마나 많은고!
여기서 죄악은
그것과 정반대의 죄와 함께
푸르름이 시들게 되어 있소.[4]
그러므로 내가 몸을 씻기 위해
탐욕을 뉘우쳐 우는 자들 속에 있었던 것은
그것과 반대되는 죄 때문이오."

"그런데 자네가 이오카스테[5]에게 이중의 슬픔을 준
저 잔혹한 전쟁을 시로 읊었을 때는,"
하고 목가 시인이[6] 말했다.
"클레이오가[7] 자네와 함께 읊은 내용을 미루어 보면
자네는 그때 아직 신앙에 마음을 두지 않았던 것 같은데,

---

3) 단테가 고의로 베르길리우스의 시구 전후 관계를 무시하고 다른 뜻으로 들었을 것이라 한다. 탐욕과 낭비의 죄를 뉘우치지 않는 자는 머리를 깎인 채 환생한다.
4) 이 옥에서는 '낭비'의 죄와 그것과 정반대인 '탐욕'의 죄가 다 같이 씻기고 있다. 그렇게 '푸르름'을 시들게 하는 것이다.
5) 이오카스테는 오이디푸스의 어머니인데, 뒤에 아내가 된다. 스타티우스의 《테바이데》에 나온다.
6) 베르길리우스는 《아이네이스》 외에 《목가집》, 《농경시》 등의 작품이 있어 이런 표현이 나온다.
7) 클레이오는 역사의 여신이다. 《테바이데》에 등장한다.

그것 없이 단지 선행만으로는 불충분할 것이다.
만약 그렇다면 어떤 태양, 어떤 광명이
자네를 암흑에서 끌어내어 자네로 하여금 고기잡이의[8] 뒤를 따라
돛을 달고 가게 하였는가?"
그러자 스타티우스가 대답했다. "당신이 먼저 나를
파르나소스의 산으로 보내어 그곳 샘물을 마시게 해 주었소.
그리하여 당신이 먼저 나에게 신에 대해 광명을 주었소.
밤에 등불을 제 등 뒤로 들고 가는 이는
자신에게는 소용이 없으나, 뒤따라가는 사람에겐
길을 밝혀 주는 거요. 당신이 바로 그랬었소.
당신은 이렇게 말했었소. '새로운 세기가 왔도다.
정의가, 인간 시초의 때가 돌아오고
하늘로부터 새로운 자손이 내리는도다.'
당신으로 하여 나는 시인이 되고, 그리스도 신자가 되었소.
그러나 이제 스케치한 그림이 보다 더 잘 보이도록
손질해서 색칠해 보리다.
이미 온 세상은 영원한 왕국의 사자들이
씨를 뿌린 진실한 신앙으로
가득 차 있었소.
거기다 방금 말한 당신의 시구가 아주 적절하게
새로운 가르침을 베푸는 이들의 말에 부합되고 있었으므로
나도 그들을 곧잘 찾아가게 되었소.
만나면 만날수록 그들이 거룩하게 여겨졌소.
그러므로 황제 도미티아누스가 그들에게 박해를 가했을 때
그들의 통곡 소리를 듣고 나도 따라 울었소.
나는 현세에서 살아 있는 동안은
그들을 도왔소. 그들의 훌륭한 행동거지를 볼 때마다

---

8) 고기잡이는 베드로이다.

다른 종파를 존중할 마음이 나지 않았소.
그리하여 내가 시 속에서 테베강 강가로 그리스인들을
데리고 가기 전에 나는 세례를 받았소.[9]
그리고 박해가 두려워 오랫동안 이교도로 가장하고
숨은 그리스도 신자로 있었소.
이 미지근한 태도가 원인이 돼 나는 제4옥을
400년 동안이나 돌아야 했던 것이오.
그러나 당신은 내가 지금까지 말한 이 '신앙'이라는 선을
내 눈에서 가리고 있던 뚜껑을 들쳐 준 사람이오.
함께 언덕을 올라가는 동안, 만약 알고 있다면
가르쳐 주오, 어디 있는가, 그 늙은 테렌티우스는,
체질리우스, 플라우투스와 바로는?[10]
그들이 지옥에 떨어졌는지, 어디쯤 있는지 가르쳐 주오."

"그들도, 페르시우스도, 나도, 또 다른 많은 사람도,"
하고 나의 길잡이가 대답했다. "장님의 옥인 제1옥에서
살고 있다. 시의 여신의 젖을 누구보다도 많이 먹은
저 그리스도의 시인도[11] 함께 있다.
우리는 자주 우리를 길러 준 어머니가[12]
살고 있는 저 '파르나소스산'의 이야기를 한다.
에우리피데스도 우리들과 같이 있다. 안티폰,
시모니데스와 아가톤, 그 밖에 월계수 잎으로
이마를 장식하는 영광을 입었던 많은 그리스도인도 있다.
그곳에서는 자네가 시로 읊은 사람들도 볼 수 있다.
안티고네, 데이필레, 아르게이아,

---

9) 《테바이데》 제9권에 이 삽화가 나온다.
10) 여기 나오는 시인들은 모두 림보에 있다.
11) 호메로스를 가리킨다.
12) 기르는 어머니는 시의 여신 뮤즈를 말한다.

그리고 옛 모습 그대로 아주 불쌍한 이스메네도 있다.[13]
또 거기엔 란지아의 샘을 가리킨 여인도,
테이레시아스의 딸과 테티스와
데이다메이아와 그 자매들도 있다."
이렇게 말하고 나서 시인들은 둘 다 입을 다물었다.
언덕을 다 올라 벼랑 밖으로 나가자 그들은 처음 보는
주변의 경치에 황홀해졌던 것이었다.

벌써 하루의 일을 마친 네 명의 처녀가 물러가고,[14]
다섯 번째 처녀가 해의 수레를 타고
그 타오르는 뿔을 여전히 위로 향하고 있었다.
그때 나의 길잡이가 말했다. "나의 오른쪽 어깨를
바깥 가장자리 쪽으로 돌려 이제까지 왔던 대로
돌면서 산으로 오르는 것이 좋으리라 생각하는데."
그래서 우리는 버릇대로 걸어갔다.
선택된 혼[15]이 동의했기 때문에
'오른쪽' 길을 선택하는 데 주저할 필요가 없었다.

두 사람이 앞장서 걸었다. 나는 뒤에서 혼자
따라갔다. 두 사람의 토론을 듣고 있노라니
시라는 것을 이해할 수 있을 것 같았다.
그러나 그 기막힌 토론이 뚝 그쳤다.
가지가 휠 만큼 과일이 주렁주렁 달린 향기로운 나무

---

13) 《테바이데》 등 그의 작품 속에 나오는 인물로, 안티고네와 이스메네는 오이디푸스와 그의 어
  머니 이오카스테 사이에서 난 딸. 데이필레는 디오메데스의 어머니이고, 아르게이아는 폴리
  네이케스의 아내이며 데이필레의 자매이다. 란지아의 샘을 가리킨 여인은 힙시펠레. 테레시
  아스와 그의 딸 만토에 대해서는 〈지옥편〉 제20곡 참조. 데이다메이아에 대해서는 〈지옥편〉
  제19곡 참조.
14) 이 시각은 오전 10시 지나서이다.
15) 선택된 혼은 스타티우스다.

한 그루가 길 한가운데 서 있었다.
아무도 못 올라가게 하기 위해서인지,
전나무가 위로 갈수록 훌쭉해지듯이
그 나무는 아래로 갈수록 훌쭉해져 있었다.
산 쪽 길가의
높은 바위에서는 맑은 물이 졸졸 흘러내려
그 나뭇가지의 푸른 잎을 적시고 있었다.
두 시인이 나무로 다가가니
나뭇잎 밑에서 크게 외치는 소리가 들렸다.
"너희들은 이 과일을 먹어서는 안 된다."
그리고 계속해서 외쳤다. "마리아는[16] 자기 입보다도
'가나의' 혼인 잔치가 무사히 훌륭하게 잘 치러지기를
걱정하셨다. 지금 그 마리아께서 너희들을 걱정하고 계신다.
또 옛적 로마 여신들은 마실 것은
물로써 만족하였다. 다니엘은
음식을 천하게 여기고 지식을 구했다.[17]
원시의 시대는 황금같이 아름다웠다.[18]
굶주림에 도토리도 맛이 좋았다.
목이 말라 냇물 또한 감로수였다.
꿀과 메뚜기가 사막의 세례자(요한)를
먹여 살린 음식이었다.[19]
그러므로 그는 복음에도 씌어 있듯이
참으로 위대하고 빛나는 분이었다."

---

16) 이 마리아의 예는 〈연옥편〉 제13곡에 이미 나와 있다. 그 주도 참조.
17) 〈다니엘〉 1장 참조.
18) 황금시대에 대해서는 125쪽, 529쪽 참조.
19) 요한이 꿀과 메뚜기를 먹은 것에 대해서는 〈마태복음〉 3장 4절, 그 위대함에 대해서는 〈마태복음〉 11장 11절, 〈누가복음〉 7장 28절에 각각 나와 있다.

제23곡

경건한 망자들의 무리가 묵묵히 다가온다. 말라비틀어져 눈도 움푹하고 피골이 상접한 모습이다. 그중 한 사람인 포레세 도나티가 단테에게 말을 건다. 옛 친구끼리는 다정하게 서로 이야기를 주고받는다. 포레세는 죽은 지 아직 5년밖에 되지 않았으나 상냥한 아내 넬라의 기도 덕분에 벌써 연옥의 여섯째 두렁길까지 올라올 수 있었다고 한다. 포레세는 끝으로 요즈음 피렌체 여인들의 품행이 단정치 못한 것을 한탄한다.

이렇게 하여 내가 푸른 잎 너머로
마치 새를 좇아 일생을 허비하는 이처럼
정신없이 바라보고 있노라니,
아버지보다 더 상냥한 스승이 나를 보고 말했다. "아들아,
이제 가자, 우리에게 주어진 시간을
더 유효하게 써야 한다."[1]
나는 곧 얼굴과 발을 현자 쪽으로 돌렸다.
그들의 이야기는 듣고 있노라면,
걸어가는 것이 조금도 괴롭지 않은 그런 이야기였다.
그러자 갑자기 탄식과 노랫소리가 동시에 들렸다.
"주여 내 입술을,"[2] 그것은
기쁨과 한탄이 다 같이 섞인 목소리였다.
"오, 정다우신 아버님, 대체 이 소리는 무엇입니까?"
하고 내가 묻자 스승이 대답했다.

---

1) 시간을 유효적절하게 쓰도록 하라는 훈계는 〈연옥편〉에도 나온다.
2) 〈시편〉 51편 15절 참조.

"아마 자기들 짐의 매듭을 풀러 가는 망자일 것이다."

마치 생각에 잠겨 여행하는 이가
길을 가다가 낯모르는 사람을 따라잡으면
지나쳐 가서 뒤돌아보기는 하나 걸음은 멈추지 않듯이,
우리 뒤에서 우리보다 더 빠른 걸음으로
경건한 망자의 한 무리가 묵묵히 다가와
지나치면서 놀란 듯이 뒤돌아보았다.
그들은 모두 눈자위가 거무스레하게 움푹 꺼지고
안색은 창백하고 몸은 말라비틀어져
피골이 상접해 있었다.
에리식톤[3]이 못 견디게 굶주렸을 때라도
이토록 말라비틀어져 가죽만 남은 적은 없었으리라.
나는 그렇게 생각하며 중얼거렸다. "이건 틀림없이
예루살렘을 잃은 자들일 것이다.
그때 마리아 아무개 여인은 자기 자식을 잡아먹었다더군."[4]

그 사람들의 눈자위는 보석 빠진 반지와 흡사했다.
사람의 얼굴에서 오모(OMO)[5]라는 글자를 읽은 이는
거기서 또렷이 M자를 보았을 것이다.
그 이유를 모르고 그것을 믿을 수 있을까?
물과 과일의 향기가 식욕을 돋우어 주기 때문에 이렇게

---

3) 에리식톤은 테살리아 왕 트리오파스의 아들. 케레스(그리스 신화에서는 데메테르) 여신의 성스러운 숲속에서 떡갈나무를 도끼로 찍었다. 이로 인해 여신의 분노를 사 심한 굶주림으로 고통당한 끝에 자기 팔다리를 뜯어먹었다.

4) 티투스가 예루살렘을 견고히 포위했을 때, 유대인 마리아라는 여인이 굶주림을 견디지 못해 자기 자식을 잡아먹었다.

5) 현대 이탈리아어로는 '사람'을 UOMO라고 쓰지만, 중세에는 라틴어 HOMO와의 중간인 OMO라는 형식이 곧잘 사용되어 《신곡》 속에도 나온다. 사람의 양쪽 눈과 눈썹이 OMO라는 글자 모양을 형성하고 있다고 사람들은 생각했던 것이다. 여기서는 말라비틀어져 눈이 움푹 들어간 것이 단순한 M으로 되어 버렸다는 뜻이다.

망자들의 모습이 야위어 버린 것이다.

나는 그자들이 말라비틀어진 이유도, 피부가 거친 이유도,

아직 똑똑히 알 수가 없었으므로

오로지 놀라서 그들의 굶주린 모양만 바라보았다.

그러자 갑자기 움푹한 얼굴 속의 망자 하나가

눈을 내게로 돌려 응시하더니 큰 소리로 외쳤다.

"이게 어떻게 된 행복일까!"

그 얼굴만 보고서는 알 수가 없었으나

목소리를 들었을 때 나는

옛날 모습이 사라져 버린 것을 확실히 깨닫게 되었다.

그러나 이 '목소리'라는 불꽃이 아주 변해 버린 용모에 대한

기억에 불을 붙였다.

그리하여 포레세[6]의 모습이 역력히 떠올랐다.

"너무 그렇게 처다보지 말게." 그가 말했다.

"나는 살빛도 잃었다. 이건 말라붙은 딱지이다.[7]

살도 말라비틀어져 버렸어.

그보다도 너는 어떻게 된 건가, 진실을 알려 다오.

그리고 너를 인도하는 그 두 분은 누군가?

나에게 이야기해 다오."

"네가 죽었을 때도 나는 울었지만 지금 네 얼굴을 보니."

내가 그에게 대답했다. "너무나 변해 버려

그때보다 더한 비탄의 눈물이 솟는구나.

주를 두고 묻겠는데, 왜 너는 이렇게 말랐나?

너무나 놀라워 마음의 갈피를 못 잡겠으니 나에 대해서는

---

6) 단테의 처가 쪽 친구 포레세 도나티이다. 피렌체인인 포레세는 단테와 풍자시로 응수도 하고 있다. 그 시에 이미 포레세의 식도락에 대한 언급이 있다. 그는 1296년 7월 28일에 죽었다.

7) 여기서 말라붙은 딱지란 백라창일 거라는 해석도 있다.

묻지 말아 다오, 그릇된 말을 해 버릴 것 같구나."

그러자 그가 대답했다. "영원한 '신'의 뜻으로부터
힘이 내려 그것이 방금 지나온 나무와 물속으로
들어갔다. 그래서 이렇게 몸이 마르는 거다.
여기 있는 자들은 모두 다 울면서 노래를 부르는데,
생전에 정도가 지나치게 잘 먹었기 때문에 여기서
굶주림과 목마름으로 포식했던 죄를 씻고 있다.
푸른 잎 가득히 내리는 물과
과일에서 풍기는 향기로운 내음이
우리들의 구미를 돋운다.
그래서 이 원을 돌 때마다 우리는 수차 고통을 느낀다.
고통이라고 말했으나 위로라고 해야 할는지도 모른다.
왜냐하면 우리를 나무 밑으로 끌고 가는 소망은[8]
그리스도가 그 피로써 우리를 구하셨을 때
기꺼이 '엘리'라고 말씀하신 것과 같은 소망이기 때문이다."

그래서 내가 말했다. "포레세, 너는 바뀐 세상에서
보다 좋은 삶으로 들어간 날부터 헤아리면
오늘까지 아직 5년이 넘지 않는다.
죄를 더 이상 저지르지 못하게끔 그 힘이 너에게서 사라진 것은
아마도 사람과 신이 다시 맺어지는
바로 그 좋은 슬픔의[9] 순간이었을 것이다.
그렇다면 너는 어떻게 벌써 이 위에까지 왔나?
나는 네가 저 '현세의' 시간과 같은 시간을 보상하기 위해

---

8) 주의 뜻에 자기들의 생각하는 바를 맞추려는 소망이다. 〈마태복음〉 27장 46절에 "제 9시쯤에
예수께서 크게 소리 질러 가라사대, '엘리 엘리 라마 사박다니' 하시니, 이는 곧 '나의 하느님,
나의 하느님, 어찌하여 나를 버리셨나이까' 하는 뜻이다."
9) 좋은 슬픔이란 임종을 가리킨다.

아직 산 밑에 있는 줄만 알았다."

그러자 그가 대답했다. "내 아내 넬라가 눈물로 기도해서,

나에게 곧 가책의 달콤한 쓴 술을 마시게 하기 위해

이렇듯 이곳에 데리고 와 주었다.

경건한 기도와 탄식으로써 그녀는 나를

예정되어 있던 곳에서 데리고 나와

다른 옥을 지나쳐 나를 위로 끌어올려 주었다.

내가 그지없이 사랑한 아내는

오직 혼자서 선행을 베풀고 있다. 그것이 유례없이 드문 일이니 만큼

주의 뜻에 맞아 주의 사랑을 받고 있는 것이다.

사르데냐의 바르바지아[10] 여인들 편이

내가 아내를 남겨 놓고 온 그 바르바지아보다는

한결 정숙할 정도이다.

정말이지 내가 뭐라고 말해야만 좋을까?

미래의 때가 나에게는 벌써 보인다.

그것도 지금부터 그리 머지않은 미래가.

그때가 되면 피렌체의 파렴치한 여인들이

허연 앞가슴을 드러내고 젖꼭지를 내놓고 다니는 것을

불허하는 금지령이[11] 내릴 것이다.

대체 미개의 여인이든 사라센 여인이든 간에

그 가슴을 가리고 걷게 하기 위해

교회나 그 외의 금지령이 필요했던 예가 또 있었을까?

그러나 이 파렴치한 계집들도

머지않아 천벌이 내린다는 것을 안다면

지금쯤 벌써 큰 소리로 울부짖고 있으리라.

내 짐작에 그릇됨이 없다면

---

10) 사르데냐섬의 바르바지아는 야비함으로 소문나 있었다. 포레세가 아내를 남겨둔 그 바르바
    지아란 피렌체를 말하는 것이다.

11) 빌라니의 《연대기》 제9권 254장에 1324년 제정되었던 여자의 사치에 대한 금지 법령이 나온다.

지금 자장가를 들으며 잠들어 있는 어린아이들은

볼에 수염이 채 나기도 전에 비참한 변을 당하리라.

자, 이제 너도 네 이야기를 남김없이 털어놓아라.

나뿐만 아니라 이자들도 모두 네가 해를 가리고

'그림자를 드리우고' 있는 그 근처를 보고 놀라고 있다."

그래서 내가 그에게 대답했다. "네가 나와 더불어 지낸 생활,

또 내가 너와 더불어 지낸 생활, 그것을

돌이켜보기만 해도 벌써 마음이 무거워진다.

그런 생활에서 나를 끌어내 준 것은

내 앞을 가는 이분이다. 며칠 전에[12] 저것의,"

하고 나는 해를 가리켰다. "저것의

누이동생이[13] 둥글게 보였을 때의 일이었다. 이분이 나를

정말로 죽은 자의 깊은 밤을[14] 통과하며 안내해 주셨다.

나는 현실의 육체를 걸친 채 이분을 따라왔다.

이분 덕택에 나는

세상의 악으로 비뚤어진 너희들을 바로잡는

이 산을 여러 번 돌아서 위로 올라올 수가 있었다.

내가 베아트리체 있는 곳에 이를 때까지

나를 바래다주겠다고 이분이 말씀하셨다.

하나 거기 도착하면 그때는 헤어져야만 한다.

그렇게 말씀해 주신 이분은 베르길리우스이다.

그리고 또 한 분은,"[15] 하고 나는 손으로 가리키며 말했다.

"지금 막 너희들 고장에서 밖으로 나온 혼이다.

그래서 이 산 중턱의 벼랑이 모두 진동했던 거다."

---

12) 정확하게는 5일 전의 성 목요일 밤이 만월이었다. 지금은 부활절인 화요일 정오 가까이다.

13) 해의 누이동생이란 아폴로의 누이인 디아나로서 '달'을 말한다.

14) 정말로 죽은 자의 깊은 밤은 지옥에 있는 영혼이다.

15) 다른 한 사람은 스타티우스이다. 그는 베르길리우스만큼 유명하지 않았고 또한 포레세에게
도 연옥에서 천국으로 가는 것이 무엇보다 중대한 관심사이므로 다음 행에 있는 표현을 취
한 것이다.

제24곡

포레세 도나티가 탐식의 죄를 씻고 있는 동료인 루카의 보나준타와 그 밖의 사람들을 알려 준다. 보나준타가 뒷날 단테에게 호의를 베풀어 줄 루카의 여성 잰투카의 이름을 댄다. 그들은 또 '청신체(淸新體)'파의 시법에 대해 질의를 주고받는다. 포레세는 헤어질 때 단테의 정치적 적인 자기 형 코르소 도나티의 최후를 예언한다. 여섯째 두렁길의 둘째 나무가 저편에 보인다. 천사가 나타나 세 시인에게 길을 꺾어 돌아가라고 상냥하게 일러 준다.

말이 걸음을 늦추지도, 걸음이 말을 늦추지도
않았다. 우리는 이야기하면서
순풍에 돛단배처럼 기세 좋게 걸었다.
그러자 두 번 죽음을 맞이한 것 같은 망자들이
내가 살아 있는 것을 알고
푹 꺼진 눈구멍 속에서 경탄의 눈을 번득이고 있었다.
나는 계속해서 '포레세에게' 말했다.
"저분은[1] 다른 사람들에게 발을 맞추느라 본래의 걸음보다
천천히 올라가고 있는지도 모른다.
한데 알고 있다면 말해 주지 않겠나,
피카르다[2]는 어디 있나? 또 나를 보고 있는
이자 중에 주의를 기울일 만한 사람은 없나?"

"내 누이는 예쁘다고 할까 착하다고 할까

---

1) 저분은 스타티우스이다.
2) 산타 클라라회 수녀, 포레세와 코로소의 자매.

말하기 어려우나 이제는 벌써 올림포스의 높은 곳에서
관을 쓰고 희희낙락 자랑스러워하고 있다."
그는 우선 이렇게 말한 다음 덧붙였다. "여기서는
이름을 대는 걸 금지당하진 않는다. 굶주림 때문에
모두의 용모가 완전히 변해 버렸기 때문이다.
이 사람은," 하고 그는 손가락질했다. "보나준타,[3]
루카의 보나준타이다. 그 뒤에 있는
누구보다도 심하게 여윈 얼굴은
본래 성스러운 교회를 수중에 넣었던 사람이다.[4]
투르 출신으로 이제는 단식함으로써
볼세나의 뱀장어와 베르나차 백포도주의 죄에 대해 속죄하고 있다."

그 밖에도 많은 사람 이름을 그가 차례차례 댔으나
모두 이름 불리는 것을 흐뭇해하는 모양으로
누구 하나 얼굴을 찌푸리지 않았다.
보니, 우발딘 델라 필라[5]가
허기진 나머지 허공을 깨물어 씹고 있었다.
많은 사람에게 목자 노릇을 했던 대주교 보니파치오[6]도 보였다.
또한 마르께세도 보였다. 이 사람은 일찍이 포를리에서
지금처럼 목마름을 느끼지 않았는데도
마구 마시며 그칠 줄을 몰랐다.
나는 수많은 사람 가운데 특별히 한 사람을 골라내는 이처럼

---

3) 루카 출신의 시인.
4) 교황 마르티노 4세(재위 1281~1285). 델라 라나의 주석에 다음과 같은 이야기가 씌어 있다. '식
   탐으로 따지자면 굉장히 죄 많은 사람이었다. 좋아하는 음식은 여러 가지 있었지만, 특히 뱀
   장어를 무척 좋아해서 볼세나호수에서 뱀장어를 잡아다가 베르나차라는 백포도주에 담가 취
   하게 한 다음 구워 먹었다. 그는 이것을 1년 내내 먹었으며, 자기 방에서까지 뱀장어를 포도주
   에 담갔을 정도였다. 먹는 것에 대해서는 절제를 완전히 잃고 있었다.'
5) 우발딘 델라 필라는 추기경 옷타비아노와 형제이며, 대주교 루지에리의 아비이다.
6) 제노바의 라바냐 백작 피에스키 가문 출신으로, 라벤나의 대주교(1274~1295)였다.

아까의 그 루카 사람에게 마음을 썼다. 아마도 그는
줄곧 나의 신상을 알고자 하는 눈치였다.
'주'의 정의로 괴롭힘 당하는 그 상처의 아픔이
특히 느껴지는 '입' 언저리로 그가 중얼거렸다.
"젠투카."[7]라고 하는 소리가 들렸다.
"오, 너는 나와 이야기하고 싶은 눈치인 듯한데,"
내가 말했다. "나에게 꼭 이야기해 다오
네가 말만 해 준다면 너나 나나 납득이 갈 거다."

그러자 그가 말했다. "여인이 태어났다.
아직 너울은 쓰지 않았지만 그 여인 덕분에 내 고장은
누가 뭐라든 네 마음에 드는 고장이 되리라.
너는 이 예견을 가슴에 간직하고 그 고장으로 가게 되리라.
설사 네가 나의 독백을 오해했다 할지라도
사실이 너에게 더 많은 것을 설명해 주리라.
자, 말해 다오. 내가 지금 보고 있는 네가 그
'여인들이여, 사랑을 알게 된 그대들은'[8]
으로 시작되는 저 새로운 시를 만들어 낸 바로 그 사람인가?"

내가 그에게 대답했다. "나는 사랑에서 영감을 받았을 때
붓을 든다. 마음속에서 사랑이 내게 속삭여 주는 대로
나는 글을 써 간다."[9]

"아, 과연," 하고 그가 말했다. "과연
너의 '청신체' 설을 들어 보니 왜 공증인과[10]

---

7) 젠투카. 단테에게 호의를 베풀어 준 루카의 여성 이름을 감사의 뜻에서 《신곡》에다 삽입한 것
   으로 추측된다. 결혼한 여자는 너울을 썼고, 과부는 흰 너울을 썼다.
8) 이 시는 《신생》의 19장에 있다.
9) '청신체 dolce stil nuovo'의 시적 기술을 풀이했다 할 수 있을 것이다.

구이또네나 내가 너희에게 뒤떨어지는지 알겠구나.
하긴 너희들은 '사랑이' 말해 주는 대로
붓이 꼭 그 뒤를 따라갔어.
하나 우리들의 붓은 그렇게 나가지를 못했다.
그리고 그 이상 캐어 보려 해도
양쪽 시형을 분간치도 못했지.
이렇게 말하곤 아주 만족스럽게 입을 다물었다.

나일강 강변에서 겨울을 나는 철새가
때때로 하늘에 무리를 지었나 하면
별안간 줄을 짓고 날아가듯이,
거기 있던 한 무리의 사람들도
몸이 마른 탓인지 마음씨 탓인지 가볍게
방향을 돌리더니 종종걸음으로 가 버렸다.
그러자 뛰다가 지친 자가
같이 가던 자를 앞에 보내고
뛰는 가슴 가라앉을 때까지 걸어가듯이,
포레세는 거룩한 그들을 먼저 보내고는
뒤에 처져 우리와 함께 걸어가면서 이렇게 말했다.
"언제 또 너를 만날 수 있을까?"

"글쎄," 하고 내가 대답했다. "앞으로 몇 년 더 살지 모르나
나는 내가 바라는 만큼 빨리
이곳에 돌아올 것 같지는 않다.
내가 살게끔 태어난 곳은[11]
아무튼 날이 갈수록 선이 없어져 가는

---

10) 통칭 공증인이라 불리던 이는 야코보다 렌티노이다. 보나준타, 구이토네 디 아레초와 더불어
   모두 시칠리아파에 속한다.
11) 단테가 태어난 고장은 피렌체이다.

비참한 파멸로 운명지어져 있는 것 같다."
"그럼 가 보아라." 그가 말했다. "나에게는 보인다.
죄악이 사라진 적 없는 골짜기[12]쪽을 향해 그 파멸의
최고 책임자가[13] 짐승 꼬리에 묶여 끌려갈 것이다.
짐승은 걸음마다 속도를 빨리하여
그자를 마구 때려눕힌 끝에
추악하게 변한 시체를 버리고 간다.
이 이상 더는 말 못 하지만 별이 그렇게 몇 년이나 하늘을
돌기 전에," 하며 그는 눈을 하늘로 향했다.
"더 이상 말하지 못하는 것도 너는 알 수 있으리라.
자, 이제 너를 두고 가겠다. 이 나라에서는
시간이 아주 귀중하다. 너와 함께 보조를 맞추었기 때문에
나는 상당한 시간을 잃었다."

말을 달리는 무리 중에서 때로
기사 하나가 먼저 달려
선진의 공을 겨루듯이
그는 성큼성큼 뛰어서 우리를 떠나갔다.
그래서 나는 예의 두 사람과 도중에 남게 되었는데,
이 세상의 군사(軍師)라고도 할 수 있을 만한 두 분이었다.
이렇듯 그가 우리들 앞쪽에서 아득히 멀어져
내 눈이 그의 모습을 좇고
내 머리가 그의 말을 다시 뒤쫓고 있었을 때,
때마침 길모퉁이에 접어든 내 눈에
또 한 그루의 푸르게 우거진 나무가
멀지 않은 곳에 보였다.

---

12) 죄가 사라진 적이 없는 골짜기는 지옥이다.
13) 피렌체의 흑당 우두머리 코르소 도나티, 즉 여기서 말하고 있는 포레세 도나티의 형이다. 피렌체의 파멸을 초래한 자로 1308년 9월 15일 반역죄를 쓰고 도망치다가 말에서 떨어져 죽었다.

보니, 사람들이 나무 밑에서 두 손을 벌리고
마치 먹을 것을 달라고 떼쓰는 어린아이들처럼
우거진 잎을 향해 알아듣지도 못할 말을 외치고 있었다.
그들이 구걸해도 나무는 못 들은 척하며 대꾸도 하지 않았다.
대꾸는커녕 애라도 태우듯이 그들이
원하는 것을 높이 쳐들 뿐 숨기려고도 안 했다.
이윽고 그들이 단념한 듯이 가버리고
우리는 곧 많은 사람의 기도와 눈물을
매정하게 물리친 이 큰 나무 밑으로 왔다.

"여기는 가까이 오지 말고 그냥 지나가거라.
이브가 따 먹었던 과일나무가 바로 이 위에 있는데,
이 나무는 그 나무에서 생겨난 것이다."
이렇게 누군가가 나뭇가지 사이에서 말했다.
그래서 베르길리우스도 스타티우스도 나도
서로 몸을 바싹 붙이고 산 중턱 쪽을 지나갔다.

"기억하라," 그 목소리가 외쳤다. "구름에서 생긴
저주받은 켄타우루스(半人半馬)를.[14] 그들은 포식한 끝에
그 사람과 말의 이중 가슴으로 테세우스와 싸웠다.
기억하라, 헤브라이인들을. 그들은 술을 너무 좋아한 나머지
기드온이 미디안을 향해 언덕을 내려갔을 때
기드온의 동료로서 끼지 못했다."[15]

이렇듯 우리는 탐식의 죄로
얼마나 비참한 형벌을 당하는지를 들으면서

---

14) 켄타우루스들은 페이리토스와 히포다메이아의 혼인 잔치에 초대되었는데, 술에 취해 신부를
   강간하려 했다. 그 때문에 큰 싸움이 벌어져 테세우스가 여러 명의 켄타우루스를 죽였다.
15) 〈사사기(士師記)〉 7장 참조.

길 한쪽으로 몸을 웅크리며 거기를 빠져나갔다.
그런 다음 다시 몸을 펴고 탄탄하고 쓸쓸한 길을
모두 생각에 잠겨서 말 한마디 하지 않고
앞으로 앞으로 넉넉히 천 걸음은 걸었다.
"셋이 대체 무얼 그렇게 생각하며 가는가?"
하는 목소리가 갑자기 들렸다. 나는
갓 태어난 겁먹은 짐승 새끼처럼 몸이 떨렸다.
머리를 들고 누군지 보았더니,
그 사람처럼 그렇게 붉게 빛나는 유리나 쇳덩이는
도가니 속에서도 본 적이 없었다.
그자가 우리에게 말했다. "더 위로 오르려거든
여기서 꺾어 돌아가거라.
평안을 찾아가는 자는 모두 여기를 지나간다."

그 모습을 우러르니 눈이 부셔서 앞이 아찔했다.
그래서 나는 목소리를 따라가는 이처럼
스승의 뒤에 몸을 숨겼다.
새벽을 알리는 5월의 산들바람이
화초의 향기로 가득 차서
향기롭게 부근 일대에 나부끼듯이,
바람이 내 이마 한복판에 불어와
날개가 움직이는 것이 또렷이 느껴지며
향긋한 공기가 떠도는 것이었다.
그리고 귓전에서 목소리가 들렸다. "복된 자로다, 주의 은총
받은 이들. 그들의 기호는
일찍이 지나친 소망의 불을 가슴 속에 붙인 일도 없고,
그자들의 굶주림은 일찍이 도를 넘친 일도 없도다."[16]

---

16) 이 구절은 단테가 〈마태복음〉의 구절을 고쳐서 탐식에 대해 훈계한 것이다.

제25곡

시각은 부활절의 화요일 오후 2시 지나서이다. 영양을 취할 필요가 없는 연옥의 혼이 왜 마르느냐 하는 의문에 단테는 사로잡힌다. 스타티우스가 그 점을 자세히 설명해 준다. 세 사람은 마지막 원인 일곱째 두렁길에 도달한다. 거기서는 호색의 죄를 범한 망자들이 맹렬한 불 속에서 죄를 씻고 있다. 망자들이 정조를 지킨 이들의 이름을 부르는 소리가 불 속에서 들려온다.

올라가는 데 주저할 필요가 없는 시간이었다.
태양은 자오선을 황소자리에,
밤은 전갈자리에 버렸다.[1]
이유가 있어 서두르는 자는
그 앞에 무엇이 나타나든 멈추지 않고
바쁘게 간다. 그와 마찬가지로
우리는 틈새로 해서 안으로 들어가
하나씩 하나씩 돌층계를 올라갔는데,
길이 좁았기 때문에 따로따로 떨어져야만 했다.

마치 황새 새끼가 날려고
날개를 폈다가 그만 날 기력이 없어
다시 날개를 접는[2]
식으로, 나는 묻고 싶은 생각에 사로잡혀

---

1) 연옥에서는 오후 2시, 예루살렘 부근에서는 오전 2시의 별 위치이다.
2) 황새의 비유. 이 비유는 다방면에 흥미를 보였던 단테의 박물학자적 측면을 나타내는 표현이라 할 수 있을 것이다.

말하려고 했다가

그만 말문을 열 기력을 잃어버렸다.

그러나 인자하신 아버지 같은 스승은 빠른 걸음에도

나를 그냥 내버려두지 않았다. 스승이 말했다.

"활촉까지 당겨진 활이니 쏘도록 해라."

그래서 나는 마음 놓고 입을 열어

물었다. "영양을 취할 필요가 없는 혼들이

대체 왜 야위는 것일까요?"

"만약 네가, 화톳불이 사위었을 때 멜레아그로스의

생명도 다한 걸 상기한다면,"[3] 스승이 말했다.

"이 또한 쉽게 이해할 수 있을 것이다.

또 네 모습이 너의 움직임에 따라

거울 속에서 움직이는 것을 생각하면

얼핏 보기에 이해하기 어려운 것도 실은 쉽게 이해될 것이다.

네가 충분히 이해 가게끔 지금

여기서 스타티우스에게 부탁해서

너의 '의문'이라는 상처를 고치도록 하자."

"당신 앞에서 내가," 하고 스타티우스가 대답했다.

"영원한 섭리를 설명한다는 것도 우습지만

당신 부탁이니 매정하게 거절할 수가 없군."

그렇게 말하고 나서 그는 설명하기 시작했다. "아들아,

네가 주의 깊게 내 말에 귀를 기울인다면

너의 '왜'라는 의문에 해명의 빛이 비치리라.

혈관은 혈액을 목마르게 찾지만 완전한 혈액은

---

3) 왕비 알타이아가 멜레아그로스를 낳았을 때 운명의 실을 잣는 세 여신이 나타나, 아이의 생명은 난로에 타고 있는 한 개비의 나무토막만큼도 유지되지 않으리라고 예언했다. 그 뒤 멜레아그로스가 친정 형제들을 죽였을 때 어머니 알타이아는 얼굴을 돌리며 타오르는 장작더미 위에 운명의 나무토막을 던졌다.

아무래도 혈관 속에 빨려 들어가지 않으므로
식탁에서 내려놓은 음식처럼 뒤에 남는다.
그 혈액이 심장 속에서 사람의 오관을 형성하는 힘을
얻는다. 마치 혈관 속에 흘러 들어간 혈액이
사람 몸의 양분으로 변하는 것과 비슷한 이치이다.
그 혈액은 맑아져서 아래로 내려간다. 말로 하기보다도
않는 편이 온당한 부분이다. 그리하여 거기서부터
자연의 그릇⁴⁾ 속에서 타인의 혈액 위에 방울져 흐른다.
그래서 피와 피가 섞이는 것인데,
하나는 수동이고 다른 하나는
완전한 곳에서⁵⁾ 나왔으니만큼 능동의 피이다.
그것이 상대의 피와 합쳐지면 작용을 시작하여
우선 응고시키고, 이어서 그 물질에 의해
고형화된 것에다 생명을 부여한다.
이렇듯 '정액(精液)의' 능동에서 혼이 만들어졌다.
식물성 혼이므로, 단지 보통의 식물성이라면 벌써 여기서
끝나지만, 이것은 그것과는 달라 아직 성장의 과정에 있다.
능동이 계속되어 이윽고 해파리 같은 것이
꿈틀거리기 시작한다. 감각도 있는 듯하다. 그리고 그것이
자기 속에 간직하고 있던 여러 능력 기관을 키우기 시작한다.
아들아, 이렇게 하여 낳는 자의 심장에서 나온 형성력이라는 것은
오체 형성의 자연적 필요에 따라
어느 때는 퍼지고, 어느 때는 오므라든다.
그러나 어떻게 해서 이 동물이 사람으로 되는지
너는 그 점을 아직 모를 것이다. 이 점은 이미
너보다도 총명한 사람이⁶⁾ 과오를 범했을 만큼 몹시 어려운 점이다.

---

4) 자궁을 가리킨다.
5) 심장을 가리킨다.
6) 아리스토텔레스의 주석가인 아베로에스를 말한다.

그것은, 그의 이론에서는
가능지(可能知)에 해당하는 기관이 인정되지 않는다고 해서
가능지가 영혼에서 격리되어 버린 것이다.
이제 너에게 진리를 설명할 테니 가슴을 열어젖히고 들어 보아라.
알겠느냐, 태아에게 뇌의 조직이 완성되면
시초의 원동자(하느님)는 곧 태아에게
자연의 이러한 조형을 찬양하여
힘찬 새 영혼을
그 속에 불어넣는다.
영혼은 거기 있는 능동성인 것은 모두
자기의 실체 속으로 받아들여 오직 하나의 영혼이 된다.
그것은 살아서 느끼며, 나아가서는 스스로 움직이기도 한다.
뭐 이 말을 들었다고 그리 놀랄 것은 없다.
이를테면 태양열을 봐라, 포도 줄기에서
흐르는 즙에 태양열이 가해지면 술이 되지 않느냐.
'생명의 실을 잣는' 라케시스의 실이 끊어졌을 때
혼은 인성과 신성을 실질 속에다 갖춘 채
육체의 고삐를 벗어난다.
다른 능력은 모두 잠재해 버리지만
기억력, 지력, 의지력은
전보다 더 예민한 활동을 개시한다.
그리하여 혼은 쉬지 않고, 놀라운 일이지만 스스로
'지옥이나 연옥의' 어느 강가에 떨어져
거기서 비로소 자기 갈 길을 깨닫는다.
그리고 공간의 혼을 에워싸자마자
형성력은 주변을 향해
살아 있을 때와 마찬가지로, 또는 같을 정도로 빛을 떨친다.
그리고 마치 비를 머금은 대기가
그 속에 반사하는 다른 것, '태양'의 광선에 의해

색색으로 '무지개가 되어' 빛나듯이
혼이 멈추어 서면 그 주변의 대기는
혼이 그 힘을 통해 거기에 표시하는 대로의
형태를 취하게 된다.
그리하여 불이 어디로 가건 불길이 그것을 따르듯이
그로부터는
혼의 뒤에 그 새로운 형태가 따르게 된다.
그리하여 혼의 모습은 이후부터 그것에 유래되므로 그래서
그림자라 불린다. 그리고 그 기체(氣體)에서
오관을 만들어 내고 시각까지 갖추게 된다.
그 덕분에 우리는 말을 하고 웃는다.
그 덕분에 우리는 눈물을 짓고 한숨을 쉰다.
너도 아마 이 산에서 벌써 그 소리를 들었을 것이다.
욕망이나 그 밖의 감정이 우리들의 혼에 닿으면
그것에 따라 그림자도 모습이 변한다.
그리고 이것이 네가 놀라는 원인인 것이다.

우리는 벌써 마지막 원의 구부러진 길에
이르렀다. 거기서 오른쪽으로 돌았는데,
우리의 정신을 빼앗는 일이 있었다.
산 중턱에서 불길이 솟아 나와 밖을 향해 내뿜고,
길가에서는 바람이 아래서부터 불어 올라
그것이 불길을 되돌아가게 하므로 길이 가까스로 트였다.
그래서 우리는 그 약간 트인 길 가장자리를 한 사람씩
가야만 했다. 나는 왼편으론 불이 무서웠고
오른편으론 아래로 떨어질까 무서웠다.
나의 길잡이가 말했다. "여기서는
잠시도 발밑에서 눈을 떼어서는 안 된다.
조금만 방심해도 돌이킬 수 없는 일이 생길지도 모른다."

"우리를 불쌍히 여기시는 지극히 높으신 주여."[7]
그때 그 맹렬한 불길 속에서 노랫소리가 들려왔다.
나는 발밑을 주의하면서 조심스레 그쪽을 돌아보았다.
보니, 그 불길 속을 망자들이[8] 걸어간다.
그래서 나는 그때그때에 따라 눈을 옮겨
어느 때는 그들을, 어느 때는 발밑을 주의하여 바라보았다.
망자들은 그 찬송가를 다 부르고 나자
소리 높이 외쳤다. "사내를 모릅니다."[9]
그리고 다시 낮은 소리로 찬송가를 부르기 시작했다.
그 찬송이 끝나자 다시 큰 소리로 외쳤다. "숲속의 디아나는
비너스[10]의 독을 맛본
헬리케[11]를 그곳에서 쫓아냈다."
그러고는 또 노래를 불렀다. 그런 다음
혼인과 덕이 시키는 대로
정조를 지킨 여인과 남편의 이름을 하나하나 들었다.
불에 타고 있는 동안 내내
그들은 이렇게 노래를 부르고 있는 것이 틀림없었다.
이러한 요법과[12] 이러한 자양분으로
그들의 상처도 끝내는 아무는 모양이다.

---

7) '우리를 불쌍히 여기시는 지극히 높으신 주여' 교회에서 토요일 아침에 부르던 찬송가의 첫 구절로 음란의 유혹을 물리치기 위한 기도 가사.
8) 베르길리우스가 예언한 '불 속에서 만족하고 있는 사람들'이다.
9) 〈누가복음〉 1장 34절에 '마리아가 천사에게 말하되, 나는 사내를 알지 못하니 어찌 그런 일이 있으리까'라고 씌어 있다. 불가타 성서의 라틴어 구절 '나는 사내를 모르노라 Virum non cognosco'가 《신곡》 속에 그대로 쓰이고 있다.
10) 베누스라고도 한다. 풍요의 여신. 여기서는 음탕하다는 뜻.
11) 헬리케는 디아나의 시녀였는데, 제우스에게 유혹당하여 아이를 낳았다. 유노가 질투하여 그녀를 곰으로 바꾸었다. 제우스가 헬리케와 그 아들을 하늘로 올려보내니, 어머니는 큰곰별이 되고 아들은 작은곰별이 되었다.
12) 불이 죄악의 상처에 대한 '요법'이고, 찬송가와 굳은 정조의 예가 그들의 마음을 바른 상태로 유지하는 '자양분'인 것이다.

제26곡

　단테의 육체가 불길 위에 그림자를 떨구므로 망자들이 깜짝 놀라 다가온다. 저쪽에서 오는 한 무리가 "소돔과 고모라."라고 외치자, 앞쪽의 한 무리가 "파시파에."라고 외친다. 호색다음(好色多淫)했던 자들이 자기들의 남색과 여색의 죄를 지금 여기서 자책하고 있는 것이다. 후자의 한 사람인 시인 구이도 귀니첼리와 단테가 시와 시인의 명성이 변천하는 것에 대해 말을 주고받는다. 마지막으로 프로방스의 시인 아르날도가 프로방스 말로 이름을 대고 지나간다.

　이렇게 우리가 길 가장자리로 한 사람씩
　나아가는 동안 스승은 여러 번 나에게 상냥하게 말을 걸었다.
　"조심해라, 내가 주의한 말을 알고 있겠지."[1]

　태양은 내 오른쪽 어깨 너머로 비치고 있었는데,
　그 빛으로 서쪽 하늘은 이미
　푸른빛에서 흰빛으로 변해 있었다.[2]
　내 그림자가 떨어진 곳에는 불길이 유독 붉게
　타는 것 같았다. 보아하니 많은 망자가
　걸어가면서 이 그림자에 신경을 쓰고 있었다.
　그것이 원인이 돼 그들 사이에 내가
　화제에 오른 모양인데, 이윽고 이런 소리가 들려왔다.
　"저자는 허깨비가 아닌 모양이야."
　그러고는 내 쪽을 향해 몇 명이

---

1) 발을 디딜 때 왼편으로는 불을, 오른편으로는 추락을 주의하라는 뜻이다.
2) 시간은 부활절인 화요일 저녁나절이다.

불꽃 밖으로 나오지 않으려고 철저히
신경을 쓰면서 될 수 있는 대로 가까이 다가왔다.
"오, 너는 앞서가는 이의 뒤를 따라가는데,
그것은 너의 걸음이 느린 탓이 아니라 경의를 나타내는 것이겠지.
대답해 다오, 나는 목마르고 불에 타고 있다.
너의 대답을 기다리는 것은 나만이 아니다.
이자들은 모두 인도인이나 이디오피아인이
시원한 물을 바라는 이상으로 '대답에' 목말라하고 있다.
어떻게 너는 태양을 가로막나? 까닭을 말해 다오.
아직 너는 죽음의 그물에
걸리지 않은 것 같은데?"[3]

그들 중 하나가 나에게 이렇게 말했다. 나는 즉석에서
이름을 댈까 했었는데, 그때 다른 괴상한 것이
내 주의를 끌었다.
불붙는 길 한가운데로
지금 온 자들과 다른 무리가[4] 마주 오고 있다.
나는 놀라서 걸음을 멈추고 그들을 물끄러미 바라보았다.
만나자마자 양쪽에서 망자들이 제각기
급히 뛰어가 서로 얼싸안고
짤막하게 인사를 하고는 곧 또 그 자리를 떠났다.
그것은 마치 갈색으로 떼지은 개미들이
한 마리씩 얼굴을 맞대고 길을 물어
먹이 있는 곳을 확인하는 꼴과 흡사했다.
다정스러운 인사가 끝나
아직 걸음을 채 옮겨 딛기도 전에

---

3) 말하는 이는 구이도 귀니첼리이다.
4) 마주 다가오는 다른 무리는 본성에 위배되는 호색의 죄를 범한 자들이다. 그래서 "소돔과 고모라."(《창세기》 19장 참조)라고 외치는 것이다.

벌써 망자들은 큰 소리로 차례차례 외쳤다.
새로 온 자들이 "소돔과 고모라." 하고 높이 외치자
앞서 온 자들도[5] 소리쳤다. "암소 속으로 파시파에가 들어갔다.
암소를 꾀어 음탕한 욕심을 채우기 위해서였다."

그리고 나서 학의 무리가 어떤 놈은 태양을 꺼려
'북쪽'의 산을 향해 가고 다른 놈은 얼음을 꺼려
'남쪽'의 사막을 향해 날아가듯이,
어떤 자는 저쪽으로 또 다른 자는 이쪽으로 제각기 떠나갔다.
그리하여 울면서, 먼저 부르던 노래와
그들에게 알맞은 말을 부르짖으며 외쳤다.
그리고 아까 내 말을 듣고 싶다던 자들이
새로이 이쪽으로 다가왔다.
그 얼굴에는 듣고 싶어 하는 심정이 역력히 떠올라 있었다.

그들이 두 번씩이나 원하는 것을 본 나는
다음과 같이 말하기 시작했다. "언젠가는
반드시 평안을 누리게 될 너희들,
내 몸은 설지도 너무 익지도 않았으나
그 몸을 현세에 남기고 온 것은 아니다. 여기
그 피와 뼈마디들과 함께 나에게 붙어 있다.
나는 어두운 눈을 밝게 하기 위해 위로 올라간다.
천상의 여인이[6] 나에게 은총을 주셨기 때문에
그 덕분에 산 몸으로 너희들 세상에 왔다.
부디 너희들 최대의 소원이 하루빨리

---

5) 앞서 온 자들은 호색의 죄를 범한 자들이다. 지나치게 색을 좋아한 예로써 다이달로스가 만든 인공의 암소 속에 들어가 소원을 채운 여인 파시파에의 이름을 외치는 것이다.
6) 천상의 여인은 베아트리체로 보는데, 마리아일 가능성도 있다.

성취되어 사랑으로 가득 찬 그 광대한 천국이[7]
머잖아 너희들을 맞아주기를 빈다.
자, 내가 종이에다 글을 써 남길 수 있도록
너희들이 누구인지, 너희 등 뒤로 떠나간
저 한 무리의 사람들이 누구인지, 나에게 가르쳐 다오."

망자들의 표정에 떠오른
놀라움과 당황은
허름한 차림을 한 촌사람이 도시에 나와
이리저리 둘러보며 어리둥절해하는 모양과 흡사하였다.
그러나 고매한 마음의 소유자는 놀라움을 곧 진정시키므로
"복된 자여." 하고 아까 나에게 말을 건 자가
또 말을 시작했다. "너는 보다 착한 죽음을 맞이하기 위해
우리 나라의 체험을 가지고 현세로 돌아가려 한다.
저 우리 등 뒤로 떠나간 사람들은 예전에
연거푸 싸움에서 이긴 카이사르가, 병사들에게 '여왕'
이라 불렸던 것과 같은 죄를[8] 범한 것이다.
그래서 헤어질 때 너도 들었다시피
'소돔'이라 외쳐 자기를 책하고
부끄러워하며 불길을 세게 한 것이다.
우리들 쪽은 이성 간의 죄이다.
인륜의 법칙을 지키지 않고
짐승처럼 성욕에 따랐다. 그래서
우리는 헤어질 때 우리 자신을 모욕하기 위해
짐승 형태의 틀에 들어가 짐승으로 변한 여자[9] 이름을
큰 소리로 부르는 거다.

7) 지고천을 가리킨다.
8) 남색의 죄이다.
9) 파시파에. 본곡 주5 참조.

이만하면 우리들의 소행, 우리들의 죄가 무엇인지 알았겠지.
우리들 이름을 모두 네가 알고 싶어하지만
말할 만한 시간도 지식도 내게는 없다.
그러나 나에 대해서만은 네 청을 들어줄 수가 있다.
나는 구이도 귀니첼리이다.[10] 죽기 전에
잘못을 뉘우친 덕분에 다행히 몸을 씻을 수가 있었다."

나나, 아니 나 이상으로 아름답고 경쾌한 시구를
능란하게 구사한 나의 여러 선배의
이른바 아버지뻘 되는 이가 직접 이름을 대는 것을 들었을 때,
리쿠르고스의 통분 속에서
어미와 재회한 그 두 아이처럼[11]
나도 달려가려고 하였다. 그러나 거기까지 갈 수는 없었다.
잠깐 아무 말도 하지 않고 듣지도 않고
감개무량하여 그를 바라보며 걸었는데,
불 때문에 더 이상 가까이 갈 수도 없었다.
나는 찬찬히 그를 쳐다본 후에
굳게 맹세하고 심신의 모두를 바쳐
그에게 봉사할 각오를 단호히 말했다.

그러자 그가 말했다. "네가 하는 말은 모두 잘 알아들었다.
너는 나의 머릿속에 참으로 선명하게 흔적을 남겼다.
그러니 레테강[12] 물도 그걸 지우지는 못하리라.

---

10) 구이도 귀니첼리(1230년 무렵~1276년 무렵). 볼로냐의 황제당 가문 출신으로 그의 생애에 대
    해서는 별로 알려지지 않았다. 1270년에 가스텔 프랑코의 시장을 지내다가 1274년에 추방되
    어, 그 후 베로나에 피신하여 죽었다. 시인으로서는 구이토네 다레초의 후기 방법의 모방으
    로 출발했으나 곧 그를 능가했다. 귀니첼리의 작품은 피렌체파 시인에게 큰 영향을 주었다.
11) 어머니 힙시필레가 리쿠르고스의 아내에 의해 식인귀 손에 넘겨졌을 때 두 아들이 달려가
    어머니를 구했다.
12) 레테강은 망각의 강이다.

너의 맹세는 참되리라 생각된다. 그런데
어째서 너는 그토록 나를 그립게 보고
또 말을 거는지 그 까닭을 말해 다오."

내가 대답했다. "당신의 아름다운 시와 노래 때문입니다.
아마 근세의 어법이[13] 계속되는 한 당신의 시와 노래는
언제까지나 세상의 종잇값을 올릴 것입니다."

"아, 여보게." 그가 말했다. "내가 손으로 가리키는 이분은,"
그는 앞을 가는 망자를[14] 가리켰다. "이분은
모국어를 단련시킨 점에서는 나보다 더 능란한 기술자였다.
사랑의 시건 산문적인 이야기건 뛰어났었다.
레모시의 시인이[15] 뛰어나다고 생각하는
바보들은 마음대로 떠들게 내버려둬라.
세상 사람들은 진상보다도 평판 쪽에 눈을 돌린다.
그러니 기법이라든가 이치라든가에 귀를 기울이기 전에
세상의 평은 벌써 정해져 버린다.
그리하여 한때는 구이토네를[16]
세상 사람들이 저마다 한결같이 칭찬했으나,
그래도 결국은 진리가 다수를 눌러 그는 패해 버렸다.
한데 너는 그리스도를 원장으로 섬기는
사원으로[17] 갈 것을 허락받은

---

13) 근세의 어법은 속어, 즉 이탈리아어이다.
14) 귀니첼리가 손으로 가리킨 사람은 프로방스어 시인 아르날도이다. 12세기 말에 교묘한 기교
를 구사한 음유 시인으로 이름을 떨쳤다. 오늘날 전해지는 작품 중에는 별로 볼 만한 것이
없고, 단지 단테의 인용을 통해서나 세상에 알려진 존재이다.
15) 지로드 드 보르네유는 1175~1220년쯤에 걸쳐 활약한 프랑스 레모시 지방 출신의 유명한 프
로방스어 시인으로 당대 음유 시인의 스승이라 불렸다. 오늘날의 문학사가는 단테와 비교하
여 보르네유를 오히려 높이 평가하고 있다.
16) 구이토네 다레초를 말하며, 교훈적인 시를 남긴 시인.
17) 그리스도를 원장으로 섬기는 사원은 천국이다.

실로 큰 특권을 갖고 있다.

거기 가거든 부디 나를 위해 '주기도문'을 한 번,

이 '연옥' 세상 사람들에게 필요한 만큼 외어 다오.[18]

여기 있는 우리들은 이제 죄를 지을 힘도 없다."

이렇게 말하고, 아마도 다음에 오는 이에게

길을 비켜 주기 위해서이리라. 물고기가 물속에 들어가

물 밑으로 사라지듯 그는 불길 속으로 자취를 감추었다.

나는 조금 전에 손가락으로 가리킨 자 쪽으로 조금 다가갔다.

그리고 그에게, 내가 그의 명성을 위해

아름다운 지위를 마련하려 하고 있다는 것을 알렸다.

그러자 그는 쾌히 '프로방스어로' 말했다.

"친절하게 물으시는 말씀, 참으로 감사해서 나는

신분을 감추고 싶지 않습니다. 또 그럴 수도 없습니다.

울면서 노래 부르며 가는 나는 아르날도,

과거에 저지른 미친 짓을 돌이켜보면 마음은 수심으로 무거워지고,

미래의 환희를 바라보면 벌써 마음이 기쁨으로 뜁니다.

당신을 층계 꼭대기로 인도하는 힘을 믿고

당신에게 한 가지 부탁하겠습니다.

부디 때때로 나의 괴로움을 기억해 주십시오."

이렇게 말하고 그는 그들의 죄를 씻는 불 속으로 사라졌다.

---

18) 연옥에 있는 자는 이미 죄를 짓는 일이 없으므로 '주기도문'의 마지막인 "우리를 유혹에 빠지지 않게 하옵시고, 악에서 구원하여 주옵소서."라는 구절을 외지 않아도 된다는 뜻이다.

제27곡

시간은 부활절인 화요일의 해 질 녘이다. 천사가 나타나 시인들 일행에게 불길 속을 지나가라고 명령했다. 단테가 주저하자 베르길리우스가 불길만 통과하면 베아트리체를 만날 수 있다고 격려했다. 단테가 그 불길 속을 지나 건너편에 나가니 해가 져서 시인들은 바위틈에서 쉬게 된다. 단테의 꿈속에, 앞으로 일어날 일을 예고라도 하듯 레아라는 여인이 나타난다. 수요일 아침이 밝아 일행은 또다시 돌 층계를 올라간다. 마지막 층계를 올라갔을 때 단테를 향해 베르길리우스가 길잡이로서 그의 사명이 끝난 것을 알린다. 세 사람은 지상 낙원에 도착한 것이다.

조물주가 피 흘린 땅에[1]
아침 해가 비치기 시작하니,
이베로강은 천칭자리 아래를 흐르고
갠지스의 물결은 대낮의 광명에 또 작열하였다. 태양은
바로 위에 자리 잡고 있었다. 이렇듯 '연옥'에 해가 지고,
그때 주의 천사가 상냥스레 나타났다.

천사는 불꽃 밖 길가에 서서
우리보다 한결 큰 소리로

---

1) 조물주가 피를 흘린 땅이란 예루살렘이다. 단테가 품고 있던 지리적 세계상에 따르면 예루살렘을 경도 0이라 가정하면 에스파냐의 서쪽 끝이 서경 90도, 갠지스강이 동경 90도, 예루살렘과 마주 보는 곳인 연옥산이 동(서)경 180도가 된다. 그러므로 예루살렘에 해가 뜨면 에스파냐의 에프로강 부근은 한밤중이고, 갠지스강 부근은 정오, 연옥에서는 일몰이 된다. 단 단테, 베르길리우스, 스타티우스 세 시인은 연옥산 상당히 위까지 올라갔기 때문에 일몰까지는 아직 약간의 시간이 남아 있다.

노래 불렀다. "마음 깨끗한 자 복되도다."[2]
그리고 우리가 다가가니 이렇게 말했다.
"이 불길에 물리지 않고는 앞으로 나갈 수 없다.
거룩한 혼이여, 이 속에 들어가라.
저편에서 들려오는 노랫소리에 귀 기울여라."

그 말을 들었을 때 무덤 속에 '거꾸로'
묻힌 자처럼 나는 '파랗게' 질렸다.
손을 포개어 쥐고 몸만 앞으로 내밀어
불 속을 보았는데, 예전에 본 적 있는 까맣게 탄
사람의 시체가 눈에 선하게 떠오르는 것 같았다.

그러자 따라온 두 사람이 상냥하게 나를 돌아보며
스승이 그중 먼저 말했다. "아들아,
이것이 고통스러울지는 모르나 죽지는 않는다.
생각해 봐라, 기억나겠지, 나는 너를
게리온에 태우고 무사히 안내했다.[3]
이제 주님 가까이서 내가 새삼 무엇을 하겠느냐?
네가 비록 천 년 이상 이 불 속에
있는다 하더라도 머리털 하나
타지도 빠지지도 않으리니 믿어 다오.
만약 내가 너를 속이는 것 같거든
불 가까이 가서 네 옷자락을 쥐고
시험해 봐라.
자, 이제 걱정하지 말고 모든 두려움을 버려라.
이쪽을 보고 마음 놓고 가거라."
그러나 나는 본의 아니게도 우뚝 서 있었다.

---

2) 〈마태복음〉 5장 8절.
3) 〈지옥편〉 제17곡 참조.

내가 완강하게 우뚝 서 있는 것을 보고
스승은 다소 얼떨떨해져서 말했다. "알겠나, 아들아,
이것이 베아트리체와 너 사이의 벽이란다."

오디가 빨갛게 물들 무렵 티스베의 이름을 들은
다 죽어 가던 피라모스는 눈을 뜨고
티스베를 바라보았는데,[4]
그 이름, 줄곧 내 머릿속에 떠오르는 그 이름을 듣자마자
순식간에 두려움도 누그러져
나는 스승 쪽을 돌아보았다.
그러자 스승은 머리를 흔들며 "왜 그러느냐?
이쪽에 남아 있고 싶으냐?" 하며 마치
능금으로 달래던 아이를 상대하듯 미소 지었다.

그러고서 스승은 그때까지 쭉 우리와 같이 있던
스타티우스에게 맨 뒤에 따라오도록 일러 놓고
앞장서서 불 속으로 들어갔다.
내가 안으로 들어가자 불길은 더욱 기세를 돋우어,
몸을 식히려면 끓는 유리 속으로
몸을 던지는 편이 차라리 나을 것만 같았다.
상냥한 아버지는 나에게 용기를 주기 위해
연방 베아트리체의 말을 하면서 걸어갔다.
"벌써 그녀의 눈이 보이는 것 같다."

---

4) 티스베가 뽕나무 가까이서 연인인 피라모스를 기다리고 있을 때 사자가 나타나, 그녀는 그만
목도리를 떨어뜨리고 달아났다. 피라모스는 그 목도리가 피투성이인 것을 보고 그녀가 잡아
먹힌 줄로 알고 자기 가슴에 칼을 꽂았다. 곧 되돌아온 티스베가 그의 이름을 부르자 죽어가
던 피라모스가 눈을 뜨고 잠시 그녀를 쳐다보았다. 그 사이에 피라모스의 피를 뿌리에 머금은
뽕나무 열매가 피처럼 붉게 되었는데, 남자의 뒤를 쫓아 죽은 티스베의 소원대로 뽕나무는 뒷
날까지도 그 색깔을 유지했다.

저쪽에서 들려오는 노랫소리가 우리를 인도했다.

오로지 그 목소리를 의지하여

우리는 맹렬한 불 속을 지나 드디어 언덕바지로 나아갔다.

"오라, 내 아버지께 복 받을 자들이여."5)

그곳 빛나는 광채 속에서 소리가 들렸다.

눈이 아찔해서 우러러볼 수도 없는 빛이었다.

"해는 지고 저녁이 온다." 그 목소리가 계속해서 말했다.

"서녘 하늘이 아직 어두워지기 전에

멈추지 말고 길을 잘 살펴 둬라."

길은 곧장 바위 사이 위쪽으로 뻗쳐 있었다.

이미 나직하게 기울어진 햇빛이 내 바로 앞에 떨어뜨린

그림자 쪽을 향해 언덕을 올라갔다.

그렇게 돌층계를 불과 몇 층 오르기도 전에

등 뒤에서 해가 저문 것을 나도 스승도 알았다.

바위에 떨어졌던 내 그림자가 사라졌기 때문이다.

한없이 퍼지는 수평선이

어디라 할 것 없이 한 가지 색이 되어

밤이 사방을 암흑으로 휩싸기 전에

우리는 각기 돌층계를 잠자리로 삼았다.

산의 규칙으로, 이 이상은 올라갈 기력도

체력도 없어져 버리는 것이다.

먹이를 찾을 때까지는 산꼭대기에서

극성스레 싸다니던 산양도

되새김질하는 동안은 얌전해진다.

또 햇볕이 뜨거워지면 잠잠히 그늘로 들어간다.

목자는 지팡이에 몸을 기대고

---

5) 〈마태복음〉 25장 34절 참조.

양 떼를 지킨다.

그리고 들에서 밤을 새우는 가축지기는

들짐승이 가축을 습격하지나 않을까 감시하며

가축에게서 떠나지 않고 하룻밤을 새운다.

그때 우리 세 사람의 모습이 꼭 그와 같았다.

높은 바위산 여기저기 바위틈에 누웠었는데,

내가 산양이라면 두 스승은 목자인 셈이었다.

그곳에서 외부는 극히 조금밖에 보이지 않았다.

그러나 그 조그만 틈 사이로 보인 별들은

평소보다 더 밝고 또 크기도 했다.

여러 가지 생각을 거듭 반추하며 밤하늘을 보고 있는 동안

나는 잠이 들었다. 사건이 실제로 일어나기 전에

그것을 종종 미리 알려주는 잠이었다.

쉴 새 없이 사랑의 불에 타오르는 샛별이

동녘 하늘에서 이 산에 비치기 시작할

무렵이었다고 생각되는데,

젊고 어여쁜 여인이 내 꿈속에 나타나[6]

꽃을 따며 노래 부르고 이야기하며

들판을 가는 것이 눈에 보이는 것 같았다.

"내 이름을 묻는 분에게 알려 드립니다.

레아라고 합니다. 꽃목걸이를 만들려고

이 가냘픈 손으로 꽃을 따며 헤매고 있습니다.

거울 앞에서 즐길 수 있게끔 이 몸을 꾸밉니다만

내 동생 라헬이 온종일 거울 앞에 앉아

---

6) 단테가 연옥 속에서 보는 세 번째이자 마지막 환상이다. 레아와 라헬은 〈창세기〉 29장에 나오는데, 각각 활동적인 생활과 관상적인 생활을 상징하며, 지상낙원(《연옥편》 28곡 이하)에서 마텔다와 베아트리체가 차지하는 위치를 예고하고 있다.

떠나려 하지 않는답니다.
동생은 자기의 아름다운 눈에 황홀해 있습니다만
나는 오로지 이 손으로 몸을 단장하려 합니다.
동생은 보는 것에서, 나는 움직이는 것에서 만족을 느낀답니다."

타향에서 돌아오는 나그네는
고향 가까이 숙소에 들어갈수록
새벽 전의 빛이 날로 더 반갑게 여겨지는 법이다
그 새벽빛에 쫓겨 어둠은 사방팔방으로 모두 달아났다.
그리하여 어둠과 더불어 나의 잠도 달아나 버렸다.
내가 일어나 보니 스승들은 벌써 깨어 있었다.

"세상 사람들이 고생스레 사방의 가지에서 더듬어 찾는
그 달콤한 과실, 그것이 오늘에야말로
네 굶주림을 가시게 해 주리라."

이런 말을 베르길리우스가 나에게
했는데, 일찍이 이처럼 반가운 선물을
받아 본 예가 없었다.
그러자 위로 가고 싶은 의욕이
연거푸 솟아나 그 뒤부터는 한 걸음 옮길 적마다
날개가 돋쳐 날아가는 것만 같았다.
층계를 다 올라가
맨 위에 섰을 때
베르길리우스는 나를 쳐다보며 말했다.
"영원의 불과 일시적인 불을,[7]
아들아, 너는 보았다. 그리고 네가 도달한

---

7) 영원의 불은 지옥이고 일시적인 불은 연옥이다. 여기에서는 이탈리아어 원문과 반대의 순서
로 번역했다.

이 땅은 이제 내 힘으로는 분별할 수 없는 곳이다.
나는 여기까지 슬기와 재주로 너를 데리고 왔으니,
이제부터는 네 기쁨을 길잡이로 삼아라.
험하고 좁은 길 밖으로 너는 이미 나왔다.
정면에 비치는 저 태양을 보라.
화초와 나무들을 보라.
여기서는 모두가 땅에서 저절로 나 있다.
눈물을 흘리며 너를 데려오라고 나에게 시킨
아름다운 눈을[8] 한 분이 보일 때까지는
너는 앉는 것도 자유고 초목들 사이를 거니는 것도 자유다.
이제 더 이상 내 말이나 내 눈짓을 기대하지 말아 다오.[9]
너의 의지는 자유롭고 바르고 건전하다.
그 의지의 명령에 따르지 않는다면 잘못을 범하게 될 것이다.
그러므로 네 머리 위에 네 심신의 주인으로서 관을 씌운다."

---

8) 아름다운 눈의 소유자는 베아트리체이다.
9) 베르길리우스는 인간의 지성과 이성의 상징으로, 여기에서 그의 사명은 끝난다. 아직 단테 곁
에 있으나 이제 말은 하지 않는다.

제28곡

단테는 지상 낙원의 숲속을 거닌다. 맑은 냇물 저 너머에서 한 여인이 꽃을 꺾으며 다가온다. 단테가 말을 건네니 여인은 상냥하게 미소 지으며 단테의 의문을 풀어 준다. 지상 낙원에 불어오는 산들바람과 그곳을 흐르는 악을 잊게 만드는 레테강이며, 선을 상기시키는 에우노에강에 대한 설명이다. 이 여인의 이름은 나중에 알게 되지만 마텔다이다.

상쾌하고 짙푸른 주의 숲이
새로운 햇빛을 본 눈에도 부드럽게 보였다.
이 깊은 숲 안팎을 거닐어보고자 하는 마음에 사로잡혀,
스승의 말을 더 이상 기다리지 않고 나는 이 둑을 떠나서
들판을 천천히 거닐기 시작했다.
발밑에서는 곳곳에서 부드러운 향기가 감돌았다.
기분 좋은 산들바람이 줄곧 솔솔 불어와
상쾌한 느낌으로
이마를 가볍게 때렸다.
바람이 불어오니 나뭇가지는 모두 가냘프게 떨면서,
성스러운 산이 그 그림자를 던지는 쪽을[1] 향해 먼저
부드럽게 휘었다.
그러나 나뭇가지들은 휘기는 하였으나
가지에 앉은 새들이
지저귐을 그쳐 버릴 만큼은 아니었다.

---

1) 서쪽이다.

새들이 환희에 가득 차 노래 부르며
아침의 산들바람을 잎사귀 속으로 불러들이니
잎사귀는 한들한들 소리를 내며 노래에 장단 맞추었다.
그것은 마치 신의 바람 아이올로스가 시로코(동남풍)를 보낼 때
키아시[2] 해변 소나무 숲에
비바람 울리는 소리와도 흡사했다.

천천히 걸었는데도 어느 사이엔지
태고의 깊은 숲속까지 들어가 버려
숲의 입구는 이미 보이지 않았다.
마침 거기 앞길을 가로막고 맑은 냇물이 한 줄기
잔잔한 물결을 이루어
냇가에 나 있는 풀들을 오른편으로 기울게 하며 흐르고 있었다.
이 냇물에 비하면 현세의 물은 아무리 맑은 물일지라도
무엇인가 섞여 있는 듯한 기분이 들 만큼
한 점의 흐림도 보이지 않았다.
그래도 햇빛이나 달빛이 비치지 않는
영원한 그늘 밑에서는
물이 어둡게 움직이고 있었다.
발은 멈추었으나 눈으로 내를 건너
5월의 상쾌한
온갖 화초를 나는 찬찬히 바라보았다.
그러자 갖가지 상념을
놀라움 속에 지워 버리는
그런 무엇처럼
꽃들로 뒤덮인 채색된 오솔길을
노래 부르며 꽃을 한 송이 한 송이 고르면서 홀로

---

2) 키아시는 아드리아해에 접하고 있는 라벤나 가까이에 있었던 옛 항구. 지금도 송림이 남아 있
  으며, 바이런도 《돈 주앙》에서 이 송림을 노래하고 있다.

동행도 없이 걸어오는 여인이[3] 눈에 띄었다.

"오, 아름다운 분이여, 얼굴은 마음의 거울이라
합니다. 당신의 얼굴로 짐작건대
당신은 사랑의 빛으로 한껏 따뜻하게 타오르고 계십니다.
괜찮으시다면 아무쪼록 이 냇가로" 하고 내가 말했다.
"와 주십시오, 이 귀로 똑똑히
당신의 노랫소리를 듣고 싶습니다.
당신을 보고 당신의 노랫소리를 들으니 나는
예전에 페르세포네가 봄을 잃고, 그 어미가 그녀를 잃었던[4]
'황금'의 나라와 시대가 생각나는군요."
춤추는 무희는 재빨리 땅을 밟고
발을 바닥에 붙여 뱅그르르 돌아, 양쪽 발을
거의 나란히 모았다가 앞으로 나온다. 그와 같이
여인도 빨간 꽃, 노란 꽃, 들꽃을 밟고
처녀처럼 얌전하게 눈을 내리뜬 채
나 있는 쪽을 돌아보았다.
내 청을 받아들일 듯이
여인은 다가왔다. 그러자 아름다운 목소리가 들리고
말의 뜻도 똑똑히 알 수 있었다.
냇가의 풀이 아름다운 물결에 흔들거리는 곳까지
다가오더니 여인은 방싯 웃으며
부드러운 눈을 들었다.
아들이 잘못 쏜 화살을 맞은
비너스도[5] 이처럼 눈이

---

3) 마텔다라는 여인. 그녀는 단테가 꿈에 봤던 레아라는 여인의 모습이다. 즉 활동적 생활의 상
   징이다.
4) 페르세포네는 봄날의 아름다운 목장에서 꽃을 따다가, 어머니가 보고 있는 앞에서 지옥으로
   끌려갔다.

빛나지는 않았을 것이다.
여인은 건너 기슭에 서서 미소 지으며,
수없이 피어 있는 높은 곳의 갖가지 꽃을
꺾어서 꽃목걸이를 엮고 있었다.
세 발짝 폭의 내가 우리 두 사람을 갈라놓고 있었다.
지금껏 교만의 교훈으로 남아 있는
크세르크세스 왕이 건넌 헬레스폰트의 해협
그 세스토스와 아비도스 사이의 거센 물결을
레안드로스는 증오했는데,[6]
나는 그보다 더 이 내를 미워했다.
"새로 온 그대들은" 하고 여인이 말을 시작했다.
"사람을 위해 보금자리로 마련된
이곳에서 내가 웃는 것을 보고 놀라워
의아하게 여길 것입니다.
그러나 '당신이 나를 즐겁게 하셨도다'[7]라는 시편이 빛을 내려
그대들의 지혜에 끼인 안개를 걷어 줄 것입니다.
거기 서 있는 그대는 아까 나에게 청을 하였는데,
그 밖에도 질문이 있거들랑 무엇이든지 물어 보세요.
납득이 갈 때까지 대답해 드리리다."
"이 물과 숲의 음악 소리가," 하고 내가 말했다.
"전에 들었던 것과 반대인 만큼

---

5) 베누스라고도 하며, 사랑의 여신. 그녀의 아들 큐피드가 잘못 쏜 화살에 맞아 아도니스를 사랑하게 되었을 때의 눈빛보다 더 빛났다는 비유.
6) 세스토스는 헬레스폰트(지금의 다르다넬스) 해협 유럽 쪽에 있는 마을이고, 아비도스는 소아시아 쪽에 있는 마을이다. 페르시아 왕 크세르크세스는 그리스 원정을 위해 두 마을 사이에 배로 다리를 만들었다. 그러나 침략할 때의 대군은, 돌아올 때는 병사 몇으로 줄어 있었다고 한다. 레안드로스는 아비도스의 청년이다. 건넛마을 세스토스의 처녀를 사랑하여 밤마다 해협을 헤엄쳐 건너가 그녀를 만났다. 그러나 어느 날 빠져 죽고 말았다고 한다.
7) '당신이 나를 기쁘게 하였도다' 〈시편〉 91편 5절. 하느님의 위업을 찬미하는 구절. 마텔다는 하느님이 지상낙원에다 지어 주신 아름다운 경이를 노래한다.

의아한 생각이 듭니다."[8]

그러자 여인이 대답했다. "그대를 놀라게 하는 이 현상이
어떤 원인에서 생기는지를 들려드려
그대를 싸고 있는 안개를 거두어 드리지요.
최고선의 기쁨은 그 선 자체에 있습니다만, 신은 인간을
선량한 선을 행하는 자로 만들어,
영원한 평안의 보증으로 (이 땅을) 주었습니다.
죄 많은 사람은 불과 얼마 동안밖에 이곳에 있지 못했습니다.
죄로 인해 깨끗한 웃음과 기분 좋은 즐거움을
눈물과 노고로 바꾸어야만 했습니다.
물이나 흙에서 발생하는 것(비바람)은
대개 열이 미치는 범위 내라면 여기저기에 전해지지만,
그것이 아래쪽에서는 교란을 일으킵니다.
그런 교란이 사람에게 해를 끼치지 않게끔
이 산은 하늘을 향해 솟았습니다. 그러므로
문이 닫히는 곳부터 위로는 그 영향을 받지 않습니다.
하지만 대기는 어디선가 흐름이 단절되지 않는 한
원동천(原動天)[9]과 함께 모두
'지구의 둘레'를 회전합니다.
이 높이라면 산은 활발히 움직이는 공기 속에 높이
솟아 있으므로 대기의 운동이 서로 부딪쳐
울창한 숲에서는 음악 소리가 납니다.
그러면 대기에 부딪힌 식물은 힘이 미치는 한
그 특성으로 대기를 채우기 때문에 그 뒤로부터

---

8) 스타티우스의 설명에 따르면 연옥문에서부터 위에는 기상의 변화가 없을 것이기 때문에 바람
과 물의 흐름이 단테에게 의아심을 품게 했던 것이다.

9) 단테의 우주관에 따르면 이 원동천을 중심으로 모든 천구가 동에서 서쪽으로 회전한다. 공기
도 따라서 같이 도는데 지구는 지구의 중심이므로 움직이지 않으며, 정죄산 위는 언제나 동에
서 서쪽으로 부는 미풍이 있다. 이로써 지상낙원에 바람이 이는 것.

대기는 회전하면서 그것을 사방으로 뿌립니다.
그러면 양쪽 '사람이 사는' 땅은, 땅의 이점과
하늘의 이점에 따라 온갖 특성의
가지가지 식물을 잉태하여 낳는 것입니다.
이야기를 들었으니 이제, 씨를 뿌린 일이 전혀 없는데
현세에서 무슨 식물이 싹텄다 하더라도
실은 놀랄 것이 없다는 까닭을 아시겠지요.
그리고 알려 드리겠는데, 그대가 지금 서 있는
이 거룩한 들에는 온갖 종류의 씨앗이 가득 차 있어
현세에서는 딸 수 없는 열매가 열려 있습니다.

그대가 보는 물은
숨을 쉬었다 끊었다 하는 강처럼
추워서 응결된 수분으로 길러지는 수맥에서 솟아나는 것이 아니고,[10]
영원히 마르지 않는 샘에서 솟아나는 것입니다.
그 샘은 두 개의 입으로부터 흘려보낸 만큼의 양을
신의 뜻에 의해 또다시 얻는답니다.
이편에서는 죄의 기억을 사람에게서 지우는 힘이
저편에서는 모든 선행의 기억을 새로이 하는 힘이
강물과 함께 흐르는 것입니다.
강은 이쪽에서는 레테,[11] 저쪽에서는
에우노에[12]라 불리는데, 이쪽과 저쪽의
양쪽 물을 마시지 않는 한 효력은 없습니다.
그 맛은 어떤 맛보다 뛰어납니다.
이제 더 말하지 않더라도 그대의 갈증은
충분히 채워졌으리라 믿습니다.

---

10) 지상에 비가 내리는 원인.
11) 죄의 기억을 씻어준다는 내.
12) 에우노에는 '좋은 머리', '기억', 혹은 '선을 기억하는 것' 등을 의미하는 그리스어로 만든 말이다.

한 가지만 더 덧붙여 두겠습니다.

이것은 아까의 약속에 포함되지 않은 일이지만

이야기하면 그대도 틀림없이 기뻐해 주리라 믿습니다.

옛적에 시로써 황금시대와[13] 그 행복한 광경을

읊은 이들은 아마 이 땅에 대한 것을

파르나소스산에서 꿈꾸었을 것입니다.

여기서 인류의 뿌리는[14] 티 없이 깨끗하였습니다.

여기엔 항상 봄이 있고, 모든 과일이 무르익고 있습니다.

사람들이 말하는 넥타르[15]가 바로 이거라고 생각합니다."

이때 나는 몸을 돌려 뒤에 서 있는 시인들을 보았다.

이 마지막 말을 시인들이

미소 지으며 듣고 있는 것이 보였다.

그리고 나는 다시 머리를 아름다운 여인 쪽으로 돌렸다.

---

13) 황금시대에 대해서는 125쪽, 481쪽 참조.

14) 아담과 이브는 이 지상 낙원에서 티 없이 깨끗했었다.

15) 파르나소스 신들이 마시던 음료수. 감로.

제29곡

마텔다와 단테는 상류 쪽을 향해 그 냇가의 기슭을 나란히 걸어간다. 그때 번 갯불 같은 빛이 숲속을 스쳐 간다. 음악 소리가 들리고 일곱 그루의 황금나무 같 은 것이 다가온다. 그것은 일곱 개의 촛대였으며, 스물네 명의 장로가 그 뒤를 따 르고, 이어서 네 마리의 짐승과 그리프스가 이끄는 개선의 수레가 조용조용히 다 가온다. 그리하여 이윽고 행렬이 머문다.

그렇게 말을 마치자 여인은
사랑을 하는 여인처럼 곧 또 노래를 부르기 시작했다.
"그 죄의 가림을 받은 자는 복이 있도다."[1]
어떤 자는 태양을 우러르려고
어떤 자는 태양을 피하려고 옛날에 님프가
황폐한 숲 그늘을 경쾌하게 걸어갔듯이
여인도 냇물을 거슬러 둑을 따라
'춤추듯이' 걷기 시작했다. 나도 여인을 따라
여인이 잔걸음을 걸으면 잔걸음으로 따랐다.

그녀의 걸음과 내 걸음을 합쳐 백 걸음도 못 갔을 때
양쪽 기슭이 다 같이 꺾여
나는 동쪽을 향했다.
그 길을 얼마 가지 않았을 때
여인은 몸을 나에게로 돌리고

---

1) '그 죄의 가림을 받은 자는 복이 있도다' 〈시편〉 32편 1절.

말했다. "자, 보고 들으세요."
순식간에 날쌘 빛이 넓은 숲의
여기저기를 한 바퀴 스쳤다.
나는 번갯불이 아닌가 했다.
하지만 번개는 번쩍하면 금방 사라지는데,
이것은 찬란하게 그 빛을 더했다.
마음속으로 나는 외쳤다. '대체 이게 뭘까?'
빛으로 가득 찬 대기를 뚫고 맑은 음악 소리가
들렸다. 그때 가슴 속에서는
이브의 발칙스러움에 대한 의분이 솟구쳤다.
천지가 조물주에 복종하고 있을 당시 이브는
창조된 지 얼마 안 된 오직 단 한 명의 계집이면서도
'무지'의 너울 밑에 머물러 있을 참을성이 없었다.
만일 이브가 유순하게 그 밑에 머물러만 있어 주었던들
이처럼 형언할 수 없는 희열을 나는
아득한 예부터 오랫동안 맛볼 수 있었을 것이다.
이 영원한 열락의
첫 즐거움 속에서, 더욱 큰 환락을 찾아
내가 초조하게 나아가고 있을 때
눈앞에 활활 타오르는 불처럼
나무 밑의 대기가 활짝 빛났다 싶더니
아름다운 음악 소리가 노랫소리로 바뀌었다.

아, 맑고 거룩한 '시신(詩神)의' 아가씨들이여,
그대들을 위해 죽음도 추위도 잠 못 자는 것도 참아온 나이니
이제 그 보답을 구하지 않을 수가 없구나.
이제야말로 영감의 샘물을 나는 긷지 않을 수가 없다.
우라니아[2]여, 다른 여신과 힘을 모아
상상키도 힘든 것을 시로 읊게 나를 도와 다오

약간 앞쪽에 일곱 그루의 황금나무 같은 것이 눈에 보였다.[3]

그러나 이는 우리가 떨어진

거리가 불러일으키는 환각이었다.

오관(五官)을 미혹시키는 것이

사물의 특징을 그르치지 않을 정도의 거리로

접근했을 때

이성이 주는 분별의 능력으로

우리는 그것이 일곱 별의 촛대임을 알게 되었다.

그리고 음악 소리 속에 '호산나'[4] 찬송이 들려왔다.

이 아름다운 장식은 위쪽 끝에서 불꽃을 뿜고 있었는데,

맑게 갠 밤하늘의 만월보다 더 밝게

교교히 비추고 있었다.

오랜만에 감탄한 나는 베르길리우스 스승 쪽을

돌아보았다. 스승의 그 눈에도

나에 못지않은 놀라움이 떠올라 있었다.

나는 다시금 시선을 그 빛나는 부분으로 돌렸다.

촛대는 우리들 쪽을 향해 조용조용 걸어왔는데,

신부의 걸음걸이도 따라갈 수 없는 '느린' 발걸음이었다.

여인이 나를 꾸짖었다. "왜 그대는 빛나는

겉모양에만 정신이 팔려

뒤따르는 이에게는 눈을 돌리지 않나요?"

흰옷 입은 자들이 촛대에 인도되어

뒤따르는 것이 보였는데,

---

2) 우라니아는 천상의 사물에 관한 학문을 상징하는 시의 뮤즈.

3) 〈요한계시록〉 1장 12절, '몸을 돌이켜 나더러 말한 음성을 알아보려고 하여 돌이킬 때 일곱 금 촛대를 보았는데', 같은 장 20절 '일곱 촛대는 일곱 교회니라', 4장 5절 '보좌로부터 번개와 음성과 뇌성이 나고 보좌 앞에 일곱 등불 켠 것이 있으니, 이는 하느님의 일곱 영이라.'

4) '호산나'는 '구원하소서'라는 뜻. 예수가 예루살렘으로 들어가는 것을 환영한 유대인들이 한 말이다. 〈마태복음〉 21장 9절 참조.

그것은 이제껏 보지 못했던 순백한 모습이었다.
왼편에는 물이 반짝거렸다.
몸을 굽혀 들여다보았다면 거울처럼
나의 왼쪽 모습이 비쳤을 것이다.
내를 사이에 두고
촛대와 마주 섰을 때,
물가에 선 나는 주의해 보았다.
불꽃이 앞으로 나가니
뒤에 남은 채색된 공기는
마치 붓으로 그은 듯이 꼬리를 그었다.
그 위쪽의 대기는 빛나는 태양이 만들어 내는 무지개의 활과
델로스의 딸이[5] 두르는 띠처럼
일곱 가닥의 색깔로 나뉘어졌다.

이 일곱 깃발은 내 시력이 미치지도 못하는
아득한 저편에서 나부끼고 있었다. 좌우 양쪽 끝의 거리는
눈대중으로 대개 열 발짝쯤 되는 것 같았다.
내가 묘사하듯이 그토록 아름다운 하늘 아래
백합[6] 화관을 쓴 스물네 명의 장로가
둘씩 짝을 지어 조용조용히 걸어 나왔다.

"아담의 딸 중에서," 하고 그들의 합창 소리가 들려왔다.
"그대는 복된 자로다.
그대의 아름다움 영원히 복 받을지어다."[7]

---

5) 디아나는 델로스섬에서 태어났다. 무지개나 달무리의 일곱 색깔에 대해 언급하고 있는 것이
다. 〈요한계시록〉 4장 3~4절에 '앉으신 이의 모양이 벽옥과 홍보석 같고 또 무지개가 있어 보
좌에 둘렸는데, 그 모양이 녹보석 같더라. 또 보좌에 둘려 스물네 보좌가 있고 그 보좌들 위에
스물네 장로가 흰옷을 입고 머리에 면류관을 쓰고 앉았더라'고 되어 있다.
6) 백합은 르네상스 회화에서와 마찬가지로 순결을 상징한다.
7) 〈누가복음〉 1장 28절에는 '은혜를 받은 자여 평안할지어다, 주께서 너와 함께하시도다'라고 되

건너 기슭의
상쾌한 화초를 밟으며
선택된 무리가 떠나가자,
별이 별을 따라 하늘을 가듯이
푸른 잎사귀의 관을 쓴
네 마리의 짐승이[8] 그 뒤에서 나타났다.
각각 여섯 개의 날개를 폈는데,
생전의 아르고스[9]의 눈도 저러했을까 싶은 눈을
그 날개 하나하나에 달고 있었다.

독자여, 그 형상을 묘사하는 데에 이 이상의 행(行)을
할애할 수는 없다. 그 밖에도 쓸 것이 많으므로
이것에만 아낌없이 붓을 놀릴 수는 없다.
그러나 이 짐승이 추운 지방에서
바람과 구름을 일으켜 불덩어리 되어 왔을 때의 모습은
에스겔이 보고 써 놓았으니 그의 책을 읽어 주오.
그의 책에도 내가 여기 쓴 대로
씌어 있을 듯하나, 오직 날개에 관해서는
나는 그와 설을 달리하여 요한의 설을 채택하고 있다.
그 네 마리의 짐승으로 둘러싸인 가운데를
바퀴 둘 달린 개선의 수레가

어 있다.
8) 〈에스겔서〉 1장에 네 마리의 짐승이 서술되어 있다. 〈요한계시록〉 4장 6절 이하에는 이렇게 나와 있다. '보좌 앞에 수정과 같은 유리 바다가 있고 보좌 가운데와 보좌 주위에 네 생물이 있는데 앞뒤에 눈이 가득하더라. 그 첫째 생물은 사자 같고, 그 둘째 생물은 송아지 같고, 그 셋째 생물은 얼굴이 사람 같고, 그 넷째 생물은 날아가는 독수리 같은데, 네 생물이 각각 여섯 날개가 있고 그 안과 주위에 눈이 가득하더라.'
9) 머리에 백 개의 눈이 달린 괴물. 유피테르가 이노를 사랑하자, 유노가 아르고스에게 이노를 감시하게 한다. 그러자 유피테르가 메르쿠리우스를 시켜 아르고스를 죽이고 그 눈을 뽑아 공작 꼬리에 달았다. 오비디우스의 《변신 이야기》.

한 마리의 그리프스[10]에게 끌려왔다.

그리프스는 몸뚱이와 각각 셋씩 달린 양쪽 날개끼리

서로 닿거나 가리는 일 없이

하늘을 향해 뻗고 있었다.

그 날개는 눈에 안 보이는 하늘 저편으로 길게 이어져 있었다.

'머리와 날개'는 금빛 독수리이고,

그 나머지는 붉고 흰 '사자'의 씩씩한 모습이다.

이처럼 화려한 수레로 온 로마를 들끓게 한 적은

아프리카누스 때에도 아우구스투스 때에도 전혀 없었다.

태양의 수레도 이 수레에는 못 따라갈 것이다.

옛날에, 태양의 수레가 그 길을 벗어났을 때[11]

믿음이 강한 테라(지구)의 기도를 받아들여, 제우스가 신비 속에서

정의의 심판을 내려 수레가 불타 버린 일이 있긴 했지만.

오른쪽의 바퀴 가까이 세 천사[12]가 원을 짓고

춤을 추며 걸어왔다. 하나는

불 속에 있다면 구별도 못 할 만큼 빨갛고,

다른 하나는 그 뼈와 살이

녹옥으로 만들어진 것 같은 녹색이었으며,

셋째 번 천사는 방금 내린 눈같이 희었다.

때로는 흰 천사가, 때로는 빨간 천사가

선창하면 노랫소리에 맞추어

다른 두 천사가 걸음을 빨리하고, 또 늦추는 것이었다.

오른쪽 원 가까이에서는 자줏빛 옷을 입은 네 천사[13]가

---

10) 그리프스는 사자이면서 독수리의 날개를 달고 있다. 신성과 인성을 갖춘 그리스도의 상징으로 되어 있다. 그것이 교회를 상징하는 수레를 끌고 가는 것이다.

11) 파에톤이 태양의 수레를 잘못 몰아 길을 벗어나 지구 가까이 오자, 제우스(유피테르)가 번갯불을 내려 불태웠다. 그리스 신화.

12) 믿음(흰색), 소망(녹색), 사랑(붉은색)의 세 천사이다.

13) 사추덕(四樞德), 즉 가장 중요한 네 가지 덕, 지덕·의덕·용덕·절덕을 상징한다. 그들은 자줏빛, 즉 사랑의 덕에 이끌린다.

그중에 눈이 셋 달린 천사를 따라

즐거운 듯이 축제의 춤을 추고 있었다.

이제 말한 이 행렬의 맨 뒤에

옷차림은 다르지만 태도는 다 같이

엄숙하고 점잖은 두 노인이 보였다.

하나는 만물의 영장(靈長)을 위해

자연이 낳은 저 위대한 히포크라테스의

일족인 '의사' 같았고,

다른 하나는[14] 끝이 예리하게 번쩍이는 칼을 들고

동행과는 반대의 생각을 나타내고 있었는데, 그 모습은

내를 사이에 둔 나에게까지 두려움을 느끼게 했다.

잇따라 비천한 차림을 한 네 사람[15]의 모습이 눈에 띄었다.

그리고 그 모든 사람의 뒤에서 날카로운 얼굴을 한 노인[16] 하나가

졸면서 걸어오는 것이 보였다.

이 일곱 명은 첫 번째 무리와 마찬가지로

흰옷을 입고 있었으나 머리에는

백합을 꽂지 않고

장미 따위의 붉은 꽃을[17] 꽂고 있었다.

멀리서 본다면

일곱 명의 눈 위쪽은 붉게 타는 것같이 보였으리라.

수레가 내 바로 앞에 왔을 때

우렛소리가 들려왔다. 그러자 위엄 있는 이 행렬은[18]

---

14) 그 하나는 성 누가, 다른 하나는 성 바울.

15) 이 네 명은 〈야고보서〉, 〈베드로 전·후서〉, 〈요한 1·2서〉, 〈유다서〉 등의 저자를 가리킨다.

16) 이 노인은 〈묵시록〉의 저자 요한을 가리킨다.

17) 흰빛이나 백합은 구약의 정신인 그리스도의 강림에 대한 신앙, 녹색은 사대복음서의 정신인 희망, 붉은빛은 사랑을 나타내는 색깔로 신약의 정신이다.

18) 남유럽인들은 지금도 축제일에 행렬하는 것을 즐기는데, 그런 종류의 행사는 중세에도 르네 상스 시기에도 왕성했다. 빌라니의 《연대기》(제8권 70장)에는 1304년 5월에 아르노의 강물

이제 앞으로 나갈 것을 금지당한 것같이
선두의 촛대를 비롯하여 모두가 그 자리에 멈추어 섰다.

위에서 행해진 지옥을 나타내는 축제에 대한 상술이 있다. 당시의 회화에도 이런 종류의 행렬과 구경거리는 화가들의 좋은 소재가 되어 자주 그려지고 있었다. 그중에는 이 지상천국에서의 행렬과 마찬가지로 숨은 뜻을 담아 그려진 것이 많다. 그 상징적인 행렬에 대해 시몬드는 "《신곡》 속에서 가장 재미가 덜한 부분."이라고 평했다. "이 부분을 썼을 때의 단테는 한 시대에 속한 시인이지 결코 영원불변한 시인은 아니었다."라고 중세적인, 이미 퇴폐한 양식의 한계를 지적하고, "근대적인 취향으로 말한다면 구경거리가 되지만 예술적으로는 실패한 것이다."라고 공공연하게 단언하고 있다.

제30곡

일제히 노랫소리가 나고 꽃이 구름처럼 주위 가득히 뿌려졌을 때, 그 수레 위에서 기품 있는 왕녀 같은 베아트리체가 일어선다. 단테의 마음속에는 옛날 사랑의 불꽃이 다시 세차게 타오른다. 단테는 무의식중에 베르길리우스를 불렀으나 그의 모습은 이미 보이지 않는다. 베아트리체가 단테의 이름을 부르며, 올바른 길을 벗어난 과거 10년 동안 그의 행동을 자식을 꾸짖는 어머니같이 엄하게 책한다.

지는 일도 돋는 일도 없이
죄악이 아니고는 안개에 가려지는 법도 없는
첫째 하늘의 일곱 별이[1]
항구로 돌아가는 뱃사람의 노 젓는 손을 인도하는
북극의 별처럼
인간 각자에게 자신의 임무를 자각하게 했다.
그 일곱 개의 촛대가 멈추었을 때
촛대와 그리프스의 사이를 걸어 나온 참된 무리는[2]
저들의 평안을 향해 가듯, 그 수레를 향해 갔다.
그중 하나가 하늘에서 보내진 자같이
"신부여, 레바논에서 나오라." 노래를 부르며
세 번 외쳤다. 그 소리에 모두가 따라 합창했다.
최후의 심판 날에 나팔 소리가 나면 복 받은 자들은
재빨리 육체를 걸치고 무덤에서 차례차례

---

1) 일곱 별은 등불이며, 작은곰자리의 별이 뱃사람을 인도하듯이 그것이 정신적인 인도가 된다는 뜻이다. 역시 작은곰자리의 으뜸가는 별은 북극성이다.
2) 참된 무리는 스물네 명의 장로.

할렐루야를 부르며 일어나리라, 하였는데,
그 모양도 이러리라 싶을 만큼 신의 수레 위에서
영원한 생명에 복종하며 그 사자를 임무로 삼는
백이 넘는 천사가 노인의 목소리에 화답하며 일어섰다.
"복되도다, 오시는 이여."³⁾ 하고 그들은 외치면서
그 주변 가득히 꽃을 흩뿌렸다.
"오, 손에 넘치도록 백합을 드려라."⁴⁾
일찍이 여명을 보았을 때
동녘 하늘은 온통 장밋빛으로 물들고
서녘 하늘은 맑게 갰으며,
태어나는 해의 얼굴이
아침 안개의 너울로 가려져
눈으로 오래 볼 수가 있었다.
지금도 그 모양과 흡사하게 천사의 손으로부터
수레의 안팎으로 흩어지는
꽃구름 속에서
하얀 너울을 쓰고 올리브 띠를 두른 여인이⁵⁾
눈앞에 나타났다. 녹색 망토 밑에는
불타는 듯한 붉은색 옷을 입고 있었다.

이 여인 앞에서 넋을 잃고 떨면서 꿇어 엎드리지
않은 지 벌써 오랜 세월이 지난⁶⁾
나의 혼이었지만,
눈으로 다시 확인한 것이 아닌데도
여인에게서 우러나는 신비의 힘에 나도 모르게

---

3) 〈마태복음〉 21장 9절.
4) 《아이네이스》 제6권 884행.
5) 베아트리체이다. 믿음(흰색), 소망(녹색), 사랑(붉은색)으로 치장하고 있다.
6) 베아트리체는 10년 전인 1290년에 죽었다.

옛날의 격렬한 사랑을 몸속에 느꼈다.

아직 어렸을 시절

그때 벌써 내 마음을 꿰뚫었던 거룩한 힘이

지금 또 내 얼굴을 쏘았다.

어린이가 무서울 때나 혼이 날 때면

정신없이 엄마 품에 달려들듯이

나도 왼편을 돌아보고 베르길리우스의 도움을 구하고자

외쳤다. "스승님, 온몸의 피가

모조리 들끓습니다.

옛날 불꽃의 여운이 되살아났습니다."

그러나 아, 다정하고 그리운 아버지 같은 베르길리우스, 내가

항상 구원을 찾아 몸을 맡겼던 베르길리우스,

그 베르길리우스의 모습이 어느덧 사라지고 남은 게 없었던 것이다.

태곳적 어미가 잃었던 그 모두를 가지고서도[7]

이슬로 씻긴 이 볼이 지금 또다시

눈물로 더럽혀져 가는 것을 어쩔 수가 없었다.[8]

"단테여,[9] 울어서는 안 돼요, 베르길리우스가

떠났다 하더라도 아직 울어서는 안 됩니다.

그대는 다른 칼 때문에 역시 울어야 할 몸이에요."

뱃머리에서 고물에 이르기까지

함대에 근무하는 수병을 쭉 살펴보기 위해 배에 왔다가

사기를 북돋우는 제독처럼

여인의 모습이 수레의 왼편 위에 나타났다.

어쩔 수 없이 내 이름을 여기에 썼지만

---

7) 태고의 어머니 이브가 잃은 지상 낙원의 모든 아름다움을 다 가지고서도.
8) 〈연옥편〉 제1곡 참조.
9) 《신곡》 속에서 단테의 이름이 나오는 유일한 부분이다.

내가 이름을 불리는 바람에 되돌아보았을 때

여인은 냇물 건너편에서 나를 쳐다보았다.

아까 천사들이 뿌린 꽃구름 속에

모습을 나타낸 여인이었다.

미네르바 잎새의[10] 관을 쓴 머리에서

너울이 드리워져

모습이 똑똑히 보이지 않았으나

태도에는 위엄 있는 왕녀의 품격이 갖춰져 있었다.

문장의 매듭을 열띤 구절로 맺는 이처럼

여인은 다음과 같이 말하였다.

"보세요, 나는, 나는 베아트리체입니다.

어떻게 그대가 이 산에 올 수가 있었나요?

사람이 여기 오면 행복해진다는 것을 몰랐던가요?"

맑은 샘물 속으로 나는 눈을 떨어뜨렸다.

그러나 거기 비친 내 모습을 보고 나는 다시 풀숲으로 눈을 돌렸다.

얼굴에 수줍음의 빛이 역력히 떠올랐던 것이다.

그녀에게서 나는 자식을 꾸짖는 어머니의 엄함을

느꼈다. 엄한 자애의 정은

언제나 쌉쌀한 맛이 나는 법이다.

그녀는 입을 다물었다. 그러자 곧 천사들이

"주여, 내 소망은 주 안에 있나이다."[11]를 불렀는데,

"내 발을……."에서부터 그 앞은 부르지 않았다.

---

10) 미네르바의 잎사귀는 올리브 나뭇잎이다.

11) 〈시편〉 31편 1절, '주여 내 소망은 주 안에 있나이다' 같은 편 8절, '내 발을……'. 〈시편〉 31편은 24절까지 있으나 나머지 부분은 이 지상낙원에서 부르는 것이 적당하지 않으므로 천사는 여기서 노래를 그친 것이다.

이탈리아의 등줄기[12]가 되는 숲에
내려 쌓인 눈은 스키아보니아에서
북풍이 몰아칠 때 단단하게 얼지만
잇따라 그림자 하나 없는 사막에서 바람이 불면
불에 녹는 초처럼
녹아서 흐른다.
그와 같이 나도 영원한 천구의 선율에 맞춘
천사들의 합창이 들릴 때까지는
눈물도 한숨도 얼어붙은 듯이 나오지 않았다.
그러나 감미로운 찬미가 속에, 나에 대한
동정의 말이 들렸으므로, 여인이여, 왜 그리 심하게
꾸짖으십니까? 하는 소리를 들은 이상으로
내 마음에 얼어붙었던 얼음이 녹았다.
얼음은 가슴 속에서 물과 숨결이 되어
불안과 더불어 눈과 입에서 쏟아져 나왔다.
아까도 말했듯이 여인은 수레의 왼쪽 가장자리에
단정히 서서 자비로운 천사들을 향해
다음과 같이 말하였다.

"그대들은 영원한 빛 속에 눈을 뜨고 있으므로
현세의 여정에서 일어난 일을 그대들로부터 숨긴다는 것은
밤이나 혹은 잠잘 때라 할지라도 못할 거예요.
내 물음이 바라는 바는
냇물 너머에서 울고 있는 자[13]에게 내 말을 깨닫게 하여
죄에 대한 고민을 품게 하는 거예요.

---

12) 이탈리아의 등줄기는 아펜니노산맥이다.
13) 냇물 너머에서 울고 있는 자는 단테이다. 베아트리체는 〈연옥편〉 30곡에서는 단테를 삼인칭
인 '그'로 다루며, 다른 사람들에게 그에 대한 것을 말하는 형식으로 간접적으로 단테를 꾸짖
지만, 31곡에서는 이인칭인 '그대'로 말하며 직접적으로 단테를 꾸짖는다.

무릇 천구는 인간 각자에게 그 운성(運星)에 따라

목적을 정하는데,[14] 그는

천구의 작용뿐 아니라

발원(發源)의 증기가 무척 높아 눈에 보이지 않는

크나큰 신의 은총을

비처럼 받아

한창 시절인 젊었을 때 커다란 가능성을

혜택받았습니다. 그의 남보다 탁월하게 뛰어난 자질은 모조리

훌륭하고 놀라운 행위로 눈앞에 나타났던 것이었어요.

그러나 땅은 힘이 왕성하면 할수록,

갈지 않고 그대로 내버려두어 나쁜 씨를 싹트게 하면

더욱 황폐해져 나빠지는 법이에요.

한때는 내가 내 표정으로 그를 지탱해 주기도 하였습니다.

젊은 눈을 그에게 돌려

나는 그를 인도하여 옳은 길을 걸었습니다.

그러나 나는 둘째 시절이[15] 되었을 때

세상을 바꾸어 '현세'를 떠났습니다.

그러자 그는 나를 버리고 다른 이에게로 가 버렸습니다.

내가 육체를 떠나 영혼이 되어 하늘로 올라와

미와 덕이 충만해졌을 때

그는 벌써 나를 사랑하지 않았으며, 나를 기쁨으로 여기지 않고

전혀 약속을 지킨 적이 없는

선의 허상을 좇아

바른길을 버렸습니다.

꿈과 환각 속에 내 모습을 나타내어 그를 다시 불러내고자

신에게 영감을 청했으나 헛일이었어요.

---

14) 130쪽, 432쪽 이하 참조.

15) 단테의 《향연》 4권 24장에 의하면, 25세까지 소년기, 25세 이후 45세까지가 청년기이다. 1290
년 베아트리체는 스물다섯 살에 죽었으니 첫째 시절이 끝나고 둘째 시절에 들어선 것이다.

그는 전혀 돌아보려고 하지 않았던 거예요.
그는 타락에 타락을 거듭하였습니다.[16] 구원할 방법으론
파멸한 인간들을 보여주는 수밖에
없다고 생각되었을 정도였어요.
그래서 내가 죽은 자의 문[17]으로 내려가
방금 그를 이 위에까지 이끌어 인도하여 주신 분에게
눈물을 흘리며 간청했던 거예요.
만약 그가 눈물도 전혀 흘리지 않고 죄도 뉘우치지 않고
부채도 갚지 않고 이 레테강을 건너서
물[18]을 맛본다면,
주의 거룩한 섭리는 깨어진 것이 될 거예요."

---

16) 타락한 단테를 구하는 마지막 수단으로서의 저승 여행이라는 발상과 동기는 〈지옥편〉 제2
곡 참조.
17) 지옥의 문.
18) 물—원문은 '식물', 레테의 물이 지닌 죄의 기억을 지워버리는 힘.

제31곡

단테는 그제야 자기의 과오를 참회한다. 베아트리체가 다시 엄하게 단테의 과거 행적을 나무라자, 그는 회한으로 가슴이 죄어 까무러친다. 단테가 의식을 회복하자 마텔다가 그를 레테강 물에 담가 악으로 물든 기억을 모두 지워 준다. 그리고 깨끗해진 단테를 네 명의 천사 앞으로 데리고 간다. 그러자 이번에는 베아트리체가 그를 그리프스 앞으로 데리고 간다. 그리프스는 사자이면서 독수리의 날개를 가진 짐승으로 신성과 인성을 함께 소유하는 그리스도의 상징이다. 다른 세 천사가 춤을 추며 나와 베아트리체더러 단테에게 그녀의 둘째 번 미(美, 웃는 얼굴)를 보여 주라고 부탁한다.

"오, 그대, 이 성스러운 냇물 너머에 있는 그대여,"
여인은 칼날만으로도[1] 아주 날카롭게 느껴졌던 화제,
그 칼끝을 이제는 내 정면에다 들이댔다.
그리하여 잠시의 틈도 두지 않고 말을 이어 책했다.
"자, 이게 사실입니까, 대답하세요.
이렇게 책망을 받은 이상 참회를 해야 합니다."

나의 능력은 혼란을 일으켜
말하려고 했으나 목구멍에서 나오기도 전에
목소리가 사라지고 말았다.
여인은 약간 기다렸다가 말했다. "무엇을 생각하는 거예요?
대답하세요, 그대 속에 있는 슬픈 기억은

---

1) 이제까지는 삼인칭(칼날)으로 말하던 것이 이인칭(칼끝을 정면에 들이대고)으로 변한 것이다.

아직 물²⁾로 씻긴 게 아니에요."

혼란과 공포가 뒤섞이어
입에서 가까스로 "네."라는 소리가 나왔으나,
그것은 눈으로 보지 않고는 알 수 없는 그런 목소리였다.
활을 쏠 때 시위를 너무 당기면
활이 망그러지고
과녁을 향해 나는 화살의 기세도 약해지듯이
나도 너무나 무거운 이 짐을 견딜 수가 없어
눈물과 한숨이 밖으로 쏟아져 나왔으나,
말은 목구멍 속에서 힘없이 지워졌다.

그러자 여인이 말했다. "그 이상
바랄 것이 아무것도 없는 선을³⁾
그대가 사랑하게끔 이끈 내 소원의 '길' 중도에서
그대가 그토록 앞으로 나갈 희망을 끊은 것은
대체 어떤 구렁,
어떤 사슬을 만났기 때문입니까?
또 그 이외의 선⁴⁾ 겉보기에
어떤 이로운 것이 표시되어
그대의 마음과 발을 유혹했던가요?"

괴로운 한숨이 먼저 입에서 새어 나왔다.
대답하려 해도 말이 나오지 않았다.
오직 가까스로 입술이 말의 모양을 지었다.
울음 섞인 소리로 나는 대답했다. "당신의 얼굴이 사라지자마자

---

2) 레테의 물이다.
3) 그 이상 바랄 것이 없는 선은 하느님이다.
4) 그 이외의 선은 세속적인 것이다.

눈에 보이는 모든 것들이
그 거짓 쾌락으로 내 발길을 돌리게 했습니다."

그러자 여인이 말했다. "그대가 고백할 것을
숨기든 부인하든 간에 죄는 사라지지도 감추어지지도
않습니다. 심판하시는 신은 모든 것을 보고 계십니다.
그러나 죄의 참회가 눈물이 되어 볼에
넘칠 때 하늘의 법정에서는
바퀴가 칼을 향해 거꾸로 돕니다.
그대가 실수의 치욕을 뼈저리게 느끼고
다음에 요부 세이렌⁵⁾의 소리를 듣더라도
마음이 굳세지도록,
눈물의 씨앗일랑 버리고 지금 내가 하는 말을 들으세요.
그대는 내가 죽어서 묻혔기 때문에
반대 방향으로 가 버렸습니다.
나를 품었던 아름다운 육체만큼 그대의 눈을
기쁘게 해준 것은 자연에도 예술에도 없었습니다.
그 육체는 지금 땅의 티끌이 되어 흩어졌습니다.
내가 죽었기 때문에 더없는 기쁨이 사라졌다면,
어떻게 덧없는 현세의 다른 것이
그대의 마음을 끌 수가 있었을까요?
그대는 거짓 것에게 첫 화살을 맞은 직후에
벌떡 일어나, 더욱 나은 세계를 향해
내 뒤를 따랐어야 했어요.
처녀라든가, 일시적인 바람기로
더 많은 화살의 상처를 입고
날개를 떨어뜨리지 말아야 했던 거예요.

---

5) 세이렌에 대해서는 〈연옥편〉 제19곡 참조.

새끼 새는 두 번 세 번 화살을 맞을 적이 있지만,
날개가 온전하게 돋은 새 앞에선
그물을 치건 활을 쏘건 결국은 헛된 일이에요."
어린이는 설득당하여 제 잘못을 인정하면
잘못을 뉘우치고 부끄러운 듯이 눈을 땅에 떨어뜨리고
말없이 서 있는데,
나도 그처럼 서 있었다. 그러자 여인이 말했다.
"귀가 따갑거든 그 수염을 치켜들고
이쪽을 똑똑히 보고 더 후회하세요."

그녀에게 그 말을 듣고 고개를 든다는 것은
알프스나 이아르바⁶⁾ 왕국에서 불어오는 바람으로 인하여
굳센 떡갈나무가 쓰러지는 것보다도
나에게는 더 괴로운 저항을 느끼게 했다.
그리고 '얼굴'이 아니라 '수염'이라 했을 때의
그녀의 말에 포함된 독이 몸에 스며들었다.
내가 얼굴을 들어 보니
천사들은 꽃 뿌리던 손을
멈추고 있었다.
그리고 나의 '눈물로 흐려진' 아직 분명하지 않은 눈에
신성과 인성을 한 몸에 갖춘
짐승 쪽으로 돌아선 베아트리체의 모습이 보였다.
현세에 있었을 무렵에도, 여인은 누구보다도 뛰어나게 아름다웠지만
냇물 너머에서 너울 쓰고 있는 모습은
옛날의 그녀보다 한결 더 아름다웠다.
뉘우침의 가시풀이 그때 따끔하게 나를 찔렀다.
내 눈을 그녀의 사랑으로부터 외면케 만든 것이

6) 이아르바는 리비아의 왕으로 《아이네이스》에 나온다.

그때 더욱 믿게 여겨졌다.
자신의 죄를 깨닫자 너무나 마음 아픈 나머지
나는 쓰러졌다. 그때 내 모습은
그 원인이 되었던 그녀만이 알고 있다.

이윽고 심장에서 피가 오관으로 돌아왔을 때[7]
내 머리맡에 아까 혼자 나타났던 여인이[8] 보였다.
"붙드세요, 나를."
나는 목까지 물에[9] 잠겨 있었는데,
'마텔다' 여인은 나를 끌며
작은 배처럼 가볍게 물 위를 걸어갔다.
내가 복 받은 기슭에 다가갔을 때
"나를 정결하게 하소서."[10]라고 하는 전혀 상상할 수도
표현할 수도 없을 만큼 부드러운 목소리가 들려왔다.
아리따운 여인은 두 팔을 벌려
내 머리를 안자 나를 물속에 잠갔다.
나는 무의식중에 물을 먹었다. 먹지 않을 수가 없었다.
여인은 나를 물속에서 건져내서는 물에 흠뻑 젖은 나를
어여쁜 네 천사가 춤추는 곳으로 데려갔다.
그러자 네 천사가 저마다 나를 얼싸안았다.
"우리는 여기에서는 님프이고, 하늘에서는 별이랍니다.[11]
베아트리체가 세상에 내려가시기 전부터
그 시녀로 정해져 있었습니다.
당신을 모시고 뵈러 가는

---

7) 정신이 돌아왔을 때.
8) 마텔다이다.
9) 레테강이다.
10) 〈시편〉 51편 7절 "우슬초로 나를 정결케 하소서, 내가 정하리다."
11) 〈연옥편〉 제1곡 주7 참조.

저기 통찰력 깊으신 세 분께서[12] 당신의 눈을
속에 있는 환희의 빛을 보게끔 밝혀 주실 것입니다.”
이렇게 노래 부르며 이야기했다. 그리고 베아트리체가 우리들 쪽을 향해
서 있는 그리프스의 가슴 앞까지
나를 데리고 가서 나에게 말했다.
“비취알 앞에 당신을 모셔 왔습니다.
사랑이 이 눈에서 화살을 뽑아 당신을 쏜 것이니
마음껏 바라보세요.”

불길보다도 뜨거운 갖가지 소원에 불타는 나는
항시 그리프스에게 집중된
빛나는 여인의 두 눈을 찬찬히 바라보았다.
태양이 거울 속에 비치듯, 신성과 인성을 갖춘 짐승이
여인의 눈 속에 어느 때는 신의 모습,
어느 때는 사람의 모습이 되어 비쳤다.
독자여, 내가 어찌 놀라지 않을 수 있었겠는가 생각해 보라.
짐승은, 실물을 보면 움직이지 않는데
영상을 보면 변화하는 것이다.
나의 혼은 환희로 인하여 넋을 잃고
먹을수록 식욕이 돋우어지는
이 음식을 맛보았는데,
그때 다른 세 천사가
천사들이 연주하는 가락에 맞추어 춤을 추며 앞으로 나왔다.
그 거동에서는 저절로 고귀한 기품이 느껴졌다.

“베아트리체, 거룩한 눈을,” 하고 노랫소리가 일었다.
“그에게로 돌리세요. 당신을 만나 뵙기 위해 그는

---

12) 믿음, 소망, 사랑의 세 천사이다. 〈연옥편〉 제29곡 참조.

갸륵하게도 멀고 긴 나그넷길을 온 것입니다.
아무쪼록 우리들의 소원을 받아들여 당신의 입에서
너울을 거두어 주세요, 숨겨 두신
제2의 미[13]를 그에게 또렷이 보여 주세요.”
오, 영원한 빛이여,
파르나소스의 산그늘에서 창백하게 몸이 야위어
그 ‘영감’의 샘물을 마신 자라 할지라도,
광활한 대기 속에 너울을 벗고 모습을 나타낸 당신에게
하늘이 조화된 그림자를 던졌을 때의
있는 그대로의 당신 모습, 그 모습을 묘사하려 시도하다가
넋을 잃지 않는 이, 과연 누가 있을 것인가?

---

13) 제2의 미는 베아트리체의 웃는 얼굴이다.

제32곡

단테는 지금 10년 만에 베아트리체의 웃는 얼굴을 보고 있다. 너무나 눈부셔 앞이 안 보이나 이윽고 시력을 회복한다. 그때 수레가 방향을 바꾸고 다시 움직이기 시작하는 것이 보인다. 마텔다와 스타티우스와 단테도 그것을 따라간다. 지상 낙원을 걸어가니 거창하게 큰 나무가 보인다. 단테의 이해를 초월한 온갖 사건이 일어난다. 큰 독수리가 날아내려 와 수레를 쳐서 주위에 깃털을 어지르고는 날아간다. 로마 교황청의 부패 타락과 아비뇽 천도가 일련의 숨은 뜻에 따라 표시된다.

10년 동안[1]의 목마름을 풀고자
내 눈은 뚫어져라 바라보았다. 그 때문에
내 다른 감각은 모두 사라져 버렸다.
눈 말고는 오른편에도 왼편에도 무관심의 벽이 생겼다.
성스러운 웃음이 그 옛날 '사랑'의 밧줄로
내 눈을 그 웃는 얼굴 쪽으로 끌어당겼다.
그러나 그때 "너무 쳐다보는군요."
하는 천사들의 목소리가 들렸다.
나는 하는 수 없이 얼굴을 왼편으로 돌렸다.

햇빛을 똑바로 바라본 이는
눈이 아찔하여
잠시 아무것도 보지 못한다.

---

1) 베아트리체는 10년 전인 1290년에 죽었다.

이윽고 시력이 회복되어 조그만 빛이 보이기 시작했는데
이 '조그맣다'라고 한 것은 내가 부득이
눈을 돌렸던 '커다란' 빛과 비교해서 하는 말이지만
영광스러운 전사의 행진이 오른편으로 가는 것이
내 눈에 보였다. 태양과 일곱 불꽃이
돌아가는 그들을 정면에서부터 비추고 있었다.

군대가 퇴각할 때는 병사들이 방패를 쳐들고
방향을 바꾸는데, 전군이 뒤로 돌아서기 전에
먼저 깃발이 방향을 바꾼다.
그와 같이 앞서 나아가는 천사 왕국의 '장로'들이
끌채가 채 돌기 전에
벌써 모두 뭉쳐서 우리 앞을 지나갔다.
그러자 천사들도 수레바퀴 가까이 춤을 추며 돌아왔다. 그리하여
그리프스는 축복받은 짐을 끌기 시작했는데,
깃털 하나 움직이지 않았다.
나를 잡고 내를 건넌 아름다운 '마텔다' 여인과
스타티우스와 나는
조그맣게 호를 그린 수레바퀴 자국[2]을 따라갔다.

이렇게 하여, 뱀을 믿었던 여인[3]의 죄 때문에
무인지경으로 변한 깊은 숲속을 헤치고
하늘의 음악 소리에 발맞추어 우리는 나아갔다.
대충 활을 세 번 쏠 정도의 길을
우리가 걸었을 때
베아트리체가 '수레'에서 내려섰다.

---

2) 조그만 호를 그린 오른쪽 바퀴이다.
3) 뱀을 믿은 여인은 이브(하와)이다. 아담과 이브가 추방된 이래, 지상낙원은 무인지경으로 변해
있었다.

모두가 나직하게 '아담'이라 속삭이는 게 들렸다.[4]
그리고 어느 가지를 봐도 잎도 꽃도 없는
한 그루의 나무[5]를 둘러쌌다.
그 나뭇가지는 위로 갈수록
더욱 퍼져 있었는데, 인도의 숲속에 사는 이라도
혀를 내두르지 않을 수 없을 정도로 높았다.

"맛 좋은 이 나무를 부리로 쪼지 아니한
그리프스여, 너는 복되도다. 이것으로
배를 불린 자는 뒤에 앓기 때문이니라."

거창하게 커다란 나무 둘레에서 '스물네 명의' 사람들이
이렇게 외쳤다. 그러자 '신인(神人)' 양성(兩性)의 짐승이 외쳤다.
"이리하여[6] 모든 정의의 씨가 지켜지느니라."

그리프스는 끌고 온 끌채로 향하더니
그것을 헐벗은 나무에다 갖다 붙여
그 줄기의 가지로 끌채를 잡아매었다.
위대한 '햇빛'이 천상의 쌍어궁 뒤쪽에서 빛나는
'백양궁'의 빛과 섞이어 내리쬘 무렵,[7]
지상의 초목은
봉오리가 부풀고 그 색채가 모두
새로 되살아난다. 태양이 천마를 몰아
그다음 별자리로 들어가기 전의 계절이다.

---

4) 질책의 뜻으로 '아담'이라는 이름을 속삭인 것이다.
5) 이 나무에 대해서는 〈창세기〉 2장 9절에 '여호와 하느님이 그 땅에서 보기가 아름답고 먹기에 좋은 나무가 나게 하시니 동산 가운데에는 생명나무와 선악을 알게 하는 나무도 있더라'라는 구절이 나와 있다.
6) 세속의 권력과 종교의 권력이 서로를 침해하지 않았으면 하는 것이 '이리하여' 이하의 뜻이다.
7) 이 별자리의 위치는 봄을 가리킨다.

그와 마찬가지로 그때까지 쓸쓸하게 서 있던 나무가
새로이 생기를 띠더니 장미보다도 더 엷고
제비꽃보다도 더 짙은 빛을 띤 꽃이 피기 시작했다.
사람들이 그때 일제히 합창한 찬미가는 내가 이해할 수 없는,
지상에선 전혀 노래할 수 없는 가락인지라
나로서는 끝까지 들을 수가 없었다.
비싼 값을 치르던 불침번인[8] '아르고스'의
그 가차 없는 눈이 시링크스의 노래를 듣는 동안
잠든 모양을 내 그릴 수 있다면,
모델을 보고 그리는 화가처럼
나는 내가 잠든 모양을 그려 보일 수가 있었을 것이다.
그러나 누구든지 잘 그릴 수 있다면 그려봐 다오,
나로서는 할 수 없으니 여기는 떼어 놓고 깨어났을 때의 일을
이야기하겠다. 빛이 내 잠의 너울을 찢자 외침 소리가
들렸다. "일어나세요, 무엇을 하고 있나요?"

능금나무 열매는 천사들의 식욕을 돋우며[9]
천국에서 영원한 혼인 잔치를 베푸는 계기가 되는데,
그 능금나무의 작은 꽃을 보러
베드로와 요한과 야고보가 인도되어 '산에 왔다가'
정신을 잃고 쓰러졌다. 말소리에 깊은 잠에서 깨어나
정신을 차리고 문득 돌아보니
어느 틈엔지 동행이 줄어져
모세와 엘리야도 없어지고
스승인 그리스도의 옷도 달라져 있었다.

---

8) 불침번이었던 아르고스는, 님프 시링크스의 이야기를 듣는 동안 잠들어 살해되었다. 그것이 '비싼 값을 치렀던'의 뜻이다.
9) 이하. 능금은 그리스도의 비유로 되어 있다. 그리스도의 변화에 대해서는 〈마태복음〉 17장을 참조.

나도 그처럼 제정신으로 돌아왔다. 그리고 내 머리 위에
아까 내를 따라 나를 인도해 준
그 자애 깊은 '마텔다' 여인이 보였다.
나는 의혹에 사로잡혀 "베아트리체는?"
하고 물었다. 그러자 여인이 이렇게 대답했다. "보세요,
저 나무뿌리 우거진 녹음 속에 앉아 계십니다.
그녀를 에워싸는 '일곱 천사'의 무리를 보세요.
다른 자들은 그리프스를 따라 지금
오묘 무궁한 찬미가를 부르며 하늘을 향해 올라갑니다."
'마텔다' 여인이 말을 더 했는지 어땠는지
나는 모른다. 베아트리체가 눈앞에 나타나는 바람에
나는 다른 것은 일절 모르게 되어버린 것이다.
'신인 양성'의 짐승이 아까 수레를 나무에다 매었는데,
거기 감시꾼으로 남기라도 한 듯이
베아트리체가 혼자 맨땅에 앉아 있었다.
일곱 님프가 둥그렇게 원을 짓고 둘러싸
손에 손에 촛대를 들고 있었는데,
북풍에도 남풍에도 꺼지지 않는 불이었다.

"잠시 그대는 여기서[10] 이 숲의 사람이 되어야 해요.
그리고 나와 더불어 영원히 로마의 백성이 되어야 해요.
그리스도가 로마인으로 계시는 저 '천상'의 로마에서 말이에요.
그러니까 지금은 어지러운 세상에 도움이 되도록
저 수레에 눈을 집중시켜 그대가 본 것을
현세로 돌아갔을 때 꼭 글로 남겨 주세요."
이렇게 베아트리체가 말했다. 나는 그녀가 분부한
발밑에[11] 나의 모든 것을 바치겠다는 심정이 들어

---

10) 그곳은 지상낙원이다.
11) 분부하는 발밑. 상징 시풍의 표현이라 할 수 있을 것이다.

그녀가 말한 곳으로 눈과 주의를 돌렸다.

저 먼 곳에서 비가 내릴 때

먹구름 속에서 떨어지는 벼락이라 할지라도

이제 그 나무를 향해 돌진하는 유티테르의 새만큼은

날쌔지 못하리라.[12] 보니, 큰 독수리 한 마리가

꽃을 꺾고 잎을 뜯으며

나무껍질을 찢더니

온 힘을 다해 수레를 내리쳤다.

수레는 그로 인해 폭풍 속의 배처럼

이리저리 마구 흔들렸다.

그런 뒤 영광의 수레 속으로[13]

맛난 음식[14]이란 먹어 본 적이 없는

암여우가 뛰어드는 것이 보였다.

그러나 여인이 그 더러운 죄를 꾸짖어 대자

암여우는 뼈와 가죽이 허락하는 한

재빨리 도망쳤다.

그러자 또 아까 날아왔던 길을 지나서

독수리가 수레의 포장 속으로 날아내려 가

그 근처 가득히 깃털을 어지르고 날아갔다.

그러자 비탄의 마음에서 우러난 듯이

천상에서 한마디 말이 울려 퍼졌다.

"오, 나의 쪽배여, 짐을 잘못 실었구나!"

이어서 바퀴와 바퀴 사이의 땅이 갈라지는 것이 보였다.

거기서 용[15]이 한 마리 나타났나 했더니

꼬리로 수레를 휘감았다.

---

12) 그리스도 교회가 황제로부터 박해당한 것을 나타낸다.

13) 이단의 무리가 그리스도 교회를 위협한 것을 나타낸 것이리라.

14) 참된 교리

15) 용은 마호메트를 가리킨다는 설도 있다.

그러고는 찔렀던 침을 뽑은 말파리모양
그 마성의 꼬리를 잡아당기다가 곧
수레 밑 한끝을 쥐어뜯곤 유유히 가 버렸다.
뒤에 남은 부분은 풀이 무성한 땅처럼,
아마도 건전한 선의에서 나온 공물로 비쳤을
깃털로 또다시 덮었다.
그리하여 오른쪽 바퀴도, 왼쪽 바퀴도, 끌채도,
입을 벌려 한숨 쉴 정도의 극히 짧은 시간 동안에
다시 모조리 깃털로 덮였다.[16]
성스러운 수레가 이렇듯 변해 버린 뒤에
그 여기저기서 머리가 나왔다.
끌채 위로 세 개, 그리고 네 구석에서 각각 하나씩 머리를 쳐들었다.
세 개의 머리에는 황소처럼 뿔이 나 있고,
다른 네 개의 머리에는 이마에 뿔이 하나씩 나 있었다.[17]
일찍이 본 적 없는 괴상한 꼴이었다.
마치 산꼭대기에 있는 성채같이 침착하고
방자한 창부[18]가 그 위에 앉아
사방에 추파를 던지면서 눈앞에 나타났다.
그리고 그 옆에는 계집을 가로채이지 않으려는 태세로
거인[19] 하나가 버티고 서 있었다.
그들은 내가 보는 앞에서 여러 번이나 입을 맞추었다.
그러나 계집이 음란한 눈을 파뜩 나에게로
돌리자 흉포한 정부는
계집을 머리서부터 발끝까지 후려쳤다.

---

16) 교회를 위해 헌납하는 것이 얼마 못 가 결국 교회의 부패를 일으켰음을 나타낸다.
17) 이 일곱 개의 머리는 일곱 가지 큰 죄를 뜻한다. 교만·질투·분노는 자신과 이웃을 해치므로
   뿔이 둘, 인색·미색·탐욕·게으름은 자신의 죄이므로 뿔이 하나이다. 따라서 머리는 일곱이지
   만 뿔을 10개이므로 이 뿔들은 십계명을 어기는 것을 뜻한다.
18) 창부는 교황 보니파시오 8세 밑에서 부패한 로마 교황청을 가리킨다.
19) 거인은 교황과 밀통하여 여러 가지 획책을 하는 프랑스 왕 필리프 4세.

의심과 분노로 미쳐 날뛰는 거인은
'괴물로 변한 수레'를 나무에서 풀어 숲속으로
끌고 들어갔다.[20] 그러자 숲이 그늘이 되어
창부도 괴상한 괴물도 보이지 않게 되어 버렸다.

---

20) 숲속으로 수레를 끌고 들어간 것은 교황청이 로마에서 프랑스의 아비뇽으로 옮겨진(1309년) 것을 가리킨다.

제33곡

천사들이 성가를 다 부르고 나자 베아트리체는 일곱 천사, 마텔다 여인, 스타티우스, 단테를 데리고 걷기 시작한다. 베아트리체가 장래에 일어날 여러 가지 사건을 수수께끼 같은 말로 예언한다. 일행은 어느 샘에 이른다. 그 샘에서부터, 악을 망각케 하는 힘을 지닌 레테강과 선을 상기시키는 힘을 지닌 에우노에강이 흘러나오고 있다. 마텔다는 단테와 스타티우스를 에우노에강에 잠기게 한다. 단테는 그 물결 사이로부터 신록의 새잎을 단 어린나무같이 청신하고 싱싱한 모습이 되어 되돌아온다. 시간은 부활절인 수요일 정오 전후이다.

"주여, 이방인들이 왔나이다."[1] 어느 때는
세 사람이, 어느 때는 네 사람이, 천사는 우아한 성가를
번갈아 눈물 흘리며 부르기 시작했다.
베아트리체는 탄식과 동정 어린 얼굴로
노래를 듣고 있었는데, 그 표정은
십자가로 향하는 제 자식을 지켜보는 마리아 같았다.
천사들이 노래를 마치고 그녀 차례가 오자
베아트리체는 단정히 일어서서 대답했는데
그 볼에는 불같은 붉은빛이 어리어 있었다.
"조금 있으면 너희는 나를 보지 못할 것이다.[2]
그러나 내 사랑하는 자매들이여,

---

1) 〈시편〉 79편은 '하느님이여, 열방이 주의 기업에 들어와서 주의 성전을 더럽히고 예루살렘을 돌무더기가 되게 하였나이다……'라는 말로 시작된다.
2) 그리스도가 제자에게 한 말로 〈요한복음〉 16장 16절에 '조금 있으면 너희가 나를 보지 못하겠고, 또 조금 있으면 나를 보리라. 이는 내가 아버지께로 감이라'라고 나와 있다.

또 조금 있으면 너희가 나를 보리라."
이어서 베아트리체는 앞에다 일곱 천사를 나란히 세우고
등 뒤에, 가볍게 눈짓하여 나와 '마텔다' 어인과
거기 남은 현자[3]를 서게 했다.
이리하여 걸어 나갔는데, 아직 열 걸음도
채 땅을 디디지 않았을 무렵
그 눈이 내 눈과 딱 마주쳤다.
그녀는 온화한 표정으로 "더 빨리 걸으세요."
라고 했다. "내가 이야기하는 동안은
좀 더 가까이서 자세히 들으세요."
나는 시키는 대로 그 옆에 가서섰다.
그녀가 나에게 말했다. "그대는 나와 나란히
가면서 왜 물으려 하지 않나요?"

어른 앞에 나가면 송구스러워 긴장한 나머지
말이 머릿속에는 맴도나 또렷이
입 밖으로 나오지 않는 이가 있듯이
나도 말이 나오지 않았다. 나는 들뜬 목소리로
이렇게 말했다. "마돈나,[4] 나에게 무엇이 필요한지,
또한 무엇이 좋은지는 당신께서 더 잘 알고 계십니다."

그러자 그녀가 나에게 주의를 주었다. "이제부터는
수줍음과 두려움을 버리고, 꿈꾸는 듯한 말투는
삼가도록 하세요.
그대가 알아야 할 것은, 뱀이 깨뜨린 그릇이 예전엔
있었지만 이제는 없다는 것이에요.[5] 그 죄를 범한 자에게

3) 남은 현자는 스타티우스다.
4) 베아트리체를 마리아와 같은 존재로 부른 것.
5) 〈요한계시록〉 17장 8절에 '네가 본 짐승은 전에 있었다가 지금은 없으나 장차 무저갱으로부터

주는 반드시 복수를 내릴 것입니다.

수레에 깃털을 남긴 독수리[6]는

언제까지나 후손이 없지는 않을 거예요. 그 깃 때문에

수레는 괴상한 꼴로 변하고, 또 미끼로 변해 버렸습니다.

내 눈에는 미래가 명백하게 보이기 때문에 말하지만,

별이 모든 장애물을 넘어서

이윽고 올라오려 하고 있습니다.

그 시기가 오면 주의 사자인

오백십오[7]라는 자가 도둑질한 그 계집과

그 계집과 통한 예의 거인을 죽일 것입니다.

내 말이 스핑크스나 테미스처럼

막막하여, 그들과 마찬가지로 지성을 헛갈리게 하여

그대에겐 납득이 안 갈지도 모르겠어요.

그러나 이윽고 사실이 나이아스[8]가 되어

양과 곡식의 피해를 내지 않고도

이 어려운 수수께끼를 풀어 줄 것입니다.

내가 한 이 말을 명심했다가

부디 인생의 길에서 한결같이 죽음을 향해 달리는

'현세'의 사람들에게 전하세요.

그리고 그것을 글로 쓸 때는 이제 여기서 두 번이나

뜯긴 나무를 그대가 본 대로

숨김없이 쓰도록 마음을 써 주세요.

올라와 멸망으로 들어갈 자니, 땅에 거하는 자들로서 창세 이후로 생명책에 녹명되지 못한 자들이 이전에 있었다가 지금은 없으나 장차 나올 짐승을 보고 기이히 여기리라'는 구절이 있다.

6) 독수리는 황제를 뜻한다. 단테는 페데리코 2세(1250년 사망) 이후의 황제들은 로마 제국의 참다운 황제가 아니라고 생각했다.

7) 오백십오는 로마 숫자로 DXV라고 쓴다. 그것을 바꾸어 쓰면 지도자라는 뜻인 DVX가 된다. 이 지도자에 대해서는 칸 그란데라느니 헨리(앙리) 7세라느니 하는 여러 설이 있다.

8) 나이아스(Naias)는 셈의 여신. 그러나 스핑크스의 수수께끼를 푼 것은 오이디프스이다. 당시 오비디우스의 《변신 이야기》에 잘못된 것을 단테가 그대로 인용한 것이다.

그 나무를 훔치고 그 나무를 헤치는 자는 누구든
모독적인 행위로 주께 불경을 저지르는 자예요.
주께서는 오직 자신을 위해서 그 나무를 성스러운 것으로 만드셨어요.
그 나무 '열매'를 깨물었기 때문에 제1의 영혼[9]은
5천여 년을[10] 형벌과 기대 속에 보내면서
그 죄의 벌을 자신에게 내리신 분을 기다렸습니다.
저 나무가 저렇듯 높이 솟아 가지가 벌어진 것이
특별한 이유 때문인 줄 모른다면
그대 정신은 잠자고 있던 것이 틀림없어요.
엘사[11]의 물로 그대 머리를 어둡고 흐리게 만들거나
그 쾌락이 오디를 물들인 피라모스[12]가 되지 않았다면,
이러한 나무의 모습만 보아도 그대는
그 나무의 도덕적 의미 속에
계율로써 표시된 주의 정의를 알 수 있을 거예요.
그러나 이제 보니 그대는, 돌로 변한 그대의
물들어 버린 지성[13] 때문에 내 말이 눈부시어
앞이 안 보이는 듯한데, 부디 '내 말을'

그대 마음에 명심은 하지 않을망정, 적어도 그 윤곽만은 잡고
돌아가 주세요. 성지에서 돌아가는 순례자가
종려 잎을 감은 지팡이[14]를 갖고 돌아가듯이 지니고 돌아가 주세요."
그래서 내가 대답했다. "밀랍으로 만든 초는 새겨진 모양을

---

9) 제1의 영혼은 아담이다.
10) 아담은 지상에서 930년, 림보에서 4302년, 합계 5232년을 이제까지 지내고 있다. 이것은 에우
세비우스의 연대 계산에 따른 것이다.
11) 엘사는 피렌체 근처에 있는 강.
12) 피라모스와 오디에 대해서는 〈연옥편〉 제27곡 주4 참조.
13) 석두(돌대가리)처럼 완고하게 이해력이 없어졌을 뿐만 아니라 지성이 편견에 물들어 버렸다
는 것이다.
14) 종려 잎을 감은 지팡이는 예루살렘을 순례했다는 소중한 기념이다.

그대로 간직합니다. 지금 그와 같이
당신의 말은 내 머릿속에 새겨졌습니다.
그런데 왜 내가 고대하던 당신의 말은
이해하려고 애를 쓰면 쓸수록 달아나 버려
내 이해력을 초월한 먼 저편 하늘 위를 나는 것일까요?"
"그 까닭은" 그녀가 말했다. "그대에게
그대가 신봉한 학파의 진실을 알려주고 그 학설이
과연 내 말과 부합하느냐 않느냐를 보여 주어서,
그대들의 길이 실은 주의 길로부터,
지상천에서 도는 하늘이[15] 지구에서 떨어져 있는 만큼
멀어져 있다는 것을 알리는 데 있는 거예요."

그래서 내가 그녀에게 대답했다. "나는 이제껏 당신을
떠나 빗나간 적이 없습니다.
또 거기 대해 양심의 가책도 받은 것이 없습니다."
그러자 그녀가 미소 지으며 대답했다. "만약 그대가
기억나지 않는다면, 다른 것은 그만두고라도
오늘 레테[16]의 물을 마셨다는 것은 기억하세요.
아니 땐 굴뚝에 연기나지 않는다고 합니다만
이런 망각이야말로 실은 당신 마음이
한눈을 팔았던 그 죄의 명백한 증거예요.
그러나 앞으로는 내가 말을 꾸미지 않고 할 테니
그대의 막막한 눈도
쉽사리 그 말을 읽을 수 있을 거예요."

자오선은 보는 이의 장소에 따라 이리저리 옮겨지는데,
그 자오선에 위치한 태양은

15) 지상천에서 돌고 있는 하늘은 원동천을 가리키는 것이다.
16) 단테가 그 물을 마셨다는 것은 죄를 지었다는 뜻.

빛이 더욱 세지고 걸음은 더더욱 느려진 것 같았다.
그때 사람들을 안내하여 앞서가던 자가
무슨 이상한 것이나 그 흔적을 보면
멈추어 서듯이, 일곱 천사는
서늘한 계곡의 기슭 가까이에서, 알프스산이
푸른 잎과 나뭇가지 그림자를 어둠 속에 떨어뜨리는 듯한
창백한 그림자가 끝나는 언저리에 멈추어 섰다.
천사들 앞에는 같은 샘에서 솟아나
다정한 친구처럼 이별을 아쉬워하는
티그리스와 유프라테스[17]인 듯한 두 강이 보였다.

"오, 빛이여. 오, 인류의 영광이여.
이것은 무슨 물일까요? 여기 한 샘에서
넘쳐 나와 양쪽으로 갈라져 가는데요."
내가 이렇게 묻자 베아트리체가 대답했다.
"마텔다에게 물어 보세요." 그러자
곧 죄의 해명이라도 하는 듯이 아름다운 여인이
대답했다. "이 일도 다른 일도 다
내가 미리 말해 두었습니다. 레테의 물도
설마 그가 잊지는 않았을 줄 압니다."
베아트리체가 말했다. "마음에 걸리는 일이 있으면
기억력을 가끔 빼앗겨 버리는 법이에요.
틀림없이 그 걱정 때문에 그 지혜의 눈이 흐려졌을 거예요.
하지만 흘러가는 에우노에강[18]을 보세요.
거기에 이 사람을 데리고 가서 언제나 그대가 하듯이
그의 둔해진 '기억의 힘'을 되살려 주도록 해요."

---

17) 에덴동산에 흐르는 네 개의 강 중 셋째와 넷째. 〈창세기〉 2장 10~14절.
18) 영혼에게 선행의 기억을 되살려 주는 강. 〈연옥편〉 28곡 참고.

거절할 줄 모르는 상냥한 혼은
타인의 기분이 밖으로 표현되면
곧 그 뜻을 자기 기분으로 만들어 버린다.
그래서 어여쁜 '마텔다' 여인은 내 손을 잡고자
걸음을 옮기기 시작했다. 그리고 스타티우스를 보고도
여자답게 "같이 가세요." 하고 권하는 것이었다.

독자여, 만약 지면만 허락한다면
나는 아무리 마시고 마셔도 싫증 나지 않는
이 달콤한 물을 조금이라도 더 시로 노래해 보였을 것이다.
그러나 이 제2편을 위해 마련된 종이는 벌써
다 써 버렸다. 그러므로 이 이상은
예술의 고삐가 나를 붙잡고 보내주지 않는 것이다.[19]
나는 신록의 새 잎새를 단
어린나무 같은 청신한 모습이 되어
성스럽고 거룩한 물결 사이에서 돌아와
별들을 향해 올라가려 하고 있었다.

---

19) 단테가 균형을 존중한 의식적인 예술가였다는 것은 '예술의 고삐가 나를 붙잡고 보내주지 않
는 것이다'라는 구절에서도 엿볼 수 있다.

연옥등정의 발자취

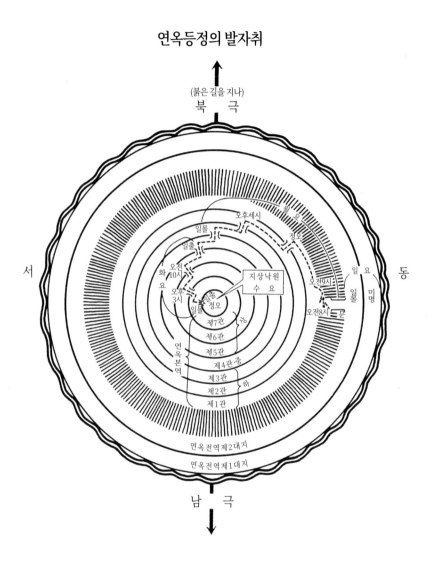

(붉은 길을 지나)

북 극

서

동

제7관
제6관
제5관
제4관
제3관
제2관
제1관

연옥본역

연옥전역제2대지
연옥전역제1대지

남 극

지상낙원
수 요

오후세시

일몰

일출

오전
10시

화요

오후
3시

일몰
정오

정오

일요

미명

오전9시

일몰

오전8시

문

Paradiso

천국편

제1곡

〈천국편〉의 시를 쓰기 시작하기 전에 단테는 먼저 아폴로에게 도움을 청한다. 단테는 별안간 주위가 온통 휘황찬란하게 빛나는 듯한 인상을 받는다. 그는 자신도 모르는 사이에 첫째 하늘인 달을 향해 올라가고 있다. 음악 소리가 들리자 하늘은 불꽃으로 타오른다. 눈앞이 아찔하여 넋을 잃고 있는 단테를 보고 안내자인 베아트리체가 승천의 이유를 설명하여 그의 의문을 풀어준다.

> 만물을 주관하는 그분[1]의 영광은
> 온 누리를 꿰뚫어 빛난다.
> 어떤 것에는 강하게 어떤 것에는 약하게 빛난다.
> 그 빛이 넘치는 천상[2]에
> 내가 있었다. 거기서 본 것을 거기서
> 내려온 나로서는 다시 이야기할 기운도 재주도 없다.
> 사람의 지력은
> 자신의 소망에 가까워질수록 깊숙이 가라앉아
> 기억도 이미 그 자국을 따라가지 못하는 것이다.
> 하나 그래도 이 성스러운 나라에서 내가 뽑아내어
> 내 기억의 보물로 간직할 수 있었던 것을
> 이제 나는 시의 재료로 삼아 노래 부르리라.

---

1) 모든 것을 주관하는 하느님이다. 하느님에 의해 만들어진 것은 그 완성의 정도에 따라 빛을 받고 있다.
2) 그 빛이 넘치는 천상은 지고천이다. 〈천국편〉은 한 번 지고천에 갔다가 다시 현세로 돌아온 단테가 그 여행을 회상하고 썼다는 형식을 테두리로 지니고 있다.

아, 정다운 아폴로[3] 신이여, 이 마지막 임무를 위해

나로 하여금 네가 사랑하는 월계관을 받게

너에게 알맞은 그릇으로 만들어 다오.

이제까지는 파르나소스산의 한 봉우리[4]로서 만족했었다.

하나 이제부터는 그 두 봉우리를 합쳐서

남아 있는 말(言) 터로 가야만 한다.

아폴로, 내 가슴에 들어오너라. 그리하여

일찍이 마르시아스를 그 몸뚱이 칼집에서

뽑았을 때와 같이 숨결을 담아 피리를 불어라.[5]

아, 신묘한 힘이여, 내 머릿속에 새겨진

복된 왕국의 희미한 그림자를 네 도움으로

내가 만약 글로 표현할 수 있다면,

너는 내가 네 사랑하는 월계수를 향해 걸어 나가

그 잎으로 된 관을 쓰는 모습을 보게 되리.

시의 주제와 네 힘이 나에게 그 영광을 준 것이다.

아, 시인의 아버지여, 황제나 시인의 영광을 장식하기 위해

월계수 잎을 따는 일이 드물다면

그것은 인간 의지의 죄, 의지의 수치이다.

만일 그만큼 페네이오스 잎[6]이 사람의 마음에

영광을 향한 갈망을 불러일으킨다면

---

3) 〈지옥편〉, 〈연옥편〉에서는 시의 여신(뮤즈)의 이름이 구원의 대상으로 불렸으나, 마지막 임무인 〈천국편〉 제작을 위해서는 시의 여신들의 지도자인 아폴로의 이름이 구원의 대상으로 불린다.

4) 파르나소스의 두 봉우리 중 하나란 시의 여신들이 사는 봉우리(엘리코나)를 말한다. 다른 봉우리(치르라)에는 아폴로가 살고 있다.

5) 〈연옥편〉 첫머리에서 시의 여신과 겨룬 여인들이 까치로 변한 것을 노래했듯이 여기서는 아폴로와 겨루다가 져서 사람의 속이 입으로 끌려 나오는 바람에 겉과 안이 뒤집혀 버린 마르시아스의 이름이 나온다. 《신곡》 안에서 이러한 비유의 연관성 또한 단테의 의식적인 구성이라고 생각할 수 있겠다.

6) 월계수로 변해 버린 다프네는 페네이오스의 딸뻘이 되기 때문에 이런 식의 표현이 사용되었다.

델포이의 신[7]은 더욱더 기뻐하리라.

큰불은 작은 불꽃 뒤에 일어난다.

아마 내 뒤에서도 더욱 좋은 목소리의 소유자가

파르나소스 봉우리가 메아리칠 만큼 기도를 드릴 것이다.

세상의 등불[8]은 사람 눈에는

온갖 곳에서 돋아 오르지만, 네 개의 원을

세 십자가로 맺는 지점[9]에서

돋는 해는 가는 길도 좋으며 맺어진 별들도 좋다.

그런 만큼 마음대로

세상의 밀랍에 그 본을 떠서 표를 새긴다.

해가 그 입구에 자리 잡으니, 저기서는 날이 새고

여기서는 해가 저문다.[10] 저쪽 반구는 이윽고

밝아지고 이쪽은 암흑에 휩싸인다.

그때 보니 베아트리체는 왼편을 향해

일찍이 독수리라도 이토록 응시한 적은 없었을 만큼

태양을 지그시 바라보았다.

반사광이 투사광에서 튕겨 나가[11]

다시 위로 오르는 모양은 마치

나그네가 객지에서 돌아가려는 모양과 흡사한데,

그와 마찬가지로 그녀의 동작이 눈으로부터

내 상상력 속에 들어와 나를 같은 동작을 하게 했다.

나의 두 눈은 세상의 습관을 초월하여 지그시 태양을 바라보았다.

---

7) 델포이에 아폴로 신전이 있다.

8) 세상의 등불은 태양이다.

9) 춘분이 되면 태양은 지평선·황도·적도·밤낮의 분계선이 서로 어울려 십자형 셋을 이루는 지점에서 뜬다. 춘분은 봄철이라 만물이 소생하는 계절이다. 천지창조와 마리아의 수태도 이때이다.

10) 저기는 연옥을 가리키는 것이고, 여기는 현세를 가리킨다.

11) 물리학적 고찰의 시구가 보인다.

이 현세에서는 우리의 힘에 겨운 것이 거기서는
여러 가지 허용되고 있다. 인류에 어울리는 고장으로서
만들어진 땅[12]이기 때문이다.
나는 오래 바라보지는 않았다. 하나 그래도
용광로에서 나온 이글이글 끓는 쇳물처럼
태양 주위에 불꽃 튀는 것이 보였다.
그리고 갑자기 대낮의 빛에다 태양을 더하는 듯한
느낌을 받았다. 마치 전능한 신이
다른 또 하나의 태양으로 하늘을 꾸민 것 같았다.
베아트리체는 눈을 천구 쪽에
집중시키고 있었다. 나는 시선을 옮겨
그녀의 얼굴을 열심히 바라보았다.
그녀를 바라보는 동안 내 내부에 변화가 생겼다.
그것은 말하자면 글라우코스[13]가 풀을 씹어
해신들의 벗이 된 그런 변화였다.
인간의 조건을 초월한다는 것은 말로
다 표현할 수가 없다. 그러나 은총으로써
언젠가 그런 경험[14]을 할 수 있는 사람들에겐 이 예로 충분하리라.

하늘을 다스리는 사랑이여, 당신은 당신의 빛과 더불어 나를
위로 끌어올렸는데, 그 내가 내 속에서 당신이 새로이
만든 부분뿐인지 아닌지는 당신이 더 잘 알고 계신다.[15]
당신은 소원을 받아들여 천구의 회전을 영원하게 하였는데,

---

12) 만들어진 땅이란 지상의 낙원인 에덴동산을 말한다.
13) 글라우코스는 신화에 나오는 그리스의 어부. 자기가 잡은 물고기가 어떤 풀을 먹더니 생명력
   을 회복하여 다시 바닷속으로 뛰어 들어가는 것을 보고, 자신도 그 풀을 먹었던바 인간의 조
   건을 초월하여 바다의 신이 되었다.
14) 천국으로 올라가는 경험.
15) 하느님은 먼저 인간의 육체를 만들고 거기다 영혼을 불어넣었다. 그러므로 '당신이 새로 만든
   부분'은 영혼을 가리킨다.

그 회전이, 당신이 조율한 가락으로
나의 신경을 끌어들였을 때,
보니, 하늘은 온통 태양 불꽃으로 타올랐다.
호숫물이 이처럼 퍼졌던 적은
비 때문이건 홍수 때문이건 일찍이 없었다.
새로운 소리와 위대한 빛이
그 원인을 알고자 하는
이제껏 느낀 적 없는 예민한 소망에다 불을 붙였다.
그러자 내 마음속을 나 자신처럼 알고 있는
베아트리체가, 내 동요된 마음을 가라앉히기 위해
내가 채 묻기도 전에 입을 열고
이렇게 말했다. "그대는 그대의 그릇된 상상으로
둔해져 있으므로 여느 때 같으면
보일 것조차 보이지 않는 거예요.
그대는 그대가 생각하고 있듯이 지상에 있는 것이
아닙니다. 번개가 불의 하늘에서 생기는 것보다도 빨리
그대는 정해진 하늘을 향해 날아오르고 있는 거예요."

이 웃음 띤 말에
나의 첫 의문[16]은 풀렸지만
나는 속으로 둘째 의문에 사로잡혔다.
"이 커다란 놀라움은 이제
가라앉았습니다만, 이번에는 왜 내가
이 가벼운 기체 속을 올라가는지 그게 이상하군요."
그러자 그녀는 연민의 한숨을 내쉰 뒤
올바른 길을 벗어난 자식을 바라보는 어머니 같은 표정으로
나에게 눈을 돌리고 말했다.

---

16) 새로운 소리와 위대한 빛의 원인을 알고 싶다는 것이 첫째의 의문이다.

"모든 사물에는

질서가 있는 거예요. 그 형태가 있기 때문에

우주는 주를 닮는 거예요.

이 점에 고귀한 창조물[17]은 영원한 주의 증거가

되는 것인데, 이 영원한 가치야말로 이제 내가 말한

사물의 서열이 모이는 궁극의 목적입니다.

내가 말하는 질서 안에서 모든 것이

온갖 규칙에 의해 어떤 것은 그 근원에서 가깝고[18]

어떤 것은 먼, 각각의 경향을 보이고 있어요.

그렇기 때문에 존재의 바닷속에서 모두가 저마다

온갖 항구로, 주어진 본능이 이끄는 대로

움직여 가는 거예요.

이 본능이 불을 달 쪽으로 나르고,

이 본능이 하등 생물에 있어서는 기동력이 되고,

이 본능이 땅을 응고 결집하는 거예요.

이성 없는 창조물뿐만 아니라

지성과 사랑을 갖춘 자도

이 '본능의 활'로 날려가는 거예요.

신의 섭리는, 이러한 모든 것을 재어

그 빛을 가지고 그 속에서 태초의 움직임이 전속력으로 도는

그 '지고천'을 영원히 잠잠하게 만들었습니다.

그래서 지금 그쪽을 향해 정한 장소로 가게끔

그 활에 걸리면 모두 기쁨을 목표로 하여 나는

저 '본능적' 시위의 힘으로 우리는 튕겨 나가는 거예요.

재료가 나빠 마음먹은 대로 되지 않기 때문에

완성된 형태가 예술가의 의도와 맞지 않는 일은

분명 자주 있는 사실이다,

---

17) 고귀한 창조물이란 천사와 사람을 가리킨다.

18) 그 근원이란 하느님이다.

그와 마찬가지로 본래는 똑바로 날아왔더라도
사람은 굽을 힘을 자기 안에 지니고 있는 만큼
이 '본능적' 길에서 때로는 벗어나기도 하는 거예요.
분별없는 쾌락 때문에 최초의 충동이
비뚤어져 땅으로 빗나가 버리는 꼴은
구름 사이에서 떨어지는 벼락을 보면 이해가 갈 것입니다.
이제 그대는 하늘로 올라가는 것에 대해
놀라서는 안 됩니다. 그것은 말하자면 강물이
높은 산에서 계곡을 타고 흐르는 거나 마찬가지예요.
몸과 마음이 죄다 씻기어 장애물을 벗어난 그대가 저 아래
아직 남아 있다가는 그야말로 세찬 불길이
땅을 기듯이, 도리어 불가사의하게 될 것입니다."
이렇게 말하고 나서 그녀는 다시 얼굴을 하늘로 향했다.

천국의 개관

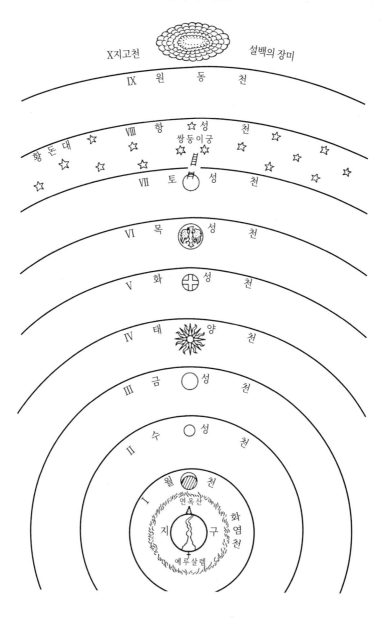

X지고천   설백의 장미

IX   원   동   천

항돈대   VIII   항   성   천

쌍둥이궁

VII   토   성   천

VI   목   성   천

V   화   성   천

IV   태   양   천

III   금   성   천

II   수   성   천

I   월   천

연옥산

지   구   화염천

예루살렘

제2곡

제2곡의 첫머리에서 작은 배를 타고 따라온 자는 그들의 기슭을 향해 돌아가도록 하라는 경고를 한다. 〈지옥편〉, 〈연옥편〉에 비해 훨씬 이해하기 어렵다는 단테의 독자들에 대한 주의이다. 베아트리체와 단테는 첫째 하늘인 월광천(月光天)에 도달한다. 달의 반점에 대해 두 사람 사이에 질문과 응답이 교환된다. 베아트리체가 신학적 또는 물리학적으로 세밀하게 설명하고, 아울러 각 천구의 특성에 대해서도 언급한다.

오, 너희들 작은 배 안에 있는 자여,
너희들은 노래 부르며 가는 나의 배 뒤에서
듣고 싶은 나머지 따라왔지만,
너희들의 기슭을 향해 돌아가도록 하라.[1]
깊은 곳으로 들어서지 말라, 너희들은 필경
나를 잃어버리고 쩔쩔맬 것이다.
내가 가는 바다는 일찍이 사람이 건넌 적이 없는 바다이다.[2]
미네르바가 바람을 주고 아폴로가 나를 인도한다.[3]

---

1) 《신곡》 3편 중에서 〈지옥편〉과 〈연옥편〉은 묘사되어 있는 대상이 인간 세계에 실재하는 가지가지의 실상이기 때문에 저승의 세계라는 시적 설정인데도 불구하고 읽기가 비교적 쉽다. 그러나 〈천국편〉에는 제1곡 후반에도 벌써 나타났듯이 신학적 우주관에 따르는 논의가 자주 나오고 실세계와 내왕이 없는 오로지 언어와 상상력에 의해 만들어진 대목이 많으므로 부분적인 일화를 뺀다면 요즘 사람이 읽기가 절대 쉽지 않다. 여기서 단테가 말하는 "너희들의 기슭을 향해 돌아가도록 하라." 즉, 지금부터는 읽기가 어려우니 힘이 미치지 못하는 자는 섣불리 자기를 따라오지 말라는 경고는 그런 뜻에서 진실을 말하고 있는 것이다.
2) 자기의 시작이 이제까지 그 누구도 가보지 못한 경지로 들어가기 시작한다는 것을 단테가 자각하고 쓴 1행이라 할 수 있을 것이다.
3) 지성의 신 미네르바(아테나)와 빛과 음악의 신 아폴로의 도움을 받고 또 파르나소스의 아홉

그리고 아홉 뮤즈가 나에게 큰곰자리를 가르쳐 준다.

그리고 얼마 안 되는 다른 너희들, 너희들은 때를 얻어
천사들의 빵⁴⁾으로 얼굴을 돌렸다. 지상에서도 이 빵으로
모두 살아 가지만 만족하여 누구 하나 떠나는 자는 없다.
너희들은 바다를 향하여 너희들의 배를 몰고 나가거라.
다시 잠잠해질 물결 앞으로
내 뱃길을 따라 나가거라.
콜키스로 건너갔던 영광의 기사들은
농부로 변장한 이아손⁵⁾을 보고 놀랐지만,
너희들의 놀라움은 그 정도로 끝나지 않을 것이다.

주의 왕국을 동경하는
타고난 우리들의 영원한 갈망이 우리를 싣고 갔는데,
그 움직임은 너희들이 보는 하늘의 움직임처럼 날쌨다.
베아트리체는 하늘을, 나는 그녀를 찬찬히 바라보았다.
그리고 아마 화살이 과녁을 쏘고, 날고, 시위를 떠나는 것과⁶⁾
같은 사이에 나는
눈이 굉장한 것 속으로 빨려드는 곳에
벌써 당도하고 있었다. 나의 감정은 베아트리체에겐
숨길 수가 없어 그녀는
나를 돌아보고 기쁜 듯이 예쁘게
이렇게 말했다. "주께 감사드리세요, 주님은
우리를 첫째 별⁷⁾로 인도해 주셨습니다."

뮤즈의 안내를 받아 좋은 시를 쓴다는 것.
4) 천사들의 빵이란 영원한 진리의 지식을 가리킨다.
5) 콜키스섬에 건너간 기사들의 대장 이아손은 황금 양털을 탈취하기 위해 농부로 변장했다.
6) 화살이 과녁을 쏘고, 날며, 시위를 떠난다는 순서는 실제의 궁술과는 순서가 반대이다. 한순
   간에 일어난 빠른 행위를 표시하기 위해 굳이 순서를 역전시킨 것이라 생각한다.
7) 첫째 별이란 달이다. 그리고 승천의 순서는 달, 다음이 수성, 세 번째가 금성, 다음이 태양, 그

우리는 구름에 휩싸인 듯한 느낌을 받았다.

윤이 나고, 짙고 단단하고 매끄러워,

말하자면, 태양 빛을 받아 빛나는 금강석과 같은 느낌이었다.

이 영원한 진주[8]는

물이 갈라지지 않더라도 안으로 광선을 받아들이듯이

그 내부로 우리를 받아들였다.

내가 육체로 되어 있기 때문에 어떤 용량이

다른 용량을 포함할 수 있는지 납득이 가지 않았으나

물체가 물체로 들어간 것만은

사실이다. 그러니만큼 더욱 인성과 신성이

합체된 것으로 보이는 그 본질[9]을

우러러보고 싶다는 소망이 몸속에서 뜨겁게 끓어올랐다.

거기서는 우리의 믿음이 눈에 보일 것이다.

논리적으로는 증명되지 않으나 사람이 믿는

공리(公理)처럼 자명한 이치로써 터득될 것이다.

나는 대답했다. "마돈나여, 진정 경건한 마음으로

현세에서 나를 떼어 놓아 주신 그분에게[10]

감사를 드립니다.

가르쳐 주세요, 이 물체의 반점은

무엇입니까? 이것에 대해 하계의 지구에서는

카인의 이야기[11]가 사람들의 입에 오르내리고 있습니다."

잠시 미소 지은 다음 그녀는 나에게 이렇게 말했다.

"오관의 열쇠로써는 열리지 않는 분야이므로

리고 화성, 목성, 토성, 항성, 원동천, 지고천의 순서이다.

8) 영원한 진주란 달을 가리킨다.

9) 그 본질은 그리스도이다.

10) 현세에서 단테를 떼어 놓은 것은 하느님이다.

11) 우리는 달의 반점을 계수나무와 토끼 우화로 만들었는데, 이탈리아에서는 아벨을 죽인 카인
   이라 한다.

현세 사람들의 생각이 틀렸다 할지라도 그다지
불가사의한 화살에 맞은 듯이 놀랄 것은 없겠지요.
그대도 알다시피 오관을 믿는 이성은
짧은 날개밖에 갖고 있지 않아요.
한데 먼저 그대의 생각을 말해 보세요."
그래서 내가 대답했다. "여기서 갖가지 짙고 엷은 색이
보이는 것은 물체의 밀도 때문이 아닌가 생각됩니다."
그러자 그녀가 말했다. "지금 내가 말하는 반론을
귀담아들으면 그대도 그대의 생각이 오류 속에
깊이 빠져 있음을 똑똑히 알 수 있을 거예요.
여덟째 하늘에는 수많은 항성이 보이는데,
광도나 형태의 크고 작음에 따라
각각 다른 모습으로 육안에 비칩니다.
만약 서로 다르게 보이는 이유가 단지 물질의 밀도에서 유래된다면
항성은 모두 더나 덜 혹은 똑같이 나누어지는 차이는 있을지언정
같은 종류의 힘을 나누어 갖는 것이 됩니다.
가지각색의 힘은 마땅히 가지각색인 형상 원인의
결과일 따름이므로 그대의 말에 따른다면
하나 외에 다른 형상의 원인은 모두 무(無)로 돌아가게 됩니다.
그리고 만약 밀도의 희박함이 지금 문제되고 있는
검은 점의 원인이라 한다면, 이 천체에는
어쩌면 한 부분에 물질이 부족하다든가,
혹은 두터운 지방과 살로 되어 있는 몸뚱이처럼
그 두께 속에 다른 층을[12]
이루고 있는 것이 되겠지요.
만약 첫째 경우라고 가정한다면 일식 때에
분명해질 것이며, 햇빛이 달의 희박한 부분을 통해서

---

12) 원본 시에는 '다른 종이(紙)'로 되어 있는데, 이것은 갖가지 두께의 층을 나타내는 것이다.

엷은 것이 비쳐 보이듯이 보일 거예요.

하지만 실지로 그렇게 되진 않아요. 그렇다면 둘째 경우를

살필 필요가 생기는데, 이것도 캐보면

그때 추론의 오류가 입증될 것입니다.

겉에서 안까지가 희박한 물질만이 아니라 한다면

도중에 경계가 있어 거기서 '조밀한' 물질이

태양 광선의 통과를 막는 것이 됩니다.

그래서 태양 광선이 반사하는 것인데,

그것은 마치 뒷면에 납칠한 거울에

색깔이 비치는 그런 식이 되겠지요.

그러면 그대는

장소에 따라 빛이 짙고 엷음이 생기는 이유를

반사점 위치의 멀고 가까운 탓으로만 돌릴지 모르겠어요.

하지만 이런 종류의 주장은 그대에게 시험해 볼 생각만 있다면

실험으로써 그 의문을 풀 수가 있을 거예요.

실험이야말로 인간 학예의 흐름에 변함없는 샘입니다.[13]

거울 셋을 가지고, 둘을 그대에게서 같은 거리에다 놓고

그 둘 사이에다 셋째 거울을 더 멀찍이 떼어 놓아

거울 면이 그대 눈을 향하도록 합니다.

그대는 그것과 마주 자리 잡고 그대 등 뒤에다

광원을 두면 세 개의 거울에 들어온 빛이

반사되어 그대에게로 돌아옵니다.

양적으로 말한다면 가장 먼 불은

그다지 퍼지지 않지만 빛의 질은

다른 거울의 불과 같다는 걸 알 수 있을 거예요.

이제, 뜨거운 햇볕이 내리쬐어

눈(雪)이 본래의 색깔과 본래의 차가움을 상실할지라도

---

13) 피렌체시는 르네상스 때에는 자연과학의 연구가 매우 왕성했던 학예의 도시이다. 그런 종류
의 실험 정신은 벌써 단테의 이 시구에서 엿볼 수 있다.

그 질료[14]는 본래 그대로이듯이 '그릇됨을 논파당한'

그대의 지성도 본체는 본래 그대로이므로 지금 거기다

활력을 띤 빛으로 형상을 부여할까 합니다.

그러면 그 빛으로 하여 그대는 떨며 반짝이게 될 것입니다.

주의 평화의 '지고천' 안에서[15]

한 물체가 돌고 있는데, 그 힘 속에는

거기 포함되는 모든 것의 실재가 깃들어 있는 거예요.

다음의 '여덟째' 하늘은 수많은 항성으로 빛나는 하늘인데,

그 실재를 갖가지 본질로 나누고 있습니다.

그 실재에 포함되기는 하나 다르기도 한 본질입니다.

다른 '일곱' 천구는 각각 다른 성격에 따라서

그 목적에 응하여 내부에 각각 다른 본질과

씨앗을 갖고 있습니다.

이러한 세상의 여러 기관은 그대도 보다시피

이처럼 단계를 거쳐서 나가므로

위의 하늘에서 영향을 받으면 그것을 아래의 하늘로 전하는 거예요.

그대가 바라고 동경하는 진실을 향해 내가 이 길을

어떻게 가는지를 잘 보아 두세요. 그러면

나중에 혼자서 건너갈 때도 길을 알 수가 있을 거예요.

대장간의 망치도 대장장이가 있으므로 해서 비로소 움직이듯이

성스러운 천구가 회전하는 힘도

축복받은 원동자들[16]이 있으므로 해서 비로소 움직이는 거예요.

아름다운 별이 반짝이는 천구는

그것을 돌게 하는 분의 깊은 마음에서 감명받으면

---

14) 눈의 질료는 물이다. 그 질료 자체에는 변화가 없다. 이 물리학적인 〈천국편〉 2곡에서는 단테의 심리적 설명까지도 이와 같은 비유를 빌려서 행하여지고 있다.

15) 〈지옥편〉 11곡에서는 지옥의 지리와 분류가, 〈연옥편〉 17곡에서 연옥의 분류가 베르길리우스의 입을 통해서 설명되었으나 베르길리우스가 없는 여기서는 베아트리체의 입을 통해서 천국의 분류가 설명되고 있다.

16) 천사들.

그것을 하늘에다 아로새기는 것인데,
그 모양은 그대들의 티끌[17] 속에서
한 영혼이 갖가지 능력에 따라
다른 몸뚱이로 스며드는 것과 같아서
'천구를 움직이는' 지성은 별의 수에 따라
그 힘을 더하고, 스스로를 나누어 주면서도 그 자신은
자기의 단일성 위에 회전을 계속하고 있는 거예요.
갖가지 힘이 천체에 따라 갖가지 형태로 결합하여
천체에 활력을 부여하는데, 그것은
생명이 그대들 사람에게 결부되는 것과도 비슷합니다.
그리고 기쁨의 천사로부터 유래하는 만큼
이 힘과 천체가 합쳐지면
눈동자에 환희가 빛나듯이 별이 되어 빛나는 거예요.
별 하나하나가 다르게 보이는 것은 그 힘에 유래하는 것이지
밀도에 유래하는 것은 아닙니다.
그 힘이야말로 특성에 따라
명암을 낳는 형상의 원인이 되는 거예요."

---

17) 육체를 '티끌'이라고 한 것이다.

제3곡

월광천에서 단테는 포레제 도나티의 누이동생인 피카르다를 만난다. 그녀가 자기 신상 이야기를 한다. 서원을 걸었는데도 불구하고 부득이 그것을 어긴 사람들의 혼이 가장 낮은 이 천구에 할당되었다고 한다. 피카르다는 그녀와 마찬가지로 서원을 걸고 수녀가 되었다가 뒷날 부득이 환속하게 된 대왕비 코스탄차의 혼을 단테에게 가르쳐 준다.

일찍이 사랑의 불로 내 가슴을 따뜻하게 했던 이 태양[1]은
자기 설을 입증하고 나의 설을 반증하여
아름다운 진리의 부드러운 모습[2]을 내게 보여 주었다.
그래서 나는 잘못을 고치고 그녀의 설을 믿겠다는 말을
하려고 고백하는 듯한 자세로 머리를
들었는데,
그때 갑자기 눈앞에 그림자가 나타나 나의 주의력을
그쪽으로 끌어들였다. 나는 그것을 보고 있는 동안에
고백하는 것을 잊어버리고 말았다.
잘 닦여진 투명한 유리알이나 혹은
바닥이 보일 만큼 얕은
맑고 잔잔한 수면에
우리들의 얼굴이 흔들리며
비칠 때는, 흰 이마에 달린 진주와 마찬가지로[3]

---

1) 이 태양은 베아트리체를 가리킴.
2) 베아트리체는 신학적인 진리이다.
3) 흰 이마에서는 진주가 빛이 나지 않는다.

눈에 얼른 띄지 않는다.
그처럼 막연한, 말을 하고 싶은 듯한 얼굴이 여럿 보였다.
그래서 나는 사람과 샘 사이에 애정을 불살랐던 것과는
반대의 착각에 빠져들었다.[4]
나는 그들의 얼굴을 보자 곧
거울에 비친 모습인 줄 알고
누구의 얼굴인지 확인하려고 눈을 뒤로 돌렸으나
아무것도 보이지 않았다. 그래서 다시 눈을 앞으로 되돌려
부드러운 안내자의 빛을 지그시 바라보았다.
그 빛은 미소 지으며 거룩한 눈 속에서 타오르고 있었다.

"놀랄 것은 없어요." 하고 그녀가 말했다.
"언제까지나 진실에 발을 들여놓으려 하지 않는
그대의 어린 생각을 보고 웃었을 뿐이에요.
그대의 생각은 자칫하면 헛된 쪽으로 향하는데,
그대 눈에 보이는 것은 참된 것의 실체입니다.[5]
서원(誓願)[6]을 어겼기 때문에 이 하늘로 보내어졌습니다.
그러니까 말을 건네어 들어 보고 믿도록 하세요.
그들의 마음을 진정시키는 진리의 빛은
그들이 자리에서 벗어나는 것을 용납하지 않을 거예요."

그래서 무척 이야기하고 싶어 하는 듯한 혼을
돌아보고 마치 생각이 넘쳐

---

4) 샘에 비친 자기 영상을 타인의 실상인 줄 알고 거기에 넋을 잃은 나르키소스와 반대의 착각, 즉 실물을 보면서도 그것을 다른 것의 영상인 줄 착각한 것을 말한다.
5) 참된 것의 실체란 여기서는 혼들을 말하는 것이다. 실체란 그 자체로 존재하는 것을 말하며 (예 : 사람, 나무, 돌), 경험으로 파악되는 물건이다. 실체의 속성과는 구별이 된다(예 : 사랑, 푸른 빛, 동정).
6) 소임. 하느님께 한 맹세. 피카르다는 수녀가 될 때 평생을 수녀로 보낼 것을 하느님께 맹세했으나 이를 이행하지 못했다.

마음이 산란한 이처럼 나는 말을 시작했다.
"오, 복되게 만들어진 혼이여, 그대는 감미로운 맛을
영원한 생의 빛에서 느끼고 있는데, 그것은 맛보지 못한 이로서는
아무래도 알 길 없는 묘미요.
그대들 이름과 그대들 신분을 밝혀주지 않겠소?
그렇게 해 주면 나로서는 아주 감사하겠소."

그러자 눈에 미소를 담고 여인은 즉석에서 이렇게 말했다.
"우리들의 애정은 정당한 소원에 대해서는
문을 닫지 않습니다. 궁정[7] 사람들이 모두 자기를
닮기를 원하는 사랑[8]과 같습니다.
현세에서 나는 수녀 동정녀였습니다. 지금 내가
몰라볼 만큼 아리따울지라도, 내가 누구인지
당신께서 기억을 더듬어 보시면 아실 거예요.
나는 바로 그 숨김없는 피카르다[9]입니다.
다른 복된 여러분들과 함께 여기
가장 움직임이 느린 천계[10]에서 행복하게 지내고 있습니다.
우리들의 감정은 성령의 뜻대로
타오르기 때문에
성령의 인도에 따르는 것을 큰 기쁨으로 삼고 있습니다.
이 '월광천'의 운명은 아주 낮게 보이겠지만

---

7) 천사나 축복받은 사람들로써 이룩된 천상의 궁정을 가리킨다.

8) 하느님의 사랑을 가리킨다.

9) 피카르다 도나티. 피렌체 명문 도나티 집안의 딸로 그녀의 이름은 이미 단테가 그녀의 오빠인 포레세 도나티와 이야기했을 때도 나왔다. 시몬드는 《단테 연구》에서 그녀를 평하였는데, 다음과 같이 아름답게 비유해서 말한다. "어떠한 영혼의 초상도 피카르다 도나티의 초상만큼 감미롭고 섬세한 느낌이 드는 것은 없다……. 상상해 볼 때, 그녀는 빛나는 안개를 통하여 봄날 알프스의 백합처럼 덧없고 아련한 향기를 풍기며 미묘할 만큼 깨끗하다. 그녀의 말 자체가 벌써 그 속에서 온화한 달빛과 새벽빛 속에 이슬에 젖은 백합의 진주 같은 차분한 색채를 지니고 있다."

10) 달의 하늘, 즉 월천(月天). 지구가 가까울수록 느리다.

서원을 소홀히 여겨 일부를 어겼기 때문에
우리에게 할당된 것이랍니다."

그래서 내가 그녀에게 말했다. "당신들의 훌륭한
얼굴에는 무어라 말할 수 없는 거룩함이 비쳐
옛날 표정과 전혀 다른 모습이 되었습니다.
그래서 언뜻 생각이 떠오르지 않았던 거지요.
그러나 이제 그 말에 힘입어
생각이 선명하게 떠올랐습니다.
들려주십시오, 여기의 행복한 당신들은
더 많은 것을 보고 더 많은 사랑을 얻으러
더욱 높은 하늘로 올라갈 것을 원하십니까?"

그녀는 다른 혼들과 얼굴을 마주 보고 잠시 미소를 짓더니
첫사랑에 불타는 이처럼
기뻐하며 나에게 대답했다.
"우리들의 의지[11]는 사랑의 힘으로 진정되는 거예요.
덕분에 우리는 우리가 가진 것밖에 바라질 않고
다른 것에 갈망이 느껴지지 않습니다.
가령 우리가 더 위로 오르고 싶다고 원한다면
우리들의 자리를 여기다 정하신 분의 뜻과
우리들의 소망 사이에 어긋남이 생기겠죠.
그러나 여기서는 사랑 속에 있음이 필연적인 사실이므로
사랑의 성질에 대해 생각한다면 그런 어긋남이
이 천구에서는 생기지 않는다는 것을 아실 거예요.
그뿐 아니라 이 행복을 얻기 위해서는 주의 뜻 속에
머무는 것이 첫째 요건입니다. 거기서 비로소

---

11) 우리의 의지는 항상 하느님의 의지 안에서 찾을 수 있다.

우리들의 뜻이 '주의 뜻과' 합일이 되는 것입니다.
그런 까닭에 우리가 이 왕국의
여기저기 문지방[12] 있는 것도, 온 왕국과 그 왕의
뜻인 거예요. 우리는 그 뜻을 받들며
주의 뜻 속에서 평안을 찾고 있는 거예요.
그 뜻이야말로 하느님이 만들고 자연이 만드는
그 모두가 흘러 들어가는 바다인 것입니다."
지고선에서 내리는 은총이 한결같진 않지만
그래도 천국에선 어디라 할 것 없이 낙원이라는 것을
그때 나는 분명히 알았다.
그러나 한 가지 음식은 실컷 먹었으나
다른 음식에 또 구미가 당기어
이 음식을 잘 먹었다고 인사를 하고 다른 음식을 청하듯,
그런 식으로 나는 말에 몸짓을 섞어가며
무슨 베를 짤 때
북을 끝까지 완전히 놀리지 않았느냐고 그녀에게 물었다.[13]

"완전한 생애와 높은 덕으로 하여 더 위 하늘로 오르신 분[14]이
있습니다." 하고 그녀가 말했다. "여러분의 하계엔
그분의 법칙에 따라 수녀복이나 너울을 쓰는 분이 계시는데,
죽을 때까지 그 사랑과 기거를 같이하기 위해서입니다.
이 신랑(그리스도)은 사랑에서 우러났기 때문에 자기의 기쁨이 될
서원은 모두 받아 주신답니다.
나는 젊었던 처녀 적에 클라라 님을 따라
속세를 떠나 수녀복을 입고

---

12) 문지방은 천국 각각의 하늘을 가리킨다.
13) 서원을 소홀히 여기고 처음의 뜻을 완수하지 못한 것을, 여자에게 어울리도록 베 짜는 비유를 써서 물어본 것이다.
14) 성 프란체스코와 친했던 그의 제자 성녀 클라라(1194~1253)를 가리킨다.

그 길을 걷겠다고 맹세하였습니다.
그 뒤 선보다도 악에 뛰어난 사내들이 몰려와서[15]
그리운 수도원에서 나를 완력으로 탈취하였는데,
내가 뒤에 어떻게 되었는지는 하느님이 아시는 대로입니다.

한데 당신 위치에서 보아 내 오른편에 보이는
이 또 하나의 빛[16]은 우리들 천구에서
최고의 빛을 떨치며 타고 있는데,
내 신상을 이야기함으로써 설명이 될 줄 믿습니다.
본래는 수녀였습니다. 그리고 나와 마찬가지로
머리에서 거룩한 너울을 뺏겼던 것입니다.
그러나 이분은, 뜻과는 달리 좋은 풍속에 거슬러
할 수 없이 환속한 뒤에도
심적으로부터는 너울을 벗은 적이 없었습니다.
이분이 저 '대왕비' 코스탄차입니다.[17]
슈바벤의 2대째 바람에서
3대째 바람이자 마지막 힘[18]을 낳으셨지요."

이렇게 내게 말했다. 그리고 나서 '아베 마리아'를
부르기 시작했는데, 노랫소리와 함께
무거운 것이 물속에 가라앉듯이 사라져 갔다.[19]

---

15) 피카르다의 오라비인 코르소 도나티들이 피카르다에게 정략결혼을 강요한 것을 가리킨다.
    상대는 성격이 광포하고 당파 근성이 강한 로첼리노 델라토자라는 사나이였다.
16) 천국에 있는 영혼들은 빛으로 나타난다. 따라서 한 영혼을 뜻한다.
17) 슈바벤 왕조의 1대째 바람은 프리드리히 1세 바르바로사이다.《신곡》에 여러 번 나오는 코스
    탄차는 그의 아들(2대째 바람) 황제 하인리히 6세의 비가 되어 페데리코 2세(3대째 바람)를
    낳았다. 코스탄차는 시칠리아의 노르만 왕조 핏줄을 이은 왕녀로 1154년에 태어나 1185년에
    결혼했고, 1198년 죽었다.
18) 슈바벤 왕가의 마지막 황제였던 페데리코 2세.
19) 무거운 것이 물속에 가라앉듯이 사라졌다는 비유는, 아베 마리아의 합창을 배경으로 하여
    아름다운 시가 되고 있다. 역시 물고기가 물 밑으로 사라지듯이라는 비유가 있었다.

내 눈은 시선이 닿는 데까지
그녀의 모습을 좇았으나, 이윽고 눈에 보이지 않게 되자
보다 큰 소망의 표시인
베아트리체 쪽을 돌아보았다.
그러나 그녀의 빛이 번개처럼 내 눈을 때렸으므로
처음에 잠깐은 나는 눈도 뜨지 못한 채
말도 못 하고 우뚝 서 있었다.

제4곡

두 가지 의문이 단테의 마음속에 생겨서 그를 꼼짝 못 하게 했다. 첫째 의문은 혼이 천국에서 차지해야 할 위치에 대해서이다. 그 점에 관해 베아트리체가 플라톤의 설을 언급해 가며 설명한다. 둘째 의문은 타인의 폭력 때문에 왜 착한 소망의 공덕이 감해지느냐에 대해서이다. 베아트리체는 그 두 가지 의문을 해명하고, 또 절대적 의지와 상대적 의지의 차이를 설명한다. 마지막으로 단테가, 어긴 서원은 다른 선행으로 보충이 되는지 어떤지를 묻는다. 시인과 안내자의 질의 문답은 계속하여 월광천에서 행해지고 있다.

똑같이 구미를 돋우는 두 가지 음식을 똑같은 거리에
떼어 놓으면, 그 한쪽을 입에 대기도 전에
자유 의지를 가진 자는 굶어 죽어 버릴 것이다.
그와 마찬가지로 사나운 두 마리의 이리 사이에서
새끼양들은 무서워서 움츠러들 것이고,
두 마리의 사슴을 쫓던 개도 거기서는 어리둥절하리라.
그와 같이 나는 두 가지 의혹에서부터 똑같이
떼밀려 입을 다물었다. 그렇게 하지 않을 수가 없었으므로
칭찬받을 것도 비난받을 것도 없다.[1]

나는 침묵했다. 그러나 내 얼굴에는 나의 소망이
그려져 있었다. 특히 묻고 싶은 심정은
말로 하는 것보다 훨씬 더 뜨거웠다.

---

1) 단테도 두 가지 의심 사이에서 베아트리체에게 어느 것부터 물어야 할지 안절부절못한다는 뜻.

그러자 죄를 짓게 하는 분노에서 느부갓네살을
끌어낸 다니엘처럼 베아트리체가
나의 의혹을 알아차리고 내 마음을 진정시켜 주었다.[2]

그녀가 말했다. "여러 가지 소망이 그대를
휘둘러서 그 때문에 그대 생각이
뭉쳐버려 말 한마디 못 하게 되었어요.
'착한 소망을 품고 있는데 왜
타인의 폭력이 자기 공덕의 양을 감하는 것일까.'
그대는 이렇게 생각하고 있는 거예요.
그리고 또
혼은 죽은 뒤 별로 돌아간다는 플라톤의 견해도
그대에겐 의혹의 씨가 되고 있어요.
이러한 의문이 그대의 의지를 좌우에서 똑같이
압박하는데, 우선 쓴맛이 많은 쪽 의문부터
설명해 나가지요.

세라피니처럼 주를 가장 가까이 모시는 자라도,
모세나 사무엘, 그리고 어느 요한이라 할지라도,
말하자면, 마리아 님이라 할지라도,[3]
방금 나타난 혼들과 다른 하늘에
자리를 차지할 수는 없습니다. 그리고 천국에서 사는
세월에 길고 짧은 차이가 있는 것도 아닙니다.
모두가 첫째 천구를 아름답게 꾸며서

---

2) 다니엘은 바빌로니아 왕 느부갓네살이 꾼 꿈의 내용을 간파하고 또 아울러 그 해몽을 해 주
어 그가 죄를 짓지 않게 해 주었다.(《다니엘》 2장) 그와 마찬가지로 베아트리체도 단테의 머리
를 괴롭히는 의혹과 그 해답을 꿰뚫어 보았다는 것이다.

3) 세라피니(Serafini) : 9품 천사 중에서 하느님에게 가장 가까이 있는 천사이고, 어느 요한은 세례
요한 또는 사도 요한을 가리킨다. 세라피니, 모세, 사무엘, 요한, 마리아 그리고 피카르다와 콘
스탄차와 다른 영혼들이 있는 하늘에 있다는 의미이다.

많건 적건 영원한 주의 숨결을 느끼고 거기에 따라서
각기의 아름다운 삶을 보내고 있는 거예요.
그러한 그들이 여기서 모습을 나타내 보인 것은 이 천구가
그들의 몫으로 정해졌기 때문이 아니라, 단지 이 천계가
가장 낮은 것임을 알리기 위해서예요.
이런 식으로 말하는 편이 그대들의 능력에
적합한 거예요. 사람은 감성으로 느낀 것에서
비로소 지성에 적합한 것을 받아들이기 때문이에요.
그래서 성서는 그대들의 능력에 맞게끔 마음을 써서
하느님에게도 손발이 있는 것처럼 풀고
거기다 다른 뜻을 부여하고 있는 거예요.
그러므로 성스러운 교회[4]도, 가브리엘과 미가엘을 또
토비아를 낫게 해 준 천사[5]에게도
사람의 형태를 주고 있는 거예요.
'플라톤'이 티마이오스에게 영혼에 대해 논한 것과
여기서 보는 것과는 전혀 다르지만[6] 그것은
그가 한 말을 그가 글자 그대로 믿었다고 생각되기 때문에 하는 말이에요.
그의 설에 따르면 혼은 동성인 별로 돌아간다고 되어 있는데,
그것은 자연이 영혼에게 '인체'라는 형상을 주었을 때
영혼이 그 별에서 갈라진 줄로만 알았기 때문입니다.
그러나 아마 플라톤의 주장은 글자의 뜻과는
틀린 다른 뜻을 감추고 있겠지요. 그리고
그 참뜻에는 일소에 붙일 수 없는 것도 있는 것 같습니다.
선악의 영향을 천구의 탓으로 돌리는 것이
만약 플라톤의 사상이라면, 아마 그 화살은
진리를 조금은 꿰뚫고 있을 거예요.

---

4) 성스러운 교회란 천사들을 인간의 모습으로 나타내므로 그들의 지성을 암시한다.
5) 눈 먼 토비아를 낫게 해 준 라파엘. 〈토비트〉 3장 17절(가톨릭 성서) 참고.
6) 플라톤의 《티마이오스》에서 밝힌 영혼들의 운명은 달의 하늘에서 보는 것과는 다르다는 것.

그러나 그 원리는 그릇 이해되었습니다. 그래서
대부분의 사람들이 길을 그르쳐서 유피테르(제우스)라든가
메르크리우스(헤르메스)라든가 마르스를 신으로 모시게 되었던 거예요.

그대를 사로잡은 둘째 의문은 첫째 의문만큼
독은 없습니다. 둘째 의문의 독에는 그대를
나에게서 떼어 다른 곳으로 나를 만한 힘이 없는 거예요.
하느님의 정의가 사람의 눈에는 부정한 것으로 비칠 적이
때로는 있지만, 그것은 신앙의 논리 문제이지
그것 때문에 이단설에 기울어서는 안 되겠지요.
그리고 그대의 분별을 가지고서라면
이 진리는 충분히 알 수 있을 것이므로
바라시는 대로 설명해 드리지요.
만약 피해자가 가해자에 대해 아무 짓도 하지 않았는데,
폭력을 당했다고 하더라도
피해자에게도 책임이 없는 것은 아닙니다.
의지란, 의지가 바라지 않는 한은 멸망할 리가 없으며,
폭력을 당하여 불이 약해진 일이 천 번 있었다 할지라도
또다시 불길이 저절로 되살아나듯, 의지 또한 불타오를 것이에요.
폭력은 의지가 박약해져 갈수록
강해집니다. 이런 사람들은 성소로
돌아갈 만한 힘이 있었는데도 불구하고, 결국 지고 맙니다.[7]
그러나 만약 그들의 의지가 자신의 오른팔에 엄벌을 가한
무키우스[8]나 화형대에 라우렌티우스처럼[9]

---

7) 피카르다와 콘스탄차가 폭력에서 벗어나 성소로 피할 수 있었는데 그러하지 못했다는 것.
8) 무키우스(Mucinu) : 적장인 줄 잘못 알고 자기편을 베어서 다치게 했다고 하여 왕 앞에서 스스로 오른손을 불태운 로마 사람. 여기서도 그리스도 교사(敎史)로부터의 인용과 더불어 로마 고전으로부터의 인용이 같이 되고 있다.
9) 라우렌티우스(Laurentius) : 황제 발레리아누스 시대에 철판 위에서 순교한 그리스도 교도.

완전한 것이었다면

그들은 몸이 풀려 자유로이 되었을 때, 끌려왔던 길을

다시 돌아갔을 것이 틀림없어요. 하지만

그토록 단단한 의지란 좀처럼 눈에 뜨이지 않습니다.

그대가 조심스레 마음을 써서 내 말에 귀를

기울였다면, 그대를 여러 번씩 괴롭혔던 의문은

이제 해결되었을 줄 압니다.

그러나 이제 또 다른 난관이 그대 눈앞을

막아선 것 같군요. 만약 이것을 혼자서

답파하게 된다면 도중에 지쳐버리고 말겠지요.

나는 아까 그대에게, 축복받은 혼은

언제나 제 진리 가까이에 있으므로

아무래도 거짓말은 못 한다고 말했습니다.

그대는 피카르다로부터 코스탄차가 지금도

너울에 애착을 느끼고 있다는 말을 들었지요. 그렇다면

그녀와 나 사이에 모순이 있어 보일는지도 모르지요.

위기를 벗어나기 위해서는 벌써 여러 번

해서는 안 될 일을 본의 아니게도

행한 적 있었습니다.

아비의 청을 거절할 수가 없어

효도를 잃지 않으려다가 불효자식이 되어, 알크마이온[10]이

제 어미를 죽인 것 따위가 그 한 예입니다.

그럴 때는 그대도 잘 생각하세요.

폭력이 의지와 연결되면

그런 실수는 보상할 수 없는 것이 되고 맙니다.

의지는 절대로 악을 저지르는 것에 동의하지 않습니다.

하나 그렇게 하지 않으면 보다 큰 해독이 생길 때는

---

10) 알크마이온(Alkmaion) : 암피아라오스의 명령으로(불효자가 되지 않으려고) 어머니 에리필레
   를 죽였다(그리하여 불효자가 되었다).

그것에 따라 악을 저지르는 것에 동의하는 거예요.
피카르다가 말했을 때는
절대적 의지에 대한 언급했고, 나는 그것과 다른 의지에 대해
말했으므로 결국은 두 사람 다 같은 진리를 말하고 있는 거예요."

이것이 모든 진리의 원천에서 솟아난
거룩한 흐름의 물결이었다. 그것이
나의 여러 가지 생각을 진정시켜 주었다.

"아, 주께 가장 사랑받는 분이여, 고귀한 여인이여."
나는 그때 외쳤다. "당신의 이야기는 내 몸속에
넘쳐흘러 나를 따스하게 하고, 그로 해서 활력이 솟는 것이 느껴집니다.
당신의 호의에 대해서는 아무리 감사를 드려도
나로서는 도저히 다 감사를 드릴 수가 없지만,
전지전능하신 분께서 반드시 보답해 주시겠지요.
어떠한 진리도 하느님의 진리 밖으로는 나갈 수가 없고,
우리 인간의 지성은 하느님의 진리에 비치지 않는 한
아무래도 만족할 수 없다는 것을 익히 잘 알았습니다.
사람의 지혜는 진리에 도달하면 들짐승이 동굴 속에서 쉬듯이
곧 그 속에서 쉽니다. 사람에게는 그것이 가능합니다.
그렇지 않고서는 모든 소망은 헛일이 되고 말겠지요.
마치 나무에 싹이 트듯이 이 소망에서
진리의 뿌리에 의혹의 싹이 트는데, 그것은 차례차례
우리를 밀어 올려 꼭대기로 가게 하는 자연의 힘입니다.
이 힘이 나를 부르고, 이 힘이 나를 대담하게 만들어
내가 잘 모르는 또 하나의 진리에 대해서, 여인이여
당신에게 경의를 표하며 질문을 하게 만드는 것입니다.
그런 내가 알고자 하는 점은 어긴 서원을
당신의 저울에다 걸어 무게가 부족하지 않을 만한

다른 선행으로서 보충이 되느냐 안 되느냐 하는 점입니다."
아주 고귀하고 사랑스러운 불꽃으로 가득 찬 눈매로
베아트리체가 나를 바라보았다.
나의 힘은 확 풀어져서 등을 돌리고 달아났다.
나는 정신이 몽롱하여 두 눈을 아래로 떨어뜨렸다.

제5곡

4곡의 끝에 나온 서원에 관한 단테의 질문에 대해 베아트리체가 긴 논의를 전개하며 답한다. 그러고 나서 그들은 둘째 수성천으로 날아 올라간다. 천이 넘는 빛이 그들의 주위에 기뻐하며 모여든다. 혼들은 자진해서 단테의 물음에 답하려고 한다. 혼들은 사람에게 도움이 되는 일을 하면 빛이 더해 가는 것이다.

"지상에선 볼 수 없는 그런
열렬한 사랑의 불로 내가 그대를 불길에 싸는 바람에
그대의 시력을 앗기는 한이 있더라도
놀라서는 안 됩니다. 이 불길은 완전한 시력[1]에서
우러나고 있는데, '주의 빛'을 인정할수록
인정한 선 속으로 '사랑'으로써 발을 들여놓는 거예요.
이미 영원한 빛이 그대의 지성 속에서
빛나고 있는 것을 알 수 있는데, 영원한 빛은
일단 그것을 우러르면 영원히 사랑의 불을 태웁니다.
만약 그 밖의 것이 그대들의 사랑을 유인한다면
그것은 이 영원한 빛의 어떤 흔적이 그릇 이해되어
다른 것을 통해서 빛을 떨치는 데 지나지 않아요.
한데 그대의 질문은, 맹세를 어긴 서원을
다른 것으로 보상하여서라도, 혼을 하느님의 심판에
걸지 않을 수 있느냐 하는 것이었어요."
이처럼 베아트리체가 '제5곡'을 이야기하기 시작했다.

---

1) 완전한 시력은 단테의 시력을 의미한다.

그리하여 자신의 화제를 이끌어 나가듯이
그 거룩한 설법을 다음과 같이 계속해 나갔다.

"천지를 창조하실 때 하느님께서 아낌없이 내리신
가장 큰 선물[2]은, 하느님이 가장 소중히 여기시고
또 하느님의 힘에 가장 적합한
의지의 자유였습니다.
오직 지성 있는 생물[3]만이 모두
이 자유 의지를 예나 지금이나 받고 있는 거예요.
그러니까 이 점으로 미루어 보면 서원이 갖는 높은 가치가
그대에게도 이해될 거예요. 만약 그대가 소망한다면
하느님은 반드시 그것을 받아 주실 거예요.
왜냐하면 주와 사람 사이에 계약이 맺어질 땐
이제 말한 '자유 의지'의 선물이
자발적으로 희생되기 때문입니다.
그러한 '서원의 보상'이 도대체 무엇으로 되겠습니까?
만약 딴 데다 바친 것을 교묘하게 옮겨 이해하려고 생각한다면
그것은 훔친 돈으로 자선을 베푸는 거나 마찬가지가 되겠지요.
이만하면 그대도 가장 큰 논점이 뚜렷해졌을 거예요.
오직 이런 점에서 성스러운 교회는 특별 면제를 받고 있으므로
내 설명은 얼른 듣기에 모순되어 보일지도 모르지요.
좀 더 식탁 앞에 앉아 계세요.
그대가 든 이 삼키기 어려운 음식은
소화시키려면 아직도 달리 두세 가지 도움이 더 필요한 것 같군요.
내가 그대에게 표시한 것을 마음에 간직하고
머릿속에 새기세요. 이해는 하더라도
머릿속에 남겨두지 않으면 학문이 되지 않습니다.

---

2) 가장 큰 선물은 자유 의지를 의미한다. 단테는 이 자유 의지에 대해서 곳곳에서 이야기한다.
3) 지성이 있는 생물이란 천사와 사람이다.

두 가지가 이 제사의 본질에 빠져서는 안 됩니다.
한 가지는 그것의 '내용'이고,
다른 한 가지는 '주와의 계약'입니다.
이 계약은 지켜지지 않는 한
결코 취소되는 일이 없는데,
그것에 대해서는 이미 자세히 말했습니다.
그래서 그대도 알다시피 헤브라이인들로서는
비록 제사 지내야 할 물건의 내용이 바뀔지라도 어쨌든
제사를 지내지 않을 수가 없었던 거예요.[4]
그 밖에, 그대의 눈에 내용으로서 비친 것에 대해서는
다른 것과 바뀌었더라도 반드시
죄를 저지른 것으로는 되지 않는 종류의 것이지만,
그렇다고 은 열쇠와 금 열쇠 둘[5]을 돌리지 않고
어깨에 멘 짐을
제멋대로 바꾼다는 것은 용인되지 않습니다.
4대 6처럼 먼젓것보다
바꾼 나중의 것이 크지 않는 한
대개 교환은 이치의 테두리 밖에 있다고 생각하는 게 좋을 거예요.
그런 형편이므로 모든 저울의 균형을
어긋나게 해 버릴 만큼 가치에 무게가 있는 것은
다른 무엇으로도 보상이 되질 않습니다.
사람은 서원을 경솔하게 지켜서는 안 됩니다.
맹세는 지켜야 하는데, 그때 입다[6]가 첫 맹세에서
했듯이 비뚤어진 짓을 해서는 안 됩니다.

---

4) 〈레위기〉 27장에 헤브라이인의 재물에 관련된 서원과 보상에 대한 것이 씌어 있다.
5) 은 열쇠는 사람의 지력을, 금 열쇠는 교회의 권위를 상징한다.
6) 입다에 대해서는 〈사사기〉 11장 참조. 입다는 암몬의 자손을 무찌르고 돌아갈 수만 있다면
"누구든지 내 집 문에서 처음 나와 나를 영접하는 자를 하느님께 바칠 것입니다." 하고 맹세했
다. 맨 먼저 집에서 나온 사람은 자기 외동딸이었는데, 그는 맹세를 지켜 딸을 죽였다.

입다는 차라리 바로 '잘못했다'고 했더라면 나았을 거예요.
맹세를 지킴으로써 더욱 해롭게 된 셈인데,
마찬가지로 어리석은 것은 그리스군 대장[7]의 경우겠지요.
그로 인해 이피게네이아는 자신의 미모를 탄식하여 울었고,
또 이러한 '희생의 의식'을 전해들은
세상 사람들은 똑똑한 자나 어리석은 자나 모두 눈물을 흘렸던 거예요.
그대들, 그리스도 교도들은 바람에 나는 깃털과 다르니
사려 깊고 신중하지 않으면 안 됩니다. 더러움이
어떤 물로써나 씻겨진다고 생각하면 잘못입니다.
그대들에게는 구약과 신약의 성서와
그대들을 인도하는 교회의 목자가 있으니,
이것으로 충분히 구원된다고 생각하세요.
몹쓸 생각이 솟아나 그대들에게 다른 길로 가게끔 외치고 권할 때는
사람답게 행동해서, 어리석은 양이 되어 그대들 속에 있는
유대인[8]에게 조소당하지 않도록 조심하는 게 좋겠지요.
어미양의 젖[9]은 거들떠보지도 않고 제멋대로 뛰고
놀던 끝에 제가 저를 상처 입히는 그런
새끼양 같은 짓은 않는 게 좋을 거예요."

방금 내가 쓴 대로 베아트리체가 말했다.
그리고 그녀는 오로지 동경하는 듯이
세계가 생기를 깃들인 쪽[10]을 향했다.
그녀가 입을 다물자 그 얼굴빛도 변했으므로

---

7) 그리스군의 대장 아가멤논은 예쁜 제 딸 이피게네이아를 제물로 바쳐 신들에게 트로이로 향
해 떠나는 트로이 공략을 위해 순풍을 보내 달라고 빌었다.
8) 중세 가장 멸시받던 민족인데, 이런 민족도 율법을 지키는데 하물며 그리스도 교인들이 안 지
켜서야 되겠느냐는 의미.
9) 교회의 권위와 성서를 의미.
10) '동방'이라는 설, 위쪽인 '지고천'이라는 설, 태양이 위치하는 '춘분점'이라는 설이 있다. 태양
이 위치하는 춘분점의 방향이 '세계가 생기를 깃들인 방향'일 거라는 설이 유력하다.

지식욕에 사로잡힌 나는 차례차례 질문이 눈앞에 떠올랐으나,
여전히 입을 다물고 있었다.
그러자 시위 소리가 채 멎기도 전에
벌써 과녁을 꿰뚫은 화살처럼[11]
우리는 둘째 하늘로 날아 올라갔다.
그 하늘의 광명에 들어가니[12]
베아트리체는 아주 행복해 보였다.
별의 반짝임도 그로 해서 한결 더 밝아 보였다.
별조차 웃고, 별조차 빛을 바꾼다면,
어찌 나 같은, 모든 점에서
변하기 쉬운 성을 가진 자가 변치 않고 있을 수 있겠는가.

맑고 잔잔한 연못 속에
무슨 먹이 같은 것을
던지면 물고기들이 떼 지어 모여드는데,
그와 마찬가지로 천이 넘는 빛이 우리들 쪽을 향해
모여드는 것이 보였다. 각각의 빛에서
목소리가 들렸다. "보라, 우리의 사랑을 키워 줄 분을."[13]
그들 다가옴에 따라
환희에 넘친 영혼의 모습이
혼에서 발하는 빛 속에 하나하나 선명하게 떠올랐다.

독자여, 생각해 보라. 만약 여기서 이렇게 시작만 해 놓고

---

11) 월천(月天)으로 올라갈 때도 이러한 화살의 비유가 쓰였다. 역시 천국에서 위치 이동은 한순간에 행하여지므로 지옥 여행이 24시간 이내에, 연옥산으로 오르는 것이 사흘과 몇 시간 이내에 행해졌을 때 이미 보여준 바 있다. 시간의 경과를 굴대로 삼는 사건의 진전은 보이지 않는다.
12) 둘째 하늘 수성천으로 들어간 것이다.
13) 단테의 의문을 풀어 준다는 건 사람의 힘을 사용하는 것이며, 그것은 '우리의 사랑을 키워 줄' 것이기 때문이다.

앞으로 나가는 것을 중지했다면 지식에 굶주린
그대는 그 앞을 알고 싶어서 얼마나 괴로워하겠는가.
그쯤 되면 그대 자신도 알 수 있으리라.
그들의 모습이 눈앞에 나타났을 때 내가 얼마만큼이나
그들에게서 이 천상의 광경을 들어보고 싶어 했던가를.

"아. 복되게 태어난 혼이여, 싸움을 끝내기 전에
은총을 받고 영원한 승리의 보좌를
보게 된 그대여.
하늘에 널리 퍼지는 빛으로 우리는 불타고 있다.
그러니까 만약 그대가 우리에 대해 알고 싶은 것이 있다면
부디 해명의 빛을 마음껏 받아 다오."
경건한 혼 하나가 나에게 이렇게 말했다. 그러자
베아트리체가 "말하세요, 이야기하세요.
주를 믿는 것과 같이 마음놓고 말하세요."라고 말했다.

"보니, 그대는 분명히 그대 자신의 빛 속에
깃들어 있다. 그리고 그대가 웃을 때마다 번개가 치기 때문에
그대의 두 눈에서 빛을 떨치는 것 같구나.
그대는 아주 훌륭해 보이는데, 나는 그대가 누구인지를 모르겠구나.
또 어째서 태양 광선으로 가려져 사람의 눈에 보이지 않는
이 '수성천'에 그대가 있는지도 모르겠다."

처음에 나에게 말을 건 빛 쪽을 보고 나는
이렇게 말을 시작했다. 그러자 그 빛은
더욱더 휘황하게 빛났다.[14]
태양열이 '온도 조절'을 하고 있던 안개를

---

14) 혼은 기쁨을 느끼면 빛을 더한다.

삼켜버리면 광채가 넘쳐나
태양 그 자체의 모습이 안 보이게 되어 버리는데,
그와 마찬가지로 거룩한 그 모습은
너무나 기쁨에 빛나는 바람에 그 광명 속에 잠겼다.
이렇듯 그 모습을 숨긴 채
그는 다음 곡에서 읊듯이 나에게 대답해 주었다.

제6곡

   단테의 질문에 자진해서 대답하려는 빛은 황제 유스티니아누스의 혼이다. 그는 자기가 행한 법전 편찬의 사업, 로마의 독수리 기치 아래에서 행하여진 선인들의 위업과 카이사르를 비롯한 역대 황제의 공훈 등에 관해 이야기한다. 그리고 요즈음의 독수리 깃발을 둘러싼 황제당과 교황당 간의 당리당략의 투쟁을 비난한다. 유스티니아누스의 혼은 마지막으로 로메오의 일에 대해 언급한다. 로메오는 프로방스의 라이몬도 백작에게 종사하여 공이 많았으나, 참언으로 궁정에서 쫓겨나 걸인이 되어 세상을 떠났다.

   "독수리는 라비니아를 빼앗은 옛사람을[1] 따라 서쪽으로 왔는데,
   황제 콘스탄티누스가 그 독수리를
   하늘의 운행에 거슬러 동쪽으로 옮긴 이후[2]
   백 년 그리고 백 년을 거듭하고서도 또 몇 년,[3] 하느님의 새는
   유럽 끄트머리의
   일찍이 둥지를 떠났던 산 가까이에 머물렀다.[4]
   성스러운 날개 그늘 밑에서

---

1) 라비니아 : 라비니아를 약혼자 투루누스로부터 빼앗아서 신부로 맞은 옛사람은 아이네이아스이다. 그녀에 의해 로마의 창업자들이 태어났다. 독수리는 로마 제국의 깃발 문양으로 로마의 권위를 상징한다.
2) 330년에 황제 콘스탄티누스는 하늘의 운행에 거슬러, 즉 트로이에서 이탈리아로 온 아이네이아스의 길을, 서부에서 동부로 제국의 상징인 독수리를 되돌려 놓은 것이다. 그 새로운 수도는 황제의 이름을 따서 콘스탄티노플(비잔티움, 이스탄불)이라고 명명되었다.
3) 100년에 100년을 더하여 200여 년. 콘스탄티누스 황제의 천도로부터 유스티니아누스 황제에 의한 서유럽 정복(536년)까지는 206년이 지났다.
4) 일찍이 아이네이아스는 트로이에 있었는데, 그 산에서 비교적 가까운 곳에 동유럽 끄트머리의 도시, 콘스탄티노플이 자리하고 있다.

역대의 황제는 차례차례 세상을 지배했는데,

이윽고 대가 바뀌어 내가 다스릴 대가 되었다.

카이사르(황제)였던 나는 유스티니아누스이니[5]

이제 여기서 느끼는 태초 사랑의 뜻에 따라

법전을 검토하여 엄한 벌을 늦추고 필요 없는 곳은 없앴다.

그 사업에 착수하기 전에는, 나는

그리스도 안의 하나의 성[6]밖에 인정하지 않았으며, 인성은

없는 것이라 믿고 그러한 신앙으로써 만족하고 있었다.

그러나 당시 교황이었던 행복한 아가페토가

나를 설득하고 권하여

참된 신앙으로 귀의케 했다.

나는 그를 믿었었고, 그의 신앙에 포함되어 있던 내용이

지금의 나에게 똑똑히 보인다. 대개 모순에는

진위 양면이 있는 것이 당연한데, 그와 똑같은 것이다.

내가 교회와 보조를 맞추어 걷기 시작하자

하느님은 곧 나에게 큰일을 착수하게끔 황공하게도

영감을 불어넣어 주셨다. 나는 일에 심혈을 기울이기 위해

군사는 부하 벨리사리우스에게 맡겼다.

그가 하늘의 도움으로 잇따라 무공을 세운 것은

바로 나에게 군사를 떠나라는 계시였었다.[7]

---

5) 현세에선 황제나 그 밖의 칭호에 의한 구별이 있으나 천국에서는 개인의 이름밖에 존재치 않는다. 유스티니아누스 황제(482~565, 재위 527~565)는 로마법의 편찬으로 뒷날 이름이 알려졌다. 그는 잔악무도한 인간이었지만, 단테가 그를 천국에 둔 것은 그가 샤를마뉴 이후 최고의 군주가 보았기 때문에 상징적 의미가 있다.

6) 그리스도는 신성과 인성을 가졌다. 그러나 당시에는 신성이 지배적이었다. 따라서 하나의 성은 신성을 가리키는 것이다. 이 그리스도의 단성설(單性說)은 유스티니아누스 황제비의 신앙이었다고 한다.

7) 벨리사리우스(Belisarius)는 동로마 제국의 명장으로 황제의 위임을 받아 페르시아, 반달족, 고토족을 타도하여 나폴리, 로마, 라벤나를 점령했다. 그는 말년에 참소로 인해 장님이 되는 등 비참한 생을 보냈다. 유스티니아누스에게 군사를 떠나라는 계시는 법전 편찬에 힘쓰라는 하느님의 알림이었던 것이다.

이것으로 그대의 첫째 물음에 대한 나의 답은
종지부가 찍힌 셈이다. 그러나 대답의 성질상
그 밖에도 두세 가지 더 설명을 덧붙일 필요가 있다.

그 깃발을 빼앗은 당8)도 적대하는 당도
아주 그럴듯한 이유를 붙여 성스럽고 거룩한 독수리의 깃발에
거역하고 있는데, 그 꼴을 그대가 보아주길 바라는 거다.
생각해 보라, 팔라스9)가 죽은 뒤, 아이네이아스에게
왕위가 물려졌을 때 비롯되어
선인들의 수많은 위업에 빛나는 깃발이 아닌가.
그대는 알고 있으리라, 그 기는 300여 년 동안
알바10)의 땅에 휘날렸다. 그러다가 마침내는
그 기를 둘러싸고 3대 3의 결투가 벌어졌다.
그대는 알고 있으리라, 그 기를 손아귀에 넣은
일곱 왕이 연달아 인근의 부족을 넘어뜨렸는데,
그것이 사비니11) 여인들의 불행과 루크레티아12)의 한탄이 되었던 것을.
그대는 알고 있으리라, 로마의 정예부대가
그 깃발을 쳐들고 브렌누스와 겨루고, 피로스를 치며13)

---

8) 깃발을 빼앗은 당은 황제당(기벨린당)이고, 적대하는 당은 교황당(구엘프당)이다.
9) 팔라스(Pallas) : 라티누스 왕의 아들. 아이네이아스의 일행으로 투르누스와 싸우다 죽었는데,
   투르누스의 허리에 팔라스의 띠를 두른 것이 발견되어 아이네이아스에게 죽임을 당했다.
10) 알바(Alba) : 아이네이아스의 아들 아스카니우스(Ascanius)에 의해 세워진 도시로 로마의 모체
   가 되었다. 여기에서 아이네이아스의 후예들이 300여 년을 경영했다. 모두 로마 건국에 관련
   된 여러 가지 전설을 언급한 것이다.
11) 사비니(Sabine) : 중앙 이탈리아에 살던 고대 종족으로, 로물루스가 로마를 세운 후 여자가 적
   어 사비니족의 여자를 납치해 왔다고 한다. 사비니 여인의 유괴는 조형 미술의 주제로서 알
   려져 있다.
12) 루크레티아(Lucretia) : 타르퀴니우스의 아내. 남편의 형제인 섹스투스에게 능욕당한 다음 치
   욕을 못 이겨 자결함.
13) 브렌누스(Brennus)는 고울족의 장수이다. 피루스(Pyrrhus)는 에피루스 왕으로 로마를 침범하려
   다, 여인이 던진 기왓장에 맞아 급사했다.

그 밖의 왕후와 왕국을 제패한 것을.

그 전투 때에 토르콰투스[14]와 쑥대머리라는 별명으로 불린 퀸크티우스,[15]

데키우스 부자,[16] 파비우스[17] 등이 이름을 날렸다.

그 이름을 나는 자진해서 몰약으로 감쌌으면 한다.[18]

그 깃발은 또 한니발을 따라

포강의 원천인 알프스의 험한 산을 넘어온

아랍인들의 교만을 꺾었다.

그 깃발 아래서 젊은 스키피오[19]와 폼페이우스가

개가를 올렸다. 그대가 태어난 기슭의 언덕은[20]

그 깃발에 대항하다가 고배를 마셨다.

이어서 온 세계가 천상과 같이 활짝 개기를

하늘이 바라신 때[21]가 다가오자

로마의 뜻을 받들어 카이사르가 그 기를 장악하였다.

그것이 바로 강에서 라인강에 이르기까지 그가 한 일을

이젤강, 론강, 센강이 보았으며,

또 론강으로 흘러드는 모든 지류가 목격했다.

이어서 그것이 라벤나를 나와 루비콘강을 건너

행한 작전은 신속 과감하기 이를 데 없어

필설로도 뒤따르지 못할 정도이다.

독수리는 먼저 에스파냐를 향해 군사를 몰았다가

---

14) 도르콰투스는 고울족을 무찌른 장수로, 공공의 안녕과 질서를 존중하여 자기 아들에게 사형을 판결한 사람이기도 했다.

15) 퀸크티우스는 시골에서 불려나와 공직을 맡아보았는데, 임무를 완수하자 다시 일개 농부 생활로 돌아갔다고 한다. 청렴결백한 사람의 전형이다.

16) 데키우스 가문은 3대에 걸쳐 로마에 종사했으며, 세 사람 다 명예로운 전사를 했다.

17) 파비우스(Fabius) : 한니발을 괴롭힌 명장.

18) 몸을 몰약으로 감싸듯이 시인은 이러한 영광스러운 이름을 자진해서 몰약으로 감싸고 싶다고 생각한다. 단테의 경이적 표현이다.

19) 스키피오(Scipio) : 한니발을 무찌른 명장.

20) 단테가 태어난 피렌체시가 내려다보이는 언덕 피에솔레를 가리킨다.

21) 그리스도 탄생의 때이다.

곧 다시 디라키움으로 군대를 돌려 파르살리아[22]를 격파하여
그 아픔을 더운 나일강 강변에까지 느끼게 했다.
독수리는 일찍이 자기가 떠났던 안탄드로스[23]와 시모이스,[24]
그리고 헥토르가 영원히 잠든 땅[25]도 다시 보았다.
그리하여 프톨레마이오스를 무섭게 치고 날아올라서는
번개처럼 유바[26]를 향해 내려갔다가
이어서 그대들의 서쪽 에스파냐에도 휘몰아쳐
폼페이우스 잔당들의 나팔 소리를 들었다.

다음 통치자[27]의 손에 그 기가 있었을 때
지옥에 있는 브루투스와 카시우스[28]의 꼴을 보면 알지만
그로 인해 모데나와 페루지아[29]도 불행하게 되었다.
지금도 눈물에 젖어 있는 불쌍한 클레오파트라[30]는
그 기를 보고 달아났으나 독사에게 물려
갑작스럽게 비참한 죽음을 맞았다.
독수리 깃발은 그 기수와 함께 홍해 해안까지 질주하여[31]
세계에 평화의 기틀을 열었다.
그로 인해 야누스의 신전이 끝내 문을 닫게 된 것이다.[32]
그러나 그 깃발 아래 복종한 현세 제국의 각지에서

---

22) 파르살리아(Pharsalia) : 테살리아의 지방 이름
23) 안탄드로스(Antandros) : 프리지아의 항구 도시.
24) 시모이스(Simois) : 트로이를 흐르는 강.
25) 헥토르가 영원히 잠든 땅은 트로이다.
26) 프톨레마이오스(Ptolemaeos)는 카이사르에게 패하고 카이사르는 그 땅을 클레오파트라에게
    주었다. 유바(Juba)는 누미디아 왕으로 카이사르에게 패하고 자결했다.
27) 다음의 통치자는 아우구스투스 황제이다.
28) 브루투스와 카시우스에 대해서는 〈지옥편〉 34곡 참조.
29) 둘 다 이탈리아의 도시.
30) 클레오파트라는 지금도 지옥의 제2옥에서 울고 있다.
31) 아우구스투스는 독수리 깃발을 앞세워 홍해까지 진군했다.
32) 야누스의 문은 전시에는 열려 있다가 평화로운 시기에는 닫힌다. 공화국 시절에는 두 번 아
    우구스투스 시대에는 세 번인데 그중 한 번은 그리스도 탄생이다.

지금 내가 말해 온 그 깃발이 이룩한 사업도
또 그로부터 앞으로 할 사업도,
셋째 황제[33]의 수중에 '깃발'이 쥐어졌을 때의
밝은 눈과 깨끗한 마음으로 본다면
아주 희미한, 하찮은 것으로 변해 버린다는 것을 알 수 있을 것이다.
내 속에 영감을 불어넣는 '하느님'의 살아 있는 정의가
내가 이제 말한 황제의 손에
'하느님'의 분노의 복수를 할 영예를 준 것이다.
이렇게 내가 그대에게 말을 되풀이하는 것에 놀랄 것이다.
뒤에 독수리 깃발은 황제 티투스[34]와 더불어 치달려
원죄의 복수를 앙갚음한[35] 것이다.
그리고 롬바르디아의 이빨[36]이 성스러운 교회를
물었을 때, 샤를마뉴는 그 깃발을 양쪽에 쳐들고
적군을 무찌르고 그를 구했다.[37]

내가 먼저 비난한 자들과 그들의 과오를
그대는 이제 판단할 수 있을 것이다.
그대들의 모든 재난은 그것이 원인으로 일어난 것이다.
'교황' 일당(구엘프당)은 공기(公旗)에 대해 황색 백합[38]을 대립시키고,
'황제' 일당(기벨린당)은 공기를 사적인 것으로 만들려 한다.
어느 쪽의 잘못이 큰지 분간하기도 어려울 정도이다.
멋대로 당리당략에 빠지거라.

---

33) 3대인 티베리우스 황제.
34) 티투스(Titus, 재위 78~81): 로마 황제로 예루살렘을 정복하여 헤브라이인들과의 전쟁을 종식했다.
35) 원죄의 복수란, 아담이 지상 낙원인 에덴에서 저지른 옛 죄가 그리스도의 죽음에 의해 보상된 것을 가리킨다. 그 옛 죄의 복수의 복수란 그리스도의 피를 흘리게 한 도시 예루살렘의 파괴를 가리킨다. 단테는 예수를 죽인 헤브라이인들을 벌하기 위해 티투스를 끌어들였다.
36) 이빨은 성서적 표현. 〈시편〉 3편 7절 참고.
37) 773년에 샤를마뉴는 롬바르디아의 군사를 무찌르고 로마 교회를 구했다.
38) 백합은 프랑스 왕가의 문장(紋章)이다.

하나 황제당은 다른 깃발 아래서
갖은 술책을 부릴 것이니,
정의와 그것을 멀리하는 자는
언제나 그걸 따르지 못할 것이다.
새로운 샤를 왕[39]이 부하인 교황당과 손을 잡고
이것을 막지 않으면 안 된다. 저보다
강한 사자 껍질도 벗기는
독수리 발톱의 두려움을 왕께 인식시켜야 한다.
자식이 아비의 죄로 인하여 우는 일은
이제까지도 수차 있었지만,
백합을 위해 하느님께서
독수리 문장(紋章)을 바꾸리라고는 아예 생각지 않음이 좋으리라.[40]

이 조그마한 별[41]이 후세에 이름과 자랑을 남기려고
생전에 자진해서 활약하며 선행을 베푼 자들의
영혼으로 꾸며져 있다.
이처럼 올바른 길에서 벗어나
욕심 쪽으로 기운 이상에는 위로 오르는 참다운 빛의
활력이 떨어지는 것은 아주 지당한 이치이다.[42]
그러나 우리들의 공덕 나름대로 보상이 주어졌으므로
보상에 과부족이 없음을 안다는 것도
우리의 작은 기쁨이 된다.
이렇듯 살아 있는 정의가 우리의 감정을
부드럽게 해 주므로 여기서는 이제

---

39) 샤를 앙주의 아들, 황제당의 영수, 나폴리 왕이었던 샤를 2세.
40) 하느님의 권위를 상징하는 로마 제국의 깃발인 독수리 문장을 프랑스 왕가의 백합으로 바꿀
　　수는 없다는 것이다.
41) 단테 시대의 천문학에 따르면 수성이 가장 작은 별로 되어 있다.
42) 현세에서 이름을 날려 명예를 높이려고 선행을 베푼 자가 수성천에 있는데, 그 명예욕을 가
　　리킨다. 하느님의 길을 벗어나 지상으로 기울고 있는 것이다.

감정이 부정 때문에 비뚤어지는 일은 전혀 없는 것이다.
하계에서 아름다운 합창에 온갖 소리가 화답하듯,
이 천계 생활의 온갖 층계가
천구 사이에서 아름다운 화음을 이루고 있다.

이 수성 진주천(眞珠天)에서는
로메오[43]의 혼이 빛을 떨치고 있다. 그의 위대하고도
아름다운 공적은 세상에 받아들여지질 않았지만서도.
그러나 그를 모함한 프로방스인들의 얼굴에서
웃음은 사라졌다. 남의 선행을
자기의 해로 간주하는 자는 길을 그르친 자이다.
라이몬도 베링기에리 백작에겐 네 딸[44]이 있었는데,
모두 왕비가 되었다. 천한 방랑객인
로메오가 중매를 한 것이다.
그러나 이윽고 모함에 빠진 라이몬도 백작은
이 정의의 사람에게 청산을 요구했다.
열의 원금을 일곱 더하기 다섯 벌어 준 그였는데도.
그런 일이 있은 뒤 그는 가난한 늙은이로 그곳을 떠났다.
한 조각, 또 한 조각 빵을 구걸하며 연명을 한

---

43) 로메오(Romeo) : 빌라니의 《연대기》에 의하면, 1170년 무렵에 태어나 프로방스의 라이몬도 백
작의 중신이 되었다. 백작이 1245년에 죽은 뒤에도 재상의 위치에 머물러, 백작의 넷째 딸 베
아트리체의 후견인이 되어 그녀를 샤를 앙주에게 출가시켰다. 그는 1250년에 프로방스에서
죽었다. 그러나 단테 시대에는 전설이 있었는데, 그것에 따르면 시 속에 있듯이 로메오는 '천
한 방랑객'으로서 에스파냐를 순례하고 돌아가는 길에 우연히 백작의 집에 식객으로 묵게
되었는데, 이윽고 집안의 재산 관리까지 맡아보게 되었다. 10의 밑천을 12로 늘리는 그런 공
적도 있었지만 터무니없는 참언으로 인하여 궁정에서 쫓겨나 늙은 몸으로 가난하게 걸식하
며 생애를 마쳤다고 한다. 로메오의 가엾은 신세에 대해 보내는 단테의 공감에는 만년의 단
테 자신의 처지와 심경이 반영되고 있는 것이 아닐까.
44) 네 딸, 마르그리트는 1234년 프랑스 왕 루이 9세와, 엘제오놀은 1236년 영국 왕 헨리 3세와,
산슈는 1243년 뒤에 독일 왕으로 선출되는(1257년) 헨리의 아우 리처드와, 베아트리체는 뒤
에 시칠리아 왕이 되는 샤를 앙주와 각각 결혼했다.

그의 심중을 짐작한다면
세상 사람들의 칭송이 한층 더 깊어질 것은 틀림없다."

제7곡

수성천에 있는 혼들은 현세에서 명예를 높이려고 선행을 베푼 자들인데, 그들이 물러가고 난 뒤 단테는 사람의 속죄에 대해 의문에 사로잡힌다. 그가 그 말을 채 하기도 전에 베아트리체가 단테의 심중을 알아차리고, "왜 정의의 복수가 또 정의에 의해 보복을 받았는가?"에 대한 단테의 의문점을 설명해 준다. 속죄로 인해 하느님에 의해 선택된 수단인 그리스도의 부활에 관해서도 설명한다.

"호산나, 호산나, 거룩하신 이여,
   이 천국의 복된 불[1]에
   성스러운 빛 내리시는 만군의 주여."

이와 같이 노래하며 제 노래에 맞추어[2]
   혼이 들어가는 모양이 내 눈에도 보였는데,
   그 혼 위에는 이중의 빛이 빛나고 있었다.
그리하여 그도 또 다른 혼도 그의 춤에 맞추어[3]
   섬광처럼 날아서
   순식간에 멀어지나 싶자, 그림자는 희미하게 사라져 갔다.

의문이 생긴 나는 속으로 "말해라, 그녀에게 말해 봐라."
   하고 혼잣말했다. "말해라,"고 재촉한 뜻은 그녀가 그

---

1) 복된 불(felices ignes) : 천사와 성인들이 발하는 불.
2) '수성이라는 혹성에서'라는 의미이다.
3) 그는 〈천국편〉 6곡의 주인공 유스티니아누스이다. 이중의 빛이란 법전 편찬자와 황제의 두 가지 빛을 가리키고 있다. 천사들의 춤인지 유스티니아누스의 춤인지 확실치가 않다.

물방울로 내 목마름을 부드럽게 축여 주리라 믿었기 때문이다.

그러나 그녀에 대한 외경심에 기가 눌린 나는

"베,"라고 하려 해도, "리체,"라고 하려 해도,

마치 조는 이처럼 고개만 숙어지는 것이었다.[4]

이러한 나를 보더니 베아트리체는 곧

미소의 빛을 나에게 던지며 말했는데,

그것은 불구덩이[5] 속에 있는 이라도 행복하게 만들 것 같은 그런 미소였다.

"나의 판단에 의하면 틀림없이,[6]

왜 정의의 복수가 또 정의에 의해서 보복을 받았는가

하는 점이 그대의 의문일 것입니다.

이제 그대의 의문을 곧 풀어드릴 테니

주의해서 잘 들으세요, 내 말은

그대에게 커다란 진리의 선물이 될 것입니다.

의지로 억누를 수만 있었다면 얼마든지 이로울 수 있었을 텐데

그것을 참지 못했던 그 태어나 본 적 없는 자[7]는

자신을 죄인으로 만듦과 동시에 자손도 모두 죄인으로 만들었습니다,

그것이 원인으로, 하느님의 말씀이 이윽고 지상에 내릴 때까지[8]

인류는 병들어 커다란 공포 속에서

하계에 드러누운 채 오랜 세월을 보냈던 거예요.

그때가 오자 비로소 하느님은 창조주로부터 떠나 있던 인성을

---

4) 외경심에 기가 눌리어 베아트리체의 이름조차 부르지 못하고 머리를 숙이는 것과 졸음이 와서 머리를 숙이는 것과는 보기에 비슷한 점이 있다고 할지라도 심리적 조건이 전혀 다르므로 이 비유는 적당하지 못한 것이 아닐까.

5) 지옥의 불.

6) 천국에 있는 영혼들의 판단은 언제나 옳다.

7) 아담은 하느님에 의해 만들어졌으므로 '태어나 본 적 없는 자'인 것이다. 이런 식의 말투가 《신곡》을 매우 어려운 작품으로 만들고 있는 셈인데, 동시에 주석을 읽는 재미를 더하고 있다 할 수 있을지도 모르겠다.

8) 그리스도의 도래를 가리킨다. 이하는 삼위일체에 대해 언급하고 있다.

영원한 사랑의 작용에 의해[9]
그분의 인격 안에 연결해 주었습니다.
자, 이제 내가 말하는 내용을 똑바로 들으세요.
인성은 이와 같이 창조주에게 결부되자
창조되었을 때와 마찬가지로 청순하고 선량해졌습니다.
인성은 오직 인성이라는 이유만으로 천국에서 추방되었던 것인데,
그것도 다 인간 진리의 길을 벗어나
그래야 할 생활에서 이탈했기 때문이었습니다.
그러기에 십자가로써 부과된 벌은
'그리스도'가 띠고 있던 인성에 비추어 보면
다시없는 정당한 벌이며,
이 인성에 결부되었던
'주'의 위격이 당한 무례함을 생각한다면
다시없는 부당한 벌이라 할 수 있는 것입니다.
이렇게 하여 하나의 행위에서 다른 결과가 생긴 것이었어요.
똑같은 하나의 죽음을 하느님도, 유대인도 함께 반겼는데,
그 죽음으로 인해 땅이 흔들리고 하늘이 열렸던 것이었어요.[10]
정의[11]의 복수가 그 뒤 정의의 법정에 의해
보복을 당했다 할지라도
이제 이만하면 그대도 얼떨떨해하지는 않겠지요.

그러나 지금 그대 머릿속에 온갖 생각이 거푸 얼크러져
그대는 어떻게든지 그 매듭을
풀고자 하고 있다는 것을 나는 잘 알고 있습니다.

---

9) 영원한 사랑은 성신을 가리킨다.
10) 그리스도가 죽을 때 지진이 있었다.
11) 티토스로 인한 예루살렘시의 파괴를 가리킨다. 그 파괴는 주의 뜻에 따라, 즉 "하느님 정의의 법정에 의해 보복을 당했다." 이렇게 복수와 보복이 겹쳐 나오는 일면에는 언어의 유희라는 수사적인 측면도 있다.

그대 생각은 이렇습니다. '들은 말은 잘 알겠는데,
그러나 우리들의 속죄를 위해 하느님께서 왜
이와 같은 수단을 선택하셨는지 그걸 모르겠다.'
아시겠습니까, 이 규정은, 그 이해력이
사랑의 불길 속에서 무르익지 않는 그런 자들 눈에는
파묻히어 비치려 하지 않는답니다.
이걸 이해하려고 바라는 이는 많지만, 그 목표를
뚜렷이 정하는 이는 적습니다.[12] 그러므로 왜
이러한 수단이 다른 것에 비해 귀중한지 그 까닭을 말하지요.
자기 속에서 선망과 질시는 모두 밖으로 튕겨내고,
안에서 타며 불꽃을 뿌리는 주의 선의는
영원한 아름다움을 밖으로 나타냅니다.
이 선의로부터 다른 이의 손을 거치지 않고 만들어진 것은
아주 끝나는 일이 없습니다.[13] 선의가 새긴 자국을
지워 버릴 수가 없는 것입니다.
이 선의로부터 다른 이의 손을 거치지 않고 내리는 것은
새로운 것에 힘입는 바가 없으므로[14]
그러한 것의 영향에는 전혀 좌우되지 않습니다.
주의 뜻을 닮아 갈수록 주의 기쁨도 늘어납니다만,
그래서 만물 위에 빛나는 성화(聖火)는
가장 하느님을 닮은 것 속에서 가장 빛을 떨치는 것입니다.
이러한 모든 점에서 사람은 혜택을 받고 있는데,[15]
비록 그 한 가지만 모자란다고 할지라도
사람으로서의 품위는 상실될 것입니다.

---

12) 이 문제에 대하여 알려고 하는 사람은 많지만 실제로 깨우친 자는 적다는 의미이다.
13) 영원하신 하느님께서 손수 불멸을 창조하셨다.
14) 인간의 자유 의지는 하느님에게서 직접 온다. 따라서 하느님 이외의 손을 거친 것은 따르지
　　않는다.
15) 하느님으로부터 받은 인간의 특권으로, 영혼의 불멸, 자유 의지, 하느님을 닮은 것 등이다.

사람이 권력을 잃고 지고선을 닮지 않으므로 떨어진 것은
오로지 그가 저지른 죄악 때문인데,[16]
그로 인해 그 빛은 희미하고 덧없게 되었습니다.
그러므로 올바르지 못한 쾌락에다 정의의 형벌을 가하여
죄악으로 해서 만들어진 공백을 메우지 않는 한,
사람은 그 품위를 회복할 수가 없었던 거예요.
그대들 사람은 그 씨앗[17] 때에 벌써
모두 죄를 저질렀으므로 그때부터 사람의 품위로부터도,
낙원으로부터도 멀리 쫓겨나고 말았습니다.
그러한 것을 회복하려면, 그대가 잘
생각해 보면 아시겠지만, 다음의 강 중에서 어느 하나를
건너는 수밖에 달리 길은 없습니다.
혹은 하느님께서 한결같은 자애심으로 용서하시든가
혹은 사람이 자기 손으로 그 미친 노릇에
만족이 가는 매듭을 짓든가, 그 둘 중의 하나입니다.
이제 영원한 뜻의 심연을,
되도록 몸을 바싹 붙이고 내 말에 신경을 쓰면서
가만히 눈길을 끌어 들여다보세요.
사람에게는 한계가 있으므로
만족스러운 매듭을 짓는다는 것은 결국 무리한 일이었어요.
처음에 하느님께 거역해 가며 위로 가려고 생각했던 만큼
하느님께 복종하여 겸손하게 아래로 내려올 수가 없었습니다.
스스로에게 만족을 줄 만한 힘을 인간이 박탈당한 것은
이러한 점이 원인이에요.
이렇듯 인간을 완전한 삶으로 회복시키기 위해서는
하느님의 길을 하느님께서 쓰실 필요가 생겼던 것입니다.

---

16) 지고선은 하느님을 가리킨다. 인간의 자유 의지를 앗아가는 것은 죄악뿐이다. 이 죄악만이 혜
택을 박탈시킨다는 뜻이다.
17) 인간의 씨앗은 아담이다.

그 길은 하나의 길, 또는 두 가지 길이라고도 할 수가 있겠지요.[18]
대개 행위자에게는, 행위를 낳은 마음의 선의가
행위로써 멸시되면 될수록
기쁘게 느껴지는데,
세상에다 그 표지를 남기시는 하느님의 선의도
모든 길을 사용하여 그대들 인간을
구원하는 것을 기쁨으로 삼았습니다.
이 세상이 시작되는 아침에서 끝나는 밤에 이르기까지[19]
이처럼 거룩한 일[20]이 이루어진 적은
어떠한 길에 의해서든 있지도 않았고, 또 있지 않을 것입니다.
하느님께서는 몸소 죄를 사해 주셨을 뿐 아니라,
사람이 다시 몸을 일으킬 수 있도록
당신 자신을 희생시킬 만큼 너그러우셨습니다.
만일 하느님의 성자가 육신을 지니기 위하여 자신을 겸손하게 낮추지 않았
다면
다른 어떤 수단을 가지고서도
정의를 채운다는 것은 불가능했을 거예요.

그대 소망을 모두 이루어 주기 위해, 이제
다시 아까의 이야기로 되돌아가 설명을 덧붙이겠는데,
그러면 그대도 나처럼 그 점에 납득이 가겠지요.
그대 생각은 이렇습니다. '물이 보이고, 또 불도 보인다.
공기도, 흙도, 그리고 그 혼합물도 보이는데 모두가
오래 가지 못하고 곧 썩어 버린다.
그러나 이런 것도 틀림없이 하느님이 만든 것이다.
그렇다면, 이제 들은 말이 만약 진실이라면

---

18) 하나의 길은 정의, 두 가지 길은 사랑이다. 길이라 함은 방법을 말한다.
19) 창조의 첫날과 최후의 심판의 날.
20) 거룩한 일은 그리스도의 속죄를 가리킨다.

이런 것은 썩어선 안 될 것이다.'

아시겠어요, 천사라든가 지금 그대가 있는
순결한 나라는 지금 이대로의 상태로
완전한 것으로써 만들어졌다고 할 수가 있는 것입니다.
하지만 그대가 이름을 든 원소라든가
그것으로부터 형성된 모든 물체는
'하느님에 의해' 만들어진 힘으로써 다시 형성된 것입니다.
처음에 만들어진 것은 그것의 질료뿐이었습니다.
네 원소를 싸고도는 별들 앞에서
형상력만이 '하느님에 의해' 만들어진 것입니다.
모든 동식물의 혼은
생명력을 띤 복합체 속에서
거룩한 별들의 빛과 움직임이 끌어낸 것입니다.
그러나 그대들 인간의 혼은 지고선이 직접
숨결을 불어 넣어[21] 지고선을 사모하게끔 만든 것입니다.
사랑의 영혼이 항상 하느님을 찾고 동경하는 것은 그 때문입니다.
그러므로 인류의 조상인 그 두 분[22]이 만들어졌을 때
인간의 육체가 어떻게 하여 생겼는가를
잘 생각해 본다면 이제까지 들은 바로 미루어
부활에 대해서도 다시 논할 수가 있을 것입니다."

---

21) "하느님께서 흙으로 사람을 빚어 만드시고, 그 생기를 코에 불어 넣으시니 사람이 되어 숨을
쉬더라." 〈창세기〉 2장 7절 참고.
22) 인류의 조상인 두 분은 아담과 이브를 말하는 것으로, 이 7곡의 끝이 암시하고 있는 내용은,
하느님이 직접 아담과 이브의 육체를 만든 이상에는 부활할 때 사람의 육체를 지닐 것이라
는 추리이다(단, 단테의 이 사고방식에 대해 아담이나 이브의 경우를 제외하고 다른 사람의 육체
는 하느님이 직접 만들었다고는 할 수 없다는 반론도 있다).

제8곡

단테는 베아트리체와 더불어 셋째 하늘인 금성천으로 오른다. 이 하늘에는 사랑에 사로잡힌 자들의 혼이 있다. 여기서 단테는 전에 알았던 헝가리 왕 샤카를로 마르텔로를 만난다. 카를로는 자기가 일찍 죽지 않았다면 다스렸을 나라들에 대해 이야기한다. 그는 또 단테의 질문에 답하여, 왜 훌륭한 어버이한테 어리석은 자식이 태어나느냐에 대해 자세한 설명을 한다.

위험한 이야기지만,[1] 예전에 세상 사람들은
키프러스의 미녀가 제3원을 돌면서[2]
애욕의 빛을 떨치는 줄로만 알고 있었다.
그래서 미신에 사로잡힌 옛사람들은
비너스를 숭상하여
제물을 바쳐 기원했을 뿐 아니라,
그의 어미며 그의 아들뻘인
디오네와 큐피드도 공경했다. 그리하여
그의 아들이 디도[3]의 무릎에 앉았다고들 했다.
비너스에 언급하여 나는 이 노래를 부르기 시작했는데,
때로는 뒤통수에서, 때로는 눈썹에서[4]

---

1) '위험한 이야기지만'이라고 한 것은 이하의 설을 잘못 믿은 것으로 생각하기 때문이다.
2) 키프로스 부근의 바다에서 태어난 여인은 비너스이다. 비너스의 빛이 사람의 욕정을 돋운다고 생각했다. 여기서 제3원은 달에서 세 번째 혹성인 금성 궤도를 뜻한다.
3) 《아이네이스》 속에서 노래 불리고 있는 아랍의 여왕 디도는 《신곡》 속에서는 〈지옥편〉 5곡에서 노래되고 있다. 그녀는 호색의 죄로 지옥의 제2옥에 떨어졌는데, 그 원인을 큐피드(에로스)에게 있다고 한 것이다. 디오네는 비너스(베누스)의 어머니, 비너스의 아들은 큐피드이다.
4) 초저녁별과 새벽별을 의미한다.

태양에게 아양 떠는 별을 사람들은 그녀의 이름을 따왔다.
그 별을 향해 올라가고 있다는 것을 나는 모르고 있었는데,
그녀가 유독 요염하게 보였을 때
금성천에 도달한 것을 똑똑히 알았다.

하나가 머물러 있는데 하나가 왔다 갔다 하면,
합창 속에서 목소리가 구별되고
불길 속에서 불꽃이 식별되는 것과 마찬가지로
그곳 빛 속에서도 서로 각각 다른 빛이 수없이
혹은 빠르고 혹은 느리게 도는 것이 보였는데,
그 속도는 안식(眼識)의 깊이에 따르는 것만 같았다.[5]
차가운 구름으로부터 눈에 보이는 바람과 눈에 안 보이는 바람[6]이
제아무리 빠르게 불어닥칠지라도
고귀한 세라피니 무리[7]로 이뤄진 무도의 행렬을 떠나
우리들 쪽으로 달려온
거룩한 빛을 본 이의 눈에는 발걸음이 어지러운
느린 동작으로밖에 안 보였으리라.
맨 먼저 나타난 한 무리 속에서
호산나의 찬송가가 들렸는데, 또 한 번 그 노래를 들었으면
하는 생각이 영원히 지워지지 않을 만큼 가슴 속에 솟구쳤다.
이어서 그중 하나가[8] 우리 쪽으로 걸어 나와 혼자서
말을 시작했다. "그대의 도움이 되고 그대가 기뻐할 만한 일을
우리는 자진해서 할까 한다.

---

5) 하느님을 보는 내면적 안식의 깊이가 외면적 운동에 나타나 있다는 것이다.
6) 번갯불을 뜻한다.
7) 세라피니 무리는 구약성서에 나타나는 최고의 천사들. 단테는 하느님 주위를 돌며 노래하는 아홉 천사를 가리킨다.
8) 헝가리 왕 카를로 마르텔로를 이야기한다. 그는 1271년쯤 샤를 앙주 2세의 아들로 태어나 1290년에 헝가리 왕으로서 왕관을 썼다. 1295년 젊은 나이로 죽었기 때문에 프로방스의 영지도 나폴리의 영지도 이어받을 수가 없었다.

우리는 천상의 왕후[9]와 더불어 같은 원을, 같은 주기와
같은 갈망을 가지고 지금 여기서 돌고 있다.
'그대들 지성의 힘으로 셋째 하늘을 움직이는 이들이여.'[10]
하고 그대는 지상에 있을 때 벌써 그들을 부르고 있었지.
우리는 사랑으로 넘쳐 있으므로 그대가 기뻐만 한다면
기꺼이 잠깐 여기 머물 테다."

나는 공손히 눈을 그녀에게로 돌렸다.
그러자 그녀는 빛을 떨치며
나에게 질문할 것을 명백히 허락해 주었다.
그래서 나는 너그러운 말을 해 준
빛을 향해 커다란 애정을 간직하고 물었다.
"실례지만 누구신지요?"

그러자 내 말에 따라 그의 유쾌한 정에 더욱
새로운 희열의 정이 더해져서
빛이 한층 더 크게 반짝이는 것이 보였다.
그리하여 빛을 떨치면서 이렇게 말했다.
"내가 저 아래 세상에서 내 삶은 짧았다.[11] 좀 더 오래 있었더라면
이토록 세상에 해가 비치지는 않았을 것이다.
내 희열의 정이 내 주위에 빛을 떨치므로,
마치 제 비단에 싸인 누에처럼
내 모습이 가려져 그대 눈에는 보이지 않게 되어 버렸다.
이유야 있었지만, 그대는 나를 퍽 사랑해 주었다.

---

9) 구천(九天)에는 그 운행을 맡아보는 천사가 각각 원동천에 있으며, 그중에서 아래로부터 제3
   위에 해당하는 주권의 천사를 여기서는 '천상의 왕후(Principati)'라 부른 것이다.
10) 《향연》 속에서 단테가 분석, 비평한 시의 첫 줄이다.
11) 카를로 마르텔로는 24세 되던 해(1295년)에 죽어 왕위는 그의 동생 로베르토에게 계승되었으
    나, 참사가 많았다.

그러므로 만약 내가 아직 하계에 있었더라면, 나는 그대에게
내 애정의 잎사귀 외에 '열매'도 보여 줄 수가 있었으리라.

론강이 소르구강과 합쳐진 이남의,
론강의 왼쪽 기슭이 철썩이는 지방도

그리고 트론토와 베르데가 바다로 흘러 들어가는 곳에서
바리, 가에타, 카토나 세 도시에 이르는

아우소니아의 한 귀퉁이[12]도, 장래에
내가 왕이 되기로 예정되었던 땅이었다.

다뉴브강이 독일의 기슭을 떠나고부터
흐르는 나라[13]의 왕관은

벌써 내 이마에 빛나고 있었다.

그리고 샛바람을 바로 받는 파키노와 펠레로의[14]
두 곳 사이에서 바다를 바라보는

아름다운 시칠리아섬은 티폰[15] 때문이 아니라
솟아나는 유황 때문에 안개가 자욱한 것이지만

백성들을 도탄에 허덕이게 한 악정[16]으로 인해
팔레르모 시민들이 봉기하여[17]

'죽여라, 죽여' 하고 외친 사건이 없었던들,
지금쯤 카를로로 리돌포의 핏줄을 이어받은 내 자손[18]이

---

12) 아우소니아의 한 귀퉁이는 이탈리아의 나폴리 왕국이다.

13) 헝가리이다.

14) 파키노와 펠레로는 요즘에 파세로, 혹은 파노라고 각각 불리고 있는 시칠리아섬의 남쪽에 있
는 곶 이름이다. 카타니아만을 가리키는데 이곳은 샛바람(Euro)을 많이 받는 곳이라 에트나
화산의 연기가 밀려든다.

15) 티폰(Typhon) : 제우스의 번개를 맞고 에트나 화산 밑에 묻힌 거인이다. 그의 머리가 화산 속
에 있어 입으로 불을 뿜어 낸다고 한다.

16) 샤를 앙주 1세의 악정이다.

17) 팔레르모 시민은 1282년 3월 30일에 봉기하여 샤를 앙주의 세력을 타도하기 위하여 프랑스
인들을 죽이라고 외치던 사건이 있었다. 이로써 나폴리 왕국에서 이탈하여 아라고나의 세력
하에 들어갔다.

18) 샤를 앙주 1세와 자기 장인뻘인 리돌포 황제의 피를 이은 자손.

그 왕이 되기를 고대하고 있을 것이다.
그리고 만약 내 아우[19]에게 선견지명이 있었다면
카탈로냐 출신인 탐욕스러운 가난뱅이 관리와 관련될 것을
두려워하여 재빨리 그들을 주변에서 멀리하였을 것이다.
사실, 그에게든 다른 누구에게든 앞날을 내다본다는 것은
요긴한 일이다. 그렇지 않고는 이미 무거운 짐을 잔뜩 실은
그의 배에다 다시 무거운 짐을 더 보태는 격이 된다.[20]
대범한 아비로부터 탐욕스러운 자식으로 태어난 그지만
한밑천 잡겠다는 엉큼한
속셈이 없는 기사도 정신이 그에게는 필요한 거다."

"당신의 말씀이 나에게 주는 고귀한 기쁨을
나는 보고 나는 느낍니다만, 그와 마찬가지로
모든 선이 시작되고 또 끝나는 곳에서[21]
당신이 그 기쁨을 보시고 그것을 느끼고 계신다고 생각하니
더더욱 감사한 생각이 듭니다. 당신이
하느님을 보고 그 기쁨을 분별하신다는 것이 참으로 반갑습니다.
당신은 나를 기쁘게 해 주셨는데, 이제는 설명하여 주십시오.
왜 달콤한 씨앗에서 열매가 열리는지, 그 의문이
당신 말씀을 듣는 동안에 생겼습니다."
나는 그에게 이렇게 말했다. 그러자 그가 이렇게 대답했다. "내가
그대에게 진리 하나를 표시하면 지금 그대가 등을 돌리고 있는
그 문제점을 정면으로 볼 수가 있을 것이다.
그대가 오르고 있는 이 온 왕국을 기쁨 속에서 회전시키는
'지고선'은, 하느님의 섭리를 이 커다란 물체 속에서

---

19) 동생은 로베르토라고 한다. 그는 1288년부터 1295년까지 인질로서 카탈로냐 지방에서 살며
   카탈로냐인들과 사귀었는데, 뒤에 그들을 부하로 부렸다.
20) 악정에 시달린 왕국에 다시 무거운 세금의 부담을 주었다는 의미.
21) 모든 선이 시작되고, 또 끝나는 곳은 바로 하느님이다.

힘으로써 존재케 하고 있다.

그 자체에 있어 완전한 '하느님'의 머릿속에는

모든 자연물은 단순히 그 존재뿐만 아니라

아울러 그 구원까지도 예정되고 있다.

그러므로 이 '주의 뜻'인 활이 쏘는 듯한 화살은

마치 물건이 제 목표를 향하듯이

예정된 목표로 떨어지게끔 규정지어져 있다.

그러지 않고는 그대가 가는 이 하늘이

낳는 결과는

묘한 재주가 아니라 혼돈만 일으키게 될 것이다.

그러나 별을 움직이는 '천상'의 지성과, 또 그 지성을

완전한 것으로 만든 시초의 지성에

결함이 없는 이상, 그럴 가능성은 없다.

이 진리에 대해 다시 설명을 듣고 싶은가?"

"아닙니다, 자연에는 필요한 것이

부족할 수가 없다는 것을 이제 알았습니다."

그러자 그가 다시 물었다. "그럼 물어보겠는데, 만약 지상에서 사람이

시민 생활[22]을 영위하지 않는다면 사태는 더욱 악화할까?"

내가 대답했다. "물론 나빠지지요."

"그렇다면 사람이 갖가지 직무를 맡아보고 갖가지 생활을 하는 일 없이

지상에서의 시민 생활이 만족스레 영위될 수 있을까? '답은'

아니로다. 그 점은 그대들 스승의 책[23]에도 명백히 나와 있다."

이렇듯 그는 여기까지 말을 넓혀 갔다가

이어서 결론을 내렸다. "그렇기 때문에

그대들 직무에 갖가지 뿌리가 필요한 것이다.

---

22) 사회생활을 영위하는 것이 시민이다.

23) 스승의 책이란 아리스토텔레스의 《정치학》《윤리학》을 말함.

그래서 어떤 이는 솔론으로,[24] 어떤 이는 크세르크세스[25]로

또 어떤 이는 멜기세덱,[26] 또 어떤 이는

공중 비행을 시도하다가 자식을 잃은 자처럼[27] 태어나는 거다.

천구는 회전하면서 정확하게 일을 하여

인간이라는 밀랍에 도장을 찍는데,

하나하나가 태어나는 집에 구별을 짓지 않았다.

그래서 에서와 야곱은 배 속에 있을 때부터 이미 달랐다.[28]

그래서 퀴리누스[29] 같은 자가 태어나기도 하는 것이다.

친아비의 신분이 천하므로 마르스가 그 아비로 되어 있다.

만약 하느님의 섭리에 힘이 없었더라면

태어난 자식은 반드시 어버이를 닮을 것이고,

또 비슷한 길을 걸을 것이다.

이제 전에 안 보였던 점이 보이게 되었으리라.

그대에게 조금이라도 도움이 되었다면 나도 반갑다. 그러므로

한 가지 더 보충해서 그대의 몸에 붙여 줄까 생각한다.

운명이 천성에 맞지 않으면 성질에 안 맞는 땅에 뿌려진

씨와 같아서, 대개 생명이 있는 것은

아무래도 발육이 나빠진다.

자연에 의해 사람들 각자 속에 놓인 이 기반에

만약 하계의 사람이 유의하고, 또 그것을 따른다면

사람들은 모두 제자리를 얻으리라.

그런데 그대들은 칼을 차게끔 태어난 자를

---

24) 솔론은 기원전 7세기경에 활약한 아테네의 입법자로서 민주 정치의 기초를 세웠음.

25) 크세르크세스는 페르시아의 왕.

26) 멜기세덱은 성직자(〈창세기〉 14장 18절 외).

27) 아들 이카로스를 잃은 다이달로스를 말한다. 그는 기술자의 전형으로서 인용되고 있다. 이 대표적인 네 명의 인물에 의해 각각 네 가지의 직무가 표시된 것이다.

28) 에서와 야곱은 쌍둥이인데, "여호와께서 그에게 이르시되, 두 국민이 네 태중에 있구나, 두 민족이 네 복중에서부터 나누이리라. 이 족속이 저 족속보다 강하겠고, 큰 자는 어린 자를 섬기리라."〈창세기〉 25장 21절 이하 참조.

29) 퀴리누스란 로마의 기틀을 세운 로물루스 대제를 말한다.

강제로 수도회에다 집어넣고
설교를 하게끔 태어난 자를 국왕으로 삼는다.
그대들이 길을 잘못 든 원인이 바로 그 점에 있는 것이다."

제9곡

    카를로 왕 다음에 단테와 이야기하는 금성천의 빛은 다정한 여인 쿠니차의 혼
이다. 그녀가 출생지인 북이탈리아의 참상을 말한다. 뒤이어 그녀 곁에서 빛나고
있는 마르세유 사람인 폴코가 말한다. 젊었을 때 음유 시인으로서 소문이 났던
그는 뒷날 마르세유의 주교가 되어 알피의 이단자를 공격한 사람이다. 금성천에
는 여호수아를 도와 공이 있었던 유녀(遊女) 라합도 있다. 마지막으로 폴코가 피
렌체의 저주받은 꽃이었던 금화를 비난한다. 교황이 부패 타락을 거듭한 것은 이
금화에 눈이 멀었기 때문이라고 한다.

아름다운 클레멘차[1]여, 그대의 아비 카를로는 이와 같이
나에게 설명한 다음 자기 자손이 입어야 할
상처에 대해 말했는데, 끝으로
"가만히 세월이 흐르는 대로 내버려둬라."
하고 덧붙였으므로 그대들이 그 상처를 입은 뒤에는
천벌이 내릴 것이라고밖에 지금의 나로서는 할 말이 없다.
벌써 그 거룩한 빛을 가진 생명은[2]
빛나는 생명을 채우는 태양 쪽으로
만물을 채우는 선으로 향하듯이 돌아섰다.
아, 배반당한 인간이여, 신심 얕은 자여.
그대들은 이렇듯 선에서 마음을 돌려

---

1) 클레멘차(Clemenza) : 카를로 마르텔로의 딸. 1290년에 태어나 1315년에 프랑스 왕 루이 10세와
   결혼하여 1328년에 죽었다. 마르텔로의 아내도 클레멘차라고 하는데, 1295년에 죽었으므로
   여기서는 문제가 되지 않는다.
2) 카를로 마르텔로의 축복받은 영혼이다.

헛된 번영 쪽으로 얼굴을 돌리려 하는가!

그때 그 휘황한 빛의 무리 중 하나가
나에게로 다가왔다. 그 외면적인 광채에서도
나를 기쁘게 해 주고 싶다는 심정이 역력히 엿보였다.
베아트리체의 눈이 나를 주시했다.
그리하여 먼저와 마찬가지로
내 소원을 부드럽게 들어주었다.
"축복된 영혼이여." 내가 말했다. "나의 소원을
지금 곧 이뤄 다오. 만약 내 생각이 그대 마음에
비친다면 그 증거를 무엇이든지 보여 다오."

그러자 새로이 내 눈앞에 나타난 그 빛이
처음에는 휘황한 속에서 노래 부르더니
이윽고 선행을 즐기는 이처럼 말하기 시작했다.
"타락한 이탈리아 국토의 한 모퉁이
브렌타와 피아베의 원천과
리알토[3] 사이에 위치하는 지방에
그다지 높진 않지만 언덕이 하나 있습니다.
거기서 횃불[4] 하나가 아래로 내려와
그 지방에 몹시 큰 피해를 가져다주었습니다.
그 횃불과 나는 같은 뿌리에서 태어났습니다.
나는 쿠니차[5]라고 하며, 이 별빛의 유혹에 못 이겨

---

3) 브렌타(Brenta)와 피아바(Piava)는 북부 이탈리아를 흐르는 강. 리알토(Rialto)는 베네치아.
4) 횃불은 무서운 폭군이었던 에첼리노 다 로마노 3세를 가리킨다. 그 지방을 깡그리 태워 버리는 횃불을 낳는 꿈을 꾸었다.
5) 쿠니차는 1198년, 로마노 집안의 딸로서 에첼리노와 남매지간으로 같은 어버이의 '같은 뿌리'에서 태어났다. 비너스(금성)의 영향을 받았다는 그녀는 세 남편과 많은 정부를 갖고 있었다고 전해지며, 그중 하나로 나타난 '솔델로'도 포함되어 있었다. 1279년에 죽었는데, 늘그막에는 마음을 고쳐 부지런히 선행을 베풀었다고 전해진다.

여기서 빛을 떨치고 있습니다.

그러나 나는 이러한 운명의 인과를 기꺼이 용서하고

마음에 두진 않습니다. 그것은 아마

세속의 여러분께선 이해하시기 어려울 거예요.

우리들 하늘의 주옥이라고 할 만한 내 곁에 있는

빛나는 귀중한 보물[6]은 훌륭한 명성을

현세에 남겼습니다. 그 이름이 죽어 없어질 때까지는

백 년이라는 세월이 다시 다섯 번은 돌 것입니다.

후세의 '행복'이 현세에 이어지려면

'덕'에 뛰어나야 한다는 것을 아실 줄 믿습니다.

그런데 탈리아멘토와 아디체[7]로 둘러싸여 있는

현재의 무리는 그 생각을 하지 않습니다.

매를 맞고도 여전히 잘못을 뉘우치지 않습니다.

그러나 머잖아 파도바는, 주민들이 고집스레 의무를

거부함으로써, 비첸차를 적시는 강이

늪 부근에서 '피의 강'으로 바뀌고 말 거예요.[8]

실레와 카냐노가 합류하는 지점에선 그 사나이가[9]

자기를 잡을 그물이 둘러쳐지고 있다는 것도 모르고

권세를 부리며 거만하게 활보하고 있습니다.

펠트로 또한 그 무도한 사제의 배신 때문에

봉변을 당하고[10] 울 테지만, 말타[11]로 간 자라도

6) 마르세유 사람인 폴코를 말한다. 12세기 후반에 유명했던 음유 시인인데, 개심하여 성직자가
   되어 1205년에는 마르세유의 주교로 선출되었다. 그는 알피의 이단자들을 몹시 박해했으며,
   1231년에 죽었다.

7) 탈리아멘토(Tagliamento)와 아디체(Adice) : 이탈리아 북부 지방.

8) 파도바가 완고하게 제국에 복종할 것을 거부했기 때문에 칸 구란데의 군대가 파도바 군을 비
   첸차에서 1314년 무렵에 무찌른 사건을 가리킨다.

9) 트레비소의 용병대장 리차르도 다 카미노를 가리킨다. 그는 1312년에 살해되었다. '착한 게라
   르도'의 아들이며, 니노 판사의 딸 조반나의 남편이다.

10) 펠트로의 주교 알렉산드로 노벨로가 1314년에 황제당에 속한 페라라인인 망명자들을 적에
    게 내준 것을 가리킨다.

이토록 큰 죄를 저지른 자는 없을 거예요.
자기 도당에 충실한 그 예의 바른 사제님이
선물로 삼은 페라라인의 피는
아마 받아서 담자면 꽤 큰 통이 필요했을 것이고,
그 피를 조금씩 됫박으로 되자면 지쳐 버릴 거예요.
하지만 그런 종류의 선물이
그 고장의 풍습에는 어울리는 거예요.
이 하늘 위에는 트로니[12]라고 부르는 거울이 있는데,
거기에 하느님의 심판이 훤히 비치고 있습니다. 그러기에
이런 말도 용인이 되는 거예요."[13]

이렇게 말하고 입을 다물었다. 그리고 아까 추던 춤의
원 속으로 다시 들어가더니 그녀는 벌써
다른 일을 생각하는 것처럼 가 버렸다.
또 하나 즐거워 보이는 영혼[14]이 햇빛에 빛나는
아름다운 홍옥처럼 눈앞에 나타났다.
아까 쿠니차가 귀중한 보물이라 불렀던 영혼이었다.
희열의 정이 강해질수록 천상에서는 광채가 나고
지상에서는 웃음이 솟는데, 하계에서는[15]
마음이 슬퍼질수록 그림자도 어둠을 더한다.

"복 받은 영혼이여, 하느님의 눈에는 모든 것이 비치는데,"
하고 내가 말했다. "그 하느님 안에 그대 생각이 들어간 이상

---

11) 말타는 볼세나호반에 있던 교황청의 감옥 이름이다.
12) 트로니(Troni) : 천사 세라피니, 케루비니 다음 가는 제3위의 천사들로 정화천에 있다.
13) 쿠니차의 말투는 얼른 듣기에는 악의에 가득 찬 것같이 들리나 하느님의 정의에 잘 맞기 때문에 용인되는 것이다.
14) 폴코(Folco)를 말한다. 프로방스(프랑스 남부 지방)의 음유 시인. 후에 수도회 원장에서 마르세유 주교가 되었다.
15) 하계는 지옥이다.

그대 눈에는 모든 소원이 비치리라.
그대 목소리는 세 쌍의 날개를 사제복으로 삼는
신심 깊은 불들[16]의 노랫소리에 맞추어
줄곧 음악 소리로 하늘을 즐겁게 해 주고 있다. 그러한 그대가
왜 나의 소원을 들어주지 않는지?
그대가 내 마음을 알아보듯이 내가 그대 마음을 알아볼 수 있다면,
과연 이제까지 물음을 기다리고 있었을까?"

그러자 그 영혼은 다음과 같이 말했다.
"저 바다를 뺀다면 세계 최대의 골짜기라 할 수가 있는,
물이 범람한 '지중해'라는 골짜기 지표를 에워싸는
그 골짜기는, 마주 보는 양쪽 기슭 사이로 태양에 거슬러
동쪽으로 뻗어 처음엔 수평선 위에 있던 방향이
이윽고 자오선의 방향이 되는 지점에까지 이르고 있다.[17]
나는 이 골짜기의 기슭, 에브로와 마크라 사이에서[18] 태어났다.
마크라강은 얼마 길지 않지만
제노바와 토스카나의 국경을 이루고 있다.
일찍이 항구를 피로 물들인 내 고향[19]과
부제아[20]는
해 뜨고 지는 시간이 거의 동시였다.
그곳 사람들은 나를 폴코라 불렀다. 그곳 백성들에겐 잘 알려진
이름이었지. 전에는 내가 이 하늘에서 영향을 받았으나
이제는 이 하늘이 나의 빛을 받고 있다.

---

16) 신심 깊은 불들이란 세라피니 천사들을 가리킨다.
17) 단테의 지리적 세계상에 따르면 지중해 서쪽 끝과 동쪽 끝 사이에는 90도의 차이가 있으므로 이런 종류의 표현이 가능한 것이다. 실제의 차이는 42도이다.
18) 마르세유는 에스파냐의 에브로강과 토스카나와 리그리아의 경계를 이루는 마크라강의 거의 중간 지점에 있다.
19) 브루투스가 행한 마르세유인의 학살에 대한 언급이다.
20) 마르세유를 가리킨다.

내가 머리숱이 많던 나이에 불탔던

그 격렬한 사랑에 비한다면

시카이오스나 크레우사를 괴롭히던

벨로스의 딸[21]도

데모포온[22]에 속아 넘어간 로도페의 딸[23]도

이올레[24]를 마음속으로 깊이 사랑했던 알키데스[25]도 아무것도 아니었다.

그러나 이 하늘에서는 누구나가 다 후회 없이 미소 짓고 있다.

이젠 마음속에 죄 같은 것은 떠오르지 않으므로 죄 때문에 울지 않고[26]

하느님의 섭리에 기뻐하고 웃는 것이다.

이 하늘에서 우리는 위대한 '창조'의 업적을 장식하는

'하느님'의 재간을 보고, 여기서 하계를 천계로 돌려보내는

저 선[27]을 자세히 보는 것이다.

한데 이 천구 안에서 생겨난 그대의 소원이 모두

채워진 연후에 그대가 돌아갈 수 있도록

나는 다시 말을 계속할까 한다.

맑은 물속의 햇빛처럼

내 옆에서 반짝이는 이 빛 속에

누가 있는지를 그대는 알고 싶어하는 듯한데,

이 안에서는 라합[28]이 평화를 즐기고 있다.

---

21) 벨로스의 딸은 디도이다. 티로스 왕 시카이오스의 아내였으나, 남편이 죽자 아이네아스를 사랑했다.

22) 데모포온(Demophoon) : 테세우스의 아들.

23) 데코포온과 약혼한 사이였는데, 그가 아테네로 가서 돌아오지 않자 자살했다.

24) 이올레(Iole) : 테살리아 왕의 딸. 헤라클레스가 그녀를 납치하여 결혼하자 데아네이라가 질투하여 네소스의 피(독)가 묻은 옷을 헤라클레스에게 입혀 죽였다.

25) 알키데스(Alcides) : 헤라클레스의 이름. 아버지가 알키데스였으므로 그렇게 불렸다.

26) 천국에 있는 혼은 모두 망각의 강 레테를 지나왔기 때문에 뉘우칠 필요가 없다.

27) 저 선이란 하느님의 섭리를 가리킨다.

28) 라합(Rahob) : 여리고의 창녀. 그녀는 여호수아의 두 첩자를 은닉하여 생명을 구해 주었다. 〈여호수아〉 6장 17절 이하 참조.

그녀는 이 금성천에 이르자
곧 가장 강한 빛을 떨쳤다.
그대들의 지구 그림자[29]는 이 금성천에까지 뻗쳤다가
사라지는데, 그리스도에게 구원된 수많은 영혼 가운데
다른 누구보다도 먼저 그녀가 이곳에 왔다.
두 손으로 얻은[30]
존귀한 승리의 표지로서 그녀가 천상의
어디론가에 들어온다는 것은 참으로 합당한 일이었다.
라합이 여호수아를 도와 성지[31]의
첫싸움에서 승리에 이바지했기 때문인데, 이 성지에 대한 것이
지금의 교황 마음속에는 전혀 떠오르지 않는 모양이다.[32]

맨 먼저 창조주에게 등을 돌린 자[33]의 선망이 원인이 되어
지상에는 수많은 비탄이 생겼던 것인데,
그 악마가 기틀을 연 그대의 마을은
저주받은 꽃[34]을 만들어서 뿌리고 있다.
그 꽃이 목자를 이리로 바꾸었고,
그 꽃 때문에 양도 새끼양도 길을 잘못 들었다.
그 꽃 때문에 복음서도 초기의 교부(敎父)도
버림을 받고 그들의 주석에 나타난 것처럼
오로지 교회법만이 연구의 대상이 되었다.
교황도 추기경도 이 꽃에 집착한 나머지

---

29) 지구의 원추형 그림자는 금성천에까지 뻗어 있는 것으로 생각되고 있었다.
30) 두 손에 못 박히는 책형을 당하여 얻은 거룩한 그리스도의 승리라는 뜻이다.
31) 성지는 예루살렘이다.
32) 교황은 보니파시오 8세. 단테는 그를 비난한다. 성지에 있어서의 그리스도교 세계의 마지막 거점인 아클라는 1291년 회교도에게 탈취되었는데, 교황이 그것에 대해 수수방관하고 있는 것을 단테가 노하고 있는 것이다.
33) 창조주에게 맨 먼저 등을 돌린 자는 악마대왕이다.
34) 피렌체시의 금화는 피오리노라 한다. 꽃(fiore)에서 온 말이다. 금화에는 백합 무늬가 찍혀 있었다.

가브리엘이 나래를 폈던
저 나사렛³⁵⁾의 땅에는 생각이 미치지 않은 것이다.
그러나 바티칸이나 또 베드로를 따라
순교한 자들의 무덤이 될 땅으로
선택된 로마의 여러 구획은
머잖아 이 음행³⁶⁾에서 해방될 것이다."

---

35) 가브리엘이 나래를 펴고 마리아께 수태고지를 한 곳이 나사렛이다.
36) 교황이 교회 일을 소홀히 하고 속세의 일에 열중했던 것.

제10곡

시인은 안내자와 더불어 넷째 하늘인 태양천으로 오른다. 주옥같은 빛이 관처럼 펼쳐져 합창하고 춤을 추면서 빙글빙글 돈다. 그중에서 토마스 아퀴나스가 이름을 대고 나와 스승 알베르토를 비롯하여 원을 그리고 있는 열두 혼을 차례차례 소개한다. 마지막으로 시지에리의 소개가 끝나자 환희에 넘친 맑은 음성이 교회의 시계 소리처럼 울려온다. 이 하늘에는 현자들이 살고 있는 것이다.

성신은 아버지와 아들 두 사람에게서 각각 유래하는 것인데,[1)]
말로는 다 할 수 없는 태초의 힘[2)]은
자기 자식을 사랑[3)]으로써 바라보며
공간을 도는 것과 머릿속에 도는 것을[4)]
정연하게 만들어 내었다. 그러므로 그것을 바라보는 이는
그 힘[5)]을 칭찬하며 음미하지 않을 수가 없다.
독자여, 그러니 나와 함께 드높은 천구 쪽으로 눈을 돌려
두 운행이 서로 맞닿는
곳[6)]을 주시해 다오.
그리하여 거기서도 하느님의 능력을 짐작해 다오.
하느님은 마음속 깊이 그것을 사랑하여

---

1) 이 첫머리의 원시는 그대로 옮겨서는 뜻을 알기 어려우므로 풀어서 옮겼다. 성부와 성자를 가리킨다.
2) 태초의 힘은 아버지인 하느님이다.
3) 자식은 말, 즉 언어이다. 사랑은 성령이다.
4) 공간을 도는 것은 실세계이고, 머릿속을 도는 것은 정신세계이다.
5) 그 힘이란 하느님의 힘이다.
6) 황도와 적도가 교차하는 점에 태양이 떠간다.

잠시도 거기서 눈을 떼지 않는다.
그리고 또 보아 다오, 별들을 싣고 있는
비스듬한 띠[7]가, 별들을 부르는 지구의 소원을
채우기 위해 거기서 어떻게 갈라져 있는가를.
만약 그 별들의 궤도가 기울어져 있지 않았던들[8]
하늘에 있는 대부분의 힘은 힘을 잃을 것이다.
지상의 활력도 태반이 사멸했을 것이 분명하다.
그리고 또 황도의 경사가 조금이라도 현행의 위치에서
벗어나 있었던들 우주의 질서는 하계에서도 천계에서도
매우 불완전한 것이 되어 있었으리라.
독자여, 피로를 느끼기 전에 기쁨을 느끼고 싶거든
조금만 더 의자에 앉아 음미할 것을
마음속으로 천천히 생각해 다오.[9]
그대 앞에다 놓았으니 이제부터는 그대 혼자서 먹어 주오.
내가 선택하여 쓰는 주제는
나의 주의력을 모두 그쪽으로 빼앗아 버리는구려.

하늘의 힘을 세계에다 새기고
그 빛으로 우리를 위해 시간을 새기는
대자연의 더욱 위대한 신하는[10]
아까 말한 별들[11]과 합쳐지더니
차츰차츰 해돋이가 빨라지는[12]

---

7) 비스듬한 띠란 12궁의 별들을 싣고 있는 황도를 가리킨다. 하지만 춘분 때는 황도가 적도보다
   경사지므로 이렇게 말했다.
8) 황도와 적도가 똑같다면 계절 구분이 불가능하고, 경사가 너무 심하거나 하면 하늘이나 지상
   의 모든 힘이 없어진다고 믿었다.
9) 여기에 말한 내용을 독자가 스스로 음미할 것을 바란 것이다.
10) 대자연의 위대한 신하란 태양이다.
11) 앞서 말한 백양궁의 별들이다.
12) 날마다 해돋이가 빨라진다. 지금은 봄이다.

나선 모양의 궤도 자국을 따라 회전을 계속하였다.
나는 이미 그곳에 이르렀으나, 처음으로
착상이 떠오를 때, 그 도래를 모르고 있듯이
나도 그곳에 다다른 것을 알지 못하고 있었다.
나를 선에서 다음 선으로, 위로 날라다 준 이는
베아트리체인데, 그녀의 동작은 민첩해서
시간을 초월한 행동이었다.
나는 태양으로 들어갔는데, 거기 있던 이들이
색깔이 아닌 빛으로 보였다는 것은
그 사람의 빛이 얼마나 강한 것인가를 나타내고 있다.
내가 아무리 재치나 기교나 숙련의 힘을 후원자로 불러내 본들
독자의 상상력을 움직일 만한 표현은 할 것 같지 않다. 독자는
그저 믿고서, 장래에 자기 눈으로 볼 수 있기를 바라는 게 좋으리라.

우리들의 공상력이 이런 높이에는 도저히 못 미칠 만큼
낮은 것이라 할지라도, 그다지 실망할 것은 없으리라.
일찍이 태양 위를 본 눈은 없었던 것이다.
고귀한 아버지의 넷째 가족[13]이 여기서 그와 같이
빛나고 있었는데, 당신께서는[14] 숨결을 불어 넣고 자식 낳는 모양을
보여 줌으로써 이 가족에게 항상 만족을 주고 있는 것이다.
그러자 베아트리체가 입을 열었다. "감사드리세요.
천사들의 태양에[15] 감사하세요. 하느님께선 은총으로써
그대를 감각으로 느낄 수 있는 이 태양에까지 끌어올려 주셨습니다."
그 말을 듣고 기쁨에 넘친 나는 즉시
자진하여 내 마음을 하느님께 바치고 기도를 드렸는데,

13) 월광천, 수성천, 금성천 다음의 태양천의 혼들이 넷째 가족이다.
14) 아버지인 하느님이다. 하느님이 자식을 낳고 그 양자로부터 성신이 생기는 삼위일체의 모양
   이다.
15) 천사들의 태양은 하느님을 가리킨다.

아마 사람의 마음으로 그때의 내 마음에 따를 만한 마음은
달리 없으리라 생각된다.
나는 모든 사랑을 하느님께 쏟았기 때문에
베아트리체마저 망각 속에 빠져 희미해졌다.
그녀는 그것을 불쾌하게 여기기는커녕 미소 지어 보였다.
그러자 활짝 웃는 그녀의 눈이 반짝반짝 빛나
하나로 집중되었던 내 생각을 다시 흩트려 놓고 말았다.

보니, 우리를 중심으로 싱싱하게 빛나는 분들이
왕관처럼 퍼져서 눈부시게 빛나고 있었는데,
그 왕성한 불빛도 불빛이려니와 더욱더 오묘한 노랫소리가 들렸다.
공기가 무겁게 습기를 머금었을 때 하늘에 띠 같은 실을 당겨
라토나의 딸[16]이 띠 두르는 것을 보는 것 같다.
불들의 관은 이 달무리와 비슷했다.
내가 지금 돌아온 천상의 궁정에는
귀중하고 아름다운 보석이 수없이 많은데,
그것을 왕국에서 끌어내기란 불가능에 가깝다.[17]
이 빛의 합창도 그런 보석의 하나였는데,
하늘로 오르기 위한 날개를 몸에 지니지 못한 사람은
천상의 소식일랑 벙어리한테서나 듣거라.[18]
이 불타는 태양의 무리는 노랫소리를 맞추어 가며
우리들의 주위를 마치 양극에 가까운
뭇별들처럼 세 번 돌았다.
그 모양은 잠시 춤이 끝났을 때도 원을 풀지 않고
이어지는 다음 곡에 자기를 맞출 때까지

---

16) 라토나의 딸은 다이아나, 즉 달무리이다.
17) 그것을 사람의 말로써 전한다는 것은 불가능에 가깝다.
18) 벙어리에게서 말을 들어봤자 내용이 전해지지 않듯이, 제 눈으로 보지 못한 이는 태양천의
    광경을 알 수 없다는 뜻이다.

말없이 발을 멈추고 귀 기울이고 있는 여인들과도 흡사했다.

그리하여 그들 중 하나로부터 말소리가 들렸다.[19]
"은총의 빛에 불이 일어나면 진실한 사랑은[20]
사랑함으로써 더욱더 불꽃이 세어지는데,
그 은총의 빛이 그대 속에서 더욱더 활기차게 빛나 그대를
일단 오르면 내려와도 반드시 또 오르지 않고서는 배길 수 없는
저 층계 위로 인도해 간다. 그러므로
그대의 갈증을 푸는 데에, 제 병의 술 따르기를
만약 거절하는 이가 있다면 바다로 흘러 들어가지 않는 물과 마찬가지로
그자에게는 자유가 없어져 버릴 것이다.
그대가 알고자 하는 점은 그대에게 힘을 모으게 하는
아름다운 여인[21]의 둘레를 황홀하게 에워싸는 이 화환이
무슨 꽃으로 엮어졌느냐 하는 것이다.
나는 도미니쿠스를 따라 길을 간
거룩한 무리, 그 어린양 중의 한 마리였다. 거기서는
헛되이 길을 잃지 않는 한 살이 찐다.[22]
내 오른편 맨 앞에 계신 분은
나에게 있어 형이고 스승이었던 저 쾰른의
알베르토이다.[23] 그리고 나는 토마스 아퀴나스이다.
만약 그대가 이처럼 다른 이들도 모두 알고 싶거든
내가 말하는 순서대로 축복받은 이 화환을 따라

---

19) 말한 이는 토마스 아퀴나스이다.
20) 진실한 사랑은 하느님에 대한 사랑이다.
21) 아름다운 여인은 베아트리체이다.
22) 여기서 화자인 나는 토마스 아퀴나스이다. 단테의 작품은 그의 저서 《신학대전》에서 많은 영향을 받았다. 그는 리용의 공의회 참석차 가던 중 살해되었다.
23) 알베르토 마뇨(Alberto Magno, 1192~1280) : 쾰른과 파리에서 교수를 했다. 스콜라 학파의 거두로 토마스 아퀴나스는 그가 가장 사랑했던 제자이다. 아리스토텔레스를 그리스도교의 이론적 기반으로 앉힌 것은 이 두 사람이라고들 한다.

차례차례 시선을 돌리도록 해라.

저 또 하나의 불꽃은 그라치아노[24]의 웃음에서 나오고 있다.

그는 두 법정을 다 같이

조화시켜 잘 도왔으므로 천국에 들어왔다.

그리고 잇닿아 우리 성가대를 장식하고 있는 불꽃은

가난한 과부의 예를 따라 자기 재산을

성스러운 교회에 바친 그 피에트로[25]이시다.

다섯째 빛[26]은 우리 중에서 가장 아름다운 빛인데,

그윽한 사랑으로 숨 쉬고 있으므로 하계에 있는 사람들은

그 소식을 들으면 모두 기뻐하리라.

그 빛 속에는 깊은 예지가 숨겨져 있으며

고매(高邁)한 두뇌가 들어 있다. 진실이 진리라면[27]

그를 따를 만한 현자가 두 번 다시 세상에 나타날 수는 없다.

다음에 그 옆에 있는 촛불의 광명[28]을 보라.

그는 하계의 육체를 걸친 이들 가운데서 천사의 성질과

그 소임에 대한 것을 가장 잘 아는 이였다.

그다음의 아주 작은 빛 속에는

초기 그리스도교 시대의 저 법률가[29]가 미소 짓고 있는데,

그의 라틴어 저술이 아우구스티누스에게 도움이 되었다.

---

24) 그라치아노(Francesco Graziano) : 볼로냐의 교수·법률가. 사법과 교회법을 조화시키고자 노력한 12세기의 이탈리아인이다.

25) 피에트로(Pietro Lombardo) : 롬바르디아 사람으로 파리에서 신학을 강의하였으며, 파리의 주교가 되었다가 1164년에 죽었다.

26) 솔로몬(Solomon)이다.

27) 성서에 쓰인 진리가 참된 것이라면, 하는 뜻으로 풀이된다. 〈열왕기 상〉 3장 12절에 "내가 네 말대로 하여 네게 지혜롭고 총명한 마음을 주노니, 너의 전에도 너와 같은 자가 없었거니와 너의 후에도 너와 같은 자가 일어남이 없으리라."라고 되어 있다.

28) 아레오파지테의 재판관 디오니시우스 : 그는 《천사의 위계에 대해》라는 저서의 지은이로 생각되고 있었다. 〈사도행전〉 17장 34절 참고.

29) 법률가는 5세기경의 에스파냐의 사제 파울루스 오로시우스(Paulus Orosius)를 말한다. 그의 유명한 저서 《대이교도사(對異敎徒史)》는 아우구스티누스의 특별 요청으로 씌어졌다고 전해진다.

한데 그대의 정신적인 눈이 내가 한 말을 따라

빛에서 빛으로 거쳐 왔다면

이제 여덟 번째 빛[30]에 대해 갈망을 느낄 것이다.

이 거룩한 영혼은 하느님 뵙기를

기쁨으로 삼고 있으므로 그의 말에 귀 기울이는 자에게

세상의 허위를 명시해 준다.

그 영혼이 빠져나간 육체는 치엘다우로 사원[31]에

누워 있다. 그의 영혼은 유랑과

순교 끝에 이 평안에 이르렀다.

또 그 앞을 보라. 이시도로, 비드,[32]

그리고 사색에 이르러서는 인간의 영역을 초월한

리카르도[33]의 열렬한 숨결이 불길을 뿜고 있다.

그런데 그대 시선이 내게로 돌아오기 전에 하나 남겨져 있는 빛은

심각한 사색 속에서 죽음이

더디 온다는 것을 느낀 영혼의 빛이다.

그것은 시지에리[34]의 영원한 빛이다.

그는 파르 거리[35]에서 강의하면서

---

30) 여덟 번째의 빛은 보이티우스(Severius Boethius, 470~525)를 말한다. 로마 말기의 정치가·철학자로서 모함으로 죽었다. 그가 옥중에서 썼다는 유명한 《철학의 위안》에서 단테는 많은 것을 배웠다. 특히 '최고선' 문제는 탁월했다 한다.

31) 치엘다우로(Cieldauro) 사원이란 '황금의 하늘' 즉 파비아의 성 베드로 성당이다. 보이티우스가 처형된 후 이 성당에 묻혔다.

32) 이시도로(Isidoro, 560~636)는 에스파냐의 세빌랴 주교로 박식한 사람이었으며, 중세 학문의 백과사전이라고도 할 만한 《인식론 Etymologiae》, 또는 《근원론 Origines》이라고 하는 20권의 방대한 백과전서를 남겼다. 비드(Bede, 672~735)는 영국의 주교이다. 《영국 교회사》 등 라틴어 저술이 있다.

33) 리카르도(Ricardo)는 12세기의 신비주의 신학자. '위대한 사변가'라 불렸다. 파리의 빅토르 수도원 원장신부였다.

34) 시지에리(Sigieri, 1226~1282)는 아베로이즘을 신봉하여 개체의 불멸을 주장, 심리적 결정론을 내세워 이단자로 여겨졌다. 파리 대학에서 철학 강의를 했으며, 자기 비서의 손에 비참한 최후를 마쳤다.

35) 파리의 라틴 구역인 파르 거리.

삼단 논법으로 진리를 밝히다가 미움을 샀다."[36]

하느님의 신부[37]가
신랑에게 사랑을 청하여 아침 노래를 부르러 일어날 시각에
큰 시계는 우리에게 시간을 알리느라
하느님께 향하는 영혼으로 애정을 감싸고
'땡땡' 부드러운 소리를 내며
그 기계를 이리저리 서로 당기고 있다.
그 모양과 마찬가지로 영광스러운 혼의 무리가 원을 짓고 돌며
소리를 합하여 합창하는 광경이 눈에 보이고 귀에 들렸다.
그것은 환희가 영원하게 되는 곳이 아니고는
알 수 없는 그런 감미롭고 조화된 맑은소리였다.

---

36) 시지에리는 1277년에 투옥되어 "심각한 사색 속에서 죽음이 서서히 온다는 것을 느꼈다." 주
34 참조.
37) 하느님의 신부란 교회이다.

제11곡

태양천에 있는 단테는 인간의 어리석은 미혹을 새삼스레 느낀다. 토마스 아퀴나스가 단테의 마음속에 일어난 두세 가지 의문을 알아차리고 자진해서 설명해준다. 그는 또 프란체스코의 생애를 일련의 그림 두루마리처럼 상세히 이야기해준다. 그리고 이야기를 마친 다음 프란체스코에 견줄 수 있는 인물로서 도미니쿠스를 암시하고, 요즈음 도미닉회 수도사의 타락과 부패에 대해 언급한다. 프란체스코를 찬양하는 토마스 자신은 도미닉회 수도사인 것이다.

아, 미친 노릇을 하는 현세의 사람들이여,
이 무슨 결함투성이 논리에 좌우되어
너희는 땅 위에서 몸부림치고 있는 것이냐!
어떤 자는 법률을, 어떤 자는 의학[1]을 배우고,
어떤 자는 성직을 노리고,
또 어떤 자는 궤변을 써서 주먹을 휘둘렀다.
또 어떤 자는 약탈을 일삼고, 어떤 자는 속된 일에 전념하고,
어떤 자는 육욕의 쾌락에 잠기고,
또 어떤 자는 안일한 생활에 빠졌다.
하나 세상 사람들이 그런 일에 정신을 뺏기고 있는 동안에
모든 속박에서 풀려난 나는 광명으로 가득 찬 영광에 빛나면서
베아트리체와 함께 천상으로 올라갔다.

영혼의 무리에 모두 저마다 춤을 추며 한 바퀴 돌자

---

1) 의학은 원문에서는 '경구'로 표현되어 있다. 히포크라테스의 작품명으로 의학을 상징한 것이다.

본디 있던 데까지 되돌아가더니 거기서
촛대에 초가 꽂히듯이 또 멈추어 섰다.
그리고 아까 나에게 말을 건 그 빛²⁾ 속에서
한층 더 선명하게 빛을 내고 웃으면서
말하는 소리가 들려왔다.

"나는 영원한 빛³⁾을 받고 빛을 발한다.
그 빛을 보면⁴⁾
그대 의혹의 원인이 어디서 생기는지도 알 수가 있다.
전에 내가 '거기서는 살이 찐다'고 한 말과
'그를 따를 만한 현자가 두 번 다시 세상에 나타날 수가 없다.'
고 한 말⁵⁾을, 바로 듣고 알 수 있는
보다 쉬운 말로
지금 한 번 더 설명해 주었으면 하는 것이 그대 심정이리라.
여기서 그 점을 아주 명확하게 해 주겠다.

세상을 다스리는 섭리는
어떠한 시력을 가지고서도 그 밑바닥까지는
미치기 어려운 심오한 뜻으로
그 소리 높이 외친 분⁶⁾이 스스로 축복받은
피로써 인연을 맺은 신부⁷⁾가
더욱 정숙한 마음으로 마음놓고
사랑하는 이 곁으로 가까이 갈 수 있도록
그 양쪽에

---

2) 그 빛은 토마스 아퀴나스의 영혼이다.
3) 영원한 빛은 하느님이다.
4) 그 빛을 보면—그 빛에는 모든 것이 비치기 때문에.
5) 〈천국편〉 10곡 참조.
6) 십자가 위에서 크게 소리친 사람은 예수 그리스도이다.
7) 신부는 교회이다.

두 귀공자를 딸려서 길잡이로 삼으셨다.
귀공자 하나[8]는 열정에 있어 사랑의 천사와도 같았고,
다른 하나[9]는 학식에 있어 지상에 있는
진리의 천사가 띠는 빛과도 같았다.
지금 그 하나에 대해 말하지만 둘은 같은 목적을 위해
일했으므로 그 어느 하나를 들어서
칭찬하더라도 그 둘을 찬양하는 것이 되리라.

토피노강과 성 우발도가 선택한 언덕에서부터[10]
흘러내리는 시냇물 사이에는
높은 산[11]과 비옥한 비탈이 이어져 있다.
그 산의 영향으로 페루자의 마을은 더위와 추위를
포르타 솔레[12] 방향으로부터 느끼고 있다. 산의 뒤에서는
노체라와 구알도[13]가 무거운 멍에 때문에 신음하고 있다.
태양[14]이 때로는 갠지스강에서 태어나듯이,
비탈의 가장 완만한 곳에서
한 태양이 이 세상에 태어났다.
그 때문에 이곳을 들어 말하는 자는
적절한 표현을 바란다면 'Oriente'라고 할 것이지,
돌아가지 않는 혀로 'Ascesi'라고 해서는 안 될 것이다.[15]

---

8) 귀공자의 하나는 프란체스코이며 세라피니의 사랑을 뜻한다.
9) 다른 하나는 도미니쿠스이며 깊은 진리를 뜻한다.
10) 토피노(Topino)강은 움브리아주 아시시 근처를 흐르는 강. 성 우발도(Ubaldo, 1084~1160)가 선
   택한 언덕은 구비오 배후에 우뚝 선 언덕이다.
11) 여기에 나오는 높은 산은 수바시오(1290m)산을 이르는 말이다.
12) 포르타 솔레(Porta Sole) 즉 태양문은 페루자시의 동쪽 문으로, 거기에서 수바시오산과 마주하
   고 있는데, 그 산상에 있는 아시시를 멀리 바라볼 수가 있다.
13) 노체라(Nocera)와 구알도(Gualdo)는 수바시오 북동쪽의 도시.
14) 태양은 성 프란체스코를 말한다.
15) 원문에서도 'Ascesi'라는 옛 형용사가 그대로 씌이고 있다(아시시의 옛 이름). Ascesi는 '나는 올
   랐다'는 뜻도 되므로, 여기서의 'Oriente(동방)'라는 말은 성 프란체스코의 태양과 같은 인격과

아직 태어난 지 얼마 안 되었을 무렵,[16]

벌써부터 이 태양은 그 위대한 힘의

따사로운 위안과 위로를 대지에 느끼게 하였다.

그는 아직 젊은 몸으로 여인[17] 때문에

아버지의 노여움을 샀던 것이다. 이 여인에 대해서는

죽음의 신을 대하듯 아무도 자진해서 문을 열어 주지 않았건만.

그리고 사교 법정[18]에서

아버지[19]가 계시는 가운데 그는 그 여인과 혼례를 올리고는

날이 갈수록 그녀를 열렬히 사랑했다.

그녀는 첫 남편[20]을 여읜 이후 이제껏

천백여 년,[21] 모멸받고 따돌림당한 채

그를 만나기까지는 세상 사람들에게서 버림을 받고 있었다.

그녀와 같이 있던 아미클라스[22]는 온 세계를 진동시킨 자의

그 목소리가 울려 퍼져도

태연히 있더라는 소문이지만 소용없었다.

또 그녀는 지조가 굳어서

마리아가 아래 세상에 남아 있었을 때도 그리스도와 함께

십자가 위에 올라가서 울었지만, 그것도 결국은 보람이 없었다.

그러나 말이 너무 모호해선 안 되겠기에 밝혀 두지만

지금까지 길게 이야기한 두 연인이란 짐작하는 바대로

프란체스코와 포베르타(淸貧)[23]를 말하는 것이다.

더불어 떠오른 것이리라.
16) 젊었을 때, 24세 때이다.
17) 여인은 가난 혹은 청빈.
18) 아시시의 사교(司敎) 법정이다.
19) 인용된 원문이 라틴어인 것은 식의 분위기를 전하기 위한 수법이리라.
20) 첫 남편은 그리스도. 역시 가난의 상징이다.
21) 프란체스코는 1182년에 태어나 1226년에 죽었다.
22) 아미클라스(Amydas) : 루카누스의 《파르살리아》에 나오는 빈털터리 어부. 카이사르가 폼페이우스와 싸울 때 바다를 건너고자 어부의 오두막으로 갔다. 허나 어부는 무서워하기는커녕 태연자약했다.

그들의 화목과 즐거운 모습은

사랑과 놀라움과 부드러운 눈길 속에 나타나 있었으므로, 그것이

원인이 되어 '다른 사람에게도' 거룩한 마음이 솟아올랐다.

그래서 먼저 거룩한 베르나르도가 신을 벗고[24]

이 위대한 평안을 찾아 줄달음쳤다지만

달리면서도 줄곧 답답하고 더디게 느꼈다.

아, 세상에 알려지지 않은 보배여, 아, 풍요한 부귀여,

에지디오[25]도 신을 벗고 실베스트로[26]도 맨발로

신랑[27]을 쫓았다, 신부도 그걸 기쁘게 생각했다.

잇따라 그 아버지이며 스승인 프란체스코는 그 아내와

겸양의 끈을 이미 허리에 동인

가족들을 거느리고 '로마'로 길을 떠났다.[28]

피에트로 베르나르도네[29]의 아들이라는 것도,

사람들을 놀라게 한 허술한 옷차림도,

마음을 비하하거나 시선을 떨어뜨리게는 하지 않았다.

프란체스코는 왕자 같은 기풍으로 교황 인노첸시오에게

그 엄격한 계율을 펴고, 그로부터

자기 수도회에 대한 최초의 수결을 얻었다.

빛나는 그의 생애는 천상의 영광 속에서 찬양받는 편이

보다 어울릴 일이지만 그의 뒤를 쫓아

가난한 사람들이 점점 늘어났을 때,

---

23) 여인은 청빈(Poverta, 이탈리아어로 여성 명사)을 말한다. 프란체스코가 스물네 살쯤 되었을 때
   의 일이라고 한다.

24) 베르나르도(Bernardo) : 프란체스코의 첫 제자. 신을 벗었다 함은 가난을 상징한다.

25) 에지디오(Egidio) : 성 프란체스코의 제자.

26) 실베스트로(Silvestro) : 탐욕스러운 자였으나 성 프란체스코의 꿈을 꾸고 그의 제자가 되었다.
   아시시의 첫 주교가 되었다.

27) 신랑은 '청빈'이라는 신부를 맞은 프란체스코이다.

28) 가족이란 제자들을 가리킨다. 프란체스코는 1209년 로마에 가서 교황 인노첸시오 3세에게
   프란체스코 수도회 회헌을 인준받았다.

29) 프란체스코의 아버지 피에트로 베르나르도네(Pietro Bernardone)는 상인이었다.

이 위대한 목자[30]의 성스러운 의지는
영원한 숨결을 받은 교황 호노리오에 의해
제2의 왕관을 받게 되었다.[31]
그 뒤 그는 순교에 대한 갈증을 느끼고
오만과 사치를 자랑하는 술탄 면전에서[32]
그리스도와 그 사도의 '가르침'을 설교했다.
그러나 개종시키기에는 사람들이 너무나
무지했으므로, 시간 낭비를 두려워하여
이탈리아의 풀에서 열매를 따기 위해 그는 다시 돌아왔다.
그리하여 테베레와 아르노강 사이의 황량한 바위산에서
그리스도로부터 마지막 표적[33]을 받고
이를 '죽을 때까지' 2년 동안 간직하고 있었다.
그에게 이러한 선행을 운명지워 준 하느님은
그가 몸을 가난하게 함으로써 얻은 응보[34]를 받게끔
그를 천상으로 끌어올리려 하였을 때
그는 형제들에게 상속자에게 부탁하듯이
그가 깊이 사랑하던 여인의 앞날을 부탁하며,
알뜰히 보살피고 사랑하라고 유언했다.
이 고귀한 영혼은, 그 여인의 품을 떠나
자기의 왕국으로 돌아가려고 지상을 떠날 때도
제 몸에는 청빈함을 찾아 널조차 구하지 않았다.[35]

---

30) 위대한 목자는 프란체스코이다.
31) 영원한 숨결은 성신을 말하는데, 그것을 받은 교황 호노리오 3세가 1223년 프란체스코 수도
   회에 제2의 왕관, 즉 다시 한번 인준을 주었다.
32) 프란체스코가 순교를 무릅쓰고 제5차 십자군 전쟁 때 이집트에 가 술탄의 면전에서 복음을
   전한 일이 있다.
33) 마지막 표적은 수결, 즉 성흔(聖痕)이다.
34) 영생의 응보이다.
35) 그는 빈 몸으로 땅에 묻히길 바랐다.

자, 이제 생각해 보라, 성 베드로의 배[36]를 몰고
그와 어깨를 나란히 하여 올바른 목적을 향해
대해를 가로질러 나간 그 동료가 누구였던가를.
그분이 우리 교단의 개조(開祖)[37]이다.
그러므로 그분이 명하시는 대로 그분을 따르는 자가
좋은 물건을 싣는 자임을 그대는 분간할 수 있으리라.
그러나 그분의 양 떼는 새로운 먹이[38]에
게걸이 들어, 그 때문에
사방의 산길로 흩어지지 않을 수 없게 되었다.
그리하여 그의 양들은 그분의 손을 떠나
멀리 길을 잃고 가면 갈수록
빈 젖[39]으로 우리로 되돌아온다.
그런 위험을 두려워하여 목자에게 의지하는
양들도 더러 있기는 하지만, 그 수가 아주 적어
옷을 깁기 위해 덧대는 헝겊 조각 정도이다.
자, 내 말이 중간에서 목이 쉬지 않고 전해졌다면,
그대가 주의해서 귀를 기울였고 또 내가 한 말을
그대가 마음속에 되새겼다면,
그대 소망의 일단은 이루어졌을 게다.
그대에겐 그 식물이 여위어 가는 모습이 보일 것이고,
'만일 헛되이 길을 잃지 않으면 살이 찐다'는 말의
'만일' 이하의 가정이 무엇을 뜻하는지도 알았을 게다."[40]

---

36) 베드로의 배는 교회이다.
37) 개조는 도미니쿠스이다.
38) 새로운 먹이는 신흥 사교이다.
39) 남을 먹이는 영혼의 양식. 즉 종교적 진리.
40) 〈천국편〉 11곡에서 노래 불리고 있는 프란체스코의 생애는 거의 같은 형식으로 지오토에 의
해 그려지고 있다. 아시시의 성 프란체스코 사원의 벽화가 바로 그것이다.

제12곡

첫째 원을 에워싸고 둘째 원이 돌기 시작한다. 그 둘째 원도 역시 열두 사람의
혼으로 형성되어 있는데, 그 한 사람인 보나벤투라가 도미니쿠스의 생애와 업적
을 자세히 이야기해 준다. 보나벤투라 자신은 프란체스코의 수도사로 같은 회원
이 두 파로 분열된 현상에 대해서도 언급한다. 자기소개를 마친 다음 보나벤투라
는 둘째 원을 구성하는 사람들을 소개한다.

축복받은 불꽃[1]이 마지막 말을
마치자 거룩한 원은
곧 맷돌처럼[2] 돌기 시작했다.
그리고 그 원이 완전히 다 돌기도 전에
벌써 둘째 원이 그것을 에워싸고
율동에는 율동을, 노래에는 노래를 맞추었으니
그 감미로운 혼들의 노랫소리는 본디의 빛이
반사된 빛보다 뛰어나듯이 뮤즈의 시나
세이렌들의 노래를 능가하고 있었다.

유노가 시녀[3]에게 분부하면
안쪽 활에서 바깥쪽 활이 생겨나

---

1) 축복받은 불꽃은 토마스 아퀴나스의 영혼이다.
2) 이 맷돌의 비유는, 거기에 담긴 내용을 나타내는 표현 형식으로서는 아마 부적당하리라. 원문
   에서는 '거룩한 맷돌이 돌기 시작했다'로 되어 있으나 역문에서는 이해를 돕기 위해 설명적인
   말을 보충했다.
3) 유노의 시녀는 이리스(무지개)이다. 다음 행 이하에서 활은 무지개의 두 줄기 활을 가리킨다.

가지런히 빛깔을 맞춘 두 줄기 활이
엷게 흐르는 구름 위에서 시위가 당겨진다.
그 두 줄이 호응하는 꼴은 사랑하다가 아침 이슬처럼 사라진
방황하는 여인[4]의 목소리가 사람의 목소리에 화답하는 모양과 같다.
이 무지개가 나올 때마다 사람들은 하느님과 노아의 언약[5]에 따라
세상에는 이제 두 번 다시 대홍수가 일어나지 않으리라는
예감을 가슴에 품는 것이다.
그 두 줄기 무지개처럼 영원히 시들지 않는 장미들의
두 줄기 화환이 우리 주위를 돌았다.
무지개의 바깥 원은 안쪽 원에 화답하였다.

환희의 빛과 자애의 빛이 서로
빛을 내고 노래하며
흥겹게 춤을 추다가,
마치 두 눈이 그 소유자의 뜻대로 움직이며
함께 떴다 감았다 하는 것과 마찬가지로
'두 줄기 원은' 한순간에 한뜻으로 움직임을 멈췄다.
그러자 새로운 빛 중의 하나가 가슴 속으로부터
소리를 발했다. 그것을 들은 나는
바늘[6]이 별을 가리키듯 그 소리 나는 쪽을 돌아보았다.

그가 말하기 시작했다.[7]

---

4) 그 방황하는 여인은 목령(木靈)이다.
5) 하느님과 노아의 언약은 "내가 너희와 언약을 세우리니 다시는 홍수로 모든 생물을 멸하지 아니할 것이라…… 너희와 함께하는 모든 생물 사이에 영세까지 세우는 언약의 증거는 이것이다." 〈창세기〉 9장 11~12절 참고.
6) 이 바늘은 나침반의 바늘로서, 별은 북극성을 가리키는 것으로 생각된다. 단테 시대에는 새로운 계기가 발명되면 그것이 좋은 시의 비유로써 쓰이고 있었다.
7) 말하는 이는 성 보나벤투라(Bonaventura, 1221~1274)이다. 그는 1256년에 프란체스코회의 총장이 되었다.

"나를 아름답게 해주는 사랑에 의해
지금 또 한 사람의 인도자[8]에 대해 말하지 않을 수가 없구나.
지금 그분 때문에 내 스승이 매우 칭찬받았다.
한 사람이 있는 곳에는 다른 사람도 들어가게 되어 있다.
일찍이 마음을 하나로 하여 싸웠듯이 두 사람의 영광은
함께 휘황하게 빛남이 마땅한 것이다.[9]
그리스도의 군대는 다시 무기를 들기 위해
고귀한 희생을[10] 치렀으나 깃발 뒤를[11] 따라가는 발걸음은 더디고
의심에 사로잡혀 소심한 나머지 사람도 적었다.
그때 영원히 다스리는 황제[12]께서
위험에 처한 이 군대에 대해 한결같은 은총으로
무력을 주셨다. 그럴 만한 군세는 아니었지만.
그리고 이미 말했듯이 신부[13]에게 두 귀공자를 보내
돕게 하였다. 그들의 언행을 보고
길을 빗나간 민중들도 올바른 길로 되돌아왔다.

상쾌한 서풍이 일어 새잎이 움트면
유럽은 다시 신록에 감싸이는데,[14]
그 서풍이 불어오는 곳,[15]
파도 치는 저편으로 태양이 길게 줄달음쳐서
사람들의 눈에서 모습을 감추고 넘어가는 곳,
그 파도치는 데서 그리 멀지 않은 곳에

---

8) 또 한 사람의 인도자는 도미니쿠스이다.
9) 그들이 지상에서 마음을 합하여 함께 싸웠듯이, 그들의 영광이 천상에서 함께 빛남이 마땅하다는 것이다.
10) 고귀한 속죄의 희생이다.
11) 십자가이다.
12) 영원히 다스리는 황제는 하느님이다.
13) 신부는 교회이다.
14) 유럽은 여성으로 비유되고, 신록은 복장에 비유되고 있다.
15) 서풍이 불어오는 곳은 이베리아반도(에스파냐·포르투갈).

사자가 밑에 깔렸다 위로 올라갔다 하는
굳센 방패의 보호 아래
행복에 겨운 칼라로가[16] 도시가 자리하고 있었다.
그 마을 안에 그리스도의 신앙과 열애하는 사람이
태어났는데, 그는 제 편에겐 너그럽고
적에게는 엄한 성스러운 용자[17]였다.
그리고 '하느님에 의해' 만들어지자마자
그의 명석한 힘이 넘친 두뇌는
태내에서부터 벌써 그 어머니를 예언자로 만들었다.
그가 신앙과 맺어진 혼례의 의식은
성수반에서 무사히 이루어져서[18]
그 두 사람은 상호 간의 구원을 각자 지참금으로 삼았다.
그리고 그의 혼약을 승낙해 주었던[19] 그의 어머니는
그와 그 후예들이 틀림없이 이루어 놓을
훌륭한 열매를 벌써 꿈꾸고 있었다.
그 사람됨과 이름이 합치하도록
이 하늘에서 영(靈)이 내려가,[20] 그의 이름은
그가 그의 모든 것을 바치기로 하는 자인 '주'의 소유격,[21]
도미니쿠스로 정해졌다. 그리스도는 과수원[22]을 일구기 위해
농부를 선택하셨는데,
나는 도미니쿠스를 그 농부에게 비유하여서 말하기로 하겠다.
먼저 그는 그리스도의 심부름꾼, 종으로서 나타났다.

---

16) 사자가 밑에 깔렸다 위로 올라갔다 하는 무늬는 카스틸랴의 문장이다. 그 나라의 방패에는
　　사자와 성이 새겨져 있다. 칼라로가(Calaroga)는 고대 가스틸랴의 작은 도시.
17) 도미니쿠스는 신앙을 가진 제 편에게는 부드러웠고, 이단에게는 엄했다.
18) 성수반에서의 세례에 의해 그리고 신앙 la fede는 여성 명사이다. '그 두 사람'은 그와 신앙을
　　가리킨다.
19) 갓난아기인 그를 대신하여 신부님께 드린 어머니의 언약.
20) 천국으로부터 영감이 내린 것이다.
21) 주의 소유격은 도미니쿠스이다. 도미니쿠스는 도미니크의 라틴식 이름.
22) 과수원은 교회를 가리킨다.

그의 속에 표시된 첫째의 사랑[23]은

그리스도가 주신 첫 번째의 권유[24]로 돌려졌기 때문이다.

그의 유모는 여러 번, 눈을 뜨고 말없이

땅 위에 앉아 있는 그 아이의 모습을 보았는데,

마치 '나는 이 일을 하기 위해 태어났다' 하는 것 같았다.

아, 그의 아버지 펠리체[25]는 진정 얼마나 행복했고.

아, 그의 어머니 지오반나[26]는 진정 얼마나 하느님의 사랑을 받았던가.

이것이 그 이름대로의 뜻인 것이다.

요즘은 오스티아의 주교와 타데오[27]의 뒤를 따라

사람들은 세속의 부를 추구하기에 급급하지만,

그는 그런 것을 위해서가 아니라 참된 만나(양식)[28]를 사랑하여

삽시간에 위대한 학자가 되었다.

이어서 그는 포도를 잘못 가꾸면

허옇게 시들어 버렸을 포도밭[29]을 돌아보았다.

'교황'의 자리는 자리 그 자체 때문이 아니라

거기 앉은 자의 죄 때문에 가난한 의인을 위로하는 일이

전처럼 행하여지지 않게 되었는데,

그는 그 자리에서, 여섯의 '지불' 중 둘이나 셋의 면제라든가

다음에 비게 될 관리 자리의 수입이라든가

'하느님의 가난한 자를 위한 십일조(十一租)'라든가를 전혀

청하려 하지 않고 혼미한 세계[30]와 싸워서

---

23) 맨 처음으로 나타난 사랑, 도미니쿠스는 젊은 시절 가난한 사람을 돕기 위해 책을 팔았다.

24) 첫 번째 권유는 하느님의 계명과는 구분되는 복음적 권유로 첫 번째 것으로 청빈을 뜻한다.

25) 펠리체는 '행복'이란 뜻.

26) 지오반나는 '하느님께 사랑받은 여자'라는 뜻.

27) 오스티아 주교는 엔리코 디 수사(Enrico di Susa). 탁월한 율법 주석가·대주교·파리 대학, 볼로냐 대학 교수. 타데오(Taddeo)는 피렌체의 의사. 의학 교과서를 썼다.

28) 참된 만나(양식)는 정신의 양식이다.

29) 포도밭은 교회이다.

30) 혼미한 이단의 세계.

씨앗[31]을 지키도록 해 달라고 간청했다. 그로부터

그대를 에워싼 스물네 그루[32]의 초목이 생겨난 것이다.

도미니쿠스는 교의와 의지와

교황으로부터 위임받은 권한[33]을 아울러 갖자,

높은 산의 수맥에서 일어난 물줄기처럼 치달아

이단의 덤불 속을 기운차게 치고 돌아다녔는데,[34]

저항이 거센 곳[35]에서는

그의 공격 또한 격렬하고 과감했다.

잇따라 그에게서 온갖 유파가 생겨나

가톨릭의 과수원은 그 물을 흠뻑 머금은

나무들이 더욱 싱싱하게 숨을 쉬었다.[36]

성스러운 교회가 올라타고 내전의 적을 전장에서 격파하여

스스로를 지켜낸 수레의

한쪽 바퀴가 이러했다면

다른 한쪽 바퀴[37]도 얼마만큼 뛰어났던가에 대해 그대는 잘

납득이 갈 것이다. 내가 오기 전에

그에 대해 토마스가 정중한 찬사를 보냈다.[38]

---

31) 신앙의 씨앗이다.

32) 열두 명으로 된 무리의 영혼. 첫 번째 무리의 영혼들은 토마스 아퀴나스·알베르토 마뇨·그라치아노·피에트로 롬바르도·솔로몬·디오니시우스 아레오파지테·오로시우스·보이티우스·성 이시도르·비드·리카르도·시지에리. 두 번째 무리의 영혼들은 성 보나벤투라·일루미나토·아우구스틴·우고 다 산 비토레·피에트로 만지아도레·피에트로 이스파노·나단·크리소스토모·안셀무스·도나투스·리바누스·지오바키노이다.

33) 교황 인노첸시오 3세로부터 받은 사도적 직책. 정통적 신앙, 그리고 영웅적 투지 등을 말한다.

34) 알비(Albi)의 이단 정벌(1205~1214년)에 사실 도미니쿠스는 참여하지 않았는데, 참가한 것으로 잘못 알려져 있었다.

35) 저항이 거센 곳은 프로방스(프랑스 남부)의 툴루즈 지방.

36) 싱싱하게 신앙으로 숨을 쉬었다.

37) 한쪽 바퀴는 성 도미니쿠스이고, 다른 한쪽 바퀴는 성 프란체스코이다.

38) 도미니회 수도사인 토마스가 프란체스코를, 프란체스코회 수도사인 보나벤투라가 도미니쿠스를 찬양한 것은 서로가 겸양의 덕을 발휘하여 그들이 파벌 정신의 해독을 입고 있지 않다

그러나 그 바퀴의 가장 폭넓은 부분이 지나갔던 자국은
돌아보지도 않고 버림을 받았기 때문에
좋은 술이 있던 곳에 곰팡이가 피었다.[39]
성 프란체스코의 가족들은 처음엔 스승의 뒤를 따라
곧장 걸어 나갔으나, 나중엔 앞서 나간 발뒤축이 뒤따르는
발끝을 밟을 만큼 방향이 바뀌고 말았다.
이런 나쁜 경작법이 어떤 수확을 가져오는지는
독보리만 자라 곡창에도 못 들이고 한탄할 무렵이 되면
대번에 알게 되리라.[40]
내 생각에 우리의 책을 한 장 한 장[41]
뒤지며 찾아보면 '나는 예전 그대로의 나예요'
라고 씌어진 종이를 아직도 그나마 발견될는지 모른다.
허나 그것은 카살레나 악콰 스파르타의 도당[42]은 아니다.
그들 중의 하나는 계율을 피하여 이를 느슨하게 하고
다른 하나는 계율을 죄어서 이를 단단하게 만들고 있다.

나는 바뇨레지오 출신 보나벤투라[43]의 영혼이다.
직무의 대사를 생각하여
왼쪽의 일은[44] 항시 뒤로 미루었다.
일루미나토와 아우구스틴[45]도 여기에 있다.

는 것을 나타내기 위해서이다.

39) 그러나 그 바퀴의~ : 성 프란체스코가 죽자 수도회는 강경파와 온건파로 갈라졌다.

40) 프란체스코의 내부 분열에 대한 암시이리라. 프란체스코회의 강경 분자는 1317~1318년 교황 요한 22세의 교서에 의해 교회에서 추방 처분을 당한다.

41) 우리의 책은 프란체스코 수도회를 뜻한다. 책을 한 장 한 장이라는 것은 교단 회헌 또는 사람 하나하나라는 뜻이다.

42) 카살레의 우베르티노(강경파)와 악콰스파르타의 마테오벤티벵가(온건파)의 두 파로 프란체스코회가 분열되어 있는 현상을 가리킨다.

43) 보나벤투라(1221~1274) : 프란체스코 수도회 회원. 총장·추기경이 되었다.

44) 왼쪽의 배려란 현세에 대한 배려를 가리킴.

45) 일루미나토(Iluminato)와 아우구스틴(Augustin) : 성 프란체스코의 제자들.

그들은 허리에 새끼를 매고 하느님의 벗이 된
초기의 가난한 맨발의 동료들이었다.
우고 다 산 비토레[46]도 함께 있다.
피에트로 만지아도레,[47] 하계에서도 열두 권의 책에
이름을 빛내고 있는 에스파냐의 피에트로 이스파노,
선지자 나단,[48] 대주교 크리소스토모,[49] 안셀무스,[50]
또 7예 중의 첫째 과목에 손을 댄
도나투스[51]도 있다.
여기에는 라바누스[52]도 있다. 내 곁에서 빛나고 있는 것은
칼라브리아의 수도원장인 지오바키노이다.
그는 예언자의 영감을 타고났다.
토마스 스승의 열성과 사려 깊은 말이
나를 움직여
위대한 귀공자[53]에 대해 서로 다투어 찬사를 늘어놓게 했다.
이건 나만이 아니라, 여기 있는 동료들 모두가 감동한 것이다."

---

46) 우고 다 산 비토레(Ugo da San Vittore, 1096~1141) : 철학·신학·신비신학 저서를 남겼다. 비토레 수도원장이었다.
47) 피에트로 만지아도레(Pietro Mangiadore) : 프랑스 신학자. 대식가 피에트로라는 뜻인데, 책을 탐내듯이 읽기 때문에 이런 별명이 붙었다. 그는 1179년에 사망했다. 피에트로 이스파노(Pietro Ispano)는 포르투갈 출신 신학자. 1276년 교황 요한 21세가 되었다. 저서로 《논리학 대계》가 있다.
48) 선지자 나단은 헤브라이 사람으로, 그는 다윗이 우리야의 아내와 간음한 것을 꾸짖었다.
49) 크리소스토모는 콘스탄티노플의 대주교였다. 그는 아르카디오 궁정의 부패를 신랄히 공박하였다.
50) 안셀무스(Anselmus) : 캔터베리의 대주교였다.
51) 도나투스(Donatus) : 4세기경 로마의 문법학자. 테렌티우스와 베르길리우스의 작품에 주석을 붙였다. 7예 중의 첫째 과목은 문법이었다.
52) 라바누스(Rabanus) : 마인츠의 주교였다.
53) 성 도미니쿠스를 말한다.

제13곡

두 원의 스물네 명이 스물넷의 별에 비유된다. 또다시 토마스 아퀴나스가 말을
시작한다. 그는 단테의 마음속에 남아 있는 그 밖의 의문점을 간파하고 설명한다.
토마스는 끝으로 사람이 옳고 그름의 판단을 내릴 때 미리 취해야 할 신중한 태
도에 대해 주의를 준다. 아름다운 일련의 시적인 비유가 그 경구의 결말로 되어
있다.

내가 지금 본 것을 보다 자세히 알고 싶은 사람은
상상을 잘해 보라. 그리고 내가 지금 말하는 동안도
단단한 바위에 달라붙듯, 그 상상에 달라붙어 있거라.

열다섯의 별들[1]이 여기저기에서 찬란하게 반짝이며
하늘을 환하게 빛내고 있다.
농밀한 공기를 거치고도 여전히 빛이 선명한 별이다.[2]
그리고 저 수레[3]를 상상해 다오.
밤이고 낮이고 북반구의 품 안에서
수레채가 돌 때도 지평선 아래로 꺼질 줄 모르는 별들이다.
또한 저 주둥이의 뿔도 상상해 다오.[4]
천축의 한끝에서 튀어나와 있는데,[5]

---

1) 열다섯의 별들은 하늘에 흩어진 별 중 가장 밝은 별들(일등성).
2) 일등성이다.
3) 저 수레는 북두칠성의 수레, 즉 큰곰자리이다.
4) 뿔이 주둥이에 있는 작은곰자리의 마지막 두 별을 상상해 보라.
5) 천축의 한끝에서 나와 있는 것은 작은곰자리이다.

그 축을 중심으로 첫째 원이 돌고 있다.

이 별들[6]이 마치 저 미노스의 딸[7]이

죽음의 한기를 느꼈을 때 만든 것처럼

하늘에다가 두 성좌를 만들었다고 생각해 다오.

하나의 성좌가 원을 지어 다른 성좌를 에워싸고

밖을 도는 성좌와 안을 도는 성좌가

서로 반대 방향으로 돌아가는 것이다.

그것이 말하자면 진실한 성좌의 그림자[8]인 것이다.

내가 있던 지점을 둥그렇게 에워싸고

이중의 원을 짓고 춤추는 사람들의 그림자인 것이다.

그 모양은 이 세상의 풍습을 아주 초월한 것인데,

그것은 말하자면 모든 천구를 젖혀 놓고 빠르게 움직이는 하늘이

키아나강의 흐름을 훨씬 능가할 정도의 차이인 것이다.[9]

거기서는[10] 바쿠스를 노래하지 않고 아폴로도 찬양하지 않으며,

하느님의 성품 속에 있는 삼위와

일체 속에 있는 신성과 인성을 노래하고 있었다.[11]

노래하며 한 바퀴 춤을 마치자

그 빛은 즐겁게 이쪽으로 관심을 옮겨

우리를 찬찬히 바라보았다.

그리고 아까 하느님의 가난한 사람[12]을 들어

---

6) 15(일등성) 더하기 7(큰곰자리) 더하기 2(작은곰자리)이므로, 이들 스물네 개의 별이라는 것이 된다.

7) 미노스의 딸 아리아드네는 죽음의 한기를 느꼈을 때 화환으로 성좌를 만들었다.

8) 진실한 성좌는 스물넷의 영혼들이고, 그림자는 그늘지고 불완전한 영상을 뜻한다.

9) 단테 시대에는 키아나강이 아레초 지방의 늪지를 지나 남쪽으로 흘러 테베레로 합류하고 있었다. 여기서는 매우 움직임이 느린 것의 예로서 인용되고 있다.

10) 우리가 지상에서 경험하는 세계, 즉 원동천을 말한다.

11) 삼위는 성부·성자·성령, 일체는 삼위가 합쳐 한 몸이라는 뜻이다. 신성과 인성은 그리스도의 성품이다.

12) 하느님의 가난한 사람은 성 프란체스코.

그의 훌륭한 생애를 내게 노래하던 광명[13]이
조화된 영혼들[14] 속에서 정적을 깨뜨리고 말을 시작했다.

"한 다발의 보리는 타작되어
그 알곡은 이미 저장되었으므로[15]
또 한 다발의 보리를 두드리라는 사랑에 나의 마음이 움직여진다.
그대 생각은 이렇다. 그 미각 때문에
온 세계에 죄를 지은 여인의 아름다운 볼을 만들기 위해
갈빗대를 뽑힌 사나이의 가슴 속에도,[16] 또한
창에 찔림으로써[17] 인류 과거의 죄도 앞날의 죄도
모두 보상하고, 저울[18]에 불패의 무게를
가하고 계신 그리스도의 가슴 속에도,
그들을 각각 만드신 '하느님'의 힘은
아마 인성에 허용되는 최대한의 빛[19]을
가득히 쏟아 넣었을 것이라고.
그러기에 내가 앞서 다섯째의 광명[20] 속에는
그를 따를 자가 없을 만한 슬기로운 자가 들어 있다고
말했을 때 그대는 놀란 것이다.
자, 내가 그대에게 대답한 내용에 대해 눈을 떠라.[21]
그러면 그대가 믿고 있는 것과 내가 하는 말이
진리 속에서 원의 중심처럼 겹치는 것을 알 수 있으리라."

---

13) 그의 생애를 이야기한 광명은 토마스 아퀴나스이다.
14) 조화된 영혼들은 천국에서 복 받은 영혼들이다.
15) 이 비유는 '그대의 두 가지 의문 중 하나가 해결되었음으로'라는 뜻이다.
16) 여인은 이브. 사나이는 아담.
17) 그리스도의 수난.
18) 정의의 저울이다.
19) 지혜의 빛이다.
20) 다섯째의 광명은 솔로몬이다.
21) 마음속의 눈을 뜨고 주의하라는 뜻이다.

죽지 않는 것도 죽을 수 있는 것도

필경은 우리의 주께서 사랑에 의해

낳으시는 관념적 이데아[22]의 빛에 지나지 않는다.

제 빛의 본체[23]에서 유래하는 이 살아 있는 빛[24]은

본체로부터도 갈라지지 않고 그 양자와 합쳐져서

삼자가 하나로 되는 사랑으로부터도[25] 갈라지지 않는다.

그리고 자신의 은혜에 의해 그 살아 있는 빛은

영원히 하나이면서,[26] 거울에 비치고 거울에 모이듯이

그 빛을 '아홉 천사'의 존재 속에 모으고 있다.[27]

이어서 빛은 거기서 나와 하늘에서 차례차례

최후의 힘이 미치는 데까지 내려와

마침내는 멸망하고 말 우발적인 것밖에

만들지 못 하게 된다.

이 우발적인 것이란

회전하는 천구가 혹은 씨앗에 의해

혹은 씨앗 없이 만들어 내는 것이다.

이런 것들의 밀랍과, 이것에 형태를 부여하는 천구[28]와는

모양이 같지 않다. 그러므로 그 빛을 띠는 관념의

각인에도 짙고 옅음이 생기는 것이다.

때문에 같은 종류의 나무라도

열매에 좋고 나쁜 것이 생기고,

그대들 다 같은 사람에도 재능의 차이가 생긴다.

---

22) 이데아는 성부께서 저 스스로를 의식하고 영생하도록 만드신 성자.

23) 본체는 하느님이다.

24) 살아 있는 빛은 성자.

25) 사랑은 성령을 가리킴.

26) 일체가 되어.

27) 하느님의 살아 있는 빛이 거울에 반사하듯 구천을 맡아보는 천사의 무리(〈천국편〉 28곡 참조)에 반사된다.

28) 밀랍은 물질을 뜻하며, 천사들이 하느님의 힘을 빌려 이 밀랍으로 아래 피조물을 만든다고 한다.

만약 밀랍이 잘 녹아 본틀에 흘러 들어가

하늘이 그 최상의 힘을 낼 수 있는 상태에 있다면

그 각인의 빛은 완전한 것이 되리라.

그러나 요령을 알고 있으면서도 손이 떨리는 예술가가

일을 할 때처럼

자연은 그 빛을 언제나 충분히 발휘해 주지는 않는다.

그러므로 만일 따뜻한 사랑이 최초의 힘[29]의

선명한 시력[30]을 써서 새겨 준다면

거기선 완전한 창조가 행해질 것이다.

이렇듯 대지는 온갖 완전한 동물[31]을

만들어 내기에 알맞은 땅이 되었다.

또 이렇게 해서 처녀 마리아는 잉태했다.[32]

때문에 나는 그대가 말하듯이 인성은 과거와 장래를 통해서

그 두 사람만큼[33]

완벽했던 예는 없다는 견해에 동의한다.

하지만 만약 이 이상 내가 말을 하지 않는다면,

'그러면 대체 그분은[34] 왜 세상에 유례가 없었던가?'

라고 그대는 말하리라.

그러나 이제 분명치 못한 점이 명백해지게끔, 그가

어떠했는지, 하느님께서 구하라'[35]고 말씀하셨을 때

그가 무엇에 재촉받고 구했는지를 생각하여 보라.

그가 왕이었다는 것을 그대가 잘못 알아들을 만큼

---

29) 따뜻한 사랑은 성령을 가리킨다. 최초의 힘은 하느님을 가리킨다.

30) 선명한 시력은 이치에 해당한다.

31) 흙으로 만든 아담.

32) 이렇듯 성령에 의해 마리아는 잉태했다.

33) 두 사람은 아담과 그리스도를 가리킴.

34) 그분은 솔로몬 왕을 가리킴.

35) 솔로몬의 꿈에 여호와가 나타나 "내가 네게 무엇을 줄까 너는 구하라." 하였을 때 솔로몬은 '지혜'를 청했다. 《열왕기 상》 3장 3~15절 참고.

내가 애매하게 말하지는 않았을 것이다. 그는
왕에게 어울리는 예지를 구했다. 그리고
천상에 하늘을 움직이는 자[36]가 몇 있는지를
알려고 한다든가, 또는 필연과 우연이 합하여
필연을 낳는 것이 아닐까라든가,
혹은 원초동(原初動)의 존재를 인정할 것이냐[37]라든가,
혹은 반원에서 직각을 가지지 못한 그런
삼각형을 만들 수 있느냐 하는 것들은 문제로 삼지 않았다.
그러니까 내가 아까 말한 것과 이것을 잘 생각해 본다면
내 의도의 화살이 꿰뚫은 유례없는 지혜[38]란
왕의 사려 깊음을 가리킨다는 걸 알 수 있으리라.
만일 그대의 맑은 눈을 '일어났다'[39]란 글귀로 돌린다면
이 글이 오로지 국왕과 관계된다는 것을 짐작할 수 있을 것이다.
국왕의 수는 많다. 그러나 좋은 왕은 적다.
이러한 구별을 하고 내 말을 받아들여 다오.
그러면 첫 아버지와 우리의 기쁨에[40] 대한
그대 생각과 내 말은 조화가 될 것이다.

그러나 이것이 항상 그대 발에 납덩이가 되어[41]
납득이 가지 않는 일에 대해서는 조급히 시비를 논하지 말고,
지친 사람처럼 걸음을 더디 하는 것이 좋으리라.
좋고 나쁨을 말하든 시비를 논하든 간에
세밀한 판단도 하지 않고 긍정 부정을 결정하는 자는
어리석은 자 중에서도 가장 떨어지는 자이다.

---

36) 하늘을 움직이는 자는 천사이다.
37) 원인이 없이 운동이 가능하냐는 뜻. 토마스는 영원회귀란 불가능하다고 보았다.
38) 왕으로서의 지혜가 아닌 인간으로서의 지혜. 이 둘은 같다는 뜻.
39) 백성 위에 군림한다는 뜻.
40) 첫 아버지는 아담이고, 우리의 기쁨은 그리스도.
41) 속단하지 말라는 뜻.

그러므로 성급한 의견은 자칫
그릇된 방향으로 구부러진다.
게다가 감정이 지성에 얼크러진다.
진리를 찾고도 그걸 지닐 재주를 못 가진 자는
올 때처럼 맨손으로 돌아갈 수는 없다 하여
덮어놓고 바닷가를 떠나고 싶어 하는데, 그게 위험한 것이다.
세상에는 이런 경우의 명백한 증거가 수없이 많다.
파르메니데스,[42] 멜리소스,[43] 브리슨[44] 등은
갈 곳도 모르고 여럿이서 떠났다.

사벨리우스,[45] 아리우스,[46] 그 밖의 어리석은 자는
마치 칼날이 얼굴을 뒤틀리게 비추듯이[47]
유난히 성서를 뒤틀리게 해석했다.
아직 이삭이 영글기도 전에 밭에 나가
이삭 수를 세는 누구처럼 너무 쉽게
판단을 내리는 인간은 되지 말아다오.
겨우내 딱딱하고 가시투성이이던 가지가
그 가지 끝에 한 송이 장미꽃을 피운 것을
전에 본 일이 있다.
그리고 기나긴 항로를 곧장 쏜살같이
달려온 배가 항구 어귀에 접어들어
침몰해 버린 것도 본 적이 있다.

---

42) 파르메니데스(Parmenides) : 기원전 500년경 그리스의 엘레아학파 철학자.
43) 멜리소스(Melisos) : 파르메니데스의 제자.
44) 브리슨(Bryson) : 원을 사각형으로 봤던 그리스 철학자.
45) 사벨리우스(Sabelius) : 교회에 의해 정해진 삼위일체론을 부정했다. 리비아 태생으로 265년 무렵 사망.
46) 아리우스(Arius) : 알렉산드리아의 사제로, 그리스도의 신성을 부인했다. 336년 사망.
47) 울퉁불퉁한 칼날에 얼굴을 비추면 뒤틀리게 보이듯 성서를 그릇되게 해석하던 이단자들을 가리킴.

하나가 도둑질하고 다른 하나가 시주하는 것을
보았다 해서 하느님의 심판이 어떻게 내릴 것인지를
베르타 아무개 여인과 마르티노 아무개[48]가 안다고는 생각지 마라.
하나는 일어설지도 모르고, 하나는 쓰러질지도 모르는 것이다."[49]

---

48) 베르타와 마르티노는 순이, 돌이 하는 식으로 흔한 일반 사람의 이름을 가리킴.

49) 사람이 옳고 그름의 판단을 내릴 때 미리 취해야 할 신중한 태도에 대해 토마스 아퀴나스의
입을 빌어 말한 경구는 견줄 만한 세 가지의 아름다운 시적 비유에 의해, 오늘날의 독자에게
도 호소력 있는 시구가 되고 있다. 신학적 논의를 거듭하는 동안, 속에 갇혀 있던 단테의 시
적 천분이 밖으로 쏟아져 나온 느낌이며, 비유에도 억지스러운 데가 조금도 보이지 않는다.

제14곡

수성천 안쪽 원에서 가장 거룩한 광명은 솔로몬의 혼이다. 천국에 있는 자의 광휘가 육체의 부활 후 어떻게 되는가에 대해서 솔로몬이 설명을 한다. 이어서 베아트리체와 단테는 다섯째 하늘로 올라간다. 이 화성천에서는 신앙을 위해 싸우다가 죽은 자의 혼이 십자의 형태로 나란히 빛나고 있다. 광명의 합창이 들리자, 그 선율에 황홀해진 단테는 잠시 베아트리체를 돌아보는 것조차 잊어버린다.

둥근 물그릇은 안에서 치느냐 밖에서 치느냐에 따라
가운데서 가장자리로, 혹은 가장자리에서 가운데로
물의 파동이 일어나는 법,
빛나는 토마스의 혼이 말을 다 마치고 입을 다물었을 때
이제 방금 말한 그런 광경이
갑자기 내 머릿속에 떠올랐다.
토마스에 이어 베아트리체가 다시 즐겁게 말을 시작했는데,
'안에서' 말하는 그녀와 '밖에서' 말하는 그가
그 물결의 움직임과 매우 흡사했다.
"이분[1]은 아직 거기까지 생각이 미치지 않으므로
말로써 질문은 하지 않고 있지만, 또 하나 진리의
근원까지 규명하지 않으면 안 됩니다.
빛이 그대들의 실체를 꽃과 같이 감싸고 있는데,
그 빛은 지금 있는 그대로 영원히[2]
그대들을 따라서 남는 것인지.

---

1) 이분은 단테를 말한다.
2) 영원히—최후의 심판이 있고난 뒤에도.

만약 남아 있을 것이라면 그대들이 육체를 입고
부활한 뒤에, 그 빛이 어떻게 그대들의 시력을
상하게 하지 않고도 남게 되는지를 말씀해 주세요."

마치 원무를 추며 가는 사람들이
기쁨이 고조됨에 따라 저도 모르게 덩달아
소리를 지르거나 흥겹게 몸짓하듯이
베아트리체가 틈을 주지 않고 열심히 묻자,
이중의 원을 짓고 춤추는 사람들은 그 도는 모습에도,
훌륭한 노래의 가락에도 새로운 기쁨을 나타냈다.
현세에서 죽고, 천상에서 삶을
한탄하는 이가 있다면, 영원한 비[3]의 상쾌함을
이 위에서 아직 본 적이 없기 때문이리라.
저 하나, 둘, 그리고 셋은[4] 영원히 살며,
영원히 셋, 둘, 그리고 하나 속의 왕이시며
자신은 모든 것을 감싸면서도 또한 감싸지진 않는데,
이 아버지와 아들과 성신을 영혼들은 세 번씩 목청을 합하여
훌륭한 선율로써 노래를 불렀다.
그것은 들은 이의 모든 공덕이 보답될 만한 그런 가락이었다.
그러자 작은 원 중에서 가장 거룩한 빛이
천사가 마리아에게 아뢸 때와 같은[5]
조심스러운 목소리로 대답하는 것이 내 귀에 들렸다.

"천국의 제전이 계속되는 한
  우리의 사랑은 둘레에 빛을 떨치고
  이처럼 찬란한 옷이 되어 있을 거예요.

---

3) 영원한 은총의 비.
4) '저 하나, 둘, 그리고 셋'은 성부와 성자와 성신의 삼위일체를 가리킨다.
5) '수태고지' 때의 가브리엘 목소리이다.

그 빛은 사랑의 열렬함에 호응하고

열렬함은 하느님을 보는 힘에 호응하고,

그 힘은 또한 각자의 공덕을 초월하는 성총만큼이나 큰 거예요.

거룩하고 영광된 육체를 다시 몸에 입었을 때[6]

우리의 몸은 완전히 회복되어 있는 만큼

더욱 훌륭하게 될 거예요.

그리고 지고선이 우리에게 주시는

무상의 빛[7]은 더욱 왕성하게 커질 것입니다.

그 빛으로 인해 우리는 하느님을 볼 수가 있고,

그러기에 하느님을 보는 힘은 더욱 커져야 하며

그 힘[8]에 의해 불을 발하는 강렬함도

또한 거기서 발하는 빛도 힘이 세져야만 하는 거예요.

그러나 활활 피어오른 숯은

일단 작열해서 불길에 이기고 나면

그 모습이 또렷이 보이는데, 그와 마찬가지로

이미 우리를 감싸고 있는 이 빛은

겉보기로는 육체가 이겨서 짓눌려 버리겠지요.

물론 육체는 아직도 땅속에 파묻혀 있습니다만,

우리들 육체의 모든 기관은 기쁨을 부여해 주는 그러한

모든 것에 대해 강화되어 있으므로

이런 빛에 현혹된다는 것은 있을 수 없을 거예요.”

바깥 원과 안쪽 원이 홀연 목소리를 합하여

“아멘.” 하고 외쳤는데, 그 목소리 속에는

죽은 육체를 다시 한번 보고 싶다는 소원이 강하게 나타나 있었다.

그것은 비단 자기들을 위해서만은 아니었다.

---

6) 부활할 때를 말한다.

7) 무상의 은총의 빛이다.

8) 세찬 사랑을 말한다.

어머니나 아버지를 비롯하여 영원한 불꽃이 되기 전 그들과
다정했던 사람들을 위한 것이 분명하다.

그러자 순식간에 밝아 오는 지평선처럼,
거기 있던 빛의 무리 저쪽에서도 똑같이 밝은
또 다른 광명[9]의 무리가 주위 가득히 빛나기 시작했다.
해가 질 무렵
별은 하늘 여기저기서 돋기 시작하는데,
그와 마찬가지로 빛이 아직 분명히 보이기도 전부터
그 근처의 새로운 본체는 빛나기 시작하고
먼젓번 두 원보다 더 바깥 둘레를
벌써 원을 짓고 춤추며 돌기 시작했다.
아아, 성스러운 숨결의 참다운 반짝임이여![10]
갑자기 그것이 불타오를 때
나의 두 눈은 아찔하여 그 빛을 견뎌 낼 수가 없었다.
그러나 베아트리체의 모습은 정말 어여쁘고
몹시도 즐겁게 보였다. 그것은 기억의 힘을 가지고서는
쫓아갈 수조차 없는 천상 광경의 하나였다.
여기서 내 눈은 다시 힘을 되찾아
위를 볼 수가 있었는데, 보니 나는 혼자
여인과 함께 보다 높은 지복 속을 걷고 있었다.
무척이나 붉게 보이는 별[11]의
불처럼 타오르는 웃음이
내가 하늘에 오른 것을 또렷하게 알려 주었다.
진심에서 우러나는 감사와, 모든 사람에게 공통되는

---

9) 제3의 원.
10) 성스러운 숨결은 성신을 뜻한다. 축복받은 영혼들은 성령의 사랑과 빛의 반영이므로 '참다
　운 반짝임'이라 했다.
11) 무척이나 붉게 보이는 별은 화성이다.

말로써[12] 이 새로운 성총에 어울리는 희생을
나는 하느님께 드렸다.
그리고 아직도 내 감사의 빛이 가슴 속에서
채 다 타기도 전에 그 제물이
반가이 받아들여졌음을 나는 알았다.
두 줄기 광선 속에서 광명의 무리가
붉게 빛나는 것이 보였기 때문인데, 나는 무의식중에 외쳤다.
"아아, 저들을 이렇듯 꾸며 주시는 엘리오스[13]여!"

북극 하늘에서 남극 하늘에 걸쳐 크고 작은 갖가지 별을
하얗게 늘어놓고 있는 하늘의 강은
학자들 사이에도 말이 많은 것 같은데,
그 하늘의 강에 뜬 별처럼 광명의 무리는 나란히 모이더니
원 안에서 직각으로 교차하는 두 직경에서 이루어진
거룩한 표지[14]를 이 화성천 안에다 아로새겼다.
여기서 나의 기억은 내 재능으로선 벅차다.
그 십자가의 빛이 그리스도의 모습을 수놓았던 것인데,
그것을 마땅히 표현할 만한 말이 떠오르지 않는다.
그러나 십자가의 가르침과 그리스도를 뒤따르는 이들은[15]
그 찬란한 빛 속에서 그리스도가 빛나는 모양을 보았을 때
내가 여기서 말이 막힌 것을 용서해 주리라.
십자의 오른쪽 끝에서 왼쪽 끝까지, 그리고 꼭대기에서 밑까지
광명의 무리는 서로 만나고 스칠 때마다
강하게 빛을 내며 움직였다.
그것은 현세의 인간이 때로 지혜를 부려서

---

12) 모든 사람에게 공통되는 말이란 입에 담기 전의 내면의 말이다.
13) 엘리오스(Elios) : 그리스 말 'helios'에서 나온 말로 원뜻은 태양, 신이다. 여기서는 하느님이다.
14) 그리스도 십자가이다.
15) 십자가의 가르침과 그리스도를 뒤따르는 이들은 천국으로 오르는 사람들이다.

햇빛을 막기 위해 희한하게 그늘을 만들지만

그 그림자 안에 비쳐 든 한 줄기 광선 속을

길고 짧은 먼지 티끌들이

직선과 곡선을 그리며, 혹은 빠르고 혹은 더디게

모습을 바꾸며 움직이는 꼴과 흡사하였다.

여러 줄의 음색을 모아서 비올라나 하프가

음계를 모르는 이의 귀에도

기분 좋은 가락을 연주하듯이,

내 앞에 나타난 광명의 무리로부터도

십자가 위를 가사는 모르나

몸도 마음도 황홀케 하는 선율이 흘렀다.

그것이 거룩한 송가였음을 나는 알 수 있었다.

말뜻을 알 수 없는 노랫소리가 들릴 때처럼

"일어나서 치소서."[16]라는 말만이 내 귀에 들어왔다.

나는 그 가락에 황홀하게 귀를 기울였는데,

이처럼 기분 좋은 사슬로 나를 사로잡은 것은

이때까지 아무것도 없었다.

이 말이 너무 지나치게 들릴지도 모르겠다.

볼 적마다 내 마음이 평안을 느끼는 저 아름다운 두 눈을[17]

바라보는 기쁨을 제쳐 놓고 말하는 것이니까.

그러나 싱싱한 표적들[18]은 높이 올라갈수록

더욱 아름다워졌다. 게다가 나는 그녀 쪽으로 아직

눈을 돌리지 않았다. 그러므로 눈치 빠른 이는

내가 자책하는 죄도,[19] 조금 전 나의 발언도 용서하고

---

16) 순교했던 영혼들이 그리스도께 올리는 합창이다.

17) 베아트리체의 아름다운 눈이다.

18) 복된 영혼들 무리의 싱싱한 표지. 살아 있는 듯 움직이는 하늘.

19) 내가 자책하는 죄란 베아트리체의 아름다운 눈을 보는 그 커다란 기쁨을 뒷전으로 돌린 것이다. 조금 전 나의 발언은, '이처럼 기분 좋은 사슬로 나를 사로잡은 것은 이때까지 아무것도 없었다'를 가리키고 있다. 또한 베아트리체도 전보다 한층 더 아름다워져 있었던 것인데,

내 말의 진실을 양해해 주리라.
높이 오를수록 '베아트리체'의 거룩한 기쁨은
더욱 맑아지는 것이니, 이 일이 여기서 제외된 것은 아니다.

그것을 단테는 아직 보지 않았기 때문이라고 변명한 것이다.

제15곡

유성처럼 하나의 혼이 십자가의 오른쪽 끝에서 아래로 달려 내려온다. 그는 단테의 고조부인 카치아구이다이다. 단테의 물음에 대해 그는 12세기의 피렌체의 소박한 풍속을 자세히 이야기한다. 그는 이어서 쿠르라도 황제의 휘하에 들어가서 회교도와 싸운 자신의 이야기를 들려준다. 카치아구이다는 그 성전에서 전사하여 순교자로서 이 화성천의 평안에 도달했다고 한다.

탐욕이 녹아서 불 속에 섞이듯이
선을 동경하는 사랑은 언제나 녹아서
선에 들어가, 그 선의가
저 하프[1]에게 침묵을 명했다.
그러자 하느님의 오른손이 늦추었다 당겼다 하는
성스러운 현의 소리가 뚝 그쳤다.
어찌 이 혼들이 정당한 기원을
들어 주지 않으리오. 그들은 내가 기원을
할 수 있게끔 일제히 소리를 죽였다.
영원히 계속되지 않는 것에 대한 애착[2] 때문에
이 사랑[3]을 버리는 이는
끝없이 한탄하지 않을 수 없는 것인데, 그것은 당연한 응보이다.

맑게 갠 밤하늘을

---

1) 그 혼들 무리가 주악하는 하프이다.
2) 영원히 계속되지 않는 일시적인 것에 대한 애착이다.
3) 이 선을 동경하는 사랑.

때때로 느닷없이 불이 달려서

조용히 바라보던 눈을 움직이게 하는데,

유성과는 달라서

앞서 빛나던 곳에서 빛이 가시지 않고

달려간 불 쪽이 금세 사라진다.

꼭 그와 같이 십자가 오른편에 뻗쳐 있는 뿔에서

그 발치를 향해 거기 빛나던 성좌의

별 하나가 달음질쳐 왔는데,

이 구슬은 그 장식 끈에서 떨어지지 않고

빛줄기를 따라 달려왔으므로

마치 설화석고(雪花石膏)를 통해서 본 불덩이와 같았다.

위대한 시인[4]의 말을 믿을진대,

엘리시온에서 아들을 본 앙키세스의 영혼이

흡사 이처럼 한결같이 달려왔다는 것이다.[5]

"아아, 내 피를 이은 자여, 아아, 하느님의 은총이

넘치는 자여, 너 외에 다른 누구에게

하늘의 문이 두 번이나 열린 적이 있었으랴?"[6]

그 광명은 이렇게 말했다. 그래서 나는 물끄러미 그를 보고,

이어서 얼굴을 그녀 쪽으로 돌렸다.

이쪽을 보나 저쪽을 보나 나는 그저 어리둥절했다.

그녀의 눈 속에는 웃음이 타오르고 있어

그것을 보았을 때 나는 벌써 나의 은총과 천국의

바닥까지 다 안 듯한 느낌이 들었던 것이다.

그러고 나서, 목소리도 기쁘고 아름답게

---

4) 위대한 시인이란 베르길리우스이다.
5) 베르길리우스의 《아이네아스》 6권 참조.
6) 원시는 라틴어로 씌어져 있다. 이야기하고 있는 카치아구이다는 단테의 고조부가 된다.

그 혼은 처음 말에 다시 두세 마디 덧붙였으나
나로서는 이해하기 어려운 심원한 내용이었다.
그렇다고 일부러 말을 어렵게 한 것은 아니었다.
그렇게 되지 않을 수 없을 만큼 그의 생각은
현세 사람의 사정거리 밖에 떨어져 있었던 것이다.[7]
그리고 불붙는 그의 자애의 활이
늦추어져서 그 말이 우리 지성의
사정거리 범위 안까지 들어왔을 때
내가 알아들은 첫마디는 다음과 같았다.
"내 자손에 대해 이토록 너그러우신 당신,
삼위이며 하나이신 당신은 복되도다."[8]
그리고 계속했다. "흑백이 변함없는
위대한 책[9]을 읽은 후 지금까지
나는 오랫동안 기분 좋은 허기를 느꼈던 것인데,
아들아, 바로 지금 네가 이 빛 속에서 말하고 있는 나에게
그 허기를 풀어 주었다. 드높이 날 수 있게끔
네게 깃을 달아 주신 그 여인의 덕택이다.
너는, 하나만 알면 다섯이나 여섯이 차례대로 나오듯이
네 생각이 첫째 존재[10]이신 그분으로부터
나에게 미친다고 네가 믿고 있다.
그렇기 때문에 내가 누구이며, 왜 이 기쁨의 무리 속에서
다른 누구보다도 더욱 네 앞에서

---

7) 현세 사람의 지성을 초월하고 있었다는 베아트리체.
8) 전 곡에서도 여러 번 나왔지만 삼위일체의 비의(秘義)에 대해 언급한 것이다.
9) 흑백이 변함없는 위대한 하느님의 책. 카치아구이다는 승천했을 때 하느님 속에서 미래를 읽고, 자기 자손이 머잖아 천국을 찾아온다는 것을 알고 있었다. 그 뒤로부터 단테를 만나고 싶은 마음 때문에 '오랫동안 기분 좋은 허기'를 느끼고 있었다는 것이다.
10) 첫째인 하느님의 생각. 천국에 있는 혼은 하느님을 봄으로 해서 모든 것을 알 수 있다. 그러므로 단테가 아무 말도 하지 않더라도 그 생각은 하느님의 거울에 비쳐 모두 카치아구이다에게 전해지는 것이다.

즐거워하고 있는가를 너는 묻지 않고 있다.
네 생각은 옳다. 이 삶 속에 있는 이[11]는 복이 많고
적고를 막론하고 모두 거울을 보고 있는데, 그 거울에는,
너의 생각이 미처 떠오르기도 전에 그 생각이 비쳐 버리는 것이다.

그러나 내가 무한한 시력을 가지고 그 속을 보고
내게 감미로운 동경의 목마름을 느끼게 하는 그 거룩한 사랑이
보다 더 잘 채워지고 이루어지게끔
목소리에 자신과 용기와 명랑함을 담고
네 의지와 소망을 소리 내 말해라.
그에 대한 내 대답은 이미 준비되어 있다."

나는 베아트리체를 돌아보았다. 내가 미처 말하기 전부터
그녀는 이야기의 내용을 알아차리고 동의의 눈짓을 보냈는데,
그것이 내 의지에 날개를 달게 하였다.[12]
그리하여 나는 다음과 같이 말을 시작했다. "사랑과 앎은
당신들의 하느님 앞에 나타났을 때부터[13]
당신들 속에서 모두 같은 무게가 되었습니다.
당신들을 열로써 따뜻하게 비추는 태양은
아주 균등하게 만들어져 있으므로 직유를 써서
비교한다는 것은 불가능할 정도입니다.
그러나 현세 사람들은,
그 이유를 당신들은 아시리라 믿습니다만,
정의와 이지가 각각 다른 무게의 날개로 되어 있습니다.
그래서 나는 현세의 인간으로서 이 불균형 속에 있어
아버지 같은 당신의 환대에 대해서도

---

11) 이 하늘의 삶 속에 있는 사람.
12) 내 이야기를 하고 싶다는 뜻.
13) 하느님 앞에 나타난, 즉 천국에 들어왔을 때부터. 그때부터 사람의 각 능력은 균등하게 된다.

마음으로밖에 감사할 수가 없는 것입니다.[14]
나는 당신에게, 이 귀중한 보석[15]으로 몸단장을 한
살아 있는 황옥인 당신에게 청합니다.
부디 당신 이름을 나에게 밝혀 주십시오."

"아아, 내 잎이여,[16] 그 잎이 돋기를 기다리는 것만으로도
나로서는 즐거웠다. 나는 그렇게 말하는 너의 뿌리이니라."
이렇게 그는 나에게 대답했다.
그리고 덧붙였다. "네 성(姓)을[17]
부르기 시작한 이[18]가 벌써 백 년 이상이나
산의 첫째 두렁길을 돌고 있는데,
그 사람이 바로 내 아들이고 또 너의 증조부 되는 사람이다.
너는 신앙심 깊은 돈독한 기도를 올려서 증조부의
오랜 노고를 덜어 줘야만 한다."

피렌체는 옛 성벽 속에서
평화롭고 소박하고 정결했었다.
그 성벽 위에서는 지금도 9시와 3시에 종이 울린다.
팔찌와 머리 장식 따위가 유행하기 훨씬 전의 일이었다.
가죽 구두도 없고, 의상만이 돋보이는[19]

---

14) 지성으로서가 아니고 마음으로밖에 감사할 수가 없다.
15) 십자의 형태를 귀중한 보석이라고 비유한 것이다. 그 보석의 하나가 카치아구이다인 것이다.
16) 카치아구이다를 뿌리라 한다면, 고손자가 되는 단테는 잎에 해당한다.
17) '네 성(姓)'은 알리기에리이다. 이탈리아에서는 미켈란젤로처럼 소수의 유명인은 성이 아니고
   이름으로 부르는 것이 습관이 되어 있다. 단테도 이름이다.
18) 카치아구이다의 아들, 알리기에리를 가리킨다. 알리기에리는 벨로와 벨리치오네의 아버지로,
   후자에는 다섯 아들이 있었는데, 그중 한 사람인 알리기에리가 단테의 아버지이다. 단테의
   증조부인 알리기에리는 1201년 8월까지 살아 있었던 증거가 전해지고 있는데, 단테는 그가
   1200년 이전에 죽은 줄로만 알고 있었던 것이다. 그래서 증조부는 벌써 백 년 이상이나 연옥
   산의 첫째 두렁길(《연옥편》 10, 11, 12곡 참고)에서 교만의 죄를, 바위를 지고 걸으면서 씻고 있
   었던 셈이다.

그런 띠를 매는 여인도 없었다.

딸이 태어났다고 해서 아비가 당황하는 일도

당시에는 아직 없는 때였는데, 이는 서로가

혼기나 지참금의 액수가 한도를 넘는 일은 없었기 때문이다.

한 가족이 살기엔 텅 빈 그런 큰 집은 아직 없었고,

규방에서 하는 짓을 구경거리로 만드는

호색 풍조[20]도 없었다.

몬테말로가 아직 너희의 우쳌라토이오[21]에게

패하지 않았었다. 지금의 로마는 영화에 있어서는

뒤지지만, 몰락에 있어서는 누구도 당할 자가 없으리라.[22]

벨린치온 베르테가 가죽과 뼈로 된 옷을 입고[23]

가는 것을 나는 보았다. 그리고 거울 앞에서 그의 부인이

화장도 하지 않고 나오는 것을 나는 보았다.

네를리 가문의 주인도, 베키오 가문의 주인도

털이 없는 거친 가죽옷에 만족했고,

그 집 아낙네들은 물레질에 만족해하고 있었다.

아아, 행복한 여인들이여. 그 무렵에는 죽으면 반드시

무덤에 묻혔었다. 남편이 프랑스로 가 버려[24]

---

19) 본인은 대단치도 않은데, 의상만이 두드러지게 눈에 뜨이는 여자이다.

20) 원시에는 호색 퇴폐로써 알려진 아시리아 왕 사르다나팔로스의 이름이 '호색 풍조'라는 뜻으로 인용되고 있다.

21) 몬테말로(지금의 몬테 마리오 산)는 로마 북서쪽에 위치한 산으로 피렌체에서 로마로 갈 때 이 산에 이르면 로마가 보인다. 우쳌라토이는 피렌체 교외에 있는 산. 여기서는 피렌체가 로마보다 타락했다는 뜻.

22) 그러나 피렌체는 몰락에서도 로마보다 빠를 것이라는 예언이다.

23) 선량한 구알드라다(〈지옥편〉 16곡 참조)의 아버지에 해당한다. 라비냐 가문의 가장으로서 1176년에는 피렌체를 대표해서 시에나로부터 성을 인수하는 임무를 맡기도 했다. 가죽과 뼈 그대로인 가공돼 있지 않은 옷이라는 뜻이다.

24) 피렌체가 상업 도시로 발전하여 그곳 상인이 외국으로 가기 시작했기 때문이다. 보카치오가 파리에서 태어났다느니 하는 전설도 이러한 상황에서 발생한 것이다. 아시시의 프란체스코도 아버지가 상인이라 거래차 일시 프랑스에 가 있는 동안에 태어나 프란체스코라 이름지어졌다고 한다.

독수공방하는 여인 따위는 한 사람도 없었다.

어떤 여인은 요람을 밤새 흔들었다.

아기가 처음으로 말을 옹알거리면 부모는 무척 기뻐하는 법인데,

그 아기의 말을 흉내 낸 여인은 아기를 어르고 있었다.

어떤 여인은 물레로 실을 자으면서

식구들에게 트로이의 용사 이야기며,

피에솔레와 로마 이야기를 들려주었다.

그 무렵에는 치안겔라나 라포 살테렐로[25]가 나오면

당치도 않은 악인으로 보였을 것이 틀림없다. 지금 세상에서는

퀸크티우스나 코르닐리아[26]가 나오면 오히려 신기해하겠지만.

그처럼 안정된 아름다운 시민의 생활,

그처럼 믿음이 넘치는 사회,

그처럼 즐거운 집, 거기에서 진통의 신음에

이름이 불린 '마리아'가 나를 점지해 주었다.[27]

너희들의 오래된 세례 성당[28]에서 그리스도인으로 세례를 받고,

카치아구이다라고 불렸다.

형제로는 모론토와 엘리세오가 있었다.

내 아내는 파도의 골짜기에서 시집왔으므로, 그래서

뒷날 나는 네 성[29]이 된 것이다.

---

25) 치안겔라(Cianghella)는 플로렌스 태생으로, 사치와 품행이 나쁜 것으로 알려진 여인. 라포 살 테렐로(Lapo Salterello)는 단테의 친구로 시인. 그는 옷치장에 지나치게 낭비한 사람.

26) 퀸크리우스(Quinctius)는 로마의 집정관. 〈천국편〉 6곡 참고. 코르넬리아(Cornelia)는 로마의 정 숙한 부인으로, 다른 부인들이 가장 값진 것은 '보석'이라고 했을 때 그녀는 '두 아들'이라고 했다고 한다. 〈지옥편〉 4곡 참고.

27) 카치아구이다의 어머니가 진통의 신음 속에서 마리아의 이름을 부르자, 마리아가 도와주었 으므로 순산을 한 것이다.

28) 너희들의 오래된 세례당. 즉 피렌체의 성 요한 성당. 여기에 세례받는 제단이 유명하다. 〈지 옥편〉 제19곡 참고.

29) '알리기에리'라는 성이다. '페라라에 있는 알리기에리 가문의 딸을 아내로 맞았으나'라고 고 증되고 있다.

뒷날 나는 쿠르라도 황제[30]를 따르게 되어
그로부터 기사 칭호를 받게 되었다.
그토록까지 황제는 내 무훈을 기리셨던 것이다.
나는 황제를 따라 율법의 불의와 싸우러 갔으나,
목자[31]들의 죄 탓으로
너희에게 마땅히 소속될 땅을 부당하게 점거하고 있었던 것이다.
그러나 나는 그 땅에서 비열한 그 무리의
집착[32]으로 인하여 갈팡질팡하고 있던 영혼의 대부분인
이 거짓된 세상으로부터 풀려나게 되었으며,
이어 나는 순교자로서 이 평안에 이르렀다.[33]

---

30) 슈바벤의 쿠르라도 3세는 1093년에 태어나 1138년부터 1152년까지 황제로 재위했다. 그는
    1147년에 프랑스의 루이 7세와 함께 십자군을 지휘하여 성지로 가서 다마스커스를 점거했
    다. 그런데 혹자는 단테가 쿠르라도 3세와 쿠르라도 2세를 혼동한 것이 아닐까 하는 말도 있
    다. 쿠르라도 2세는 이탈리아의 남부 칼라브리아 지방에서 율법, 즉 회교도와 싸웠다. 그것이
    '너희에게 마땅히 소속될 땅을 부당하게도 점거하고'의 뜻일 거라고 한다.

31) 교황.

32) 이 현세에 대한 집착이다.

33) 하느님의 전사로 싸워 순교자로서 이 천국의 평안에 이르렀다.

제16곡

단테의 물음에 답해서 카치아구이다의 혼이 그가 태어난 연대며, 12세기 초두의 피렌체시의 크기, 인구, 당시의 유력한 귀족과 명문에 대해 말한다. 시골 출신의 자수성가자의 피가 섞인 것이 피렌체 명가의 퇴폐 원인이라고 말하고 카치아구이다는 몰락한 가족의 이름을 열거한다. 그는 또 피렌체시의 분열과 내분의 원인이 된 부온델몬테와 아메데이 가문 사이의 혼약 파기와 그 잇따른 살상 사태에 대해 언급한다.

아, 보잘것없는 혈통[1]의 귀족이여!
자칫하면 정이 길을 잘못 드는 이 하계에서
사람들이 혈통을 자랑하게 된다 할지라도
나는 결코 그걸 괴이쩍게 여기지는 않을 것이다.
왜냐하면 욕망이 '정도'를 빗나갈 리 없는
저 천상에서도 나는 그것을 자랑으로 여겼던 것이다.
그러나 혈통의 자랑이여, 사실 너는 순식간에 줄어드는 망토이다.
때문에 만약 나날이 뭔가를 이어 붙이지 않는다면,
시간이 가위를 들고 그 주위를 대번에 잘라 버릴 것이다.

먼저 로마에서 사용되기 시작했으나 그 로마인들 사이에서
제일 먼저 쓰지 않게 된 'voi(당신)'[2]로써

---

1) 보잘것없는 혈통은 지상에서만 의미를 갖는 혈통이기 때문이다.
2) 이탈리아의 이인칭 단수는 크게 나누어 세 종류(16세기 이전은 두 종류)가 있는데, 그 하나가 이 voi(당신)이다. 존칭적인 의미를 가지고 있다. tu(그대)로서는 너무 친밀해서 단테는 선조의 영혼에 대해 실례가 된다고 생각했던 것이리라.

나는 또 말을 시작했다.

그러자 좀 떨어져 서 있던 베아트리체가

미소 지었는데, 그것은 귀네비어가 첫 실수[3]를

범했을 때 기침을 하던 그 이야기의 시녀를 연상케 했다.

나는 말을 시작했다. "당신은 나의 조상이십니다.

당신이 나에게 말할 용기를 주셨습니다.

당신이 나를 보다 나은 나로 높여 주셨습니다.

내 머리에는 기쁨의 흐름이 연거푸 흘러들어

무척 기쁩니다. 더구나 내 머리는

터지지도 않고 기쁨을 속에다 간직하고 있습니다.

그래서 그리운 선조님께 여쭙니다만

당신의 옛 조상들은 뉘시었습니까?

또 어느 해에 나서서 소싯적을 보내셨습니까?

성 요한[4]의 백성 수는

그 당시 얼마였으며, 또 그중에서

최고 자리에 있던 사람들은 누구누구였습니까?"

바람이 불면 숯에 불이 일어 활활

타오르듯이, 내가 비위를 맞추어 주는 말에

그 혼의 광명이 활활 빛나는 것이 보였다.

그리고 한층 더 아름답게 보였듯이,

한층 더 부드럽고 상냥한 목소리로

요즘과는 다른 옛날 말로[5] 나에게 얘기하기 시작했다.

---

3) 기사 란슬롯이 왕후 귀네비어에게 입맞춤을 할 때, 이를 본 시녀가 기침했다는 이야기가 있다. 단테가 존칭하는 것을 보고 베아트리체가 웃은 것은, 저세상에 있는 모든 영혼들은 평등하다고 이미 단테가 〈연옥편〉에서 밝힌 바 있기 때문이다. 비록 고조부이지만 여기서도 존칭어를 사용할 필요가 없는 것인데 'voi'로 존칭어를 사용했다.
4) 성 요한은 피렌체의 수호성인이다. 백성 수란 피렌체시의 인구를 가리킨다.
5) 옛날의 이탈리아어.

"천사가 '아베'라고 한 그날부터[6]

지금은 천국에 계시는 내 어머니가 나를 낳아

몸이 가벼워진 그 출산의 날까지,

이 불은 오백오십 하고도 서른 번[7]

사자좌 가까이에 돌아와

그 발밑에서 활활 타올랐다.

내 조상과 내가 태어난 곳은

너희들이 1년에 한 번 있는 축제일에 경주하는 자가

마지막 구획(세스토)으로[8] 들어가는 그 어귀이다.

내 조상에 대해서는 이쯤 들으면 충분하리라.

그들이 누구이며, 출신이 어디였는지는

구질구질하게 말하는 것보다 잠자코 있는 편이 나으리라.

그 당시 마르스와 세례 성당 사이[9]에서

무기를 잡을 수 있었던 사람은

지금 살고 있는 이들의 5분의 1에 불과했다.

지금은 캄피, 체르탈도, 페키네[10] 출신의

시골 사람이 시민과 뒤섞여 버렸지만, 그 당시는

기술자의 수습공에 이르기까지 순수한 피렌체인이었다.

아마, 지금 말한 무리는 이웃 사람 대접을 할 뿐으로

---

6) 천사 가브리엘이 "아베,"라고 했던 수태고지 한 날부터.

7) 이 화성이 580회 회전했다는 말이다. 화성의 1회전에는 687일이 소요된다. 이렇게 계산한다면 카치아구이다의 생년은 서기 1091년이 된다.

8) 도시를 넷으로 나누었을 경우의 한 구획이 파르토(영어의 quarter에 해당)인데, 여섯으로 나누었을 경우의 한 구획은 6분의 1을 의미하는 세스토(sesto)라 불린다. 단테 시대에는 그 구획 하나하나가 단위가 되어 축일 날에 대항 경기를 하는 것이 큰 행사였는데, 이것은 도시의 자위 훈련도 겸하고 있었다.

9) 마르스의 상이 있던 베키오 다리와 성 요한의 세례 성당 사이. 이것이 카치아구이다 시대 피렌체시의 크기였다. 빌라니 《연대기》에 의하면 1300년의 피렌체 인구는 3만여 명이었다고 한다. 그렇다면 카치아구이다 시대는 6천여 명이라는 것이 된다. 그리고 이런 종류의 통계에 관한 발상은 당시로서는 지극히 새로운 사고방식이었다.

10) 모두 피렌체 근처의 마을 이름이다. 그리고 '체르탈도'는 보카치오가 태어난(1313년) 마을 이름이다.

너희들 국경을 갈루초나 트레스피아노[11]에다
두었던 편이 저들을 시내로 들여놓아서
아굴리온의 악당이나 시냐[12]의 촌놈 냄새를
참는 것보다는 그 얼마나 나을 뻔했던가! 더구나
이러한 패거리들은 뇌물을 노리고 벌써부터 눈을 번쩍이고 있었다.
만약 이 세상에서 가장 길을 잘못 든 사람[13]들이
황제에 대해 계모처럼 쌀쌀하지 않고
자식을 대하는 어머니처럼 부드럽게 마음을 써 준다면,
지금 피렌체 사람이 되어 장사하고 거래하는 자는
거기서 예전에 그의 조부가 순찰하고 다니던
시미폰티 마을로 되돌아갔었으리라.
몬테무를로[14]는 아직도 백작들의 소유일 테고,
아코네 교주의 체르키[15]들도 그럴 것이고, 그리고 또
부온델몬티는 발디그리에베[16] 계곡에 있었으리라.
음식을 너무 먹으면 몸을 해치듯이
사람들이 덮어놓고 뒤섞이는 것이
언제나 도시 화근의 시초였다.
눈먼 암소는 눈먼 새끼양보다
먼저 쓰러진다. 또 다섯 자루의 칼보다도 한 자루의 칼이
훨씬 더 잘 베는 적도 때로는 있다.
만일 네가 루니와 우르비살살아의 멸망하는 꼴이며

---

11) 갈루초(Galluzzo)나 트레스피아노(Trespiano)는 피렌체와 시에나 사이에 있는 마을.
12) 아굴리온(Aguglion)의 악당의 아굴리온은 피렌체 인근 마을 이름이지만, 단테에게 화형 선고
   를 내린 발도 디아굴리오네(Baldo d'Aguglio)를 말한다. 시냐(Signa)는 마을 이름이지만, 매관매
   직했던 법률가 파치오 다 시냐(Fazio da Sina)를 말한다.
13) 길을 가장 잘못 든 사람들이란 교회의 사람들이다.
14) 시미폰티(Simifonti)는 1302년 피렌체인이 점령한 성. 몬테무를로(Montemurlo)는 구이도 백작
   가문이 1254년 피렌체에 팔아버린 성.
15) 아코네 교구의 체르키가 피렌체로 침입해 왔다.
16) 부온델몬티(Buondelmonti) : 몬테부오니성에서 쫓겨나 피렌체로 들어온 가문으로, 발디그리에
   베성에 근거를 두었다.

그들에 이어 키우시와 시니갈리아[17]가
멸망해 가는 모습을 보았더라면,
도시마저도 제 명이 다하면 죽어 없어지는데
가족이 무너지고 흩어진다는 것을 듣기로서니
기이하다거나 이상하다고는 생각지 않을 것이다.
너희들의 사물은[18] 너희들과 마찬가지로
모두 다 죽는 것이다. 단지 너희들의 목숨이 짧기 때문에
오래 가는 것도 결국 죽는다는 걸 너희들이 모를 뿐이다.
그리고 월광천의 회전이
바닷가에 만간조를 끊임없이 일으키듯이
피렌체의 성쇠도 운명의 여신에 좌우된다.
그러므로 내가 피렌체의 명사에 대해 말하는 것도
그다지 놀랍게는 들리지 않을 것이다.
그들의 명성은 시간 속에 사라져 버린 것이다.
우기, 까텔리니, 필리피,
그레치, 오르만니, 알베리키 가문 등의 명문이
당시 이미 몰락해 가고 있는 것을 나는 보았다.[19]
그리고 오래되고 고귀한 문벌로서 산넬라
아르카, 솔다니에리,
아르딘기, 보스티키 등도 보았다.[20]
지금 굉장한 무게를 가지고 있는 신흥의 불온한 세력은[21]
가까운 장래에 배[22]가 파선할 근원이 되겠으나

---

17) 루니(Luni)와 우르비살리아(Urbisaglia), 키우시(Chiusi)와 시니갈리아(Sinigalia) : 폐허로 남아 있
   는 도시들.
18) 너희들의 사물은 현세의 사물을 가리킴.
19) 우기, 카텔리니, 필리피, 그레치, 오르만니, 알베리키 가문 등은 옛날 명문가였으나 후손이 없
   는 집안들.
20) 아르카, 솔다니에리, 아르딘기 보스티키 가문 등도 옛날 명문가였던 집안들.
21) 신흥의 불온한 세력이란 체르키 가문을 두고 말함.
22) 공화국이라는 배.

그 무게가 걸려 있는 문 근처에

예전에는 라비냐니[23] 가문의 일족이 살고 있었다. 거기서부터

구이도 백작과 뒷날 고귀한 벨린치오네의 이름으로 불린

사람들이 태어났다.

프레사[24] 가문의 사람들은 그 당시 벌써

다스리는 재주를 알고 있었다. 그리고 갈리가이오[25]는 이미

집 안에 황금을 입힌 칼자루와 칼을 가지고 있었다.

다람쥐의 줄무늬[26]와 사케티, 주오키,

피판티, 바루치, 갈리,[27] 그리고

뒷박질을 속여서 얼굴을 붉히던 자들[28]도 그 당시에 벌써 힘이 있었다.

칼푸치 가문이 파생한 그 뿌리는[29]

그때 이미 굵었다. 그리고 시지이와

아리구치들도 이미 최고의 관직에 있었다.

아, 자신의 오만 때문에 망해 버린 자들[30]이 예전에는

그 얼마나 번영했던고! 황금 구슬[31]이

일 있을 때마다 피렌체를 장식했었는데.

너희 교회에서 주교의 자리가 빌 때마다

작당 모의해서 몸을 살찌우던 자들의

조상도 예전에는 그처럼 번영했었다.

도망치는 자에게는 용처럼 잔인하게 행동하고,

으르렁대는 자나 지갑을 보이는 자에 대해서는

어린 양처럼 순해지는 자가

---

23) 라비냐니는 성 베드로의 문 근처에 살았던 옛 피렌체의 명문.

24) 프레사(Pressa) : 황제당의 귀족

25) 갈리가이오(Galigaio) : 황제당 당원. 카치아구이다 시대의 기사였다.

26) 다람쥐 및 줄무늬가 든 문장은 필리 가문의 문장이다.

27) 사케티, 주오키, 피판티, 바루치, 갈리 등은 피렌체의 명문들.

28) 뒷박질을 속인 것은 키아라 몬테시 가문의 사람이다. 〈연옥편〉 12곡 참조.

29) 그 뿌리란 도나티 가문을 가리킴. 이 가문에서 칼푸치 가문이 생겼다.

30) 그자들은 우베르티 가문. 〈지옥편〉 10곡 참고.

31) 황금 구슬의 문장은 람베르티 가문의 사람들을 가리킨다.

그때 벌써 고개를 쳐들고 있었으나, 천한 집안³²⁾ 출신이었다.

그래서 우베르틴 도나토³³⁾는 뒷날 장인이 그와

그들을 연결해 친척으로 만들었을 때 불만을 느꼈던 것이다.

그때 이미 카폰사코는 피에솔레에서

장터로 내려와 있었다. 쥬다와

인판가토는 그때 이미 선량한 시민이 되었다.

여기서 믿기 어려운 진실을 말해 주마.

제일 작은 성벽 안으로 출입하는 문은 '이미'

페라³⁴⁾ 가문의 이름으로 불리고 있었다.

토마스의 축일이 올 때마다

그 명성이 두드러지게 나타나게 되는 위대한 영주의³⁵⁾

훌륭한 문장을 받은 자는 모두

그로부터 기사의 자격과 특권을 받았는데,

그 문장에다 황금 수술을 달아 준 자³⁶⁾는

오늘날 평민과 함께 어울리고 있다.

이미 구알테로티와 임포르투니도

융성했었다. 만일 그 가까이에 새로운 이웃들이 오지 않았다면

보르고 근처는 지금까지도 평안했을 것이다.

너희들에게 재난을 가져오게 한 그 집안은³⁷⁾

의분에 못 이겨 너희들을 살육하고 너희들의

즐겁고 평화로운 생활에 종지부를 찍게 하였으나,

그 당시는 일족의 가문들이 모두 명예로운 혈통이었다.

---

32) 단테의 재산을 몰수하고, 귀향을 방해했던 아디마리 가문을 가리킴. '도망치는 ~'의 문장은
아디마리 가문을 통박하는 구절이다.

33) 우베르틴 도나토 : 도나티 가문 사람. 그는 장인이 또 다른 딸을 도나티 가문과 사이가 좋지
않은 아디마리 가문에 시집보내자 매우 불쾌해한다.

34) 페라(Pera) : 단테 시대에 패가하여 작은 성문 안에 살았다.

35) 토스카나의 우고는 1001년의 성 토마스의 축일에 죽었다.

36) 우고의 문장에 황금 수술을 달던 벨라는 서민과 한데 어울려서 귀족에게 대항하고 있었다.

37) 아미디 가문을 가리킨다. 아미디 가문은 부온델몬테의 모욕에 격노하여 그를 1215년에 죽였
다. 그것이 원인이 되어 피렌체시의 황제당과 교황당의 분열과 내란이 시작되었다.

아아, 부온델몬테,[38] 아메데이 가문과의 혼약을 깨고

다른 이와 결혼한 너는 얼마나 어리석은 짓을 했던고!

만약 네가 처음으로 도시에 나왔을 때

하느님이 너를 에마강에서 빠져 죽게 하셨다면

지금 탄식하여 슬퍼하는 이들의 대부분은 행복했을 것이다.

그러나 다리를 수호하는 저 석상[39]이 이지러져 버린 이상에는

그 평화가 드디어 끊어졌을 때, 피렌체가

뭔가 제물을 바쳐야만 했던 것은 당연한 일이다.

내가 보았을 무렵에는, 이러한 사람들이 그 밖의 사람들과 함께

피렌체는 완전한 평화 속에서 쉬고 있었으므로

그때는 불평이 나올 만한 아무런 이유도 찾아볼 수 없었다.

이런 사람들 밑에서 백성들은 자랑스럽게

정의감에 불타고 있었다. 그러므로 백합꽃[40]이

장대에 거꾸로 매달리는 일도 없고,

분열로 인하여 붉게 물드는 일도 전혀 없었다."

---

38) 부온델몬테는 그레베 골짜기의 몬테부오네에 살고 있었으므로 거기서 피렌체로 오려면 에마강을 건너야만 했었다.

39) 불의 신 마르스의 상. 베키오 다리 위에 있으며 상이 일그러져 있다. 이 아래에서 부온델몬테가 살해되었다.

40) 백합은 피렌체의 국화이다. 싸움에서 승리를 거둔 당은 상대편의 기를 장대 끝에 매달아 시가를 중심으로 땅바닥에 끌고 다니는 풍습이 있었다. 원래 피렌체의 국화는 붉은 바탕에 흰 백합꽃이었는데, 1251년의 피스토이아와의 싸움 끝에 황제당이 피렌체시에서 추방되자 교황당이 국화의 빛깔을 바꿔서 흰 바탕에 붉은 백합으로 한 것이다.

제17곡

미리부터 예언을 듣고 있던 단테는 자기가 앞날에 직면하게 될 운명에 대해 카치아구이다에게 질문한다. 그러자 선조의 영혼은 단테가 머잖아 맛보게 될 유랑 생활의 고난에 대해 세밀하게 들려준다. 카치아구이다는 또 베로나의 칸 그란데가 단테를 도와주리라는 것도 예언한다. 선조의 영혼은 단테에게 세상 사람을 두려워하지 말고 지옥, 연옥, 천국에서 듣고 본 것을 시로 읊으라고 권한다.

밖에서 싫은 소리를 듣고 돌아와서 어머니 클리메네에게 캐물은
뒤부터, 자식[1] 앞에서 말 않는 아비로 만들어 버린
그 아이와 마찬가지로 나도 아까 들은 말뜻을
꼭 알고 싶었다.[2] 그러자 그 심정은 순식간에
베아트리체에게도, 거룩한 불[3]에게도 통했다.
거룩한 불이 나를 위해 자리를 바꾸어 주었던 것이다.
그녀가 나에게 말했다. "그대 소망의 열정에
마음속의 각인을 또렷이 찍어서
불길처럼 밖으로 내뿜어 버리세요.
그대의 말로 인해 우리 지식이 늘어나는 것은
아니지만, 그대가 마음속의 갈증을 숨김없이 호소해서
남에게서 물을 받는 것에 익숙케 하기 위해서예요."

1) 아폴로의 아들인 파에톤을 가리킨다. '싫은 소리'란 자기가 아폴로의 친자식이 아니라는 이야기이다. 그 말을 들은 파에톤은 자기가 친자식이라는 것을 증명하기 위해 아폴로에게서 허락을 얻어 해의 수레를 굴리다가 길을 잘못 들어 불타버렸다. 클리메네는 파에톤의 어머니이다.
2) 〈천국편〉 16곡에서 피렌체의 내분에 관한 이야기를 들은 단테는 그것에 관계되는 자기 장래에 대해 미리부터 듣고 있던 예언의 내용을 알고 싶었던 것이다.
3) 거룩한 불은 카치아구이다이다. 그는 아까 십자가에서 자리를 바꾸고 내려와 주었다.

"오오, 그리운 나의 뿌리여,[4] 당신은 하늘 높이
오르셨으므로 지상의 사람 두뇌로도
하나의 삼각형 속에 두 개의 둔각이 들어가지 못함을 알 수 있듯이,[5]
모든 시간이 현재로서 눈앞에 보이는 그런 한 점[6]을 바라보며
우연한 일을, 그것이 아직 채 나타나기도 전에
뚜렷이 보고 계십니다.
내가 베르길리우스를 따라서
영혼을 치료하는 산[7]에 오르고 있는 동안에도, 또
죽은 세계[8]로 내려가는 동안에도,
내 장래에 대해 나는 심각한 예언[9]을 들었습니다.
운명의 타격에 대해서 마음의 준비는 단단하게 충분히
갖추고 있습니다.
그러므로 어떠한 운명이 다가오고 있는지
그것을 알 수만 있다면 이 마음은 가라앉을 것입니다.
날아오는 것이 보이는 화살은 속도가 느린 것입니다."

아까 나에게 말해 준 그 광명을 보고 나는
이와 같이 말했다. 그리고 베아트리체의 소망대로
나는 내 심정을 털어 놓았다.
그러자 죄를 씻는 하느님의 어린 양[10]이 죽임을 당하기 전
저 어리석은 자들을 현혹 속에 끌어넣은 그런
몽매하고 애매한 말씨가 아니라,
명확한 말과 정확한 어법으로

---

4) 나의 뿌리는 나의 조상이다.
5) 자명한 이치를 가리키고 있는 것이다.
6) 한 점은 하느님이라는 점이다.
7) 영혼을 치료하는 산은 연옥산이다.
8) 죽은 세계는 지옥이다.
9) 예언에 대해서는 〈지옥편〉 10곡, 15곡, 24곡 등 참조.
10) 하느님의 어린 양이란 그리스도이다.

어버이 같은 사랑[11]은

그 미소의 빛 속에 숨었다 보였다 하며 이렇게 대답했다.

"우연은 너희들 물질의 책자 밖으로는

나가지 않는다.

우연도 모두 영원의 시야에[12] 비쳐 있다.

그렇다고 해서 거기서 필연이 생기는 것은 아니다.

이를테면 그것은 물결을 따라 강을 떠내려가는 배가

보기에는 우연히 움직이는 것으로밖에 생각되지 않는 것과 같은 것이다.

아름다운 음악이 오르간에서 울려 귀에 들리듯이,

네가 직면하게 될 미래의 시간은

지금 영원의 눈에서 울려 내 시야에 들어온다.

몰인정하고 사악한 계모 때문에 히폴리토스[13]가 아테네에서

쫓겨났듯이, 그와 마찬가지로

너도 피렌체에서 쫓겨날 것이다.

모의가 이루어지고 계획도 이미 짜여 있으므로

머지않아 실행에 옮겨지리라. 날마다 그리스도가

매매되고 있는 곳[14]에서 그자가 생각했느니라.

세상일이란 매양 그러하지만 패한 당파[15]는

세상의 소리 높은 비난을 받을 것이다. 그러나 복수는

보복을 내리는 진리[16]의 증거가 되리라.

---

11) 그 아버지인 사랑의 빛.

12) 영원한 하느님의 눈 속에.

13) 히폴리토스(Hippolytos) : 테세우스의 아들. 그는 계모 파이드라의 유혹을 거절하였다. 이에 앙심을 품은 그녀는 히폴리토스가 도리어 자신을 겁탈하려 했다며 테세우스에게 고자질하여 아테네에서 쫓겨나게 했다.

14) 그리스도가 매매되고 있는 곳은 성직자들의 고성죄가 벌어지는 곳으로 단테는 교황청을 생각했다. 그 사람은 교황 보나파시오 8세이다.

15) 단테가 속하고 있던 교황당인 백당이다.

16) 보복을 내리는 하느님의 진리이다. 반드시 천벌이 내릴 것이라는 뜻이다.

너는 가장 사랑하는 것을 모조리 버려야
하겠다. 이것이 추방의 활이 쏘는
첫 화살이다.
남의 빵이 얼마나 입에 쓴 것인지
남의 집 층계의 오르내림이 얼마나 쓰라린 것인지를
너는 뼈저리게 깨닫게 되리라.
너의 두 어깨에 가장 무겁게 파고드는 짐은
너와 함께 골짜기에 떨어질
동지들의 어리석음과 비열함이다.
그들은 너의 은혜를 원수로 갚고, 광란과 불경의 나쁜 짓을
거듭할 것이다. 그러나 그 행위 때문에
얼굴을 붉힐 자는 네가 아니라 그들일 것이다.
그들의 야만스러움은 그 소행을 보면
훤히 알 수 있다. 그러므로 너는 너 자신의
당파를 갖는 것이 너의 명예가 되리라.

너의 첫째 은신처, 첫째 숙소는
롬바르디아 공[17]의 호의에 의하게 되리라.
그 집은 층계 위에 거룩한 새[18]를 달아 놓았다.
그는 너에게 특별히 호의를 베풀 것이다.
너희 두 사람 사이에는 다른 사람들과는 달리
용건을 부탁하기도 전에 이미 해결되어 있을 것이다.
너는 공의 곁에서 빛나는 무훈을 세우게 될 사람을
보게 될 게다. 그는[19] 태어나면서
이 힘센 화성의 도장이 찍혔기 때문이다.

---

17) 공은 스칼라 가문의 바톨로메오이다.
18) 거룩한 새인 독수리를 층계 위에 문장으로 달고 있다.
19) 이 힘센 화성의 도장이 찍혀 빛나는 무훈을 세우게 된 사람은 바톨로메오의 아우 칸구란데
  이다. 뒤에 큰 세력을 구축했던 그는 1291년 3월 9일에 태어났다.

아직 나이 어린 아이여서 세상 사람들은
그의 존재를 모르고 있다. 불과 아홉 해의 세월이
그의 둘레를 돌았을 뿐이다.
그러나 구아스코 사람[20]이
지체 높은 하인리히 7세를 속여 넘기기 전에,[21] 그의 덕성은
돈과 노고를 아끼지 않는다는 점에서 빛을 떨칠 것이다.
그의 당당한 사업은 곧 세상에 널리 알려져
그의 적들조차도
침묵을 지키지 않을 수 없게 되리라.
그와 그 선정에 주목하라.
많은 사람의 운명이 그로 인하여 변할 것이다.
처지가 뒤바뀌어 부자가 생기고 거지도 생길 것이다.
너는 그를 머릿속에 잘 기억해 둬라. 그러나
입 밖에 내지는 마라." 하고 그는 두세 가지, 그것을
직접 목격했다고 할지라도 믿기 어려운 말들을 했다.

그리고 덧붙였다. "이것이 너에게 이제까지
말한 예언에 대한 주석이다. 한 해나 두 해가
지나기도 전에 덫은 놓아질 것이다.[22]
허나 그렇다고 이웃을 시샘해서는 안 된다.
너의 이름은, 그들의 죄에 벌이 내린 후에도
멀리 앞날의 미래에 오래 살 것이며, 영원히 전해질 것이다."

그리고 거룩한 영혼[23]은 입을 다물었다.

---

20) 구아스코는 교황 글레멘스 5세(재임 1305~1314).
21) 교황은 하인리히 7세를 이탈리아로 오라고 초청했으나, 뒤에 그를 적대하게 되었다. 그 1312
년보다 전에 라는 뜻이다.
22) 단테에 대한 추방령은 1302년의 1월과 3월에 발표되었다.
23) 거룩한 카치아구이다의 영혼.

내가 날실을 엮어서 내민 피륙에
그가 씨실[24]을 넣었다는 것을 이 침묵으로써 알았으나,
나는 마치 의혹에 싸여서
지혜와 덕과 사랑을 올바르게 겸비한 이에게
충고를 바라는 사람처럼 말하기 시작했다.

"아버지, 나를 향해 때가 박차를 가해 다가오고 있음을
나는 잘 압니다. 마음의 준비가 부족한 이에게 더욱 아픈 타격[25]을
나에게 가하려는 속셈들입니다.
그러므로 선견지명을 갖고 내 몸을 단속하고,
비록 사랑하는 고장을 잃을지언정 내 시를 위해서
피신할 곳을 잃지 않도록 현명하게 처신할까 합니다.[26]
고난이 끝없이 가득 찬 저 아래 세상[27]과
산꼭대기에서 그녀의 아름다운 눈에 의해
더욱 위로 끌어올려진 저 산[28]을 통하여,
그리고 천국을 별에서 별로 오를 때마다
나는 많은 것을 배웠습니다. 그러나 그것을 다시 말하면

---

24) 날실을 질문이라 한다면 씨실은 회답이 된다.
25) 아버지는 조상을 가리켜 부르는 의미이다. 아픈 타격은 추방의 타격이다.
26) 부르크하르트는 《이탈리아 르네상스 문화》에서 '보편적 인간'을 논하고, 그 첫째 예로서 단테
를 지적하여 다음과 같이 말하고 있다. "재능이 뛰어난 망명자의 무리 속에서 발전한 세계주
의는, 개인주의의 최고 단계의 하나이다. 단테는 이탈리아어와 이탈리아 문화에 새로운 정신
상의 고향을 발견한 사람인데, 그는 그 단계를 다시 초월하여 '내 고향은 전 세계이다'라고까
지 말하기에 이르렀다《속어론》." 그리고 추방 중이던 그가 굴욕적인 조건으로 사람들로부터
피렌체로의 귀국을 권유받았을 때 단테는 다음과 같은 답을 써 그들에게 보냈던 것이었다.
'해나 별빛을 본다는 것은 내가 아무 데나 있더라도 할 수 있는 일이 아닌가. 명예를 빼앗
긴 굴욕적인 몰골로 고향 앞에, 피렌체시민들 앞에 모습을 나타내지 않더라도, 비록 고향은
떠났으나 하늘 아래 어디서든지 감미로운 진리에 대해 나는 명상할 수 있지 않은가. 귀국하
지 않더라도 설마 굶지야 않겠지.' 그러나 역시 다른 면에서 단테는 애절한 망향의 정을 읊고
있다. 단테의 피렌체에 대한 감정에는 애증이 뒤섞여 있는 것같이 보인다.
27) 지옥 세계이다.
28) 연옥산이다.

많은 사람에게 몹시 듣기 싫은 말이 될 것입니다.

하나 만약 내가 진리에 대해 비굴한 벗이 된다면,[29]

지금 시대를 옛날이라고 부를 그런 사람들 사이에서

살 권리[30]를 잃게 되지나 않을까 두렵습니다."

빛에 싸여서 주옥이 미소 짓는 것이 보이더니,

그 빛은 햇살을 받아 반짝거리는 금으로 된 거울처럼

갑자기 섬광을 떨쳤다.

그리고 나를 향해 대답했다. "자기나

자기 몸 안에 이상이 있어 양심에 거리낌이 있는 자들은

네 말을 반드시 노골적이고 당돌하다고 느낄 것이다.

그러나 설사 그렇게 되더라도 너는 모든 허위를 물리치고

네 눈에 비친 모든 모습을 드러내 보이도록 하라.

옴이 옮은 곳은 맘대로 긁게 내버려둬라.

내 말은 처음에는 듣기 싫을는지 모른다.

그러나 일단 새겨서 알아듣게 되면

생명의 양식을 몸 안에 남기게 되리라.

너의 외침은 흡사 질풍처럼 날카롭게

나뭇가지가 높으면 높을수록 더욱 세차게 후려치리라.

그것이 어찌 하잘것없는 영예이겠는가.[31]

네게는 주로 세상에서 이름 높던 사람들만이[32]

---

29) '내가 비굴하게도 침묵을 지켜서'라는 뜻이다.

30) 명예를 잃고 명성이 없어지는 것을, 살 권리를 잃는다고 한 베아트리체.

31) "이 대담한 발언은, 견고한 자기 신뢰가 있고서야 비로소 할 수 있는 일인데, 그 견고한 자기 신뢰야말로 단테의 가장 현저한 특징의 하나인 것이다."(시몬드의 《단테 연구》)

32) 이하, 단테가 카치아구이다의 입을 빌어 자기 시론의 하나를 말했다고 볼 수가 있다. 단테는 가능한 대로 추상화를 피하고 사실을, 사상을 구체적으로 표현하는 예술가이며 대상을 하나의 그림으로써, 하나의 초상으로써, 하나의 정경으로써 표시하는 힘이 있는 시인이다. 시몬드는 그의 《단테 연구》 속에서 그것을 평하여 "고도로 완성된 일련의 정밀화 속에 대표적인 인물을 늘어놓고, 단테의 개별적인 체험을 통해서 보편적인 것이 표시되고 있다. 그러면서도 동시에 단테의 운명에 관한 특수적인 것도 빠져 있지 않기 때문에 독자의 흥미가 자극되어 각각 독립된 극적인 정황이 차례차례 전개되는 가운데 흥미는 가실질 줄을 모르는 것이다."

천구에서도 산에서도
또는 애처로운 골짜기에서도 보였는데,
그 까닭은 예를 들더라도 그 근원이 분명치 않거나
말을 하더라도 하찮은 내용이거나 하여
그것을 들어본들 영혼의 평안을 못 얻을 것이고,
또 믿으려고 해도 믿을 수가 없기 때문이다."[33]

라고 말하고 있다. 단 시몬드의 이 비평은 〈지옥편〉〈연옥편〉에는 적당하나, 〈천국편〉에는
그만큼은 적당치 않은 것 같다.

33) 마콜레는 단테와 밀턴을 비교하여 논평했을 때 "우리는 《신곡》의 각 행 속에서 빈곤과 싸우
는 자책에서 생긴 단테의 감정의 가열함을 읽을 수가 있다."고 말했는데, 〈천국편〉 17곡의 대
부분의 행에는 단테의 그런 종류의 감정이 엿보이는 것 같다. 또한 마콜레는 단테를 일컬어
"행복하기에는 너무나 감수성이 예민한 사람."이라고도 평하고 있다.

제18곡

화성천 안에는 일찍이 용맹을 떨친 하느님의 전사와 십자군 용사의 수많은 혼이 광명을 발하고 있다. 카치아구이다가 그 혼의 이름을 부르자 혼은 십자가를 따라 뛰어간다. 이어서 단테는 베아트리체와 함께 여섯째 하늘인 목성천에 오른다. 현세에서 정의를 사랑한 사람들의 혼이 모여서 독수리 모양을 이루고 있는 것이 보인다. 제18곡은 그 정의를 짓밟고 탐욕에 빠져 있는 교황에 대한 단테의 비난으로 끝난다.

벌써 그 복된 거울은 혼자 생각에 잠겨
즐기고 있었다. 나는 내 생각에 잠겨 이것저것
괴로운 일, 즐거운 일들을 생각했다.[1]
그러자 나를 하느님 앞으로 이끄는 여인이 이렇게 위로했다.
"생각을 바꾸세요. 모든 악을 덜어 주시는 분[2]
곁에 내가 있다는 것을 생각하세요."

베아트리체의 이 사랑스러운 말소리에
나는 그녀 쪽을 돌아보았는데, 그 거룩한 눈동자 속에
보인 기막힌 사랑의 반짝임은 형언할 길이 없었다.
그것은 내가 말을 믿을 수가 없어서가 아니라,
다른 분[3]의 인도가 없는 한 힘에 넘치는 일은 두 번 다시
말할 수 없는 내 기억력 때문이다.

---

1) 장래의 괴로운 일, 즐거운 일.
2) 모든 죄악을 덜어 주시는 분은 하느님이다.
3) 다른 분은 하느님을 가리킨다.

지금 그 순간에 대해 말할 수 있는 것은
그녀를 우러러보고 있는 동안 나의 사랑이 다른 모든
소망에서 자유롭게 풀렸었다는 점인데,
그것은 영겁의 희열[4]이 직접
베아트리체를 비추어 그 아름다운 눈에서
반사되어 나에게 만족을 주었기 때문이다.
그녀는 미소의 빛으로 나를 압도하면서 이렇게 말했다.
"저쪽을 보고 말을 들으세요, 천국은
비단 내 눈 안에만 있는 것은 아니니까요."

애정은 이 지상에서도 때로 사람의 눈에 떠올라 보인다.
그 정이 격하면
영혼이 온통 그곳으로 모여 버리는 수가 있다.[5]
그와 마찬가지로 내가 돌아다본 거룩한 섬광의
광채 속에도 나와 이야기를 계속하고 싶어 하는
그[6]의 뜻이 절로 떠올라 보였다.

그가 말하기 시작했다. "이 나무는 '뿌리에서가 아니라' 가지에서[7]
생기를 빨아들여 항상 열매가 무르익고 잎새도 떨어지지 않는다.
그 다섯째 문턱[8]에서 축복받는 영혼의 무리는
천상에 오르기 전까지
하계에서 크게 이름을 떨친 용사들이었다. 그러므로
시의 여신의 자료로서도 그다지 부족은 없을 것이다.
그럼 십자가의 가지[9]를 자세히 보라.

_____

4) 영겁의 희열은 하느님의 빛이다.
5) 이 현상에 대해서는 〈연옥편〉 제5곡 첫 부분 참조할 것.
6) 그는 카치아구이다이다.
7) 이 천상의 가지에서. 나무는 천국의 비유이다.
8) 다섯째 문턱은 화성천이다.
9) 십자가의 가지는, 십자가의 좌우로 가로지른 나무를 말한다.

이름을 불린 자가 구름을 찢는 번개처럼
저 십자가 위를 달리리라.

여호수아[10]라는 이름이 불리자마자
빛 하나가 십자가 위를 달렸는데,
소리와 움직임이 거의 동시에 있은 것 같았다.
이어서 고귀한 마카베오[11]의 이름이 불리자
또 하나의 빛이 혼연히 팽이처럼
뱅글뱅글 돌면서 달려갔다.
마찬가지로 샤를마뉴[12]와 오를란도[13]의 이름이 불렸는데,
나는 눈을 모아 날아가는 매의 뒤를 좇는
사냥꾼의 눈처럼 그 두 광명의 뒤를 좇았다.
이어서 구일리엘모,[14] 레노마르도,[15] 고티프레디,[16]
루베르토 구이스카르도의[17] 이름이 불릴 때마다
내 시선은 십자가를 따라 달렸다.
그것이 끝나자 나와 말하던 영혼은 내 곁을 떠나
다른 빛의 무리 속에 끼어들어 천상의 가인 중에서도

---

10) 여호수아 : 구약 시대의 인물. 모세의 후계자로 이스라엘 백성들을 거느리고 가나안 땅으로 들어갔다.

11) 마카베오 : 유다로 형제 중 맞이. 그는 시리아 왕 안티오쿠스로부터 이스라엘 민족을 해방했다. 〈마카베오 상〉 1절 참고(가톨릭 성서).

12) 샤를마뉴 : 카를로, 칼 또는 찰스라고도 한다. 프랑스의 왕이자 피피노스의 아들.

13) 오를란도(Orlando) : 롤랑(Roland)이라고도 한다. 칼 대제 때의 영웅. 그에 관해서는 《롤랑의 노래》《미친 오를란도》 등의 저작이 있다.

14) 구일리엘모(Guiglielmo) : 오란제(Orange)의 공작. 많은 무훈시의 주인공으로 등장한다. 812년 수도자가 되어 죽었다. 사라센(이슬람)인들과 싸웠다.

15) 레노아르도(Renoardo) : 사라센인들과 싸웠다. 초인적인 힘을 가진 인물로, 구일리엘모의 전도로 신자가 되었다.

16) 고티프레디(Gottifredi) : 로레나의 공작. 1차 십자군 총수. 예루살렘을 정복하고 1100년에 죽었다.

17) 루베르토 구이스카르도(Ruberto Guiscardo) : 풀리아·칼라브리아의 공작. 사라센인들과 싸웠다. 〈지옥편〉 28곡 참고.

두드러지게 아름다운 목소리로 노래 부르기 시작했다.

나는 오른쪽을 돌아보았다.

무엇을 해야 하는가를 베아트리체의

눈짓이나 몸짓으로 알고 싶었던 것이다.

그녀는 반짝반짝 빛나면서

자못 기쁜 듯이 그 표정엔 일찍이

보지 못한 아름다움이 더해졌다.

착한 일을 하여 한층 더 기쁨이 커짐을 느낄수록

사람들은 날로

자기 덕성의 향상과 진보를 알게 되는 것인데,

그와 마찬가지로 그 기적[18]이 더욱

사랑스럽게 되는 것을 보고 나는 내가 따라 돌아야 할

천구의 호가 한층 더 커졌음을 깨달았다.[19]

살결 흰 여인이 수줍음의 무거운 짐을 그 얼굴에서 벗어 버리면[20]

순식간에

볼을 물들였던 빛깔을 털어 버리는 법인데,[21]

그것과 비슷한 변화가 지금 내 눈앞에 나타났다. 내가

돌아보았을 때 보인 것은, 나를 자기 안으로 맞아 준

여섯째의 조화된 별의 조용한 흰빛이었다.

이 즐거운 목성천 안에서

우리의 말[22]을 사용하여 내 눈길을 끄는

사랑의 반짝임이 있음을 나는 알았다.

모이를 배불리 먹으면 새들은 물가에서 날아올라

희희낙락, 원을 그리기도 하고

---

18) 그 기적은 베아트리체를 뜻한다.

19) 지구로부터의 거리가 늘어날수록 호의 만곡은 느릿해진다.

20) 이하. 지금 목성천에 도달했다. 그러자 화성천의 붉은빛이 순식간에 엷어졌다는 것이다. 맨눈으로도 화성은 빨갛게 보이고, 목성은 희게 보인다.

21) 볼의 홍조가 가신다는 뜻.

22) 여기서는 알파벳을 가리킨다.

혹은 장방형을 이루면서 날아가듯이,
밝은 빛에 싸인 거룩한 영혼의 무리는
이리저리 날고 노래하면서
때로는 D와 I[23]를, 때로는 L자 형을 이루는 것이었다.
처음에는 가락에 맞춰 노래하며 날다가
다음에는 이러한 기호를 하나 이루더니
잠시 멈춰 선 채 침묵을 지켰다.

아아, 거룩한 시의 여신이여, 그대는 시인들에게 영광을 주고
그대의 힘을 사용하여 나라와 도시의 이름을 길이 남기는
시인들에게 장수(長壽)를 주는데,
부디 그대 빛으로 나를 비추어 다오. 그리고
내가 관념 속에서 그린 대로 그들의 모습을 부각해 다오.
그대의 힘을 이 짧은 시구 속에서 부디 나타내 다오.

그 빛의 무리는 이렇게 모음 자음을 섞어서
일곱을 다섯 곱한 글자를 나타냈다. 나는 그 글자를
나타난 차례대로 마음에 새겼다.
DILIGITE IUSTITIAM '정의를 사랑하라'가 그려진
전체의 동사와 명사였다. 그리고 끝은
QUI IUDICATIS TERRAM '땅을 심판하는 자들이여'였다.
빛은 다섯째 글자인 M자[24] 모양으로 가지런히
머물렀는데, 그 때문에 목성은
그 부분만이 황금으로 아로새긴 은처럼 반짝였다.
그리고 순식간에 다른 광명이 M자 꼭대기에
내려와서 거기 멎더니
그들은 자기네를 이끄는 지고선을 찬양하며 노래 불렀다.

---

23) DILIGIGE, IUSTITM의 첫 글자.
24) 다섯째 글자 TERRAM의 끝 글자인 M자이다.

불타는 장작을 치면
무수한 불꽃이 사방으로 튄다(어리석은 자는 흔히
그것으로 점을 친다). 그와 마찬가지로
거기서 천이 넘는 광명이 흩어지는 것이 보였다.
그리고 불을 붙이는 태양[25]이 명하는 대로
혹은 높고, 혹은 낮게 날아올랐다.
마침내 그 광명이 각자의 자리에 앉았을 때
선명한 빛살이 독수리의 머리와 목을
또렷이 그려내는 모양이 보였다.
거기 독수리를 그리는 자는 스승을 갖지 않는다.
그[26] 자신이 자기를 이끄는 스승인 것이다.
그로부터 새가 둥지를 만드는 저 형상[27]의 힘이 유래하는 것이다.
그 밖의 복된 영혼의 무리는
M을 백합 모양으로 바꾸고서 처음에는 만족한 듯했으나,
다시 가벼이 움직여 그 독수리 모양을 만들어 냈다.

아아, 아름다운 별이여, 지상의 정의는 그대를 구슬로 삼고
그대를 장식으로 삼는 이 하늘의 작용일 따름이지만,
찬연히 빛나는 수많은 주옥은 그 사실을 나타내고 있다.
또 그러기 때문에 그대의 움직임과 그대의 힘이 생기는
거룩한 마음[28]에 부탁하여, 그대의 빛을 가로막는 연기가 지상의
어디서 나는지 잘 보아주기를 바라는 것이다.
기적과 순교를 기초로 하여 열린 사원[29] 안에서
공공연히 매매가 행하여지고 있는 이상,

---

25) 태양은 하느님이다.
26) 그는 하느님이다.
27) 스콜라 철학의 술어인 형상력에 대해서는 〈연옥편〉 19곡 참조.
28) 그 하느님의 마음. 그대의 정의의 빛이다. 빛을 가로막은 연기는 타락한 교황과 성직자가 있
   는 교황청이다.
29) 기적과 순교로서 이룩된 사원은 로마 교회이다.

다시 한번 마음속의 노여움을 말해 주기를 바라는 것이다.[30]

아아, 천상의 용사들이여, 나는 그대들을 바라보고 있다.
원컨대 악에 빠져[31] 바른길을 벗어난
지상 사람들을 위해 빌어 다오.
옛적의 싸움은 칼로 이루어졌으나, 지금은 자비로운 주님께서
고루 주시는 빵을 이쪽저쪽에서
서로 빼앗으려고 싸움한다.[32]
그러나 처음부터 사면해 줄 속셈으로 글을 쓰는 너,[33]
생각해 보라, 네가 망치고 있는 포도밭[34] 때문에 죽어 간
베드로도 바울로도 실은 아직 살아 계신다.
물론 너는 큰소리도 할 수 있다. "나는
홀로 사는 것이 좋아 춤 때문에 끌려가 순교한 사람에게[35]
한결같이 눈길을 보내고 있다. 그러니
어부나 폴로[36] 따위는 내 알 바 아니다."라고.

---

30) 〈마태복음〉 21장 12절 이하에 "예수께서 성전에 들어가사 성전 안에서 매매하는 모든 자를
   내쫓으시며……."로 되어 있다. 지금 다시 한번 하느님께서 지도해 주셨으면 하는 것이다.
31) 악에 빠졌다는 것은 교황을 뜻한다.
32) 마음의 양식을 빼앗아, 즉 사람들을 파문하고 싸움한다.
33) 뒤에 돈을 받고 사면하기 위해 허위에 찬 파문장을 쓰는 이를 말한다. 여기서 탄핵받고 있는
   교황은 요한 22세(재위 1316~1334년)라고 한다.
34) 포도밭은 교회이다.
35) 살로메의 춤값으로 목이 잘려 순교한 이는 세례 요한이다. 그는 피렌체의 수호성인으로 피렌
   체의 금화에는 세례 요한의 초상이 새겨져 있었다. 교황은 오로지 그 금화에 눈길을 보내고
   있다고 빈정거린 것이다.
36) 어부는 베드로를 낮춘 표현이며, 바울이라 하지 않고 폴로라고 속어를 빌어서 말한 것도 같
   은 의도에서 나온 것이다.

제19곡

독수리의 늠름한 모습은 수많은 영혼으로 이루어져 있는데, 그것이 마치 한마음처럼 하나의 목소리로 말을 한다. 단테는 오래 전부터 그리스도교를 믿지 않은 사람들의 구원의 가능성에 대해 의혹을 품어 왔으므로 그 점을 독수리에게 묻는다. 하느님의 정의는 인간의 지혜로는 추측할 수 없다는 대답을 듣는다. 이어서 정의의 영혼들로 이루어진 이 독수리는 여러 나라 왕들의 부정을 차례차례 탄핵한다.

행복과 기쁨에 넘친 영혼의 무리가
날개를 펴고 아름다운 모습을 나란히 하여
내 눈앞에 나타났다.[1]
영혼 하나하나가 마치 홍옥인 양
뜨거운 햇빛을 받고 타올랐으므로,
그 빛은 내 눈 안에서도 반사하는 것 같았다.
지금 내가 이야기하는 광경은
붓으로 기록한 적도 사람이 말한 적도,
아니 공상으로 그린 일조차도 일찍이 없었다.
나는 독수리의 부리를 보았고, 그것이 내는 낭랑한 소리를 들었는데,
마땅히 '우리', '우리의' 하고 복수여야 할 것을
'나', '나의' 하고 단수의 형식으로 말하는 것이었다.[2]

---

1) 독수리의 늠름한 모습. 독수리는 교회의 권위를 나타내며 로마 제국의 상징이다.
2) 영혼은 복수인데도 불구하고 모두 마음을 같이하여 '나', '나의'라고 단수 형식으로 말했다는 것이다.

독수리는 이렇게 말했다. "정의감과 자비심 덕분에
나는 이 영광의 높이에까지 오를 수 있었다.
이곳은 더 높은 곳은 감히 바랄 수 없는 최고의 영예이다.
나는 지상에 빛나는 추억을 남겼다.
그것은 지상의 악인들조차 찬양하고 있다.
오직 그들이 그 모범을 따르려 하지 않고 있을 뿐이다."
많은 숯덩이가 활활 타올라도 열은 하나로밖엔
느껴지지 않는 것처럼, 이 많은 사랑으로부터[3]
그 독수리의 목소리 하나밖에 들리지 않았다.

나는 얼른 그에 대답했다. "아아, 영원한 환희의
꽃들이여, 당신들은 그 꽃의 여러 향기를
하나로 합치셨습니다.
당신들의 입김으로, 나에게 오랜 세월 배고픈 괴로움을 준
크나큰 굶주림[4]을 부디 없애 주십시오.
지상에는 이 굶주림을 채워줄 만한 음식은 아무것도 없습니다.
천상에서 하느님의 정의는 다른 왕국[5]을 거울로 비쳐 보는
까닭에 정의가 당신들의 눈에 거침없이
비친다는 것을 나도 잘 알고 있습니다.
듣고 싶은 나머지 내 귀가 얼마나 솔깃해 있는지
아실 것입니다. 이토록 오랫동안 나의 마음속에 걸려 있던
의혹이 무엇인지 당신은 아실 겁니다."

머리덮개에서 빠져나온 독수리가
날개 치고 머리를 쫑긋거리면서
늘름하게 몸을 가누듯이,

---

3) 많은 사랑에 불타는 복 받은 영혼들로부터.
4) 의문이 바로 굶주림인 것이다. 즉 지식에 대한 갈망이다.
5) 이 '다른 왕국'은 '하느님 눈의 옥좌'를 가리킴.

주님의 은총을 찬미하는 영혼의 무리가 이루는
이 기치는,[6] 천상에서 들으니 비로소
뜻을 알 수 있는 노래를 부르면서 발랄하게 기쁨을 나타냈다.

그리고 이렇게 말을 시작했다. "육분의(六分儀)로
세계의 극한을 정하신 분은, 그 안에
눈에 보이는 것과 보이지 않는 것을 많이 기록했으나,
그 하느님의 말씀이 무한한 우위를 지닐 수 없을 만큼
하느님의 가치를 우주의 모든 것 안에
아로새길 수는 없었다.
피조물 중에서도 가장 뛰어난 자였던
첫째가는 교만한 자가 하느님의 빛을 기다리지 않고[7]
덜 익은 채 떨어졌음이 무엇보다도 좋은 증거이다.
그러므로 그 밖에 더욱 작은 그릇으로는
저 가없은, 자기 자신밖에 잴 수 없는 지고선을
받아들일 수 없다는 것은 보기만 해도 명백하다.
우리 인간의 시력은
만물을 채워 주는
하느님의 빛 중 한 줄기에 불과하므로,
그 성질로 말하더라도 인간 시력의 근원인 하느님의 뜻이
인간에게 보이는 세계 밖 그 멀리까지
내다보실 수 있다는 것은 당연한 이치가 아니겠는가.
너희의 눈은, 말하자면 바닷속에 있는 것과 같아서
그 영원한 정의 안에서 너희 세계를 받아들여
그 안에 빨려 들어가는 것이다.
그 눈은 물가에서는 바닥을 볼 수도 있으나

---

6) 독수리는 〈천국편〉 6곡에서도 말했듯이 로마 제국의 기치이다.
7) 첫째가는 교만한 자는 악마 대왕 루시페르(《지옥편》 34곡 참조)이다. 루시페르는 스스로 빛을
   낼 수 없어 하느님의 빛을 빌려서 빛을 내는데 그는 하느님의 빛을 기다리지 못했다.

바다 한가운데서는 아무것도 보이지 않는다. 그러나 비록 안 보일지라도
바닥은 있다. 다만 깊어서 안 보일 따름이다.
결코 흐림 없는 맑은 창공에서 발하는
빛을 제외한다면,[8] 세상에 빛은 없다.
있는 것은 어둠이나, 육체의 그림자나, 또는 육체의 독뿐이다.[9]
자, 살아 있는 정의[10]가, 여태껏 너한테 숨기고 있던
미로의 어귀가 이제 활짝 열렸을 것이다.
네가 자문자답을 거듭해 온 그 정의다.

너[11]는 이렇게 생각했다. '어떤 사람이 인더스강 강가에서
태어났는데, 거기는 그리스도에 대해 말하는 이도
읽는 이도 쓰는 이도 없었다.
그자가 생각하는 것, 행하는 것은 모두
인간의 이성이 미치는 한도에서는 뛰어났다.
그는 한평생 언행에서 죄를 지은 적이 없다.
그가 세례도 못 받고 신앙도 없이 죽었다면
그를 지옥에 떨어뜨릴 정의는 어디 있는가?
그에게 신앙이 없다 할지라도 그의 탓이 아니지 않는가?'
아아, 너는 대체 무엇이냐, 새끼손가락 끝까지밖엔 안 보이는
시력을 가지고 천 마일 앞에 있는 것까지 판단하려는 모양인데,
판사의 자리에라도 앉을 셈이냐?
만약 너희들 위에 성서가 없었다면
여러 가지 생각하는 자[12]에게는 의당히

---

8) 계시의 빛을 제외한다면.
9) 무지의 어둠과 그림자이며, 또한 악덕의 독이다. 하느님 안에서가 아니고서는 선을 찾을 수 없
다. 만일 찾는다면 그것은 유해한 독이다.
10) 산 하느님의 정의.
11) 단테는 이러한 의문을 이미 림보에 들어갔을 때(〈지옥편〉 4곡 참조)부터 품고 있었다. 인더
스강은 동방의 개념을 두고 하는 말. 그리스도의 예언이 전달되는 경계선 너머를 말한다.
12) 하느님의 정의에 대해 여러 가지를 생각한 자에게는.

의문으로 삼을 점이 많기도 하리라.

아아, 지상의 동물들이여! 아아, 어설픈 두뇌여!
그 선량하신 태초의 뜻[13]은 일찍이
지고선인 자기 자신을 떠나 본 적이 없었다.
그 뜻에 화합하는 것은 모두가 정의인 것이다.
하느님의 뜻이 빛을 발하여 사물을 창조하신 이상에는
피조물 쪽으로 하느님의 뜻이 굴곡할 까닭이 없다."
황새는 새끼에게 먹이를 주고 나면 천천히
원을 그리며 둥지 위를 맴돌고
먹이를 먹은 새끼는 눈으로 어미새를 좇는다.
그와 마찬가지로 축복받은 모습은
유유히 날았고 나는 눈을 들어 독수리를 좇았다.
마음을 함께하는 여러 의지에 힘입어 독수리는 날개를 움직여
하늘을 돌며 노래하듯 말했다.
"나의 이 가락이 네게는 불가사의하듯
영원한 심판은 너희 인간에게는 불가사의한 것이리라."

저 기치 아래서 로마인은 세계를 제패했다.
성령에 불타는 빛들이
저 독수리 기치[14] 안에 조용히 자리 잡을 때 거기서
다시 목소리가 들려왔다. "그리스도를 믿지 않은 자가
이 왕국에 오른 일은, 그리스도가 나무[15]에
못 박히기 전에도 후에도 없었다.
그러나 잘 보라, 심판의 날에는 그리스도를 몰랐던 자보다 더욱 멀리
그리스도로부터 떨어진 자가

---

13) 태초 하느님의 뜻이다.
14) 독수리 기치는 로마인들이 독수리가 그려진 깃발을 들고 유럽을 다스렸기 때문.
15) 나무는 십자가를 가리킨다.

'그리스도여, 그리스도여' 하고 외치는 자들 속에서 많이 나오리라.

영원히 풍족한 사람과 영원히 가난한 사람의

두 무리[16]로 갈라질 때 이러한 그리스도 신자들을

에티오피아 사람들이 처벌할 것이다.[17]

또 죄과장에는 너희 왕들의 모든 악행이

적혀 있는데, 그 책을 펼쳐 볼 때

페르시아 사람들은 대체 무어라 말할 것인가?

거기에는 알베르트의 소행 가운데도 특히

프라그 왕국의 황폐함[18]이 적혀 있을 것이다.

머잖아 주님께서 그 일로 붓을 움직이시기로 되어 있다.[19]

거기에는 또 가짜 돈을 만든 그자[20]가 센강 강가에

끌어들인 재앙의 슬픔이 적혀 있을 것이다.

그자는 멧돼지의 덮침을 당하여 죽게 되어 있다.

거기엔 스코틀랜드인과 잉글랜드인을 미치게 하여

자기의 영지 안에서 사는 것만으로는 견딜 수 없게 된

그 지독한 교만[21]함이 적혀 있으리라.

거기에는 에스파냐 왕과 보헤미아 왕의[22]

나약하고 음탕한 생활이 적혀 있으리라.

---

16) 최후의 심판 때에 영원히 풍족한 사람, 즉 구원된 이는 그리스도의 오른편에, 영원히 가난한 사람, 즉 구원받지 못한 복 없는 이는 그리스도의 왼편으로 갈라진다.

17) 이런 가짜 그리스도 신자를(단테가 가짜 그리스도 신자의 예로서 인용한다) 에티오피아 인이 처벌을 하는 것이다. 페르시아 인도 그리스도 신자가 아닌 예로써 들어진 것이다.

18) 합스부르크의 황제 알베르트의 침입에 의한 프라그가 왕국의 쇠망은 1304년에 일어난다.

19) 하느님의 붓이 머잖아 죄과장에 기재하실 예정이라는 뜻.

20) 그 자는 프랑스의 필리프 일벨로 왕이다. 그는 피안드라(Fiandra)와의 전쟁에 소요되는 경비를 마련키 위해 위패를 만들어 프랑스에 재정난을 가져왔다. 1314년 11월, 왕이 탄 말이 멧돼지의 습격을 받아 말에서 떨어져 죽는다.

21) 심한 정복욕에 기갈을 느낀 교만함. 잉글랜드의 왕 에드워드 1세와 스코틀랜드의 왕 로버트의 정복욕에 굶주린 상태.

22) 에스파냐 왕은 페르디난도 4세로 그는 카스틸랴의 왕. 보헤미아 왕은 빈체슬라우스 4세.

덕을 모르고 덕을 구하지 않았던 왕들이다.

예루살렘의 치오토[23]에 대해서는, 그 선의가

I로 적혀 있는 것이 보이리라.

그와 반대되는 자는 M으로 적힐 것이다.[24]

앙키세스가 장수를 누린

불의 섬을 다스리는 왕[25]에 대해서는

탐욕과 비열이 적히리라.

그가 얼마나 옹졸한 인간이었던가를 알게 하기 위해

그의 항목에는 약자로

좁은 지면에 많은 사항이 기록되리라.

그리고 거기에는 그의 숙부와 아우[26]의 불미스러운 행실이

누구의 눈에도 분명하게끔 적혀 있을 것이다. 그들은

고귀한 문벌의 주인과 두 왕족을 샛서방으로 삼았다.

그리고 포르투갈 왕과 노르웨이 왕,[27]

거기다 베네치아의 은화를 모조하여 악명을 떨친

세르비아 왕[28]의 이름도 그걸 보면 알리라.

아아, 만약 이보다 더 악정에 시달리지만 않는다면

복된 헝가리여!

아아, 주위 산들의 방비만 튼튼하다면[29] 복된 나바르여!

---

23) 예루살렘의 절름발이란 별명의 나폴리 왕 샤를로 2세. 그는 예루살렘의 왕이기도 했다.

24) I는 하나이며 선의가 적다는 것을 나타내고, 그 반대 즉 악의는 M, 즉 천(千)으로 많다는 것을 나타낸다.

25) 불의 섬은 에트나 화산이 있는 시칠리아. 이 섬을 다스리는 왕은 페데리고 2세(황제 페데리코 2세와는 다른 인물)였다.

26) 숙부는 페데리코 2세, 아우는 아라곤 왕 자코모 2세. 이들은 마요르카와 아라곤 왕국에 치욕을 안겨 주었다.

27) 포르투갈 왕은 디오니시오 아그라콜라로 탐욕스러운 자. 노르웨이 왕은 아코네 7세.

28) 세르비아의 왕 스테판 오우로스. 그는 베네치아의 화폐 가치를 떨어뜨렸다.

29) '프랑스에 대한 방비만 튼튼하다면'이라는 뜻. 나바르의 왕 필리프가 죽자 왕비 지오반나가 아들 헨리에게 왕위를 계승시킨다. 그 뒤 그는 프랑스를 지배하고 두 나라를 합병시킨다.

그리고 이것의 보증으로서[30] 벌써 니코시아와
파마구스타는 그 짐승에 짓밟혀
울부짖고 있다. 모두 그 일을 생각해 다오,
그는 다른 짐승과 함께 거기서 한 발도 물러나려 하질 않는데."

---

30) 불행의 보증으로서. 니코시아와 파마구스타는 키프로스섬의 두 도시인데, 프랑스 출신의 '짐
승' 앙리 2세(1285~1324)의 압제에 시달렸다고 한다.

제20곡

독수리가 소리 내, 자기 눈 부분에 자리 잡은 최고위의 빛에 관해 설명한다. 영광에 빛나는 슬기로운 왕들의 혼은 다윗, 트라야누스, 히스기아, 콘스탄티누스, 시칠리아 왕 구일리엘모 2세, 그리고 리페우스 등이다. 그리스도를 신앙할 기회를 얻었을 것 같지도 않은 트로이 사람 리페우스 등의 영혼이 어떻게 해서 이 목성천에 왔는지에 대해 독수리가 설명해 준다. 그리고 하느님 뜻의 깊이를 탐지하려는 인간의 불손한 태도에 대해 경고한다.

온 누리를 고루 비추는 태양이
북반구의 지평선 너머로 떨어지고
낮의 빛이 곳곳에서 점점 사라져갈 때,
여태까지 오직 하나의 빛으로 빛나던 하늘에는
갑자기 수많은 별이 빛난다.[1]
그중에서도 하나의 별이 휘황하게 반짝인다.
세계와 그를 다스리는 자의 기치가
그 축복받은 '독수리'의 부리 안에서 침묵했을 때
이러한 천상의 움직임이 은연중 내 머릿속에 떠올랐다.
살아 있는 광명의 무리가 모두 한층 더 밝게
빛살을 뿌리며 합창을 시작했는데
그것은 기억에 남길 수 없는 오묘한 목소리였다.
아아, 웃음으로 몸을 감싸는 부드러운 '하느님'의 사랑이여,
당신은 오직 거룩한 생각 속에 숨 쉬는

---

1) 달을 포함한 모든 별빛은 태양의 반사라고 생각되고 있었다. 휘황하게 빛나는 것은 달이다.

저 피리들 속에서 그 얼마나 뜨겁게 타올라 보였는지 모른다!
여섯째 별[2]을 보니,
광채가 찬란하여 보석과 주옥을 아로새긴 듯 반짝이고 있었고
그 빛 무리의 천사와 같은 합창이 멎었을 때
나의 귀에는 푸짐하게 솟아올라
바위에서 바위로 흘러내리는
맑은 흐름과도 같은 소리가 들렸다.
비파의 가락은 목에서 소리를 내고
피리로 들어가는 바람은 구멍을 거쳐
가락으로 변화되는데,
독수리의 속삭임 같은 소리도 눈 깜짝할 사이에
허공 같은 목을 거쳐
곧 위로 올라갔다.
그리고 거기에서 소리로 변하여 그 부리 끝에서
말이 되어 밖으로 나왔는데, 들려온 것은
내가 마음속에 적었던, 기다리던 말이었다.

"현세의 독수리에게서는 햇빛의 직사를 견뎌 내고,
내게서는 사물을 보는 부분을,"[3] 독수리는 나를 향해
말하기 시작했다. "지금 눈여겨보아라.
광명이 서로 모여서 나의 이 형상을 이루고 있는데,
눈이 되어 머리에서 반짝이는 빛이야말로
가장 높은 자리에 있는 별이다.
정면에서 눈동자가 되어 빛을 발하는 자는
성신의 가인이다.[4]

---

2) 여섯째의 목성.
3) 이 부분은 눈(眼)이다.
4) 성신의 가인 다윗 왕. 〈시편〉의 저자. 그는 하느님의 궤를 가바온에서 게스에로, 게스에서
  예루살렘으로 옮겼다. 〈연옥편〉 제10곡 참조.

그는 거리에서 거리로 궤[5]를 옮겼는데,

이제야말로 제 노래의 가치를 알게 되었다.

그것은 그의 발상에[6] 의한 것이었으므로

그만큼 보상 또한 컸던 것이다.

내 눈썹의 호를 이루고 있는 다섯 중에서

부리에 가장 가까운 것이

자식 잃은 과부를 위로한 사람이다.[7]

아름다운 삶과 그 반대인 삶의[8]

체험을 거듭해 온 그는, 그리스도를 따르지 않는 데 대한

응보가 얼마나 큰 것인지를 이제는 알고 있다.

내가 말하는 호의 위쪽 눈썹 안에서

그의 옆에 있는 사람은

진실한 뉘우침으로써 죽음이 늦추어졌다.[9]

그러나 정성껏 기도해서 현세의 마지막을

오늘에서 내일로 바꾼다고 할지라도, 영겁의 심판에는

변함이 없다는 것을 그는 이제야 깨닫고 있다.

그다음 옆에 있는 사람[10]은 교황에게 '로마'를 양도하기 위해

---

5) 궤는 언약의 궤, 여호와의 궤.
6) 자기 발상의 가치에 대해서는 〈연옥편〉 제18곡 참조. 인간의 자유 의지에 대해서는 〈연옥편〉 제16곡 참조. 공덕과 보상에 대해서는 〈천국편〉 제6곡 참조.
7) 트라야누스 황제. 그의 이야기에 대해서는 〈연옥편〉 제10곡 참조.
8) 그 반대의 삶. 트라야누스는 한 번 지옥에 떨어졌었다.
9) 다윗의 자손이자 유대 왕인 히스기야가 중병을 앓고 있을 때 선지자 이사야가 나타나 죽음이 임박했음을 알린다. 그는 하느님에게 간곡히 기도하여 15년을 더 산다. 〈이사야〉 38장 1~22절 참조. 〈열왕기 하〉 20장 참조. "그때 히스기야가 병들어 죽게 되매 아모스의 아들 선지자 이사야가 저에게 나아와서 이르되, 여호와의 말씀이 너는 집을 처치하라. 네가 죽고 살지 못하리라, 하셨나이다. 히스기야가 낯을 벽으로 향하고 여호와께 기도하여 가로되, 여호와여 구하오니 내가 진실과 전심으로 주 앞에 행하며 주의 보시기에 선하게 행한 것을 기억하옵소서, 하고 심히 통곡하더라. 이사야가 성읍 가운데까지도 이르기 전에 여호와의 말씀이 저에게 임하여 가라사대, 내가 네 날을 15년을 더할 것이며……."
10) 콘스탄티누스 황제는 나(제국의 독수리 기치)와 함께 법전을 가지고 그리스의 콘스탄티노플로 천도했다. 그러나 그 좋지 못한 결과에 대해서는 〈지옥편〉 제20곡 및 제29곡 참조.

나와 함께 법전을 가지고 그리스도인이 된 사람이다.
선의에서 나온 행위였으나 결과는 좋지 못했다.
그러나 선행이 원인이 돼 나쁜 결과가 생기고, 그 때문에
세계가 파멸의 위기에 서게 된다손 치더라도
그 본인에겐 상처가 가지 않는다는 것을 그는 이제 알았다.

눈썹의 호 아래쪽에 보이는 빛은 구일리엘모[11]이다.
페데리고와 샤를[12]이 살아 있을 때 울던
그 나라[13]는 지금 그를 애도하여 슬퍼하는데,
그는 하늘이 올바른 왕을 얼마나 사랑하는가를
이제 깨닫고 있다. 그리고 그는 그것을 다시
빛나는 자기 자태로서 남에게도 보여 주고 있다.
트로이의 리페우스[14]가 이 둥근 호의
다섯째로 거룩한 빛이라는 것을
몽매한 하계 사람 중 그 누가 생각인들 했겠는가.
이제 그는, 세상 사람들이 볼 수 없는
하느님의 은총에 대해서 많은 것을 알게 되긴 했으나,
그래도 그의 시력으로는 그 심오함을 다 볼 수 없으리라."[15]

종달새는 처음에는 노래하며 하늘로 날아올라
음악 소리에 도취하여 어느덧 마음 흡족해지면
나중에는 흐뭇한 듯이 침묵해 버리는데,
영원한 희열이 새겨진 '독수리'의 모습도

---

11) 시칠리아 왕 구일리엘모 2세는 1166년부터 1189년까지 통치했다.
12) 〈천국편〉 제21곡에서 샤를 2세와 페데리고 2세는 욕을 먹고 있다.
13) 그 나라는 시칠리아를 가리킨다.
14) 리페우스는 《아이네이스》에 등장하는 인물로 베르길리우스는 그를 "트로이인 중에서 법을
   잘 지키는 가장 올바른 사람."이라 말하고 있다.
15) 하느님의 속마음은 오직 성령만이 안다는 것. 또 아퀴나스는 천사들도 자연적 인식으로는
   성총의 오묘함을 알 수 없다고 하였다.

그와 마찬가지로 입을 다물었다. '하느님'의 소망에 따라
저마다 본래의 모양으로 되돌아가는 것이다.
그리고 나의 의혹은 유리알 너머로 보이는 색채처럼
내 얼굴에 그대로 떠올라 보였으나, 그래도
나는 잠자코 때가 오길 기다릴 수가 없었다.
"이게 대체 어찌 된 일입니까?"라는 말이
그 말 자체가 가진 무게의 힘으로 내 입에서 나왔다.
그러자 그때 영혼들이 기뻐하며 반짝이는 것이 보였다.
그리고 순식간에 더욱 밝게 눈을 빛내면서
그 축복받은 표상[16]은 내 의혹을 풀어 주려고
어리둥절한 나를 향해 이렇게 대답했다.

"내가 한 말을 듣고 네가 이 일들을 믿는 줄은
알지만, 왜 그런지 까닭을 넌 아직 모른다.
즉 믿기는 하나 그 실체는 가려져 있다.
이를테면 너는 이름은 알지만 누가
그 본질을 해명해 주지 않으면
본질을 보지 못하는 사람과 마찬가지다.
하늘의 왕국은 열렬한 사랑과 간절한 소망에 의해[17]
규율을 어기는 것을 용납하는 수가 있다.
그러한 것이 하느님의 뜻에 이기는 것이다.
사람이 사람에게 이기는 것과 같은 것이 아니라,
하느님의 뜻이 지기를 원하기 때문에 이기는 것이다.
그리고 진 하느님의 뜻은 인자함에 의해서 이기는 것이다.
너는 천사가 사는 하늘나라를 장식하는 자들 중에

---

16) 축복받은 표상은 독수리.
17) 〈마태복음〉 11장 12절에 "세례 요한 때부터 지금까지 천국은 침노당하나니 침노하는 자는 빼
앗느니라."

눈썹의 첫째와 다섯째 같은 영혼[18]이
있는 것을 보고 놀라고 있다.
육체를 떠났을 때의 그들은 네 생각과는 달라서
이교도가 아니라 굳은 신앙을 가진 그리스도 신자였다.
하나는 머잖아 발이 상할 것을, 다른 하나는 상했던 것을 믿었다.[19]
이렇듯 하나는 선의가 두 번 다시 찾지 않는[20]
지옥에서 뼈를 지닌 인간이 되어 돌아왔는데,
이거야말로 간절한 소망의 덕분이다.
열렬한 소망이 하느님께 구하는 기도에
힘을 깃들인다. 그래서 영혼이 소생하고
의지가 '선의를 향해' 발동할 수 있는 것이다.
지금 이야기한 영예로운 영혼[21]은
육체로 되돌아갔으나 거기에 오래 머무르지는 않았다.
그를 구해 줄 수 있는 분[22]을 믿었기 때문이다.
그리하여 믿으면서 진실한 사랑에
세차게 불탔으므로 두 번째 죽을 적에는
이 기쁨의 나라로 오는 자격을 얻게 되었다.
또 하나의 영혼은, 사람의 눈으로는 도저히 그 태초의 물결을[23]
볼 수 없는 깊고 깊은 샘[24] 속에서
솟아오르는 은혜의 도움을 받아
하계에 있을 때 그의 사랑 모두를 정의를 위해 쏟았다.

---

18) 첫째는 트라야누스 황제, 다섯째는 리페우스.
19) 리페우스는 그리스도의 수난을 미리 알았고, 트라야누스는 이미 일어난 그리스도의 수난(속죄)에 믿음을 두었다는 것이다. 발로써 그리스도의 수난을 나타낸 것이다.
20) 트라야누스 황제는 성 그레고리우스의 열렬한 기도 덕분에 일단 소생하여 그리스도 신자로서 죽었다.
21) 트라야누스.
22) 그를 도울 수 있는 분은 그리스도이다.
23) 그리스도 이전 사람으로서 구원될 가능성이 있느냐 없느냐 하는 것이 단테를 괴롭힌 문제였으므로, 단테는 하나의 가능성을 안출해 낸 셈인 것이다.
24) 샘은 하느님의 사랑.

그 때문에 더욱 큰 은혜를 입어
하느님은 그의 눈을 우리 미래의 속죄에 대해 열어 주셨다.
그는 이렇게 해서 속죄를 믿었고, 그 후로는
이교의 썩은 냄새를 더 이상 참을 수 없어
이교를 믿는 자들을 꾸짖어 훈계했다.
세상에서 세례가 행해지기 천 년도 훨씬 전에
네가 수레의 오른쪽 바퀴[25] 가까이서 본
저 세 여인[26]이 그에게 세례의 구실이 되어 주었던 것이다.
아아, 하느님의 예정[27]이여, 태초의 모든 원인을 볼 수 없는
인간의 눈과 비교할 때 당신의 뿌리는
참으로 멀고 깊다!
그리고 너희 현세의 인간들이여, 판단을 결코 소홀하게
내리지 말도록 하라. 하느님을 뵙는 우리의 눈에도
하느님께 선택된 자들[28]의 모습이 모두 비치지는 않으리라.
그리고 하느님의 소망이 우리의 소망이 되는 이 기쁨 속에서
우리의 기쁨이 밝혀져 가는 것을 생각할 때,
이 지식의 모자람조차도 우리에겐 감미로운 위안이다."

이리하여 앞이 잘 보이지 않는 내 눈을 밝게 해 주려고
그 거룩한 모습으로부터
달콤한 약이 나에게 주어졌다.
노래 잘하는 가인 곁에서 솜씨 있는 하프 연주자가
줄을 타고 반주를 해서
노랫소리에 더욱 아름다운 매력을 첨가하듯이,
독수리가 이야기하는 동안에,

---

25) 오른쪽 바퀴는 그리프스가 끌던 수레의 오른쪽 바퀴.
26) 세 여인은 믿음, 소망, 사랑을 의미하며 지상 낙원의 수레 곁에서 이미 보았다.
27) 하느님의 예정은 운명, 숙명.
28) 선택된 자들은 천국에 올라갈 수 있는 축복받은 영혼들.

축복받은 두 빛이
마치 양쪽 눈이 동시에 깜박이듯이
독수리의 말에 맞춰 그 조그만 불꽃을 깜박이며 반짝였던 것이다.

제21곡

단테와 베아트리체는 일곱째 하늘인 토성천으로 오른다. 거기에 사다리가 걸려 있는 것이 보이지만 그 끝은 높이 뻗어 올라서 시야 밖으로 사라지고 있다. 이 토성천에는 명상 속에 일생을 보낸 사람들의 혼이 있다. 피에트로 다미아노가 다가와서 단테의 질문에 대답하고, 하느님의 예정인 교리에 관해 설명해 준다. 피에트로는 묵상가(默想家)로서의 자기 생애를 이야기하고 요즘 세상 성직자들의 타락적인 생활을 비난 공격한다.

벌써 내 두 눈은 그녀의 얼굴 쪽으로 다시금 향하고
눈도 마음도 그 표정에 집중되었는데, 그때
다른 잡념은 일체 사라졌다.

그러자 그녀가 "만약에 내가 웃으면," 하고 나를 보고 웃지도 않고
말하기 시작했다. "만약에 내가 웃으면 그자는
재로 변했을 때의 세멜레처럼 될 것입니다.[1]
그래도 보다시피 나는 영원한 집의 층계를
더욱 높이 올라갈수록
한층 더 아름답게 불타오릅니다.
만약 조심하지 않으면 그 빛살에 맞아
그대의 인간적인 힘은
벼락 맞은 나무처럼 되어 버릴 거예요.

---

1) 세멜레는 카드모스의 딸로 제우스를 사랑했다. 노한 제우스의 아내 유노의 꾐에 빠져 휘황하게 빛나는 제우스를 정면에서 똑바로 바라보았기 때문에 타서 재가 되고 말았다.

우리는 일곱째 빛²⁾ 속에 올라왔어요.
이 별은 불타는 사자자리의 가슴 아래서³⁾
그 힘과 섞이면서 지금 하계를 비추고 있습니다.
머리를 그대 눈 뒤에 놓으세요.
눈을 거울삼아 이 '별이라는' 거울에
비친 모습을 똑똑히 보세요."

내가 주의를 딴 데 돌리려 했을 때
그녀의 복된 표정이 나에게 있어 얼마나 근사한
눈의 기쁨이었던지 그걸 아는 이에게는,
이 천상 안내자의 명령에 따르는 기쁨이
어느 정도의 것이었는지
두 가지를 비교하여 짐작할 수 있으리라.

그 치세 아래서 모든 사악함이 죽어 없어진
저 고귀한 지도자의 이름⁴⁾을 딴,
세계를 돌고 있는 이 수정 속에
눈부신 황금빛 사다리⁵⁾가
내 눈이 미치지 못하는 까마득한 위쪽으로
뻗어 있는 것이 보였다.
광명이 그 층계를 따라 내려오는 것이 보였는데,
천상의 모든 별이 하늘에서 그리로
집중되었나 여겨질 만큼 그 수가 많았다.

---

2) 일곱째의 빛은 토성이다. 당시의 토성은 사자자리와 어울려 나오는 빛으로 세상을 비추었다고
한다.
3) 1300년 봄에 토성은 사자자리에 있었다.
4) 그 고귀한 지도자의 이름은 황금시대를 통치하던 왕 사투르누스이다.
5) 수정은 토성을 가리킨다. 사다리에 대해서는 〈창세기〉 28장 12절에 보면 "꿈에 본즉, 사다리
가 땅 위에 섰는데 그 꼭대기가 하늘에 닿았고, 또 본즉, 하느님의 사자가 그 위에서 오르락내
리락하고……"로 되어 있다.

그리고 자연적인 습관이지만,
까마귀들이 새벽녘에 언 날개를 녹이려고
떼 지어 날면서
어떤 것은 날아간 채 돌아오지 않고
어떤 것은 제자리로 되돌아오고
어떤 것은 맴돌면서 같은 지점에 머무르듯이,
떼 지어 내려온 광명의 무리도
얼마쯤 내려오다가 부딪치자
그곳에서 마치 까마귀 같은 움직임을 시작하는 것이었다.

우리에게 제일 가까이 있던 빛이
찬란하게 빛났을 때 나는 속으로 혼자 뇌었다.
"당신이 내게 보내는 사랑의 빛은 잘 보이지만
내가 말하는 것도, 입을 다무는 것도, '언제'도, '어떻게'도,
그것을 임의로 결정할 분이 멈춰 계시는 이상,
내가 깊이 소망하더라도 질문은 하지 않는 게 좋으리라."
그러자 여인은 만물을 두루 살피시는 분[6]의 눈으로
내가 입을 다물고 있는 이유를 알자 나에게 말하였다.
"그대의 간절한 염원을 풀도록 하세요."

그래서 내가 입을 열었다. "당신[7]의 설명을 바랄 만한
가치도 없는 나이지만
내게 질문을 허락하신 분을 보아 '대답해 주오'.
아아, 복된 목숨이여, 당신은 기쁨의 '빛' 안에
숨어 있으면서 어찌하여 이렇듯 내 가까이
왔소, 그 까닭을 알려 주오.
그리고 또 말해 주오, 천국의 감미로운 교향악은

---

6) 만물을 두루 살피시는 분은 하느님이다.
7) 피에트로 다미아노의 영혼.

왜 이 천구에선 침묵하고 있는 건지? 그 음악 소리가
저 아래 다른 천구에서는 참으로 경건하게 울려 퍼졌었는데?"

"그대의 청력은 그대의 시력과 마찬가지로 현세 인간의 것이다."[8]
그가 대답했다. "그러므로 베아트리체가
웃지 않았던 것과 같은 이유로 지금 여기서 노래 부르기를 삼가고 있다.
나는 거룩한 사다리를 타고 여기까지 내려왔다.
나를 외투처럼 감싸고 있는 빛과 나의 말로
그대를 기쁘게 하기 위해서이다.
나는 서둘러 왔다. 내 사랑이 월등하기 때문이 아니라,
불꽃의 타오름을 보아 그대도 짐작이 가겠지만,
저 위에서는 나와 같거나 아니면 나보다 더한 사랑이 불타고 있다.
오직 우리는 거룩한 사랑을 좇아 세계를 다스리는 섭리에
종으로서 즉시 복종하기로 했다. 그래서
그대도 보시다시피 우리는 여기에 배치된 것이다."

"아아, 거룩한 등불이여." 내가 말했다. "이 궁전에서는
자유로운 사랑만 있으면 그것으로 충분히 영겁의 섭리에
따를 수 있다는 것을 알겠소.
그러나 내가 이해하기 어려운 점은
왜 당신의 동행들 가운데서 당신만이
이 소임에 배치되었는가 하는 점이오."

끝말을 내가 채 마치기도 전에
그 빛은 자기의 중심을 굴대 삼아

---

8) 이야기하는 이는 피에트로 다미아노(1007~1072)의 영혼이다. 그는 라벤나에서 태어나 부모들
로부터 버림을 받아 고난을 겪었으며, 형 다미아노 밑에서 자라나 1058년에 오스티아의 대주
교가 되었다. 학자로서, 또 당시 성직자들의 부패한 생활의 탄핵자로서 알려져 있다. 교회 박
사라고도 불렸다 한다.

재빠르게 맷돌처럼 돌기 시작했다.[9]

그리고 그 안에 있던 사랑이 대답했다.

"나를 에워싸고 있는 빛을 뚫고

하느님의 빛이 지금 내 위에 와 있다.

그 힘이 내 시력과 합하여

나를 내 위로 끌어올린다. 그러므로

하느님 빛의 근원이 되는 지상의 본질이 내 눈에 보인다.

그래서 희열의 정이 솟아나 나는 불타오르는 것이지만,

하느님이 내 눈에 환하게 비치듯이

나도 내 불꽃을 환하게 불태우고 있는 것이다.

그러나 천상에서 제일 밝게 빛나는 영혼[10]이라도,

하느님 안에 눈길을 끌고 있는 저 세라피니[11]라도,

그대 질문에 흡족한 대답은 하지 못하리라.

그대가 질문한 것은 영원한 법칙의

깊고 깊은 곳에 들어 있으므로

'하느님으로부터' 만들어진 것의 눈으로는 볼 수가 없다.

그대가 현세로 돌아가거든

이것을 알리고, 이런 목표를 향하여

감히 발을 내딛지 않도록 사람들에게 경고하도록 하라.

여기서는 찬란하게 빛나는 두뇌도 지상에서는 흐려진다.

그렇다면 이 하늘에 들어와서도 풀 수 없는 것을

어떻게 하계에서 풀 수 있겠는가 한번 생각해 보라."

그의 말이 이렇게 나에게 나의 분수를 제시했으므로,

나는 더 이상 묻기를 그만두고 공손하게

---

9) 〈천국편〉 제12곡에도 맷돌의 비유가 있다. 그 안에 있던 사람은 회전하는 빛 속의 자비에 불
   타는 영혼.
10) 축복받은 영혼. 따라서 더 밝게 보인다.
11) 세라피니는 천사 9계급 중 상위계급 천사. 〈천국편〉 27곡 참고.

그가 누구인가를 묻는 데 그쳤다.

"이탈리아의 남북 해안 사이, 그대 고향에서

그리 멀지 않은 곳에 바위산이 하늘 높이 솟아 있다.

천둥소리가 저 밑에서 들릴 만큼 높은 산이다.

그것이 우뚝 봉우리를 이루는 곳은 까트리아[12]라 불리고,

그 기슭에 오직 예배만을 위한

수도원이 하나 세워져 있다."[13]

이렇게 그는 세 번째 말을 나에게 시작했다.[14]

그리고 말을 이었다. "거기서

나는 오로지 하느님께 종사하며

묵상의 생활[15]에 만족하였고,

오직 올리브의 즙만을 마시면서

더위도 추위도 아랑곳없이 경쾌하게 세월을 보냈다.

그 수도원은 옛날엔 하늘을 위해 잇따라 풍성한

열매를 맺었다. 그러나 이제는 허무하게 변해 버렸다.

머잖아 그 실체가 드러나리라.

나는 거기에 있을 때는 피에트로 다미아노라고 불렸고,

아드리아 바닷가 성모의 집에 있을 때는

죄인 피에트로[16]라 불렸다.

내 생명이 얼마 남지 않았을 때 불러서

나는 모자를 쓰게 되었다.

남의 손에 넘어갈 때마다 차례차례

---

12) 까트리아 산은 높이 1700m, 피렌체에서 120㎞ 거리에 있다.

13) 수도원은 폰테 아벨라나의 성 십자가 수도원.

14) 피에트로 다미아노는 첫 번째, 두 번째의 이야기를 하고, 지금 세 번째 이야기를 시작한 셈이다.

15) 화성천에서는 순교의 상징인 십자가를, 목성천에서는 제국의 상징인 독수리를, 토성천에서는 묵상으로 승천하는 황금 사다리를 소개한다.

16) 죄인 피에트로는 성 베드로를 말한다. 그는 평생 자기를 들어 말할 때 이같이 말했다고 한다. 여기에서 다미아노를 베드로의 영상과 일치시키고 있다.

나쁜 자의 머리에 얹히는 그 모자를.[17]
게바(베드로)도, 성신의 위대한 그릇(바울)도[18]
바싹 야윈 몸에 맨발로, 주막마다 끼니를 얻어먹으면서
길을 가고 있었다.
그러나 요즈음 성직자들은
좌우에서 부축하고, 앞에선 손을 이끌고,
뒤에서는 옷자락을 들어줘야 할 만큼 뚱뚱하게 살이 쪘다.
그들은 저희의 외투로 말까지 덮고 있으므로
한 장의 모포 밑에서 두 마리의 짐승이 가고 있는 셈이다.
"아아, 이 부패와 타락을 참으시는 '하느님'의 인내여!"
이 소리를 듣자 많은 불꽃들이 내려와
층층이 맴도는 것이 보였다.
돌 때마다 아름다움이 더해 갔다.
그들은 이 광명[19] 둘레에 모여 멈춰 서서
소리 높이 외쳤는데, 그 외침 소리에
비할 만한 것이 현세엔 없었기에
그 뜻도 모르면서 난 그 외침 소리에 기가 죽고 말았다.

---

17) 추기경의 모자.
18) 〈요한복음〉 1장 42절에 '게바(베드로)'라는 호칭이 나와 있다. '성신의 위대한 그릇(바울)'이라
   는 호칭은 〈지옥편〉 제2곡에도 나와 있다.
19) 피에트로 다미아노의 빛이다.

제22곡

기가 죽어 어리둥절해 있는 단테를 베아트리체가 어머니처럼 격려해 준다. 토성천에는 그 밖에도 수많은 경건한 사람들의 영혼이 보인다. 성인 베네딕투스가 신상 이야기를 한다. 카시노산에 수도원을 세운 이 성인은 요즈음 수도원 생활의 부패와 타락을 비난한다. 이어서 단테는 베아트리체의 안내로 사다리를 올라 여덟째 하늘인 항성천의 쌍자궁 안으로 들어간다. 쌍자궁(쌍둥이자리)은 자기 별 아래서 태어난 단테에게 시적 재능을 부여한 성좌이다. 단테는 거기서 자기가 거쳐 온 일곱 천구며, 그 저쪽 멀리 조그맣게 보이는 처량한 지구를 본다.

기가 눌려 어리둥절한 나는,
걸핏하면 어머니에게 매달리는[1]
어린애같이 길잡이인 그녀를 돌아보았다.
그러자 그녀는 파랗게 질려서 숨도 제대로 못 쉬는 아이에게
곧 위로를 해서 힘을 북돋아 주는
인자로운 어머니처럼
나에게 말했다. "그대는 하늘에 있다는 것을 잊었습니까?
천상에선 모든 것이 거룩하므로 이제 일어난 것이
선의와 열의에서 나온 것임을 모르겠습니까?
만약 노랫소리와 내 웃음소리가 들렸더라면[2] 그대가 얼마나
충격을 받았을 것인가를 이제 그대도 알았을 거예요.
외침 소리 하나만으로도 그대는 정신이 아찔해져 버렸으니까요.
만약 그 외침 소리에 포함된 기도의 구절을 그대가 알아챘더라면,

---

1) 〈연옥편〉 제32곡에도 비슷한 비유가 있다.
2) 목성천에서는 영혼의 합창 소리도 들리지 않았고, 베아트리체도 웃지 않았다.

그대가 죽기 전에 반드시 보게 될

하느님의 복수[3]가 무엇인지, 그대에게 이해가 갔을 거예요.

하늘의 검(劒)이 판정을 내리는 시기는 늦지도

이르지도 않습니다. 다만 이를 기다리는 자에겐 늦고

이를 두려워하는 자에겐 이르게 느껴질 뿐입니다.

그러나 지금은 다른 영혼 쪽으로 얼굴을 돌리세요.

내가 말하는 대로 눈을 돌리면

훌륭한 분들의 혼이 그대 눈에도 보일 거예요."

시키는 대로 눈을 돌렸더니,

휘황한 빛으로 서로 아름다움을 더해 주는

백이 넘는 광명이 내 눈에 비쳤다.

혹시나 지나칠까 두려워한 나머지

감히 묻지를 못하고 호기심을

속으로 삼키는 사람처럼 나는 우뚝 서 있었다.

그러자 그 진주 중에서 제일 크고

가장 빛나는 진주[4]가

나의 소원을 풀어 주려고 앞으로 나왔다.

그 속에서 목소리가 들렸다. "우리들 속에 타오르는 사랑을,

만약 네가 나처럼 볼 수 있었다면

---

3) 이 복수가 정확하게 무엇을 가리키는지는 모른다. 단테가 하느님의 정의 실현을 기대하고 한 표현일 것이라고 한다.

4) 성 베네딕투스(Benedictus, 480~543)이다. 그는 움브리아 지방에서 태어나 494년부터 수비아코 산의 동굴 속에서 살았다. 성인의 이름이 세상에 알려지자 510년 비코바로의 수도원장으로 임명됐으나, 엄격한 계율을 시행했기 때문에 그를 독살하려는 음모마저 있었다고 한다. 《신곡》에서 그의 위치는 최고의 하늘인 정화천에서 세례 요한 곁 성모 마리아 앞에 앉아 있다. 그는 528년 몬테 카시노로 가서 이교인 아폴로 숭배의 신전을 헐고 그리스도 교회를 세워 부근 주민들을 개종시켰다. 베네딕트회가 거기서부터 일어났으며, 이후 몬테 카시노는 서방에서 제일 큰 수도원이 되었다. 이곳은 나폴리와 로마의 중간에 위치하는 전략적 요새지였기 때문에 제2차 세계대전의 격전지가 되어 심한 피해를 보았다.

너는 거리낌 없이 네 생각을 말했으리라.
네가 기다리느라 높은 목적지에 이르는 것이 늦어져서는
안 되므로, 네가 궁금해하는 점만을
대답하기로 하겠다.
중턱에 수도원이 있는 저 카시노산은
예전에 속고 미망에 사로잡혔던 사람들이
봉우리에 자주 오르내리던 산이었다.
내가 처음으로 우리를 이토록 높여 주는 진리를
지상에 전해 주신 분의 이름⁵⁾을
저 봉우리에다 모셨던 것이다.
내 위엔 넘칠 만큼 성총이 빛나고 있었으므로
세계를 홀린 불경한 '우상' 숭배로부터
부근의 마을 '사람들'을 건져 낼 수가 있었다.
여기 늘어선 다른 광명은 모두 묵상을 일삼고 있는
사람들이다. 거룩한 꽃과 열매⁶⁾를
맺게 하는 저 '사랑의' 열정에 불타오른 사람들이다.
여기 있는 이는 마카리우스,⁷⁾ 여기 있는 이는 로무알두스,
또 여기 있는 이는 수도원 밖으로 나가지 않고
마음을 경건하게 가졌던 내 회의 형제들이다."

그래서 내가 말했다. "당신이 나와 이야기하시며
나타내시는 온정과 여러분의 광명 속에
보이고 또 볼 수 있는 어지신 모습이,
마치 햇빛을 담뿍 받은 장미가

---

5) 그리스도이다. 그리스도교를 그가 처음으로 카시노에 전파했다는 의미.
6) 거룩한 꽃은 묵상, 거룩한 과일은 행동의 성과를 뜻한다.
7) 은둔 성자 마카리우스는 404년에 죽은 사원주의(寺院主義)를 제창한 알렉산드리아 사람. 나
   일강과 홍해 사이의 사막에서 살았다고 전해짐. 로모알도는 라벤나에서 태어나 1027년에 죽
   었다. 까말돌리 수도원의 창설자이다. 수도원은 이 파의 것이다.

한껏 활짝 피어나는 것처럼
내 마음속의 믿음을 더해 주셨습니다.
그래서 청이 있습니다. 아버지 같은 이여, 가르쳐 주십시오,
당신의 모습을 똑똑히 볼 수 있는
은혜를 나 같은 사람도 받을 수가 있겠습니까?"

그러자 그가 대답하기를, "형제여, 그대의 높은 소망은
마지막 천구[8]에서 이루어지리라.
거기서는 다른 이의 소원도 내 소원도 채워질 것이다.
거기서는 모든 소원이 무르익어 완전무결한 것이 된다.
그 천구에서는 다른 곳과는 달리
모든 부분이 원래 있던 자리를 차지한다.
그곳은 장소가 한정되어 있지 않고 또 축도 없는데,[9]
우리의 이 사다리는 그 천구에까지 닿아 있으나
어느 지점부터 끝은 그대 눈에 보이지 않는다.
성조 야곱은 그곳까지[10]
사다리 끝이 뻗친 것을 꿈에 보았다.
그때 사다리에는 천사들이 떼 지어 있는 것이 보이더라고 했다.
그러나 그 사다리를 오르기 위해 지상에서 발을 떼는 이가
요즘은 아무도 없다. 그러므로 나의 계율은
종이만 낭비한 채 먼지를 쓰고 있다.
벽으로 둘러싸인 옛 수도원은
지금은 '도둑'들의 소굴이 되었고,[11] 두건은
썩은 가루가 가득 찬 자루로 변해 버렸다.

---

8) 지고천, 즉 정화천이다.
9) 아래 천구와 달리 의지하여 돌 수 있는 기둥, 즉 축이 없다는 것. 정화천은 부동이다.
10) 〈천국편〉 제21곡 〈주〉 5번 참조.
11) 〈예레미야〉 7장 11절에 "내 이름으로 일컬음을 받는 이 집이 너희 눈에는 도둑의 소굴로 보
    이느냐……."라고 되어 있다.

수도자의 마음을 이토록 홀리는 이 과일[12]에 비하면
세상의 부당한 고리 대금업[13]도
하느님의 뜻에 위배된다고는 말 못 할 정도이다.
무릇 교회가 간수하는 재물은 모두
하느님의 이름으로 물건을 청하는 '가난한' 사람들의 것이지,
성직자의 친척이나 그 밖의 추잡한 자들의 것이 아니다.
인간의 육체란 유혹이 많은 것이므로
지상에서는 선행을 시작하더라도 떡갈나무가 싹을 터서
도토리가 열기까지만큼이나 지탱하기가 어렵다.
베드로는 금도 은도 없이 '전도'를 시작했고,[14]
나는 설교와 단식으로, 프란체스코는
겸손하게 평민과 어울림으로써 일을 시작했다.
이러한 교단 하나하나의 기원을 보고
그것이 어디로 어떻게 탈선했는지를 살펴보면,
흰 것이 검게 된 경위를 알 수 있다.
주님의 뜻대로 요단강 물[15]이 거꾸로 거슬러 흐르고
홍해의 물이 갈라졌음과 비교한다면,
여기엔 아직도 구원의 여지가 있다."
이렇게 내게 말하고 그는 자기 동료들한테로 돌아갔다.
그 무리는 더욱 작게 서로 몰리더니
회오리바람처럼 위쪽 하늘을 향해 올라가 버렸다.
상냥한 그녀는 나를 그들 뒤로 떠밀었다.

---

12) 교회에서 얻는 수입.
13) 지옥에 떨어진 고리 대금업자에 관해서는 〈지옥편〉 제11곡 참조.
14) 성 베드로 〈사도행전〉 3장 6절에서 "은과 금은 내게 없거니와 나에게 있는 것으로 네게 주노니 곧 나사렛 예수 그리스도의 이름으로 걸으라 하고 오른손을 잡아 일으키니 발과 발목이 곧 힘을 얻고……."라고 하였다.
15) 이스라엘 백성이 '언약의 궤'를 메고 요단강을 건널 때 강물이 멈춰 쉽게 건넜다. 이러한 기적을 이룬 하느님께서 당시 타락한 수도자들을 구원해 주신다면 그러한 기적을 행한 것이 덜 이상해질 것. 즉 수도자들의 타락은 치유 불가능하다는 것이다.

그리고 저 사다리를 오르라 눈짓했을 뿐인데,
여인의 힘이 전해져서 나는 중력에 이길 수가 있었다.
나의 이 비상에 견줄 수 있을 만한
빠른 움직임은, 자연의 법칙에 따라
오르내리는 이 지상에서는 일찍이 예가 없었다.

아아, 그 거룩한 승리의 나라로 다시 돌아가고 싶어라.
그 천국을 구하며, 나는 자주 죄를 뉘우쳐 울면서
이 가슴을 친다. 독자여, 그 소망을 두고 내 말하지만,
그대가 불 속에 손가락을 갑자기 집어넣었다 빼는 그 찰나에,
내가 금우궁(황소자리) 다음 성좌¹⁶⁾를 보자마자
벌써 그리로 들어갔던 것이다.
아아, 영광에 찬 별들이여, 아아, 위대한 힘을 잉태한 빛이여,
나의 시적 재능¹⁷⁾은, 그것이 어떤 것이든 간에
모두가 그대들 빛에서 유래하는 것이다.
내가 처음으로 토스카나의 공기를 마셨을 적에도¹⁸⁾
생명 있는 것의 아버지인 태양은
그대들과 함께 나고 그대들과 함께 졌다.
그리고 뒤에 그대들의 저 높은 하늘에 오르도록¹⁹⁾
하느님의 은총이 내게 부여되었을 적에도
나는 그대들의 영역으로 배치되어 있었다.
지금 내 영혼은 영혼의 힘을 송두리째 빼앗는
이 난관을 돌파할 수 있는 힘을 얻으려고
그대들의 도움을 경건하게 청하고 있다.

---

16) 쌍자궁(쌍둥이자리).
17) 단테는 태양이 쌍둥이자리에 있을 때 탄생했다. 그의 시적 재능은 그로부터 비롯되었다는 것.
18) 단테의 생일은 이 기록으로 거슬러 계산하면 1265년의 5월 18일과 6월 17일 사이가 된다.
19) '그대들의 저 높은 하늘'은 항성천이다.

"그대는 마지막의 지복 바로 가까이에 왔습니다."
베아트리체가 말을 시작했다. "그러므로 그대는
눈을 날카롭게 빛내지 않으면 안 됩니다.
그대가 더 깊이 들어가기 전에
아래를 내려다보세요. 얼마나 많은 세계가
그대 발아래 놓여 있는가를 알 수 있을 거예요.
그대의 마음이, 환희의 빛을
밖으로 나타내 보이면, 승리의 무리[20]가 기꺼이
정기의 경계를 건너 그대를 맞으러 올 것입니다."

나는 눈을 돌려 일곱 천구[21] 저 멀리
이 지구를 보았는데, 너무나도 작고
보잘것없는 그 모양에 저절로 웃음이 나왔다.
지구 따위는 보잘것없다는 견해가 옳다고
나는 생각되었다. 지상 이외의 것을 생각하는 이야말로
참으로 옳은 사람이라 부를 수 있으리라.
라토나의 딸[22]이 불타고 있었으나,
전에 달은 겉이 고르지 못하다고 내게 믿게 했던
그 반점은 보이지 않았다.
히페리온이여, 거기서는 그대의 아들[23]을
똑똑히 볼 수가 있었다. 그리고 그 주위를
마이아와 디오네여, 그대들의 아이들이[24] 돌고 있었다.

---

20) 승리한 천사의 무리.
21) 단테가 지금까지 거쳐 온 일곱 하늘.
22) 라토나의 딸은 다이애나(달)이다. 단테는 달의 이면을 보고 거기 반점이 없는 데에 놀라는 것이다. 20세기 후반에 《신곡》을 읽고 있는 독자는 로켓에 의한 우주 개발과의 연상 없이는 〈천국편〉을 읽지 못하리라.
23) 히페리온의 아들은 태양이다.
24) 마이아와 디오네의 자식이란 수성과 금성을 가리킨다.

이어서 제 아비와 제 자식 사이에 들어가[25]
자리를 잡고 있는 목성이 보였는데, 거기서는
별의 위치 변동을 분명히 알 수 있고,
일곱 개의 별은 모두
크기도 속도도
각자의 위치도 명백히 표시되었다.
영원한 쌍자궁의 별들과 함께 내가 하늘을 도는 사이에
산맥에서 강어귀까지의 모든 것이 보였는데,[26] 그중에서
저 좁은 탈곡장이 우리들 인간을 그토록 광포하게 만드는 것이다.
나는 곧 아름다운 눈 쪽으로 눈을 돌렸다.

---

25) 자기 아버지인 추운 토성과 자기 아들인 더운 화성 사이에서 추위와 더위를 조절하고 있는 것이 목성이다.

26) 단테 시대에는 지구의 북반구에만 이 육지가 있고, 남반구는 바다로 덮여 있다고 생각했다. 여기서 산맥에서 강어귀까지의 모든 것이란 사람이 살 수 있는 북반구 세계를 가리키고 있다. 그리고 천국에서도 현세의 다툼을 잊지 못하고 있는 단테에 대해 크로체는 다음과 같은 논평을 하고 있다. "세계로부터의 도피, 하느님에로의 절대적인 귀의, 금욕주의 등은 단테의 정신에 있어 매우 이질적인 것이므로 〈천국편〉 안에 이런 것은 보이지 않는다. 단테는 세상 으로부터 도피하려 하지 않는다. 그는 세상에 교훈을 내리고, 세상을 바로 잡고, 또 세상을 개혁하려고 천상의 지복에 대해 언급한다. 물론 천상의 지복의 아름다움과 기쁨도 느꼈지만 그에 못지않게 현세의 일과 그 사업, 그 정열도 뼈저리게 느꼈던 것이다. 단테는 인간적인 세 상에서 신적인 세상으로 옮겨지는 데 대한 경이를 지고천에 와서 말했을 때도 결코 피렌체 를 잊지 않았다……. 하늘과 땅이라는 두 개의 세계가 공공연한 대조 가운데 표시되었을 때 도 신적인 것이 인간적인 것에 이겨서 그것을 철저히 내몰아 버렸다고는 아무리 주의해 보아 도 자신 있게 말할 수가 없다(《단테의 시》)."

제23곡

자오선 쪽을 베아트리체가 주시하자 그리스도가 개선의 군사를 이끌고 나타난다. 그 휘황한 빛에 단테는 황홀한 상태에 빠진다. 그가 무아의 경지에 있는 사이에 그리스도는 지고천(정화천)으로 오른다. 베아트리체의 격려를 받으며, 단테는 마리아의 광명을 본다. 천사 가브리엘의 빛이 성모에게 관을 씌운다. 빛의 무리가 마리아의 이름을 찬송하는 사이에 마리아도 아들의 뒤를 따라 승천한다. 성 베드로를 위시한 다른 축복받은 혼들은 이 항성천에 머무른다.

만물이 자취를 감추는 밤 동안[1]
정든 나뭇잎 사이에서
어미새는 새끼와 함께 둥지에 들어 있지만,
새벽이 다가오면 나뭇가지에 앉아
불타는 듯한 자애로운 정을 품고 해돋이를 기다리며
먼동이 터오는 것을 주의 깊게 바라본다.
귀여운 새끼들의 모습을 보고
그들에게 먹이를 물어다 주려 하기 때문인데,
새끼들을 생각하면 괴로운 노고도 낙이 된다.

그 어미새처럼 그녀는 고개를 쳐들고
태양이 거기에 이르자 햇발이 더디게 보이는[2]
쪽을 찬찬히 바라보았다.

---

1) 어미새의 새끼에 대한 애정이 베아트리체의 단테에 대한 동정심의 비유로써 능란하게 씌어져 있다. 단테는 "자연 현상을 마치 자신의 협력자, 심정의 전달자처럼 만들고 있다."(F. 펠레그리니)
2) 태양은 지평선에 가까울 때는 햇발이 빨라 보이고, 자오선에 가까울 때는 더디게 보인다.

기대에 마음이 두근거리고 있는 그녀를 본 나는

바라는 것을 아직 얻기도 전에

희망으로 벌써 마음이 흐뭇해지는 것이었다.

이렇게 내가 기다린 것과

하늘이 순식간에 환해져 보인 것은

거의 같은 순간의 일이었다.

그러자 베아트리체가 말했다. "보세요, 그리스도의

개선 군사가 왔습니다. 천구의 회전이

거둔 수많은 전리품과 함께 오고 있어요."[3]

여인의 얼굴은 온통 휘황하게 빛났고,

그 눈에는, 나로서는 말할 수조차 없을 만큼

희열의 정이 가득 넘쳤다.[4]

맑게 갠 보름밤

하늘 구석구석을 물들이는

영원한 천사들[5] 사이에서 달이 미소 짓듯이

몇천의 광명 위에 태양[6]이 하나 빛나는 것이 보였는데,

태양이 천상의 별에 불을 켜 주듯이

그 해님이 몇천의 광명에다 모두 불을 켜 주고 있었다.

그리고 주변의 살아있는 빛을 통하여

더없이 선명한 그 본체의 빛이 내 눈에 보였으나,

너무나 눈이 부셔서 나는 이겨낼 수가 없었다.

아아, 베아트리체, 상냥스럽고 정다운 나의 길잡이여!

---

3) 로마 군대는 전장으로부터 개선할 때 적군으로부터 빼앗은 수많은 전리품을 수레 앞에 싣고 행진했는데, 천구의 영향을 받아 이 천상에 오른 자가 천구의 회전이 거둔 전리품에 해당하는 셈이다.

4) 베아트리체의 기쁨이 더해 갈수록 그 눈은 빛을 발한다. 그 화사하고 뛰어난 모습은 필설로 다할 수가 없다는 뜻이다.

5) 영원한 천사는 별이다.

6) 이 빛나는 태양은 그리스도.

그녀가 나에게 이렇게 말했다. "그대를 압도하는 저 힘은
무엇으로도 막아 낼 수 없는 힘입니다.
오랫동안 사람들이 애타게 기다리던
저 하늘과 땅 사이의 길을 열어준
지혜와 힘은 저 안에 있습니다."[7]

벼락의 힘이 구름 속에 갇혀 있을 수 없을 만큼
팽창하면 구름을 뚫고
본성에 거슬러 지상을 향해 떨어져 내려오는데,[8]
내 정신도 이 향연[9] 안에서
점점 더 커져서 두뇌 밖으로 넘쳐 나왔다.
그러므로 이제는 무엇이 있었던지조차 기억할 수가 없다.

"눈을 뜨고 내 모습을 보세요.
그대는 여러 가지를 보았기 때문에 이젠
내 미소를 견딜 만큼 눈이 강해졌을 거예요."[10]
나는 마치 꿈에서 깨어나서[11]
사라져 버린 꿈을
헛되이 좇는 이 같은 심정이었는데,
그때 이 말을 들었던 것이다.
과거를 기록하는 책에 특필하여 마땅한
고마운 말이었다.
서정시의 여신과 그 자매들이, 달고 진한 젖으로 길러낸

---

7) 〈요한복음〉 14장 6절에 "예수께서 가라사대, 내가 곧 길이요 진리요 생명이니……."라는 표현
   이 있다.
8) 불의 본성은 위로 향하는 것으로 생각하고 있었다.
9) 향연은 음식물 일체를 말한다.
10) 목성천에서부터 위에서는 베아트리체가 웃지 않았다. 웃음이 발하는 빛을 단테의 눈이 이겨
    내지 못했으므로 삼갔던 것이다.
11) 복잡한 심리 상태를 간결하고 힘차게 표현한 한 예라고 할 수 있을 것이다.

풍만한 목소리의 소유자들이, 지금 여기서 나를 도와

설사 모두 목청을 합하여

이 거룩한 웃음과 미소로 더욱 선명해진

그녀의 모습을 찬송했다 할지라도

내가 부르고 싶은 참다운 노래의 천분의 일에도 못 미쳤으리라.

그렇기 때문에 이 신성한 시는

천국을 그림에 있어, 끊어진 길을 가는 이같이

중간중간 뛰어서 가지 않을 수가 없는 것이다.[12]

그러나 주제가 지니는 무게와

그것을 지탱하는 인간의 어깨를 생각한다면

이 주제 아래서 어깨가 흔들리더라도 나무랄 수는 없으리라.

이 과감한 뱃머리가 파도를 헤치고 나아가는 뱃길은

몸을 아끼는 사공이나

작은 배[13]가 나가는 그런 항로가 아니다.

"어찌하여 그대는 내 얼굴에 넋을 잃고,

그리스도의 빛 아래서 꽃피는

아름다운 정원으로는 눈을 돌리려 하지도 않습니까?

그 정원에는 그 안에서 하느님의 말씀이 살로 된

장미꽃[14]과 그 향기에 의해 사람들이 옳은 길로 들어선

백합[15]들이 가득 피어 있습니다."

나는 순순히 베아트리체의 말을 따라

아까 나의 약한 눈이 져 버린[16] 싸움터로

---

12) 신성한 시 《신곡》의 천국 묘사는 망라적(網羅的)이 못 된다는 것이다.
13) 〈천국편〉 2곡의 서두에 나오는 경고, "오오, 그대들 작은 배 안에 있는 이들이여…… 그대들의 기슭을 향해 돌아가도록 하라."가 상기된다.
14) 장미꽃은 하느님의 말씀이 살로 변한 그리스도를 낳은 마리아를 가리킨다.
15) 백합꽃들은 그리스도의 사도들을 가리킨다.
16) 그리스도의 빛을 보는 눈이 아찔해진 것을 가리킨다. 그리고 그사이에 그리스도는 또 지고

다시금 시선을 옮겼다.

구름 사이로 햇살이 쨍쨍 내리퍼붓는 꽃밭을

그늘 속에서

바라본 적이 있었는데,

그와 마찬가지로 빛을 발하는 근원[17]은 안 보이지만

위에서 쏟아져 빛을 받고 타오르는

수많은 광명의 무리[18]가 내 눈에 비쳤다.

아아, 저들에게 이처럼 빛을 쏟으시는 자비로운 하느님의 힘이여!

내 시력의 약함을 염려하시어

당신은 그 자리를 내게 양보하시고 더 높은 하늘로 오르셨다.

아침저녁 내가 그 이름을 부르며 기도하는 아름다운 꽃[19] 이름이

나의 주의력을 그쪽으로 이끌어, 내 눈은

무리 중에서 제일 큰 빛 쪽으로 향했다.

지상에서도 다른 자를 능가했듯이, 천상에서도 다른 자를 능가하는[20]

생기에 가득 찬 별빛의 바탕과 크기가

역력히 내 두 눈에 비쳤다. 그때

천상에서 관(冠) 모양을 한

횃불[21] 하나가 내려오더니

그 별을 둘러싸고 천천히 맴돌았다.

이 지상에서 들을 수 있는 선율이

제아무리 넋을 뺄 만큼 감미롭다고 할지라도

천으로 오른 것이다.

17) 빛을 발하는 근원은 그리스도이다.

18) 광명의 무리는 사도들. 즉 백합들이 발하는 빛.

19) 그 면에 나와 있는 장미꽃 이름, 즉 마리아이다. 그리고 마리아는 아침 별, 샛별이라고도 불린다.

20) 마리아는 지상에서 다른 모든 사람을 능가하는 존재였는데, 천상에서도 축복받은 혼을 능가하는 빛을 발했다.

21) 이 횃불은 하프와도 동일한 것인데, 대천사 가브리엘이다.

맑은 하늘을 더욱 푸르게 물들이는
이 아름다운 벽옥(碧玉)[22]을 지금 면류관처럼 감싸는
천상의 하프 선율에 비한다면
구름을 찢는 천둥소리에 지나지 않았다.

"나는 천상의 사랑입니다. 우리의 소원을 간직한
그 모태[23]에서 드높은 희열의 정이 불어와서
그 둘레를 맴돌고 있는 거예요.
하늘의 여인이여, 당신이 아드님을 따라 지고천으로 들어가시어
지고천이 더욱 거룩함을 더하게 될 때까지
나는 여전히 계속하여 맴돌 생각입니다."

선율이 이처럼 맴돌며 노래를 마치자
모든 광명이
드높이 마리아의 이름을 불렀다.
세계 천구의 모든 회전을 그 안에 포함하는
왕의 옷은,[24] 하느님의 입김과 이치 속에서
열렬하게 타올랐으나,
그 안의 기슭은[25] 우리들 위에 멀리 있었으므로
내가 있던 곳에서는
먼 빛으로나마도 볼 수가 없었다.
자기 아드님의 뒤를 따라[26] 면류관을 쓴 그 불꽃이

---

22) 아름답게 맑은 하늘의 푸르름은 지고천을 가리킨다. 벽옥은 마리아.
23) 그리스도를 잉태한 마리아의 배를 가리킴.
24) 여기서 왕의 옷은 아홉째 하늘에 해당하는 원동천을 가리킨다. 그 안에 여덟 하늘이 포함되어 있는 것이다.
25) 단테는 하나의 천구에서 다른 천구로 올라갔는데, 우주 항해와도 흡사한 그 여로에서 그는 각 천구 안의 기슭으로부터 들어가는 바깥 기슭으로 빠져나갔다고 생각할 수 있다. 각 천구의 움푹한 면이 안의 기슭에 해당한다. 왕자 옷의 비유를 빈다면 옷의 안감에 해당한다.
26) 자기 아들 그리스도를 따라.

하늘로 올라갔을 때, 내 눈은 아직
그것을 좇을 만한 힘이 없었다.

갓난아기가 젖을 다 빨고 나면
본능적으로 애정이 동작으로 옮겨져
어머니에게 손을 내미는데,
그와 마찬가지로 광명의 무리 하나하나가 불길을
높이 쳐들었다. 그들의 마리아에 대한 깊은 사랑은
이렇게 하여 내 눈에도 선명하게 보였다.
광명의 무리는 부드러운 목소리로 "하늘의 여왕이여,"[27]를 부르며
나의 시야 속에 머물러 있었고,
그 기쁨은 내 귓전을 종내 떠날 줄을 몰랐다.
아아, 이 커다란 궤짝[28] 속에 거둬들여진 부의
풍요함이여! 그들은 지상에 있을 때
좋은 씨를 뿌린 농부였었다.[29]
바빌론의 귀양지[30]에서 황금을 버리고
울면서 거둔 '그 보화'를
그들은 여기서 즐기며, 그것으로 살고 있다.
여기서는 하느님의, 그리고 마리아의 고귀하신 아드님 밑에서
신구(新舊) 두 법정의 허락에 의해[31]
위대한 영광의 열쇠를 쥔 분[32]이
그 승리[33]를 축하하고 계신다.

---

27) 'Regina coeli' 부활절을 맞아 교회에서 부르는 성모를 찬양하며 부르는 노래.
28) 영광과 지복의 부를 거두어들인 궤짝은 빛의 무리를 가리킨다.
29) 〈갈라디아서〉 6장 8절에 "자기의 육체를 위하여 심는 자는 육체로부터 썩은 것을 거두고, 성령을 위하여 심는 자는 성령으로부터 영생을 거두리라."
30) 바빌론의 귀양은 지상 생활의 상징이다. '그 보화'는 정신적인 부를 가리킨다.
31) 구약, 신약 두 성서에 나타나는 축복받은 이들의 허락에 의해.
32) 열쇠를 쥔 이는 성 베드로이다.
33) 인생길에서 사람들이 만나는 악과 과실에 대한 승리를 말함.

제24곡

베아트리체의 청을 받아들여 성 베드로가 단테를 시험하려 질문을 한다. 신앙이란 무엇인가, 단테 자신은 신앙을 가지고 있는가, 신앙의 내용과 신앙의 유래는 무엇인가 하는 여러 점에 관하여 갖가지 질의응답이 성 베드로와 단테 사이에 교환된다. 성 베드로는 단테의 대답에 만족하여, 그의 주위를 세 번 돌며 축복한다.

"아아, 존귀한 어린 양의 거룩한 만찬에 뽑히신 여러분,
　이 어린 양이 여러분에게 먹을 것을 주기 때문에 여러분의 소원은[1]
　항상 채워져 있는 것입니다.
　이 사람은, 죽음이 그의 기한을 미처 채 전하기도 전에
　하느님의 은혜로
　여러분의 상에서 떨어지는 것을 맛보고 있습니다.
　아무쪼록 끝없는 그의 동경을 헤아리시고, 그 갈증을
　조금이나마 덜어 주게 해 주소서. 여러분이 늘 마시는
　그 샘물을 그는 목마르게 바라고 있습니다."
　베아트리체가 이렇게 말하자 그 즐거운 영혼의 무리는
　혜성처럼 불꽃의 꼬리를 끌면서
　고정된 굴대 둘레를 맴도는 것이었다.
　시계의 톱니바퀴들이 돌 때 눈여겨보면
　첫째 톱니바퀴는 거의 정지하고 있는 것같이,
　그리고 끝의 바퀴는 마치 뛰고 있는 것같이 보인다.

---

1) 어린 양은, 예수께서 요한이 자기한테 오는 것을 보고 말하던 하느님의 어린 양을 뜻한다. 〈요한복음〉 1장 29절 참고. 소원은 식욕을 가리킨다. 이런 종류의 식욕과 식사의 비유는 〈마태복음〉 22장, 〈누가복음〉 14장 등에서 볼 수 있다.

그와 마찬가지로 이 춤의 원에도
빠르고 늦는 차이가 있었는데 그것은
그들의 풍요함의 차이[2]를 나타내고 있는 것이었다.
내가 가장 훌륭하다고 여겨 눈길을 멈춘 원에서
복된 불꽃[3] 하나가 밖으로 나오는 것이 보였는데,
원[4] 속에서 이것을 능가할 만한 빛은 달리 없었다.
그리고 이 불은 베아트리체의 주위를 세 번 돌면서
나의 시상을 가지고는 도저히 재현할 수 없는
참으로 장엄한 목소리로 노래를 불렀다.
그러므로 나의 붓은 뛰는 것이다. 그리고 아무것도 쓰지를 못하는 것이다.
우리의 상상이나 우리의 말은
이와 같은 음영에 대해서는 너무나도 빛깔이 선명하기 때문이다.[5]

"아아, 거룩한 형제여, 그대는 경건한 기도와
열렬한 자애로써
나를 저 아름다운 원 밖으로 끌어내 주었다."
성화가 멈추어 서자
곧 숨결을 그녀 쪽으로 돌려
내가 쓴 글대로 말했다.

그러자 그녀가 대답했다. "아아, 영특한 사람의 영원한 빛이여,
우리의 하느님은 이 극락의 열쇠를 지상으로 가져오셔서
당신에게 맡기셨습니다.
아무쪼록 당신 마음대로 신앙에 관하여

---

2) 영광과 지복의 풍부함의 차이.
3) 복된 불꽃은 성 베드로의 영혼이다.
4) 그 원은 그리스도의 제자로 구성되어 있는 원이다.
5) 단테의 회화에 대한 조예의 일단이 엿보인다. '음영'은 의역이며, 원어는 pieghe(주름)이지만 옷의 주름 같은 것에 대해서는 옷보다도 어두운 색깔로써 뉘앙스를 짓지 않으면 안 된다는 것을 말한 것이다.

이 사람을 자세히 시험하세요.

그 신앙이 있었기 때문에 당신은 바다 위를 걸으실 수 있었습니다.[6]

이 사람의 믿음, 소망, 사랑이 옳은 것인지

당신의 눈에는 분명할 것입니다. 만물이 보이는 곳에

당신의 눈은 쏠려 있으니까요.

이 나라는 진실한 신앙에 의하여

백성을 만들었습니다. 그 신앙을 찬양하기 위해

이 사람에게도 거기 대한 발언의 기회가 부여된다면 다행이겠습니다."

마치 학생이 묵묵히 교수의 질문을 기다리며

결론을 얻기 위해서가 아니라

반론을 하려고 준비하듯이,

나는 그녀가 말하는 동안 온갖 이론을

마음속으로 준비했다. 이러한 시험에서 시험관에게

거침없이 대답하기 위한 준비였다.[7]

"착실한 그리스도 신자로서 그대 생각을 말하라,

신앙이란 무엇인가?" 그래서 나는 얼굴을 들고

이 말을 발한 빛을 보고

다음에 베아트리체를 돌아보았다. 그러자 그녀는

마음속 샘에서 물을 퍼내듯

얼른 나에게 눈짓을 해 주었다.

"위대한 전사[8] 앞에서 내게 발언을 허락하신

성총이여." 나는 입을 열었다. "원컨대

내 생각이 명확한 표현을 찾게 해주소서."

---

6) 〈마태복음〉 14장 25절 이하 참조, "베드로가 배에서 내려 물 위로 걸어서 예수께로 가되."

7) 이런 신앙에 대한 심사에서 성 베드로와 같은 시험관에게 즉시 대답하기 위한 준비이다. 그리고 학사가 구술 심사를 받을 경우는 으레 문제를 미리 알고 있다. 지금 단테의 경우도 문제가 신앙에 대한 것임을 미리 알고 있으므로 비유가 적당하게 들어맞는다.

8) 성 베드로는 하느님에 대한 신앙의 첫째가는 귀중한 전사이다.

그리고 나는 계속했다. "아버지여, 당신과 더불어 로마를
정도로 향하게 한 당신의 귀중하신 형제[9]가
진실한 붓으로 적으셨듯이,
신앙이란 소망의 실체요
아직 보지 못한 것의 논증입니다.
이것이 신앙의 본체인가 합니다."

그러자 이렇게 말하는 소리가 들렸다. "왜 그가 그것을
먼저 실체로써 포착하고 이어서 논증으로써 이해했는지
그 점을 잘 알고 있다면, 그대의 대답은 옳은 것이다."

그래서 내가 곧 대답했다. "이 천상에서
내 눈에 보이는 온갖 심오한 사물은
하계에서는 자취를 감추어 아무것도 보이지 않습니다.
하계에선 그러한 사물의 존재는 오로지 신앙에서 유래되며,
그 신앙의 기반 위에 커다란 소망이 서는 것입니다.
그러므로 신앙은 실체의 성격을 띠는 것입니다.
그리고 우리는 다른 것은 보지 말고 이 신앙을 기초로
삼단논법을 추진시켜야만 합니다.
그러므로 신앙은 논증의 성격을 띠는 것입니다."

그러자 이렇게 말하는 소리가 들렸다. "만약 하계에서 교육으로
얻어진 내용을 모두 이렇게만 이해한다면,
궤변가들이 혀끝을 놀릴 여지는 없어지리라."
이같이 불타면서 저 사랑은 말하더니
다시 덧붙였다. "이 화폐의 질과 양은
충분히 음미했으나 한 가지 물어보고 싶은 것이 있다.

---

9) 성 바울을 가리킨다. 〈히브리서〉 11장 11절에 "믿음은 바라는 것들의 실상이요, 보지 못하는
것들의 증거니 선진들이 이로써 증거를 얻었느니라."라고 씌어 있다.

그대는 이 화폐를¹⁰⁾ 그대 지갑 속에 지니고 있느냐?"

내가 대답했다. "예, 지니고 있습니다. 순금으로 번쩍번쩍하므로

불순물이 섞여 있을 염려는 전혀 없습니다."

그러자 거기서 빛나고 있던 그윽한 빛 속에서 다음과 같은 목소리가

들렸다. "그 기초 위에 모든 것이 우뚝 솟아 있는

이 존귀한 보배가,¹¹⁾ 그렇다면 어디로 해서 그대에게 왔는가?"

내가 대답했다. "신구(新舊) 두 장의 양피지 위에¹²⁾

아낌없이 내리는

성령의 자비로운 비는

나에게 선명하게 진리를 가르쳐 주었습니다.

그러므로 그 삼단논법에 비교한다면

다른 논증은 모두 보잘것없는 것이라고 여겨집니다."

그러자 다음과 같은 목소리가 들렸다. "그대에게

그런 결론을 내리게 한

신구 두 가지의 명제¹³⁾를 그대는 어찌해

하느님의 말씀이라 생각하는가?"

그래서 내가 대답했다. "내게 진리를 보여주는 증거는

그에 따른 여러 가지 기적들입니다. 그것은 자연의 힘이

쇠를 달구고 두들겨서 이룬 사업이 아닙니다."¹⁴⁾

그러자 "그럼 묻겠는데, 그런 사업이 실제로 있었다는

확증은 어디 있는가? 바로 그 존재를

---

10) 화폐는 신앙을 가리킨다. 이 은유는 단테의 대답 가운데도 있다.

11) 존귀한 보배는 신앙을 가리킨다. 이 발언자는 계속해서 성 베드로이다.

12) 신구 두 장의 양피지는 구약 성서, 신약 성서를 가리킨다. 중세 때는 글을 양피지에 쓰는 경우가 많았던 것이다.

13) 신구 두 가지의 명제는 구약 성서, 신약 성서를 가리킨다. '삼단논법'이라는 표현이 은유로써 쓰이고 있으므로 삼단논법의 술어인 '명제'라는 말이 여기 들어온 것이다.

14) 성서에 있는 말을 하느님의 말씀이라고 믿어야 할 이유는 거기 나와 있는 여러 가지 기적적인 사업에 의하는 것이라고 한다. 자연의 힘이 쇠를 달구고 두들겨서 행한 사업이 아니라는 것은 초자연적인, 기적적인 사업이라는 뜻이다.

입증할 대상이 그렇게 보증할 뿐이 아닌가?"

"만약 기적도 없는데 세계가 그리스도교에
귀의한다면," 하고 내가 말했다. "단지 그것 하나만으로도
다른 것보다 백 배나 더한 기적이라고 할 수가 있지 않을까요.
당신은 가난하고 굶주린 모습으로 밭에 들어가
좋은 식물의 씨앗[15]을 뿌리셨습니다. 그 나무에 옛날엔
포도가 열렸었습니다. 지금은 가시덩굴밖에 나 있지 않습니다만."

이렇게 말을 끝냈을 때 거룩한 이들이
천구에 울려 퍼지도록 "하느님을 찬미하나이다."[16]를
천국에 알맞은 선율로 노래 불렀다.
그러자 가지에서 가지로 나를 시험한 그 주인[17]이
나를 얼른 위로 끌어올려 주었으므로
우리는 마지막 잎새 곁으로 다가갔다.
그가 또 입을 열었다. "그대의 두뇌에 깃들인
하느님의 은총이 여기까지는 아무 일 없이
그대에게 발언을 허락해 주셨다.
그러므로 그대의 응답은 그걸로 좋다고 생각한다.
이번에는 그대 신앙의 내용과
그대 신앙의 유래에 대해 말해 주기 바란다."

"아아, 거룩한 아버지시여." 내가 말을 시작했다. "무덤으로
달려간 요한보다 당신이 먼저 믿었음을[18]

---

15) 그리스도 신앙이라는 좋은 식물의 씨.
16) 'Dio laudamo' 즉 '저희는 하느님을 찬미하나이다'라는 뜻.
17) 주인은 성 베드로를 가리킨다.
18) 〈요한복음〉 20장 참조. 요한이 먼저 그리스도의 묘로 달려갔으나 베드로가 더 먼저 묘로 들어가서 먼저 그리스도의 부활을 믿었다는 것을 말한다. 이 대목의 원문에서 요한은 '보다 젊은 다리'로 나와 있으나 이름은 확실히 명기되어 있지 않다.

당신의 영혼은 지금 여기서 보고 계십니다.
내가 주저치 않고 믿은 신앙의 본질을
내가 말하기를 당신은 원하시며, 또
아울러 그 신앙의 유래도 물으셨습니다.
말씀드리지요. 나는 한 분의 신, 유일하고도 영원한 하느님을
믿습니다. 하늘은 스스로 움직이는 것이 아니라 하느님이
모든 하늘을 사랑과 소망으로 움직이고 계십니다.

이 신앙에 대해 나는 단지 물리적이며 형이상학적인 증명만을
믿는 것은 아닙니다.
모세며, 예언자며, 시편이며, 복음서며,
또 불타오르는 영이 당신들을 축복하신 뒤
당신들이 쓰신 책을 통해 자비로운 비처럼 내려지는
진리에 의해서도 나는 믿고 있습니다.
나는 영원하신 삼위를 믿습니다. 그리고 이것은
하나이며 셋이라는 본질을 갖고 있으므로, 그 동사의 변화에는
복수도 단수도 허용되리라 믿습니다.
복음서의 교리가 이미 몇 차례나
내가 이제 언급한 이 심오한 하느님의 조건을
내 머릿속에 새겨 주었습니다.
이것이 근원[19]이며, 이것이 불꽃입니다.
이것이 나중엔 활활 타올라서
마치 하늘의 별처럼 내 안에서 빛나는 것입니다."

주인은 기쁜 소식을 들으면
하인이 말을 마친 뒤 그를 포옹하고
감사의 뜻을 나타낸다.

---

19) 하느님의 존재를 삼위일체로 보는 것이 교리의 근원(시작)이라고 한다.

마치 그처럼 내가 말을 마치자
사도의 광명은 세 번 내 주위를 돌고서
나를 축복하고 노래를 불렀다. 나는 이분의 명령으로
말했던 것인데, 그만큼 내 말이 이분의 마음에 들었던 것이다.

제25곡

　단테는 자기가 고향 피렌체로 맞아들여져 세례 성당의 샘 앞에서 시인으로서의 월계관을 쓰게 될 날이 있을 것을 꿈꾼다. 야고보가 나타나서 소망에 대해 여러 가지 질문을 던진다. 단테가 하나하나 대답하자 영혼의 무리는 만족하여 '소망을 주에게 둘지어다'라는 노래를 부른다. 이어서 사도 요한이 나타난다. 요한의 영혼이 육신과 함께 승천했다는 소문을 확인하려고 단테는 요한의 빛을 바라본다. 그는 눈이 부셔서 베아트리체의 모습조차 보이지 않게 된다.

　　하늘을 시로 읊고 땅을 시로 읊는 이 《신곡》¹⁾을 위하여
　　오랜 세월 뼈를 깎는 듯한 고생을 거듭하여 몸도 야위었지만,
　　그 옛날 아직 어린 양이었던 시절
　　저 아름다운 양 우리²⁾에서 자던 나를 몰아낸
　　흉악한 이리들의 잔학무도함을
　　만약 이 시가 무찌를 수 있다면
　　그때는 목소리도 머리털도 이미 변해³⁾ 버렸을 것이지만, 나는
　　거기 시인으로서 되돌아가 나의 세례당⁴⁾의 우물가에서
　　머리에 관을 쓰게 되리라.
　　그 세례당에서 나는 하느님의 존재를 영혼에게 알리는

---

1) 원문에는 poema sacro '성스러운 시'라고 되어 있으나, 여기서는 뜻을 명확하게 하려고 《신곡》이라 번역했다.
2) 아름다운 양 우리는 피렌체를 가리킨다.
3) 젊었을 때의 단테는 달콤한 사랑의 시인이었으나 지금은 종교 시인이다. 일부에서는 그것이 '목소리도 변한' 내용이라는 설도 있으나, 그다음의 머리털 색깔이 변하고 빠졌다는 육체적 변화와 마찬가지로 목소리도 변했다는 것은 노년의 이미지일 것이다.
4) 피렌체의 성 요한 세례당에 대해서는 〈천국편〉 15곡 주 28 참조.

신앙을 얻게 된 것이다. 그리고 그 신앙이 있으므로 해서
지금 성 베드로가 나의 주위를 도셨던 것이다.[5]

그리스도가 남기신 대리자 중의
제일인자[6]가 나왔던 바로 그 원에서
또 하나의 빛이 밖으로 나와 우리에게 다가왔다.
나의 여인은 기쁨에 차서 나에게 이렇게 말했다.
"보세요, 보세요, 저 성인입니다. 저분을 위해
현세의 사람들은 갈리시아[7]로 순례를 떠나는 것입니다."

비둘기가 짝을 찾아 날아다닐 때는
상대의 주위를 맴돌며 구구구 속삭이면서
애정을 표시한다.
그와 마찬가지로 새로 온 귀공자가 앞서 온 위대한 귀공자의
영접을 받고 그들을 길러주는 천상의 음식을
찬양하는 모양이 눈에 비쳤다.
무사히 인사가 끝나자
두 사람은 내 앞에 말없이 멈춰 서서
휘황하게 빛났으므로, 나는 눈이 부셔서 앞이 보이지 않았다.

그러자 베아트리체가 미소 지으며 말했다.
"우리 왕궁의 풍만한 은총을
적어서 남긴 이름 높은 영혼이여![8]

---

5) 〈천국편〉 24곡 마지막에 같은 표현이 나온다.
6) 베드로는 지상에서 그리스도 최초의 대리자이다.
7) 갈리시아는 중세기 최대의 순례지로서, 현재의 에스파냐 서북부의 산티아고를 가리킨다. 여기
　에 나타난 빛은 야고보로서, 그의 무덤은 산티아고에 있다.
8) 〈야고보서〉 1장 5, 17절 참조. 그 1장 17절에는 하늘로부터의 성총으로서 "각양 좋은 은사와
　온전한 선물이 다 위에서 빛들의 아버지로 내려오나니, 그는 변함도 없으시고 회전하는 그림
　자도 없으시니라."라고 되어 있다.

이 높은 하늘에서 소망이란 이름이 울려 퍼지게 하시옵소서.[9]
그리스도께서 세 분[10]에게 영예를 내리실 때마다
당신의 소망을 상징하셨음은 당신께서 아시는 바대로입니다."

"머리를 들고 용기를 내라.
현세에서 이 천상에 오른 자는
천상의 빛을 받아 눈이 밝아지고 힘도 늘었을 것이다."

이러한 격려의 말이 둘째 불[11]에서 나에게
들려왔다. 그래서 나는 지나친 무게[12] 때문에
아래로 내리깔았던 눈을 들어 다시 산들[13]을 바라보았다.

"우리 황제[14]의 은총과 뜻에 따라
그대는 천상의 내전에서 백작들[15]과 만날 기회를
아직 죽기도 전에 얻었다.
그러므로 이 궁전의 참모습을 잘 봄으로써
그대와 다른 사람들의 소망을 굳혀 주기 바란다.
소망이 있기 때문에 지상 사람들은 선을 추구하는 것이다.
소망이란 무엇인가, 어찌하여 네 마음에 소망이 꽃피었는가,
그리고 소망이 어디서 그대에게 찾아들었는지,
거기에 대해 말해 주기 바란다."

---

9) 단테의 입으로 '소망'에 대해 말하게끔 해 달라는 뜻이다.
10) 세 분은 베드로, 야고보, 요한. 그들이 그리스도의 변한 모습을 볼 수 있는 영광을 가졌음을
   말한다. 교리의 세 가지 덕에 따라 세 사람은 각각 믿음(베드로), 소망(야고보), 사랑(요한)을
   상징하는 것이라고 했다.
11) 베드로에 이어서 둘째의 불인 야고보로부터.
12) 지나친 무게는 '과도한 빛'이다.
13) 산은 베드로와 야고보를 가리킨다. 〈마태복음〉 5장 14절에 "너희는 세상의 빛이라, 산 위에
   있는 동네가 숨기지 못할 것이오."라는 말이 씌어 있다.
14) 황제는 하느님.
15) 백작은 복자들의 영혼.

이것이 둘째 빛이 계속한 말이었다.

그러자 내 날개를 이끌어 하늘 높이 오르게 한
자비로운 여인이
내가 대답하기 전에 이렇게 말해 주었다.

"싸우는 교회[16]의 아들 중에서 그보다 더 소망에 찬 아들이
달리 없다는 것은 우리 군사 위에 빛나는
태양[17] 속에도 적혀 있습니다.
그러므로 지상의 싸움이 끝나기도 전에[18]
이집트를 나와 예루살렘을 두루 구경하도록[19]
그는 허락된 것입니다.
당신께서 하신 다른 두 물음은, 당신이 알고 싶어서가 아니라
당신이 이 덕을 얼마나 사랑하시는가를
'하계 사람들에게' 그가 전하라는 물음이니,
그에게 맡기겠습니다. 별로 어려운 것도 없고, 그의 경우로선,
허영의 근원이 되지도 않을 것입니다.[20] 그가 하느님의 은총으로
끝까지 훌륭하게 대답할 수 있기를 빕니다."

제 실력을 과시할 기회를 얻어
스승에게 잘 아는 과목을 서둘러
대답하는 제자처럼

---

16) 싸우는 교회는 지상에 있는 모든 그리스도교 신자를 가리킨다.
17) 이 태양이란 그 속에서 축복받은 사람들이 모든 것을 읽을 수 있는 거울 즉 하느님이다.
18) 〈욥기〉 7장 1절에는 "세상에 있는 인생에게 전쟁이 있지 아니하냐."라고 씌어 있다.
19) 이집트는 현세를, 예루살렘은 천국을 가리킨다.
20) 소망을 가질 수 있다는 것은 자기 자신의 가치 정도에 따르는 것이므로, 그것은 자칫 허영의
　　근원이 될 수도 있다. 이 경우의 소망은 피에트로 롬바르도에 의해 신학적으로 정의된 구원
　　의 소망이다.

"소망[21]이란," 하고 나는 대답했다. "미래의 영광을
의심 없이 기다리는 것이며, 그 기다림은
하느님의 은총과 인간의 그때까지의 공덕에 유래됩니다.
수많은 별[22]로부터 이 빛이 나에게 내려집니다.
내 마음에 처음으로 그 빛을 부어 준 이는
으뜸가는 지도자의 으뜸가는 가인이었습니다.[23]
그는 성스러운 시구에서 '주의 이름을 아는 자는[24]
주를 의지하오니'라고 하는데
신앙을 지닌 이라면 모르는 이가 뉘 있겠습니까?
그가 나에게 다 부어 주고 났을 때, 당신은 다시 당신의 서간문[25]으로
나에게 물을 부어 주셨습니다. 그래서 나는 충만하여
당신의 물을 다른 이에게 부어 주었습니다."

내가 이렇게 말하는 동안 그 불꽃의
활활 타오르는 가슴안에서 갑자기 불이 연거푸
번개처럼 섬광을 발했다.
뒤이어 거기서 숨소리가 흘러나왔다. "싸움터[26]를 떠나서
종려나무 잎[27]을 받기까지 나를 떠나지 않았던 이 덕에 대해
나는 아직도[28] 사랑의 불에 타고 있었는데,

---

21) 단테는 소망에 대해 정의를 내리는데 "소망은 미래의 축복에 대한 확고한 기대로서 이는 하느님의 은총과 선행하는 공덕에서 유래한다."
22) 수많은 별은 성서를 쓴 이들을 가리킨다.
23) 으뜸가는 지도자(하느님)의 으뜸가는 가인은 다윗이다. 〈시편〉 안에서 다윗은 소망을 자주 읊었다.
24) 〈시편〉 9장 10절 참조.
25) 서간문은 〈야고보서〉를 두고 한 말. 〈야고보서〉 1장 12절, 2장 5절, 4장 7~10절, 5장 13~15절.
26) 싸움터는 그리스도인의 인생.
27) 종려나무 잎은 순교의 표상이다. 야고보는 예루살렘에서 62년에 순교했다.
28) 천국에 가면 신앙이 없다. 왜냐하면 믿는 것이 아니라 자신이 실지로 보기 때문이다. 소망도 역시 없다. 왜냐하면 지복을 실지로 갖기 때문이다. 그러나 사랑만은 '지금도 아직' 계속되며, 또는 영원히 계속된다.

그 사랑에 의해 나는 다시 그대에게 말한다. 그대는 이 덕을 기꺼워하며
따르고 있는데, 이 소망이 그대에게 약속하는 바를
그대가 말해 준다면 반갑겠다."

그래서 내가 대답했다. "신약, 구약의 성서는
하느님이 선택하신 영혼의 목표를 정하고, 그 목표가 또한 나에게
앞길을 제시해 주는 것입니다.
이사야의 말씀29)대로 선택된 영혼은 모두 제 고장에서
겹옷30)을 입을 것입니다.
그리고 그 고장이란 이 감미로운 생활을 말하는 것입니다.
또한 당신의 아우님은 흰옷31)에 대해 말하시면서
더욱더 자상하게 설명하시어
이 일을 우리에게 계시하고 계십니다."

내가 이렇게 말을 마쳤을 때
우리 머리 위에서 '소망을 주께 둘지어다'라는 노래가 들리고
원을 지어 춤을 추던 무리는 이에 화답했다.
뒤이어 그들 가운데서 하나의 빛이 휘황하게 빛났는데,
만약 거해궁(게자리)에 이런 수정이 빛났더라면
겨울 한 달은 낮이 계속되리라 싶었다.32)
마치 순결한 처녀가 미소를 담고

---

29) 〈이사야〉 61장 7절에 "……너희가 수치 대신에 배나 얻으며 능욕 대신에 몫으로 말미암아 즐
   거워할 것이다. 그리하여 고토에서 배나 얻고 영원한 기쁨이 있으리라."라고 씌어 있다.
30) 겹옷이란 혼의 지복과 육체의 부활을 얻는다는 뜻이다.
31) 단테는 그 당시 유행하던 설에 따라 〈야고보서〉의 저자와 〈묵시록〉의 저자 요한을 형제로 생
   각했다. 흰옷에 대한 묘사는 〈묵시록〉의 7장 9절 이하에 있다.
32) 겨울 동안 한 달(정확하게는 12월 21일부터 1월 21일까지) 태양은 마갈궁(염소자리)에 위치한
   다. 거해궁(게자리)은 그 정반대이다. 그러므로 만약 이러한 수정(빛, 즉 사도 요한의 영혼)이
   거기에 자리 잡고 빛났더라면 밤에도 낮처럼 밝으리라는 것이다. 그러나 이 비유는 번거로워
   서 효과가 없다.

신부를 축하하며

일어나 자진해서 춤 속에 끼어들듯이,

그 휘황한 빛이 자기들의 세찬 사랑에 알맞은

노랫소리에 맞춰 원을 짓고 춤추는 두 사도에게³³⁾

끼어드는 것이 보였다.

그러고는 거기서 노래에 맞춰 춤추기 시작했다.

나의 여인은 꼼짝도 하지 않고 말없이

그들을 찬찬히 바라보았다.

"저분이 우리 펠리컨³⁴⁾의 품에 의지하고

있었던 분입니다. 그리고 십자가 위의 그리스도는 저분에게

크나큰 소임³⁵⁾을 골라 맡기셨습니다."

이렇게 그녀가 말했다.

그러나 말하고 나서도 전과 마찬가지로

바라보는 눈을 움직이려 하지 않았다.

일식이 있다는 말을 듣고 눈을 모아

태양을 잠시 바라보려는 이가

끝까지 보기도 전에 눈이 부셔서 보지 못하듯이,

나는 이 마지막 광명을 보려다가 갑자기 눈앞에 캄캄해졌다.³⁶⁾

그때 목소리가 들렸다. "어찌하여 여기 있지도 않은 것을

보려고 눈을 멀게 하느냐?

---

33) 성 베드로와 성 야고보 두 사람이다.

34) 최후의 만찬 때 "요한은 예수의 품에 의지하여 누웠느니라(《요한복음》 13장 23절)." 여기에 펠리컨이란 그리스도를 가리킨다. 이 새가 가슴을 찢어 흐르는 피로 새끼를 소생시켰다는 전설에서 비롯된 이야기이다.

35) 주를 대신하여 자식으로서 마리아를 섬기는 것이 크나큰 소임이라는 뜻이다(《요한복음》 19장 26절 참조).

36) 요한은 육신을 지닌 채 승천했다는 전설이 있었다. 그래서 단테가 호기심으로 요한의 빛을 보려고 한 것이다. 토마스 아퀴나스의 《신학대전》에는 요한이 육신을 지니고 승천했을 가능성이 인정되고 있다.

나의 육신은 지상에서 흙으로 되어 있다. 우리의 수가
영원한 주님 뜻의 예정과 같은 수가 될 때까지,[37] 거기에
다른 육신과 마찬가지로 누워 있으리라.
겹옷[38]을 입고, 축복받은 수도원에 계신 이는
방금 위로 올라온 두 분뿐이다.[39]
그대는 현세에 이것을 전해 주기 바란다."

이렇게 말하자 불꽃의 춤은 갑자기 멎고,
셋의 숨결을 섞은 아름다운 노랫소리도
역시 그와 함께 뚝 그쳤다.
그것은 과로나 위험을 피하고자
여태까지 물을 젓고 있던 노를
피리 소리 하나로 일제히 멈추는 것과도 흡사한 것이었다.

아아, 놀라움에 얼마나 마음이 어지러워졌던 것일까!
베아트리체를 보려고 뒤돌아보았으나,
나는 그녀 곁에 있었음에도 불구하고
이 행복한 나라에서[40] 그녀의 모습을 볼 수가 없었다.

---

37) 우리들 선택된 사람들의 수가 하느님께서 미리 정하신 성도의 수에 맞게 될 때까지. 단테에
   의하면 그 수는 하느님을 배반한 타락한 천사의 수와 같다고 한다(《향연》 제2권).
38) 영혼과 육체의 겹옷.
39) 그리스도와 마리아 두 사람은 〈천국편〉 23곡에서 지고천으로 올라갔다.
40) '이 행복한 나라―천국'에서 은총으로 시력이 강해졌는데도 불구하고, 요한을 보고 눈이 부
   셨기 때문에 베아트리체의 모습을 볼 수가 없었다. 단테는 전과 같이 베아트리체의 지시를
   받으려고 그녀 쪽을 돌아본 것이다.

제26곡

시력의 상실을 염려하는 단테를 사도 요한이 격려하여 두 사람은 사랑에 대해 질의 문답을 거듭한다. 단테는 지고선을 사랑해야 할 이유를 철학적 추리와 계시의 두 가지 면에서 설명하며 대답한다. 구두시험이 무사히 끝났을 때 "거룩하도다."라는 외침 소리가 들려온다. 그때 베아트리체의 시선을 받고 단테의 시력이 회복된다. 그러자 아담의 영혼이 보인다. 아담은 단테의 청을 받아들여 낙원에서 추방된 원인과 지상과 림보에 있는 동안 자신이 한 말, 지상 낙원에 있는 기간 등에 대해 대답한다.

시력을 잃었나 하여 내가 속으로 염려하고 있을 때
그 시력을 잃게 한 빛[1] 속에서
내 주의를 끄는 다음과 같은 목소리가 들렸다.
"나를 보려다가 잃은 시력을
그대가 회복할 때까지는
이야기나 해서 보충하는 것이 좋으리라.
우선 묻겠는데, 그대의 마음은 어디다 초점을
두고 있느냐, 그대 눈은 흐려지긴 했으나
아주 안 보이게 된 것은 아니니 마음놓아라.
이 하늘나라로 그대를 인도해 가는 그녀는
그 눈길 속에
아나니아의 손이 가졌던 힘[2]을 지니고 있다."

---

1) 빛은 사도 요한의 혼이다.
2) 〈사도행전〉 9장 10~18절에, 아나니아가 안수를 하자 '즉시 사울의 눈에서 비늘 같은 것이 벗겨져 다시 보게 된' 이야기가 나와 있다.

내가 대답했다. "이 눈은, 지금도 나를 타오르게 하는
불과 함께 그녀가 들어왔을 때의 문이었습니다.
빠르건 늦건 좋으실 대로 고쳐만 주시면 좋겠습니다.
이 궁전 사람들이 모두 기쁨으로 삼고 있는 선이야말로,[3)]
사랑이 혹은 부드럽고 혹은 세차게
나에게 읽어 주는 책의 알파요, 오메가입니다."
내가 갑자기 눈이 아찔하여 소경이 되었는가 싶어 당황했을 때
나를 격려해 준 바로 그 목소리가
나의 주의를 이야기 쪽으로 돌려주었다.
그리고 그 목소리가 말했다. "그대를 알기 위해서는
좀 더 고운 체가 필요할 것 같다. 그럼 무엇이
이러한 것 쪽으로 그대의 활을 향하게 했는지 그것을 말해 보라."

그래서 내가 말했다. "이러한 사랑이 나의 마음속에
새겨짐은, 철학적 추리[4)]와 이 천상에서 내리는
권위에 의한다고 생각합니다.
선은, 그것이 선이라고 이해되는 한, 이내
사랑에 불을 켭니다. 그리고 그 선이 완전에 가까우면
가까울수록 그 힘도 큽니다.
그러므로 완성의 정도가 훨씬 높아서 그 때문에
그 밖의 다른 선은 모두 고작해야 그 빛이 발하는
개개의 광선일 따름인 그 본질을 향하여,[5)]
이 논증이 숨어 있는 진실을 속속들이 간파하는 지성은

---

3) 선은 하느님이다. 사랑이 나에게 읽어 준다는 것은 그 선을 사랑하라는 뜻이다.
4) 모든 사람이 지고선을 바란다는 철학적 추리이다. 이곳 천상으로부터 성서를 통해서 지상으
   로 내리는 하느님의 계시에 의해.
5) 하느님이라는 본질을 향해서라는 말이다. 논증은 다음과 같은 삼단논법으로 이루어져 있다.
   1. 선이 선으로 이해되는 한, 선에 대한 사랑에 불을 켠다. 그리고 사랑은 완전에 가까우면 가
   까울수록 크다. 2. 하느님은 지고선이며, 그 외의 선은 모두 하느님의 광휘가 발하는 빛에 지나
   지 않는다. 3. 그러므로 하느님이 가장 사랑을 받아 마땅한 것이다.

사랑에 힘입어 다른 모든 것을 젖혀 놓고

우선 다가갈 것입니다.

이러한 진실을 나에게 이해시켜 주는 이는

모든 영원한 존재의

태초의 사랑을 나에게 보여 준 이였습니다.[6]

자신에 대한 것을 모세에게 다음과 같이 말씀하신

진실한 저자[7]의 말씀도 그것을 증명하고 있습니다.

'나 그대에게 온갖 선을 보여 주리라.'

그리고 당신 또한 나에게 그 진리를 증명하고 계십니다.

당신의 그 드높은 알림[8]은 다른 어떤 알림보다도 더

이 천상의 신비를 지상에 전하고 있습니다."

그러자 다음과 같은 목소리가 들렸다. "인간의 지성과

그 지성에 합치되는 권위를 좇아서,

그대의 사랑 가운데 으뜸가는 사랑은 하느님을 위해 젖혀 둬라.

그리고 그대를 사랑으로 끌어들이는 그 밖의 밧줄을

그대가 과연 느끼는지, 몇 개의 이빨로 이 사랑이

그대를 물어뜯고 있는지, 그 점도 말해 보라."

그리스도 독수리[9]의 거룩한 의도가

숨어 있지는 않았다. 어떠한 대답을

그가 기대하고 있는지 나는 짐작이 갔다.

그래서 다음과 같이 말했다. "인간의 마음을

주께로 돌리게 할 수 있는 이빨들은

---

6) 여기까지가 철학적 추리이다. 여기서 암시되고 있는 철학자는 아마 하느님을 제일인자로 생각
   하고, 인간의 혼이 그것에 합치되는 것을 원한다고 생각한 아리스토텔레스(또는 플라톤)이리
   라 짐작된다.

7) 진실한 저자는 하느님이다. 〈출애굽기〉 33장 19절에서 유래한다.

8) 당신의 그 드높은 알림이란 〈묵시록〉 〈요한계시록〉을 가리키는 것이다.

9) 〈묵시록〉 4장 7절에 독수리가 언급되어 있는데, 이것이 '요한'을 상징하는 것이라고 생각하고
   있었다.

내가 주를 사랑하도록 힘을 합하여 도와줍니다.

왜냐하면 세계의 존재와 나 자신의 존재,[10]

나를 살리기 위해[11] 그리스도가 달갑게 받아들인 죽음,

그리고 나와 같이 모든 신자가 소망하는 그것,[12]

이러한 것들이 앞서 말한 싱싱한 인식[13]과 함께

나를 그릇된 사랑의 바다에서 건져 내어

올바른 사랑의 바닷가에 놓아 주었습니다.

영원한 원예사[14]의 과수원에 우거진 나뭇잎을

하느님이 그들에게 내리시는 자애의 크기에 따라

나는 사랑합니다."

내가 말을 마치고 입을 다물자마자 그지없이 부드러운 노랫소리가

하늘에 울려 퍼졌다. 그리고 나의 여인이 다른 이들과 함께

외쳤다. "거룩하도다, 거룩하도다, 거룩하도다!"[15]

날카로운 빛을 받은 시력은

막을 통과해 오는 빛살을 향해 달리므로

눈은 퍼뜩 뜨이지만,

뜨고서도 눈앞의 것을 잘 분간할 수가 없다.

갑자기 뜬 시력으로는 판단력의 도움이 없으면

현실을 충분히 파악하지 못하는 것이다.

이와 마찬가지로 베아트리체가 내 눈의 티끌을

---

10) 세계의 존재와 나의 존재는 창조주의 영광과 선의를 나타낸다.

11) 내가 천국에서 살기 위해서—이 가능성은 그리스도의 죽음에 의해 생겼다.

12) 모든 신자가 기다리고, 또 바라는 것은 영원한 지복이다.

13) 하느님은 지고선이므로 가장 사랑을 받아 마땅하다는 앞선 철학적 추리와 계시에 의해 얻어진 인식.

14) 영원한 원예사는 하느님이다. 〈요한복음〉 15장 1절에 "내가 참포도나무요 내 아버지는 그 농부라."

15) 〈묵시록〉 4장 8절을 참조. 믿음과 소망과 사랑에 대해 단테가 무사히 시험에 대답했으므로 축복받은 혼들이 하느님을 찬양하여 이렇게 외친 것이다.

천마일 앞을 비추는 눈빛으로
말끔히 털어 주었다.
그래서 좀 더 잘 볼 수 있게 되었으나
나는 얼빠진 사람처럼 우리 옆에 보이는
저 넷째 빛은 무엇이냐고 물었다.

그러자 그녀가 대답했다. "저 빛 속에서는
첫째 힘이 처음으로 창조하신 첫째 영혼[16]이
그 조물주를 우러러 사모하고 있습니다."

바람이 불 때 끝이 휘는 나뭇가지는
바람이 자고 나면 또 스스로를 쳐드는 제힘으로
일어서듯이
나도 그녀의 말을 듣는 동안은
놀라서[17] 머리를 수그리고 있었으나, 이내 말을
하고 싶은 욕망이 불타올라 그것에 힘입어
입을 열었다. "아아, 애초부터 익어서 열매 맺은[18]
유일한 과실이여. 아아, 새색시란 새색시가 모두
당신에게는 딸이요, 며느리인, 우리의 옛 아버지시여!
진심으로 바라오니 말씀해 주십시오.
당신 말씀을 빨리 듣고 싶어 저는 아뢰지 않겠습니다.
아뢰지 않아도 당신은 알고 계실 것입니다."

때때로 거적 밑에서 짐승이 몸을 움직거리면

---

16) 첫째의 힘은 하느님이다. 첫째 영혼은 최초의 인간 아담.
17) 인류의 첫 아버지인 아담 앞에 지금 자기가 서 있다는 것을 알고 깜짝 놀라 머리를 숙여
   경의를 표한 것이다.
18) 아담은 성숙한 채로 창조되었다. 단테는 그를 가리켜 〈천국편〉 제7곡에서 "태어나지 않았던
   사람."이라고 말한 바 있다.

거적이 짐승과 함께 움직여

짐승의 뜻이 겉으로 나타나는 수가 있는데,

그와 같이 첫째 영혼은

기꺼이 내 청을 들어 주려는 그의 심정을

그를 에워싼 빛[19]을 통하여 내게 보여 주었다.

그리고 그 속에서 목소리가 들렸다. "굳이 말하지 않아도

네 뜻은 잘 알고 있다. 네가 확실하다고

생각하는 것은 무엇보다도 더 확실히 알고 있다.

너의 뜻은 진실의 거울[20]에 비쳐 있다.

이 거울 자체를 완전히 비춰 주는 것은 없으나

이 거울에는 다른 모든 것이 완전히 비치고 있다.

네가 묻고 싶은 것은 이처럼 긴 하늘의 층계를

오르도록 네 여인이 너에게 마련해 준

그 낙원에 하느님이 나를 두신 지 얼마나 되며

내 눈의 즐거움이 얼마나 계속되었는지,[21]

또 커다란 분노의 참된 원인이 무엇이며

내가 지어내어 내가 쓴 말이 무엇이냐는 것이다.

듣거라, 내 아들아, 나무 열매를 맛보았다는 것만으로는

그와 같은 추방의 원인은 되지 않는다.

한계를 제멋대로 넘어섰다는 점이 문제이다.[22]

네 여인이 베르길리우스를 움직인 그곳에서[23]

이 천국의 모임을 동경하며

---

19) 아담의 혼을 에워싼 빛이 그때 세차게 불타올랐던 것이다.

20) 진실의 거울은 하느님이다.

21) 아담이 지상 낙원에 머물러 있던 기간은 얼마나 되느냐는 뜻이다.

22) 금단의 열매를 먹었다는 그 자체보다도, 하느님에 의해 인간에게 부과된 한계를 제멋대로 뛰어넘어 아담과 이브가 하느님과 동등하게 되려고 한 것이 하느님의 노여움을 산 것이다. 즉 그들은 대식(大食)의 죄가 아니라, 교만의 죄 때문에 지상 낙원에서 추방당한 것이다.

23) 베아트리체의 의뢰를 받은 베르길리우스는 지옥의 림보에서 단테를 구하러 가기 위해 움직이기 시작한 것이다.

나는 4302년을 보냈다.[24]

그리고 나는 지상에 있는 동안

태양이 930번

그 궤도에 있는 모든 별 위로 돌아가는 것을 보았다.

내가 쓰던 언어는 니므롯의 족속이

완성할 수 없는 사업에[25] 착수하기 훨씬 전에

아주 완전히 사라져 버렸다.

인간의 기호는 천체에 좌우되어 변화하므로

이성의 산물이

변함없이 오래오래 계속된 적은 이제껏 한 번도 없었다.

사람이 말한다는 것은 자연 행위이지만,

어떻게 말하건 그것은 너희들 좋을 대로

너희들이 자연으로부터 재량을 일임받고 있다.

내가 지옥에 떨어져 고초를 겪기 전에는

나를 에워싼 이 희열의 빛이 생기는 본체의 지고선은

지상에서 I라 불렸고,

이어서 EL이라 불렸다.[26] 인간의 습성은 가지에서 나뭇잎이

한 잎 지고 다시 한 잎 돋는 것과 같은 것이다. 그러므로

그러한 변화는 당연하다 할 수 있으리라.

파도 위에 하늘 높이 솟아 오른 저 산 위에

내가 있던 시간은, 맑을 때와 흐린 때를 합하여

---

24) 아담은 지상에서 930년, 림보에서 4302년을 보냈다. 아담이 창조되었을 때부터 그리스도의 죽음까지는 5232년이라는 결론이 나온다. 그런데 그리스도의 죽음에서 단테의 환상까지는 1266년이 경과되어 있으므로, 모두 계산하면 6498년이 지난 것이 된다. 아담의 나이는 〈창세기〉 5장 5절에 의한 것이다. 그리고 그리스도 탄생을 천지 창조 후 5200년으로 간주하는 것은 중세기 역사가 에우세비우스 등의 설에 의해 추정되고 있기 때문이다.

25) 바벨탑의 건설이다. 니므롯과 언어의 혼란에 대해서는 〈지옥편〉 제31곡 및 〈연옥편〉 제12곡 참조.

26) I의 출전에 대해서는 이렇다 할 정설이 없으나 헤브라이어 'Iahweh(야훼)'가 하느님이므로 그 첫 자를 딴 것으로 해석된다. EL은 고대 헤브라이어로 'Elohim(강자)'라는 뜻이었다고 한다.

첫 시간부터 태양이 모양을 바꾸는
여섯째 시간 다음에 오는 시각까지이다."[27]

27) 아담이 연옥산 꼭대기의 지상 낙원에 있던 시간은, 하느님에 의해 만들어진 '첫 시간부터' 금
단의 열매를 따 먹고 낙원에서 추방되기까지 여섯 시간이 조금 넘는다는 것이다.

제27곡

성 베드로의 빛이 흰빛에서 붉은빛으로 변한다 싶어지자 몹시 격한 말투로 교황의 지위를 빼앗은 자들을 비난한다. 다른 빛들도 거기에 동조하여 여덟째 하늘은 그 때문에 붉은 저녁노을 같은 빛이 된다. 빛의 무리가 승천하여 사라진 다음, 베아트리체는 단테에게 다시 한번 조그마한 지구를 돌아보게 한다. 이어서 둘은 원동천(아홉째 하늘)에 오른다. 베아트리체는 이 하늘의 여러 특성을 설명한 다음, 이 천상으로 눈을 돌리려 하지 않는, 올바른 길에서 벗어난 인간들을 비난한다.

"성부와 성자와 성신께 영광을!"
천국이 온통 소리 합쳐 노래하자
아름다운 노랫소리에 나는 취한 듯한 기분이었다.
내 눈에 비치는 것은 마치 온 누리의
미소같이 여겨져, 듣는 거나 보는 거나 모두가
도취를 안겨주는 것이었다.
아아, 환희여, 아아, 형언할 수 없는 희열이여,
사랑과 평화로 이룩된 완전한 삶이여!
아아, 더 이상 바랄 수 없는 탄탄한 재보여!¹⁾

내 눈앞에는 횃불 넷이 타오르고 있었다.
그리고 맨 먼저 나에게 다가온 불이²⁾
한층 더 세차게 타올랐는데,

---

1) 천국에 있는 축복받은 이들은 지복이라는 그 재보를 단단히 가지고 있으므로 이미 그 이상을 바라지는 않는다.
2) 맨 먼저 단테에게 다가온 이는 베드로, 야고보, 요한, 아담 네 사람 중에서 베드로이다.

순식간에 그 모양은

흰 목성이 붉은 화성과,³⁾

그것이 새라 치고, 날개를 바꾸었을 때 같은 빛깔을 보였다.

이 천상에서 때를 가려 각각 일을 맡기시는

하느님의 섭리는 이때 축복받은 합창대에게

일제히 침묵할 것을 명했다.

그러자 다음과 같은 목소리가 들렸다. "내가 빛깔을 바꾸었다 할지라도

놀랄 것은 없다. 내가 말하는 동안에도

이곳 사람들이 모두 빛깔을 바꾸는 걸 너는 보리라.

내 자리,⁴⁾

하느님의 아들 앞에 비어 있는 내 자리,

내 자리를 지상에서 빼앗은 자는⁵⁾

내 무덤⁶⁾을 피로 더럽히고, 악취 풍기는

쓰레기 터로 만들었다. 그래서 이 하늘에서 떨어진

저 배교의 무리⁷⁾가 지상에선 크게 기뻐하고 있는 것이다."

아침저녁으로, 맞은편에 있는 구름을

태양은 붉게 비추는데, 그때 그와 같은 빛깔로

하늘이 온통 물드는 것을 나는 보았다.

얌전한 여자는 자기에게 허물이 없다는

자신이 있는데도 남의 허물을 들으면

조심스레 안색을 바꾸듯이,

---

3) 베드로의 불이 열정 때문에 붉어졌다는 뜻이다. 이 비유는 너무 복잡해서 효과적이지 못한
   것 같다. 그리고 '흰', '붉은'의 수식어는 역자가 설명을 하기 위해 덧붙였다.

4) 여기서 마음속으로 노여움을 느낀 베드로가 세 번 되풀이하는 '내 자리'는 그리스도의 대리
   자, 교황의 자리를 가리킨다.

5) 빼앗은 자는 보니파시오 8세(재위 1294~1303)이다. 단테가 미워하는 이 교황에 대해서는 〈지
   옥편〉의 각 곳에 언급되어 있다. 〈지옥편〉 19곡 참조.

6) 성 베드로의 무덤이 있는 땅은 로마이다. 그곳을 피로 더럽혔다는 것은 내분과 사사로운 싸움
   을 가리킨다.

7) 저 배교의 무리는 악마 대왕을 가리킨다.

베아트리체의 안색도 변했다.[8]
그리스도의 수난 때에도
이와 같은 일식[9]이 있었던 게 아닌가 한다.
이어서 안색과 마찬가지로
목소리조차 변하여
베드로는 다음과 같은 말을 했다.

"그리스도의 신부[10]가 내려와
리노와 아나클레토의 피로 길러진 것은
신부를 미끼로 돈을 벌기 위해서가 아니었다.
식스토, 비오, 갈리스도, 우르바노[11]도
많은 눈물을 흘린 뒤에 피를 흘렸으나
이는 오직 여기에서 이 즐거운 삶을 얻기 위해서였다.
그리스도 신자들 한 무리가 우리 후계자들의 오른편에,
또 다른 한 무리가 그와 반대의 왼편에 앉는다는 것은[12]
우리의 뜻이 아니었다.
그리고 나에게 맡겨진 열쇠가
세례를 받은 신자들에 대항해 싸우는
기폭의 문장[13]이 된 것도

---

8) 베아트리체가 다른 이와 달리 안색이 창백해졌다고 하는 편이 다음에 나오는 일식의 비유에
적합하다.
9) 예수께서 수난당했을 때 "낮 열두 시부터 온 땅이 어둠에 덮여 오후 세 시까지 계속되었다."라
고 일식이 언급되어 있다. 〈마태오의 복음서〉 27장 45절(가톨릭 성서) 참조.
10) 그리스도의 신부는 교회이다. 베드로(초대 교황)도, 리노(2대 교황, 재위 67~76)도, 아나클레토
(3대 교황, 재위 76~88)도 모두 순교하였다.
11) 교황 식스토 1세(재위 115~125), 비오 1세(재위 140~155), 갈리스도 1세(재위 217~222), 우르바
노 1세(재위 222~230) 등은 기원 2, 3세기의 순교자들이다.
12) 한 무리와 다른 한 무리는 교황당(구엘프 당)과 황제당(기벨린 당) 사이의 싸움에 대해 언급
한 것이다. 〈마태복음〉 25장 33절에 의하면 최후의 심판날에 오른편에는 복 받은 사람이, 왼
편에는 저주받은 사람이 오기로 되어 있다고 씌어 있다.
13) 1229년부터 교황 군대의 깃발 문장은 베드로의 열쇠였다. 교황의 옥새도 열쇠 문장이 새겨
져 있다.

또한 괘씸하고 얼굴이 뜨거워지는 이야기지만,
거짓 특권을 매매하는 교황의 옥새에
내 초상이 새겨진 것도 우리의 뜻이 아니었다.
목장이란 목장에는 양치기 차림을 한
탐욕스러운 이리들이 있는 것이 이 천국에서 보이건만,
아아, 어찌하여 하느님이 구원의 손길은 뻗치지 않는고?
카오르시니와 구아스키[14]의 무리가 우리의 피를
마시려고 노리고 있다. 아아, 훌륭했던 시작이
멀어져 가는 끝은 너무나도 비참하구나!
그러나 스키피오와 힘을 합하여 세계의 영광을
로마에서 수호하신 하느님의 깊은 섭리가 머잖아
도우러 오리라는 것을 벌써 나는 알고 있다.
그러니 아들아, 너는 다시 한번 하계로
육신의 무게[15]를 지닌 채 되돌아가서 내가 말한 것을
하나도 숨기지 말고 크게 입을 열어 세상에 알려다오.”

하늘의 암염소의 뿔이 태양에 닿을 무렵[16]
얼었던 물기는 눈송이가 되어
지구의 대기를 통하여 내리는데,
그와 마찬가지로 여기 우리와 함께 머물러 있던
개선(凱旋)한 수증기[17]가 눈송이가 되어 더 높은 하늘을 향해
정기(精氣) 속을 반짝이면서 오르는 것이 보였다.
내 눈은 그들의 뒷모습을 좇았다.
중도까지는 갈 수 있었으나 사이가 너무 멀어져

14) 카오르시니(Caorsini)는 교황 요한 22세(재위 1316~1334)를 가리키며, 구아스키(Guaschi)는 교황 글레멘스 5세(재위 1305~1314)를 가리킨다.
15) 단테는 살아 있으니까.
16) 태양이 마갈궁(염소자리) 안으로 들어가는 것은 동지 무렵이다.
17) 개선한 수증기란 〈천국편〉 제23곡에 나오는 그리스도의 개선 행렬을 구성하는 축복받은 영혼의 빛을 두고 말한 것이다.

더 이상 멀리는 따라갈 수가 없었다.

내 눈이 뒤좇기를 그만두자
그녀가 나에게 말했다. "눈길을 아래 지구 쪽으로 보내어
그대가 얼마나 돌아왔는지를 보세요."
보니, 내가 앞서 굽어보았을 때보다[18]
지구의 첫 지대[19]가 중앙에서 끝까지 뻗친 호를
내가 모두 다 돌았다는 것을 알았다.
그리고 가데의 저쪽에는 오디세우스의
광기의 뱃길[20]이, 또 가까이는 에우로페가
아름다운 짐[21]이 되었던 저 바닷가가 보였다.
만약 태양이 궁 하나를 사이에 둔 내 발밑에까지[22]
이르러 있지 않았더라면, 이 탈곡장[23]에는
더욱 뚜렷이 햇빛이 비쳤으리라.
줄곧 그녀를 사모하는 내 마음은
이때 더욱 뜨겁게 불타올랐다.
나는 눈을 그녀에게로 돌렸다.
그녀의 부드러운 얼굴을 돌아다보았을 때
신성한 기쁨이 내 위에서 빛났는데,

---

18) 단테는 앞서 여덟째 하늘에 도착한 직후, 일곱째 천구를 통하여 지구를 돌아다보았다.
19) 옛날의 지리학자들은 북반구의 거주 가능지역을, 적도에서 평행해 북쪽으로 일곱 지대로 나
   누었다. 이 일곱 지대의 첫째 지대는 적도의 바로 북쪽에 위치하고, 그 동쪽 끝은 갠지스강,
   중앙은 예루살렘, 서쪽 끝은 에스파냐의 카디스를 지나는 경선 위에 있다. 앞서 단테가 지상
   을 내려다보았을 때는 예루살렘의 자오선 위에 있던 것이, 이제는 90도를 돌아 카디스의 자
   오선 위에 와 있다. 그러니까 단테는 쌍자궁의 별과 함께 6시간 동안 원을 그리며 돈 셈이다.
20) 오디세우스의 항해에 대해서는 〈지옥편〉 제26곡 참조.
21) 제우스는 아름다운 황소로 변하여 페니키아의 해안에서 페니키아 왕의 딸 에우로페를 업고
   지중해를 북으로 건너갔다.
22) 단테는 베아트리체와 함께 지금 쌍자궁(쌍둥이자리)에 있으나 태양은 백양궁(양자리)에 있다.
   그 사이에는 금우궁이 있다.
23) 지구의 북반구를 탈곡장이라고 하는 표현에 대해서는 〈천국편〉 제22곡 참조.

이 기쁨에 비하면 사람의 눈길을 끌고 마음을 사로잡으려고

자연이나 기법이 만들어 낸 그런 음식은

인간 육체의 모양을 본뜨건 그림으로 나타내건

그 모든 것을 합친대도 아무것도 아니다.

그리고 내가 그 시선에서 받은 힘이

나를 레다의 고운 보금자리[24]에서 끌어내어

전속력으로 돌고 있는 하늘[25] 안으로 밀어 올려 주었다.

그곳의 각 부분은 먼 곳이나 가까운 곳이나

모두 균일하게 되어 있어서 베아트리체가

어느 장소를 택했는지 나로서는 말할 수가 없다.

그러나 그녀는 나의 청을 알아차리자

웃으며 말을 시작했다. 그 즐거운 표정에는

하느님이 기꺼워하시는 것 같은 모습이 떠올라 보였다.

"중심부[26]를 고정하고 그것을 에워싼 모든 것을

회전시키는 우주의 성질은

이 하늘을 바탕으로 하여 여기에서 비롯되고 있습니다.

이 하늘의 자리는 하느님의 뜻[27]을 두고 달리 없습니다.

이 하늘을 회전시키는 사랑은 하느님의 뜻 속에서 불을 발하고

이 하늘이 비처럼 내리쏟는 힘도 하느님의 뜻에서 나오는 거예요.

이 하늘이 다른 여덟 하늘을 포옹하듯, 빛과 사랑[28]이 이 하늘을

하나의 범위[29] 속에 포옹하고 있습니다. 그 범위는

---

24) 레다의 고운 보금자리는 쌍자궁을 가리킨다. 카스트로와 폴리데우케스는 제우스가 레다에게 낳게 만든 쌍둥이이다.

25) 전속력으로 회전하는 천구는 아홉째 하늘인 원동천이다.

26) 중심부란 지구를 가리킨다. 단테의 세계관에서는 지구가 고정되어 있고, 그 둘레를 하늘이 도는 것이다.

27) 하느님의 뜻은 열째 하늘인 지고천 위에 있다.

28) 지고천의 사랑에 가득 찬 지성의 빛이다.

29) 그 범위는 지고천을 말하는 것이지만, 그 존재 이유나 내용은 한정함이 없으시면서도 모든 것을 한정하시는 하느님만이 알고 계시다.

그것을 에워싸고 계시는 그분만이 아십니다.
이 운동은 다른 운동에 의해 결정되는 일이 없으며,
이 운동에 의해 다른 운동이 모두 결정됩니다.[30)]
마치 열이 그 반이나 5분의 1에 의해 결정되는 것과 같은 거예요.[31)]
시간이 뿌리를 이 화분 안에 두며
다른 모든 화분 안에서 피는 잎새의 모양을
이제 그대는 분명히 알게 될 거예요.

아아, 탐욕이여, 네가 인간을 집어삼켜 밑바닥 깊숙이
가라앉혔기 때문에, 인간은 아무도 너의 물결 속에서
눈을 들지 못한다!
의지는 여전히 인간에게 아름다운 꽃을 피우건만,
지루한 장마 때문에
진짜 오얏이 썩은 과일로 변했습니다.
신앙과 청순함은 어린이들 안에서밖엔
찾아볼 수 없게 되고 말았습니다. 더구나 그것도 모두
볼에 수염이 채 나기도 전에 사라져 버립니다.
말을 제대로 잘 못할 때는 단식을 지키던 어린이도
제법 말할 줄 알게 되면 어떠한 음식이건 아무 때나[32)]
마구 먹어 버리게 되는 거예요.
아직 말을 잘 못할 때는 어머니 말을
잘 듣던 어린이도 제법 말을 할 줄 알게 되면
어머니는 어서 무덤에 묻히는 편이 낫다고 생각하게 되는 거예요.
아침을 데려오고 저녁을 남겨 주고 가는 이의[33)]

---

30) 이 원동의 운동이 다른 모든 운동을 결정한다.
31) 열(10)은 그 반(5)과 그 5분의 1(2)의 두 요소에 의해 결정되는데, 그 운행은 아홉째 하늘(이 화분)의 맨 처음 움직임에 의해 결정된다. 원동천은 사람의 눈에는 보이지 않는 '뿌리'이며, 여덟째 하늘까지(다른 모든 화분)의 별의 움직임은 눈에 보이는 '잎새'이다.
32) '아무 때나'는 사순절에 육식을 끊지 아니함을 가리킨다.
33) 아침을 데려오고 저녁을 남겨 두고 가는 자는 태양인데, 그 아름다운 딸에 대해서는 아직 정

아름다운 딸의 눈에 뜨이기만 하면 순식간에
흰 살갗이 이렇듯 검어져 버리는 거예요.
뭐, 그대가 놀랄 것은 없을 거예요.
생각해 보세요, 다스리는 자가 지상에는 아무도 없습니다.
그러므로 인간 족속은 길을 잘못 든 거예요.

그러나 정월이 되어, 현세에서 계산에 빠뜨린
그 백 분의 일이라도 지나기만 하면[34]
이 천구의 영향력이 작용하여
기다리던 순풍이 불어와
배의 뒷부분을 뱃머리가 있던 쪽으로 돌릴 거예요.
그래서 배들은 바른 항로를 잡아 달리고[35]
꽃 다음에 참다운 열매가 익을 거예요."

설이 없다. 문장의 전후 관계로 미루어 보아, 이것은 아마 사람을 유혹하는 세속적 부의 상징
이 아닌가도 생각된다.
34) 카이사르 달력은 1년을 365일과 6시간으로서 계산하고 있었다. 그래서 실제의 1년보다 11분
14초(하루는 1,440분이므로 대개 그 100분의 1)가 길다는 오차가 생겼다. 이 오차는 뒷날 그
레고리우스 13세가 1582년에 수정했다. 여기서 베아트리체가 말하려 하는 것은 '곧'이라는
뜻이다.
35) 배들, 즉 인류는 이제까지와는 정반대인 올바른 선의 길을 걸어 나가리라는 예언이다.

제28곡

베아트리체의 눈에 빛이 비쳤으므로 단테는 얼른 얼굴을 돌려 그 빛의 본체를 바라본다. 그것은 하느님의 빛이다. 그 원점(原點) 둘레를 햇무리처럼 에워싸면서 아홉 개의 불바퀴가 돌고 있다. 원점에 가까울수록 회전 속도도 빠른데, 그 첫째 자리에는 세라피니, 케루비니, 트로니가 있고, 둘째 자리에는 통치, 권리, 권력의 천사가, 셋째 자리에는 주권의 천사, 대천사, 천사 등이 있다. 아홉 계급으로 나누어진 이 천사의 무리가 아홉 개의 천구에 대응하고 있다는 것, 그 밖의 일들을 베아트리체가 단테에게 자세히 설명한다.

내 마음을 천국처럼 만들어 주시는 여인이
비참한 현세 사람들의 현재 상황을
생생하게 보여 준 바로 그 직후의 일이었다.
자기 등 뒤의 촛대에 불이 켜지면
미처 보거나 생각도 하기 전에
그 불꽃이 벌써 앞의 거울에 비친다.
그래서 얼른 돌아서서 유리알에 비친 불이
실물인가 아닌가를 보려고 하면, 가락이 악보에
꼭 맞듯이 둘이 부합된다.
지금 돌이켜 생각하면 내가 여인의 눈을,
사랑이 나를 사로잡기 위해 그물로 삼은 그 눈을
보았을 때도 이와 같았다.
나는 급히 돌아보았으나 내 눈이
이 천구의 회전을 응시할 때면
반드시 거기 보이는 것의 직사광을 보았다.

예리한 빛을 발하는 한 점의 불[1]이 보였는데,

정면으로 그 빛살을 받았을 때는

눈을 감지 않을 수 없을 정도로 강렬했다.

현세에서는 가장 작게 보이는 별이라도

그 점 옆에 나란히 놓인다면

달만큼이나 크게 보였으리라.

구름과 안개가 짙게 끼어 무리테가 생길 때

무리테를 물들여 주는 달에서

좀 떨어진 곳에 무리테는 둥글게 원을 짓듯이,

바로 그 정도의 거리를 두고 빛이 원을 짓고

그 점의 둘레를 돌고 있었다. 그 속도는

원동천의 속도를 능가하는 것 같았다.[2]

그리고 그 원을 다른 원이 둘러싸고

그것을 셋째 원이, 셋째 원을 넷째 원이,

넷째를 다섯째가, 다섯째를 여섯째 원이 둘러싸고 있었다.

그 둘레에 일곱째 원이 다시 이어졌으나[3]

어찌나 그 폭이 넓은지, 유노의 사자인 무지개가

완전한 원을 이룬대도, 그 속에는 못 다다를 것만 같았다.

이렇듯 여덟째, 아홉째의 원이 계속되었는데,[4]

---

1) 한 점의 불 : 하느님은 이 한 점으로 상징되는데, 그 점은 수학상의 점과 마찬가지로 세로나 가로의 길이도, 깊이도 없다. 물질적인 살 붙임이 조금도 없는 점이다.

2) 이 대목은 원문에는 "세계를 둘러싸는 가장 빠른 운동."이라고 되어 있는데, 그것은 원동천을 가리키고 있으므로 역문의 명확화를 노려서 비록 원문에는 없지만 '원동천'이라는 말을 써서 번역했다. 마찬가지로 바꾸어 번역한 말에 '달'이 있다. 그 원어는 '빛'이므로 번역어로서는 직역의 '빛'을 쓸 수밖에 없었으나, 그 밖에도 무리테가 걸리는 천체로서 '태양'의 가능성도 있다. 그것을 '달'로 한 것은 국어 역문의 명확화를 노렸기 때문이다. 다른 데서도 이런 식으로 번역한 대목이 다소 있으나 주에 기록하지는 않았다.

3) 첫째 원의 천사들은 세라피니, 둘째 원은 케루비니, 셋째 원은 트로니, 넷째 원은 도미나치오, 다섯째 원은 비르투디, 여섯째 원은 포데스타디, 일곱째 원은 프린치파티의 천사들이 둘러싸고 있다.

4) 계속해서 여덟째 원은 아르칸젤리, 아홉째 원에는 안젤리 천사가 둘러싸고 있다.

어느 것이나 그 수가 첫째에서 멀어질수록

움직임 또한 느렸다.

맑고 밝은 불에 가까우면 가까울수록

진리에 가까이 닿는 탓이겠지만,

원의 불꽃도 밝고 맑았다.

내가 깊은 의혹에 싸여 있는 것을 보고

여인이 이렇게 말했다. "하늘도, 그리고 모든 자연도

저 한 점에 걸려 있는 거예요.

제일 가까이서 저 점을 에워싸고 있는 불바퀴를 보세요.

저토록 빨리 도는 것은 타오르는 사랑이

저 불바퀴[5]를 자극하고 있기 때문이에요."

그래서 내가 물었다. "저러한 불바퀴 속에서 보는 것 같이

서열에 따라 세계의 위치가 정해져 있다면

나는 눈에 보이는 것으로 만족했을 겁니다.

그러나 감각의 세계에서는, 중심에서 멀어질수록

원이 더욱더 장엄해지는 광경도

볼 수가 있습니다.[6]

만약 그 경계가 오직 사랑과 빛으로써 이룩된

이 훌륭한 천사의 궁전[7]에서

나의 희망이 이루어질 수 있는 것이라면,

어찌하여 실물과 모형이 일치하지 않는지

그 점을 알고 싶습니다.

나 혼자의 생각만으로는 도무지 알 수가 없습니다."

---

5) 세라피니들이 이루고 있는 원.

6) 아홉째 하늘에서 단테가 본 아홉 개의 불바퀴는 아홉 계급의 천사들로서 이룩되어 있다. 그 불바퀴는 중심이 하느님의 불에 가까울수록 장엄하며, 회전 속도도 빠르다. 그러나 지구를 중심으로 하는 감각의 세계에서는 그와 반대이다. 단테는 전자(실물)와 후자(모형)의 차이에 대해 의아심을 느낀 것이다. 지상천은 감각의 세계엔 들어가지 않는다.

7) 하늘을 궁전에다 비유하는 예는 성서 안에서도 볼 수 있다.

"그대 손가락이 그 매듭을 풀지 못한다 해서
이상할 건 없습니다. 시험하는 이가 없기 때문에
매듭이 굳어져 버린 거예요."
여인은 이렇게 말하고 다시 계속했다. "만약 만족을 바란다면
내가 그대에게 하는 말을 잘 포착해서
그 말에 세심하게 주의를 기울이도록 하세요.
눈에 보이는 모든 천구는,[8] 형체를 지닌 둘레는 그 모든 부분에 뻗치는
힘이 세고 약함에 따라
혹은 넓게, 혹은 좁게 되어 있습니다.
힘이 세면 그 영향력 또한 크고,
그것을 속에 포함하는 몸도, 각 부분이 고르다면
그만큼 클 거예요.
그러므로 자신과 더불어 나머지 우주를 모두 회전시키는
이 하늘[9]은, 사랑과 지혜가 가장 깊은
불바퀴[10]에 상응하고 있습니다.
그대 눈에 둥글게 원을 지어 보이는 것의
겉모양이 아니라, 그 힘에 그대가
그대의 자를 갖다 댄다면
큰 하늘은 큰 지성에,[11]
작은 하늘은 작은 지성에, 모두 다 훌륭히
대응하고 있음을 알 수 있을 거예요."

북풍이 부드럽게 불고 지나가면
조금 전까지 자욱하게 끼었던

---

8) 눈에 보이는 모든 천구는 형체를 지닌 둘레, 즉 아홉 개의 하늘.
9) 이 하늘은 아홉째 하늘, 즉 원동천을 가리킨다.
10) 첫째 원, 즉 세라피니로 이루어지는 불바퀴이다.
11) 저마다의 하늘을 맡아 하늘을 움직이는 천사의 지성이다.

안개가 사라지고
북반구의 하늘은 맑게 개어
온 하늘이
아름답게 미소를 띠는데,
여인의 명석한 대답을 들었을 때의
나의 기분도 바로 그러했었다.
진리가 하늘의 별처럼 보였던 것이다.
그리고 여인의 말이 멎었을 때
끓는 쇳물이 불똥을 튀기듯
불바퀴가 차례로 불꽃을 발했다.
섬광이 차례로 날며 불바퀴와 함께 돌았는데,
그 수는 그를 장기판 눈금 수만큼 제곱해서 얻을 수 있는
막대한 수보다도 더 많았다.[12]
그들이 합창대와 더불어 원점을 향해 호산나의 송가를
부르는 소리가 들렸는데, 저 원점[13]이 앞으로도 그들을
그들이 여태까지 있었던 자리에 머물도록 붙잡는 것이다.

내 마음속의 의문을 알아챈 여인이
입을 열었다. "첫째 원과 둘째 원은
그대에게 세라피니와 케루비니를 보여 주었습니다.
그들은 있는 힘을 다해서 저 원점을 닮으려고
저토록 급히 저들의 줄을 따르는 것입니다.[14]
높은 데서는 원점을 볼 수 있으므로 그것이 가능한 거지요.

---

12) 첫째 불바퀴의 천사 수가 많은 것을 말한다. 여기 나오는 2의 64제곱(서양의 장기판 눈금은 64)이라는 수는, 서양장기를 발명한 인도인이 페르시아 왕에게, 상으로써 첫째 눈금에는 한 알, 둘째 눈금에는 두 알, 셋째 눈금에는 네 알, 이렇게 항상 배로 늘어나는 수로 64눈금을 메울 만한 곡식을 주었으면 좋겠다고 희망했다는 고사에 의한다. 그것을 계산하면 $2^{64} - 1 = 18,446,744,073,709,551,615$가 된다.
13) 고정되어 있는 원점은 하느님이다. 이 은총으로 천사의 조건은 유지된다.
14) 원점(하느님)에다 그들을 비끄러매는 사랑의 줄을 따라간다.

그들 주위를 도는 다음 사랑은[15]

하느님의 모습을 한 트로니라 불리며,

이들로서 첫째 자리는 끝이 납니다.

인간의 온갖 지성이 충만한 진리 속을

깊이 들여다보면 볼수록[16] 그들의 기쁨 또한

커진다는 것을 알아야만 합니다.

이제는 아셨겠지요. 축복받은 이의 근거는

직관에 유래하는 것이지, 그다음에 오는

사랑하는 행위에 유래하는 것은 아닙니다.

그리고 얼마나 보이느냐는 것은 공덕에 의해 정해지는 거예요.

그 공덕은 하느님의 은총과 각자의 선의에서 생겨납니다.

이러한 순서에 따라 만사가 진행되는 것입니다.

앗아갈 수 없는 영원한 봄[17] 속에

가을밤의 백양궁[18]이 싹트는

둘째 자리는

세 가지 선율에 의해 줄곧 호산나의 송가를 마치 봄 새처럼

부르고 있습니다. 노랫소리는 이 자리를 구성하는

희열의 세 계급 속에 울려 퍼지고 있습니다.

이 자리 안에는 다른 신성들이 있습니다.

첫째로 도미나치오니, 다음은 비르투디,

셋째 계급은 포데스타디입니다.

그다음 끝에서 셋째 자리와 둘째 자리의 흥거운 무리 속에서는

프린치파티와 아르칸젤리들이 돌고 있는데,

마지막 원은 다 안젤리들의 축하연 자리랍니다.

---

15) 사랑은 천사를 가리킨다.
16) 인간의 모든 지성이 충만한 곳은 하느님이다.
17) 천국은 영원한 봄이다.
18) 봄 동안 태양은 백양궁에 위치하나 가을 동안은 그와 정반대인 천칭궁자리에 위치한다. 그러므로 '밤의 백약궁'은 가을을 가리킨다. 역문에는 설명상 '가을'을 덧붙였다.

어느 자리에 속하든 이건 모두 위를 우러러보고

아래에 대해서는 강한 통제력을 지니고 있으므로,

모두 하느님을 향해 끌리고 또 끌어가고 있는 것입니다.

디오니시우스[19]가 이러한 계급에 대해

열심히 고찰하여 내가 본 바와 마찬가지로[20]

분류하고 이름을 붙였습니다.

그러나 후에 그레고리우스[21]는 다른 설을 세웠습니다.

그런 만큼 이 하늘에 와서 눈을 열게 되었을 때

그는 저도 모르게 저 자신을 돌이켜보고 쓴웃음을 지었습니다.

이와 같은 숨은 진리가 지상에서 사람들 입으로

풀이되었다 해서 이상해할 것은 없습니다.

이 천상에서 이것을 보신 분[22]이 이 불바퀴에 대한

모든 진리와 함께 그것을 가르쳐 주셨기 때문입니다."

---

19) 디오니시우스에 대해서는 〈천국편〉 제10곡 참조. 그의 저서 《하늘의 위계에 대해서》는 500년 무렵에 씌어졌다고 한다. 천사의 아홉 위계를 정리해서 표시하면, 첫째 자리 1. 치천사(세라피니)─원동천 2. 지천사(케루비니)─항성천 3. 좌천사(트로니)─토성천, 둘째 자리 4. 주천사(도미나치오니)─목성천 5. 역천사(비르투디)─화성천 6. 능천사(포데스타디)─태양천, 셋째 자리 7. 권천사(프린치파티)─금성천 8. 대천사(아르칸젤리)─수성천 9. 천사(안젤리)─월천. 이 말의 출전은 〈에베소서〉 1장 21절에 "모든 정사와 권세와 능력과 주관하는 자와……." 라고 쓰인 데서 유래한다.

20) 베아트리체는 직접 자기 눈으로 보고 알고 있는 것이다.

21) 그레고리우스에 대해서는 〈연옥편〉 제10곡, 〈천국편〉 제20곡을 참조할 것. 그는 권위의 천사와 주권의 천사를 잘못 놓았다. 그래서 하늘에 올라가 자기 잘못을 깨닫고 쓴웃음을 지은 것이다. 여기에서는 일종의 유머 같은 것이 엿보인다.

22) 바울을 가리킨다. 그가 천상에서 얻은 지식을 디오니시우스에게 전했다는 것이다.

제29곡

하느님 안에서 단테의 의문을 알아챈 베아트리체는 천사(형상)와 천구(형상과 질료)와 지구(질료)의 창조이며, 땅에 떨어진 반역의 천사들, 하늘에 머문 천사 등에 대해 설명한다. 그녀는 천사의 여러 가지 성질을 말하면서 지상의 학교에서 가르치고 있는, 천사들이 기억력을 가지고 있다는 설의 모순을 지적한다. 이어서 베아트리체는 복음서를 잊고 억설과 거짓을 퍼뜨리는 학자나 설교자를 격렬하게 비난한다. 끝으로 그녀는 다시 본론으로 돌아가 영원토록 하나이신 하느님과 수없이 많은 천사와의 관계를 설명한다.

라토나의 두 아이[1]가 제각기
백양궁과 천칭궁 밑에서
지평선을 허리띠로 삼을 때
한순간 하늘 마루가 두 사람의 균형을 유지하고, 다음 순간
둘이 각각 다른 반구로 옮기면서 이 허리띠를 떠나는 바람에
균형이 깨지고 마는, 그러한
지극히 짧은 시간 동안[2] 베아트리체는 얼굴에 미소를 띠고서
말없이 나를 압도했던 그 점[3]을

---

1) 라토나의 두 아이는 태양과 달이다.
2) 달은 동쪽에, 해는 서쪽에, 각각 지평선 위에 걸려 있을 때는 마치 하늘 마루에서 저울로 달아 달과 태양의 무게가 동일해 균형을 잡고 있는 것같이 보이는데, 이윽고 달도 태양도 지평선이라는 띠에서 벗어나 다른 반구로 옮겨 간다. 그동안만큼의 짧은 시간 동안 베아트리체는 잠자코 있었다는 것이다. 《신곡》 안에서는 〈연옥편〉 2곡이나 〈연옥편〉 15곡의 첫머리도 그러하지만, 천문 현상을 복잡한 말로 시로 읊은 대목이 많다. 그러나 이 지식의 운문에 의한 표현은 시적으로 성공했다고 볼 수 없다.
3) 나를 압도한 그 점, 하느님의 빛에 아찔하여 단테는 넋을 잃었던 것이다.

가만히 바라보았다.

그리고 다음과 같이 말했다. "그대가 알고 싶어하는 것을
묻지 않아도 나는 알고 있습니다. 모든 곳과 모든 때가
모이는 그 점[4]에 그대의 소망이 모두 비쳤기 때문입니다.
영원한 사랑[5]은 더 이상 자신을 위해 선을 모을 수가
없으므로, 모으기 위해서가 아니라,
광휘가 널리 퍼져 '나 여기 있다'[6]
고 말할 수 있도록 시간을 초월한 영원 속에서
모든 한계를 넘어 자기 마음대로
그 영원한 사랑을 새로운 사랑들 속에 펼치셨던 거예요.
그렇다고 하느님이 활발하지 못하셨느냐 하면 그렇지도 않습니다.[7]
하느님이 수면을 운행하신 것은[8]
그 이전도 아니고 그 후도 아니기 때문입니다.
형상과 질료는 결합한 것이거나 원래 그대로인 것이거나,
말하자면 시위가 셋 있는 활로 쏜 세 개의 화살처럼[9]
완전무결한 것으로서 나타난 거예요.
유리나 호박이나 수정 속에 비친 광선은
전혀 시간이 걸리지 않듯이
순식간에 전체를 꿰뚫고 빛나는데,
그와 마찬가지로 조물주의 이 세 가지 피조물은

---

4) 그 점은 하느님이다.
5) 영원한 사랑은 지고선이므로 이 이상 더 선을 모을 수는 없다.
6) '나 여기 있다' : 하느님은 스스로 존재하며 존재 자체이다. 모든 피조물은 선을 받은 것에 불과하다. 선이 창조주를 움직여 피조물들을 창조했으니 모두가 창조주를 닮게 되었다는 것. — 토마스 아퀴나스.
7) 창조 이전에는 시간이 없으므로, 그 앞이니 뒤니 할 수가 없는 것이다.
8) 〈창세기〉 1장 2절에 "하느님의 신은 수면에 운행하시니라."로 되어 있다.
9) 형상 그대로의 것은 천사이고, 질료 그대로의 것은 원료이며, 형상과 질료가 결합한 것이 각각의 하늘이다. 이 세 가지가 세 개의 화살에 비유되고 있는 것인데, 어느 것이나 다 하느님의 두뇌에서 나온 것이다.

처음과 '마지막의' 구별도 없이

모두 동시에 완성되어 빛을 발했던 거예요.

이 세 실체 사이의 질서나 구성도

동시에 창조되었습니다. 그리고 순수 행위가 그 내부에서

생긴 실체는 우주의 정점에 놓였습니다.[10]

단순한 질료는 가장 밑 부분에 있는 '지구'의 위치를 차지했습니다.

중간의 '천구'에서는 질료와 형상의 힘이

불가분의 관계로 맺어져 있습니다.

제롬[11]이 써 놓은 바에 의하면

천사가 창조된 것은 우주의 그 나머지 것이

창조되기 전 몇 세기 사이의 일이라고 되어 있지만,

그러나 진리[12]는 성신의 영감을 받은 저자들이

여러 대목에 적어 놓았으므로

그대도 주의를 기울이면 알 수 있을 거예요.

그리고 또 이성도, 천구를 회전시키는 이[13]가

그토록 오랫동안 완성하지 않고 있었다는 것은

이치에 맞지 않는다는 것을 약간은 알고 있는 것 같습니다.[14]

이러한 사랑[15]이 언제 어디서 어떻게 창조되었는지,

이로써 그대도 알게 되었을 거예요. 그래서

---

10) 순수 행위가 그 내부에서 행해진 실체란 다름 아닌 지적 실체, 즉 천사를 가리킨다. 형상도 아리스토텔레스의 분류에 따라 실체 속에서 계산된다. 그 실체는 우주의 정점, 즉 다른 천구보다 위에 자리가 주어졌다.

11) 제롬(342~420) : '예로니모'라고도 한다. 교회 신학자로서 성서의 라틴어 역판을 만든 것으로 유명함. 그는 천사들이 창조된 것은 나머지 세계가 창조되기 수 세기 전이었다고 했다.

12) 천사도 다른 것과 동시에 만들어졌다는 말은 성서에 많이 나와 있다는 주장이다. 단테가 언급하는 대목은 〈창세기〉 1장 1절의 "태초에 하느님이 천지를 창조하시니라." 등일 것이다.

13) 천구를 회전시키는 것은 천사들이다. 그러니 무언가 그들이 회전시켜서 영향을 줄 만한 대상이 만들어지지 않는 한, 천사들 자신도 완성되었다고는 할 수 없다.

14) 초자연적인 것은, 이성을 가지고서는 완전하게 내다볼 수가 없다. 그러나 다소는 짐작이 가는 것이다.

15) 이러한 사랑은 천사들이다.

그대의 지식욕 중에서 이미 세 개의 불꽃은 꺼졌습니다.
스물도 채 못 셀 만큼 짧은 시간에[16]
일부 천사는 그대들 하계의 원소를
휘저어 놓았습니다.[17]
다른 천사들은 그대로 남아서, 그대 눈에도 보이겠지만
기꺼이 재주를[18] 부리기 시작하여 길에서 벗어남이 없이
줄곧 회전을 계속하고 있습니다.
타락의 첫째 원인은 그대도 이미 본 바와 같이
세계의 온갖 무게에 눌려 꼼짝 못 하게 된
그자[19]의 저주받을 교만 때문이었습니다.
여기 있는 천사들은 하느님의 힘으로
명철한 자질로 만들어졌는데, 겸허하게
자기들이 하느님의 힘에서 비롯된다는 것을 인정하였습니다.
그러자 은총의 빛과 그들의 공덕에 의해
그들의 시력이 더욱더 밝아졌던 거예요.
그들이 굳건한 의지를 지니고 있는 것은 그 때문인 것입니다.
은총은 하느님에 대한 애정의 크기에 따라
그 공덕으로서 부여되는 것입니다.
이 점에 대해서는 추호도 의심할 여지가 없습니다.
만약 내 말을 잘 알아들었다면
이제부터는 도움을 빌지 않더라도 그대 스스로
이 천사의 무리에 대해 여러 가지로 생각할 수가 있을 거예요.

---

16) 하나에서 스물까지 셀 정도의 짧은 시간.
17) 천사들의 일부가 하늘에서 창조되자마자 곧 하느님을 배반하고 지상에 떨어져 물과 공기와 불 등의 원소보다도 더 밑에 있는 흙의 원소를 휘저어 놓은 것을 가리킨다. 악마 대왕이 하늘에서 떨어져 지구에다 커다란 구멍을 뚫은 것에 대해서는 〈지옥편〉 제34곡 참조.
18) 이 기술의 내용은 원점 둘레를 도는 것, 즉 하느님을 관찰하는 것이다.
19) 그자, 즉 악마 대왕은 "중력이 모든 방향에서 그곳으로 모이는," 지구의 중심에 떨어져 있다. 단테는 그 모양을 이미 보았다.

그러나 지상의 그대들 학교 강의에서는
천사의 성질로서 이해, 기억, 의지 등이[20]
들어 있다.
이런 제멋대로의 강의 때문에
현세에서 혼란을 일으키고 만 진리를, 그대가 명확하게
볼 수 있도록 좀 더 말씀드리지요.
이들 천사가 하느님의 얼굴을 우러르고 나서부터는
너무나 기뻐서 눈을 떼려 하지 않습니다.
그 얼굴에는 모든 것이 숨김없이 깃들어 있는 거예요.
그러므로 천사들의 시선은 새로운 대상에
끌리는 일도 없거니와, 멀어진 관념을
다시 상기할 필요도 없는 거예요.
그렇기 때문에 본심에서건 입만으로건 천사의 기억력을 설명하는 이는
지상에서 백일몽을 꾸고 있는 셈이지요. 입만으로 그렇게
주장하는 이쪽이 더욱 뻔뻔스러워 죄가 더 큰 셈입니다만.

그대들 인간은 지상에서 철학을 할 때 같은 길을
가지 않아요. 얼핏 보기에 화려한 일을 하려고
엉뚱한 방향으로 가기 때문입니다.
그러한 잘못을 이 천상에서는
성서가 멸시되거나 왜곡되던 때보다는
비교적 관대하게 보아주고 있습니다.
이 성서의 진리를 펴기 위해 얼마나 많은 피를 흘렸으며,
그 진리에 겸허하게 다가가는 이를 하느님이 얼마나 기뻐하시는지
그런 것을 생각하는 이가 지상에는 없습니다.
세상의 이목을 끌려고 모두 지혜를 짜내어

---

20) 단테는 천사에게 기억력이 없다고 생각하고 있다. 천사는 하느님의 얼굴에서 과거, 현재, 미래의 만물을 보기 때문에 구태여 기억력이 필요하지 않다는 것이 이하 행에서 하는 설명의 주요한 뜻이다.

궁리하고 있습니다. 그 결과 새로운 설이
세상에 퍼지고 복음서는 잊히고 맙니다.
그리스도의 수난 때는 달이 뒷걸음질 쳐[21]
태양과 지구 사이로 들어가 태양의 빛이 지상에
이르는 것을 방해했다고 풀이하는 자도 있으나,
거짓말입니다. 태양은 저절로 어두워졌으므로
그 때문에 똑같은 일식이 에스파냐 사람들, 인도 사람들,
유대 사람들 눈에 비쳤던 거예요.
피렌체엔 라포와 빈도라는 성이 많기도 하지만,
곳곳의 교단에서 1년 내내 주장되고 있는
엉터리 설에 비한다면 아무것도 아닐 거예요.
양들은 아무것도 모르고 배가 터지게
바람을 먹고 목장에서 돌아오는데,[22]
이 양들의 무식함에도 잘못이 없다고는 할 수 없을 거예요.
그리스도는 자기의 첫 제자들에 대해서
진리의 기초를 가르쳐 주었지,
"가서 세상에 허튼소리를 퍼뜨리라."고 하지는 않았습니다.
제자들은 한결같이 그 진리를 외치고,
신앙의 불을 켜는 싸움에 임해서는
복음서를 방패로 삼고 또 창으로 삼았던 것이었어요.
그러나 요즘의 성직자들은 해학과 익살을 섞어 가며
설교하고, 그것으로 청중이 들끓으면 그만 만족하여
더 이상 아무것도 구하려 하지 않는 거예요.
그러나 성직자의 모자 끝에 그 새[23]가 깃들이고 있습니다.

---

21) 토마스 아퀴나스는 달이 뒷걸음질 쳤다는 설을 취하고 있었다.
22) 바람은 풍설을 가리킨다. 그리스도 신자(양들)는 교단에서 풀이되는 설이 진리인지 아니면
　　풍설인지 식별할 의무가 있다고 단테는 생각한다.
23) 그 새는 악마이다. 이 악마에게는 날개가 있다. 이 악마가 성직자의 귀에 불어 넣은 지혜와
　　이치로 성직자가 죄를 사해 주더라도 참다운 구원은 되지 않는다.

만일 그것이 보이면 청중들은 그 성직자의 용서 따위로는

마음을 놓고 있을 수 없다는 것을 알 수 있을 거예요.

마음을 놓고 있기 때문에 지상에서는 어처구니없는 일들이 늘어났습니다.

확실한 근거가 없는데도

구원만 약속하면 덮어놓고 달려갑니다.

이 때문에 성 안토니오의 돼지들이[24] 살찌고

그 밖에 그 돼지보다 더 돼지다운 돼지들이

가짜 돈을 뿌리며 살찌고 있어요.

꽤 오래 옆길로 빗나갔으니,

이제부터는 옳은 길로 눈을 돌리세요.

길도 시간도 이제 얼마 남지 않았습니다.

이 천사의 수는 너무나 지나치게 많아서

인간의 말이나 관념으로는

도저히 헤아릴 수가 없습니다.

다니엘에 의해 표시된 수를 잘 살펴보면,[25]

정확한 숫자는 소위 그가 수천이라 한 것 속에

숨어 버렸다는 것을 알 수 있을 거예요.

이 모든 천사를 고루 비추는 태초의 빛은

그 빛이 연결되는 이들 광명의 수에 따라 자신의 길을 따라

천변만화(千變萬化)처럼 받아들여집니다.

그리고 애정은 하느님을 이해하는 정도에 따르는 것이므로

하느님에 대한 아름다운 사랑에도

천사들에 따라 뜨겁고 미지근한 차이가 있는 거예요.

---

24) 성 안토니오(Antonio) : 250년 이집트 태생의 성인. 그의 상징은 돼지이며 가축을 보호하는 수
호신적 존재. 피렌체에 성 안토니오 수도원을 창설했다. 그의 수도회의 수도자들은 대중들로
하여금 수도회의 돼지를 존경하도록 했다고 한다.

25) 〈다니엘서〉 7장 10절에 "그에게 순종하는 종자는 천천이요, 그 앞에 시위한 자는 만만이며,"
라고 씌어 있다.

자, 이제는 영원한 가치의 높이와 크기를 보세요,
하느님은 저 숱한 거울 속에
산산이 부서져 반사하고 있음에도 불구하고
그 자체는 전과 마찬가지로 영원히 하나로 계시는 거예요."[26]

---

26) 천지와 천사들을 창조하기 이전과 마찬가지로 하느님은 영원히 불변한다.

제30곡

아홉째 하늘 천사들의 불바퀴 빛이 차츰 흐려지자, 단테는 장엄할 만큼 아름다운 베아트리체와 함께 열째의 지고천으로 들어간다. 하느님의 빛을 받아 시력이 강해진 단테는 빛의 큰 강이 둥근 호수처럼 넓어지는 것을 본다. 복판의 빛을 에워싸고, 천사의 무리와 축복받은 이의 무리가 장미꽃처럼 원을 지으며 펼쳐져 있다(이 장미는 원형 극장 같은 모양을 하고 있다). 베아트리체가 단테를 그 꽃의 노란 중심부로 데리고 들어가자, 천국의 거리와 황제 아르리고 7세가 머잖아 차지하게 될 자리를 가리켜 보인다. 이 노래는 교황 글레멘스 5세에 대한 비난으로 끝난다.

6천 밀리아[1] 저 멀리서
여섯째 시각[2]의 빛이 불타오르고, 이 세계가 그 그림자를
벌써 수평선 쪽으로 뻗치고 있을 때
우리 머리 위 하늘의 중앙은
점점 희어져서 몇몇 별들은
벌써 우리의 눈에는 보이지 않게 되어 간다.
그리고 태양의 가장 밝은 시녀[3]가

---

1) 로마 시대에서 1밀리아(miglia)는 1,480m를 의미했다. 중세 천문학자 알프라기누스의 학설을 인정해서 단테는 지구 둘레를 20,400밀리아로 측정한다. 따라서 태양이 6,000밀리아 떨어져 있을 때 지구에서는 해뜨기 한 시간 전이고, 태양에서는 정오가 된다.

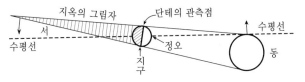

2) 여섯째 시각은 열두 시, 즉 정오.
3) 태양의 가장 밝은 시녀는 아우로라이다.

밖으로 모습을 드러내자 하늘의 별은 차례차례 꺼져서

마침내는 가장 아름다운 별조차도 보이지 않게 되어 버린다.

그와 마찬가지로, 스스로 감싸주는 것에 휩싸이듯이[4)]

보이는, 나를 압도해 버린[5)] 저 점의 주위를

쉴 새 없이 돌고 있던 개선의 빛 무리[6)]가

점점 내 눈에서 사라져 갔다.

아무것도 보이지 않게 된 나는 사랑에 이끌리어

베아트리체에게로 눈을 돌렸다.

여태까지 그녀에 대해 말해 온 것을

남김없이 하나의 찬사로 엮었다고 하더라도

이번만은 이 자리에 어울리지 못했을 것이다.

내가 본 아름다움은 인간의 이해 영역을 초월하고 있었다.[7)]

조물주 외에 이 아름다움을 충분히 감지할 수 있는 이는

없으리라고 나는 확신한 것이다.

나는 여기에 이르러 내 힘의 부족함을 인정하지 않을 수 없다.

어떤 비극, 희극의 작가도 그 주제에 져서

이토록 압도당한 사람은 없었으리라.

약한 눈이 눈 부신 태양 빛에 아찔해지듯이,

내 마음은 그 아름다운 미소를 회상만 해도

망연히 넋을 잃어버리는 것이다.

나는 현세에서 그녀의 얼굴을 본 그날부터

지금 이 천상에 이르기까지 서투르게나마

줄곧 그녀를 시로 읊어 왔으나,

이제는 그녀의 아름다움을 시로

---

4) 사실은 하느님의 원점이 모든 것을 에워싸고 있지만, 얼핏 보기엔 마치 하느님의 원점이 천사들의 아홉 불바퀴에 둘러싸여 있는 것같이 보이는 것을 말한다.

5) '나를 압도했다'는 것은 단테가 이 원점을 보고 눈이 아찔해진 것을 가리킴.

6) 개선의 빛 무리는 천사들의 아홉 불바퀴를 가리킴.

7) 하늘의 천사들이나 축복받은 영혼들도 베아트리체의 아름다움을 완전히 터득하지는 못하리라는 뜻이다.

좇을 수가 없다.

예술가에게는 모두 한계가 있는 것이다.

나의 나팔은 어찌 되었든 간에 이 곤란한 시재를 끝까지

노래해야만 한다. 그러므로 그녀의 묘사는

보다 힘찬 노랫소리에 맡기기로 하자.

의젓한 지도자의 몸짓과 목소리로 그녀가 말했다.

"우리는 가장 큰 천구[8] 밖으로 나와

순수한 빛에 넘친 하늘[9]로 들어왔습니다.

이 빛은 지성적임과 동시에 사랑에 차 있습니다.

그것은 참된 선에의 사랑, 모든 미보다 뛰어난

기쁨에 가득 찬 사랑의 빛입니다.

여기서 그대는 천국 병사의 제1, 제2의 군대를[10]

볼 것입니다. 그중 한 무리의 사람들이 최후의 심판 날과

같은 차림새를 하고 있는 것이 보일 거예요."

번갯불이 갑자기 시력을 휘저어 놓으면

가장 센 광선의 움직임조차

눈에 들어오지 않게 되는데, 그와 마찬가지로

홀연히 살아있는 빛이 나를 확 둘러 비추었다.[11]

그리하여 그 빛의 장막으로 나를 감싸버렸으므로

나는 아무것도 보이지 않게 되었다.

---

8) '가장 큰 천구'는 다른 천구를 감싸고 있으므로 가장 큰 원동천인 아홉째 하늘이다. 순수한 빛으로 가득 찬 지고천에는 일정하게 정해진 자리가 없으므로 이것이 다른 하늘을 에워쌌다고는 할 수 없다.

9) 순수한 빛에 넘친 하늘은 정화천(엠피레오).

10) 천사들의 한 무리와 축복받은 자들의 한 무리로서 후자는 "그들의 살과 모습을 다시 가진," 모양으로 보인다는 것이다. 지고천에는 현세와 같이 과거, 현재, 미래의 때가 존재하기 때문이다.

11) 〈사도행전〉 22장 6절에는 "오정쯤 되어 홀연히 하늘로서 큰 빛이 나를 둘러 비치매."라는 말이 씌어 있다.

"이 하늘을 고이 쉬게 하는 사랑은,[12] 축제 때면
새로 온 초가 이곳 불길에 어울리도록[13]
늘 이처럼 인사를 보내는 거예요."
이러한 짧은 말이 내 귀에 들리자마자
내 몸에도 새로운 힘이 솟아올라
나 자신의 힘을 능가함을 느꼈다.
그리고 내 눈에는 새로운 시력이 불타올라
내 눈이 보지 못할 정도의 그런
선명한 빛은 이미 거기 사라지고 없었다.
아름답게 채색된 봄의 강변 양 기슭 사이를
번개처럼 빛나며 흘러내리는
빛의 큰 강이 눈에 보였는데,
그 대하에서 생생한 불꽃이 튀어 올라
양 기슭 꽃밭에 흩어져[14]
마치 홍옥을 황금에다 아로새겨 놓은 것[15] 같았다.
이어 꽃향기에 취한 독한 불꽃은
다시 아름다운 강 속에 잠겼으나
하나가 가라앉자 다른 하나가 밖으로 떠올랐다.

"여기 보이는 것이 무엇인지 알고 싶다는,
지금 그대 마음속에 타올라 그대를 애타게 하는 소망이
커지면 커질수록 나는 기쁩니다.
그러나 이러한 갈망을 풀려면
이 물을 먼저 마셔야만 합니다."

---

12) 하느님의 사랑은 아홉째 하늘을 움직여서 지고천을 고이 쉬게 한다. 왜냐하면 지고천은 하느
    님의 평화로운 하늘이기 때문이다.
13) 지고천에 들어가는 영혼이 촛불이기 때문에 그 하나하나의 불이 하느님의 타오르는 불꽃에
    각각 도움이 되는 것이다.
14) 꽃은 축복받은 영혼이고, 불꽃은 천사들이다.
15) 이글이글 타오르는 불꽃을 연상.

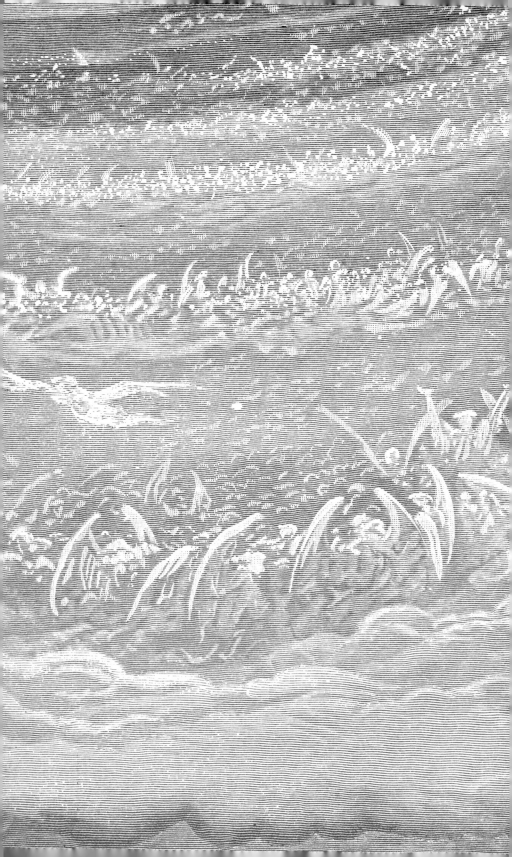

내 눈의 태양[16]은 나에게 이렇게 말했다.

그러고는 덧붙였다. "저 강과

저 보였다 안 보였다 하는 황옥(黃玉)[17]과, 저 풀 속에서 웃는 꽃들[18]은

그들 실체의 그림자 많은 서경(序景)인 거예요.

이러한 것들 그 자체가 미숙한 것이 아닙니다.

결점은 그대에게 있는 거예요.

그대의 시력이 아직 충분히 강하지 못하기 때문입니다."

여느 때보다 훨씬 늦게 잠이 깬 젖먹이라도

그때 내가 돌아보고 마셨던 만큼

급히 젖을 찾으려고는 하지 않았을 것이다.

나는 눈을 가다듬고 보다 잘 보려고[19]

물결 사이로 몸을 굽혔다.

그것을 마시면 시력이 나아진다는 하느님 빛의 물결이다.

내 눈 가장자리가 이 물을 마시자[20]

지금까지 강처럼 길게 보이던 흐름이

갑자기 둥근 호수처럼 넓어 보였다.

가면을 쓰고 제 모습을 감추던 사람이

그 가면을 벗어 버리면

전과는 전혀 다른 사람처럼 보이는 법,

그와 마찬가지로 꽃과 불꽃들이 전보다 한층 더

기꺼운 모습으로 변해 있었다.[21] 천상의 두 궁궐이

---

16) '내 눈의 태양'은 베아트리체이다.

17) 황옥은 천사들.

18) 풀 속에서 웃는 꽃들은 복자(교황청에서 성인으로 추대된 사람)들의 웃음.

19) 원시를 직역하면 "눈을 보다 나은 거울로 삼기 위해."가 된다. "그림자 많은 서경의 실체를 보기 위해서."라는 뜻이다.

20) "눈 가장자리가 물을 마신다."는 것은 "눈으로 본다." "눈을 빛의 물결 속에 잠근다."는 뜻으로, 시인들의 상징과 시법을 상기시키는 표현이라 할 수 있다.

21) 꽃은 축복받은 사람들의 모습으로, 불꽃은 천사들의 모습으로 변해 있었던 것이다. 천상의 두 궁궐은 두 군대와 마찬가지로 축복받은 사람들과 천사들로 이루어지는 두 궁궐을 가리킨다.

내 눈앞에 또렷이 보였던 것이다.

아아, 하느님의 빛이여, 당신의 빛을 받고

진실한 왕국의 드높은 개선[22]을 나는 보았는데,

부디 본 것을 그대로 말할 힘을 내게 주소서!

인간은 조물주의 모습을 보고 마음의 평안을 얻는 것인데,

조물주의 모습을 인간에게 보이는

빛[23]이 저 위에 있는 것이다.

그 빛은 둥글게 뻗어서

테두리는

태양의 둘레보다 더 넓게 퍼져 있다.

그 겉모양은 온통 원동천의 정점에서

반사되는 빛으로 이루어져 있는데,

원동천은 그 빛에서 생명과 힘을 부여받고 있다.[24]

비탈에 풀과 꽃이 만발한 무렵

언덕은 꾸며진 제 모습을 보려고나 하는 듯이

그 기슭의 물에 제 모습을 비추는데,

그와 마찬가지로 우리들이 있는 곳에서 천상으로 돌아간 이들이

그 빛을 둘러싸고 몇천의 둥근 줄을 짓고

위에서 들여다보듯 모습을 비추고 있는 것이 보였다.

그 맨 아래층이 이토록 많은 빛을

그 속에 포용하는 것이라면, 이 장미꽃의

맨 가장자리 꽃잎은 크기가 얼마만 한 것일까?

나의 시력은, 그 넓이와 높이 때문에

어지러워지지는 않았다. 오히려 그 즐거움의

성질과 양까지 모두 눈에 비쳤다.

---

22) 천국의 천사들.

23) 이 빛에 대해서는 성신이라는 설과 은총의 빛이라고 하는 설이 있다.

24) 하느님의 광선이 위에서 내리쬐어 원동천(아홉째 하늘)의 바깥쪽에 반사한다. 그 광선으로부터 원동천은 생명과 힘을 받아서 그것을 아래로 전한다.

거기에는 멀고 가까운 차이도, 크고 작음도 없었다.
하느님이 직접 다스리는 곳에서
자연의 법칙이란 통하지 않는 법이다.

영원히 봄을 가져다주는 태양[25]을 찬미하며 향기를 풍기면서
층에서 층으로 퍼져 가는
영원한 장미의 노란 꽃술 속으로,
잠자코 있긴 하나 말하고 싶어 하는 나를
베아트리체가 데리고 들어갔다. 그리고 말했다.
"보세요, 흰옷을 입은 무리가 얼마나 많은가!
이 천국의 거리가 또 얼마나 넓고 큰가를!
그리고 보세요, 자리가 벌써 거의 다 찼으니
이제는 여기 얼마 더 들어오지도 못할 거예요.[26]
그대는 왕관이 놓여 있는
저 큰 자리를 보고 있으나, 저기에는
그대가 이 혼인 잔치의 음식을 맛보기도 전에[27]
저 고매한 아르리고[28]의 혼이 앉을 거예요. 하계에서
황제가 된 사람입니다. 이탈리아에서는 미처 준비도
갖추기 전에 그는 그 당을 재건하러 올 것입니다.
그대들은 눈먼 탐욕에 미쳐 버려
마치 굶주려 죽어 가면서도 유모를 내쫓는
어린애처럼 되어 버린 거예요.

---

25) 영원히 봄을 가져다주는 태양은 하느님을 가리킨다.
26) 단테는 종말의 날이 가깝다고 생각하고 있다. 이러한 종말관은 《향연》 제2권 14장 13절에서
   도 볼 수가 있다.
27) 혼인 잔치는 상징적인 뜻으로 '하늘의 대향연'을 뜻한다. 단테가 죽어서 하늘의 대향연에 들
   어오기 전에.
28) 아르리고 7세 또는 하인리히 7세를 룩셈부르크 백작에서 1308년 11월 27일 황제로 피선되어
   1310년 이탈리아로 남하한다. 그리하여 교황당(구엘프 당)과 싸웠으나 승리를 거두지 못한
   채 1313년 8월 24일 그만 진중에서 죽었다. 황제 아르리고의 죽음에 의해 단테의 정치적인 희
   망도, 피렌체로 귀환하는 희망도 끊겼다. 단테는 그를 흠모했다.

그 아르리고하고는, 겉으로건 속으로건
같은 하나의 길을 가지 않는 자가
하느님 교회의 우두머리가[29] 될 것입니다.
그러나 그가 오래 그 자리에 머무르는 것은
하느님이 허용하지 않으실 거예요. 그는 마술사 시몬이[30]
벌을 받고 떨어진 그 구멍에 떨어져
알라냐 출신의 그놈[31]을 더 밑으로 밀어 넣을 거예요."

---

29) 하느님 교회의 우두머리는 글레멘스 5세를 가리킴. 이 교황은 아르리고 7세가 죽은 뒤 8개월
   만인 1314년 4월 20일에 죽었다.
30) 마술사 시몬과 성직 매매의 교황에 대해서는 〈지옥편〉 19곡 참조.
31) 알라냐 출신의 사나이는 교황 보니파시오 8세이다.

천국의 장미

동

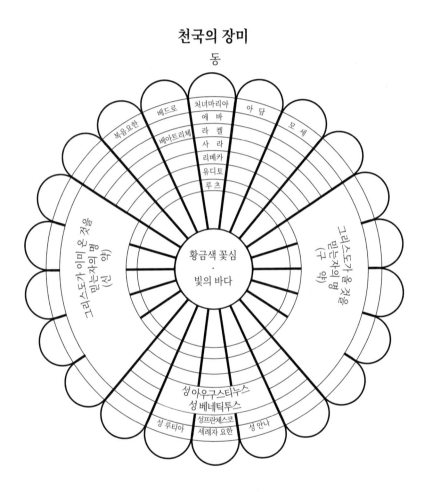

복음요한
베드로
처녀마리아
에 바
아 담
모 세
베아트리체
라 켈
사 라
리베카
유디토
루츠

그리스도가 이미 온 것을
믿는 자의 땅
(신약)

황금색 꽃심
·
빛의 바다

그리스도가 올 것을
믿는 자의 땅
(구약)

성아우구스티누스
성 베네딕투스
성루티아
성프란체스코
세례자 요한
성안나

제31곡

    축복받은 사람들이 새하얀 장미 모양으로 줄지어 나타난다. 그 장미와 하느님 사이를, 벌이 꽃과 벌집 사이를 왕래하듯이 천사들이 날아다니고 있다. 이 하느님의 세계로 들어간 단테는 넋을 잃고 주위를 둘러본다. 깨닫고 보니 베아트리체의 모습이 옆에서 사라지고 없다. 멀리 위쪽의 영광된 자리로 돌아간 안내자에게 단테가 감사의 뜻을 표하자, 베아트리체는 미소 지으며 고개를 끄덕인다. 새로운 안내자로 나타난 노인은 성 베르나르로서 그는 관상(觀想)과 마리아 숭배를 상징하고 한다. 두 사람은 장미의 노란 꽃술 부분에서 성모 마리아의 빛을 우러러본다.

    이렇듯 거룩한 군대[1]가 새하얀 장미형으로
    내 앞에 나타났다.
    그리스도가 피를 흘려서 자기 신부[2]로 삼으신 군대이다.
    또 다른 무리[3]는 저들을 사랑으로 불태우는 하느님의 영광과
    저들을 이렇듯 창조해 주신 하느님의 힘을 날면서 칭송하고 있었으나,
    마치 꿀벌 떼가 어느 때는
    꽃 속으로 들어가고 또 어느 때는
    그 노고가 향기롭게 열매 맺는 곳으로 돌아오듯이,
    그들은 수많은 꽃잎으로 장식된 저 큰 꽃 속으로
    차례차례 내려가, 다시 거기서

---

1) 거룩한 군대는 축복받은 사람들이다. 그들은 흰옷을 입고 있으므로 장미도 흰 것처럼 보이게 된다.
2) 신부는 교회를 뜻한다. 지상의 교회는 전투하는 교회, 천상의 교회는 승리하는 교회이다.
3) 또 다른 무리는 천사들이다.

그 사랑이 늘 깃드는 곳⁴⁾으로 올라가는 것이었다.

그들의 얼굴은 모두 싱싱한 불꽃으로 타올랐으며,

금빛 날개와 눈도 이에 비길 수 없을 만큼

새하얀 몸을 하고 있었다.

단에서 단을 타고 꽃 속으로 내려올 때

그들은 그 두 날개의 퍼덕임으로써 얻은

평화와 열정을 그 속에 갖다주었다.⁵⁾

그 위에 계시는 분⁶⁾과 꽃 사이를

수많은 무리가 날고 있었지만,

그 때문에 시야와 빛이 방해되는 일은 없었다.

하느님의 빛은 저마다의 가치에 따라

우주의 만물을 고루 비추기 때문이다.

그러므로 그 무엇도 이 빛을 막을 수는 없는 것이다.

이 평안하고 즐거운 왕국은

옛 백성과 새 백성으로 가득 차 있었으나

그 애정도 시선도 한 점⁷⁾에 쏠리고 있었다.

아아, 삼위일체의 빛이여, 그 빛은 오로지 한 별 안에서

휘황하게 빛나며 사람들의 시선을 가라앉히고,

이 하계 우리네 풍랑⁸⁾을 굽어보고 있다.

큰곰자리와 그녀가 귀여워하는 작은곰자리의 별이

매일 하늘 위를 도는

저 '북쪽 땅'에서 온 야만인이

이 세상에 둘도 없는 영화를 자랑하던 무렵의

---

4) 그 노고가 향기롭게 열매 맺는 곳은 벌집, 그 사랑이 늘 깃드는 곳은 하느님이다.

5) 두 날개를 퍼덕여서 하느님에게로 날아올라 가, 하느님으로부터 이 평화와 사랑의 열정을 받아서 돌아온 것이다.

6) 그 위에 계시는 분은 하느님이다.

7) 한 점은 하느님.

8) 지구 위의 인간 생활을 풍랑이라고 한 것이다.

로마의 웅장한 사업을 눈앞에 보고
그저 놀랄 수밖에 없듯이,
인간 세계에서 하느님의 세계로
유한의 시간에서 영원의 시간으로
피렌체에서 외롭고 건강한 백성 속에서 나온 나는
그저 어리둥절할 뿐이었다.
망연히 환희에 휩싸여 나는 묵묵히
아무 말도 하지 않고 아무것도 듣지 않은 채 우뚝 서 있었다.
순례의 나그네가 소망을 건 성전에 이르러
그 속에 쉬면서 이리저리 둘러보고
벌써부터 성전의 모양을 이야기할 날을 마음속에 그리듯이,[9]
이 싱싱한 빛 위를 걸어가면서 열에서 열로,
혹은 위로, 혹은 아래로, 또는 그 주위로
나는 차례차례 눈을 돌렸다.[10]
사랑을 설명하고 사랑을 부르는 수많은 얼굴들이 차례로 보였으나,
하느님의 빛과 저들의 미소가 그 얼굴을 꾸미며
그 태도에는 위엄이 저절로 갖추어져 있었다.

나는 천국 전체의 모습을
벌써 한눈 아래 바라보고 있었으나,
아직 시선을 어느 부분에도 고정하지 않았다.
새로이 탐구심이 불타오른 나는
머리에 떠오른 의문을 풀이 받고자
나의 여인 쪽을 돌아다보았다.
그러나 예상하고 왔던 바와는 달랐다.
베아트리체가 보일 줄 알았는데,

---

9) 고향으로 돌아가 성전의 광경을 이야기할 날을 벌써부터 마음속에 그리는 것이다.
10) 축복받은 사람들이 줄을 짓고 있는 것이다.

영광의 백성 차림을 한 노인 한 분이 거기 있었다.[11]
눈에도 볼에도 상냥한
희열의 정이 넘쳐흘러
마치 어지신 어버이를 연상케 하는 태도였다.
"어디에 있습니까?"[12] 하고 물었다.
그러자 노인이 대답했다. "그대 소망을 풀어 주도록
베아트리체가 나를 내 자리에서 불러냈다.
제일 높은 단에서 세어 셋째 원을 보면[13]
그 공덕에 따라 그녀에게 주어진 보좌에
앉아 계심을 그대도 볼 것이다."

내가 대답도 없이 눈을 높이 쳐들어 보니,
영원한 빛을 반사하며 그것을
왕관으로 삼고 있는 그녀의 모습이 보였다.[14]
제아무리 깊은 바다 밑으로 인간의 눈을 가라앉혔다 할지라도
거기서 하늘 높이 천둥 치는 곳을 바라보는
그 거리가, 베아트리체로부터
내 눈이 떨어져 있는 거리만은 못하였다.
그러나 그것은 아무것도 아니었다. 그녀의 모습은

---

11) 지상 낙원에서 베아트리체가 베르길리우스 대신 나타났듯이, 지금 다시 성 베르나르가 베아트리체 대신 나타난 것이다. 단테는 베르나르를 통해 "그녀(마리아)의 충실한 베르나르다."라고 말하게 했다. 성 베르나르(1091~1153)는 프랑스 디종 근방에서 태어났으며, 신비주의에 의해 아벨랄의 합리주의와 대립했다. 《신곡》에서도 그는 관상(觀想)을 상징하고 있지만, 베르나르는 클레르보에 수도원을 세우고 관상의 생활을 보냈다. 그는 특히 마리아의 신앙과 동일시되고 있다. 베아트리체는 신학을 상징하지만 신성을 보기 위해서는 신학 학문만으로는 불충분하므로 관상이 필요하게 되는 것이다.
12) "베아트리체는 어디에 있습니까?"라는 뜻이다. 너무 갑작스러운 일이어서 단테는 고유 명사를 쓸 만한 여유가 없었다. 원문에는 대명사가 쓰였는데, "Ov' e ella?"라는 짧은 글에 단테의 성급한 심정이 표현되어 있다.
13) 첫 단에는 마리아가, 둘째 단에는 이브가, 셋째 단에는 라헬과 그 옆에 베아트리체가 있다.
14) 하느님으로부터 빛이 내리쬐면 베아트리체가 그것을 반사한다. 반사된 빛이 왕관처럼 보인다.

매체에 섞여 사라지는 일 없이 내게까지 내려왔다.[15]

"아아, 고귀한 여인이여, 내 희망은 당신 안에서 솟구칩니다.
당신은 나를 구원하기 위해 수고를 마다치 않고
일부러 지옥까지 내려와 주셨습니다.[16]
내가 이 모든 것을 볼 수 있는 것은
오로지 당신의 자비로우신 조력과
은혜 덕분입니다.
당신은, 당신의 힘이 미치는 한
온갖 길을 거쳐, 온갖 수단을 다하여
나를 속박[17]에서 자유로운 몸으로 건져내 주셨습니다.
당신의 위대한 힘을 앞으로도 나에게 주십시오.
당신이 건강하게 치유해 주신 나의 영혼은
당신의 뜻대로 육체의 사슬을 벗어날 것입니다."
내가 이렇게 말했다. 그러자 그녀는 무척 아득히 보였으나
미소 지으며 물끄러미 나를 바라보더니,
영원한 샘[18] 쪽으로 돌아섰다.

그러자 성스러운 노인이 말하기 시작했다. "그대의 길을
그대가 완전히 다 마치도록
그녀의 기도와 거룩한 사랑이 나를 이리로 보내 주었다.
이 꽃을 올려다보고 눈으로 날아라.
그것을 보면 그대의 눈은
장엄한 빛을 우러르기에 알맞게 되리라.

---

15) 그 정도로 먼 거리인데도 불구하고, 베아트리체의 모습이 또렷하게 보인다는 뜻이다.
16) 지옥의 제1옥인 림보까지 내려와서 베아트리체가 베르길리우스에게 단테의 구원을 의뢰
했다.
17) 죄악의 속박으로부터라는 뜻이다.
18) 온갖 선이 솟아나는 영원한 샘은 끊임없는 사랑인 하느님이다.

하늘의 여왕은 모든 은총을 우리에게 줄 것이다.
성모를 위해 온통 사랑의 불이 되어 타고 있는 나는
성모에게 충성스러운 베르나르이다."[19]

베로니카의 모습을 보며 크로아티아에서
온 촌사람이[20]
오랜 갈망이었으니만큼 좀처럼 성에 차지 않아
"우리 주 예수 그리스도, 참된 주님이시여,
당신의 얼굴은 과연 이러하셨나이까?"
하고 그 상이 눈에 보이는 한 마음속으로만 되풀이하듯이,
저 천국의 평화를 관상(觀想)에 의해
현세에서 맛보신, 성인의 세찬 사랑의 불[21]을 보았을 때
나도 그와 같은 심정에 잠겼다.

"은총의 아들아," 노인이 말하기 시작했다.
"이 하계의 밑바닥만 바라보고 있어서야[22]
이 기쁨의 나라[23]가 어디 그대 눈에 뜨이겠느냐.
아득히 먼 단까지 올려다보아라.
그러면 보좌에 앉으신 여왕[24]이 보일 것이다.
이 왕국은 그분의 의지에 복종하고, 그분께 충성하니라."

---

19) 성 베르나르는 열렬한 마리아 숭배자로서 알려져 있었다.
20) 베로니카의 모습은 라틴어의 '진'과 그리스어의 '상'에서 이루어진 말로 형장으로 끌려가는
그리스도가 얼굴의 땀을 닦았을 때 그 천에 그리스도의 얼굴이 기적적으로 찍혀진 그 상을
말한다. 그 천은 현재 바티칸의 성 베드로 사원에 보존되어 그리스도의 증거로 남아 있다.
크로아티아는 여기서는, 일반적으로 먼 나라라는 뜻으로 쓰이고 있다.
21) 세찬 사랑의 불은 베르나르.
22) 새하얀 장미꽃 꽃술의 노란 부분에 단테와 베르나르가 있는데, 단테는 베르나르를 보느라고
눈을 들려고 하지 않은 것이다.
23) 이 기쁨의 나라는 천국이다.
24) 여왕은 마리아.

나는 눈을 들었다. 마치 아침에

동녘 지평선이

해가 지는 쪽보다 더 밝듯이,

내가, 말하자면 골짜기에서 산으로 눈을 돌렸을 때

제일 위쪽 끝이 다른 어디보다도 더

밝게 빛나는 것이 보였다.

그리고 마치, 파에톤이 잘못 이끈 수레[25]의

그 수레채를 기다리는 곳에서는 빛이 강하게 타오르고

그 좌우에선 빛이 약해짐과 같이,

저 평화로운 불꽃의 깃발[26]은 가운데서 활활 타오르고

그 좌우에서는

역시 불길이 약해져 있었다.

그리고 그 복판에서는 천이 넘는 천사들이

날개를 펼치고 제각기 빛과 재주를 부리며

하늘의 축제를 즐기고 있었다.

그들이 노래하고 그들이 춤출 때

상냥하게 웃음 짓는 아름다운 분[27]이 보였는데,

다른 성인들의 눈에도 그 기쁨이 깃들고 있었다.

내 어휘가 제아무리 풍부해서

공상력에 뒤지지 않을 만큼 많다 할지라도 나로서는 어찌할 수 없다.

이 기쁨의 모습을 그린다는 것은 그 일부조차도 나로선 무리한 일이다.

베르나르는 나의 시선이 성인의 따뜻한 사랑에[28]

쏠리고 있음을 보자, 성인에게 깊은 사랑을 담고

---

25) 파에톤이 잘못 이끈 수레는 태양이고, 그 수레채를 기다리는 곳은 지평선 위, 해돋이가 기다려지는 곳이다.

26) 불꽃의 깃발은 프랑스 왕가의 기치. 단, 프랑스 왕은 그것을 전투 때에 사용했으나 여기서는 그것이 평화의 깃발로 사용되었다. 그 한복판이 활활 타오르는 것은 그곳에 마리아가 자리를 잡고 있기 때문이다.

27) 상냥하게 웃는 아름다운 분은 마리아.

28) 마리아는 베르나르의 열렬한 관상의 대상.

자기의 눈을 마리아 쪽으로 돌렸다. 그러자
나의 시선 또한 한층 더 세차게 열정으로 불타올랐다.[29]

---

29) 베르나르와 단테 두 사람은 마리아에 대한 애정을 서로 다투기나 하는 듯이 열렬한 눈길로
　　마리아를 바라본다.

제32곡

성 베르나르가 마리아 아래 늘어앉아 있는 이브, 베아트리체 이하의 여자들, 그리고 그들과 마주 앉아 있는 세례 요한과 그 아래 늘어앉은 프란체스코 이하의 성인들을 가리킨다. 그 좌우에는 그리스도의 재림을 믿은 자, 재림한 그리스도를 믿은 자, 그 아래는 구원받은 어린이들이 늘어앉아 있다. 베르나르는 이어서 마리아와 가브리엘, 아담과 베드로, 안나, 루치아 등을 차례로 가리킨다. 끝으로 그는 단테에게 성실한 기도로써 마리아의 은총을 얻도록 하라고 권하고, 거룩한 기도를 드리기 시작한다.

성 베르나르는 마리아를 찬찬히 바라보았다.[1]
그리고 자진하여 설명하는 역할을 도맡아
다음과 같은 거룩한 말을 시작했다.

"마리아께서 고약을 발라 아물게 해 주신 상처를
처음으로 열고 나쁘게 만든 이가[2]
마리아의 발아래 있는 저 아름다운 여자이니라.[3]
셋째 단의 줄 안에는
보다시피 이브 밑에 라헬이[4]

---

1) 원문에는 "그 관상자는 자신의 기쁨을 찬찬히 바라보았다."고 되어 있으나, 뜻을 따서 우리말로 옮겨 역문의 명확화를 도모했다.
2) 하느님의 법칙을 거슬러 뱀에게 유혹된 이브는 원죄의 상처를 열고 아담을 유혹하여 인류를 파멸시켰으므로 상처를 나쁘게 만든 것이다. 이 두 가지는 명확하게 구별된 두 행위이다. 〈창세기〉 3장 6절 참조.
3) 아름다운 여자란 하느님 스스로가 만드셨으므로 완전한 여자였던 이브를 말한다.
4) 라헬에 대해서는 〈지옥편〉 제2곡 및 제4곡 참조. 그녀는 관상 생활의 상징이다.

베아트리체와 나란히 앉아 있다.[5]
사라, 리브가, 유딧,[6] 그리고
죄를 뉘우치고[7] '나를 불쌍히 여기소서'라고 노래한
저 가인의 증조모되시는 분[8]이,
지금 장미의 꽃잎을 따라 이름을 단 순서대로 위에서 아래로
층층이 앉아 있는 모습이
그대에게 보이리라.
일곱째 단부터 아래도 마찬가지로
헤브라이의 여인들이 연달아서
이 꽃[9]의 머리칼을 위에서 아래로 갈라놓고 있다.
그리스도를 어떻게 믿었는가, 그 태도 여하에 따라
저 여자들이 거룩한 층계를
둘로 나누는 벽이 되어 있는 것이다.

이쪽에는[10] 꽃이 모두
만발한 것 같은데, 거기에는
그리스도의 재림을 믿은 이들이 앉아 있다.
저쪽에는 비어 있는 자리[11]가 반원형의 단 속에
띄엄띄엄 섞여 있는데, 재림한 그리스도에게
신앙의 눈을 돌린 사람들이 앉아 있다.

---

5) 베아트리체의 위치에 대해서는 앞의 31곡 주 13 참조.
6) 사라는 아브라함의 아내(《히브리서》 11장 11절 참조). 리브가는 아브라함의 딸, 이삭의 아내는 쌍둥이 야곱과 에사오를 낳았다(《창세기》 24~25장 참조). 유딧은 헤브라이 백성을 구한 여인. 그녀는 베툴리아에서 헤브라이의 원수 홀로페르네스를 죽였다. 〈연옥편〉 제12곡, 〈유딧〉 13장 (가톨릭 성서) 참조.
7) 《시편》 51편의 머리구절. 원문 'Misere mei'로 '나를 불쌍히 여기소서'이다. 다윗은 밧세바와 동침한 것을 뉘우쳤다(《사무엘 하》 11장 참조).
8) 다윗의 증조모는 룻이다.
9) 이 꽃은 장미를, 머리칼은 꽃잎의 줄을 가리키는 것이리라.
10) 이쪽은 헤브라이(이스라엘) 여자들의 왼편에 해당한다.
11) 〈천국편〉 제30곡 참조.

이쪽에서 보면 고귀한 여인의 영광된 자리와

보다 아래의 다른 자리 사이에

상당한 거리가 있는데, 그와 마찬가지로

저쪽에서 보면, 항상 성자로서 사막과 순교를 견뎌 내고

이어서 지옥에서도 2년이나 있었던

저 위대한 요한[12]의 자리가 있다.

그의 아래인 프란체스코, 베네딕투스,[13]

아우구스티누스, 그 밖의 지복자들이 둥근 단을

차례차례 아래로 경계를 이루며 연달아 있다.

자, 하느님의 높으신 섭리를 우러러봐라.

이 꽃동산은 신앙의 첫째 면과 둘째 면을

똑같이 완성해 줄 것이다.[14]

그런데 하나 가르쳐 주마. 이들 두 구획을

복판에서 가로로 갈라놓은 저 단 아래서부터는

제 공덕 때문이 아니라 남의 공덕 덕분에[15]

어떤 조건[16]으로 자리를 얻은 이들이 앉아 있다.

그들은 모두 진실의 선택을 행하기 전에[17]

육체의 사슬에서 벗어난 영혼이기 때문이다.

유심히 보고 유심히 들어보면

그 앳된 얼굴과 목소리에서

누구인지 그대는 짐작할 수 있으리라.

---

12) 세례 요한은 그가 순교하고 나서 그리스도가 죽기까지의 약 2년 동안 지옥의 림보에 있었다. 그리스도는 요한을 일러 다음과 같이 말했다. "나는 분명히 말한다. 일찍이 여자의 몸에서 태어난 사람 중에 세례자 요한보다 큰 인물은 없었다." 〈마태복음〉 11장 11절(가톨릭 성서) 참조.
13) 프란체스코, 베네딕투스에 대해서는 〈천국편〉 제22곡 참조.
14) 그리스도의 재림을 믿은 사람들과, 재림한 그리스도에게 신앙의 눈을 돌린 사람들의 수가 하느님의 섭리에 의해 갈라지리라는 뜻이다.
15) 남은 구체적으로는 양친을 가리킨다.
16) 조건. 그다음에 나오는 내용.
17) 선악의 판단력이 생겨 진실의 선택을 행하게 되기 전에.

그대는 의심¹⁸⁾을 품고 있기에 말이 없다.
그대의 날카로운 생각이 야무진 매듭처럼 그대를
죄고 있지만, 그것을 이제는 내가 풀어 주겠다.

이 광대한 왕국 안에서는
슬픔이나 목마름이나 굶주림이 있을 수 없듯이,
우연도 있을 수가 없다.
그대 눈에 보이는 것은 모두 영원한 법칙에 의해
정해져 있으므로 손가락에 가락지가 끼워지듯이
모든 것이 정확하게 대응되고 있다.
그 때문에 이 진실한 삶으로 서둘러 온
이 아이들에게
지복의 정도에 다소 차이가 있는 것도 무리는 아니다.
위로 왕을 모시는 이 나라는 왕의 덕에 의해
위대한 사랑과 기쁨 속에 쉬고 있다. 그래서
그 누구도 이 이상의 행복을 바라지는 않는다.
왕은 기쁘신 눈길로써 모든 이의 마음을 만드시고
당신 뜻대로 가지가지의 성총을 베푸신다.
여기에 대해서는 그것을 사실로서 알고 있으면 그것으로 족하다.¹⁹⁾
이것은 성서 안에 나오는 저 쌍둥이의 이야기²⁰⁾를 읽으면
그대도 또렷이 알 수 있으리라.
그 두 사람은 어머니 뱃속에서 서로 싸웠느니라.
이렇듯, 하느님이 내리신 이와 같은
머리칼 빛깔에 따라서, 지극히 높으신 하느님의 빛은

---

18) 어린이들이 공덕이 없는데 어찌 천국에 들어올 수가 있었는가의 의심.
19) 〈연옥편〉 제3곡에도 "사람에게는 한도가 있다. '무엇인가' 하는 이상은 묻지 마라."고 되어 있다. 사실로서 알되 그것으로 족하므로 그 까닭까지 알려고는 하지 말라는 뜻이다.
20) 〈창세기〉 25장 21절 이하에 "리브가가 잉태하였더니, 아이들이 그의 태 속에서 서로 싸우는지라……"라고 씌어 있다. 쌍둥이는 형이 에서이고, 아우가 야고보이다.

그에 알맞은 후광을 발하여 빛나고 있다.
그러므로 저들의 행동이나 그 공덕과는 관계없이
한결같이 처음 시력²¹⁾의 예리함의 차이에 따라
아이들은 다른 단에 앉아 있다.
세계가 갓 만들어졌을 무렵에는²²⁾
단지 양친에게 신앙이 있기만 하면
순진한 아이들은 그것만으로 충분히 구원될 수가 있었다.
그 처음 시대가 지난 후에는
죄 없는 사내아이는 할례를 받음으로 인해서
하늘에 오를 힘을 그 날개에 얻었다.
그러나 은총의 시대가 다가온 뒤에는
그리스도의 완전한 세례를 받지 않으면
이러한 티 없는 아이들도 저 하계²³⁾에 넘겨졌다.
자, 그리스도와 똑같이 닮은 얼굴을²⁴⁾
바라보아라. 그 밝은 얼굴을 봄으로써 비로소
그리스도를 우러를 힘이 그대에게 생기는 것이다."

하늘²⁵⁾ 높이 날 수 있게끔 만들어진 저 거룩한 지성이
가져오는 커다란 희열의 정이
그 얼굴 위에 비 오듯 쏟아져 내리는 것이 내게 보였다.
아마도 이제껏 내가 본 것 중에서
이토록 깊은 감동 속에 나를 잠기게 한 것은 없었으리라.
또 이만큼 하느님을 닮은 모습이 눈에 보인 적도 없었으리라.

---

21) 은총으로서 부여받은 하느님을 볼 수 있는 지적인 시력.
22) 아담 때부터 아브라함 때까지이다.
23) 저 하계는 림보를 가리킨다.
24) 그리스도와 똑같이 닮은 마리아의 얼굴이다.
25) 이하 2행. 거룩한 지성은 천사를 가리킴. 천사는 희열의 정을 나르는 기구처럼 생각되었으므로 "평화와 열정을 가져다준다."

"은총을 입으신 마리아여, 복되소서."[26]
앞서도 내려왔었던 그 사랑의 빛이 이렇게 노래하며
지금 또 마리아 앞에서 날개를 폈다.
장엄한 송가에 따라 축복받은 천당 사람들이
일제히 그 구절을 되풀이하자
사람들의 모습 또한 한층 더 맑아지는 것이었다.
"아아, 거룩하신 아버지, 영원한 법칙에 의해 앉으셨던
그 아름다운 자리를 떠나, 당신은 일부러
나를 위해 이 밑에까지[27] 내려와 주셨는데,
저 천사는 누구입니까? 불같이
애타게 동경하며 우리 여왕의 눈을
기쁨에 겨워 바라보고 있습니다만."

이렇게 나는
샛별이 태양 빛을 받고 아름다워지듯이
마리아의 빛을 받고 아름다워진 사람[28]에게 가르침을 구했다.
그러자 그가 대답했다. "무릇 천사라든가, 영혼 속에
있을 수 있는 한의 강건함과 우아한 자질은 모두 그이 안에 있다.
그렇게 되었으면 하고 우리가 원하는 만큼 갖추어져 있는 것이다.
하느님의 아드님이 우리 인간들 육체의 짐을 지시고자
하셨을 때, 하계의 마리아에게
종려 잎을 가지고 내려간 이가 저이니라.
이제부터 내가 말하는 차례대로
눈을 움직여, 이 의롭고 거룩한 제국의

---

26) 대천사 가브리엘이 수태고지 때에 한 말. AVE MARIA GRATIA PLENA(은총을 입으신 마리아여, 복되소서)란 구절은 '수태고지'의 그림에도 자주 쓰이고 있는 말이다. 손에 종려 잎을 들고 있는 경우도 많다.
27) 이 밑은 영원한 장미의 노란 꽃술 속이다.
28) 마리아의 빛을 받고 아름다워진 이는 베르나르이다.

위대한 장로들을 잘 보도록 해라.

여왕 폐하 곁에 가장 가깝기 때문에

가장 행복한 자리를 차지하고 있는 저 두 사람[29]은

말하자면 이 장미꽃의 두 뿌리이다.

왼편에 앉은 자는 인류의 아비인데,

그가 뻔뻔스럽게도 나무 열매를 맛보았기 때문에

인간은 쓴 즙[30]을 맛보아야만 하게 되었느니라.

오른편에는 거룩한 교회의 옛 아버지[31]가 보이는데,

이 아름다운 꽃의 열쇠를

그리스도는 그분에게 맡기셨다.

창과 못으로 된[32] '책형의 고통'에 의해 얻었던

저 아름다운 신부[33]가 머잖아 만날 괴로운 시대를

자기가 죽기 전에 남김없이 예언했던[34] 그이는

그 옆에 앉아 있다. 그리고 아담 옆에는

저 지도자[35]가 앉아 있다. 그 밑에서 변덕스럽고

고집 센 배은망덕한 백성은 '만나'를 먹고 살았었다.

베드로의 맞은편에는 제 딸을 보는 게 기뻐서

호산나를 노래하면서도 잠시도 눈을 떼지 않는

안나[36]가 앉아 있는 것이 보인다.

인류의 첫아비 맞은편에는

---

29) 아담과 성 베드로. 아담은 최초의 인간. 베드로는 그리스도의 수제자이며 그를 반석삼아 교회를 세웠으니 이들은 '두 뿌리'이다.

30) 인생의 괴로움, 특히 죽음을 가리킴.

31) 거룩한 교회의 옛 아버지는 성 베드로이다.

32) 그리스도가 십자가 위에서 가슴을 창으로 찔리고, 손발에 못이 박히는 수난으로 믿었던.

33) 신부는 교회이다.

34) 사도 요한은 〈요한 묵시록〉 속에, 교회가 미래에 직면하게 될 괴로운 시대와 그 후의 세계의 종말을 예언하고 있다.

35) 저 지도자는 모세이다. 〈출애굽기〉 16장 13~35절 참조.

36) 안나는 마리아의 어머니이다.

루치아[37]가 앉아 있다. 그대의 눈이 아래를 보고

그대가 파멸에 처했을 때 여인을 움직이시던 분이다.

그대를 잠재우는 시간[38]은 순식간에 지나가니,

천에 맞추어 옷을 짓는

능란한 재봉사처럼 말은 여기서 그치고

눈을 태초의 사랑[39]으로 돌리도록 하자.

그쪽을 보면서 될 수 있는 대로

그 빛의 근본으로 들어가야 하느니라.

그러나 제 딴에는 날개로 퍼덕이며 가고 있는 줄 아는 그대가

사실은 뒷걸음질 쳐서는 아니 되므로

기도하여 은총을 얻도록 해야 한다.

그대를 도울 수 있는 그분[40]의 자비이다.

그대는 애정을 가지고 나를 따라오너라, 그러면

내 말에서 그대 마음이 떠나지는 않으리라."[41]

이렇게 말하고 그는 다음과 같은 거룩한 기도를 드렸다.

---

37) 루치아는 3세기 말에 시라쿠사에서 순교했던 성녀. 루치아는 베아트리체를 움직여 지옥에서 헤매는 단테를 구했다. 〈지옥편〉 제2곡, 〈연옥편〉 제9곡 참조.

38) 그대를 잠재우는 시간─단테는 천국에서 잠깐 영원이라는 것을 접한다. 그 영원과의 대조를 두드러지게 만들기 위해 여기에서처럼 지상의 시간을 그 하나의 속성과 함께 불렀으리라는 것이다.

39) 태초의 사랑은 하느님이다.

40) 그대를 도울 수 있는 그분은 성모 마리아.

41) 베르나르의 말은 거룩한 기도이다. 단테가 애정을 가지고 베르나르를 따른다면 단테도 그가 한 말을 거듭 기도하게 되리라는 뜻이다.

제33곡

성 베르나르는 마리아를 찬양하며, 단테에게 하느님을 우러러뵈올 수 있는 은혜가 내려지도록 기도한다. 마리아에게 드리는 기도는 이루어져서 단테의 시력은 깨끗하게 밝아지고 숭고한 빛 속으로 깊숙이 들어간다. 이어서 단테는 그가 본 하느님의 모습을 조금이라도 시로 적을 수 있게 해 달라고 기도한다. 삼위일체와, 그리스도의 신성과 인성의 결합한 신비를 본 단테는, 찰나의 섬광에서 그것을 직관한다. 환상은 사라지고 만물을 움직이는 하느님의 사랑은 균등하게 회전하는 수레바퀴같이 단테의 마음을 조용히 움직이고 있다. 태양과 뭇별들을 움직이는 하느님의 사랑이다.

"어머니이신 동정녀, 당신 아들의 따님이시여,[1]
어느 피조물보다 겸허하고도 가장 존귀하시며
영원한 신의 뜻이 정하신 대상이시여,
당신이야말로 인성을 한껏 존귀하게 높이셨으니,
만물의 창조주께서도
피조물이 되기를 꺼리지 않으셨나이다.
당신 복중(腹中)에 비치신 사랑은[2]
그 꽃을 영원토록 조용히
움트게 하여 피우셨나이다.[3]

---

1) 마리아의 아들 그리스도는 하느님과 일체이며, 그 하느님, 즉 조물주에 의해 창조되었기 때문에 마리아는 자기 아들의 딸인 것이다.
2) 여기에서 사랑은, 하느님의 인간에 대한 사랑을 가리킨다. 이것은 아담 때문에 꺼졌다가 그리스도로 인해 소생되었다.
3) 태양의 열이 지상에 꽃을 피우게 하듯이, 하느님 사랑의 열에 의해 지고천에 새하얀 장미꽃이 핀 것이다.

여기서는 사랑 한가운데의 횃불이 되시고
하계의 인간 사이에서는
살아 계신 소망의 샘이 되나이다.
위대하고도 너그러우시도다.
은총을 구하는 자, 만일 당신에게 빌고 당신에게 의지하지 아니하면
그 소망은 나래 없이 나르려 함과 같으리다.
당신의 인자하심은 구하는 자를
도우실 뿐만 아니옵고,
청하기 전에 미리 행하여 주시나이다.[4)]
당신 안에 자비가, 당신 안에 박애가,
당신 안에 은혜가, 조화의[5)] 모든 장점이
당신 안에 어우러져 있나이다.

이제 우주의 가장 깊은 못 속으로부터[6)]
여기까지 날아오르면서
하나하나의 영혼들을 모두 보아온 이 사람이[7)]
엎드려 바라오니,
마지막 구원[8)]을 향해
눈을 들 수 있게 해 주시기를 비나이다.
지금 그가 하느님 모습 뵈옵게 되기를 원하는 마음,
나 자신이 하느님 뵈옵기를 원할 때보다 더욱 간절하오니,
여기에 모든 기도를 바쳐 모자람이 없기를 바라옵니다.
당신의 기도로 인간의 어지러운 구름을
이 사람에게서 걷어 주시옵고

---

4) 사람의 청을 받기도 전에 마리아가 자발적으로 사람을 돕는 것을 가리키는데, 마리아의 단테
  에 대한 동정이라든가 마리아의 루치아에 대한 의뢰는 그 좋은 예라 할 수 있다.
5) 조화는 천사와 인간을 가리킨다.
6) 우주의 깊디깊은 못 속은 지옥을 가리킨다.
7) 이 사람은 단테.
8) 마지막 구원은 하느님.

가장 큰 기쁨[9]을 그에게 열어 주시옵소서.
거듭 비오니,
무엇이든지 뜻대로 하실 수 있는 어머니시여,
하느님을 우러러뵈온 뒤에도 그의 마음 변하지 않게 하시옵고,
당신의 수호로써 인간의 혼란을 없이 하여 주시옵소서.[10]
내 기도를 따라 베아트리체와 뭇 성인들이
두 손 모아 기도하고 있음을 보시옵소서."

하느님이 사랑하시고 경애하시는 마리아[11]의 눈은 기도를 올리는
베르나르에게 쏠렸다. 그 눈에는 정성 어린 기도를
기뻐하시는 심정이 역력히 깃들어 있었다.
곧 그 눈은 영원하신 빛[12] 쪽으로 돌려졌는데,
그 눈만큼 밝게 하느님의 빛을 본다는 것은
다른 피조물에게는 불가능할 것 같았다.

나는 모든 소망의 궁극에[13] 다다르고 있었다.
그러자, 당연한 일이지만
몸 속에서 소망의 격렬함이 사그라지려 하고 있었다.
베르나르는 웃으며 나에게
위를 쳐다보라고 눈짓을 했는데, 그가 기대했던 대로
나는 벌써 위를 보고 있었다.
나의 시력은 맑고 밝아져서

---

9) 최상의 기쁨은 하느님을 보는 기쁨이며, 주님을 우러러뵈는 것에 해당하는 것이다.
10) 인간 정열의 나쁜 자국이 인간의 혼란을 불러일으키는 법인데, 하느님을 본 단테가 그 뒤에
   도 올바른 길을 벗어나는 일이 없도록 해 달라고 베르나르가 마리아에게 기도를 드린 것이
   다. 그러자 지고천의 축복받은 사람들이 모두 합창하고 단테를 위해 기도를 해 준 것이다.
11) 하느님은 조물주로서 마리아를 사랑하고, 그리스도의 어머니로서 마리아를 경애한다.
12) 영원한 빛은 하느님이다.
13) 소망의 궁극도 하느님이다.

오직 그것만이 진실한, 숭고한 빛[14]의
광선 속으로 더욱 깊이 들어갔다.
그 끝에서 내가 뵈온 모습은
말로는 다할 수 없는 언어를 초월한 모습,
기억으로는 미칠 수 없는, 기억을 초월한 모습이었다.

나는 지금 꿈을 꾸고 난 사람 같은 심정이다.
꿈이 깨어 모든 것이 사라졌지만
감동만은 새겨져 전해지고 있다.
꿈에서 본 모습은 말끔히 사라졌으나,
그래도 내 마음속에는
아름다움이 아직도 흐르고 있다.
햇볕에 녹는 눈이라고나 할까,
바람에 지는 가여운 나뭇잎에 적힌
시빌레의 점괘에나[15] 비유할까.
아아, 지고하신 빛이여, 인간 관념의 한계를 넘어
높이 솟아오르는 빛이여, 내가 우러러뵈온 당신의 모습을
조금만이라도 내 기억 속에 남겨 주시지 않으시려는지.
당신의 영광된 빛줄기 하나만이라도
미래의 백성에게 전할 수 있는 힘을
내 혀에다 부여해 주셨으면.
내 기억에 그 모습이 조금이라도 되살아난다면,
이 시구에 조금이라도 올리게 된다면,
당신의 영광은 더욱 널리 세상에 퍼지오리다.

지금 돌이켜 생각하지만, 만약 내가 그 살아 있는 빛의 예리함을

---

14) 하느님의 빛만이 진실한 빛이며, 다른 빛은 그 빛의 반사에 지나지 않는다.
15) 시빌레는 그녀의 점괘를 나뭇잎에다 적었다. 그러나 그녀가 동굴 입구를 여니, 세찬 바람이
    그 나뭇잎을 흩날렸다. 《아이네이스》 제3권 참조.

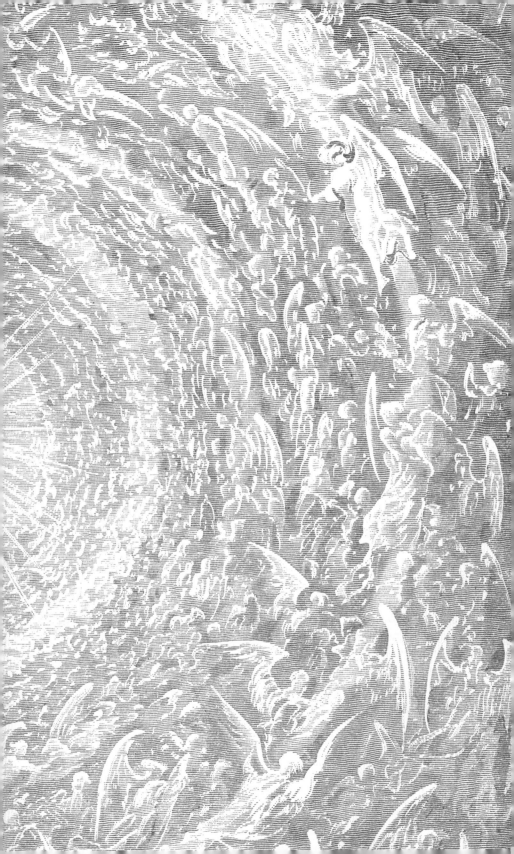

두려워하여 눈을 돌렸더라면[16]
나는 어리둥절하여 바른길을 잃고 말았으리라.
그렇기 때문에 나는
감히 그 빛을 바라보았던 것이다. 그리하여 마침내
내 시선을 무한한 하느님의 힘과 만나게 만든 것이다.
아아, 넘칠 듯 푸짐한 하느님의 은총이여, 나는
두려움 없이 영원하신 빛을 정확히 보았고
그럼으로써 내 시력을 충만케 했던 것이다!

그의 빛 깊디깊은 곳에는
우주에 흩어져 있는 모든 것들이
사랑에 의해 한 권의 책으로 엮어져 있는 것이 보였다.
실체와 우연히 만들어진 모습이
서로 오묘하게 섞여 있었으므로,
내 말 따위는 아련히 하늘거리는 빛에 불과하다.
그러나 이렇듯 결합한 우주의 모습을[17]
나는 분명히 본 것이다. 지금 이렇게 말하면서도
환희가 더해 옴을 나는 느끼기 때문이다.
단 한순간의 망각이, 나로서는
그 그림자로 바다의 신 넵투누스를 놀라게 한 저 아르고호 모험[18]의
25세기[19]에 걸친 망각보다도 훨씬 더 큰 것이다.

---

16) 지상의 빛은 바라보면 바라볼수록 눈이 흐려지지만, 하느님의 빛은 보면 볼수록 오히려 지각
    력과 기쁨이 더해진다.
17) 실체(그 자체로 존재하는 것)와 우연이 결합한 우주의 모습.
18) 이아손이 지휘한 기사들은 아르고라는 이름의 배를 타고 황금 양로를 탈취하여 지중해에서
    흑해로 항해했다. 그때까지는 바다 위로 배가 지나간 일이 없었으므로 바다의 신은 아르고
    르의 그림자를 보고 놀랐다.
19) 이 모험은 기원전 1223년에 행해졌다고 한다. 단테가 이 작품을 쓴 1300년대에서 보면 2500
    년 전의 일이다. 이것은 2500년 동안 사람들이 이 모험에 대해 망각하고 있었던 것보다도 이
    때 단테의 한순간 망각이 훨씬 더 큰 것을 망각했다는 뜻일 것이다. 세 개의 원은 삼위일체의
    삼위격(三位格)을 상징한다.

이렇듯 경탄에 사로잡힌 나는

꼼짝하지 않고 가만히 바라보았으나,

보고 싶다는 생각은 한층 더해 갈 뿐이었다.

그 빛 앞에 있는 자로서, 거기서 눈을 돌려

다른 것을 본다는 일은

도저히 할 수 없다.

선은 의지의 목적이지만, 선은 모두

그 안에 모여 있다.[20] 그 빛 속에서는 완전한 것도

그 빛 밖에 나오면 불완전한 것이 되어 버리는 것이다.

아아, 그다음은 기억하는 것만을 말한다 해도

내 말은 아직 젖을 빠는 어린아이의 혀보다도

더욱 혀 짧은 소리가 되어 버리리라.[21]

내가 본 살아 있는 빛 안에는,

그러나 그 이상의 모습이 있으시지는 않았다.

하느님의 빛은 언제나 전과 변함이 없는 것이다.

다만 나의 시력이, 그 빛을 뵐수록

강해졌으므로, 나 자신이 변함에 따라

오직 하나뿐인 겉모양이 갖가지로 변화했던 것이다.

높고 높은 빛의 깊고 밝은 실체 속에

세 가지 빛깔, 같은 나비의

세 개의 원이 나타났다.

두 개의 무지개처럼 첫째 원은 둘째 원에

반사되어 보이고, 셋째 원[22]은 그 둘에서 균등하게

발해지는 불처럼 보였다.

아아, 내 말은 생각에 비해 얼마나 약하고

모자라는가, 그리고 이 생각 또한 내가 본 것에 비하면

---

20) 선은 의지의 목적물, 즉 대상이다. 따라서 이 선은 하느님의 빛 속에 모인다.

21) 천국에 대해서 무슨 말을 한다는 것은 어려운 일이라는 것. 살아 있는 빛은 하느님의 빛이다.

22) 첫째 원이 성부이고, 그 빛을 반사하는 둘째 원이 성자이고, 셋째 원의 불이 성령이다.

"조금,"이라는 말조차도 못 할 만큼 모자라는 것이다!
아아, 영원한 빛이시여,[23] 당신은 당신 안에만 계시고,[24]
당신만이 당신을 아시고, 당신에게만 알려지고,
당신을 알면서 사랑하고 웃으시도다!

그 '둘째' 원은, 말하자면 반사된 빛으로써
당신 안에서 생기는 것같이 보였으나
그 원을 찬찬히 바라보고 있노라니,
그 안에 그것과 같은 빛깔을 한 우리들 인간의 모습이
그려져 있는 것 같았다.
내 시선은 온통 그 모습으로 쏠렸으나
원의 둘레를 재려고 열중했던 기하학자가
아무리 궁리를 해도
자신에게 필요한 원리를 못 찾아내듯이,[25]
그 기묘한 모습을 본 나는 어찌하여 그 상이
원에 합치되며, 어찌하여 그 상이 거기 있는지
아무리 생각해도 알 수가 없었다.[26]
이를 위해서는 나 자신의 날개만으로는 부족했던 것이다.[27]
그러나 돌연, 내 머릿속에 번개같이 섬광이 스치더니,[28]
내가 알고자 한 것이 빛을 발하며 다가왔다.

내 공상의 힘도 이 높이에까지는 이르지 못했다.[29]

---

23) 성부와 성자가 서로 사랑하고 서로 아는 성령을 아는 빛.
24) 하느님의 말씀에 의해서.
25) 직경의 길이와 원둘레 길이의 정확한 관계(원주율 π)가 명확하지 않음을 말한다.
26) 성자인 둘째 원과 같은 빛깔을 한 인간은 그리스도인데, 어찌하여 그리스도 속에 신성과
   인성이 합쳐져 있는지 그 관계를 단테가 모르겠다는 것을 말한다.
27) 앞서 말한 신비를 자신의 지적 힘만으로는 이해할 수 없다는 말이다.
28) 그리스도 속에 신성과 인성이 신비하게 결합하여 있는 것을 하느님이 부여하신 직관에 의해
   명확하게 보았음을 말한다.
29) 공상력은 감성과 지성의 중개적인 힘이므로 순수 지성에 대해서는 힘이 못 미치게 된다.

그러나 사랑은 벌써 내 소망과 내 마음을
한결같이 도는 수레바퀴처럼 움직이고 있었다.[30]
태양과 뭇별들을 움직이는 사랑이었다.[31]

---

30) 단테의 영혼의 온갖 힘 사이의 균형이 잡혔음을 말한다. 태양과 뭇별들을 변함없는 법칙에
　　의해 움직이는 하느님이 그와 똑같은 법칙에 의해 단테의 혼을 지배하기 때문이다.

31) 〈천국편〉은 "만물을 움직이는 자의 영광."에서 시작되어 "태양과 뭇별들을 움직이는 사랑."으로 끝나
　　고 있다. 천상의 하느님은 사랑이며, 사랑으로써 천구의 움직임을 규제하고 있다. 장대하고 정밀한
　　우주의 존재를 느끼게 하는 끝 구절이라 할 수 있다. l'amor che move il sole e l'altre stelle.

단테와 신곡에 대하여

허인

　T.S. 엘리엇이 말한 대로 호메로스, 단테, 셰익스피어를 모르고서는 근대시 이해와 그 비판에 관여할 수 없을 것이다. 인류의 위대한 서사시인, 단테 알리기에리는 1265년 5월, 피렌체에서 태양이 쌍둥이 성좌를 운행하고 있을 때 태어났다.

　그 무렵 피렌체는 제네바·베네치아와 더불어 서유럽에서 가장 번영한 도시국가 중 하나였다. 애국시인 단테는 그의 먼 조상들이 아르노강 둑을 따라 정착했던 로마병사의 후예들이라는 사실에서 긍지를 느꼈다고 한다.

　단테의 삶에 대한 자료의 대부분은 단테의 작품, 특히 《신곡》 안에서 얻어야 한다. 그 태어난 달도 〈천국편〉 제22곡 내용에서 추측한 것에 불과하다.

　단테의 영원한 구원의 여성 베아트리체는 단테의 젊은 날의 서정시집 《신생》(1292년경) 속에 생생하고 아름답게 묘사되어 있다. 그는 아홉 살 때 처음 그녀를 보고 이미 마음이 끌렸고, 열여덟 살에 다시 만나 사랑을 불태웠다. 그러나 베아트리체는 시모네데 발디와 결혼해 버리더니, 곧 스물다섯 살의 젊은 나이로 세상을 떠났다. 그 뒤 10년간의 단테의 타락한 생활은 〈연옥편〉 제23곡 이하의 포레세 도나티와의 대화, 〈연옥편〉 제30곡 이하의 베아트리체가 질책하는 대목 등에서 충분히 암시되어 있다. 그것이 바로 《신곡》 첫머리의 '숲'을 가리키는 것이기도 하다.

　베아트리체는 단테의 정신적 안내자였다. 단테가 창조한 베아트리체의 형상은 모든 문학사상에서 가장 유명한 허구의 여인 가운데 한 사람이다. 단테의 사상이 변화하고 경력이 오르내림에 따라 베아트리체 역시 그의 작품에서 크나큰 변화를 겪는다. 《신생》에서는 신성한 존재였으나 《향연》에 나오는 칸초네

에서는 세속적 여인으로 나오며,
《신곡》에서 더욱 깊은 이해력을
지니고 등장하여 단테를 '속된 무
리'로부터 멀리 인도해 준다.

초기의 단테 학자였던 보카치
오는 그의 저서 《단테의 삶》에서
베아트리체를 이야기한다.

오월 초하루, 아름다운 꽃들
이 화사하게 덮인 피렌체. 귀족
인 포르티나리 가문은 축제를
베풀어 명망 있는 인사들을 초
청한다. 그들은 가족들도 데려
와 행복한 시간을 같이 나눈다.

단테상 라파엘로 그림

알리기에리도 아들 단테를 데리고 간다. 단테는 여기서 포르티나리의 귀엽고
예쁜 딸 비체(Bice, 베아트리체의 애칭)를 보게 된다. 그들은 아홉 살쯤 됐다. 어
린 단테의 눈에 비친 비체의 모습은 천사 같았다. 축제의 호스트인 포르티나
리의 딸인 데다가 워낙 아름다웠기 때문에 모든 사람이 그녀를 칭송한다. 단
테는 이 천사 같은 비체를 사모한다. 그때부터 단테에겐 비체를 보는 것이야
말로 기쁨이요 위안이요 행복이었다. 그러나 비체는 다른 사람과 결혼한다.
마음에 숨겨진 그녀를 향한 동경은 시인의 가슴에서 분출하여 많은 시에 뿌
리박는다. 비체를 처음 만난 뒤 9년이 지난 다음에야 단테는 그녀를 우연히
길에서 만난다. 마음의 여성인 그녀를 본 단테는 커다란 기쁨에 사로잡힌다.
비체가 단테에게 다소곳하게 인사한다. 이 인사에 단테는 희열을 느낀다. 방
황하던 자에게 광명이 비친 것이다. 그로부터 6년이 지났을 때 비체가 세상
을 떠난다. 그녀의 죽음을 깊이 애도하는 단테에게 찢어질 듯한 마음의 고통
이 시작된다.

보카치오의 《단테의 삶》 24절

베아트리체가 죽은 뒤 마음의 위안을 찾으려 했던 단테는 철학, 특히 보에티우스와 키케로의 작품에 전념하게 된다. 그러나 잠시 슬픔을 잊기 위해 시작한 일은 평생의 본업이 되었고, 그의 인생 경로에서 가장 중요한 지적 사건 가운데 하나가 되고 말았다.

그는 철학에 관한 토론을 듣기 위하여 피렌체의 종교 학교들을 다니기 시작하였고, 30개월도 채 되기 전에 "그녀(철학)에 대한 사랑이 다른 모든 생각을 쫓아버렸다."고 말한다.

1289년, 단테는 피렌체 군의 한 사람으로 캄발디노 전투에 참전한다(《연옥편》 제5곡 참조). 그 무렵은 코무네(comune)라 불리는 도시 국가들이 대립하던 시대였다. 《신곡》에는 피사(《지옥편》 제33곡), 제네바(위와 같음), 루카(《지옥편》 제21곡), 피스토이아(《지옥편》 제24·25곡), 시에나(《연옥편》 제11·13곡), 볼로냐(《지옥편》 제18곡), 베네치아(《지옥편》 제21곡) 등이 차례로 언급되고, 그중 몇 개는 저주받은 곳으로 묘사되어 있다. 조국 피렌체의 운명에 대해서는 〈연옥편〉 제6곡, 신성 로마 제국의 운명에 대해서는 〈천국편〉 제6곡에 각기 묘사되어 있는데, 둘다 제6곡에 놓여 있다는 것은 시인의 의식적 구성이라고 할 수 있다.

단테는 35세 되던 1300년에 피렌체의 프리오레라는 관직에 오르는데, 오늘의 국무장관과 비슷한 지위로 추측된다. 그리고 그다음 해 피렌체 대사로 로마 교황청에 교섭차 파견되었다. 그런데 그가 조국을 떠난 사이에 쿠데타가 일어나 단테가 소속된 교황당의 백당은 같은 당의 흑당에게 참패당했다. 쿠데타의 배후에는 프랑스 샤를 앙주와 교황 보니파시오 8세의 음모가 있었다고 하는데, 이 두 사람은 《신곡》 중에서 가장 형편없이 다루어진다.

1302년 1월 27일 흑당 정부는 단테에게 공금 횡령죄로 2년간의 국외 추방과 5백 휘오리노의 벌금형을 내린다. 그러나 단테는 그 처분을 부당하다고 판단하여 시의 출두 명령에 응하지 않았다. 결국 같은 해 3월 영구 추방당하는데, 만약 귀국하든가 또는 피렌체 사직(司直)에 걸려들 경우에는 화형에 처한다는 어마어마한 형을 받았다. 이렇게 하여 20여 년에 가까운 단테의 유랑 생활이 시작된다.

《신곡》에서 이러한 불화의 이야기가 강렬하고 빈번하게 등장하는 이유는, 사실상 그가 이 사건을 길고 긴 예언이 지적하는 주된 극적 장면으로 삼았기 때문이다. 그러나 《신곡》은 그 자신의 개인적 재난을 극복하고 승리하는 길을 보이려는 목적에서 쓴 작품이기도 하기에 진정한 《신곡》이 될 수 있었다.

단테의 망명 시절은 그 자신도 거듭 되풀이하여 말하듯이 한 곳에서 다른 곳으로 어렵게 편력하는 시기였다. 이에 대해서는 〈천국편〉 제17곡에서 카차구이다의 "남의 빵이란 얼마나 쓴 것인지 또 남의 층층대를 오르고 내리는 것이 얼마나 힘든 것인지."라는 감동적인 비가에 가장 효과적으로 표현되고 있다.

《신곡》은 그늘에 산 한 정치인의 글을 통한 보상 행위라고도 볼 수 있는데, 그 점이 단테를 중심으로 하여 만들어진 또 하나의 시인 밀턴의 《실낙원》과 공감대를 형성하고 있다. 《신곡》, 특히 〈지옥편〉에는 복수의 시라는 것이 있으며, 이런 단테의 정치적 집념은 이 〈지옥편〉뿐만 아니라 〈천국편〉에 이르기까지 내내 독기를 뿜고 있다. 정적인 보니파시오 8세에 대한 욕설은 〈천국편〉 제30곡에 이르기까지 퍼부어지고, 피렌체 민중에 대한 야유는 하늘 끝에 이르러서까지 입에 오른다(〈천국편〉 제31곡 39행). 방랑하는 동안 신세를 진 사람들은 천국에까지 올려놓아 그들의 호의에 보답하고 있다. 베로나의 스카리젤리, 루니쟈나의 말라스피나, 라벤나의 구이도 노벨로 다 폴렌타 등이 그에게 안식처를 제공해 준 영주들이다.

〈연옥편〉 제28곡 첫머리에 그려진 시원한 지상 낙원의 숲은 바로 라벤나의 교외, 키아시(오늘의 크라세)의 소나무 숲을 산책했을 때 받은 인상이라고 한다. 단테는 만년의 4년 동안을 이 땅에서 편안히 지내고 1321년 9월 13일 밤, 쉰여섯의 나이로 세상을 떠났다. 구이도 노벨로 공의 사절로 베네치아에 갔을 때 걸린 말라리아가 그 원인이었다.

단테 자신은 이 작품을 단순히 《희극 La Commedia》이라고 불렀다. '성스럽다(divina)'는 형용사는 보카치오에서 유래했는데 《신생 La Divina Commedia》이라는 제목은 1555년 베네치아 판을 낼 때 결정되었다고 한다.

《신곡》은 서곡을 포함해서 〈지옥편〉 34곡, 〈연옥편〉 33곡, 〈천국편〉 33곡, 모두 100곡으로 이루어진 실로 짜임새 있는 장대한 시 작품이다.

그 구성은 단순하다. 단테 자신으로 추정되는 한 인간이 기적적으로 저승세계를 여행할 수 있게 되어 지옥·연옥·천국에 사는 영혼들을 만난다. 그에게는

《신곡》〈지옥편〉 제3곡

안내자가 둘이 있는데, 하나는 '지옥'과 '연옥'을 안내하는 베르길리우스이고 또 하나는 '천국'을 소개하는 베아트리체이다.

그것은 단테의 나이 35세가 되던 1300년 봄 4월 7일이었다. 부활절을 맞아, 단테는 한 주일 동안 여행을 한다. 성목요일 밤에 시작된 여정으로, 4월 8일에서 15일까지로 보는 학자도 있다. 죄를 뜻하는 숲속에서 단테가 헤매고 있을 때 베르길리우스가 나타나 그를 지옥과 연옥으로 안내할 것을 약속하는데(〈지옥편〉 제1곡), 베르길리우스는 사실 베아트리체의 간청으로 단테를 구제하러 온 것이다. 이 두 사람은 지옥문으로 들어가 금요일 저녁에서부터 토요일 해 질 녘까지 스물네 시간 동안 지옥을 본다. 그곳은 다음과 같은 구조로 되어 있다.

제1옥 세례를 받지 않은 자
제2옥 육욕(肉慾)의 죄를 범한 자
제3옥 대식(大食)의 죄를 범한 자
제4옥 돈을 긁어모은 자와 낭비한 자
제5옥 화가 나서 날뛴 자

디데의 거리
제6옥 이단자
제7옥 폭력을 쓴 자
　제1원 타인에 대해
　제2원 자신에 대해
　제3원 하느님에 대해

절벽

제8옥 (열 개의 악의 구렁으로 이루어진다. 〈지옥편〉 제18곡 참조)

거인의 구렁

제9옥 (코치토스)

　　카이나 : 육친을 배반한 자

　　안테노라 : 조국을 배반한 자

　　프톨로메아 : 나그네를 배반한 자

　　주데카 : 주인을 배신한 자

악마 대왕

　단테의 〈지옥편〉은 위치상으로나 목적상으로나 그보다 앞선 위대한 고전들과는 다르다. 호메로스의 〈오디세이아 Odyssey〉와 베르길리우스의 〈아이네이스 Aeneid〉에서는 저승세계의 방문이 중간에 나온다. 왜냐하면 이 책의 중간 부분에서 인생의 본질적인 가치들이 밝혀지기 때문이다. 하지만 단테는 전통을 따르되, 실제로는 저승세계를 방문하는 것으로 여행을 시작하게 함으로써 전통을 변형시켰다. 그 이유는, 그의 시의 정신적 유형이 고전적인 것이 아니라 그리스도교적이기 때문이다. 단테의 지옥으로의 여행은 세상을 떠나는 영혼의 행동을 나타내며, 또한 이것은 우연히도 그리스도가 죽은 계절과 일치하고 있다. 〈지옥편〉은 잘못된 출발을 나타내는데, 이곳에서 주인공 단테는 타락한 세계에서 빠져나오는 데 다소 방해가 되었던 해로운 가치들을 깨달았음에 틀림없다.

　지옥의 위치는 예루살렘 바로 밑에 있고, 악마 대왕의 허리께가 지구의 중심으로, 중력이 모두 그리 모인다고 생각했다. 거기서부터 베르길리우스와 단테는 좁은 비밀 길을 더듬어 예루살렘과 대척점에 있는 남반구 해상에 다다르는데, 거기엔 하늘 높이 치솟은 연옥산이 있다. 그것이 부활절 일요일 밝을녘의 일이다. 보통 구원받을 영혼이라면 죽은 뒤에 테베레강 어귀에서 천사의 배로 바다를 건너 이 물가로 오는 것이다. 연옥에서는 다음과 같은 형식으로 사람들이 죄를 씻고 있다.

연옥 전지(前地)에 살아서 회개가 늦었던 자가 대기하고 있다.

연옥문
첫째 두렁길 오만의 죄를 씻는 자
둘째 두렁길 질투의 죄를 씻는 자
셋째 두렁길 노여움의 죄를 씻는 자
넷째 두렁길 게으름의 죄를 씻는 자
다섯째 두렁길 탐욕의 죄를 씻는 자
여섯째 두렁길 대식(大食)의 죄를 씻는 자
일곱째 두렁길 색욕의 죄를 씻는 자

지상 낙원
이것이 연옥의 구성이다.

〈연옥편〉에서는 주인공의 영혼이 새로 태어나는 고통스러운 과정이 시작된다. 사실상 이 부분의 여행을 이 시가 제시하는 진실한 도덕적 출발점으로 여겨도 좋을 것이다. 여기서 순례자 단테는 연옥으로 올라가기 위하여 자신의 개성을 억누른다. 단테가 물리칠 필요가 있는 본보기들과 대면하게 되는 〈지옥편〉과는 대조적으로 〈연옥편〉에서는 본보기로 나타나는 인물이 거의 없다. 회개자들 모두가 인생의 길을 따라 걷는 순례자들이다. 단테는 소외된 관찰자로서 공포감을 느끼기보다는 적극적으로 그들에게 가담한다.

〈연옥편〉의 마지막 시각은 부활절 수요일의 정오 조금 지나서라고 생각된다. 지상 낙원에서 베아트리체가 나타나고 베르길리우스는 사라진다. 인간의 이성을 가지고서는 천국에 올라갈 수 없기 때문이다. 베아트리체가 안내한 천국은 다음과 같은 순서로 되어 있다.

제1천 월광천
제2천 수성천
제3천 금성천
제4천 태양천
제5천 화성천

제6천 목성천

제7천 토성천

야고보의 사닥다리

제8천 항성천

제9천 원동천

제10천 지고천

〈천국편〉에서는 진정한 영웅적 실현이 이루어진다. 단테의 시는 죽음을 거부하는 것처럼 보이는 과거의 인물들을 묘사한다. 그들의 역사적 영향은 계속되어 그들의 모든 행위는 추종자들에게 경이감과 동화(同化)의 욕구를 불러일으킨다. 고조부 카차구이다, 성 프란키스쿠스, 성 도미니쿠스, 성 베르나르두스 같은 인물들을 만나면서 단테는 자신을 승화시키게 된다. 따라서 〈천국편〉은 실현과 완성의 시이다. 그것은 앞의 2편에 이미 묘사되었던 것을 실현하고 있으며, 미학적으로는 기대와 회고로 이루어진 정교한 시 체계를 완성하고 있다.

천국을 여행하는 데 걸린 시간은 현재의 시간으로는 나타나 있지 않다. 제10의 지고천 중간부터는 베아트리체 대신 성 베르나르가 단테를 안내하고, 단테를 위해 마리아에게 기도드린다.

단테가 지고천에 이르자, 천사의 축복 받은 영혼들이 내려와 그를 맞이한다. 우리는 천국의 여러 하늘에 있는 지복자들을 접하면서 그들이 받는 축복이 다르다고 생각할 수 있는데, 그들은 사실 똑같은 축복을 받고 있다.

아홉 개의 하늘이 지구를 축으로 돌고, 그 각 하늘에 천사들이 좌정하고 있다. 위로부터 아래로 등급에 따라, 세라피니, 케루비니, 트로니, 도미나치오니, 비르투디, 포데스타디, 프린치파티, 아르칸젤리, 안젤리가 있다. 가장 느리게 돌고 있는 달의 하늘, 월광천에는 하느님께 드린 서원을 이루지 못한 영혼들이 반사된 영상처럼 나타나 있다. 그들은 불완전한 영혼들이다.

둘째 하늘 수성천에는 명성을 남기기 위해서 선을 행했던 영혼들이 있는데, 그들은 환희에 겨워 노래하고 춤추는 빛살의 형체를 하고 있다. 셋째 하늘 금성천에는 하느님을 향한 인간적인 사랑을 강렬히 느꼈던 영혼들이 축복받고 있다. 넷째 하늘 태양천에서는 지혜로운 영혼들이 단테와 베아트리체 주위로 두 개의 원을 이루고서 노래하고 춤을 춘다. 그 뒤에 이어지는 화성, 목성, 토성의 하늘들에 있는 영혼들은 상징적인 형상을 띠고 있다. 여덟째 하늘 항성천에서 단테는 그리스도의 사도들로부터 신학적인 질문을 받는다. 즉 믿음, 소망, 사랑 등에 관해 시험을 치르는 것이다. 그 뒤 그는 그리스도의 승리가 승천하는 것을 본다. 원동천인 아홉째 하늘에서 단테는 아득히 멀리 빛나는 한 점을 보는데, 그 점은 곧 하느님을 상징한다. 바로 이 점에 하늘과 모든 자연이 예속되어 있는 것이다. 그 주위에는 하늘을 움직이는 천사들의 아홉 합창대가 하느님의 의지에 따라 돌고 있다.

단테는 활동적 삶과 명상적 삶의 모든 것을 두루 살펴본 뒤 지고천, 즉 엠피레오에 이른다.

지고천에서는 새하얀 장미꽃 모양을 한 축복 받은 사람들과 천사, 그리고 삼위일체의 신비를 보게 된다. 《신곡》은 거의 같은 길이의 1백 곡, 전 14,233행으로 되어 있는데(〈지옥편〉 4,720행, 〈연옥편〉 4,755행, 〈천국편〉 4,758행), 질에 있어서나 양에 있어서나 뛰어난 인류 문학의 유산이라고 하겠다.

〈연옥편〉 끝부분(예술의 고삐)에서도 알 수 있듯이, 이 짜임새 있는 거대한 3부 구성은 예술가 단테의 의식적·의지적 노력의 결과이다. 더구나 그 내부에는 앞뒤가 조화된 복선과 암시가 있으며, 그 복잡한 구성은 실로 잘 설계해 지어진 기막힌 건축물 같은 인상을 준다.

단테의 《신곡》은 마땅히 받아야 할 인정과 영예를 얻는 데 오랜 시간이 걸리지 않았다. 1400년까지 이 작품이 지닌 의미를 상세히 설명하기 위해 12개 이상의 주석이 나왔다. 조반니 보카치오는 이 시인의 일생에 대해 글을 쓴 뒤, 1373~74년에 《신곡》에 관해 처음으로 공개강연을 했다. 단테는 '시성'(詩聖 divino poeta)으로 알려지게 되었다. 아울러 1555년 베네치아에서 그의 위대한 시의 제목에 '성스러운'이라는 형용사를 덧붙인 훌륭한 책이 출판됨으로써 그의 시는 단순한 《희극》이 아닌 《신곡》이 되었다.

서사시가 호소력을 잃고 다른 예술 형식(주로 소설과 드라마)이 인기를 끌기 시작했을 때도 단테의 명성은 계속되었다. 사실 그의 위대한 시에서 독자들은 고전작품 특유의 힘을 즐길 수 있다. 후세대도 자신의 지적인 관심사가 단테의

단테의 피안 세계 책을 손에 든 단테의 등 뒤로 높이 솟은 정죄산이 보인다. 도미니코 디 미케리노 그림

시에 반영되어 있음을 찾아낼 수 있었다. 나폴레옹의 시대에 이어 19세기에도 독자들은 〈지옥편〉에 등장하는, 힘세고 연민을 느끼게 하는 불운한 인물들과 자신을 동일시했고, 20세기 초의 독자들도 이 시가, 그 구조와 논지와는 무관하며 때로는 그것들과 대조를 이루기조차 하는 미학적인 표현력을 지니고 있음을 발견했다. 후대의 독자들은 이 시가 강한 건축물처럼 각각의 여러 부분이 반영되고 조화되기도 하면서 잘 통합되어, 아주 복합적인 음향을 지닌 걸작임을 증명하는 데 열중했다. 단테는 생생한 묘사를 통해 뛰어난 전형들의 작품 목록을 창조했을 뿐만 아니라, 예시(豫示)와 대응 면에서 위대한 문장가적 재능을 갖춘 시를 창조했다. 더욱이 중요한 정치적·철학적·신학적 주제들을 모두 조화시켜 작품을 쓰는 한편 도덕적 지혜와 고양된 윤리적 안목을 보여주기도 했다.

단테의 《신곡》은 650여 년 동안 인기를 누려온 시이다. 놀랍고도 상상력이 풍부한 착상이 주는 소박한 힘으로 여러 세대에 걸쳐 끊임없이 독자들을 놀라게 했다. 이 작품은 100년이 넘는 기간 동안 서구세계의 모든 고등교육에서 주요 교과목으로 쓰였으며, 계속하여 현대에 와서도 중요한 시인들에게 지침이 되고 자양분을 제공해 주었다. 윌리엄 버틀러 예이츠는 단테를 "그리스도교적인 최고의 상상력."이라 불렀다. T.S. 엘리엇은 "근대세계는 셰익스피어와 단테가 나눠 가졌다. 제삼자는 존재하지 않는다."라고 말함으로써 근대에서 단테에 필적할 만한 사람은 윌리엄 셰익스피어밖에 없다고 하여 그를 뛰어난 작가로 높이 평가했다. 사실상 근대사상과 관련을 맺으며 전형들을 창조하는 데 두 사람은 쌍벽을 이룬다. 단테는 셰익스피어처럼 역사적인 인물들로부터 보편적 전형을 창조했고, 그렇게 함으로써 현대신화의 보고(寶庫)를 더욱 풍부하게 했다.

라벤나의 성 프란체스코 수도원의 성당 한 모퉁이엔 단테의 무덤이 외롭게 자리 잡고 있다. 피렌체엔 이른바 '단테의 집'이란 것이 있지만, 그의 필적이 담긴 종이 한 장조차 없으니 초라할 수밖에 없다. 그래서 피렌체는 라벤나 측에 단테의 무덤을 돌려 달라고 요구했으나, 라벤나는 이렇게 거절했다.
"너희는 단테를 싫다고 쫓아냈던 게 아닌가? 단테는 실로 라벤나의 시인이다!"

《신곡》은 최고도로 뛰어난 서사시이며, 1행 1구 독자의 이성과 정감에 호소하며 지적인 즐거움을 주는 작품이다. 따라서 한국어역도 또한 독자의 마음을 이끄는 즐거움을 느끼게 해야 한다는 것, 무엇보다 줄거리 전개가 쉽게 이해되어야 함을 항상 염두에 두고 시적인 구어체로 번역하려 애썼다.
이 책의 번역에 사용한 이탈리아어 텍스트와 참고도서는 다음과 같다.
《La Divina Commedia》, a cura di Sapegno, La Nuova Italia, Firenze, 1995~1955.
《La Divina Commedia》, con commento di Casini, a cura dì Barbi, Sansoni, Firenze, 1940.
《Le opere di Dante》, testo critico della Società dantesca fiorentina, Firenze, 1959.
주석을 붙이고 해설 작성할 때 기본 텍스트 말고 아래 두 권을 참고했다.
《La Divina Commedia》, a cura di Lanza, De Rubeis, Roma, 1996.

《Tutte le opere di Dante》, a cura di Chiappelli, Mursia, Milano, 1965.
한국어판 영어판은 참고한 책은 다음과 같다.
《신곡》, 최민순 역, 을유문화사, 1960.
《The Divine Comedy》, tr. by Huse, Reinhart and Winston, N.Y., 1954.
《The Divine Comedy》, tr. by Sayers and Reynolds, Penguin, Edinburgh, 1968.
그 외 참고 텍스트는 단테학의 가장 새로운 성과를 자랑하는 찰스 싱글턴 교수가 교정한, 1970년 간행의 프린스턴대학 출판국판이다. 주해는 그 자매판 인 그 교수의 주석본과 1968년 간행된 퍼제트 토인비 교수 원저인 클러렌든판 의 《단테사전》에 도움받은 바가 크다.

단테 연보

1265년	5월, 이탈리아 피렌체의 구시가지 산 피에트르에서 태어나다. 아버지는 몰락한 귀족의 후예. 세례명은 두란테(Durante).
1270년(5세)	어머니 돈나 벨라 죽다. 그녀는 피렌체의 명문 아바티가 출신이었다.
1274년(9세)	단테가 처음으로 피렌체에서 베아트리체(9세)를 만나다.
1283년(18세)	9년 만에 다시 베아트리체를 만나다. 단테는 베아트리체를 지상의 천사라고 생각하고 모든 정열을 기울인다. 아버지 알리기에리 죽다.
1285년(20세)	볼로냐 대학에서 수사학을 전공하다.
1287년(22세)	귀니첼리를 존경하며, 카발칸티 등과 사귀다.
1289년(24세)	6월 21일, 캄발디노 전투에 기병으로 참전하다. 전투에서 단테가 속한 구엘프 군이 기벨린 군을 격파하다.
1290년(25세)	7월 8일, 단테를 구원한 연인 베아트리체 25세의 젊은 나이로 요절하다. 보이티우스, 키케로, 아리스토텔레스, 토마스 아퀴나스 등의 철학서를 읽으며 자신의 고뇌를 극복하다.
1291년(26세)	이 해에 단테는 결혼 상대자로 내정되어 있던 젬마 도나티와 결혼했을 것으로 추정된다. 그녀와의 사이에 두 아들 피에트로와 야코보를 두었으며, 딸에 대해서는 하나, 혹은 둘이라는 엇갈린 주장이 있다.
1292년(27세)	《신생 *La vita Nouva*》 집필 시작하다.
1295년(30세)	7월 6일, 의약조합에 들어가 공직 생활 시작하다. 11월 1일, '카피타오 델 포포로 선출 위원회' 위원이 되다.
1300년(35세)	5월 1일, 생지미냐노 시(市)에 교황청 연합 결성 타협자로 파견되

다. 6월 15일 길드(의약조합)의 프리오레(統領)로 선출되어 피렌체의 '6인 통령' 중 한 사람이 되다.

1302년(37세) 1월 27일, 피렌체의 '흑당'이 권력을 장악하자, 단테에게 5백 휘오리노의 벌금형과 2년간의 국외 추방령이 내려지고 단테는 공직에서 영원히 추방되다. 3월 10일, 피렌체에 출두하여 사죄하기를 거부해 영구 추방이 결정되는 한편 체포 시엔 화형에 처한다는 결정이 내려지다.

1304년(39세) 베로나로 가서 바르톨로메오 델라 스칼라의 비호를 받다.
　　　　　　　망명 생활 중에 《속어론》《향연》의 집필을 시작하다.

1307년(42세) 단테 필생의 대작 《신곡》의 구상이 완성되어 집필을 시작하다. 이후 13년간 《신곡》의 집필을 계속하다.

1310년(45세) 하인리히 7세가 이탈리아에 들어오자 그에게 탄원서 제출하다. 《제정론》 집필하다. 이 해에 《신곡》〈지옥편〉이 완성되었을 것으로 추정된다.

1311년(46세) 이 해에 '추방자 해방 특사령'이 내리나 단테는 제외되다.

1315년(50세) 베로나로 돌아가 칸그란데 델라 스칼라의 보호를 받다.
　　　　　　　단테의 추방령을 해제하겠다는 피렌체 정부의 '조건부 사면'을 거절하다.
　　　　　　　11월 6일 피렌체 정부는 망명 중에 있는 단테와 두 아들에게 사형을 선고하다.

1319년(54세) 볼로냐 대학으로부터 라틴어 문학 작품의 집필을 권고받고, 다음 해부터 《목가(牧歌)》를 집필하다.

1320년(55세) 1월 19일, 베로나에서 《수륙론(水陸論)》 가르치다.

1321년(56세) 《신곡》 완성. 라벤나의 구이도 노벨로 공의 보호를 받으며 《신곡》 마지막 부분 완성하다. 사절로 베네치아를 다녀오는 도중 말라리아로 9월 13일 라벤나에서 죽다. 라벤나의 성 프란체스코 성당에 묻히다.

옮긴이 허인

이탈리아 로마의 올바노대학교 및 로마대학교 대학원에서 수학했다. 한국외국어대학교 서양어대학 이탈리아과 교수 및 도서관장 등을 지냈다. 이탈리아정부로부터 카바리에레 기사훈장을 받았다. 지은책에 《이탈리아 문법》《이탈리아어 회화》《이탈리아사》《이한 사전》 등과 논문으로 《단테의 신생에 나타난 여인송》 등이 있다. 옮긴책에 보카치오 《데카메론》, 단테 《신곡》, 《몬탈레 시집》, 《오징어뼈》, 《성인 김대건의 서간》 등이 있다.

세계문학전집007
Dante Alighieri
LA DIVINA COMMEDIA

신곡

단테/허인 옮김

동서문화사창업60주년특별출판

1판 1쇄 발행/2016. 6. 9
1판 2쇄 발행/2024. 4. 1
발행인 고윤주
발행처 동서문화사
창업 1956. 12. 12. 등록 16-3799
서울 중구 마른내로 144 동서빌딩 3층
☎ 546-0331~2 Fax. 545-0331
www.dongsuhbook.com
잘못된 책은 구입하신 곳에서 바꾸어드립니다.
✳
이 책의 출판권은 동서문화사가 소유합니다.
의장권 제호권 편집권은 저작권법에 의해 보호를 받는 출판물이므로
무단전재와 무단복제를 금합니다.
사업자등록번호 211-87-75330
ISBN 978-89-497-1466-0 04800
ISBN 978-89-497-1459-2 (세트)